한국 고전시가 경계허물기

한국 고전시가 경계허물기

辛恩卿 지음

보고사

서문
경계만들기와 경계허물기

이 책은 그간 발표한 논문들 16편과 새로 쓴 몇 편의 글을 모은 것이다. 처음 책 제목을 「한국 고전시가의 비교문학적 성찰」이라고 붙였으나, 이 논문들에서 다루고 있는 것 중에는 어떤 두 아이템 간의 '비교'를 넘어서는, 또는 비교라는 말로 한정하기에는 적합하지 않은 영역이 포함되어 있기에 '경계허물기'라는 말로 바꾸었다. '비교'란 각각의 영역을 확보하고 있는 둘 이상의 아이템 간의 관계를 전제로 하여 행해지는 다양한 작업 중의 하나이다. 그 다양한 작업들의 예를 들면 바흐친이 제기한 대화이론, 크리스테바의 간텍스트성, 번역론, 인용과 용사 이론, 패러디 연구, 영향의 근원에 대한 추적, 學際間 연구 등이 이에 해당한다. '비교연구'는 크게 두 요소 사이에 형성되는 영향 및 원천을 발견·연구하는 것과 영향관계와는 무관하게 두 요소 간의 구조적 유사성을 기술하는 것으로 나뉘며, 세부적으로는 나라간·작가간 비교, 문학과 여타 예술영역간, 문학연구와 다른 학문 영역간, 시대별·장르별 비교 등 매우 광범하고 다양한 양상을 띤다.

넓게 보아 이 책에 실린 글들을 비교문학 또는 비교연구로 범주화해도 크게 어긋나는 것은 아니다. 그러나 필자가 이 글들을 통해 의도했던 공통의 지향점은 어떤 두 아이템을 비교하는 것 자체보다는, 한국의 고전시가와 그 주변을 둘러싼 많은 요소들 사이에 놓인 경계를 허물어 경계 안에서는 잘 보이지 않는 새로운 면을 발견하려는 것이었다. 두 요소 사이에 놓인 경계는 보통 병풍, 국경, 자기 영역을 표시하는 깃발, 두 면을 가르는 線, 벽·문·창, 가면, 울타리 등의 사물로 비유될 수 있는데, 막힌 것을 뚫고, 가린 것을 걷어 내고, 금과 선을 지우고, 닫힌 것을 열어놓고 볼 때 새로운 면이 눈에 들어오는 것은 당연한 이치다. 그렇다면 어떤 요소나 현상, 대상들 사이를 구분짓는 경계를 허무는 일은, 학문을 하는 방법론이기 이전에 글로벌 시대에 살고 있는 현대의 학자들이 가져야 할 기본 자세라고 하지 않을 수 없다.

사실 경계를 허무는 일은 현대라고 하는 특정 시대만이 아닌, 동서고금을 통틀어 학문하는 사람의 기본 자세가 아닌가 하는 생각이 든다. 논리를 발전시킨다는 것은 기존의 어떤 틀을 깨는 일이기도 하기 때문이다. 우리는 俗의 옷을 걸치고 聖의 세계를 전파하려 한 元曉나, 낯선 종교인 불교를 이해하기 위해 재래의 노장의 개념과 불교의 용어를 대응시키는 格義의 방법을 개발한 魏晉時代의 학자들, 莊子를 성리학의 논리로 해석한 宋의 林希逸, 한시에서 받은 영감을 이미지즘 시론으로 발전시킨 에즈라 파운드, 陰陽의 원리를 정신분석학에 응용한 칼 융 등에게서 경계허물기 달인의 전형적인 모습을 본다.

이 책은 5부로 구성되어 있는데 각 영역에 대하여 장르론, 시대론, 제재론, 작품론, 문학론과 문학이론이라 이름붙인 것은, 장르간·시대간·제재간·작품간·문학론간 경계허물기를 시도했다는 의미에서가 아니라, 장르·시대·제재·작품·문학론의 층위에서 경계허물기를 의도했다는 의미에서이다. 제1부 장르론에서 장르는 서정·서사·극·교술과 같은 장르類 개념과 시조·고려가요·가사·초사·한시 또는 시·산문 등과 같은 장르種 개념을 아우르는 개념이다. 제5부에서 '문학론'의 경우 고전시가가 논의의 직접적 대상이 된 것은 아니며 고전시 담론에 대한 담론 즉 고전시에 대한 메타담론이 논의의 대상이 된다. 전통적인 문학론이 대개 '詩'나 '歌'를 중심으로 전개되었기에 이 메타담론들 또한 고전시가 연구의 중요한 부분을 차지한다. '문학이론'의 경우, 불교나 성리학과 같은 전통적 철학 담론을 가지고 서구의 문학이론을 재조명한 것이다.

　이 한 권의 책이 나오기까지, 학문이라는 세계를 함께 가는 수많은 동학들의 지적 자극이 밑거름이 되었다. 일일이 이름을 거론할 수 없는 '그분들'께 감사드린다. 흔쾌하게 필자의 책을 출판해 주신 보고사 김흥국 사장님과 책으로 만들어지기까지 실질적인 수고를 아끼지 않으신 이경민 씨께도 고마운 마음을 전한다. 그리고 언제나 필자를 지켜보며 응원을 해주시는 부모님께 감사드린다.

2010년 10월
온고을, 건지산 자락에서
辛恩卿

차 례

제2부 시대론

제4부 작품론

제5부 문학론과 문학이론

제1부 장르론

‘十二月體 詩歌’ 연구

1. 머리말

十二月體 詩歌란 月의 순차에 따라 지어진 노래를 말한다. 여기에는 12달 전부 월별로 노래되는 경우는 물론, 몇 개의 달만 불리고 나머지는 누락되는 경우도 포함된다.

지금까지 12월체 시가에 대한 연구는 民謠를 중심으로 月令體, 달거리라는 범주 속에서 행해져 왔다.[1] 이 글에서는 민요뿐만 아니라 漢詩·時調·歌辭·雜歌 등 다양한 시장르에 걸쳐 산견되는 우리나라의 12월체 시가 및 중국의 民謠·樂府·詞까지를 대상으로 하여 이들을 구조적 측면에서 유형 분류해 보고자 한다. 그리고 향유층의 신분이나 性, 시장르, 민족 등의 변수요인에 따라 달라질 수 있는 텍스트적 특성을 검토해 보고자 한다.

---

[1] 대표적인 것으로 張正龍의 연구(『韓·中 歲時風俗 및 歌謠硏究』, 집문당, 1988)를 들 수 있다. 장정룡은 民謠를 대상으로 하여 正月부터 十二月까지 노래한 가요를 ‘十二月調 歲時歌謠’라 하고 이를 農家月令歌系, 달거리戀慕謠, 風俗歌謠系로 나누었다. 민요 외의 장르에서 12월체 시가를 논한 것으로는 李世輔의 시조를 전반적으로 소개하면서 그 중 월령체 시조에 대해 언급한 秦東赫의 『李世輔時調硏究』(집문당, 1983)가 있고, 한시 분야로는 세시풍속을 노래한 柳晩恭의 『歲時風謠』를 林基中이 『우리 세시풍속의 노래』(집문당, 1993)라는 이름으로 역주·소개한 바 있다.

2.　十二月體 詩歌의 구조와 유형

　12월체 시가를 보면 공통적으로 景物을 표현하는 부분과 心情을 표현하는 부분이 포함되어 있다. 예를 들자면,

　　六月ㅅ 보로매
　　아으 별해 ㅂ론 빗다호라
　　도라 보실 니믈
　　젹곰 좃니노이다

에서 앞 두 구는 流頭 風俗및 그에 관계된 사물('빗')을 노래한 부분이고, 뒤 두 구는 이에 촉발된 화자의 정서를 표현한 부분이다. 이처럼 발화자의 정서체험을 표현한 부분을 心情表現部, 자연물을 포함하여 이같은 정서를 촉발시키는 외적·객관적 대상물을 서술한 부분을 景物表現部(이하 景物部·心情部로 略함)라 할 때, 경물부와 심정부는 그 내용에 따라 다음과 같이 세분화될 수 있다.

　　(가) 경물부 : (a) 자연현상　(b) 세시풍속　(c) 농사일
　　(나) 심정부 : (d) 개인적 체험에 바탕을 둔 私的·主觀的 정서
　　　　　　　　　　(e) 집단에 의해 共有된 정서 혹은 公共의 가치와 도덕률에 바
　　　　　　　　　　　탕을 둔 公式化·普遍化된 정서

　여기서 심정부를 (d)와 (e)로 나누는 것과, 그 체험이 민요처럼 집단으로 불리는가 혹은 개인작으로 전해지는가 하는 것은 별개의 문제이다.

　경물부와 심정부를 이렇게 세분화하여 기존의 분류를 본다면, 장정룡의 분류에서 '農家月令歌系'는 경물부가 '稼事'인 경우 즉 (a, b)+e에, '달거리 戀慕謠'는 (a, b)+d에, '風俗歌謠系'는 (b+d)형에 해당한다.[2] 임기중은 '월령체'와 '달거리'를 구분해야 한다고 하고, 전자는 농사에 관한 政令을 담은

歌辭요 후자는 연모의 내용을 읊은 民謠라 하였다.[3] 月令이라는 字意에 政令의 의미가 함축되어 있음은 부인할 수 없으나, 그것을 보편화된 詩樣式으로 이해할 경우 지배층의 敎示와 무관한 경우도 있다. 『예기』 「月令」, 『시경』 <七月> 등 본래 월령체가 전제정치의 지배권 강화의 수단이긴 했지만, 정학유의 <농가월령가>가 꼭 이같은 敎示·政令의 맥락에서 이해되어야 하는가에 대해서는 의문이 있다. 그러므로 월령체의 구분은 ‘令’에 있기보다는 12월체 시가 중 (가)의 내용이 (c)인 경우를 일컫는 말로 이해하는 것이 타당하다고 본다. 그리고 ‘달거리’는 경물부에 대응하는 심정부가 개인적(특히 여인의) 相思 또는 思親에 국한된 표현이다. 그러므로 이 글에서는 월령체, 달거리체 등의 분류를 채택하지 않고, 12월체 시가로 통괄하여 그 구성요소인 경물부와 심정부가 어떻게 조합되느냐에 따른 하위유형들 중의 하나로 취급하고자 하는 것이다.

12월체 시가는 이론상으로는 경물부(‘가’)로만 이루어진 경우, 심정부(‘나’)로만 이루어진 경우, (가)+(나)로 이루어진 경우로 분류될 수 있다. 그러나 실제적으로 (a, c)로 되어 있는 『예기』 「월령」을 제외하면 (가)만으로 이루어진 것은 거의 찾아볼 수 없다.[4] 「月令」은 詩가 아니므로 객관적 상황에 대응하는 심정부가 없을 수도 있으나, 정서를 표출하는 것을 근간으로 하는 시작품의 경우 객관적 외부세계만을 기술하는 것으로 始終하는 언술

---

2) 장정룡, 위의 책.

3) 임기중, 「高麗歌謠 動動攷」, 『高麗歌謠研究』(국어국문학회 편, 정음사, 1979·1982).

4) 京畿雜歌 系列의 <범벅타령> 중에는 月別로 범벅의 종류를 열거하는 부분이 있다. 이 부분만 보면 十二月體 歌謠 중 (가)-그 중에서도 b-만으로 이루어진 유형이라 할 수 있다. 그러나 이는 전체 <범벅타령> 중의 일부로서 12월체 시형이 도입된 것으로 봐야 할 것이다. 李昌培, 『韓國歌唱大系』(弘人文化社, 1976), 220-222쪽. 해당 부분은 다음과 같다. “正月에는 꿀범벅 二月開春에 시레기범벅 三月 삼일에 쑥범벅 四月 파일에 느티범벅 五月 端午에 수루치범벅 六月 流頭에 밀범벅이요 七月 七夕에 호박범벅, 八月 秋夕에 송편범벅 九月 九日에 귀리범벅 十月 상달에 무시루범벅 동짓달에 새알심범벅 섣달에는 흰떡범벅”.

은 사실상 존재하기 어려운 것이다. (가)만으로 이루어진 12월체 시가를 상상하기 어렵듯이, (나)만으로 이루어진 것 또한 실제적으로 존재하기 어렵다. 왜냐하면 十二月體 詩型의 정의 속에 이미 月別 세시풍속이나 자연의 변화 등에 대한 기술이 전제되어 있기 때문이다.

이로 볼 때 12월체 시가는 (가)와 (나)의 요소가 복합된 구조가 기본이 된다는 것을 알 수 있다. 다만, 둘 중 어느 한 쪽에 더 비중이 두어질 수도 있고, 12월체 시가의 장르, 작자층, 성별 등에 따라 이 두 요소가 한 텍스트 내에서 상호 결합되는 양상이 달라질 수도 있다.

(가)의 세 요소, (나)의 두 요소가 어떻게 조합을 이루느냐에 따라 이론적으로 다음과 같이 14 유형으로 구분하는 것이 가능하다.

> a+d, a+e, b+d, b+e, c+d, c+e
> (a, b)+d, (a, b)+e, (a ,c)+d, (a, c)+e, (b, c)+d, (b, c)+e,
> (a, b, c)+d, (a, b, c)+e

그러나 경우에 따라서는 이론상으로는 가능해도 실제적으로는 존재하기 어려운 결합양상도 있다. 예컨대, 景物表現部가 (c)만으로 이루어진 경우는 상상하기 어렵다. 월별 행하는 농사일을 서술하는 데 있어 '자연의 변화'(a)에 대한 부분은 필수적으로 수반되기 때문이다. 따라서 c+d와 c+e, (b, c)+d와 (b, c)+e는 사실상 존재하기 어렵다. 또 (가)의 c와 (나)의 d가 결합되는 양상도 부자연스럽다. 농사일이라는 것 자체가 개인체험이기보다는 오랜 세월 축적된 집단체험이기 때문에 개인의 私的 정서보다는 집단에 의해 共有된 정서가 표출되는 것이 자연스럽기 때문이다. (a, c)+d, (b, c)+d, (a, b, c)+d형이 이에 해당한다.

경물부와 심정부가 어떤 방식으로 組合되느냐와 더불어 중국과 한국, 성별, 향유층의 신분, 장르 등은 12월체 시가의 텍스트적 차이를 빚어내는 변수요인이 된다. 이런 점들을 고려하여 위에서 제시된 유형들의 몇 실례를 살펴 보고자 한다.

2.1 a+d형

晉代의 민요 <月節折楊柳歌>, 敦煌曲 <十二月相思>,5) 李賀의 <十二月樂詞>6) 區陽修의 <漁家傲>7) 등 주로 중국의 작품이 여기에 속한다. 이는 月別 자연현상을 읊고 그에 촉발된 주체의 개인적 정서를 표현하는 유형이다. 같은 유형이면서도 앞 두 작품과 뒤의 두 작품은 여러모로 차이를 보인다.

汎舟臨曲池　　굽이굽이 흐르는 연못에 배를 띄우고
仰頭看春花　　고개를 들어 봄꽃을 본다
杜鵑緯林啼　　두견새 숲속에서 울다가
折楊柳　　　　버드나무를 꺾는다
雙下俱徘徊　　한쌍이 날아와 맴돌고 있는데
我與歡共取　　나는 누구와 더불어 즐거움을 함께 할꼬.

(<月節折楊柳歌·三月歌>)

각 章마다 반복되는 "折楊柳"는 일종의 후렴구 역할을 하는데, 이를 기

---

5) 敦煌 曲子詞는 1900년경 중국 돈황 석굴에서 발견된 수많은 문학작품群 중 하나로서 宋詞의 발생과 깊은 연관을 갖고 있는 歌謠群이다. 이것은 대략 唐末에서 五代에 이르는 340년간에 만들어져 민간에서 불리던 노래들이다. 敦煌歌辭들은 1950년 『敦煌曲子詞集』으로 출판된 이래 『敦煌曲初探』 『敦煌曲校錄』 『敦煌歌辭集』 등에 수록·소개되었다. 李秀雄, 『敦煌文學』(일월서각, 1986), 28-36쪽.

6) 李賀의 <十二月樂詞>는 『樂府詩集』 82卷 「近代曲辭」 四에 <十二月樂辭十三首>로 수록되어 있다. 「近代曲辭」란 唐代의 新樂府를 말하는데 곡조 없이 詩의 형태로만 존재하는 것이다. 李鍾燦, 『漢文學槪論』(半島出版社, 1989), 96·112쪽.

7) 歐陽脩의 詞 <漁家傲>는 총 三十調로 되어 있는데 그 중 19부터 30까지가 十二月體를 이룬다. 7 7 7 3 7(前段)/7 7 7 3 7(後段) 형식의 62字 雙調로 되어 있다. 蔡茂雄, 『六一詞校注』(臺北: 文津出版社, 1968).

준으로 전반부에서는 봄날 자연물이 노래되고 후반에서는 그에 따라 흥기
된 화자의 정서가 표현되었다.『詩經』의 세 作詩原理 중 하나인 ‘興’의 기
법에 근접해 있다. 여기서 보듯 님과 이별한 여인의 고독한 심정이나 님에
대한 그리움이 표현된 경우가 많으나 全篇이 다 그런 것은 아니다. 물처럼
빨리 흘러가는 세월에 대한 무상감이 표출되기도 하고(<八月歌>) 추위 속
의 松栢처럼 변함없는 마음(<十一月歌>)이 노래되기도 한다.

四月孟夏夏漸熱　　4월이라 孟夏되니 여름날이 점차 무르익어 갑니다
忽憶貞君無時節　　홀연 님 생각에 계절 느낌조차 없답니다
妾今猶在舊日境　　저는 지금도 옛날 생각에 잠겨 있는데
君何不憶妾心褐　　당신은 어찌 제 마음이 타들어가는 것을 생각지 않나요
也也也也　　　　　후렴.　　　　　(敦煌 曲子詞 <十二月相思·四月歌>)

이 노래는 全篇이 군데군데 脫字가 많은데 유일하게 四月歌가 탈자가
없어 인용해 보았다. 님을 그리는 화자의 주관적 정서(d)가 앞의 노래보다
더 강렬하게 표출되어 있다. 이는 텍스트 전체에서 (d)가 차지하는 비중이
앞 노래보다 더 크다는 것을 말해 준다. 앞 노래의 경우 경물부와 심정부의
비중이 거의 대등한 반면, 이 노래는 후자에 더 큰 비중이 놓인다. 이 경우
자연물은 주관적 정서를 환기하는 대상물로 작용한다. 경물부와 심정부의
비중을 근거로 이 작품들과 고려가요 <동동>을 비교해 보면, <동동>은 <十
二月相思>보다는 <月節折楊柳歌> 쪽에 더 근접해 있음을 알 수 있다.
　한편, 李賀의 <十二月樂詞>와 區陽修의 <漁家傲>는 경물부에 더 중
점이 놓인다는 점에서 앞의 두 노래와 대조를 보인다.

星依雲渚冷　　별은 구름 물방울에 젖어 차갑고
露滴盤中圓　　이슬은 盤中에 둥글게 아롱지네
好花生木末　　나뭇가지마다 예쁜 꽃이 피어있고
衰蕙愁空園　　시든 蕙草 빈 뜰에 수심겹다

夜天如玉砌　　밤하늘은 옥으로 만든 섬돌 같고
池葉極靑錢　　연꽃 잎사귀는 마치 푸른 동전같네 (<十二月樂詞·七月>)

三月淸明天婉娩　　3월 청명절에 날씨는 온화하고
晴州祓禊歸來晚　　맑은 물에 티끌을 씻어내고 돌어오는 저녁무렵
況是踏靑來處遠　　답청하러 온 곳이 멀기만 한데
猶不倦　　　　　　그래도 피곤하지 않다네
秋千別閉深庭院　　오랜 세월 이별에 깊숙한 정원 닫아걸었네
更値牧丹開欲遍　　심어놓은 모란꽃이 활짝 피려하는데
酴醾壓架淸香散　　시렁에 얹어 놓은 탁주의 향이 그윽하게 퍼진다
花底一樽誰解勸　　꽃 아래에서 한잔 술 누구에게 권할 것인가
增眷戀　　　　　　그리움만 더해간다
東風向晚無情絆　　저녁나절 불어오는 봄바람 無情도 하니 붙잡아 매둘 수가
　　　　　　　　　없구나.　　　　　　　　　　　　　(<漁家傲·21調>)

　두 작품 다 정감표출의 정도가 약하지만 특히 李賀의 시는 일견 여름날
의 자연풍경만을 서술한 것에 그친 듯하여 정감표현이 최소화된 느낌을 주
는 반면, 구양수의 詞는 "增眷戀"이라는 어구로써 님에 대한 相思의 정을
함축하고 있어 주관성이 다소 직접적으로 표출된다. 위에 인용한 부분만 보
면 <漁家傲·21調>는 '(a, b)+d형'에 속한다. 그러나 十二月體로 된 것 중
이런 유형에 속하는 예는 한두 調에 지나지 않으므로 전체적인 특성을 고려
하여 'a+d형'으로 분류하였다.
　이하의 新樂府는 남성화자, 구양수의 詞는 여성화자의 목소리로 전개되
는데8) 구양수의 작품이 비교적 주관성이 강하게 감지되는 것도 이런 텍스
트적 요인과 관련이 있다. 또, 宋詞는 전반적으로 여성화자를 통해 사랑이
나 이별을 노래하는 婉弱·艶情·纖細한 취향을 특징으로 하므로 이같은

---

8) 인용 부분에서는 이같은 양상이 뚜렷이 나타나지 않으나 '다른 달 시편'을 보면 시적
　화자의 차이를 확인할 수 있다.

장르적 요인이 텍스트적 특징을 야기한 것으로 볼 수도 있다.

반면 李賀의 악부는 표면상으로는 자연묘사로 일관한 것 같으나 "夜天如玉砌 池葉極靑錢"와 같은 비유법을 통해 景 속에 주관적 情을 투영하고 있어 唐代 절구나 율시에 가까운 양상을 보인다. 경물부의 세 요소 중 李賀의 시에서는 자연물(a)이 강조되고 있으며, 이때 자연물은 玩賞의 대상으로서 심미적 체험을 가능케 하는 효과적 제재가 되고 있다.

2.2 b+d형

이 유형은 월별 세시풍속을 읊고 그에 따라 일어나는 화자의 개인적 심정을 표현하는 양상이다. 즉, 경물부에 세시풍속이 단독으로 선택되는 경우이다.

> 그달그믐 다지내고/ 이월이라 한식일에/ 온갖봄이 새로워라/ 부모효행 하온 후에/ 부부유별 생각하니/ 춘풍같이 세론덕과/ 화일같이 붉은언약/ 한풍같이 실픈마음/ 수이볼가 기다리니/ 음용이 적막하고/ 소식이 돈절하다/ 가련하다 한식일에/ 우리장생 어디가고/ 다시올줄 모르는고. (<달거리>)9)

> 三月 初三辰날에/ 燕子난 나라드는더/ 꼿갓치 불근뜻과/ 입사귀갓치 푸른言約/ 蝴蝶갓치 길건마음/ 슈이볼가 긔달이니/ 消息이 頓絶하다 (<別別想思歌>)10)

개인적 심정표현(d)에 해당하는 내용을 보면, <달거리>의 경우는 相思와 思親을 <別別想思歌>는 相思의 情을 노래하고 있음이 드러난다. 명절에는 가족, 친척이 모여 즐거움을 함께 하는데, 이런 때일수록 헤어져 있는 사람이 더욱 그리워지게 된다. 따라서 세시명절은 화자의 외로움, 그리움을 표출하는 데 효과적인 背景物이 될 수 있는 것이다.

---

9) 임동권, 『한국민요집』V (東國文化社, 1961).

10) 김동욱·임기중 編, 『雅樂府歌集』(太學社, 1982), 작품번호 56.

2.3 b+e형

경물부에 세시풍속이 단독으로 표현된다는 점에서는 (2)와 같으나, 심정부의 내용이 집단에 의해 共有된 정서, 보편적 체험에 기반을 둔 정서, 어느 정도 객관화된 정서라는 점에서 차이를 보인다. 일반 十二月體 民謠에서는 찾아보기 어렵다.

桃瓜初熟剩園收　복숭아와 오이가 처음 익으매 밭에서 거두어 들였다가
携向溪亭作勝遊　시냇가 정자에 가지고 가서 즐거운 놀이를 하네
濯熱清波隨處好　맑은 물결에 더위를 씻으니 곳곳마다 흥겨운데
世間何水不東流　세상의 어떤 물이 동쪽으로 흐르지 않겠는가?

(柳晚恭, 『歲時風謠』 <六月十五日>)11)

柳晚恭의 『歲時風謠』는 十二月體 詩型을 취하지는 않았으나 세시풍속을 소재로 하여 七言絶句 형태로 읊은 漢詩를 모아 놓은 것이다. 위 인용시는 流頭日에 동쪽으로 흐르는 물에 목욕을 하는 풍속을 읊었는데 3구까지 해당 풍속을 서술하고 마지막 구에서 '세상의 어떤 물이 동쪽으로 흐르지 않겠는가?'라고 자신의 견해와 정감을 피력하고 있다. 이같은 양식은 여기에 수록된 작품 全篇에 걸쳐 일관되는 구성방식인데 인용된 시 마지막 구를 보면 하여 화자의 정조가 표출되는 부분도 개인적 체험에 기반을 둔 주관성 강한 정감이 아니라, 어디까지나 해당 세시풍속과 관련되어 누구라도 제시할 수 있고 누구라도 느낄 수 있는 보편적 체험의 세계가 표출되고 있음이 주목된다.

아래 <달거리창부가>는 이 유형에 속하면서도 매우 특이한 양상을 보인다.

정월이라 대보름은/ 답교하는 명절이라/ 청춘남녀/ 짝을지어/ 양양삼삼이 다니는데/ 우릿 임은 어디를 갔게/ 답교가잔 말이 어이없나/ (후렴)얼시구좋다절

---

11) 임기중 역주, 『우리 세시풍속의 노래』(집문당, 1993).

시구/ 아니놀진 못하리라. (<달거리창부가>)[12]

후렴구를 제외하면 일반 'b+d형'과 다를 바가 없다. 그러나 민요에서 후렴구는 중요한 구실을 하므로 노랫말에서 제외할 수 없다고 볼 때, 후렴구로써 표출된 정감은 결코 개인적 체험에 의거한 私的 정서(d)는 아니라는 것이 드러난다. 앞부분에 서술된 노랫말 내용과는 무관하게 이런 류의 노래를 부르는 데서 야기되는 집단적 정서체험을 표출한 것으로 봐야 한다. 월별 세시풍속을 서술하고 그뒤에 고독한 심사를 대응시키는 서술방식은 하나의 '틀'로서 고정이 되어 있고, 이미 그 내용은 화자의 개인정서를 표출하는 것과는 거리가 먼 것이다. 따라서 發話者의 심정표현은 후렴구에서 찾아야 할 것이며, "얼시구좋다 절시구/ 아니놀진 못하리라"라고 하는 정서내용이 집단에 의해 共有되는 성격의 것임은 말할 나위가 없다. 이 작품 외에도 <장부가> <창부가> <달풀이> <달거리> 등에서 널리 찾아볼 수 있는 유형이다.

2.4 (a, b)+d형

자연현상과 세시풍속을 읊고 그에 상응하여 흥기된 개인적 정서를 표현하는 유형이다. 우리나라 12월체 시가 중 가장 많은 수를 보이는 유형으로, <동동>도 이에 속한다.

四月 아니 니저/ 아으 오실셔 곳고리 새여/ 므슴다 錄事니믄/ 녯나를 닛고신뎌 / 아으 動動다리 (<動動·四月>)

七月ㅅ 보로매/ 아으 百種 排ᄒᆞ야 두고/ 니믈 흔더 녀가져/ 願을 비ᅀᆞᆸ노이다/ 아으 動動다리 (<動動·七月>)

---

12) 임동권, 『한국민요집』III권(東國文化社, 1961).

<동동>의 경우 月마다 a와 b가 동시에 나타나는 것이 아니고 1·3·4·10月章에서는 a가, 2·5·6·7·8·9月章에서는 b가 선택적으로 나타난다는 점이 특징적이다. 四月章은 이때의 가장 두드러진 자연물 ‘꾀꼬리’를 객관적 상관물로 하여, 그리고 七月章은 ‘百種(백중)’이라는 세시풍속을 도입하여 님에 대한 그리움을 표출하고 있다.

> 그달그믐 다지나고/ 三月이라 삼질날에/ 연자는 날아들어/ 옛집을 찾아오고/
> 호접도 분분하여/ 옛빛을 자랑하네/ 봄ㅅ바람 야외ㅅ길로/ 노니는 소년들아/
> 우리임은 어디가고/ 답청절인줄 모르신고 (<靑孀謠>)13)

> 金井梧桐一葉秋   금정우물에 오동잎 떨어지는 가을인데
> 水晶簾外碧波流   수정발 바깥에선 푸른 시내 흐르누나
> 天上相逢今夜半   오늘 밤에 견우직녀 만나는데
> 玉牕何事獨深愁   옥창에 어쩐 일로 이 몸 홀로 서러운가.
>
> (金三宜堂, <十二月詞·七月七夕>)14)

이 두 작품은 민요와 漢詩라는 형태만 다를 뿐 내용이나 표현기교나 정서표출 등 모든 면에서 비슷하다. 이것은 두 작품 다 발화자가 女性이라는 점에서 야기된 결과라고 생각된다. 이외에도 대부분의 <청상요>나 <달거리> 등 많은 민요들이 이 유형에 속하는데, 경물부보다는 심정부에 더 중점이 놓인다는 점에서 이 유형의 특징을 찾을 수 있다. 자연현상이나 세시풍속은 주관적 정조를 흥기시키는 외적 자극이 된다. 그러나 三宜堂 시의 경우 漢詩가 지니는 특유의 텍스트성 즉, 화자의 주관적 정감을 직접적·노골적으로 표출하는 것을 꺼리는 경향으로 인해 민요에 비해 정감의 표출이 약화되어 있음을 본다. 그러나 앞서 본 李賀의 시에 비하면 감정표출이 직접적이다. 이것은 12월체 시가가 본질적으로 여성의 시각에서 여성화자를

---

13) 李殷相, 「靑孀民謠 小考」, 『鷺山文選』(永昌書館, 1954).
14) 金達鎭 譯解, 『韓國漢詩』·女流詩篇(민음사, 1989).

통해 노래되는 경향이 있다는 점과 궤를 같이 한다.

2.5 (a, b)+e형

> 칠월칠석 오난비난 견우직녀 샹봉이라/ 슬솔은 명동방이요 오동은 낙금경을/
> 아마도 긔망의는 쇼즈쳡인가 (李世輔)[15]

이 작품은 이세보의 12월체 時調 중 七月章에 해당한다. 초장은 七夕을,
중장은 '귀뚜라미' '오동나무'라는 자연물을 노래했고, 종장에서 소식의 〈赤
壁賦〉를 빌려 七夕日에 일어나는 심정을 서술했다. '壬戌之秋 七月旣望'
으로 시작되는 蘇軾의 〈赤壁賦〉는, '七月'이라는 시간을 작품배경으로 할
때 아마도 사대부층 작가에게 가장 먼저 그리고 자동적으로 연상되는 작품
일 것이다. 이로 볼 때 七夕에 대한 작가의 정서적 반응은 사대부집단에
의해 공유된 것, 公式化된 것으로 볼 수 있다. 시조에서 종장이 작자의 詩
意를 집약하는 구실을 한다고 볼 때, 여기서 보이는 바와 같은 종장의 관념
성은 초·중장에까지 전이되어 '비' '귀뚜라미' '오동잎'까지 관념화되는 양
상을 낳는다. 따라서 이 시조에서 언어에 의한 자연물의 指示度는 최소치
가 된다.

2.6 (a, c)+e형

『詩經』〈七月〉을 이 유형에 속하는 예로서 들 수 있다. 이 작품은 엄밀
히 말해 1월부터 12월까지 순서대로 진술하는 12월체 시형으로 볼 수 없다.
그러나 그 雛型으로 간주할 수 있다.

> 七月에 大火心星이 서쪽으로 내려가면/ 九月에는 옷을 만들어 준다네/ 一陽

---

15) 『李世輔時調集』·風雅(大)(단국대 동양학연구소, 1985).

(11월)의 날에는 바람이 차갑고/ 二陽(12월)의 날에는 기온이 차가우니/ 옷이 없고 갈옷이 없으면/ 어떻게 해를 마치리오/ 三陽(1월)의 날에 쟁기를 수선하고/ 四陽(2월)의 날에 발꿈치를 들고 밭갈러 가거든/ 우리 처자식과 함께/ 저 남쪽 이랑으로 밥을 내가니/ 田畯이 와서 기뻐하리라. (『詩經』 <七月>)16)

이 노래는 우리나라 <농가월령가>와 성격이 비슷하나, 세시풍속에 관한 진술이 없다. 이는 중국과 한국의 12월체 시가 사이에서 드러나는 큰 차이 중의 하나이다. 중국 12월체 시가에도 세시풍속을 노래하는 경우가 있지만, 우리나라만큼 비중이 크지도, 그 度數가 빈번하지도 않다. 이 점은 앞서 (a+d) 유형에서 살펴본 <月節折楊柳歌>, 敦煌曲 <十二月相思>, 李賀의 <十二月樂詞> 區陽修의 <漁家傲> 등에서도 확인된 바이다. 농사일(c)이 주를 이룰 경우 그에 대응되는 심정부는 대개 집단적 가치에 부응하는 공식화된 정서가 주된 내용이 된다.

여기서 ‘田畯’은 田大夫로 勸農官에 해당한다. 이 노래의 작자를 周公으로 보는 說에 대해서는 의문이 제기되고 있으나, 설령 주공이 직접 지은 것이 아니더라도 그와 밀접한 관련이 있을 것이라는 점만은 인정되고 있다.17) 이로 보아 ‘田畯’은 주공의 대리인이거나 농사감독관일 가능성이 크다.18) 8章에 걸쳐 月마다 철마다 행할 일을 서술하였는데 이 내용이 거의 대부분을 차지하고, 이에 상응하는 화자의 心情表現은 지극히 미약한 양상을 보인다. 표현된 정서의 내용도 화자의 입장에서 개인적으로 체험된 정서

---

16) “七月流火/ 九月授衣/ 一之日觱發/ 二之日栗烈/ 無衣無褐/ 何以卒歲/ 三之日于耜/ 四之日擧趾/ 同我婦子/ 饁彼南畝/ 田畯至喜.”

17) 『詩經』「豳風」序에는 ‘武王이 죽고 成王이 즉위하였는데 나이가 어려 임금의 일을 제대로 행하지 못하자, 周公 旦이 冢宰로서 攝政을 하면서 后稷과 公劉의 교화를 한 편의 詩로 지어 成王을 경계하였으니 이것이 바로 豳風이다’라는 내용이 있다.

18) <七月>을 西周 奴隷社會의 소산물로 보고 여기에 서술된 농부의 생활이 領主의 自營地에 속한 農奴의 생활상을 반영한 것으로 보는 견해도 있다. 孫作雲, 「讀七月」, 『詩經硏究論集』·二(林慶彰 編, 臺北: 學生書局, 1987).

가 아니라, 집단의 가치에 부응하는 다시 말해 집단에 의해 共有된 가치의 확인으로서의 보편화된 정서이다. 이것은 <七月>이 농부의 체험을 바탕으로 지어진 시가 아니라 政敎主義의 소산으로서 지배층의 입장에서 쓰인 시이기 때문이다.

따라서 이 노래는 『예기』 「月令」의 시적 전환으로 볼 수 있다. 고대 사회에 있어 曆은 농사철과 농사일을 기록하고 알리는 데 큰 몫을 했으며, 따라서 曆의 보급은 지배층의 중요한 통치수단이 되었던 것이다. 예기 「月令」은 바로 이러한 의도에 의해 지어진 것이다. 그러므로 <七月>과 「月令」은 作意가 동일하다.

이 언술들에서 '자연'은 농사철과 농사일을 알려 주는 지표가 될 뿐이며, 생산수단인 동시에 삶의 터전으로서 실용적 측면이 부각된 것이다. 텍스트 내용과 그것이 지시하는 외계 현실과의 대응관계는 아주 농밀하다고 할 수 있으며, 언어의 지시성은 최고치에 해당한다.

2.7 (a, b, c)+e형

이 유형은 (6)에 b 즉 세시풍속 항목만 추가되는 경우이다.

> 正月은 孟春이라 立春 雨水 節氣로다/ 山中澗壑에 氷雪은 남았으나/ 平郊 廣野에 雲物이 변하도다/ 어와! 우리 聖上 愛民重農 하오시니/ 懇惻하신 勸農綸音 坊曲에 頒布하니/ 슬프다 농부들아 아무리 無知한들/ 네몸 利害 姑捨하고 聖意를 어길소냐/…(중략)…/ 正朝에 歲拜함은 敦厚한 風俗이라/ …下略… (丁學游, <農家月令歌·正月令>)[19]

이 노래는 경물부에 세시풍속 항목이 첨가된다는 점에서 약간 차이가 있을 뿐, 여러 면에서 <七月>과 비슷하다. 경물부에 중점이 놓인다는 점도

---

19) 김성배·이상보 外 編著, 『歌辭文學全集』(精研社, 1961).

같고, 경물부의 여러 요소 중 농사일(c)에 가장 큰 비중이 놓인다는 점도 같다. 또, 집단적 체험에 의해 공유된 정서나 집단적 가치－忠·聖恩－를 표출한다는 점에서도 비슷하다.

그러나 作意面에서 兩者는 큰 차이를 내포하고 있다. <七月>은 고대 사회에 있어 지배층의 중요한 통치수단이 되는 曆의 보급과 맥을 같이하여 농사일의 보급 및 敎示가 作意의 중심이 되고 있으나, <농가월령가>는 성격이 다르다.

원래 ‘月令’이란 月마다 백성들이 행해야 하는 일에 대하여 정부가 내린 명령, 즉 政令을 의미한다. 그러나 본래의 字意가 그렇다 해도 그것이 일종의 보편화된 시형식을 지시할 경우, 농사에 관한 지배층의 교시나 명령과 무관하게 쓰일 수도 있다는 사실을 간과할 수 없다. <농가월령가>만 보아도 농사일의 홍보, 교시와는 사실상 무관하다. 이 작품이 지어진 시기가 농사일을 보급해야 하는 고대사회도 아니고, 농사현장에 직접 참여하지 않는 양반사대부 작자가 이를 본업으로 하는 백성들에게 농사일을 敎示하는 입장이 될 수도 없다. 따라서 이 歌辭는 한 작가가 농가에서 행해지는 일을 ‘소재로 하여’ 十二月體 詩型으로 읊은 것으로 보아야 할 것이다.

3. 十二月體 詩歌의 텍스트성과 그 변수요인

이상 경물부와 심정부가 어떻게 결합되는가에 따라 유형을 분류하고 각 유형별 텍스트적 특성을 개괄해 보았다. 이 텍스트적 특성은 향유층의 性別, 身分, 민족, 시가장르 등의 변수요인에 따라 다음과 같은 여러 양상이 파생될 수 있다. 단, 이같은 변수요인 중 어떤 신분층이 향유하는 시장르는 대개 고정적이라는 점을 감안하여, 시장르와 신분이라고 하는 요인은 함께 묶어서 고려해도 좋을 것이다. 그리고 性이라는 변수요인도 민요의 경우는 특정 창작자를 상정할 수 없으므로 실제 작자의 性보다는 노래를 전개하는 詩的 話者의 성별에 초점을 맞추어야 하리라고 본다. 이같은 요인들을 고려할 때 十二月體 詩型을 취하는 노래들은 다음과 같은 다양한 전개양상을 보인다.

> (가) 같은 性別이라도 시장르나 신분에 따라 텍스트성이 달라질 수 있다. 앞의 유형별 작품 예에서 인용한 李賀의 新樂府 <十二月樂詞>, 區陽修의 詞 <漁家傲>, 李世輔의 時調, 柳晩恭의 『歲時風謠』, 丁學游의 <농가월령가> 등이 비교의 대상이 될 수 있다. 같은 男性作者라 해도 여성의 목소리로 노래되는 경우는 텍스트성이 달라질 수 있다. 또, 金三宜堂의 <十二月詞>와 <달거리>계 민요들이 비교될 수 있을 것이다.
>
> (나) 같은 身分이나 시장르라도 性에 따라 텍스트성이 달라질 수 있다. 유형별 작품예에서 金三宜堂과 柳晩恭, 李世輔, 丁學游의 작품이 비교의 대상이 될 수 있다.
>
> (다) 같은 시장르나 신분이라도 性에 따라 텍스트성이 달라질 수 있다.
>
> (라) 중국과 한국이라는 민족적 변수요인에 따라 텍스트성이 달라질 수 있다.

이상과 같은 요인들이 한 텍스트에서 상호 작용하여 그 작품의 고유한 텍스트성을 산출해 내는데, 이들을 다음 몇 가지로 요약해 볼 수 있다.

첫째, 性別에 따른 차이를 보면, 작자(또는 화자)가 남성일 경우 경물부에 비중이 두어지고, 여성일 경우 심정부 특히 私的 정서 (d)에 비중이 두어지는 경향이 강하다. 이것은 일반적으로 남성의 경우 외계사물에 관심을 가지는 성향이 강하고, 여성의 경우 내향적 성향이 강하다는 것과 관련이 있을 것으로 생각된다. 같은 남성작자라 해도 시적 화자가 여성일 경우-예컨대 구양수의 詞 <漁家傲>- 남성화자의 목소리로 전개되는 것보다 주관적 정조가 강화되는 것도 이같은 性別 보편성을 인지한 데서 야기된 결과라 보인다.

둘째, 男性作(男性 話者)이라는 변수요인 외에, 신분이 상층에 속하는 경우나 이름이 드러난 경우(즉 個人作인 경우)는 경물부가 강조되는 경향이 있다. 반면, 女性이거나 작자층이 민간서민층인 경우, 그리고 이름이 알려지지 않은 積層性을 지니는 경우 즉, 共同作인 경우는 심정부가 강조되는 경향이 있다.

이는 개인의 私的 感情을 노골적으로 표현하는 것을 바람직하게 여기지 않는 유교적 전통과 깊은 관련이 있다고 생각된다. 양반 사대부층이 받은 교육과 유학자로서 쌓은 교양은 자신의 개성을 적나라하게 표출하는 것을 억제하는 동인이 되었을 것이다.

셋째, 따라서 이들이 주된 향유층이 되는 시가장르 즉 漢詩·時調·歌辭 등에서는 심정부가 상대적으로 약화되며, 민요·잡가 등의 민간서민층이 주된 향유층이 되는 경우 심정부 그 중에서도 개인적 체험에 기반을 둔 주관적 정서가 강조되는 결과로 나타나게 되는 것이다.

넷째, 시가장르별 텍스트성을 볼 때, 공동작인 민요의 경우 十二月 전부가 노래되지 않고 몇 개의 달만 불완전하게 불리는 경향이 현저한데 비해, 개인작인 경우 十二月 전부가 완전한 틀에 담겨 서술되는 양상을 보인다. 그리고 前者는 적층성을 지니는 관계로 부분과 부분의 어조의 불일치, 문체의 통일성 결여 등이 부각되나, 後者의 경우는 개인작인 까닭에 일관성·통일성을 보인다는 점도 지적되어야 한다.

다섯째, 중국과 우리나라 12월체 시가를 비교해 볼 때, 중국은 경물부의 요소 중 자연현상이 강조되는 반면, 우리나라 시에서는 세시풍속이 강조된다는 차이가 드러난다.

4. 맺음말

지금까지 열두달의 자연경물, 세시풍속 등을 소재로 하여 순차적으로 노래를 엮어가는 12월체 시가를 중심으로 그 구조와 유형을 검토해 보았다. 우리나라의 작품만이 아니라 중국의 자료들도 아울러 검토하고자 하였고, 시가장르도 민요에 국한하지 않고 上層 身分의 한시, 시조, 가사, 악부, 詞 등도 대상으로 하였다.

이로부터, 月別 특징적인 외부 현상 및 대상을 서술하는 '景物部'와 그에 촉발된 내면 정서를 표현하는 '心情部'가 대응을 이루는 구조가 12월체 시가의 구성상의 기본 특징이 되고 있음을 알 수 있었다. 경물부도 자연물, 세시풍속, 농사일 등으로 세분화될 수 있고, 심정부도 개인적 심정이 토로되는 경우와 집단적 정서가 표출되는 경우로 나누어질 수 있다는 것도 알 수 있었다. 경물부와 심정부의 조합이 어떻게 이루어지느냐에 따라 유형을 분류하고 작품들을 예로 들어 유형별 텍스트적 특징을 살펴 보았다.

또, 이같은 특성은 향유층(작자층 포함)의 性, 身分이라는 요인, 어떤 시 장르를 통해 노래되는가 하는 장르적 요인, 중국과 한국이라고 하는 민족적 요인 등이 변수로 작용하여 텍스트마다 구체적인 전개양상을 보인다는 것을 지적하였다.

『三國遺事』의 삽입시가 연구

1. 머리말

　『三國遺事』는 고려 후기의 역사의식이 잘 나타나 있는 史書로서, 문학성이 풍부한 說話集으로서, 또 原典으로 전하는 最古의 가요인 鄕歌가 수록된 자료로서 큰 가치와 중요한 의미를 지닌다. 그런 만큼 사학, 문학, 민속학, 음악학 등 여러 방면에서 지대한 관심이 집중되어 왔다. 문학에만 국한해 봐도 鄕歌는 말할 것도 없고 여기에 수록된 神話, 始祖傳承, 神異하고 종교적인 각종 이야기들에 관하여 수많은 연구가 진행되어 왔다.

　이 글에서 관심 있게 다루어질 내용은 敍事的 배경과 詩歌의 관계에 관한 것인데, 특히 산문과 운문, 서사적 요소와 서정적 요소가 한 텍스트 내에 공존해 있는 형태라는 점에 주목하고자 한다. 이에 대해서도 이미 많은 언급이 있었다. 그러나 기존의 연구에서 시가는 대개 향가에 논의가 집중되어 왔고, 향가 이외의 讚詩가 대상이 되는 경우[1]는 산문 맥락으로부터 독립시

---

1) 『三國遺事』의 讚詩에 관한 문제는 朴魯埻(「一然의 신라가요 수용태도-讚을 중심으로」, 고려대 『어문논집』 14·15합집, 1973)에 의해 처음 제기된 후 여러 논자에 의해 주목을 받게 되었다. 이에 관한 연구로는 金周漢, 「三國遺事 所載 讚에 관하여」, 『三國遺事研究』上(영남대 민족문화연구소, 1982); 印權煥, 『高麗時代 佛敎詩의 硏究』(고려대 민족문화연구소, 1983·1989)의 Ⅳ장 2절 「一然의 讚詩와 禪的 象微」; 白信淑,

켜 다루는 경향이 있었다. 또 산문적 배경과 관련지어 향가를 살핀다 해도 이를 '삽입시'라는 관점으로 포괄하여 다른 형태의 시까지 포괄하여 다룬 예는 없지 않나 생각된다.[2]

『삼국유사』에는 향가 외에도 여러 형태의 詩가 수록되어 있다. 이야기 속에서 인물간에 주고받는 漢詩가 있는가 하면, 偈도 있고 또 一然에 의한 讚도 있다. 이 글에서는 이 모두를 포괄하여 『삼국유사』 속의 '揷入詩歌'[3]로 규정하고 이 시가들이 서사맥락 속에서 어떤 역할을 하는지, 그리고 고려 중기 이후의 일반적 글쓰기 양식과 관련하여 삽입시가는 어떤 文學史的 의미를 지니는지에 관해 살펴 보고자 한다. 이 글에서 관심을 가지는 것은 『삼국유사』에 이들 시가가 왜 삽입되었는가 하는 '동기'보다는, 삽입으로 인해 어떤 문체적 효과를 가져오며 그같은 양상이 문학적·문학사적으로 어떤 의미를 가지는가 하는 점이다. 산문맥락 속에 삽입되어 있는 시들의 다양한 의미·기능을 규명함으로써 『삼국유사』가 가지는 문학적 속성을 새

「一然의 讚詩研究」, 이화여대대학원 국어국문학과 석사논문, 1985; 한예원, 「三國遺事 所載 讚의 연구」, 성균관대대학원 한문학과 석사논문, 1986; 高雲基, 「三國遺事의 一然 讚詩에 대한 研究」, 연세대대학원 국어국문학과 석사논문, 1986; 鄭鎭炯, 「鄕歌와 讚」, 『鄕歌文學研究』(황패강교수 정년퇴임기념논총 간행위원회, 1993) 등이 있다. 鄭鎭炯의 논문에서 기존연구에 대한 개괄이 이루어져 있다.

2) 산문적 맥락 속의 '삽입시'라는 시각에서의 논의는 古小說 분야에서는 활발하게 전개되고 있다. 대표적 논문으로는 김진두, 「금오신화의 삽입시 연구」, 고려대 교육대학원 석사논문, 1979; 문영오, 「한문소설에 삽입된 한시의 기능 연구」, 《한국문학연구》 4집, 1981; 이승복, 「고전소설의 서술구조와 삽입시가의 기능」, 서울대대학원 국어국문학과 석사논문, 1986; 윤경희, 「古小說에서의 揷入詩의 機能 硏究」, 서강대대학원 국어국문학과 박사논문, 1996 등이 있다. 소설 속에 삽입된 시에 관한 외국 논저로는 James Jianye Lu, *Poems within Novels:Genre Crossing & the Novel in Europe and East Asia*(Duke University, Department of English, U·M·I, 1992)가 있다.

3) 향가, 찬시 및 기타 시가들을 '삽입시가'라는 말로 총괄한다 해서 이 말이 향가의 독자성이나 가치를 폄하하는 말로 이해되어서는 안 된다. 原文대로 전하는 우리나라 最古의 시가로서 향가는 산문적 맥락에서 독립시킨다 해도 그 독자적 가치가 충분히 인정될 수 있다.

로운 각도에서 부각시켜 보고자 하는 것이 이 글의 궁극적인 목표이다.

이같은 의도에 따라 구체적으로 2장에서는『삼국유사』라고 하는 서사체 속에서의 삽입시가의 제 기능을 검토하며, 3장에서는『삼국유사』『동명왕편』『제왕운기』『해동고승전』등『삼국유사』와 성격이 비슷한 고려 중기 이후의 글양식 및 불교문학의 전통적 양식 등을 전반적으로 검토하여 삽입시가의 문학사적 의미를 규명해 보고자 한다.

『삼국유사』는 허구성과 역사성 양면을 지니고 있어 보통 '역사적 神異의 기술4) 혹은 '神異의 역사'로 이해되고 있다. 이와 같은 양면성을 근거로 하여,『삼국유사』의 성격을 準허구적 서사체로 규정하고자 한다. 그 가운데서도 역사적·종교적 神異談의 성격을 띠는 準허구적 서사체로 범주화할 수 있다.

2. 삽입시가의 제 기능

2.1 삽입시가의 존재양상과 장르적 성격

『삼국유사』에 삽입된 시의 제 기능들을 살피는 데 있어 선결되어야 할 문제는 그 삽입시가들을 어떻게 분류하느냐 하는 것이다. 鄕歌·偈·古詩·絶句·讚 등 시형태에 의한 분류도 가능하겠지만, 이 글에서는 '3인칭 서술 속의 것'과 '1인칭 서술 속의 것'으로 분류하고자 한다. 앞의 것은 이야기 속에 등장하는 인물의 발화에 해당하고, 뒤의 것은 撰者(作者) 혹은 作者의 대리인이라 할 1인칭 서술자의 발화라는 점에서 兩者는 구분된다.

이 글에서는『삼국유사』설화들을 準허구적 서사체로 규정하고 있으므로 이 설화들 속에 삽입된 시가들은 서정시로 된 서사단위, 혹은 서정시로

---

4) 李基白,「三國遺事의 史學史的 意義」,『韓國의 歷史認識』上(李佑成·姜萬吉 編, 창작과비평사, 1976·1982).

서술된 삽화로 이해하고자 한다. 그러므로 삽입되어 있는 시가들이 서사체 내에서 어떤 역할을 수행하며, 어떤 의미·효과를 갖는가 하는 점을 살피는 데 있어서는 시가 형태별 분류보다는 '3인칭 서술 속의 것'과 '1인칭 서술 속의 것'으로 분류하여 살피는 것이 더 효과적이라고 생각한다.

3인칭 서술 속에 삽입된 시들은 14편의 鄕歌 외에도 偈·詩·詞·歌·唱·民謠, 향가에 대한 解詩 등 다양한 형태의 것들이 있는데 향가를 포함하여 모두 33편이 삽입되어 있다. 1인칭 서술 속의 시는 7언 절구형 讚詩 49편과 7언 10行형의 讚時가 1편 도합 50편이 있다.

이 시들을 소속 문맥으로부터 분리하여 살펴 본다면, 장르상으로 모두 抒情詩에 해당한다. 서정시의 의미는 언제, 누구를 대상으로, 누구에 의해서, 어떻게, 왜 창조되었는가에 대한 역사적 정보 속에서 찾을 수 있는 것이 아니다. 서정시는 시적 화자의 내적 독백으로 이해되며, 斷片的 사건의 최정점만을 포착하여 고양된 시적 화자의 정서를 함축적으로 표현하는 양식이다. 또한 서정시는 내적 완결성, 자기충족성, 외부세계에 대한 폐쇄성을 특징으로 한다. 이같은 정의에 기준해 볼 때, 문맥 의존적인 『삼국유사』의 삽입시가를 과연 일반 서정시와 똑같이 취급할 수 있는가 하는 문제가 제기된다.

서정시에도 사건이 없는 것은 아니다. 그 사건이 처음-중간-결말의 구조로 明示되는 서사체와는 달리, 하단 왼쪽 그림처럼 다만 문장 이면에 '함축'되어 있을 뿐이다.5) 서정시는 사건이 최정점에 이르렀을 때의 순간을 1인칭 화자가 독백 형태로 표현한 것이라 할 수 있다. 이 경우, 독자는 문장 이면에 숨겨진 서사 내용을 상상하고 추측한다. 그런데, 삽입시가의 경우(하단 오른쪽 그림), 사건은 전후 맥락을 통해 명시되어 있기 때문에 독자의

---

5) L.J. Zillman은 이를 '축소플롯'(miniature plot)이라는 말로 표현한 바 있다. L.J. Zillman, "The Range of Poetry," *The Art and Craft of Poetry*(The Macmillan Company, 1966).

상상·추측 작용이 필요없게 된다.6) 이 두 형태의 차이를 다음과 그림으로
나타낼 수 있다.

(이 그림에서 꼭짓점은 '시'가 배치되는 지점을 나타낸다.)

　이른바 '서사의 삼각형'7)이라 할 위 그림에서 삼각형의 크기가 크고 그
안에 포괄될 수 있는 작은 삼각형 수가 많을수록 이야기는 장편화, 복잡화된
다. 이 둘을 똑같이 순수 서정시로 분류할 수 있을 것인가? 위 오른쪽 그림
처럼 서사체 속에 삽입된 시—그 중에서도 3인칭 서술 속의 삽입시가—들은
이야기 전개상 최정점에 배치된다. 이들을 어떤 명칭으로 불러야 하며 어떤
장르적 범주에 포괄시킬 것인가 하는 문제를 생각해 보지 않을 수 없다.8)
　삽입시들은 말 그대로 산문적·서사적 맥락 속에 삽입되어 있는 시라는
조건을 전제로 하기에, 문맥을 떠나서는 그 의미가 제대로 전달되지 않는다.
그 자체로는 서정시이지만, 소속문맥의 서사성을 부여받아 '서정성+서사성'
의 장르간 상호침윤이 이루어진 복합형태인 것이다. 이는 시 자체가 스토리
를 전개하는 '서사시'와도 다르고, 서정시 범주에 이야기를 도입하는 '이야
기시'(혹은 譚詩)와도 다르다. 따라서 이런 유형의 시를 별도로 범주화할 필
요가 있다. 이런 성격의 시들을 '(抒情)詩的 敍事單位'로 보는 것이 필자의

---

6) J.J. Lu, 앞의 책, 18-20쪽.

7) L.J. Zillman, 앞의 글.

8) J.J. Lu(앞의 책)는 이런 형태를, '소설적 시'(novelistic poems)로 부르고 있지만,
　『삼국유사』의 이야기들은 소설이 아니므로 이 명칭은 타당하지 않다. 일본의 경우
　이야기와 和歌가 혼합되어 있는 장르를 '우타가타리'(歌語り) '우타모노가타리'(歌物
　語)라 한다.

관점이다. 서사적 맥락 속에 삽입되었을 때만이 그 존재의미를 부여받으므로9) 시도 서사의 일부라 할 수 있기 때문이다. 단 다른 부분과는 달리 詩로 된 서사단위라는 차이가 있기에 '詩的 敍事單位'로 보는 것이 타당하다고 생각한다. 또한, 그 시가 대부분 서정시의 성격을 지니므로 그 중에서도 '(抒情)詩的 敍事單位'의 성격을 띤다.

2.2 3인칭 서술 속의 삽입시가

『삼국유사』의 서술에서 3인칭 제한적 시점에 의한 서술은 가장 큰 비중을 차지한다. 그러나 전지적 시점과 1인칭 시점에 의한 서술 또한 적지 않은 비중을 지닌다. 여기서, 3인칭 서술 속의 삽입시가라 함은, 산문이나 운문에 의한 작가의 논평―즉, 論曰·議曰·讚曰로 전개되는 부분―이 아닌, 내부 이야기 속에 삽입된 시를 말한다. 내부 이야기 속에 삽입된 시가는 독백이나 대화와 마찬가지로 인물의 목소리를 재현하는 구실을 한다. 말하자면 등장인물이 詩의 형태로써 자신의 생각이나 심정, 세계인식 등을 드러내는 양상이다.

3인칭 서술 속에 삽입된 시들을 1인칭 시점에 의해 서술되는 시의 경우와는 달리 이야기를 구성하는 일부분이 된다는 점에서,10) 이야기의 다른 부분들과 '繼起的 관계'(syntagmatic relation)에 놓이며, 그 자체로서 하나의 삽화를 구성할 수도 있는 서사단위가 된다. 서사단위로서의 삽입시가들

---

9) 만일 삽입된 시가들 특히 향가 14편이 『삼국유사』외에 다른 기록 속에 작품 자체만으로 독립되어 존재한다면, 배경설화를 전제하지 않고 한 편의 독립된 서정시로서 이해될 수도 있을 것이다.

10) 이 점에 대해서는 부연할 필요가 있다. 액자의 틀이나 소설에서 에필로그에 해당하는 讚詩를 서사체에 포함시키는 관점과 포함시키지 않는 관점이 兩立할 수 있다고 본다. 찬시는 『삼국유사』의 어떤 소제목 하에 수록된 것이기에 서사체의 일부로 볼 수도 있고, 앞에 서술된 이야기와는 별도의 것이기에 서사체에 포함시키지 않을 수도 있다.

중에는 스토리 구성에 없어서는 안 될 '필수적'인 것들도 있고, 없어도 될 '선택적'인 것들도 있다. 후자의 경우 줄거리 구성에는 없어도 되지만, 미적 효과나 삭자가 의도하는 이야기의 초점을 부각시키는 역할을 수행한다. 줄거리 구성에 필수적이든 선택적이든 간에 이야기 속의 삽입시가가 공통적으로 행하는 여러 가지 기능과 역할에 대해 살펴 보기로 하자.

첫째, 劇的 효과를 창출하는 기능을 가진다. 앞서 언급한 바 있듯, 서사체의 서술은 話者(서술자)에 의한 방식과 인물에 의한 방식이 있는데, 前者는 보고적 서술의 성격을, 後者는 장면적 묘사의 성격을 띤다.11) 전자의 경우 報告者는 사람은 독자에게 정보를 객관적으로 전달하거나 요약해 주는 것을 목표로 하며 보고내용에 대한 설명을 곁들일 수도 있다. 따라서 독자는 개개 사건을 과거에 완결된 것으로 이해하며 보고자가 사건에 대해 가졌던 시간적·공간적 거리를 그대로 유지하게 된다. 반면, 후자의 경우는 사건의 진행과정이 현재 일어나고 있는 것처럼 묘사되고 독자는 그 사건의 행위 속에서 함께 체험하는 양상을 띤다. 따라서 사건이 과거시제로 서술되었다 하더라도 과거의 의미를 상실하고 현재 일어나는 일처럼 받아들이게 되는 것이다.12) 그러므로 장면제시적 성격을 띠는 삽입시가들은 극적 효과를 증대시키는 역할을 행하게 되는 것이다.

이때 삽입시가는 독백의 형태가 될 수도 있고, 대화의 형태13)가 될 수도 있다. 또, 대화라 할지라도 간접화법의 양상을 띠는 경우도 있고 직접화법

---

11) Franz K. Stanzel, 「서술상황으로 본 유형들」, 『소설형식의 기본유형』(安三煥 譯, 探求堂, 1982). 서술은 서술자에 의해 행해지는 부분과 등장인물들의 말-독백·대화-에 의한 부분으로 크게 구분된다. 전자는 보통 과거시제로 전개되는 것으로 '요약' '주석적(보고적) 서술' '말하기'(telling) 혹은 '디에제시스'(diegesis) 등으로 불리며, 후자는 현재시제로 전개되는 것으로 '극적 재현' '장면제시' '보여주기'(showing) 혹은 '미메시스'(mimesis) 등으로 불린다.

12) 같은 곳.

13) 삽입시가 인물의 대화 기능을 하는 양상에 대해서는 J.J. Lu의 앞의 책(ch.2) 및 윤경희의 앞의 글(99-110쪽)에서 자세히 언급되었다.

의 양상을 띠는 경우도 있다.14) 「處容郎 望海寺」條에 삽입된 <處容歌>를
예로 들어 보자.

> 처용이 밖에서 돌아와 두 사람이 누워 있는 것을 보자 이에 노래를 부르며
> 춤을 추면서 물러나왔다. 그 노래는 이러하다. (…생략…)15)

서술자의 서술에 이어 <처용가>가 소개되는데 이 부분은 바로 노래로
된 직접화법의 대사이며, 疫神이 聽者에 해당한다고 볼 수 있다. 따라서
노래부분은 일반 대사와 마찬가지로 인물이 사건―아내와 역신이 간통한
사건―에 대한 자시의 견해와 심정을 피력하는 구실을 하고, 결과적으로 劇
的 효과를 창출하게 되는 것이다. 서술자의 말―요약―이 과거시제로 전개
되는 것과는 달리 인물의 대화나 독백에 해당하는 노래는 대개 현재시제로
말하여지므로 그 장면이 눈앞에 전개되는 것처럼 극적으로 전달되는 효과
를 낳는 것이다. 삽입시가는 서사의 '중심인물'(혹은 主인물)의 발화인 것도
있고, '주변인물'(혹은 副인물)의 발화인 것도 있다.

이야기 속 인물들이 짓거나 부른 노래가 극적 효과를 야기하는 양상은
「努肹夫得 怛怛朴朴」 「金現成虎」에서 그 최대치를 엿볼 수 있다.

行逢日落千山暮	나그네 가는 길에 해는 지고 온 산에 어둠이 깔렸는데
路隔城遙絶四隣	길은 막히고 성은 멀어 주변에 인가도 보이지 않네
今日欲投庵下宿	오늘은 이 암자에서 머물고자 하오니
慈悲和尙莫生嗔	자비스런 스님께서는 노하지 마시길

이 시는 깊은 산 속으로 들어가 수도에 전념하던 노힐부득과 달달박박의
암자에 어여쁜 한 낭자가 찾아와 머물기를 청하면서 지은 시 두 편 중 朴朴

---

14) 윤경희는 고소설에 삽입된 시가 인물의 말을 직접화법으로 제시한 것으로 보고
  이것이 일종의 내부시점을 형성한다고 지적한 바 있다. 같은 곳.
15) 산문의 경우 원문은 생략하고 필요한 경우에만 제시한다. 이하 동일.

이 거처하는 北庵에 와서 지은 것이다. 이 시들은 각각 박박과 부득을 상대로 한 낭자의 臺詞에 해당하는 셈이다. 이 이야기에서 낭자는 두 사람의 道를 시험하려는 의도를 가진 보살의 화신이다.

一宦漸梅福　　벼슬길에 나아가니 梅福에게 면목없고
三年愧孟光　　3년이 지나니 孟光에게 부끄럽구나
此情何所喩　　이 정을 어디에 비유할까
川上有鴛鴦　　냇물 위에 원앙새는 떠 있는데

琴瑟情雖重　　琴瑟의 정이 비록 중하나
山林志自深　　山林에 둔 뜻이 깊기만 하네
常憂時節變　　시절이 변할까 늘 근심하며
辜負百年心　　백년해로 저버릴까 걱정하누나

위의 두 시는 第5권「金現感虎」條에 附錄된 申屠澄의 이야기에 나오는 것으로, 앞의 것은 신도징이 부인에게 준 시이고, 뒤의 것은 부인이 그에 화답한 것이다. 신도징은 시로써 부인에 대한 사랑을 표현하였고, 부인은 호랑이면서 인간의 탈을 쓰고 사는 현실의 불안감을 표현하였다. 이처럼, 삽입시가가 인물간 오가는 對話의 역할을 행할 경우, 말을 직접적으로 인용하는 '직접화법'에 해당하므로 극적 효과는 더욱 커진다고 할 수 있다. 요컨대 이 두 시는 주고받는 형태를 띠므로 '시로 된 對話의 성격을 띠는 것이다.16)

둘째, 이야기 속 삽입시가가 지니는 서사적 기능으로서 인물에 대한 '性格附與'17) 및 '정보제공'의 기능을 들 수 있다. 『삼국유사』는 완전한 허구

---

16) 인물의 시가 현대의 순수 서정시처럼 私的 독백의 성격을 띠는 것은 거의 없다. 일견 독백처럼 보이는 왕거인의 시도 聽者는 '하늘'이다. 특정의 내적 청자를 전제하지 않고 화자의 私的 비전을 독백형태로 제시하는 것이 일반 서정시의 본질이라 할 때, 어떤 형태로든 듣는 사람을 전제하는 삽입시는 전형적 순수 서정시와는 다르다고 해야 할 것이다.

적 서사체가 아니므로 서술자에 의한 보고적 서술이 주를 이루고 인물의
대사—즉, 장면제시·극적 재현·보여주기—는 매우 드물다.『삼국유사』의
스토리 전개는 인물보다는 사건 중심이고, 또 인물에 관하여 서술하는 경우
도 표면으로 드러나는 사실적 정보가 주를 이룬다. 이야기 속 인물이 단순
히 행위와 사건의 주체로 그치지 않고 고유한 '개성'과 '성격'을 지닌 인물이
되기 위해서는 이같은 外的 정보만으로는 부족하다. 인물이 發하는 대사나
독백 혹은 행동은 그들의 내면 생각이나 느낌, 세상을 보는 시각 등을 전달
하는 중요한 수단이 된다. 그런데, 그 대사가 적다고 하는 것은 그만큼 인물
에 대한 정보가 적게 제공된다는 것을 의미한다. 이런 점에서 인물의 목소
리로 재현되는 삽입시가들은 장면제시에 의해 인물에 관한 정보를 제공하
고 성격을 부여하는 데 중요한 역할을 한다고 볼 수 있는 것이다.

　　可憐完山兒　　가엾은 완산 아이
　　失父涕連洒　　아비를 잃어 울고 있네

　　燕丹泣血虹穿日　　燕丹의 피어린 눈물에 무지개가 해를 뚫고
　　鄒衍含悲夏落霜　　鄒衍의 맺힌 슬픔에 여름에도 서리가 내리네
　　合我失途還似舊　　지금 나의 불우한 처지 흡사 그들과 비슷하니
　　皇天何事不垂祥　　하늘은 어찌 아무런 祥瑞도 내려주질 않는가

　　위 인용시 중 앞의 것은 제2권「後百濟 甄萱」條에 실린 것으로, 견훤의
큰아들 神劍이 아버지를 금산사에 유폐했을 때 항간에 불리던 童謠이다.
아래의 것은 同卷「眞聖女大王 居陁知」條에 실린 것인데, 진성여왕대의
王居仁이 자신의 억울한 사정을 시로써 하늘에 호소한 것이다. 앞의 것은
이야기의 副(주변)인물의 발화로서 줄거리 구성에 있어 '선택적' 삽화에 해
당하고, 뒤의 것은 主(중심)인물의 발화로서 '필수적' 삽화에 해당한다.

---

17) 서사적 맥락 속 삽입시의 이같은 기능을 '인물의 형상화 기능'으로 설명한 견해도
　　있다. 이승복, 앞의 글.

이 시들을 통하여 독자는 각각의 사전에 대하여 인물들－일반 백성들·王居仁－이 어떻게 반응하고 있는가에 관한 정보를 얻을 수 있다. 첫 번째 시에서 '아비'는 견훤을 가리키는데, 이야기 속의 副인물인 백성들은 '아비를 잃은 완산아이'에 대하여 '가엾다'는 반응을 보인다. 즉, 부자간의 분쟁을 '동정적'인 시선으로 바라보고 있다는 것을 읽어낼 수 있다. 두 번째 시에서는 깊은 한을 품은 燕丹과 鄒衍을 내세워 자신의 심정을 강변하고 있다. 그러면서, 하늘이 자신을 도와주기를 간절히 염원하는 인물의 내면심정을 잘 드러내고 있다.

그러나 이 부분에 대한 서술자의 시선은 냉담하기까지 할 정도로 객관적이다.

잠시 후 아버지를 금산사 불당으로 옮기고 巴達 등 장사 30명을 시켜서 지키게 하였다. 이때 (다음과 같은) 民謠가 있었다.

나라사람들이 이를 근심하여 이에 다라니의 은어를 지어 길에 던졌다. 왕과 권세를 잡은 신하들이 이것을 보고 말하기를 "이 글은 왕거인이 아니고야 지을 사람이 있겠느냐?" 하고 왕거인을 옥에 가두었다. 거인은 시를 지어 하늘에 호소했다. 이에 하늘이 그 옥에 벼락을 쳐서 거인이 살아나게 했는데 그 시는 이러했다.

왕거인의 억울한 사정은 서술자도 알고 있으나 다만 이처럼 냉담하게 객관적으로 사건을 보고, 묘사하고 있을 따름이다. 이로 볼 때, 시가 삽입된다는 것은 그것을 발화한 인물의 존재를 명시하는 것이고 이로써 사건의 기록과 같은 성격을 벗어나 허구성을 띠게 하는 역할을 한다. 해설이나 논평 등 서술자의 매개 없이 그 사건에 대한 인물의 시각이나 입장을 직접적으로 제시함으로써 인물에 대한 정보를 제공하고 극적 효과를 높이는 것이다. 그렇기 때문에 등장인물의 발화인 詩는 인물에 어떠한 성격(character)을 부여하는 서사적 장치가 되는 셈이다. 이야기 속의 삽입시가는 모두 이같은 서사적 기능을 행한다고 볼 수 있다.

셋째, 극적 효과·인물에 대한 성격부여와 더불어 서사체에서 행하는 삽입시가의 기능으로서, 서정성을 띠게 하는 효과를 들 수 있다. 삽입된 시들은 장르상으로 주관성이 강한 서정시인데, 서사체에 이런 시가 삽입됨으로써 서정성을 띠게 되는 것은 자연스런 결과라 할 수 있다. <願往生歌> <祭亡妹歌> <慕竹旨郞歌> 등 서정성이 강한 향가는 말할 것도 없고, <怨歌> <慧星歌> 등 呪歌로 일컬어지는 작품들도 서사체 내에서 인물의 발화로서 제시될 때 인물의 주관적 정조와 私的 비전을 표출하는 서정양식의 일반적 특징을 그대로 드러낸다.

> 질 좋은 잣이
> 가을에 아니 떨어지매
> 너를 어찌 잊을꼬 하시던
> 우러러 보던 얼굴은 계시건만
> 달 그림자 내린 연못가
> 오가는 믈결의 모래로다
> 모습이야 바라보지만
> 온세상 앗겨 버린 處地여

이 <怨歌>에는 약속을 저버린 임금에 대한 信忠의 절실한 심정이 담겨 있다. 이 이야기의 主인물인 신충은 임금을 향하여 은근히 원망하는 어조가 담긴 臺詞를 發하고 있는 셈이다. 이 대사는 주관적이고 비유적이며 서정적인 언어로 이루어져 있어 그것이 삽입된 서사체의 특성과는 상충된다. 이 노래가 주술적 효험을 가진 것이라 해도, 서사체에 부여하는 서정성의 효과를 감소시키지는 않는다. 주술성과 서정성은 상치되는 것이 아니기 때문이다.

이처럼 장르가 다른 시형식이 텍스트에 삽입됨으로써 서정성을 부가하고 긴장을 조성하는 문체적 효과를 창출하게 된다.18) 그러나 서사성과 서정성이 한 텍스트에 공존한다는 것은, 서사체에 서정성이 부가되는 결과만 낳는 것이 아니라 서정시에 서사성이 부가되는 양상을 낳기도 한다는 점을 앞에서 지적한 바 있다.

이상 줄거리 구성에 필수적이든 선택적이든 간에 삽입시가가 이야기 속에서 행하는 서사적 기능에 관한 것을 몇 가지 살펴 보았다. 그러나 삽입시가가 줄거리 구성에 꼭 필요한 경우와, 없어도 되는 경우에 행하는 역할과 기능을 나누어 살펴볼 필요가 있다.

어떤 서사단위가 그 뒤에 이어지는 사건의 원인이 될 때, 그 서사단위는 줄거리 구성에 '필수적'인 것이라 할 수 있다. 향가를 대상으로 할 때 <處容歌> <遇賊歌> <薯童謠> <兜率歌> <怨歌> <彗星歌> <禱千手觀音歌> 등이 이에 해당한다. 이 노래에 따른 결과가 그 이야기의 결말이 되는 양상을 띤다. 주술적 향가는 다 여기에 해당되며, 노래를 불러 盲兒가 得眼을 하게 되는 결과로 이어지는 <禱千手觀音歌>, 도적들을 감화시킨 <遇賊歌> 등 종교적 효험을 서술한 이야기 속의 詩歌 역시 이에 해당된다. 향가 아닌 것 중에서도 이 경우에 해당하는 것이 많다.

> 誰許沒柯斧　누군가가 내게 자루 없는 도끼를 빌려준다면
> 我斫支天柱　나는 하늘을 떠받칠 기둥을 찍으리라.

이는 제4권 「元曉不羈」條에 실려 있는 원효의 노래이다. 태종 무열왕은 이 노래를 듣고 훌륭한 아들을 얻고자 하는 원효의 마음을 읽고 요석궁의 과부공주와 연을 맺어 준다. 그 결과 薛聰이라는 賢者를 낳게 되는 것이다. 「가락국기」의 <龜旨歌>나 앞서 인용한 王居仁의 시도 스토리 구성에 없어서는 안 될 요소로 작용하는 것들이다.

여기서 한 가지 주목할 점은, 이런 시들이 원인이 되어 야기한 결과는

---

18) 윤경희는 앞의 글에서 이같은 문체적 특성을 '의미론적 긴장'으로 설명하고 있다.

모두 '神異性'과 결부된다는 사실이다. 이런 류의 시를 發한 인물과 청자는 모두 비범한 인물에 해당하며,[19] 俗에 속하는 평범한 인물이라 할지라도 시를 통해 聖의 속성을 부여받아 聖의 세계로 轉移하게 된다는 것이다. 삽입시가들은 어떤 사건이나 인물의 신이의 징표가 되는 것이다. 一然 및 당대의 사람들에게 '神異'란 허무맹랑한 것이 아니라, 聖스러운 것, 가치있는 것, 비범한 것, 영험한 것의 의미를 지니고 있었다. 準허구적 서사체로서 『삼국유사』가 지향하는 이야기 가치는 바로 역사적 신이를 드러내는 것에 있었다고 하겠고, 삽입시가들은 이 목적의 구현을 위해 고안된 일종의 서사적 장치였다고 볼 수 있다.

둘째, 시가 삽입되는 부분은 하나의 삽화로 인정된다 할 수 있는데, 作詩 삽화가 배치되는 부분은 이야기가 클라이막스에 이르렀음을 나타내는 서사적 징표가 된다는 점[20]을 지적하지 않을 수 없다.

한편, 삽입시가 중 <安民歌> <讚耆婆郞歌> <願往生歌> <祭亡妹歌> <風謠> <慕竹旨郞歌> <獻花歌> 등은 스토리 구성에 직접적으로 간여하지는 않으나, 撰者의 저술의도를 강조하고 부각시키는 데 있어 중요한 역할을 행한다. 즉, 삽입시가 스토리 전개에 '선택적'으로 작용하는 경우이다.

제2권 「水路夫人」條에는 수로부인을 둘러싸고 벌어지는 두 개의 사건이 병렬적으로 서술되어 있는데, 둘 모두에 老人이 등장하고 각 사건에 <獻花歌>와 <海歌>가 삽입되어 있다. 그런데, <海歌>는 스토리 구성에 필요한 서사단위이고, <獻花歌>는 없어도 되는 단위라는 점에서 차이가 있다. '뭇사람의 말은 쇠도 녹인다'는 노인의 가르침대로 경내 사람들이 모여 <海歌>를 부르자 龍이 납치해간 부인을 되돌려 줬다는 줄거리에서 이

---

19) 예컨대 <처용가>의 聽者인 '疫神', 王居仁이 지은 시의 聽者인 '하늘', <禱千手大悲歌>의 '千手觀音', <혜성가>의 '혜성' 등이 모두 비범하고 신이한 대상들이다.

20) J.J. Lu는 앞에 이야기된 내용을 요약한 詩나, 이야기의 하이라이트에 해당하는 부분을 함축한 詩를 소설의 결론 부분에 삽입하는 양상이 중국 명·청 대에 보편화되어 있었음을 지적하고 있다. J.J. Lu, 앞의 책, 25-26쪽.

노래는 서사의 핵심적 요소이자 이야기가 정점에 이르렀음을 암시하는 대목이 되고 있는 것이다.

그러나 <獻花歌>가 삽입된 이야기 속에서 이 노래가 행하는 서사적 역할은 무엇인지 분명히 드러나지 않는다. 이 문제는, 이야기를 통해 撰者가 드러내고자 하는 主旨가 무엇인가, 즉 이야기의 초점이 어디에 맞춰져 있는가 하는 문제로 바꾸어 볼 때 그 답이 제시될 수 있다. <헌화가>의 발화자에 대한 정보는 牽牛老翁이라는 점, 그리고 어떤 사람인지 알 수 없다("其翁不知何許人也")는 점, 부인에게 꽃을 꺾어 주기 위해 모두 오르기를 꺼리는 절벽 위에 올라갔다는 점 등이다. 이 이야기의 중심 인물을 수로부인으로 보느냐 노인으로 보느냐에 따라 이야기의 초점, 혹은 주제가 달라진다. 이런 상황에서 <헌화가>는 이 이야기를 통해 撰者가 의도하는 것이 무엇인지 추측케 하는 단서가 된다.

> 자줏빛 바위 가에
> 암소 잡으온 손 놓게 하시고
> 나를 아니 부끄러워 하신다면
> 꽃을 꺾어 바치오리다

牽牛老翁의 정체에 대한 견해가 구구하지만, 이 노래를 통해서 엿볼 수 있는 인물의 모습은, 비록 늙었지만 수로부인의 아름다움에 감탄하는 남자의 면모일 따름이다. 결국 이야기는 노인의 정체가 무엇인가에 관한 관심이 두어져 있는 것이 아니라, 여러 가지 기이한 일들을 야기할 정도로 뛰어난 수로부인의 아름다움에 중점이 두어져 있다. 이 뒤에 이어지는 이야기 역시 불현듯 나타나 수로부인을 구할 계책을 가르쳐 준 노인에게 초점이 있는 것이 아니라, 龍과 같은 神物에게 약탈당할 정도로 아름다운 부인의 용모에 초점이 맞춰져 있는 것이다. 「水路夫人」條가 수록된 紀異篇은 말 그대로 神異의 기록이다. 「水路夫人」이라고 하는 '제목' 또한 작자의 의도를 반영한다고 볼 때, 제목과 더불어 향가 <헌화가>는 이야기의 초점이 어디에 맞춰져 있는가, 다시 말해 이야기의 주제 및 지향점이 무엇인가를 말해주는 定向指標가 된다고 할 수 있다. 이 같은 기능을 '焦點化'라는 말로 나타낼 수 있을 것이다. '초점화'는 주제를 부각·강조하며 이야기의 방향을 제시하는 기능을 가진다. 또한 이야기의 가치를 어디에 두는지 말해주는 지표를 제공한다.

<風謠>의 경우도 마찬가지이다. 제4권 「良志使錫」條에 삽입되어 있는 <풍요>는 이야기 전개상 없어도 될 부분이다. 佛事를 행할 적에 성안의 사람들이 다투어 도와주면서 이 노래를 불렀다는 것이다.

> 오다 오다 오다
> 오다 서럽더라
> 서럽다 우리네여
> 功德 닦으러 오다

「良志使錫」條의 이야기는 釋 良志의 신이한 능력과 佛心을 드러내어 찬양하는 데 主旨가 있는 것이라 할 때, 줄거리 전개상 없어도 될 이 노래는 바로 이 주지를 부각시키고 강조하는 역할을 한다. 형식상으로는 노동요지만 그 내용을 보면 人生無常의 취지가 담겨 있고 또한 자신들의 勞役이 공덕닦는 일이라는 자각을 가지고 부른 것이기에 결과적으로 이 노래는 佛敎的 주제를 강조하는 구실을 하는 것이다.

2.3 1인칭 서술 속의 삽입시가

여기서 1인칭 서술 속의 삽입시가는 '讚詩'를 말한다. '讚'은 사전적 풀이로는 '찬미'의 뜻, '문체'의 이름,21) 범어 stotra(成恒羅)의 번역으로서 偈頌

---

21) 문체로서의 '讚'의 특징은 劉勰의 『文心雕龍』 「頌讚篇」(최동호 역편, 민음사, 1994)

을 가지고 佛德을 찬양하는 의미를 지닌다. 『삼국유사』의 讚은 운문 형태의
불교경전의 성격과 중국 전통적 문체로서의 성격이 혼합된 것으로 볼 수
있다. 이들은 7언절구 형태를 취하고 있는데, 이는 불교양식에서 讚의 기원
이 되는 偈頌과도 다르고, 문체의 한 형태로서의 頌讚의 讚과도 다르다.22)
  『삼국유사』에서 1인칭 서술임을 감지할 수 있는 징표는 매우 다양하다.
1인칭 서술은 대개 이야기의 끝마무리 부분에서 행해지는데 論曰, 讚曰 등
논평에 쓰이는 말이 사용되기도 하고, '나'라는 1인칭 대명사가 직접 문면에
드러나기도 한다. 그런가 하면 '지금도 ~이 남아 있다'와 같은 액자형 서술
의 징표를 통해 이 사실을 감지하는 주체로서의 1인칭을 암시하기도 한다.
'讚曰'이라는 표현 역시 1인칭 서술이 이어짐을 알리는 언어기호이다. 이런
점에서 1인칭 서술 속의 삽입시가란 이야기 말미에 '讚曰'로 이끌어지는 50
편의 '讚詩'에 한정된다.23) 찬은 이야기에 관한 작자—혹은 작자의 대리인
인 1인칭 서술자—의 견해를 시로써 피력한 것이다. 찬은 이야기 전체내용
을 시 한 편으로써 함축·포괄하는 양상을 띠므로, 이야기와 찬은 '系列的
關係'(paradigmatic relation)에 놓인다. 즉, 앞부분에 서술된 이야기와 찬은
내용상 等價的이다.
  '讚'은 앞의 이야기에 대한 '나'의 생각과 느낌, '나'의 판단과 평가를 시로

에 잘 나타나 있다. 이에 의하면, 讚은 '明' '助'의 의미를 지니며 큰 소리로 事理를
설명하고 감탄의 외침을 사용하여 어조를 힘있게 하는 일종의 '선언'의 말이었다.
처음에는 四言句의 짧은 내용으로써 사물에 대한 찬양을 나타내는 데 사용되다가,
나중에는 고인이 지은 文이나 史에 稱述論評하여 全篇을 총결하는 文을 일컫게 되
었다. 褒만 행하는 雜讚, 褒貶을 겸하는 史讚, 그리고 哀讚의 세 종류로 나뉜다.

22) 印權煥은 伽陀(偈頌)·祇夜와 같은 운문형태의 불교경전 양식이 중국에 들어와 한
    역되면서 漢詩的 운문형태로 나아가게 되었고, 결국 佛典의 운문형식과 창작적인
    佛敎詩의 중간형태를 취하게 된 것이 바로 『삼국유사』의 讚이라고 하였다. 앞의 책,
    117쪽.

23) 단 「包山二聖」은 "子嘗萬包山 有記二師之遺美 今幷錄之", 「洛山二大聖·觀音正
    趣·調信」은 "作詞誠之曰"로 이어지지만 讚의 성격을 띠는 것은 나머지 것과 다름
    이 없다.

再現한 것이기에 1인칭 서술로 규정할 수 있으며, 이때의 話者인 '나'는 이야기 속의 인물이 아니기에 '관찰자'적 성격을 지닌다. 이야기 바깥에서, 바꿔 말하면 인물이 나타나지 않는 곳에서 이야기에 대한 이야기를 하는 존재이다. 이야기에 대한 이야기는, 주석·설명·해석·판단·논평 등의 성격을 띤다.

1인칭 서술의 특징은 작가가 직접 '나'라고 하는 징표로 이야기에 등장하여 리얼리티를 가장함으로써 서술의 신뢰성을 확보한다는 점에 있다.[24] 1인칭 서술에는 작가의 시점이 깊게 침투해 있고 작가와 서술자를 확연하게 구분할 수 있는 언어적 징표가 없기 때문에, 독자는 서술자의 목소리를 작자의 목소리로 혼동하게 된다.

『삼국유사』의 '讚'은 전통적인 讚과는 달리 전부 七言絶句의 형태를 취하고 있는데, 산문에서처럼 '나'라고 하는 언어적 징표가 문면에 나타나지는 않지만 서정시에서 화자는 대개 1인칭으로 보아도 무방하다. 시 속의 1인칭 話者는 앞에 서술된 이야기에 대하여 자신의 심정, 견해를 시형태로 피력한다. 그러므로 讚은 앞의 이야기에 대한 일종의 '論評' '註釋' '패러디' '再現'의 성격을 띠게 된다.

그러나 그 구체적 양상은 매우 다양하다. 讚詩의 내용에 따라 나누어 볼 때, 서술된 전체 이야기 내용을 7언절구형 찬시로 요약하는 경우가 있는가 하면, 이야기의 어느 부분—대개는 하이라이트—만을 선택적으로 요약하는 양상도 있다. 또, 작자의 주관성이 어떤 형태로, 어느 정도 개입해 있느냐에 따라 작자가 자신의 주관을 개입시켜 私的 견해를 피력하는 양상이 있는가 하면, 앞에 서술된 이야기 내용을 있는 그대로 사실적으로 재현하는 객관적 양상이 있다.[25] 또, 주관이 개입되는 경우도, 자신의 견해를 직설적으로 드

---

24) 월리스 마틴, 『소설이론의 역사』(김문현 옮김, 현대소설사, 1991), 206쪽.

25) 그러나 찬은 근본적으로 찬미의 뜻이 담겨 있으므로 엄격한 의미에서 있는 그대로 사실적으로 이야기를 재현한 讚은 없다고 하는 점을 전제해야 할 것이다.

러내는 양상과 암시적·상징적으로 표현하는 양상으로 나뉠 수 있다. 이 두 가지 기준을 조합하여 讚詩의 형태를 다음 7가지로 구분해 볼 수 있다. 대표적인 예를 한두 가지씩만 들어보기로 한다.

1) 작자가 이야기의 어느 '부분'에 대한 자신의 견해를 직접적으로 피력한 경우. (예) 「天賜玉帶」(제1권), 「寶藏奉老·普德移庵)」(제3권)
2) 작자가 '전체' 이야기에 대한 자신의 견해를 직접적으로 피력한 경우. (예) 「迦葉佛宴坐石」(제3권)
3) 작자가 이야기의 어느 '부분'에 대한 자신의 견해를 암시적·상징적으로 표현한 경우. (예) 「彌勒仙花·未尸郎·眞慈師」(제3권)
4) 작자가 '전체'에 대한 자신의 견해를 암시적·상징적으로 표현한 경우. (예) 「阿道基羅」(제3권), 「順道肇麗」(제3권)
5) 작자가 자신의 주관을 개입시키지 않고 이야기의 어느 '부분'을 있는 그대로 시로써 재현한 경우. (예) 「原宗興法·猒髑滅身」 중 猒髑을 기린 것 (제3권)
6) 작자가 자신의 주관을 개입시키지 않고 있는 그대로의 '전체' 이야기를 시로써 재현한 경우. (예) 「月明師·兜率歌」(제5권)
7) 이야기 내용을 추상화한 정도가 커서 표면상으로는 구체적 줄거리와 다소 거리가 있어도 심층적 주제가 동일한 경우. (예) 「彌勒仙花·未尸郎·眞慈師」(제3권)

모든 유형별 예를 다 들 수는 없고 한두 가지만 직접 인용해 보기로 한다.

논평하여 말한다(議曰). 曇始는 태원 말년에 海東에 왔다가 의희 초년에 관중으로 돌아갔다고 한다. 그렇다면 여기에 10여 년 동안이나 머물러 있었는데, 어찌해서 東國 歷史에는 이러한 기록이 없는 것인가. 담시는 본디 기이하여 헤아릴 수 없는 사람인데 아도·묵호자·난타 등과 연대와 事跡이 서로 같으니 세 사람 중 한 사람은 필시 그의 이름을 변경한 것이 아닌가 한다. 기려 글을 짓는다(讚曰).

雪擁金橋凍不開　　金橋에 눈이 쌓이고 얼음도 풀리지 않으니
鷄林春色未全廻　　鷄林의 봄빛은 아직 오지 않았도다
可怜靑帝多才思　　어여뻐라. 봄의 神은 재주도 많구나
先著毛郎宅裏梅　　毛郎의 집 매화꽃 먼저 피게 했네.

이는 제3권 「阿道基羅」條의 結尾 부분으로 1인칭으로 서술이 행해지는 대목이다. '議曰' 부분은 산문에 의한 1인칭 서술이요, '讚曰'은 운문에 의한 1인칭 서술이다. 앞에는 눌지왕 때 고구려의 沙門 墨胡子가 一善郡에 와서 毛禮의 도움으로 신라에 佛法을 전파한다는 이야기가 서술되어 있다. 위에 제시한 讚의 7가지 형태 중 4)에 해당한다. 이 시는 전체 이야기에 대하여 등가적이다. 즉, 이야기와 系列的 관계를 지닌다.

위 예의 경우, 1인칭 서술자는 신라땅에 처음 불법이 전해지는 것을 '봄소식'으로 상징화하고 있다.26) '봄'이란 생명이 움트는 계절이고 '梅花'는 봄소식을 가장 먼저 전하는 상징물이라는 점에서, 話者는 이야기 속의 毛禮의 행적을 긍정적으로 평가하고 찬미하는 마음을 가지고 있음을 알 수 있다.

風送飛錢資逝妹　　바람은 紙錢을 날려 죽은 누이 路資를 삼게 했고
笛搖明月住姮娥　　피리소리 밝은 달 감동시켜 姮娥가 머무르네
莫言兜率連天遠　　도솔천이 하늘같이 멀다고 말하지 마오
萬德花迎一曲歌　　萬德花 한 곡조로 즐겨 맞았네.

이는 제5권 「月明師 兜率歌」條의 讚이다. 「월명사 도솔가」조는 월명사를 중심인물로 한 삽화가 세 개 병렬되어 이루어져 있다. 해가 두 개 나타난 변괴를 노래로써 물리친 이야기와 죽은 누이동생을 제사지낼 때 紙錢이 날린 신이한 이야기, 피리를 잘 불어 달이 운행을 멈추었다는 신비한 이야기

---

26) 인권환도 이 점을 '봄'과 꽃의 상징성으로 설명한 바 있다. 앞의 책, 126-130쪽.

이다. 찬은 이 세 개의 삽화를 총망라하여 한 편의 시로 응축시킨 것이다. 4구의 '萬德花'란 부처의 덕을 꽃으로 비유하여 칭송하는 노래를 뜻하는데, 여기서는 鄕歌 <兜率歌> 부분 해당 설화에 등장하는 <散花歌> 및 詩的 聽者인 '꽃'을 염두에 둔 것이다. 그러므로 찬은 세 개의 작은 이야기로 이루어진 전체 서사에 등가적으로 대응되며, 작가의 주관이 개입되지 않았으므로 6)에 해당한다.

한 가지 주목할 점은 위의 유형들 중 작자가 자신의 견해를 직접 피력하는 1), 2)의 경우 '가소롭다' '애석하다' '경하롭다' 등 주관적 감정을 나타내는 언어표현이 문면에 직접 명시되는 경향이 뚜렷하다는 사실이다.

이상의 예들로 볼 때,『삼국유사』에서 1인칭 서술로 행해지는 찬은 '액자형 서술'의 형태로 인정할 수 있고, 또한 과거의 사건으로서의 이야기를 소재로 하여 지은 시라는 점에서 '패러디'의 성격을 띤다고 할 수 있다(이 점에 대해서는 3장에서 자세히 논하기로 한다).

그렇다면, 1인칭 서술에 의한 '讚'은 서사체 내에서 어떠한 역할을 행하고 있는가?27) 이것을 다음 세 가지로 설명할 수 있다.

첫째, 불완전한 결말구조를 보완하는 기능을 들 수 있다. 현대소설 이론가들에 의해 '개방적 형식'으로도 불리는 불완전한 결말구조는 서사적 완결성과 그에 따른 의미의 확실성을 배제한다.28) 이같은 양식은 역사적 서사체에서 흔히 발견되는 것이다. 앞에 인용한 「월명사 도솔가」조의 結尾는,

월명사는 곧 능준대사의 제자이다. 신라 사람들이 향가를 숭상한 지 오래되었으니 대개 詩經의 頌과 같은 것이었다. 그러므로 이따금 천지와 귀신을 감동시킨 것이 한 두 번이 아니었다. 기려 글을 짓는다. (讚은 생략)

---

27) 박노준은 일연이 讚을 添記한 동기 내기는 讚의 의미·역할을 歌謠 성립 배경을 부연설명하기 위한 의도, 불교적 내용에 대한 찬미의 의도, 자신의 肉聲을 통하여 대중을 깨우치려는 의도 이 세 가지로 설명하였다. 박노준, 앞의 글.

28) 윌리스 마틴, 앞의 책, 118쪽.

로 이루어져 있는데, 세 개의 삽화 및 이들이 모여진 전체 이야기의 결말구조는 서술의 종결과 사건의 종결이 일치하지 않는다는 특징을 지닌다. 『삼국유사』보다 시기적으로 앞선 『殊異傳』을 보면, '20년간 偕老하다가 죽었다.'(「首揷石枏」) '風雲이 일어 어두컴컴해지더니 자취를 감추었다'(「竹筒美女」)와 같이 사건의 종결이 곧 서술의 종결이 되는 양상을 띠고 있어 대조를 이룬다. 『삼국유사』의 전거들을 보면 一然이 『수이전』을 閱覽했음을 알 수 있고, 따라서 결혼·죽음·과업성취 등의 내용으로 서사가 마무리되는 결말구조에 대하여 이미 인지하고 있었다고 추측할 수 있다.

따라서 一然에게 있어 이같은 「월명사 도솔가」조의 이야기는 결말의 결핍 혹은 끝맺음의 약화, 불완전한 마무리, 未完의 것으로 인식될 수밖에 없었다고 추측된다. 이런 경우, 논평·주석·해석적 성격을 띠는 讚으로 서사를 마무리지음으로써 일반서사에서의 '에필로그'와 같은 기능을 획득하게 되고, 아울러 불완전한 결말구조의 보완이라고 하는 서사적 기능도 행하게 되는 것이다. 『삼국유사』의 찬은 꼭 결미부분에만 위치하는 것은 아니다. 여러 개의 삽화가 병렬되어 있을 경우, 그 중 하나의 이야기에 찬을 붙이는 경우도 더러 눈에 띤다.

둘째, 앞에 서술된 이야기에 대한 작자의 시각, 수용태도를 암시하는 한 단서가 된다는 점을 들 수 있다. '讚'은 본질적으로 대상에 대한 '讚美'의 뜻을 함축하고 있으므로, 『삼국유사』내의 모든 찬은 이야기 내용을 기리고 아름답게 여기는 작자의 시각이 담겨 있다는 것을 전제로 해야 할 것이다.

车梁春後施三畝　车梁에 봄이 지나 三畝田을 보시하고
香嶺秋來獲萬金　香嶺에 가을이 오니 萬金을 거두었다
萱室百年貧富貴　萱室은 백 년 사이에 貧와 富와 貴를 보았고
槐庭一夢去來今　槐庭은 한 꿈 사이에 두 세상을 오고 갔네

이는 제5권 「大城孝二世父母」條 말미에 붙어 있는 찬이다. 大城이란

사람이 前生과 今生에서 두 부모에 효를 다하였다는 내용의 이야기인데,
여기에는『古鄕傳』의 기록과 '절 안의 기록'(寺中有記云)이 동시에 소개되
어 있다. 앞의 것은 독실한 佛心을 가진 사람이 전생과 금생 二世에 걸쳐
환생한 내용으로 불교적 신비성에 기초한 것이고, 뒤의 것은 '경덕왕 때 대
성이란 사람이 불국사를 지었다'는 역사적 사실을 기록한 것이다.

　그런데, 讚은『古鄕傳』의 기록에 의거하여 지어졌음이 명백하다. 이로써
1인칭 서술자의 목소리를 빈 작자가 大城의 이야기를 어떻게 인식하고 해
석하는가, 어떤 관점에서 수용하고 있는가 하는 점을 읽을 수 있는 것이다.

　흔히 1인칭 서술은 작가의 自己顯示 욕구의 소산이라 일컬어진다. 화자
는 외부세계의 관찰자에 불과하지만, 동시에 자신의 수사적 설명을 가하고
자신의 판단을 밝히는 작품들에 있어서 전형적인 것이다.[29] 이같은 자기현
시는 여러 형태로 나타날 수 있다. 감상을 피력하는 형태가 될 수도 있고,
논평이나 해설·설명을 가하는 형태를 취할 수도 있다. 어떤 형태든 간에
서술자는 '자신'의 말을 하고 '자신'을 드러낸다.

　이로 볼 때,『삼국유사』의 讚은 앞에 서술된 이야기에 대하여 자신의 입
장과 견해를 드러내려는 작자ー정확히는 1인칭 서술자로 위장한 존재, 혹은
서술에 개입·침투·연루되어 있는 존재ー의 욕구로부터 창출된 서사장치
라 할 수 있다. 또한 자기현시 욕구의 이면에는 독자로 하여금 앞의 이야기
를 '사실'로 믿게 하고자 하는 의도가 숨어 있다고 할 수 있다.

　셋째, 이야기의 주제를 명시·강조하는 기능이다 이 기능은 두 번째 말한
것과 깊은 연관을 지닌다.

　이상 몇 가지 서사 내에서의 '讚'의 역할에 대해 조명해 보았는데,『삼국
유사』에 삽입된 시가로서 찬이 지니는 의미와 기능은 逆으로 찬이 붙어 있
지 않은 경우를 검토해 봄으로써 더욱 명백해진다.

---

29) 루보미르 돌레젤, 「話者의 類型理論」,『現代小說의 理論』(金炳旭 編·崔翔圭 譯,
　　大邦出版社, 1983), 409쪽.

첫째, 작자의 관점에서 찬미할 만한 내용이 없거나 친미하고 싶지 않을 경우 '讚'이 붙지 않는 것은 당연하다. 예컨대 제2권 「後百濟 甄萱」條를 들 수 있다.

둘째, 충분히 찬미할 내용인데도 讚이 없는 경우가 있다. 사실성을 강조하고 결핍된 결말구조를 보완할 다른 장치가 있는 경우, 즉 서술의 신뢰성을 확보할 수 있는 다른 장치가 있을 때이다. 이에 해당하는 것으로 「興輪寺 壁畵 普賢」(제3권), 「三所觀音 衆生寺」(제3권), 「栢栗寺」(제3권), 「魚山佛影」(제3권), 「臺山 五萬眞身」(제3권) 등을 들 수 있다. 이런 예는 제3권 특히 '塔象篇'에 많은데, 이야기들의 결미에는 '지금도 그 畵像이 남아 있다' '그 때 이 절에 살던 處士 김인부가 이 이야기를 마을의 노인들에게 전해 주고 또 전기로도 써 두었다' '그 후에도 신령스럽고 이상한 일이 많았으나 번거로와 다 싣지 않는다' '摩那斯를 번역하면 魚가 되니, 대개 저 북천에서 있었던 일을 취해다가 이름지었던 것이다' '지금의 월정사가 바로 이것이다' 와 같은 내용이 들어 있다. 지금까지 남아 있는 절이라든가 地名, 글(文章) 등을 증거로 제시함으로써 그 이야기가 사실임을 증명하고 에필로그의 역할을 행할 수 있기 때문에 굳이 讚을 붙이지 않았던 것으로 추측된다.

셋째, 서사구조상 완전한 결말구조를 지니는 경우를 들 수 있다. 중심 인물이 죽었다든가, 훌륭한 일을 성취했다든가,[30] 갖은 우여곡절 끝에 사찰을 창건했다든가, 탑을 세웠다든가 하여 어떤 사건의 결과가 제시되는 경우 사건의 終結이 서술의 종결과 일치하므로 讚이 없어도 되는 것이다.

넷째, 이야기가 역사적 사실의 객관적 기록과 같은 성격을 띠는 경우 즉, 역사성을 강조·부각시키고자 할 때, 찬을 붙이지 않았다고 생각된다. 왜냐면, 찬은 일종의 문학성이 발휘된 허구적 서사장치이기 때문이다. 제1권 「王曆」이 대표적 예이다. 여기에는 찬이 全無하다. 또한 신이한 이야기들

---

30) 예를 들어, '보즐도 태자는 다시 오대산 신성굴로 돌아와서 50년 동안이나 도를 닦았다 한다.' 제3권 「溟洲 五臺山 寶叱徒 太子傳記」.

이 많이 수록되어 있는 紀異篇에도 1, 2를 통틀어 찬이 단 한 편 삽입되어 있을 뿐이다(「天賜玉帶」). 紀異篇의 篇目을 보면 대개 '–王代–'식으로 제복이 붙어 있다. 기이편은 그 王代를 특징지을 만한 대표적 사건들로 채워져 있어, 이야기로 된 王曆의 성격을 띤다. 작자는 이 篇을 통해 歷史的 神異 혹은 神異한 歷史를 부각시키고자 했다고 생각된다.

3. 『삼국유사』 삽입시가의 문학사적 의의

『三國史記』가 유교적·전제적 문신 귀족정권의 독선적인 승리의 기념물과 같은 것으로 편찬되었다고 한다면, 『三國遺事』는 儒敎의 現世主義·合理主義 史觀에 대한 비판으로서 元에 저항하는 민족적 자주의식과 불교신앙의 옹호라는 의도 하에서 편찬된 역사적 산물이었다.[31] 이같은 인식이 뒷받침되어 있기에 『삼국유사』에는 우리 민족의 민속·역사·설화·의식주 생활·예술 등 문화 전반에 걸친 고대의 삶의 모습이 생생하게 담겨 있는 것이다.

一然은 『삼국유사』를 통해 민족의 역사와 불교적 우월성을 드러내고자 했으며, '神異'한 내용들을 선택함으로써 이를 뒷받침하고자 했다. 여기에 문학인으로서의 창작 욕구가 작용하여 일반적인 讚의 형식을 깨고 七言絶句 형태의 讚을 덧붙였다고 생각된다. 요컨대, 역사적 신이(역사가)와 불교적 신이(종교가)의 부각, 문학적 창작 의욕(문학가)의 표출로서 『삼국유사』의 글 양식이 탄생한 것이라고 본다. 따라서 『삼국유사』를 통해 드러내고자 했던 일연의 목적이나 주제가 이처럼 복합적인 만큼 서술양식 또한 매우

---

31) 金泰水, 「三國遺事에 보이는 一然의 歷史認識에 대하여」, 131쪽; 李基白, 「三國遺事의 史學史的 意義」, 121-122쪽, 『韓國의 歷史認識·上』(이우성·강만길 編, 창작과비평사, 1976·1982).

복잡 다양한 양상을 띤다.

그렇다면, 一然은 왜 이같은 글쓰기 양식을 택했을까? 그것은 기존의 어떤 양식으로도 자신의 의도나 주제를 효과적으로 드러낼 수 없었기 때문일 것이다. 그러나 이같은 다양성을 一然에 의해 의도된, 일종의 발전된 서술기법으로 이해하기는 어렵다고 본다. 오히려 서사체에 대한 개념이나 인식이 아직 정착되기 전의 發芽的 상태에서, 산문/운문을 혼합하는 불교문학 양식이 도입되어 빚어진 결과로 이해하는 것이 타당할 듯하다.

『삼국유사』는 이와 같은 서술양식의 특성을 지니기에, 그 안에 삽입되어 있는 시가들의 의미도 새롭게 조명되어야 할 필요가 있다. 앞에서 삽입시가를 3인칭 서술 속의 것과 1인칭 서술 속의 것으로 나누어 살펴 보았는데 이들이 지니는 문학사적 의미를 구체적으로 검토해 보고자 한다.

3.1 산문/운문 혼합양식의 초기 형태

『삼국유사』는 當代 글쓰기 양식의 백과사전적 집합체라 해도 될 만큼 다양한 서술양식을 흡수 수용하여 이들을 복합적으로 혼합한 양상을 띠고 있다.

『삼국유사』가 撰述될 무렵의 글 양식의 대표적인 것들과 견주어 보면, 우선 역사적 사실성을 표방하는 것은 『三國史記』(1145)의 저술 맥락과 동일선상에 놓인다고 하겠고, 설화성을 수용하는 것은 『殊異傳』[32]의 양상과, 산문과 운문을 이중적으로 구성하여 한 텍스트에 혼합하는 양상은 李奎報의 『東明王篇』(1193)[33]과 비슷하며, 불교적 내용을 서술하고 말미에 讚을 붙이는 양식은 覺訓의 『海東高僧傳』(1215)과 동일하다. 또한 讚이 7언절

---

32) 『수이전』의 작자에 대해서는 설이 분분하나 고려 때의 朴寅亮(1010-1096)으로 보는 견해가 지배적이다.

33) 李承休(1224-1300)의 『帝王韻紀』도 산문과 운문의 이중구조로 이루어져 있다는 점은 『동명왕편』과 같으나 『삼국유사』보다 10여 년 늦게 撰述되었다.

구형을 취하고 있는 것은 當代의 대표적 시 양식을 수용했다고 볼 수 있다. 이같은 다양한 글쓰기 양식의 총집합이 『삼국유사』인 것이다.

그러나 『삼국유사』의 글쓰기 체제에 가장 큰, 그리고 직접적인 영향을 미친 것은 불교경전 중 散文과 韻文을 병행시키는 서술방식이다. 인도에서 중국으로 불교가 전파되면서 佛經의 번역이 필수적인 사업이 되었고 이 과정에서 자연스럽게 불교문학(혹은 인도문학)의 전통이 중국문학 속으로 스며들게 된 것이다.34)

원시불교경전35) 중 '契經'은 散文으로 가르침을 기록한 것이며, 偈頌·孤起頌이라고도 하는 伽陀36)는 산문의 教說―즉, 契經―이 없이 처음부터 운문으로 기록된 것을 말한다. 그러나 일반적으로 부처의 덕을 찬미하거나 교리를 서술한 운문체 시구를 폭넓게 지칭하는 말로 쓰인다. 祇夜37)는 산

---

34) 손병국은 「운문과 산문의 융합」(이상보 外 3인, 『불교문학연구입문』 율문·언어편, 동화출판사, 1991)에서, 산문과 운문의 혼합을 인도문학의 특징으로 보고 譯經의 과정을 통해 이같은 양식이 중국문학으로 유입되었다고 하였다. 中唐 이후 성행한 '變文'은 이같은 산문·운문 혼합양식의 영향으로 산출된 대표적 설화문학이다. 이는 불교의 포교를 위하여 민중들에게 俗講을 하는 과정에서 파생되었다. 종래에는 운문/산문의 혼합적 서술양식을 나타냄에 있어 講唱이라는 말이 보편화되어 있었는데, 1879년 발견된 돈황 장서에서 '變' 혹은 '變文'이라는 말이 많이 쓰이고 있어 근래에 관심의 대상이 되고 있다.

35) 원시불교경전은 그 형식과 내용에 따라 契經·祇夜·授記·孤起頌(偈頌)·無問自說·因緣·譬喩·本事·本生·方等(方廣)·未曾有·論議로 나뉘고 이는 '12部經'으로 불린다. 中村元, 『佛教語大辭典』(東京書籍, 1975); 全觀應 大宗師 감수, 『佛教學大辭典』(弘法院, 1988·1996). 이 경전들은 문학성이 매우 풍부하여 그 자체가 불교문학으로 자리매김될 수도 있다.

36) 伽陀는 범어 gāthā를 음역한 것인데 보통 '偈' 또는 '偈頌'으로 번역된다. 偈頌은 외형상으로 漢詩와 별 차이가 없으나 押韻하지 않는다는 특징을 지닌다. 위의 책.

37) 祇夜는 범어 geya의 음역으로 '노래해야 마땅하다'는 뜻이다. 운문으로 된 것은 gāthā(伽陀)와 같으나 祇夜는 앞의 산문내용(契經)을 운문 형태로 되풀이하여 말하는 것이고, 伽陀는 산문내용을 중복하지 않는 운문이라는 점에서 다르다고 하겠다. 廣義의 개념으로서의 伽陀는 부처의 사상을 詩句로 표현한 것을 총칭하는 것이다. 그러므로 어떤 의미에서는 祇夜가 伽陀에 포함될 수도 있다. 위의 책.

문과 운문이 혼합된 서술양식으로서, 前殷에서 산문으로 說한 大意를 간결하게 운문으로 後殷에서 附說하는 것이다. 앞에 기록한 經義를 거듭 말하는 형식이고, 또 산문부분에 상응하는 내용을 가진 偈頌이기 때문에 '重頌' 또는 '應頌'으로 불리기도 한다.

이같은 불교문학 양식의 맥락에서 『삼국유사』의 삽입시가를 검토해 볼 때, 3인칭 서술 속의 시가는 '伽陀'와, 1인칭 서술 속의 시는 '祇夜'와 성격이 비슷하다고 할 수 있다.[38] 그러나 『삼국유사』의 삽입시가가 應頌이나 偈頌의 영향을 받은 것은 부정할 수 없으나, 그대로 모방한 것이라고는 볼 수 없다.

그 차이를 간략히 검토해 보면, 우선 산문에 운문형태를 삽입한 의도에서 상이점을 발견할 수 있다.

> 그때 야차는 왕의 妻子를 모두 먹고나서 偈頌을 지어 말했다. "온갖 行은 無常하고/ 태어나는 것은 모두 괴로움이 있도다/ 五陰은 空하고 相도 없으며/ '나'와 '내 것'도 또한 없도다." 이 게송을 마치자 왕은 크게 기뻐했다.[39]

> 오늘은 이 일을 계획하고 내일은 저 일을 이루려 하네. 쾌락에 집착해 괴로움을 보지 못하고 죽음이라는 盜賊이 이르는 것을 깨닫지 못한 채, 총총히 이 일 저 일 도모한다네. 범인은 이러하지 않은 사람이 없으니 돈을 헤아리는 저 사람처럼 그 일도 또한 이와 같도다.[40]

앞의 것은 이야기를 전개해 가는 도중 인물의 대사에 해당하는 偈頌이고, 뒤의 것은 譬喩譚의 말미에 덧붙여진 應頌이다. 여기서 보다시피 應頌

---

38) 이는 임기중에 의해서도 지적된 바 있다. 임기중, 「鄕歌文學과 佛敎 弘法」, 『한국불교문학 연구』上(한국문학연구소 編, 동국대출판부, 1988).

39) "時夜叉鬼食妻子盡 爲說一偈. 一切行無常 生者皆有苦 五陰空無相 無有我我所. 說是偈已 王大歡喜." 『賢愚經』 卷第一.

40) "今日營此事 明日造彼事 樂著不觀苦 不覺死賊至 忽忽營衆務 凡人無不爾 如彼數錢者 其事亦如是." 『百喩經』 卷第四, 「地得金錢喩」.

이나 偈頌은 부처의 가르침을 효과적으로 전달하기 위한 것 즉, 교화의 수단을 지향하는 의도의 산물이다. 따라서 내용도 모두 불교의 가르침에 관한 것이며, 가르침을 효과적으로 전달하려는 교화적 전달동기는 최대화되어 있는 반면 문학적 욕구 표출로서의 표현동기는 최소화되어 있음을 볼 수 있다. 이에 비해, 『삼국유사』의 경우 이야기 속에 삽입된 시가 꼭 불교적 내용에 국한되는 것은 아니며 교화의 목적만을 지니는 것도 아니다. 앞장에서 언급하였듯, 이야기 전개상 여러 가지 문학적·허구적 효과를 위한 장치로서의 의미가 매우 크다.

그리고 應頌의 경우 찬미의 성격이 약하고 단지 이야기 내용을 운문으로 중복 서술할 뿐이지만, 『삼국유사』 讚詩는 중국문학 재래의 장르인 '頌·讚'의 영향으로 찬미·논평의 성격을 내포하고 있다는 점도 兩者가 차이나는 부분이다.

또한, 불교경전과는 달리 『삼국유사』는 종교성·문학성과 아울러 '역사성'을 표방하는 史書의 성격을 지니므로, 여기에 삽입된 시가의 성격도 달라지게 마련이다. 원시불교 경전 속의 이야기는 대개 '옛날에' 혹은 '부처 在世時에-'로 시작되어 구체적 시간이나 공간이 제시되지 않는 반면, 『삼국유사』의 이야기는 거의 예외 없이 '~王代 ~에 ~가 있었다'와 같은 구체적 시간·공간적 배경이 제시된다. 이는 역사성 지향 여부의 명백한 근거가 된다고 할 수 있다. 따라서 應頌이나 偈頌은 불교의 가르침에 시의 초점이 맞추어져 있을 뿐 역사적 인식은 희박하고, 『삼국유사』 삽입시들은 그 근저에 역사적 배경이 큰 비중으로 자리하고 있다고 하는 차이가 생기게 된다.

우리나라의 경우 산문과 운문의 혼합적 서술양식을 취하는 것으로서 『삼국유사』보다 시기적으로 앞선 것으로는 일찍이 8세기 慧超(704-787)에 의해 撰述된 『往五天竺國傳』이 있다. 그 뒤를 이어 11세기 羅末麗初 赫連挺의 『均如傳』(1075), 12세기 李奎報의 『東明王篇』(1193)도 같은 맥락에 놓인다.[41] 처음 것은 인도 기행문 속에 시가 삽입된 경우—紀行詩의 성격—로서 기행문인 만큼 허구성은 극소화되어 있고 사실성에 근거해 서술이 이루어진 것이라는 점에서 『삼국유사』와 차이를 보인다고 하겠다. 서술시점도 1인칭으로 일관해 있어 시점의 轉移가 없다는 점도 차이점 중의 하나라 할 수 있다. 두 번째 것은 균여의 傳記에 鄕歌 및 그것의 解詩[42]가 삽입된 경우다. 그리고 세 번째 것은 앞의 두 경우와는 달리 운문으로써 서술해 가는 것을 주로 하되, 이야기 내용의 분절이 이루어지는 대목마다 그에 상응하는 내용을 산문으로써 주석을 달아 가는 형태를 취한다. 이는 운문으로 서술한 내용을 산문으로 되풀이하는 서술형태를 취하고 있어 應頌과는 반대되는 양상을 보인다.

이처럼 『삼국유사』이 삽입시는 산문과 운문을 혼합하는 서술양식의 초기 형태를 보여준다는 점에서 문학사적 의의가 크다 할 수 있다. 산문 속에 운문을 삽입하는 양상은 후대의 고소설에서 그 開花된 모습을 볼 수 있다. 그러나 고소설의 삽입시와도 여러 면에서 차이를 발견할 수 있다.

『삼국유사』 삽입시의 發話者—詩의 작자—를 보면, 3인칭 서술 속의 삽입시의 경우 시의 발화자는 이야기 속의 등장인물이며 그 이름이 대개 명시되어 있다. 설령 이름이 명시되지 않은 경우라 할지라도 그것이 一然의 作일 가능성은 거의 없다고 봐야 한다. 반면, 1인칭 서술 속의 시—讚詩—는 一然의 作으로 보는 것이 타당하다. 이에 비해, 古小說에서의 삽입시는 대개가 그 소설을 지은 사람의 창작이다. 그러므로 『삼국유사』나 고소설 모두 산문 서사체 속에 시가 삽입되어 있는 서술양식을 취한다 하더라도, 거기에 담긴 작자의 의도나 그로 인해 창출된 문체적 효과 등은 별도의 의미를 지

---

41) 『삼국사기』 列傳에도 3편의 한시가 소개되어 있다. 그러나 이것을 가지고 산문과 운문의 복합적 서술로 보기에는 미흡하다고 생각하여 거론하지 않았다.
42) 『균여전』에 「一歌」라는 제목으로 실려 있는 鄕歌를, 「一頌」이라는 제목의 漢詩 형태로 번역·풀이해 놓은 것이다.

닐 수밖에 없다.

『삼국유사』 삽입시의 경우 3인칭 서술 속 시텍스트는 작자가 명시되어 있어, 수많은 전거들처럼 이야기의 '사실성'을 뒷받침하는 근거가 되고, 1인칭 서술 속의 시텍스트는 작가의 '문학성'을 표출하는 수단이 된다. 반면, 고소설 삽입시의 경우는 명백히 '허구성'을 부각시키기 위한 장치로 의도되어 있음을 볼 수 있다. 이같은 차이는, 前者는 準허구적 서사체이고, 後者는 완전한 허구적 서사체라는 글쓰기 양식의 차이와 직접 관련이 있다.

3.2 액자형 서술의 祖型으로서의 '讚'

『삼국유사』 삽입시가 지니는 문학사적 의미로서, 이야기를 펼쳐 가는 방법상 '額子型' 서술의 원초적 형태를 보여 준다는 점을 간과할 수 없다. 다소 불완전하기는 하지만 讚 부분이 액자형 서술의 틀 기능을 한다는 점에서 史書의 贊이나 『해동고승전』의 贊과 아주 흡사하다. 다만 韻文과 散文으로 되어 있다는 차이가 있을 뿐이다.

액자형 서술43)이란 이야기 속에 또 다른 이야기를 내포하는 형태로서 시점의 전이, 시제의 전이를 수반하며 틀 속의 이야기에 신뢰성을 부가하는 기능을 행한다. 일반적으로 액자의 틀 부분에서는 이야기를 하게 된 동기가 서술되거나 이야기에 대한 주석 및 논평이 행해지는데, 『삼국유사』 '讚'은 주로 이야기에 대한 논평과 주석의 성격을 띤다.

원래 액자형 서술은 고도로 발전된 서사기법이라기보다는 이야기 전개의 과정에서 자연스레 형성될 수 있는 일종의 문학적 연행관습이라 할 수 있다. 『삼국유사』에서는 다양한 형태의 액자형 서술을 찾아볼 수 있다. 앞서 언급했듯 『삼국유사』는 3인칭 제한적 시점에 의한 서술이 主를 이루면

---

43) 액자형 서술에 대한 전반적 이해는 李在銑, 「액자소설론」, 『한국문학의 원근법』(민음사, 1996) 참고.

서 전지적 시점과 1인칭 시점이 수시로 끼어드는 양상을 보이는데, 액자형
서술은 3인칭 시점으로부터 1인칭으로 바뀌는 과정에서 감지된다. '讚曰',
'論曰·試論之·議曰' 등을 비롯하여, 典據가 제시되는 부분, '지금도 ~이
남아 있다'와 같은 형태로써 '동기적 부가물'[44]이 제시되는 부분, 그리고
'나'라는 1인칭 대명사가 제시되는 부분[45]들은 모두 액자의 도입을 명시하
는 징표가 된다.

　讚詩를 유도하는 어구인 '讚曰'에는, '이상과 같은 이야기를 아름답게 여
겨 나는 아래와 같이 글을 짓는 바이다'라는 내용이 함축되어 있어, 이야기
에 대한 撰者－혹은 찬자의 대리인인 1인칭 서술자－의 견해를 피력하는
역할을 행한다. 따라서 1인칭으로 서술 시점이 바뀌는 것을 알리는 대표적

---

44) 동기적 부가물이란 책·그림 등 이야기의 신뢰성을 부여하는 허구적 근거가 되는
　　것을 말한다. 『삼국유사』의 경우 동기적 부가물은 "지금까지도 ~이 남아 있다"는
　　상투적 문구로 제시되는 경향이 강하다. 예를 들어 보면 다음과 같다. 밑줄 친 것이
　　동기적 부가물이 된다.
　　　·지금까지도 시골 사람들이 방아를 찧을 때나 다른 일을 할 때에 모두 이 <u>노래를</u>
　　　　<u>부르고 있는데</u> 대개 이때에 시작된 것이다. (제4권, 「良志使錫」)
　　　·<u>부처의 어금니는</u> 지금 내전에 모셔둔 것이 바로 이것이다.
　　　·이에 두 중은 천제의 가르침을 받들어 보현보살의 상을 벽에 공손히 그렸으니
　　　　지금도 그 <u>화상이</u> 남아 있다. (제3권 「興輪寺 壁畵 普賢」)
　　　·지금은 두 聖師의 이름을 따서 그들이 살던 곳의 <u>이름</u>을 붙였는데 그 <u>터가</u> 아직
　　　　도 남아 있다. (제5권, 「包山二聖」)
　　　·元和 연간에 南澗寺의 중 一念이 「<u>촉향분례불결사문</u>」을 지었는데, 이 사실이 자
　　　　세히 실려 있으니 그 대략은 이러하다.
45) '나'라는 말이 직접 문면에 드러나지 않아도 간접적으로 1인칭 행위주체를 암시하
　　는 말이 사용된 경우도 포함된다. 아래 예에서 셋째·넷째 예가 이에 해당한다.
　　　·이 실록은…覺猷에게서 얻은 것이니 그는 자기가 친히 본 것이라며 '나'로 하여
　　　　금 기록케 한 것이다. (제3권, 「前後所將舍利」)
　　　·내가 일찍이 包山에 寓居할 때에 두 스님이 남긴 美德을 쓴 것이 있기에 이제 여기
　　　　아울러 기록한다.(子嘗萬包山 有記二師之遺美 今幷錄之). (제5권, 「包山二聖」)
　　　·(나도)일찍이 한 번 본 일이 있는데… (제3권, 「迦葉佛宴坐石」)
　　　·(내가) 지금 스스로 와서 참례하고 보니…(제3권, 「魚山佛影」)

징표가 되며, 이는 액자의 틀에 해당한다고 할 수 있다. '論曰·試論之·議曰·有記·錄之'와 같은 표현들도 마찬가지이다.

讚을 포함하는 액자형 서술에는, 핵심적인 내부 이야기가 그 전후의 액자에 완전히 포용돼 닫힌 형태—이를 '폐쇄형 액자'라 한다—도 있고, 도입 부분은 결여되어 열려 있고 종결 부분만 닫혀 있는 형태—이를 '개방형 액자'라 한다—도 있다.

> (a)『신라본기』에 보면 법홍대왕이 즉위한 지 (…중략…) 불교의 홍하고 쇠하는 것도 반드시 遠近에서 동시에 서로 감응한다는 것을 여기에서 알 수 있다. (b) 元和 연간에 南澗寺의 중 一念이 「촉향분례불결사문」을 지었는데, 이 사실이 자세히 실려 있으니 그 대략은 이러하다. (c) 옛날 법홍대왕이 紫極殿에서 왕위에 올랐을 때 (이야기의 구체적 내용은 생략) (d) 기려 글을 짓는다. (讚詩)

이는 제3권 「原宗興法」條의 전체적 틀을 요약한 것으로 폐쇄 액자형 서술의 예를 보여 준다. (a)는 서술의 첫머리로서 『신라본기』라는 典據가 제시되고 있다. 이 전거를 閱覽하고 소개하는 존재는 문면에 직접 드러나 있지 않지만 '나'로 보는 것이 타당하다. (b)의 「촉향분례불결사문」은 典據인 동시에 동기적 부가물에 해당한다. 이 기록을 보고 그 대략을 소개하는 존재 역시 '나'이다. '나'가 경험하거나 보고 들은 구체적 이야기 내용이 (c)에서 서술되는데, 여기서 서술시점은 3인칭으로 바뀌게 된다. 그러다가 (d)에서 다시, (c)를 찬미하여 글을 짓는 '나'의 서술시점으로 轉移되어 전체 서사가 마무리된다. 도입 액자 속에 작가 혹은 그를 대리하는 1인칭 서술자가 등장하고, 3인칭으로 서술이 바뀌어 이야기를 전개해 나가다가 다시 최초의 서술자로 환원되는 폐쇄액자형 서술로 분류될 수 있다. 이는, 1인칭과 3인칭 형태의 교차적 이중서술 시점의 연행방법으로서 액자형 서술의 기본적 형태라 하겠다.

제26대 白淨王의 시호는 진평대왕이고 성은 김씨이다. 大建 11년 기해 8월
에 왕위에 올랐는데 신장이 11척이나 되었다. (…중략…) 기려 글을 짓는다.

이는 제1권 「天賜玉帶」條의 서술의 전체 개요인데, 처음에 3인칭 서술
로 시작해 1인칭 서술로 닫혀 종결되는 개방액자형의 모습을 보여 준다.
이같은 액자형 서술은 이야기 내용이 사실인 것처럼 여겨지게 하는 효과
를 낳는다. 동기적 부가물까지 제시되므로 서술의 신뢰성은 더욱 커지는 것
이다. 이는 神異的 내용을 사실로서 인식하고 독자에게도 그렇게 믿게 하
고자 하려는 一然의 찬술 의도에서 비롯된 서술형태가 아닐까 생각한다.

3.3 패러디의 祖型으로서의 '讚'

『삼국유사』 삽입시가가 지니는 문학적 의미로서, 이들의 앞의 이야기에
대한 '패러디'의 성격을 띤다는 점을 지적하고자 한다.[46] 앞장 3절에서 제시
한 讚의 7가지 양상은, 곧 서술된 이야기를 패러디化하는 제 방식들로 이해
해도 될 것이다. 기존의 소재의 재활용에 패러디의 의미가 있다고 한다면,
같은 이야기 소재를 재활용하여 시로써 재현한 讚詩야말로 패러디의 전형
으로 보아 무리가 없다.

竹馬蔥笙戱陌塵　죽마를 타고 피리를 불며 저자거리에서 놀던 벗이
一朝雙碧失瞳人　하루 아침에 눈 먼 사람 되어 버렸네
不因大士廻慈眼　부처님이 자비로운 눈을 돌리지 않았다면
虛度楊花幾社春　버들꽃 못보고 헛되이 지내기 몇 해나 됐을까

---

46) 讚과 이야기의 선후 관계를 살펴 보면, 이야기가 먼저 있고 난 뒤에 그 이야기에
　　대한 '詩的 再現'으로서 讚이 있는 것이므로, '이야기'가 '讚'의 선행담화가 된다. 필자
　　는 사설시조의 시문법을 규명하는 글에서 선행담화의 재현방식으로 '모방적 재현'
　　'논평적 재현' '인용적 재현'을 제시했는데, 이에 의거하면 이야기에 대한 詩的 패러
　　디로서의 讚詩는 선행담화의 모방적 재현으로 이해할 수 있다. 辛恩卿, 「辭說時調의
　　詩學 硏究」, 서강대대학원 국어국문학과 박사논문, 1989. 2.

이는 제3권 『芬皇寺千手大悲 盲兒得眼』條의 讚詩이다. 어떤 아이가 태어난 지 5년 만에 갑자기 눈이 멀었으나 천수관음 앞에 나아가 노래를 부르며 기도를 해서 마침내 눈을 뜨게 되었다는 이야기 소개를 이용하여 시를 지은 것이다. 讚詩는 대개 앞에 서술된 산문 이야기 내용의 중첩적 서술이라는 점에서 원시불교경전의 '應頌'(혹은 重頌)과 흡사하다. 그러나 이 찬시에는 작자 혹은 1인칭 서술자의 문학적 취향과 상상력이 강하게 배어 있다. 우선 산문 서술부에서는 인물−아이−에 대한 설명이 단지 '漢岐里에 사는 希明이라는 여인의 어린 아이'로 되어 극히 평면적이고 무미건조한 표현이 이루어진 것에 비해, 이 시에서는 '竹馬蔥笙'이라 하여 함축적·비유적 표현−구체적으로는 환유적 표현−을 사용하고 있다. 그리하여 문학성과 시적 정취를 높이는 효과를 낳고 있다. 이같은 효과는 結句에서도 여실히 드러난다.

이같은 사실은, 讚 부분이 단지 불교적 가르침을 충실히 그리고 효과적으로 전파하려는 종교적·교훈적·실용적 의도에서 나온 것이 아니라, 一然이라는 한 시인의 문학적 욕구의 소산이기도 함을 말해준다. 아래의 예에서는 이같은 문학적 욕구가 더욱 뚜렷하게 감지된다.

> 의론해 말한다(議曰). 娘子는 참으로 부녀의 몸으로 攝化했다 할 만하다. (…중략…) 그녀가 준 글은 슬프고 간곡하며 사랑스러워서 신선의 의취가 있으니 아, 만일 낭자가 중생을 따르는 것과 다라니를 말할 줄 몰랐다면 어찌 이와 같이 할 수 있었겠는가? 그 글귀의 끝에 마땅히, '맑은 바람이 함께함을 꾸짖지 마오'(淸風一榻英子愼)라고 했어야 할 것이다. 그러나 그렇게 하지 않은 아마 세속의 말처럼 하고 싶지 않았기 때문일 것이다. 기려 글을 짓는다(讚曰).

이 대목은 「努肹夫得 怛怛朴朴」條 끝부분의 1인칭 서술로 된 '議曰' '讚曰' 부분으로서, 관음보살의 화신인 낭자가 달달박박의 암자를 찾아와 자고 가기를 청하면서 지은 시의 末句인 "慈悲和尙莫生嗔"에 대해 평하는 말이다. 이 부분을 보면, 삽입된 시구들에 대한 작자의 문학적 동기 및 의도, 비중이 여실히 드러난다.

그러나 한편으로는 이야기를 찬으로 패러디화하는 태도면에서 볼 때, 이야기를 변형시키지 않고 되도록 충실하게 시로써 재현하려는 의도도 아울러 엿보인다. 그 근저에는 해당 이야기가 신이한 것 즉, 성스럽고 비범하고 영험한 것이기 때문에 한 개인이 감히 가감하지 않으려는 의식이 자리 잡고 있다. 이 점은 儒敎의 저술에서 '述而不作'의 태도가 중시되는 것과 마찬가지라고 본다. 성스러운 말씀을 충실히 해설하고 전달할 뿐, 감히 새롭게 지어내지 않는다는 의도인 것이다. 그러기에 이들 저술의 주체에 대해서는 '作者'라는 명칭이 적합치 않을 수도 있다.

이상, 이야기를 시의 형태로 패러디化하는 데 있어서 문학적 '표현동기'와 교훈적·종교적 '전달동기'가 상호 보조적으로 작용하고 있음을 알 수 있다.

3.4 다성적 문체소로서의 삽입시가

앞에서도 언급했듯 삽입시가의 존재는 그것이 삽입되어 있는 산문맥락을 전제로 한다. 이는, 산문과 운문, 서사성과 서정성 등 異質的 요소가 하나의 텍스트 안에 混在한다는 사실을 말해 주는 것이다. 또한, 서술방식면에 있어서도 『삼국유사』는 당대의 다양한 서술양식 및 불교문학양식을 흡수하여 이루어진 것으로 이질적 요소들의 거대한 복합체로서의 모습을 보이고 있다.

이같은 양상은, 글을 통해 이야기를 전개해 간다고 하는 장르적 개념과 인식이 아직 정착되지 않은 단계의 과도기적 현상으로 볼 수 있다. 즉, 이야기를 풀어가는 것을 서사문학의 본질로 이해할 때, 서사장르에 대한 인식이 아직 확고하게 정립되지 않았다는 것을 말해 주는 징표가 되는 것이다. 說

話−傳−小說로 이어지는 서사문학의 발전과정에서 이야기하자면, 이같은 混在相은 서사장르 형성의 초기적 현상에 해당한다.

서사문학을 대표하는 소설의 본질을 문체적 복합형태(multiform)와 發話목소리상의 다양성(variform)으로 보고 이론을 전개한 바흐친은, 궁극적으로 소설을 이질적 요소의 복합체(heteroglossia)로 보았다. 소설 혹은 서사문학은 시가 지니는 單聲性·獨白性(monophony)과는 성격을 달리하여 多聲性(polyphony)을 그 본질로 한다는 것이다.47)

이 견해를 수용하여 삽입시가를 조명해 보면, 산문 속의 운문, 서사적 맥락 속의 서정적 요소는 각각의 입장과 성격을 주장하는 여러 목소리들의 동시적 울림 중의 하나, 混聲合唱 중의 한 파트로 이해할 수 있다. 삽입시가는 근본적으로 소설적 산문의 독특한 문체 형성의 한 요소가 될 수 있는 소지를 내포하고 있는 셈이다.48) 요컨대, 다성성을 서사장르의 본질적 문체특징이라 할 때 삽입시가는 다성적 문체소 중의 하나로 규정될 수 있다고 본다.

4. 맺음말

지금까지 『삼국유사』에 삽입되어 있는 시가들이 서사체 내에서 어떤 역할을 행하는가, 그러 인한 문체적 효과는 무엇인가, 그리고 삽입시가의 양상이 문학적·문학사적으로 어떤 의미를 지니는가에 대하여 검토해 보았다. 이같은 작업을 통해 얻어진 것은, 삽입시가 자체에 대한 구체적 검토가 이

---

47) M. Bakhtin, "Discourse in the Novel," *The Dialogic Imagination*, ed. Michael Holoquist, trans. Caryl Emerson(University of Texas Press, 1981).

48) J.J. Lu 역시 바흐친의 견해에 입각하여 삽입시−Lu의 용어로는 소설적 시, Novelistic poem−의 의미를 대화적 문체 형성이라는 관점에서 이해하고 있다. J.J. Lu, 앞의 책, 19-22쪽 및 ch.1.

루어졌다는 점, 산문맥락과의 관련상이 뚜렷하게 부각되었다는 점, 나아가 『삼국유사』가 가지는 문학적 성격을 배경설화 아닌 삽입시가를 통해 규명했다고 하는 점 등이다.

이 과정에서 『삼국유사』의 삽입시가와, 이들의 불교적 기원으로서 伽陀·祇夜와의 同異點이 간략하게 언급된 것이 아쉬움으로 남는다. 또 처음 의도와는 달리 準허구적 서사체라는 점에서 『삼국유사』와 성격이 비슷한 日本의 『古事記』『日本書紀』 속의 삽입시가와의 비교가 전혀 논의되지 못했다. 게다가, 고소설 속의 삽입시가와의 통시적 비교 및 당대에 찬술된 것으로서 운문/산문의 혼합적 서술양식이라는 점에서 공통적인 『동명왕편』과의 비교도 이루어지지 못했다. 이러한 미진한 문제점들은 다른 기회를 기약하기로 한다.

申緯 小樂府에 대한 문체론적 연구

1. 머리말

이 글은 紫霞 申緯의 小樂府 40首를 대상으로 하여 그 문체적 특성을 살펴 보는 데 목표가 있다. 주지하다시피 자하 소악부는 기존의 시조 40수를 七言絶句의 형태로 漢譯해 놓은 것이다. 시조를 한시형태로 번역하는 과정에서 드러나는 언어사용의 다양한 장치들을 검토해 봄으로써 소악부 자체의 표현상 특징은 물론이고 시조의 장르적 본질에 대한 이해를 심화할 수 있는 계기가 되리라 생각한다. 여기서는 자하 소악부가 주 대상이 되지만, 嘉梧 李裕元의 소악부 45首도 부차적인 대상이 된다.

우리말 노래를 한시 형태로 번역한 소악부는 고려조 益齋 李齊賢에게서 그 최초의 모습을 보게 된다. 그 후 조선 후기에 들어 '實'을 숭상하는 시대적 분위기와 맞물려 예술·사상 전반에 걸쳐 일련의 변화가 일어나고, 문학 측면에서도 우리의 전통, 朝鮮詩에 대한 자각이 싹트면서 우리말 노래에 대한 새로운 자각의 한 양상으로서 소악부가 대거 출현하게 되었다.1) 그 중 申緯와 李裕元의 소악부는 量으로 보나 작품성으로 보나 이 시대의 소

---

1) '朝鮮詩'라는 말은 정약용이 '我是朝鮮人 甘作朝鮮詩'(『與猶堂全書』 卷六)한 데서 비롯된다.

악부를 대표한다고 할 수 있다.

특히 신위는 소악부만이 아니라 한시 전반 및 書畵에도 능하여 詩書畵의 깊은 소양을 갖춘 사람으로 조선의 王維에 비견되기도 한다. 가을 버드나무를 읊은 <後秋柳詩> 20首, 강원도 지방의 농경풍속을 소재로 한 <貊風十二章>, 우리나라 대표시인들의 시풍을 詩의 형태로 평한 <東人論詩絶句> 35首, 당대 현실의 다양한 측면에서 소재를 취한 <雜書> 50首, 기타 <觀劇絶句十二首> 등이 그의 대표작으로 일컬어진다. 여기서 알 수 있듯 그는 連作詩 형태를 즐겨 취했으며, 추상적 관념의 세계가 아닌 실제 삶의 현장을 詩의 소재로 하여 그것을 사실적으로 그려내는 한편, 문학평가에도 관심을 가졌다는 것이 드러난다.[2]

신위의 소악부가 드러내 보이는 문체적 특성 즉 독특한 언어사용법의 양상은, 시대적 맥락과 더불어 시조를 한시 형태로 번역한 것이라고 하는 장르적 특성을 함께 고려할 때 그 실상이 잘 드러나리라 생각한다. 이런 점들을 고려하여, 이 글은 첫째 시조의 한역시로서 소악부라는 장르가 갖는 문체적 특성, 둘째 신위 개인의 문체적 성향, 셋째 한역의 과정을 통해 드러나는 時調 자체의 장르적 본질을 부각시켜 보는 데 구체적 목표를 둔다.

---

2) 신위의 전반적인 작품세계 및 소악부에 관한 기존의 연구는 그리 많지 않다. 신위의 생애 및 전반적인 작품경향 등을 개괄한 것으로 柳晟俊 編, 『申緯作品集』·연구편(형설출판사, 1977); 孫八洲의 『申緯硏究』(太學社, 1983)를 들 수 있다. 그리고 조선 후기 소악부에 대한 전반적 개괄 및 분석으로는 황위주의 「朝鮮 後期 小樂府 硏究」(정신문화연구원 부속대학원 석사논문, 1983)가 있다. 소악부의 연구는 해당 시조를 찾는 작업에서부터 시작하게 되는데, 자하 소악부의 경우는 손팔주의 연구에서, 가오 소악부의 경우는 황위주의 논문에서 시도되었고 본 연구도 이에 의거하였다. 이외에 申緯 및 소악부에 관한 연구로 유은희, 「紫霞 申緯의 文人畵 硏究」(정신문화연구원 부속대학원, 1983); 정원표, 「紫霞 申緯의 漢詩 硏究」(서울대학교대학원 국어국문학과 박사논문, 1987); 이진선, 「紫霞 申緯 詩硏究」(성신여자대학교대학원 석사논문, 1983); 이연세, 「紫霞 申緯 詩文學 硏究」(인하대학교대학원 국어국문학과 석사논문, 1990); 김성희, 「紫霞 申緯 題畵詩 硏究」(동국대학교 교육대학원, 석사논문, 1990); 권난희, 「紫霞 申緯의 '東人論詩絶句' 硏究」(경상대학교대학원 석사논문, 1995) 등이 있다.

2. 시조 한역의 문학적 의미

　자하의 소악부가 갖는 문체적 특징을 규명하기 전에 먼저, 시조를 한역했다고 하는 것이 창작, 유통, 수용 등 제반 문학행위에 있어 어떤 의미를 지니는지 생각해 보고자 한다.

　첫째, 시조를 한시로 번역한 소악부는, 여러 면에서 성격이 다른 시조와 한시-絶句-사이의 장르적 관습의 충돌·타협·조화의 결과라는 점을 지적할 수 있다. 우선, 시조는 의미상 3단위 구조체이며 絶句는 4단위 구조체라는 커다란 차이를 지닌다. 또, 시조는 歌唱되는 '歌'인 반면, 絶句는 '詩'라는 점에서 연행적 관습상의 차이를 드러낸다. 이처럼, 상이한 두 시 장르가 상호교섭하고 상호작용하고 나아가서는 서로의 영역에 침투·충돌하여 빚어낸 결과가 바로 소악부라는 사실을 주목해야 할 것이다. 이 점은 자하의 작품만이 아닌 일반 소악부의 공통의 전제가 되며, 따라서 소악부에는 어떤 양상으로건 시조적 요소와 한시적 요소가 混在해 있다는 점을 소악부 연구의 출발점으로 삼아야 하리라고 생각한다. 즉, 時調 漢譯詩를 '이질적 요소의 혼성체'(heteroglossia)로 인식하는 시각이 요구되는 것이다. 소악부에 부과된 이같은 전제조건은 소악부의 특징적 문체를 배태시키는 근원이 된다.

　둘째, 소악부가 장르, 연행관습, 의미단위 등 텍스트의 여러 측면에서 이질적인 요소들의 복합체로 이해될 수 있다는 것은, 소악부가 균질적이고 독백적·폐쇄적인 텍스트로서의 성격보다는 여러 목소리가 하나의 텍스트 안에 혼재하여 자신의 입장을 표명함으로써 야기되는 多聲的 텍스트로서의 성격이 강하다는 것을 의미한다. 이같은 텍스트적 특성은 間텍스트성(intertextuality)[3]으로도, 혹은 다성적 구조(polyphonic structure)로도 설명

---

3) 'inter'는 '사이' '상호'의 뜻을 지닌다. 'intertextuality'는 間텍스트성, 상호텍스트성, 텍스트상호관련성 등으로 번역되는데 본서에서는 間텍스트성으로 통일한다.

될 수 있다.

요컨대, 개개 소악부 텍스트들은, 1차적으로 시조 작가의 목소리와 한역자인 신위의 목소리가 동시적으로 어우러져 빚어내는 다성화음으로 비유될 수 있다. 시조작품 또한 그 이전의 선행담론들과의 끊임없는 대화의 소산이라 할 수 있으므로 결과적으로 소악부는 二重和音이 아닌 多重和音으로 이해될 수 있는 것이다.4) 이와 같은 양상을,

$$發信者2-(發信者1-傳言1-受信者1)-受信者2$$
$$傳言2$$

와 같은 표로 나타낼 수 있는데 여기서 전언1은 時調를, 전언2는 小樂府를 가리킨다. 이 표에서는 시조 안에 내재된 또 다른 전언은 생략되어 있다. 그리고 발신자1은 시조작자를, 수신자1은 신위를 비롯하여 이유원, 이유승 등 시조를 한역한 시인들 그리고 시조의 일반 향유자들이 포함될 수 있다.

---

4) 물론, 모든 담론은 더 이상 누구 한 사람의 고유한 영역에 속하는 것도 아니고, 그의 전유물도 아니다. 바흐친의 대화주의(dialogism), 다성성(polyphony)의 개념에 근거를 두고 간텍스트성(intertextuality)이라는 말을 처음 사용한 크리스테바는, '모든 텍스트는 수많은 인용들의 모자이크로 구성된다'는 말로써 이 개념을 설명한다. 대화주의나 간텍스트성이라는 말은 결국 어느 담론이든 다른 것과 관계를 맺지 않는 것은 없다는 것을 전제로 한다. 어느 한 담론 속에는 각자의 입장을 주장하는 수많은 목소리들이 혼재하게 된다. 그러므로 어느 한 담론은 상호주체성(intersubjectivity) 이 성립되는 場이 되는 것이다. 간텍스트성은 한 작품 내의 여러 문장들의 관계로부터, 한 작가의 전 작품 내에서의 서로의 관계, 여러 작가의 여러 시대의 작품 사이의 관계 등을 총괄한다. 이를 근거로 작가와 작품, 작가와 독자, 작품과 독자의 상호관련성 개념이 파생된다. 애초에 바흐친은 소설을 시장르와 구분하는 근거로 다성성의 개념을 내세웠지만, 이처럼 모든 담론은 이전의 그것, 현행의 그것과 관계를 맺고 있다. 그러나 다성성이 모든 담론의 전제조건이 된다 하더라도, 특별히 그것을 1차적 본질로 갖는 담론의 종류가 있을 수 있다. 시보다는 소설이 그러할 것이며, 패러디나 용사, 번역작품, 次韻詩, 다른 텍스트 다른 시인으로부터의 영향관계를 명백히 드러내는 텍스트들, 시로써 시를 평하는 論詩絶句들도 이같은 범주에 속할 만한 것들이다. 또한 이 글의 대상이 되는 국문시가의 한역으로서의 소악부도 이 범주에서 빼놓을 수 없는 것이다.

시조라는 전언의 수신자인 이들은 다시 소악부라는 전언2의 발신자로 역할
이 바뀌게 된다. 소악부의 수신자(수신자2)는 당대의 문인은 물론 현재의
독자나 문학 연구가까지를 포함하며, 시조(전언1)의 존재를 인지하는 경우
(수신자2′)와 소악부만을 알고 있는 경우(수신자2″)로 나뉠 수 있다. 수신자
2′에게 전달된 것은 '전언1+전언2'이다.

셋째, 시조를 한역했다고 하는 것은 소악부가 기존의 시조를 '전제'로 하
여 언어적으로 '再現'된 것이라는 의미를 지닌다. 필자는 이런 류 텍스트를
대상으로, 선행담론과의 공존성 여부, 선행담론이 후행담론에 개입하는 정
도, 선행담론을 수용하는 후행담론 재현자의 태도, 즉 창작성의 여부 등을
기준으로 하여 模倣的 再現, 引用的 再現, 論評的 再現의 세 가지 재현방
식을 제시한 바 있다.5) 이 중 시조 한역시는 '모방적 재현'에 해당한다. 즉,
선행담론(시조)은 후행담론(소악부)의 문면에 그 흔적을 전혀 드러내지 않
고 隱在하는 양상을 띠고, 따라서 후행담론 생산시 선행담론에의 의존도
및 선행담론이 후행담론에 개입하는 정도는 가장 크며, 후행담론을 생산하
는 데 있어 창작성은 최소치가 된다.

넷째, 텍스트의 생산과 수용을 略號化(encoding)와 解號化(decoding)의
과정으로 이해한다면, 소악부는 신위의 시조해석―해석은 수용의 한 형태―
을 토대로 한 해호화 작용을 전제로 하여 이를 絶句의 형태로 약호화한 결
과로 설명될 수 있다. 시조를 수용하여 나름대로 해석하는 기호 해체의 과
정을 거쳐 한시형태로 再기호화한 것이 바로 소악부인 것이다. 여기서 해호
화 과정은 문면에 명시되는 것이 아니라, 약호화된 결과를 통해서 추정된다.
해호화는 약호화에 전제되는 것이기에 약호화 작용에 포함시킬 수도 있다.
이 과정에서 번역자인 신위는 해호자로부터 약호자로의 역할이 전이된다.
시조 한역이 갖는 이같은 제반 성격은 소악부의 독특한 문학적·언어적 특

---

5) 辛恩卿, 「辭說時調의 詩學 硏究」(서강대학교대학원 국어국문학과 박사논문, 1989.
   2), 115-136쪽.

성을 결정하는 데 직접·간접적으로 작용했을 것임은 자명하다.

소악부가 생산되는 과정을, 시조를 수용하고 해석하는 해호화 과정과 그 것을 바탕으로 기호의 재배열이 이루어지는 약호화 과정으로 설명할 때, 여 기에는 한역자의 개인적 영향력 밖에 작용하는 요건과 개인적 성향이 깊게 개입되는 부분이 동시에 존재한다는 점을 염두에 두어야 한다. 소악부는 시 조를 한시로 번역한 것이라는 장르적 규정이 전제되므로 이 점은 모든 한역 자에게 공통으로 주어진 절대적·구속적 규준이 된다. 즉, 소악부 생산에 있어 개인의 영향력 밖에서 작용하는 요건이 되는 것이다. 한편, 기호의 재 배열이 이루어지는 과정에서는 개인의 문학적 성향이 직접적으로 또 최대 치로 개입될 수 있다.

한 편의 소악부가 생산되는 과정에는 이처럼 장르적 관습이나 시대적 문 체에 영향을 받는 부분과 개인의 개성이 반영되는 부분이 동시에 개입되어 있다. 신위의 소악부가 드러내 보이는 문체적 특성은 이 두 측면이 상호작 용하여 빚어낸 결과로 볼 수 있다. 이 중 시조의 한역이라고 하는 非選擇的 상황에서 어쩔 수 없이 야기되는 특성 즉 모든 시조를 한역한 소악부가 공 유하게 되는 특성은 '상황적 문체'로, 신위 개인의 개성과 취향, 문학적 성향 등으로 인해 야기된 언어사용의 특성은 '개인적 문체'로 규정될 수 있을 것 이다.6) 신위 소악부의 문체적 특성을 이해하기 위해서는 이 두 측면을 따로 나누어 살펴볼 필요가 있다고 생각한다.

'문체론'은 이처럼 주어진 내용을 어떻게 달리 표현하느냐의 문제, 즉 언 어표현의 방법 혹은 언어의 사용이라고 하는 문제에 관심을 갖는다. 문체는 한 개인이 대상이 되기도 하지만 어떤 장르, 어떤 시대의 문체가 언급될 수도 있다.7) 독특한 언어적 표현을 성립시키는 요소에 대한 설명은 자연

---

6) Charles E. Osgood, "Some Effects of Motivation on Style of Encoding," *Style in Language*, ed. Thomas A. Sebeok(Cambridge: The M.I.T. Press, 1960).

7) Fritz Martini는 '개인적 문체(personl style)'와 '시대적 문체(period style)로 분류한

심리적·주관적 영역과 밀접한 관련을 지닌다. '문체적 성향은 인식론적 성향을 반영한다'는 전제는 이같은 관련상을 단적으로 설명한 것이다. 문체란 언어의 변형양상을 차용하는 특징적 방식이다. 시인이 어떤 언어적 변형장치를 어떻게 차용하는가 하는 점은, 그 개인의 인식론적 성향뿐만 아니라, 세계를 보는 방식, 문학관 등을 반영한다.8)

이같은 문체론의 관점에 입각하여 3장에서는 시조의 漢譯이라고 하는 장르적 특성으로 인해 야기되는 '구속적' '상황적' 문체특성에 대하여, 4장에서는 신위라고 하는 한 개인의 개성이 발현되는 '선택적' '개인적' 문체특성에 대하여 주목해 보고자 한다.

3. 소악부의 장르적 특성과 구속적 문체장치

문체연구는 텍스트에 사용된 언어표현 중 어떤 요소를 특별한 징표로 인식하는 것에서부터 출발한다. 이 특별한 징표를 리파테르의 용어로 한다면 '문체장치'(stylistic device)가 될 것이다. '문체장치'란 解號化 과정에서 장애를 일으키는 요소를 의미한다. 즉, 순조로운 독서를 방해하는 요소로서 略號化 과정에서 조절되고 의도될 수 있는 것이다.9) 이같은 표현이 어떤 장르, 어떤 시인의 시에서 되풀이되어 나타나거나, 체계적인 일탈의 구조를 드러내 보일 때 우리는 그것을 그 장르나 시인, 또는 어느 한 텍스트의 문체

바 있다. Fritz Martini, "Personl Style & Period Style," *Patterns of Literary Style*, ed. Joseph Strelka(The Pennsylvania State University Press, 1971).

8) R. 오우먼, 「生成文法과 文體라는 개념」, 『言語科學이란 무엇인가』(李廷玟 外 2인 譯(문학과 지성사, 1984).

9) M. Riffaterre, "Criteria for Style Analysis" "Stylistic Context," *Essays on the Language* of Literature, eds. S. Chatman & S. R. Levin(Boston: Houghton Mifflin Company, 1967).

적 특징으로 받아들이게 된다.

자하의 소악부 40수를 검토해 보면 여러 면에서 독특한 언어사용이 눈에
띤다. 이러한 문체적 특징들은 이질적인 시장르를 번역했기 때문에 야기된
것도 있고, 신위 자신의 개성의 소산인 것도 있다. 여기서는 앞의 경우에
초점을 맞추고자 한다. 이 경우 다양한 문체장치들은 신위의 소악부만이 아
니라, 모든 소악부에서 대체로 공통적으로 발견되는 것들이다.

3.1 의미단위의 변화와 주제의 변질

소악부에서 한역의 대상이 되는 시조는 대개 平時調이고, 한역된 형태는
絶句(대개 七言)이다. 그러므로 소악부란 세 개의 의미단위를 가진 시조를
네 개의 의미단위로 확장한 것을 의미한다. 그러나 이것이 반드시 실질적인
정보양의 확장을 의미하는 것은 아니다. 3단위에서 4단위로의 변화는 시조
와 절구가 갖는 장르적 본질에서 기인한 것일 뿐이다.

신위 소악부 40수 중 원 시조를 찾을 수 없는 두 작품을 제외하고 나머지
를 대상으로, 세 단위를 네 단위로 만드는 방식을 검토해 보면 다음 몇 가지
패턴으로 고정되어 있는 것을 알 수 있다.

> 1) 초장을 絶句의 제1句로, 중장을 제2句로, 종장을 제3·4句로 구성하는 방법
>   (19수)
> 2) 초장을 絶句의 제1·2句로 중장을 제3句로, 종장을 제4句로 구성하는 방법
>   (9수)
> 3) 초장을 제1·2句로, 중장을 제3·4句로 하고 종장 내용은 생략하는 경우
>   (6수)
> 4) 초장을 제1·2句로, 종장을 제3·4句로 하고 중장 내용은 생략하는 경우
>   (4수)

그런데 한시를 시조화한 경우도 이와 거의 비슷한 패턴을 보인다는 점이

매우 흥미롭다. 그러나 문체론적 관점에서 중요한 것은, 3단위를 어떻게 4단위로 구조화하는가 하는 방식이 아니라 그로 인해 어떠한 텍스트적 변화를 야기했는가 하는 점이다. 의미단위가 다름으로 해서 '첨가'나 '생략' '대치' 등의 변형이 필연적으로 뒤따를 것임은 자명하고, 이로 인해 주제의 변질이 초래될 수도 있는 것이다.

> 우는 거시 벅구기가 프른 거시 버들숩가
> 漁村 두어집이 닛 속의 나락들락
> 아해야 새고기 오른다 헌그물 내어라
>
> 鳴者鵓鳩靑者柳 漁村煙淡有無疑
> 山妻補網纔完未 正是江魚欲上時 (<漁樂>)

시조 초장을 제1구로, 중장을 제2구로, 종장을 제4구로 하고 여기에 제3구를 첨가하는 방식으로 漢譯이 이루어져 있다. 이 중 제3구는, 시조의 "헌그물"로부터 고기잡는 일을 떠올리고, 이로부터 다시 杜甫의 <江村> 중 '늙은 아내는 장기판을 그리고 아이는 낚싯바늘을 만든다'는 내용("老妻畵紙爲碁局 稚子敲針作釣鉤")을 연상하여 '아해'를 '山妻'로 대치한 뒤 '그물을 깁는다'는 내용을 첨가하였다. 그런데, 시조의 내용에 새로운 의미요소가 첨가됨으로써 주제의 변질이 야기된다. 시조에서 말하고자 하는 것은 꼭 '고기를 잡는다'고 하는 실질적 행위가 아니라, 어촌의 평화로운 풍경이다. 고기잡는 것은 그 풍경을 구성하는 한 부분일 뿐이며 없어도 무방한 부분이다. 종장에서의 '새 고기'와 '헌 그물'의 對句는 이같은 해석을 뒷받침하는 언어표현이라 할 수 있다.

한편, 漢譯詩에서는 '마침 고기가 오를 때에 맞춰 아내가 그물을 깁는다'는 내용이 두 구에 걸쳐 묘사됨으로써 고기를 잡는 '실질적 목적성'이 강조된다. 그리하여 앞 두 구에서 어촌의 평화로운 풍경이 제시되었음에도 불구하고 주제의 변질이 야기되는 것이다. 우리는 이로부터 언어사용의 차이는 내용의 변화를 가져온다고 하는 문체론적 전제를 다시 한 번 확인하게 된다.

한편, 아래의 예는 '생략'에 의해 주제변질이 야기되는 경우이다.

> 玉刀彩 돌刀彩 니 무되던가 月中桂樹ㅣ 느남긴이시위도다
> 廣寒殿 뒷뫼히 존소 설이여든 안이 어득 沈沈홀야
> 져둘에 김의곳 업쓴들 내님 될짜ᄒ노라
>
> 玉斧年多鈍却鋩 月中桂樹靭難當
> 廣寒殿後藜靑葉 能使繁陰翳放光 (<玉斧桂樹>)

한시의 제1·2구는 초장을, 제3·4구는 중장을 번역한 것이고, 종장은 생략되어 있다. 시조의 경우 주제는 대개 종장에 집중되는 경향이 있는데, 종장이 생략됨으로써 주제의 큰 변화가 야기된다. 시조의 경우 '달의 거무스름한 부분을 기미가 낀 것으로 감지'하는 擬人的 발상이 기반이 되는데, '저 달에 기미가 없다면 내 님이 될 수 있을 터인데…'라고 하여 침침한 모습을 안타까와하는 시적 화자의 심정이 노출되고 있다. 그러나 한역시에서는 그와 같은 달의 모습을 '광한전 뒤의 푸른 잎들은 그들을 드리워 달빛을 흐리게 한다'고 하여 객관적으로 묘사하는 것에 그칠 뿐, 화자의 반응은 표현되고 있지 않다.

한편 아래의 예들은 한문으로써 적절하게 번역되기 독특한 어휘표현들인데, 이들이 어떻게 한시형태로 '대치'되고 있는가를 살펴 보면 시조의 고유한 언어사용의 일면을 살필 수 있을 것이다. 첩어와 비슷하면서도 시조(혹은 가사)에서 독특하게 사용되는 어휘로 '알동말동'형 시어가 있다.[10]

> (가) 남ᄒ여 傳한 片紙니 <u>알동말동</u> ᄒ여라 (縱眞原是憑傳札 成否從違未可知)
> (나) 春雪이 亂紛紛ᄒ니 <u>필동말동</u> ᄒ여라 (春雪紛紛開未開)
> (다) 來日은 西湖에 벗 옴안이 <u>깼똥말똥</u> ᄒ여라 (來日西湖朋有約 醉醒難得
>   豫云云)

---

10) '알동말동'형 시어에 대한 문체론적 분석은, 辛恩卿, 「시조의 시어와 서정 : '구비구비'형·'오락가락형' 시어를 중심으로」, 『고전시 다시읽기』(보고사, 1997) 참고.

(라) 漁村 두어집이 닛 속의 <u>나락들락</u> (漁村煙淡有無疑)
(마) 춘풍 니불아레에 <u>서리서리</u> 너헛다가/ 어론님 오신날 밤이여든 <u>구뷔구뷔</u>
 펴리라 (春風被裏屈蟠藏 燈明酒暖郎來夕 曲曲鋪成折折長)
(바) 靑山도 <u>절노절노</u> 綠水도 <u>절노절노</u> (山是自然水自然, 嘉梧小樂府 <小
 重山>)

이 예들에서 보다시피 이런 시어들이 담고 있는 의미의 전달은 이루어지
고 있지만, 미묘한 뉘앙스나 어감이 빚어내는 정감은 제대로 표현되지 못한
다. 이같은 시어들은 꼭 어떤 결과를 아느냐 모르느냐('가'의 경우), 꽃이 필
것인지 안 필 것인지('나'의 경우) 혹은 '술이 깰지 어떨지'('다'의 경우)에 대
한 해명을 요구하는 것이 아니다. 그 결과가 어떻든 연연하지 않는 여유와
풍부한 여백을 표출하고 있다는 것에 이런 류 시어의 문체적 의미가 담겨
있다. 또 (라)에서 보는 것처럼 반복되는 동작에 의해 어떤 장면을 생동감
있게 묘사한다든가, (마)나 (바)와 같이 반복에 의해 정감이 강화되는 효과
를 낳기도 한다. 그런데, 번역된 한문표현을 보면, 이같은 문체적 효과는 창
출되지 못하고 그 단어가 담고 있는 字句的 의미만이 충실하게 '전달'되고
있어 그 행위의 '결과'에 중점이 맞추지는 양상을 야기한다. 따라서 이같은
번역은 단순히 어떤 내용이 어떤 한문표현으로 대치되었다는 것에 그치지
않고, 전체적인 텍스트성 혹은 주제의 변화를 야기하는 데까지 나아가게 되
는 것이다.

이처럼, 3장의 시조를 4구의 절구로 번역하기 위해서는 필히 첨가나 생
략, 대치의 변형절차가 수반되고, 이는 대략적인 내용은 변함이 없다 해도
심층의미 즉 주제의 변화를 야기할 수 있는 계기가 되는 것이다.

3.2 연행관습의 차이와 언어표현의 변화

연행관습상 시조는 노래로 가창하는 장르요, 한시는 읽거나 음영하는 장

르라는 점에서 본질적으로 다르다. 이러한 차이는 번역에 있어 정확하게 대치될 수 없는 미묘한 차이를 불러일으킬 수 있다. 시조 종장 첫구에 흔히 등장하는 '아희야' '우리도'와 같은 것이 그 대표적인 예이다. 이 표현에 대한 해석은 다양하지만, 시조창이 社交의 場에서 교유의 수단이 된다고 할 때 현장에서 시중을 들던 아이를 지칭하다가 그것이 하나의 관습으로 굳어진 것으로 볼 수 있다. 그러므로 '아희'는 가창된다고 하는 시조의 연행관습 및 현장성에서 파생된 독특한 언어표현이라 할 수 있다.

이같은 표현을 연행관습이 다른 한시형태로 번역하는 것은 극히 어려운 일이 아닐 수 없다. 내용자체는 전달할 수 있다 해도 미묘한 언어표현의 차이를 배제할 수 없게 되는 것이다.

> 집方席 내지마라 落葉엔들 못안즈랴
> 솔불 혀지마라 어제 진 둘 도다온다
> 아희야 濁酒山菜ㄹ만졍 업다말고 내여라
>
> 休煩款待黃茅薦　　且坐何妨紅葉堆
> 豈必松明燃照室　　前宵落月又浮來 (<慣看賓>)

兩者를 비교해 보면 종장이 생략되어 있음을 알 수 있다. 생략된 것은 손님을 맞이하는 데 필요한 '방석', '불', '음식' 중 '음식'에 해당한다. 이 부분이 생략된 것은 '아희야'로 시작되는 명령 구문을 명확히 漢譯하기 어려웠기 때문에 의도적으로 생략한 게 아닐까 생각된다. 그 부분이 없어도 시의 전체적 의미는 큰 훼손이 없다. 그러나 역동적인 톤과 생동감을 불러일으키지 못하는 결과를 야기한다. 또한, 무엇보다도 시조의 연행관습에서 비롯되는 청자와 화자 간의 긴밀한 관계형성11)이라고 하는 특성이 번역에 의해 크게 희석된다고 하는 점을 지적하지 않을 수 없다.

---

11) 김대행, 『시조유형론』(이화여대출판부, 1988), 20-25쪽.

‘우리도’의 경우도 마찬가지이다.

> 南薰殿 돌불근 밤의 八元八凱 드리시고
> 五絃琴 一聲에 解吾民之慍兮로다
> 우리도 聖主를 뫼으와 同樂太平 ᄒ리라
>
> 明月南薰夜未央　八元八凱八窓堂
> 五絃彈出聲聲協　解慍春臺化日長 (嘉梧小樂府, <朝中措>)

초장을 1·2구로, 중장을 3구로, 종장을 4구로 구성하였는데 시조의 내용이 그대로 전달이 되었지만, 종장 첫구의 ‘우리도’에 해당하는 구절은 생략되어 있다. 시조 演行의 場에는 최소한 둘 이상이 모이는 경우가 대부분이었을 것으로 추정할 때, 이 점은 시조로 하여금 ‘개인의 서정’ ‘私的·獨白的 서정’보다는 ‘공동체의 서정’ ‘집단의 서정’[12]을 표출하는 장르적 성격을 갖게 하는 데 직접적인 요인이 되었을 것으로 생각된다. 종장 첫구의 ‘우리도’는 집단적 서정을 표현하는 단적인 예가 아닐까 한다.

이같은 양상은 비단 ‘아희야’나 ‘우리도’에서뿐만 아니라, 聽者와의 관계가 명시적으로 드러나는 경우 즉 呼格이 포함된 구문에서 보편적으로 발견된다. 혹 생략하지 않고 그 부분을 살려 번역한다 해도 시의 뉘앙스는 완전히 달라지게 된다. 예컨대 “子規야 우지 말아 울어도 속절업다”라는 구절을 “寄語子規休且哭”으로 번역했다 해도 시조에서의 聽者指向의 직접화법의 어조는 “子規에게 울지 말라고 말 전하노라”와 같이 간접화법의 형태로서 話者의 의지를 표명하는 어조로 변질되는 것이다.

> 綠陰芳草 細雨中에 쇼 먹이는 져 아해야
> 비마즌 行客이 뭇노라 술 파는데
> 져건너 杏花 눌이이 게가 무러 보쇼셔

---

12) 김대행은 이를 ‘共感의 美學’이라는 말로 나타낸 바 있다. 같은 곳.

行人魂斷雨淸明　　何處靑帘夕照橫
短笛牧童遙指點　　杏花如雪一城傾 (嘉梧小樂府, <酒泉子>)

시조에서는 行人과 아이의 대화가 직접화법으로 전개되는 것에 비해, 한시에서는 그 두 사람을 '行人' '牧童'이라고 칭하는 제3의 서술자가 있어 그들이 술집의 위치를 묻고 대답하는 상황을 간접적으로 서술하고 있다. 비록 發話의 내용 자체는 훼손 없이 전달된다 하더라도 상이한 언어사용이 빚어내는 텍스트성, 문체적 효과의 차이는 매우 크다. 시조의 경우 현장감·생동감·화자와 청자 간의 긴밀성 등이 한시에 비해 월등 강화되고 있다.

또 다른 예로서, '靑山아 말 무러 보쟈 古今 일을 네 알니라'를 "靑山應識古今事"(嘉梧小樂府, <問靑山>)로 번역할 경우 '靑山은 응당 古今의 일을 알 것이다'로 되어 시적 청자인 '靑山'과의 직접적 관계가 객관적 사실로서 간접화되어 버리게 된다.

이처럼 여러 사람이 어울려 다른 사람의 노래를 듣고 자신도 부르면서 聽者와 唱者의 역할을 겸하여 수행하는 연행관습 하에서 시인은 고립된 존재가 아니라 다른 대상-그것이 시적 대상이건 그 場에 참여한 실질적 聽者이건-과 관계를 맺는 구성원이 된다. 그리하여 일종의 유대감이 형성되는데 한시로 번역될 경우 이것을 살려 내지 못하게 되는 것이다.

3.3 언어의 차이에 따른 어조의 변화

어조의 변화는 연행관습의 차이에서도 비롯되지만, 우리말과 한문의 언어적 차이와도 밀접한 관련이 있다. 우리말은 어미변화가 다양한 굴절어지만, 한문은 어미변화가 없는 고립어이기 때문에 시제나 격, 수동·능동의 표현, 겸양·존경의 표현, 단수·복수 등의 차이가 드러나지 않는다.

이 가운데 漢譯 과정에서 가장 두드러지는 것은 종결방식에서 변질이 초래되기 쉽다는 점이다. 시조에서는 청유형, 의문형, 감탄형, 평서형, 명령

형 등 다양한 형태의 종결어미를 취함으로써 텍스트의 어조를 형성하는 작
용을 한다.

> 나뷔야 靑山에 가쟈 범나뷔 너도 가쟈
> 가다가 져무러든 곳듸 드러 자고 가쟈
> 곳에서 푸待接ᄒ거든 닙헤셔나 ㅈ고가쟈
>
> 白蝴蝶汝靑山去　黑蝶團飛共入山
> 行行日暮花堪宿　花薄情時葉宿還 (<蝴蝶靑山去>)

　시조를 전제로 하지 않을 경우 제1구는 '흰나비야 너는 청산으로 가고
있느냐?'라는 의문형으로 풀이될 수도 있고, '흰나비 너는 지금 청산으로 가
고 있구나(혹은 가고 있다)'와 같은 감탄형·평서형으로 해석될 수도 있다.
이같은 애매모호성이 풍부한 텍스트성을 야기한다는 것은 말할 나위가 없
지만, 時調의 한역이라는 점에서 볼 때 어조의 차이를 유발하는 근본적 요
인이 되기도 한다. 아래의 예도 마찬가지이다.

> 靑山裏 碧溪水야 수이 감을 쟈랑마라
> 一到滄海ᄒ면 도라오기 어려오니
> 明月이 滿空山ᄒ니 수여간들 엇더리
>
> 靑山影裏碧溪水　容易東去爾莫誇
> 一到滄江難再見　且留明月映婆娑 (<碧溪水>)

　종장에 해당하는 제4句는 '밝은 달 그림자가 어른어른 비치는 곳에 쉬어
가려 하는구나'(감탄형), '-에 쉬어가려 하는 것인가?'(의문형) '-에 쉬어가라
(혹은 쉬어 가소서)'(명령형)과 같이 다양한 해석이 가능하다. 그러나 어느
것도 시조의 "-들 엇더리"가 내포하고 있는 은근한 권유 내지 청유의 어조
가 제대로 살아나지 못하고 있다.

　　표현매체인 언어의 차이는 이처럼 어조변화를 야기하는 데 그치지 않고, 때로 發話의 초점을 흐리게 하는 요인이 된다. 시조의 경우 형식과 내용이 상호작용함으로써 일종의 긴장감이 형성되고 이것이 發話의 방향을 결정하는 역할을 한다. 즉, 발화의 내용을 어떤 일관된 초점으로 집약시켜 의미화한다. 그러나 소악부는 우리말로 된 시조를 번역하는 데 충실하다 보니, 처음부터 자신의 목소리로 시조나 한시를 지을 때와는 發話의 상황이 달라질 수밖에 없다. 처음부터 시조나 시를 짓는 경우라면 措辭·구문·이미지·주제 등에 일관된 방향을 가지고 전개해 갈 수 있지만, 번역할 경우 우리말의 구조와 한문 구조의 언어적 차이로 인해 이러한 일관성에 균열이 생기고, 따라서 발화의 초점이 불분명해지게 되는 요인을 제공할 수 있는 것이다.

3.4 병렬

　　시조의 경우 章과 章 사이, 한 章 내에서 前句와 後句 사이에 병렬(parallelism)을 이루는 것을 흔히 보게 된다. 한편, 절구는 율시와는 달리 대구를 본질적 특성으로 하지 않는다. 오히려 起承轉結의 구조하에 4구가 전부 對를 구성하지 않는 것이 절구의 正體라 할 수 있다.13) 이처럼 구조적으로 차이가 있는 시조를 한시형태로 옮겨야 하기 때문에 그 대구의 양상은 필연적으로 변화된 모습을 보일 수밖에 없다.

　　병렬을 '동일한 문장구문을 반복하는 것'으로 좁혀 규정하고 예를 들어 살펴 보자.

　　　사랑이 거즛말이 님 날 사랑 거즛말이
　　　꿈에 와 뵌단 말이 그 더욱 거즛말이
　　　날갓치 줌 아니 오면 어늬 꿈에 뵈리오

---

13) 李鍾燦, 『漢文學槪論』(半島出版社, 1989), 163-165쪽.

向儂恩愛非眞辭　　最是難憑夢見之
若使如儂眠不得　　更成何夢見儂時 (<奉虛言>)

　시조의 경우 초장과 중장이 '주어+서술어'의 문장구문을 되풀이하는 병
렬을 보이고, 초장의 前句와 後句 역시 동일한 문장 구문이 반복되는 양상
을 보인다. 이에 대응되는 한시를 보면 내용은 바뀌지 않았으나, 동일한 구
문이 되풀이되는 패턴은 그대로 수용되지 않았음을 볼 수 있다. 비단 이
예만 그런 것이 아니라 병렬형태로 된 표현 대개가 이런 양상을 보인다.
"드른 말 卽時 닛고 본 일도 못본드시"라는 구절을 "耳朶有聞旋旋忘 眼兒
看做不看樣"(<掌中杯>)으로 번역한 것이나, 앞서 인용한 <慣看賓>에서
초장과 중장간의 병렬구문을 번역한 것도 같은 양상에 속한다.
　그러나 한시에서 句와 句 사이의 병렬은 선호되지 않지만, 하나의 句 내
에서의 병렬은 절구의 본질에서 벗어나는 것이 아니므로 쉽게 찾아볼 수
있다. "梨花에 月白ᄒ고 銀漢이 三更인제"를 "月白梨花五更天"(<子規
啼>)으로 번역한 데서 그 예를 찾아볼 수 있다. 칠언절구에서 前 4言과 後
3言 간에 이처럼 대구 내지 병렬이 이루어지는 것은 매우 보편화된 방식이
므로 시조의 병렬구문을 한 구로 처리하거나, 아니면 문장패턴을 바꾸어 번
역하는 경향으로 전개되는 것이다. 시조의 병렬구문이 지니는 리듬감을 絶
句式으로 수용한 양상이라고 해도 될 것이다.

3.5 '제목'의 변별적 징표

　詩題 역시 문체적 특징을 결정짓는 문체장치 중의 하나이다. 원래 시조
에는 제목이 붙지 않는 것이 상례이다. 그런데, 이를 한시형태로 번역함에
있어 모두 나름대로 시 제목을 붙인 것을 발견하게 된다. 시조를 한역한
소악부의 제목을 살펴 보면 한 가지 공통적 사실이 드러난다. 자하 소악부
의 <滿庭芳>, 嘉梧 小樂府 중 <更漏子> <浣溪沙> <憶秦娥> <漁家

傲〉 등처럼 詞의 제목과 동일하게 붙인 것도 있고, 동일하지는 않더라도 詞와 아주 흡사한 방식으로 제목을 붙이고 있다는 점이다.14) 紫霞 소악부의 경우 3字·4字 제목이 대다수를 차지하고, 嘉梧 소악부의 경우는 1편을 제외하고 전부가 3字 제목으로 되어 있어 절구나 율시의 일반적인 詩題와는 큰 차이를 드러내 보인다.

이같은 사실은 이들이 소악부의 題目을 붙일 때 어떤 '의도'와 '효과'를 염두에 두고 있었다는 것을 말해 준다. 즉, 시조를 중국의 시장르 중 歌唱을 전제로 하는 詞(혹은 樂府)15)와 동일한 것으로 인식했다고 하는 점이 자명해진다. 그래서 시조와 한시를 조화시킨 자신들의 번역시를 '소악부'로 규정함으로써 樂府의 전통을 잇는다는 의식을 분명히 한 것이다. 이 점은 자하 소악부 序에 분명히 드러나 있다.

(가) 東國言語文字 繁簡懸殊 古來詞曲 皆參合言語文字而成也.
(나) 其視花間罇前 塡詞度曲之法 亦可謂鄙野之極矣.
(다) 今欲採其辭入詩 則或可以長短其句散押其韻 强名之曰古體. 然吟咏
　　 咀嚼之間 頓乖聲響 非復詞曲之本色 儘可謂憂憂乎其難於措手矣.
(라) 通錄余山中湖上往來所得者若干首 亦以小樂府爲題 然每章各系以曲
　　 子名 則余所創例 又非益齋先生之舊也.

위는 小樂府 序文 중 일부를 발췌한 것인데 밑줄 친 부분은 직접적으로 詞를 지칭하거나 詞와 직접적 관계를 나타내는 말이다. (가)는 한자와 국문으로 이루어진 우리나라 언어문자의 특징을 말하고 국문시가는 이 둘이 섞

---

14) 『宋詞選註』(權德周·黃秉國 譯註, 新雅社, 1987)에 소개된 詞의 調名을 보면 거의 3字로 되어 있어, 소악부의 제목이 詞의 調名을 염두에 두고 붙여진 것임을 분명히 알 수 있다.

15) 唐代 末에 생겨나서 宋代에 성행한 詞는 음악과 문학에 정통한 전문적인 文人에 의해 지어진다는 점에서, 민간가요의 성격을 띠는 樂府와 차이가 있지만 歌唱의 맥락에서 볼 때 樂府의 전통이 詞로 이어진다고 보는 것이 일반적 견해이다.

여 이루어진다는 것을 지적하고 있다. 밑줄 부분 '詞曲'은 樂府와 詞를 말하는 것으로서, 우리나라 국문시가 특히 그가 한역을 하고자 하는 시조를 악부나 사와 같은 성격의 것으로 파악하고 있음을 보여 준다. (나)는 노랫말을 짓고 곡을 만드는 것에 대해 설명하고 있는데, 밑줄 부분 '塡詞'는 '노랫말을 채워 넣는다'는 의미로 '詞'의 성격을 나타낸 것이다. 이 또한 시조를 詞와 동질적인 것으로 보고 있음을 말해 주는 부분이라 하겠다. (다)는 국문시가를 채집하여 한시의 형태로 바꾸는 과정에 대해 설명하고 있는데 구절을 늘리거나 줄이고 운을 흩뜨리는 방법 등을 써서 한시 형태로 전환을 시킨다 해도 詞曲의 本色은 아니라는 내용을 전개하고 있다. 이렇게 볼 때 여기서 '詞曲'이 국문시가 즉 시조를 말하는 것임은 자명하다. (라)는 자신이 산수간을 오가며 시조를 한두 수씩 한시로 옮겨 소악부라 이름붙였다는 것과 각 수마다 '曲子名'을 붙였다는 것을 말하고 있는데, 여기서 곡자명에 대해 부연할 필요가 있다.

　詞는 원래 제목을 표시하지 않고 曲調名으로 제목을 대신하였는데, 여기에 쓰이는 曲調名은 樂府의 調名에서 유래한 것이다. 그러다가 唐·宋 이후에는 옛 곡조를 쓰더라도 굳이 그 曲調名을 따르지 않고 별도의 調名을 짓게 되었는데 이것이 바로 제목이 된 것이다.[16] 이 경우 調名은 樂曲의 이름이 아니라 詩의 내용과 일치되는 것이며, 일반적으로 말하는 詩題와 같다고 할 수 있다. 그러므로 '매 작품마다 曲子名을 붙였는데 이것은 내가 지은 것이지 益齋先生의 옛것은 아니다'라고 한 것은 바로 이같은 詞의 전통과 일맥상통하는 것이다. 따라서 자하가 말하는 '曲子名'은 바로 한역 시조의 '제목'이라 보아도 무방하며 詞의 전통을 따라 제목을 붙이되, 한역시의 내용에 呼應하거나 시의 주제를 한마디로 농축시킨 표현으로 제목을 삼았다는 것을 알 수 있다. 즉 이 구절은 신자하가 時調와 詞를 동일한 맥락으로 파악하고 있다는 결정적 근거가 된다.

---

16) 李鍾燦, 앞의 책, 185-190쪽.

　　이상 상이한 장르적 특성을 지닌 두 시가 형태를 조화시키는 데서 야기되는 문체적 특성 몇 가지를 검토해 보았다. 이러한 문체 특성은 한 개인의 개성이 발현된 것이기보다는 번역의 과정을 둘러싼 '상황적 규준'의 拘束性에 기인한 것이기 때문에 신위의 소악부나 이유원의 소악부에서 공통적으로 발견되는 것이라는 점을 다시 한 번 언급하고자 한다. 이처럼 시조가 다른 형태로 번역되는 과정에서 야기되는 다양한 문체적 특성들을 점검해 봄으로써 시조 자체의 본질적인 면을 확인하는 계기가 되었다고 생각한다.

4. 자하 소악부와 선택적 문체장치

　　앞 장에서는 시조를 그것과는 장르적 성격이 판이한 한시형태로 번역하는 과정에서 마주하게 되는 다양한 언어표현의 차이들을 살펴 보았는데, 이제 신위라는 한 개인의 개성이 어떻게 개입되고 어떤 문체적 특성을 파생시켰는지 알아 보고자 한다. 그러므로 이 章은 소악부를 통해서 신위의 문학세계를 점검하는 계기가 될 것이다.

　　신위 소악부의 문체적 특성을 구체적으로 살피기 전에 어떤 시조가 주 대상이 되었는가를 嘉梧 소악부와 비교해 보고자 한다. 嘉梧 소악부의 경우 역사적 사건, 교훈적 내용, 儒敎的 가치를 표방하는 내용을 담은 시조가 주류를 차지하는 것에 비해, 자하 소악부는 사랑·이별·그리움·향수 등을 비롯하여 인간의 적나라한 감정을 표현한 시조가 반 이상을 차지한다. 이런 주제는 보수적 도학자에게는 기피되는 내용이 될 수도 있을 것이다. 그러나 신위가 이런 소재를 과감히 수용했다고 하는 것은 고정관념이나 틀에 구속되지 않는 그의 성향의 단면을 보여주는 동시에, 時調와 詞를 동격으로 파악하는 그의 時調觀이 반영된 것이라 할 수 있다. 주지하는 바와 같이, 詞는 艶情의 내용, 婉媚의 풍격, 感傷的 어조를 특징으로 하기 때문이다.[17)

4.1 경물화의 경향

자하의 소악부를 전체적으로 검토할 때 가장 먼저 눈에 띠는 점은, 情보다는 景을 강조하고, 인간을 主語로 하는 문장을 사물을 주어로 하는 문장으로 환치시킨다는 점이다. 단지 사물이나 시적 대상에 초점을 맞추는 것에 그치지 않고, 情을 景으로 전환시키는 경향이 두드러지는 것이다. 景物化를 지향하는 문체적 특성은 다양한 방식을 통해 실현된다.

白馬는 欲去長嘶하고 靑娥는 惜別牽衣로다
夕陽은 已傾西嶺이오 去路는 長程短程이로다
아마도 이님의 이별은 百年 三萬六千日에 오늘 뿐인가 ㅎ노라

欲去長嘶郎馬白　　挽衫惜別小娥靑
夕陽冉冉銜西嶺　　去路長程復短程 (<白馬靑娥>)

두 시를 면밀히 음미해 보면 시조의 경우 시적 화자는 님과 이별하고 백마를 타고 떠나려는 남성인데 반해, 소악부의 경우는 사랑하는 남녀의 이별을 지켜보는 제3자의 시선을 감지케 한다. 이렇게 읽게 하는 텍스트적 징표는 소악부 제1·2句의 '郎'과 '小娥'라는 단어이다. 소악부에서 만일 시적 화자가 여성이라면 자신을 지칭할 때 '小娥'라는 표현을 쓸 리가 없고, 화자가 남성이라면 '郎'이라는 표현을 쓰지 않을 것이기 때문에, 이들을 객관화하여 바라보는 제3의 존재를 상정하게 되는 것이다.

결과적으로 시조는 사랑하는 여인과의 이별에 직면한 한 남성의 쓰라린 심정이 노출되는 반면, 소악부에서는 이별의 애끓는 상황이 객관화되고 하나의 '光景'으로 처리되는 텍스트성을 낳게 되는 것이다.

梨花에 月白ㅎ고 銀漢이 三更인제

---

17) 權德周·黃秉國 譯註, 앞의 책, 14-15쪽.

> 一枝春心을 子規ㅣ야 아랴마는
> 多情도 病이냥ㅎ여 좀못드러 ㅎ노라
>
> 月白梨花五更天　　啼血聲聲怨杜鵑
> 儘覺多情原是病　　不關人事不成眠 (<子規啼>)

　시조 종장과 이에 상응하는 제3·4구를 비교해 보면, 시조에서 '多情한 것도 病'이라고 생각하고 그로 인해 '좀못드러 하는' 주체는 인간(시적 화자)이다. 그런데 소악부의 경우 '잠못들어 하는 인간의 일에 관여하지 않는다'고 하는 4구의 내용으로 미루어 감지의 주체가 '杜鵑'으로 설정되어 있음을 알 수 있다. 인간의 시각에서 감지하고 인식하는 내용을 杜鵑의 입장으로 전환시키고 있는 것이다. 이 역시 '情'을 '景'으로 환치한 한 예로 볼 수 있다.

　한편, 아래의 예는 인간이 主語인 문장을 사물이 主語가 되는 문장으로 전환시킴으로써 景物化를 야기한 경우이다.

> 조오다가 낙대를 일코 춤추다가 되롱이를 일헤
> 늘근의 망녕을 白鷗야 웃지마라
> 져건너 十里桃花에 春興을 계워ㅎ노라
>
> 睡失漁竿舞失簑　　白鷗休笑老人家
> 溶溶綠浪春江水　　泛泛紅桃水上花 (<落花流水>)

　이 두 텍스트를 비교해 보면 우선 發話의 초점(혹은 주제)이 서로 다른 곳에 두어져 있음이 드러난다. 시조는 비록 졸다가 낚싯대를 잃고 춤추다가 '되롱이'를 잃었을지언정, 낚시·백구·桃花 등이 어우러진 봄날의 흥취를 돋우며 마음껏 즐기는 시적 화자의 심정이 잘 나타나 있다. 반면, 소악부를 보면 그 제목이 <落花流水>인 것에서도 드러나듯, 봄날의 한 정경이 '묘사'되어 있을 뿐 그 광경에 접하여 일어나는 화자의 주관적 정취는 문면에 표현되어 있지 않다. 다만 原 시조 속의 '桃花'를 통해 '武陵桃源'의 모티프나 "桃花流水鱖魚肥"라는 張志和의 <어부사> 한 구절을 떠올리는 데서 오는 화자의 흥취가 간접적으로 드러나 있을 뿐이다. 그러나 이런 표현은 어디까지나 '景中情'일 뿐이고, '푸른 물 위로 떠내려오는 붉은 桃花'가 빚어내는 봄날의 한 인상깊은 광경을 묘사하는 데 초점이 두어져 있다고 보는 것이 타당하다.

여기서, 시조 종장의 "春興을 계위ᄒᆞ는" 주체를 나타내는 문장상의 주어는 '나'인 반면, 이 구절에 상응하는 소악부 3·4구의 문장상 주어는 '江水'와 '花'[18]이다. 결과적으로 시조는 봄날 광경에 흥겨워하는 시적 화자의 '심정'을 드러내는 데 초점이 주어지는 반면, 소악부는 봄날의 광경 자체를 묘사하는 데 초점이 주어지게 되는 것이다.

"空山落葉의 길흘 엇디 아라볼고"라는 시조 구절을 "落葉滿山無路入"(<秋山淸曉>)로 번역한 대목에서도 이같은 경향을 확인할 수 있다. 시조에서 감지·인식의 주체 및 문장의 주어는 인간(시적 화자)인데, 소악부에서는 '낙엽이 산에 가득하여 들어가는 길이 없다'라고 하여 '路'로 주어의 전환이 이루어지고 있다. 이런 표현들은 모두 '景物化'의 문체적 지향성을 반영하는 근거라고 하겠다. 한편 앞에서 인용한 바 있는 <玉斧桂樹>의 경우는 情을 표현하는 부분―즉, 시조 종장―을 생략함으로써 景物化를 야기하는 양상이라 하겠다.

4.2 구체화의 경향

앞서 언급한 景物化를 야기하는 문체요소는, 어떤 사물이나 현상, 상황을 '구체화'하려는 경향과 더불어 외부사물에 대한 申緯의 관심을 반영하는

---

18) 3구의 '綠浪'과 '春江水', 4구의 '紅桃'와 '水上花'는 동어반복이라 볼 수 있으므로 각각의 주어를 江水와 花로 보는 데는 별 모순이 없다.

것이라 할 수 있다. 신위의 소악부를 전체적으로 개괄해 보면, 구체적인 시조의 표현을 추상화·관념화하기보다는 추상적이고 다소 관념적인 것을 구체적으로 생동감 있는 표현으로 번역하는 경향이 강하다.

> (가) <u>梅花</u> 녯등걸에 봄철이 도라오니 (一樹槎枒鐵幹梅)
> (나) <u>客窓</u>에 殘燈 도도고 시와보면 알니라 (客窓輾轉愁滋味 孤剔殘燈到自知)
> (다) 다만지 손이 셩ᄒ니 <u>盞잡기만</u> ᄒ노라 (右堪執盞左持螯 兩手幸吾無病恙)
> (라) 靑山裏 碧溪水야 수이 감을 쟈랑마라 (靑山影裏碧溪水 容易東去爾莫誇)
> (마) 꿈에 단니는 길이 ᄌ최곳 나량이면/ 님의 집 窓밧긔 <u>石路</u> l 라도 달으련마는(魂夢相尋屐齒輕 鐵門石路亦應平)
> (바) <u>百川</u>이 東到海ᄒ니 何時에 復西歸요 (逝者滔滔挽不得 百川東到幾時回)

시조의 표현을 구체화하여 표현한 예를 몇 개 인용해 보았는데, 시조의 밑줄 부분은 소악부에서 구체화가 이루어진 내용에 해당한다. (가)는 "녯등걸"에 내포된 '해묵어 딱딱해진'의 의미를 '鐵'의 이미지를 빌려 표현함으로써 그 감각성을 훨씬 강화·구체화하는 효과를 낳는다. (나)의 경우는 "客窓"에 내포된 '나그네' '孤獨'의 의미가 "輾轉愁滋味"이라는 표현으로 부연 설명됨으로써 구체화의 효과를 낳는다. (다)의 경우 술마시며 즐기는 상황이 시조에서는 단지 '盞을 잡는' 행위로만 표현되어 있는데, 이를 '오른 손으로는 잔을 잡고 왼손으로는 안주를 집는다'고 번역함으로써 좀더 구체화된 행위로 묘사하고 있다. (라)는 '물이 흘러간다'는 내용에 '東'이라고 하는 방향을 첨가하여 구체화한 예이다. (마)는 꿈에 님의 집을 자주 다니는 행위에 대한 예시로서 '石路라도 닳을 것이다'는 내용에 '나막신 굽이 얇아진다'는 내용을 첨가하여 님을 몽매에도 그리워하는 심정을 더욱 강조하고 있다. (바)에서는 시조의 "百川"에 대하여 '물이 도도하게 흘러가니 붙잡으려 해도 불가능하다'라고 번역하고 이 부분에 句 전체를 할당함으로써 한 번 흘러가면 돌아오지 않는다고 하는 물의 속성을 구체적으로 설명하고 있다.

신위의 소악부의 표현이 이처럼 구체화를 지향하는 것은, 3단위를 4단위로 번역하는 데서 야기되는 첨가·확장의 필요성에 부응한 결과라 볼 수도 있지만, 그보다는 대상이나 외계사물에 대한 신위의 특별한 관심과 예리한 관찰에서 기인한다고 볼 수도 있다. 즉, 사물을 구체적으로 파악하는 인식적 성향을 반영하는 것이라고 본다.

4.3 구문상의 문체적 특성

한문은 어미 변화가 없는 언어이므로 格·性·數·法·時制의 구속을 받지 않는다는 특징을 지닌다. 뿐만 아니라 구문상으로 主語나 連繫辭—접속사·동사·조사 등—의 생략이 빈번하다. 따라서 함축미·간명성·해석의 다양성 등 韻文的 효과를 높이는 데는 적절하나, 논리전개나 설명·전달에 중심을 둔 散文에서는 취약점이 될 수밖에 없다. 중국어가 가지는 이같은 특성은 韻文에서 그 극단적 예를 찾아볼 수 있다. 경우에 따라서는 시 한 편 전체가 몇 개의 명사를 나열하는 것으로 이루어지는 경우도 있다.[19]

신위의 소악부를 구문의 측면에서 검토해 보면 다른 사람에 비해 유독 산문적으로 이완된 표현이 많다는 점이 눈에 띤다. 이것은 시조의 내용을 충실히 번역하려는 의도에서 빚어진 문체적 특징으로 보이며, 이로 인해 많은 작품의 경우 운문이 지닌 함축성을 상실하는 결과를 야기한다.[20]

寄語子規休且哭 哭之無益到如今
云何只管渠心事 我淚飜敎又不禁 (<子規啼 後腔>)

豪華富貴信陵君 一去人耕春草墳
矧爾諸餘醉夢者 不堪比數漫云云 (<沒下梢>)

---

19) 劉若愚, 『中國詩學』(李章佑 譯, 明文堂, 1994), 77-91쪽.
20) 이 점에 대해서는 황위주도 지적한 바 있다. 황위주, 앞의 글.

向儂恩愛非眞辭 <u>最是難憑夢見之</u>
<u>若使如儂眠不得</u> 更成何夢見儂時 (<奉虛言>)

　위 인용시들에서 밑줄 친 부분은 문장성분을 연결해 주는 접속사·繫辭이거나, 의미전개상 불필요한 부분이다. 이들은 산문처럼 문장의 논리나 의미 전달을 중시하는 글에서는 효과적일 수 있지만 시에서는 오히려 그 논리적 연결이 너무 문면에 명시됨으로써 함축미와 응결성을 떨어뜨리는 결과를 가져온다. 일반적으로 한시에서는 주어가 생략되는 양상을 보이는데 <奉虛信>과 같은 작품은 1인칭 주어인 '나'(儂)가 세 번이나 사용되어 있어 시적 함축미가 희석되는 양상을 보이고 있다.

　보편적인 한시 구문에서 일탈하는 양상은 이 외에 倒置構文에서도 발견된다. 얼마간의 도치는 오히려 시적 효과를 높이며 산문과 구분될 수 있는 시적 문체장치 중 하나가 된다. 예컨대 주어와 술어, 술어와 목적어의 어순을 바꾸는 것은 일반 한시에서 그리 어렵지 않게 찾아볼 수 있는 양상이기도 하다. 그러나 신위 소악부의 경우 '破格'이라고 할 정도로 일탈의 정도가 극심하다. 이같은 파격적인 도치구문은 李裕元이나 다른 사람의 소악부에서는 찾아보기 어려운 신위만의 특징이라고 할 수 있다.

冬至ㅅ둘 기나긴 밤을 한 허리를 버혀내여
春風 니불아레 서리서리 너헛다가
어론님 오신날 밤이여든 구뷔구뷔 펴리라

裁取冬之夜半强　　春風被裏屈蟠藏
燈明酒暖郎來夕　　曲曲鋪成折折長 (<冬至永夜>)

　이 번역시를 反譯해 보면 시조의 어순을 그대로 따른 것임을 알 수 있다. 우리말 어순을 기준으로 한다면 도치가 아니지만, 우리말 어순에 가깝다 보니 한시의 일반적 기준으로부터는 크게 벗어나는 양상이 야기된다. 번역시에 보이는 도치구문의 많은 경우가 우리말 어순을 고려하고 시조의 의미에 충실하려는 의도에서 비롯된 것은 사실이나, 우리말 어순과는 전혀 무관하게 도치가 이루어지는 경우도 적지 않다.

예컨대 "간밤의 부던 ㅂ롬에 滿庭桃花ㅣ 다 지거다"에 해당하는 "昨夜桃花風盡吹"(<滿庭芳>)의 경우 '盡(다 떨어져 버리다)'이라는 서술어의 실질적 주어는 '桃花'인데 이 단어가 '風'과 '吹' 사이에 들어가 비정상적인 도치구문을 이루고 있다. 嘉梧 소악부에는 이 구절이 "昨夜風風花滿庭"으로 번역되어 한시의 보편적 구문을 취하고 있음을 볼 때, 자하 소악부에서 보는 도치구문은 가히 파격적이라고 하지 않을 수 없다.

또 "울거든 너만 우지 날은 어이 울리는다"를 "云何只管渠心事 我淚飜敎又不禁"(<子規啼 後腔>)으로 번역하였는데 여기서 '敎'는 '-하게 하다'라는 사역형 조동사로서 '飜敎我淚又不禁'을 도치시킨 것으로 볼 수 있다. 그런데, 일반적인 도치구문에서는 드물게 목적어와 사역 조동사 간에 자리바꿈이 이루어지고 있어 매우 파격적으로 느껴진다. "冊덥고 窓을 여니"를 "讀書窓爲倦書拓"(<鷗盟>)로 번역한 구문도 일탈의 정도가 매우 심하다. 이 문장을 '書'와 '拓' 사이에 '所'가 생략된 것으로 보아, '책을 덮는 것에 의해 讀書窓이 밀쳐졌다'라고 하는 수동형 문장으로 이해할 수도 있을 것이다. 그러나 설령 그렇다 하더라도 수동형 문장에서 행위주체는 대개 동작을 행할 수 있는 존재이거나 사태를 변화시킬 수 있는 존재가 오는 것이 보통이므로, 이 경우는 도치구문 가운데서도 일탈의 정도가 매우 크다고 하겠다.

이상 예에서 보아온 것처럼, 얼마간의 도치는 일반 문장이나 시작품에서 흔히 있을 수 있고 시의 경우에는 오히려 문학성을 풍부하게 하는 요인이 되기도 하지만 자하의 경우는 그 일탈의 도가 커서 파격적인 경향으로 흐르고 있다고 할 수 있다.

연계사를 명시함으로써 상황판단이나 의미전달이 명확해지는 구문양상이 '이완효과'를 가져오는 것이라면 이같은 도치구문은 일반적 기준을 깨뜨리는 돌발성으로 인해 '긴장효과'를 가져온다고 할 수 있다. 구문에 의한 긴장효과는 문장의 의미상의 주어를 문장의 맨앞이나 끝에 위치시키는 방법에 의해서도 획득될 수 있다. 예컨대, "梨花에 月白ᄒ고 銀漢이 三更인제/ 一枝春心을 子規ㅣ야 아랴마는"을 "月白梨花五更天 啼血聲聲怨杜鵑"으로 번역한 경우, 문장의 주어인 '月' '天' '杜鵑'을 문장의 양 끝에 둠으로써 의미의 초점을 이들 主語에 집중시키는 결과를 가져온다.21) 그리하여 대상이 되는 사물을 前景化함으로써 劇的 돌발성의 효과와 대상에 대한 강조 효과를 거두게 된다.22)

4.4 어휘상의 문체적 특성

어휘사용의 측면에서 신위의 소악부를 검토해 보면 다음 몇 가지 두드러진 특징들이 눈에 띈다. 첫째, 감각어 특히 색채어의 사용이 빈번하다는 점이다.

> · 白馬는 欲去長嘶하고 靑娥는 惜別牽衣로다 (欲去長嘶郎馬白 挽衫惜別小娥靑)

이 경우는 원래 시조 내용에 '白'과 '靑'의 색채어가 사용된 것을 漢詩句의 맨 뒤쪽에 배치함으로써 사물이 부여하는 인상을 강화하고 감각성을 배가시키는 효과를 야기한다.

---

21) Shivendra K. Verma는 이처럼 문장의 한 부분을 첫부분에 위치시키는 구문적 장치를 'topicalization' 혹은 'thematization'이라 하였다. Shivendra K. Verma, "Topicalization as a stylistic mechanism," *Linguistic Perspectives On Literature*, ed. Marvin K. L. Ching(London · Boston: Routledge & Kegan Paul, 1980).

22) 도치 구문에 의한 강조, 극적 돌발성에 의한 강한 인상의 부여 등 문체적 효과에 대해서는 Stephen Ullmann, *Language and Style*(Oxford: Basukk Blackwell, 1964), pp.104-110.

· 房안에 혓는 燭불 (房中紅燭, <紅燭淚>)
· 여름(열매) (紅子, <祝聖壽>)
· 松間石室의 가 曉月을 보자ᄒ니 (蒼凉曉月照人歸 石室松間鎖翠微)
· 져건너 十里桃花에 春興을 계워ᄒ노라 (溶溶綠浪春江水 泛泛紅桃水上花)
· 天公이 閑暇히 녀겨 돌을 조차 보내도다 (半彎新月一條金)
· 나뷔야 靑山에 가쟈 범나뷔 너도 가쟈 (白蝴蝶汝靑山去 黑蝶團飛共入山)
· 집方席 내지마라 落葉엔들 못안즈랴 (休煩款待黃茅薦 且坐何妨紅葉堆)

위의 예들은 시조의 소재가 되고 있는 어떤 사물들에 색채감을 부여함으로써 감각성과 구체성을 강화하는 경우에 해당한다. 이는 色感에 대한 신위의 예민한 감각 및 관심을 여실히 반영하는 문체적 장치라 하겠다. 신위가 詩만이 아니라 그림에도 능했던 사실을 감안할 때, 문체란 인식론적 성향을 반영한다고 하는 전제가 어느 정도 타당함을 재확인하게 된다.

둘째, 어휘사용의 차원에서 신위의 소악부를 개괄해 보면 解號化 과정에 장애를 일으키는 요소[23]로서 口語·俗語的 표현의 빈번한 사용을 들 수 있다. 신위는 1인칭 '나'를 나타내는 데는 '我'의 俗語인 '儂'을, '너'를 나타내는 데는 일반 한시에서는 잘 쓰이지 않는 '渠'를 즐겨 쓰고 있어, '我'를 주로 쓰는 이유원의 경우와 대조를 이룬다. 이런 표현들은 일반 한시 표현이 제공하는 규준으로부터 일탈한 것으로 여겨지게 함으로써 극적 돌발성을 야기하는 한 요인이 되기도 한다. 또한, 이같은 표현은 口語的 表現과 어울려 쓰임으로써 구체성과 사실감을 높이고 일상생활의 현장감을 살리는 효과를 가져 오는 데도 기여를 한다.

子規야 우지 말아 울어도 속절업다
울거든 너만 우지 날은 어이 울리는다
암아도 네 솔의 들을 째면 가슴 알파 ᄒ노라

---

23) 해호화 과정에서 장애를 일으키는 요소가, 이른바 리파테르가 말하는 문체적 장치 (SD, stylistic device)이다.

寄語子規休且哭　哭之無益到如今
云何只管渠心事　我淚飜敎又不禁 (<子規啼 後腔>)

여기서 "寄語"나 "云何"는 話者가 누군가에게 말건네는 상황을 설명하는 口語體 文句이다. 이런 표현은 시 본래의 함축성을 약화시키는 대신 發話의 상황을 명확하게 전달한다는 강점을 지닌다. 즉 시적 표현효과는 감소하는 대신 내용전달의 효과는 강화되는 것이다. 내용전달이 산문에서 그 최대치를 발휘한다고 볼 때, 속어나 구어적 표현은 신위의 번역시에 산문성을 부가하는 결과를 낳지 않았나 생각된다. 앞서 構文의 측면에서 이완되고 산문화된 구문에 대해 언급했는데, 이같은 표현과 어울려 相生效果를 낳는다고 할 수 있다.

신위의 소악부에 '疊語'가 빈번히 쓰이는 것도 이와 무관하지 않다.24) 첩어는 산문화 효과를 낳는 것은 아니지만, 사물의 상태나 특성을 사실적·구체적으로 묘사하는 데 매우 효과적이다.

"夕陽冉冉銜西嶺"(<白馬靑娥>)에서는 뉘엿뉘엿 석양이 지는 모습을 '冉冉'으로, "春雪紛紛開未開"(<梅花訊>)는 눈발이 날리는 모습을 '紛紛'으로 표현하였다. 또, 杜鵑의 울음소리를 '聲聲'으로, 뒤척뒤척하는 모습을 '輾轉'으로, 어떤 사건이나 상황이 쉽게 진전되는 양상을 '旋旋'으로, 길을 가는 상황을 '行行'으로, 풀이 우거진 모습을 '茸茸'이라는 첩어로써 생생하게 묘사하고 있다. 이 외에도 신위의 소악부에는 '千千萬萬' '浪浪' '溶溶' '泛泛' '滔滔' '區區' '曲曲' '折折' 등 수많은 첩어가 등장한다.

일반적으로 첩어는 의성어나 의태어의 구실을 하는 경우가 많은데, 신위 소악부에서 사용된 첩어는 대부분이 의태어 역할을 한다. 의성어가 聽覺的 효과를 갖는 것이라면, 의태어는 視覺的 효과를 갖는다. 이로 볼 때, 신위는

---

24) 소악부만이 아니라 신위의 한시 전반에 걸쳐 疊語가 많이 쓰이고 있다는 점은 일찍이 柳晟俊(앞의 글)도 지적한 바 있다.

같은 감각어라도 청각보다는 시각에 더욱 민감한 반응과 관심을 보인다는
것이 드러난다.

한편, '旋旋' '行行' '聲聲'은 의성어나 의태어는 아니지만, 글자의 뜻을
살려 그 상황에 맞게 重疊하여 그 상황을 강조하고 인상깊게 하는 효과를
노린 것이다.[25] 이런 점으로 미루어 볼 때, 시조에 표현된 어떤 사물이나
상황을 구체적·사실적인 표현으로 번역하는 것에 신위가 얼마나 큰 관심
을 가졌는지 짐작할 수 있다.

이처럼 감각어·속어·구어·첩어들의 빈번한 사용은 번역시에 사실감
을 높이고, 생동감·현장성·구체성을 부가하는 데 결정적 문체장치가 되는
것이다.

5. 申緯의 생애와 문체적 성향

지금까지 소악부 일반적으로 드러나는 문체적 특성 및 신위의 소악부에
서 드러나는 독자적 특성들을 몇 가지 검토해 보았다. 전자의 경우는 우리
말로 된 시조를 한시형태로 번역한다고 하는 略號化 상황에서 야기되는 非
選擇的 특성인 것에 비해, 후자는 신위라고 하는 한 개인의 인식론적 성향,
문학관, 시조관, 삶의 歷程 등 내면적 동기가 크게 작용하여 야기된 결과라
고 여겨진다. 그러므로 4장의 내용은 '문체적 성향은 인식론적 성향을 반영
한다'고 하는 전제를 디딤돌로 하여 전개되었다고 할 수 있다.

문체연구가에 따라서는 문체 형성을 설명함에 있어 이같은 내면적 동기
를 부정하고 '텍스트 문맥 자체 내에 형성된 기준 및 그 기준으로부터의 일
탈'만을 고려해야 한다고 주장하기도 한다. 그러나 여기서 대상이 된 小樂

---

25) 劉若愚(앞의 책, 71-74쪽)는 疊語의 쓰임을 의미의 강조, 새로운 복합어 형성, 습관
    적으로 말을 되풀이하는 경우로 나누어 설명하였다.

府는 선행담론의 전제하에 發話되었다고 하는 장르적 특수성을 지니므로 텍스트 문맥 자체만의 기준으로 그 특성을 설명하는 것은 적합치 않다고 본다.

신위의 삶에 대한 소개 및 개괄은 선행연구자들에 의해 자세히 이루어졌으므로 여기서는 생략하고, 다만 앞서 보아온 그의 독특한 문체의 성립 원천이 되었다고 여겨지는 몇 가지 사실만을 지적할까 한다.

선행연구에서도 누차 소개되었듯이 신위는 詩는 물론 書畵의 교양에도 뛰어나 詩書畵 3絶로 이름이 높았다. 그리하여 詩中有畵, 畵中有詩의 예술성은 그의 작품을 평할 때 빼놓을 수 없는 요소가 되고 있다. 그림에 조예가 깊었기에 色感에 뛰어나고 사물에 대해 깊은 관찰력과 묘사력을 갖추었으리라는 점은 충분히 짐작할 수 있다. 앞서 보아온 것처럼 情조차도 景으로 전환시키는 경향이라든가 구체적 표현을 지향하는 점, 그리고 감각어와 첩어가 빈번히 사용된다는 점 등은 이같은 그의 인식적 성향을 반영하는 문체장치라고 하지 않을 수 없다.

詩書畵의 다방면에 예술적 소양이 깊은 한편, 신위는 당파·신분·학문적 계보 등을 넘어 자신의 성향과 여러 면에서 이질적인 인물들과 폭넓게 교유했다. 丁若鏞·李學逵·金正喜 등 실학파 인물들을 비롯하여 禪僧들, 당대 淸의 뛰어난 유학자였던 翁方綱, 심지어는 천시되던 판소리 광대들과도 교유[26]했다. 자하가 활동하던 시기는 실학사상 중에서도 '經世致用' '利用厚生' 학파의 勢가 약화되고, 현실적 환경에 적응하면서 객관적 학문연구를 위주로 하는 實事求是의 학풍이 일어난 시기였다.[27]

그의 소악부 중 <實事求是>라는 제목이 있는 것만 보아도 그가 실학의 영향을 얼마나 크게 받았는지 알 수 있다. 실학은 말 그대로 '虛'나 '理論'보

---

26) 판소리 광대들과의 교제는 <觀劇絶句十二首>에 잘 나타나 있다. 이런 점에 대해서는 황위주(앞의 글)도 지적한 바 있다.

27) 손팔주, 앞의 책, 122-123쪽.

다는 '實' '現實'을 중시하는 학문이다. 소악부를 통해 드러나는 구체적 표현들, 景物化를 지향하는 표현들은 이같은 그의 행적과 결코 무관하지 않은 것이다.

그는 본래 성품이 호방하고 평소 사회적 모순이나 양반의 지나친 우월의식에서 오는 폐단을 신랄하게 비판하는 면모를 보였다. 특히, 庶孽의 차별, 文官과 武官의 차별 등 당대 사회의 문제점 7가지를 시를 통해 표현하였다. 그는 정실부인에게서 자식이 없자, 庶子 중 장남을 嗣子로 삼는 등 당대 가치관으로서는 상당히 파격적이면서도 시대를 앞서가는 선구적 면모를 보인다.[28]

사회적·전통적으로 정통이라 인식되는 것을 그대로 따르지 않고 그것을 변형하거나 틀을 깨고 새로운 방향을 모색하는 면모는 시작품을 통해서도 드러난다. <小樂府>나 <東人論詩絶句> 등은 절구의 성률상 그 격식에 어긋나는 違格이 많이 있어 스스로도 '七言半格詩'로 기록해 놓았다. 자신의 시들이 七言絶句의 정형에서 벗어나는 것을 인정하고 正格과 구분하기 위해 이런 표현을 쓴 것이다.[29] 그의 시맥을 이은 제자 滄江 金澤榮이 그의 시를 李齊賢과 같은 반열에 올려 놓고 익재의 시를 正宗으로, 자하의 시를 變調의 으뜸으로 치부한 것도 같은 맥락으로 이해할 수 있다.[30] 이와 같이 정통이나 규범적 틀에 얽매이고자 하지 않는 호방한 성품은, 파격이라 할 정도의 큰 일탈을 보이는 도치구문, 구어·속어적 표현을 낳는 원동력이 되었을 것으로 본다. 그리고 이같은 자하의 삶의 역정, 개인적 성향은 당대 시대적 분위기와 맞물려 그의 독특한 문체적 특징들을 배태시켰을 것이라고 생각한다.

---

28) 유성준, 앞의 글.
29) 손팔주, 앞의 책, 124쪽.
30) 같은 책, 25쪽에서 재인용.

시조 종장 첫구 '두어라'의 淵源에 대한 小考

1. 머리말

시조의 문체적 특성 중의 하나는, 종장 첫구에 '두어라' '아희야' '어즈버' '아마도' '어덧타' '이중에' '진실로' 등과 같은 감탄적 套語가 오는 예가 많다는 점이다. 고려가요에서 흔히 보는 무의미한 虛辭인 餘音과는 달리, 이들 시조 종장의 투어적 표현은 순수한 감탄사인 '어즈버'를 제외하고는 대개 有意味한 實辭에 해당한다. 예를 들어, '아희야'는 시조가 지어지고 향수되는 연행의 장에서 술심부름하는 아이를 가리키다가 나중에는 하나의 문학적 관습으로 굳어진 경우이고, '아마도'는 단정을 피하고자 하는 시조의 어법이 반영된 것이라 할 수 있다. 이 글의 대상이 되는 '두어라'도 마찬가지이다.

이 감탄적 어구들은 초장과 중장에서 형성된 대립과 갈등, 긴장을 융해시키기는 구실을 하기도 하고 詩想의 전환을 꾀하는 구실을 하기도 하면서 시조에 서정성을 부여한다. 또한 초·중장의 논리상의 正과 反을 종장에서 合으로 통합하는 징검다리 역할을 한다.

이 글에서는 종장 첫구에 많이 쓰이는 '두어라'를 대상으로 하여 의미구조를 파악하고 이 표현이 형성되는 데 기반을 제공한 淵源을 검토하는 것을 목적으로 한다. 결론부터 이야기하면 屈原의 초사 <離騷>의 종결구에 쓰인 “亂曰 已矣乎”가 ‘두어라’의 형성 기반 내지 연원이 된다고 보는 입장이다. 이를 규명하기 위해 먼저 2장에서는 시조에서의 ‘두어라’의 의미작용을 살피고, 3장에서는 굴원의 <離騷>를 비롯하여 여타 楚辭 및 辭賦에서의 ‘已矣乎’의 용례를 검토하며, 4장에서는 ‘已矣乎’가 ‘두어라’로 정착되기까지의 과정을 검토하고자 한다.

2. ‘두어라’의 의미작용

‘已矣乎’와 ‘두어라’의 친연성을 규명하기 전에 먼저 시조 종장 첫구로서의 ‘두어라’가 시조의 표층적 의미-내용-와 심층적 의미-주제- 형성에 어떤 작용을 행하는지 살펴야 할 것이다. 이에 대하여 조윤제는 ‘조선이라는 나라는 인생의 安心處, 영혼의 구원처가 없는 나라기 때문에 사람들의 삶이 도피·향락·취락하는 생활로 흐르기 쉽고 이러한 생활이 시조에 반영되어 ‘될대로 되라’는 태도를 내포하는 ‘두어라’의 표현으로 나타나는 한편, 마음대로 놀아 보자는 ‘노세’의 분위기를 형성하게 되었다’고 보았다. 따라서 ‘두어라’에는 ‘포기·낙망·단념’의 뜻이 내포되어 있다고 하였다.[1] 진동혁은 이같은 데까당적 개념에 부가하여, ‘두어라’를 안빈낙도를 즐기는 道學者的 태도의 발로로 보았다.[2] 그러나 김대행은 ‘두어라’를 체념이나 패배감의 표현으로 보는 데 반론을 제기하고, ‘두어라’의 기능을 ‘논의의 회피 내지는 단정의 보류’로 보면서 ‘미래에 대한 신뢰감 내지는 기약’ ‘의지’를 담은 표현으로 이해하였다.[3]

---

1) 조윤제, 『국문학개설』, 탐구당, 1984, 496-499쪽.
2) 진동혁, 「고시조 종장 기구편고: <아희야> <아마도> <두어라> <어즈버>를 중심으로」, 《어문논집》(민족어문학회, 1958), 66쪽.

　　낙망·체념의 뜻이건 현실만족의 발현이건 '두어라'의 쓰임을 살펴 보면
종장 첫구에 사용되는 다른 어구들과는 달리 초장·중장의 내용에 대한 '反
轉'의 의미를 함축한다는 점을 발견하게 된다.

　　　　長安을 도라 보니 北闕이 千里로다
　　　　漁舟에 누워신들 니즌 스치 이시랴
　　　　<u>두어라</u> 내 시름 안니라 濟世賢이 업스랴 (『시조』I , 68번)4)

　　이것은 李賢輔의 시조(<漁父短歌>)인데 초·중장에서는 비록 자연에 물
러나 있어도 임금이 있는 곳을 한시도 잊어본 적이 없음을 말하다가, 종장
에서 그런 시름은 자신의 몫이 아니라는 것으로 의미의 향방을 선회시키고
있다. 여기에 '두어라'라고 하는 어구는 뒤에 이어질 부정의 내용을 함축적
으로 제시하는 구실을 한다. 이러한 양상은 아래 尹善道의 <五友歌> 序章
에서도 마찬가지이다.

　　　　내 버디 멋치나 ᄒ니 水石과 松竹이라
　　　　東山의 둘 오르니 긔 더옥 반갑고야
　　　　<u>두어라</u> 이 다숫 밧긔 ᄯ 더ᄒ야 무엇ᄒ리 (『시조』II , 13번)5)

　　앞 두 장에서 자연물 중의 벗을 열거하면서 그들을 맞이하는 것이 얼마
나 즐거운 일인지 언급한 뒤, 종장에서는 그 나머지 것들은 더 이상 필요없
다는 것, 다시 말해 다섯 사물 외에는 더 반가울 것이 없다고 말하고 있다.
'반가움'이 '더 이상 반갑지 않음'으로 방향 선회를 하고 있는 것이다. 그러
나 아래 시조에서는 같은 反轉이라도 위 시조들과는 상이한 양상을 보인다.

---

3) 김대행, 『시조유형론』(이화여대 출판부, 1986·1988), 125쪽.
4) 김대행 역주, 『시조』I (민족문화연구소, 1993). 여기서 괄호 안의 숫자는 수록 작품
　 번호를 나타낸다. 이하 同.
5) 박을수 역주, 『시조』II (민족문화연구소, 1995).

月出山이 놉더니마는 믜운 거시 안개로다
天王 第一峯을 一時에 フ리와다
<u>두어라</u> 히 펴딘 휘면 안개 아니 거드랴 (『시조』Ⅱ, 7번)

초·중장에서 안개의 심술궂은 작태를 언급하다가 종장에서는 반전을 이루어 그 얄미운 모습도 해가 뜨면 일시에 사라질 것임을 말하고 있다. 이현보의 작품과 윤선도의 <五友歌> 序章이 긍정 뒤의 부정으로 반전을 이루는 것과는 달리 이 작품에서는 심술궂은 작태의 '드러남'이라는 부정적 양상이 그것의 '사라짐'이라는 긍정적 양상으로 방향 선회를 하고 있다.

내용상의 이같은 반전은 평시조만이 아니라 사설시조에서도 볼 수 있는 양상이다.

얼골 조코 뜻 다라온 년아 밋정조차 不貞흔 년아/ 엇더흔 어린 놈을 黃昏에 期約하고 거즛 믹 바다 자고 가란 말이 입으로 차마 도와 나는/ <u>두어라</u> 娼條冶葉이 本無定主ᄒ고 蕩子之探春好花之情이 彼我의 一般이라 허믈할 주리 이시랴 (『사설시조』 161번)[6]

초장과 중장에서 자신의 정부가 다른 남자와 정분이 난 것을 비난하다가, 종장에서는 자신도 그러하니 彼此 일반이라 허물하지 않겠다는 방향으로 어조를 선회한다. '비난'으로부터 '양해'로 反轉이 이루어지고 있는 것이다.

'두어라'를 포함하는 대부분의 시조가 이처럼 내용상의 반전을 보이는데, 반전의 양상은 '희망의 표출'이 '체념'과 '단념'으로, '근심'이나 '우려'의 표명이 그것의 '拂拭'으로, 是是非非·大小·善惡 등과 같은 '이원적 대립'의 제시 뒤에 그것을 '止揚'하는 방향 등 다양하게 전개된다. 이같은 특성은, '두어라'가 '아희야' '어즈버' '아마도' '어덧타' '이중에' '진실로' 등과는 달리 본래적으로 '그만 두다' '멈추다' '끝나다' 등과 같이 어떤 상태나 동작의 지

---

6) 김홍규 역주, 『사설시조』(민족문화연구소, 1993).

속을 否定하는 '轉換'의 의미를 내포하고 있는 데서 비롯된 것이다.

그러나 '두어라'를 포함한 모든 시조가 내용상의 반전을 보이는 것은 아니다.

> 玉流堂 죠탓 말 듯고 金谷村에 드러가니
> 天寶山 下에 玉流水 섚이로다
> <u>두어라</u> 樂山樂水를 알 리 업서 ᄒᆞ노라 (『시조』 II, 200번)

종장은 문장상으로는 否定의 형태를 취하지만 사실은 玉流堂·金谷村·天寶山 주변의 풍광이 너무도 좋다는 것을 강조하고 자신이 樂山樂水하고 있음을 역설적으로 표현하고 있는 것이다. 따라서 종장의 내용은 앞 두 장에 대한 반전이 아니라, 오히려 긍정적 계승이라 할 수 있다. 이럴 경우 '두어라'는 다른 어구 특히 순수한 감탄어구인 '어즈버'로 대치될 수 있으며, 이때 '두어라'는 '초·중장의 대립을 융해'시키고 '詩想이나 이미지의 轉換'을 꾀하며 '종결'의 징표가 된다고 하는, 종장 첫구의 보편적 역할을 행하는 것으로 볼 수 있다.

'두어라'와 비교할 때, '어즈버'는 앞의 내용에 대한 反轉을 함축하지 않는다는 특징을 지닌다.

> 五百年 都邑地를 匹馬로 도라 드니
> 山川은 依舊ᄒᆞ되 人傑은 간 듸 업다
> <u>어즈버</u> 太平烟月이 쑴이런가 ᄒᆞ노라 (『시조』 I, 24번)

> 人間의 有情ᄒᆞ 버슨 明月밧긔 ᄯᅩ 인는가
> 千里를 머다 아녀 간 듸마다 ᄯᅡᆯ아오니
> <u>어즈버</u> 반가온 녯 버디 다믄 넨가 ᄒᆞ노라 (『시조』 I, 373번)

앞의 것은 吉再, 뒤의 것은 李愼儀의 시조이다. 길재의 시조에서는 초·

중장에서 옛 왕조의 도읍지를 보고 人事의 무상함을 언급한 뒤 종장에서는 이를 '꿈'이라는 말로 총괄하고 있으며, 이신의의 시조에서는 초·중장에서 가는 곳마다 따라오는 '달'의 속성을 언급하고 종장에서는 이를 '반가운 옛 벗'으로 明示하는 양상을 보인다. 두 경우 모두 종장은 앞의 언술 내용을 이어받아 그것을 강조·총괄하는 양상으로 전개되며 '어즈버'는 강한 감탄성을 부여하여 내용의 동질성이 강화되도록 하는 구실을 한다.

요컨대, '두어라'는 반전을 내포하는 경우가 대부분이며 그렇지 않을 경우는 '어즈버'로 대치될 수 있는 융통성을 지닌 반면, '어즈버'는 반전을 내포하는 언술에서는 그다지 사용되지 않는 양상을 보인다.

3. 楚辭 및 辭賦의 종결어구 '已矣乎'

한 편의 賦는 대개 序言－本辭－結語의 3단 구성을 취하는데 결어는 보통 亂曰·重曰·訊曰·系曰·歌曰 등의 어구로 시작되고 4언이나 7언의 정형구로 이루어진다. 그런데 賦는 楚辭의 전통을 잇고 있는 만큼, 종결구인 '亂' 또한 초사의 전통을 이어받고 있다고 할 수 있다. '亂'은 주로 長篇의 음악의 終曲을 가리키는데 이것은 원래 초사에서 全篇을 요약·개괄하는 말을 가리킨다. 앞에서 길게 서술해 온 것을 최후에 매듭짓는 말7)로서, 작품의 끝에 위치하여 전편의 뜻과 내용을 총괄·반복하는, 비교적 短型의 歌詞이다. 亂 외에 漢의 賈誼가 지은 <弔屈原賦>에 사용된 '訊', 굴원이 지은 「九章」 중 <抽思>에 있는 '少歌'와 '倡', 荀子의 부에 보이는 '反辭' 또는 '少歌', 潘岳의 <寡婦賦>에 보이는 '重' 등도 亂과 비슷한 것이다. 초사의 마지막 악장이라 할 수 있는 이들 '亂辭'나 '倡' '少歌'는 모두 초나라 지방 악곡의 구성부분이다.8) 이처럼 '亂'은 원래 초나라 음악의 마지막 장

---

7) 目加田誠 譯, 『詩經·楚辭』(東京: 平凡社, 1969·1971), 318쪽.

에 사용되는 曲으로 음악상의 용어였으나, 초사나 부에 와서는 '결미에 붙어 전편의 뜻과 내용을 요약·총괄하고 매듭짓는 말'을 가리키는 문학상의 용어로 변모하였다.

그런데, 최초의 초사 작품이라 할 屈原(B.C. 343-277)의 〈離騷〉를 보면 '亂曰' 다음에 '已矣哉'라는 어구가 붙어 있는 점이 눈에 띈다.

> 亂曰 已矣哉 國無人莫我知兮 又何懷乎故都 旣莫足與爲美政兮 吾將從彭咸之所居. (노래하노니/ 모든 것이 끝났도다/ 나라에 나를 알아줄 사람이 없나니/ 고국을 생각해서 무엇하리/ 이미 훌륭한 정치는 기대할 수 없나니/ 나는 장차 팽함9)이 있는 곳으로 따라 가겠노라.)10)

'已矣乎'에 대하여 後漢 때 사람인 王逸은 『楚辭章句』에서 '已'는 '止'를 뜻하며 이는 절망의 표현이라고 풀이하고 있다.11) 그 후 연구자들은 대부분 왕일의 이 해석을 따르고 있다. '已矣乎'를 '절망'과 '체념' '탄식'의 뜻으로 해석하는 용례는 『論語』에 대한 朱子의 注에서도 발견된다.

> 子曰 已矣乎 吾未見能見其過而內自訟者也. (공자께서 말씀하시기를 "그만 두자, 나는 자기 허물을 발견하고 마음 속으로 스스로를 꾸짖는 사람을 아직 보지 못했다." 『論語』「公冶長」)

> 子曰 已矣乎 吾未見好德如好色者也. (공자께서 말씀하시기를 "그만 두자, 나는 덕을 좋아하기를 색을 좋아하는 것같이 하는 사람을 아직 보지 못했다. 『論語』「衛靈公」)

---

8) 김영덕·허용구·김병수 편저, 『중국문학사』·上(청년사, 1990), 90쪽.

9) 팽함은 「九章」의 〈推思〉〈思美人〉〈悲回風〉 등에도 자주 나오는 인물로 왕일에 따르면 殷의 賢大夫라 하였으나 자세한 것은 알 수 없고, 다만 굴원이 자신의 이상으로 여겨 닮고자 했던 인물인 것만은 확실하다.

10) 이하 초사의 인용 및 번역은 『楚辭』(유성준 譯解, 혜원출판사, 1992) 및 『詩經·楚辭』(目加田誠 譯, 東京: 平凡社, 1969·1971)에 주로 의거하였다.

11) 傅錫壬 註釋, 『新譯 楚辭讀本』(臺北: 三民書局, 1976·1990), 47쪽.

이 구절들에 쓰인 '已矣乎'에 대하여 朱子는 '已矣乎라는 것은 끝내 볼수 없는 것을 두려워하여 그것을 탄식하는 것이다.'[12)라고 풀이하고 있다.

주지하는 바와 같이 굴원의 <離騷>는 정치적으로 불우했던 그가 참소를 받아 추방을 당한 뒤 직언이 받아들여지지 않는 현실을 비관하고 죽음이라는 극단적인 길을 택하며 쓴, 일종의 '絶命詩'이다. 그런 만큼 침울하고 절망적이며 비애에 찬 정서가 전편을 지배하고 있다. 따라서 11단으로 이루어진 長篇의 마지막 단에 전편을 요약·총괄하는 어구로 사용된 '已矣乎'에 강한 悲感과 諦念, 絶望의 어조가 배어 있는 것으로 풀이하는 것은 당연하다고 하겠다.

'已矣乎'는 '아! 아서라'[13) '모든 것은 끝났도다'[14) '그만 두자'[15) 등으로 번역되는데, 어떻게 번역하든지간에 이 어구는 '已'에 의거하여 '계속 진행되던 상태나 동작이 그치다'라고 하는 의미를 공통적으로 내포한다. 그리고 끝의 종결사 '乎'-때로는 '哉'-로 인해 이 어구는 감탄성을 부여받는다. '已'를 '끝나다'와 같은 자동사로 해석하는 경우와 '끝내다'의 타동사로 해석하는 경우 주어가 달라진다. 자동사로 볼 경우 '음악' '할 말' '詩句' '모든 것'이 주어가 되고, 타동사일 경우는 두 가지 양상으로 나누어 생각할 수있다. '끝내자' '그만두자'와 같은 감탄성을 함축한 청유형으로 풀이할 경우 '나'나 '우리'와 같은 1인칭이 주어가 되고, '끝낼지어다' '그만둘지어다'와 같은 명령형으로 해석하면 '너'라는 2인칭이 주어가 된다. 이 두 양상 중 전자로 해석하면 話者 중심의 독백적 발화가 되고 후자로 해석하면 聽者 지향적 발화가 된다. 의사소통의 양상에서 發信者-즉, 話者-에 중점을 둘 경우 언어의 '표현적·정서적 기능'이 강화되고, 傳言과 受信者-즉, 聽者-

---

12) "已矣乎者 恐其終不得而歎之也."(「公冶長」) "已矣乎 歎其終不得而見之"(「衛靈公」)

13) 유성준, 앞의 책, 49쪽.

14) "すべてはおわった." 目加田誠, 앞의 책, 314쪽.

15) "算了吧!" 傅錫壬, 앞의 책, 47쪽.

의 관계가 중시될 경우에는 언어의 '욕구적·명령적 기능'이 강화된다.16)

  <이소>라는 작품이 시적 화자의 내면 세계를 표현하는 서정장르임을 감안한다면, '已'를 타동사로 볼 경우, '已矣乎'는 1인칭 화자의 비애감의 표출로 보는 것이 타당하다. 그리고 이 표현은 '亂曰' 다음 문장 첫머리17)에 오는, 감탄성을 띤 어구이기 때문에 1인칭 주어에 대한 서술어로 기능하는 것이 아니라, 獨立語로 기능한다. 요컨대, 이 어구는 문장상으로 감탄성을 지닌 독립어로서 1인칭 시적 화자의 비애감과 절망, 체념, 탄식을 나타내는 표현이라 할 수 있다.

  <離騷>에서는 "亂曰 已矣乎"라고 되어 있지만, 경우에 따라서는 '已矣乎' 없이 '亂曰'만 나타나기도 하고 '亂曰' 없이 '已矣乎'만 나타나기도 한다. 賈誼(B.C. 200-168)가 지은 楚辭인 <惜誓>를 보면,

> <u>已矣哉</u> 獨不見夫鸞鳳之高翔兮 乃集大皇之墟 循四極而回周兮 見盛德而後下 彼聖人之神德兮 遠濁世而自藏 使麒麟可得羈而係兮 又何異乎犬羊.
> (아, 끝났도다/ 봉황새가 높이 나는 것은 보이지 않고/ 들판에 모여 있구나/ 사방을 두루 돌아다니다가 덕있는 분을 보면 내려가리니/ 저 성인의 신령스러운 덕을 가진 분이/ 혼탁한 세상을 멀리하여 스스로 숨어 계시니/ 기린이 얽매여 있다면/ 개나 양과 무엇이 다르리오)

와 같이 '亂曰' 없이 '已矣哉'만 나타나 있다. 왕일의 주석에 의하면 제목인 '석서'는 '약속을 어긴 것을 슬퍼한다'는 뜻으로 회왕이 자신과의 약속을 어긴 것을 애석해 하는 내용을 담고 있다. '已矣哉'는 이와 같은 主旨를 뒷받침하는 감탄어구로서 절망감과 비애를 함축하는 구절이라 할 수 있다.

  陶淵明(365-427)의 <歸去來兮辭 幷序>도 '已矣哉'만 나타난다는 점에

---

16) 야콥슨의 통화모델과 언어의 기능에 관한 것은, 박종철 編譯, 『문학과 기호학』(예림기획, 1998), 15-20쪽.

17) 만일 '已矣乎'가 문장 끝에 오면 '-일 따름이다'라고 하는, 한정을 나타낸다.

서는 楚辭의 경우와 같으나 그 쓰임과 시적 기능에 있어 약간 차이를 보인다.

> 已矣乎 寓形宇內復幾時 曷不委心任去留. 胡爲乎遑遑欲何之. 富貴非吾願 帝鄕不可期. 良辰以孤 往或植杖而耘耔. 登東皐以舒嘯 臨淸流而賦詩. 聊乘化以歸盡 樂夫天命復奚疑. (그만두자/ 이 세상에 몸을 맡기는 일이 어느 때 다시 있을 것인가/ 어찌 자연에 마음을 맡기고 느긋하게 머물지 않겠는가/ 어찌 황황하게 어딘가로 가려고 할 것인가/ 富와 貴는 내가 원하는 바가 아니요/ 또 仙界는 기약할 수 없는 것/ 좋은 날 홀로 나가 지팡이를 세워놓고 김을 매기도 하고 흙을 북돋기도 한다/ 동쪽 언덕에 올라 천천히 휘파람을 불고/ 맑은 물줄기를 앞에 두고 시를 읊조린다/ 기꺼이 자연의 변화에 맡겨 내 명이 끝나기를 기다리자/ 천명을 즐기나니 다시 무엇을 의심하리오.)[18]

“已矣乎” 뒤에 오는 종결 부분에서는 절망이나 체념이 아닌, 자신의 미래의 방향을 설정하고 의지대로 행하려는 화자의 의도가 표명되어 있다. 따라서 ‘已矣乎’는 楚辭에서 이 어구가 가지는 다양한 기능 중 종결부분을 유도하는 기능만을 이어 받고 있을 뿐, 절망과 체념의 어조는 계승하지 않고 오히려 그로부터 벗어난, 후대적 변모 양상을 보여 준다.

그러나 도연명의 賦 <感士不遇賦 幷序>라는 작품 序[19]의 내용 중 “故夷皓有安歸之歎 三閭發已矣之哀”라는 구절에 쓰인 ‘已矣’는 비애와 절망의 의미로 사용되고 있다는 점을 주목할 필요가 있다. 이 구절에서 ‘三閭’[20]는 굴원을 가리키며 그가 <離騷>를 지은 것을 도연명은 ‘發已矣之哀’ 즉 ‘已矣의 슬픔을 표현’한 것으로 나타내고 있다. ‘已矣之哀’는 <이소>의 주제를 한 마디로 압축한 것이라 할 때, 도연명은 굴원의 <이소>를 ‘已矣之哀’를 표현한 작품으로 이해하고 있음을 알 수 있다. 이를 <歸去來兮辭 幷

---

18) 『陶淵明集』 卷五(釋 淸潭 註解, 東京: 日本圖書センタ-, 1978).

19) 『陶淵明集』 卷五.

20) 三閭는 楚나라의 屈·景·昭의 三王族을 가리킨다. 三閭大夫는 이 三王族을 관장하는 직책이다.

序>에 쓰인 ‘已矣乎’와 비교해 보면, 도연명은 초사에 쓰인 ‘已矣’에 대해서만 ‘절망’과 ‘비애’의 뜻을 담아 사용하는 반면, 자신의 작품에서는 끝에 붙어 全篇의 주제를 요약하고 마무리하는 문학적 장치로 사용하고 있음을 알 수 있다.

‘已矣乎’는 辭뿐만 아니라 哀나 弔文에서도 그 용례가 발견된다.

已矣 余何歎 輟春哀國均 (다 끝났다/ 내가 무엇을 탄식하리오/ 國政을 행하는 대신의 죽음을 애도하노라. <出郡傳舍哭范僕射三首>)21)

重日 已矣 此蓋新哀之情然耳 渠懷之其幾何 庶無愧兮莊子 (거듭 말하노니/ 다 끝났도다/ 지금의 괴로움은 새롭게 솟아나는 슬픔의 정 때문인 듯/ 그를 그리워하는 마음이 얼마나 계속될 것인가/ 장자에게 부끄럽지 않기를 바랄 뿐. <哀永逝文>)22)

訊曰 已矣 國其莫我知兮 獨壹鬱其誰語 鳳漂漂其高逝兮 固自引而遠去 襲九淵之神龍兮 沕深潛以自珍 偭蝚獺以隱處兮 夫豈從蝦與蛭蟆 (말하노니/ 끝났도다/ 나라에는 그 누구도 나를 알아주는 사람이 없도다/ 홀로 근심할 뿐, 누구에게 말을 하리오/ 봉황은 훨훨 높이 날아가는구나/ 오로지 자신의 몸을 이끌고 멀리 사라지도다/ 깊은 못에 사는 신령스러운 용이여/ 아득한 물속에 숨어 있어 자신을 소중하게 하는구나/ 도롱뇽에게 등을 돌리고 숨어 있나니/ 어찌 두꺼비나 거머리를 따르겠는가? <弔屈原文 竝序>)23)

이 중 첫 번째 것은 任彦昇(460-508)이 30년간 우정을 나눈 范雲의 죽음에 임하여 그를 애도하는 글이고, 두 번째 것은 潘岳(?-300)이 죽은 아내를 애도하는 글로 작자가 50세 남짓 무렵에 지은 것이며, 마지막 것은 賈誼가

---

21) 이 작품은 논자에 따라 1首로 취급되기도 하고 3首로 취급되기도 한다. 小尾郊一 校注·譯, 『文選』3(東京: 集英社, 1974·1981), 420쪽.
22) 小尾郊一 校注·譯, 『文選』7
23) 같은 곳.

굴원의 죽음에 조의를 표하는 글이다. 『文選』에 任彦昇의 글은 '哀傷'으로, 潘岳의 글은 '哀'로, 賈誼의 글은 '弔文'으로 분류되어 있지만 모두 죽은 사람을 추모하며 애도하는 글이라는 점에서는 동일하다. 처음 것은 '已矣'만이 쓰였지만, 뒤의 두 글은 '已矣'가 '重曰'이나 '訊曰'과 함께 쓰였다는 점에서 <離騷>의 전통을 그대로 이은 형태라고 할 수 있다.

이상을 종합해 보면 '已矣乎'는 문장의 끝에 붙어 '종결'의 기능을 행하며, 죽음·哀傷·哀悼·절망 등과 같이 비애의 정서를 표출하는 데 사용되어 작품 전체에 비장미를 조성하는 구실을 한다는 것을 알 수 있다.

'已矣乎'의 시적 효과와 기능은, 대부분의 '賦' 작품에는 이 어구가 사용되지 않는다는 사실로 미루어 봐도 명확히 드러난다. 보통 '賦'는 '亂曰'이나 '重曰' 등만 쓰이는 경우가 많다. 왜냐 하면 賦는 외부 세계에 존재하는 어떤 대상이나 현상의 속성을 나열하고 묘사·부연하는 데 중점이 두어지는 '교술장르'이기 때문에 강한 감탄성을 띔으로써 서정의 세계를 표현하는 '已矣乎'가 부적절하기 때문이다. 賦 중에 '已矣乎'가 쓰인 江淹(444-505)의 <恨賦>24)를 보면,

已矣哉 春草暮兮秋風驚 秋風罷兮春草生 綺羅畢兮池館盡 琴瑟滅兮丘隴平 自古皆有死 莫不飮恨而呑聲. (아, 끝났도다/ 봄풀이 시들면 가을 바람이 불고/ 가을바람이 그치면 다시 봄풀이 돋아난다/ 화려한 옷을 입은 사람들이 죽으면 연못 근처의 누각은 무너져 내리고/ 금슬 소리가 끊어지면 무덤도 평평해진다/ 옛날부터 사람은 모두 죽음을 맞게 되는 것/ 죽음 앞에서 한을 마시며 탄성을 삼키지 않는 사람이 없었다네.)

다른 부 작품과는 달리 '已矣哉'가 보이는데, 이는 이 작품이 賦이기는 하지만 '恨'을 주제로 하는 만큼 어떤 초사 작품보다도 서정성이 강하기 때문에 이런 어구가 사용되었다고 볼 수 있다.

---

24) 『文選』2, 325쪽.

한편, 도연명의 <詠貧士 七首·2>[25)]는 辭나 賦가 아닌데도 작품 끝에 "知音苟不存 已矣何所悲"(벗이 남아 있지 않으니 그만두자, 무엇을 슬퍼하리오?)라 하여 '已矣'라는 감탄 어구를 붙이고 있는데 이는 '已矣乎'의 변형으로 볼 수 있으며, 辭나 賦의 전통이 상이한 시 양식에까지 이어지고 있는 모습이라 하겠다. 그리고 <詠荊軻>[26)] 끝부분에 보이는 "惜哉劍術疎 奇功遂不成"의 '惜哉' 또한 감탄성을 띤 어구로서 '已矣乎'가 후대의 시에 변모되어 나타나는 양상이라 할 수 있다.

이상을 내용을 종합해 보면, 굴원 작품에서 '亂曰 已矣乎'는 교술장르인 賦에서는 '已矣乎'없이 '亂曰'만 나타나는 양상으로, 서정장르에 속하는 辭나 哀誄·弔文 및 여타 시 양식에서는 <이소>의 傳統을 따라 '亂曰' 뒤에 '已矣乎'를 쓰거나, 아니면 '亂曰' 없이 그냥 '已矣乎'만 나타나는 양상으로 계승되었다고 할 수 있다. 다시 말해, 외부 대상에 대한 묘사를 위주로 하는 교술장르에서는 강한 감탄성을 함축하는 '已矣乎'가 쓰이지 않고, 화자의 내면 감정의 표출에 주안점이 있는 서정장르에서는 '已矣乎'가 사용되었다고 할 수 있다.

4. 한국 詩史에서의 '已矣乎'의 전개

4장에서는 앞에서 논한 '已矣乎'의 용례, 의미구조, 시적 기능 등을 바탕으로, 이 표현이 시조의 종장 '두어라'로 정착되는 과정을 검토해 보고자 한다.

먼저 辭賦의 경우,『동문선』에 실린 辭 중 종결 부분에 '已矣乎'가 사용된 것으로 李仁老의 <和歸去來辭>를 들 수 있다.

---

25)『陶淵明集』卷四.

26) 같은 곳.

<u>已矣乎</u> 天地盈虛自有時 行身甘作賈胡留 遑遑接淅欲安之 風斤思郢質 流水憶鍾期 尿死灰兮奚暖 播蕉穀兮何籽 第寬心於飮酒 酬遣興於作詩 望紅塵而縮頭 人心對面眞九疑 (그만두자/ 천지의 차고 빔이 스스로 때가 있나니/ 처신을 賈胡처럼 하랴/ 쌀을 설 익혀 먹고 황급히 어디로 가는가/ 바람 내는 도끼는 郢 땅의 바탕을 생각하게 하고/ 흐르는 물은 종자기를 그리워하게 한다/ 식은 재에 오줌을 눈들 어찌 따뜻해질 것인가/ 그을린 곡식을 뿌린들 어찌 싹이 돋을 것인가/ 다만 술을 마시며 회포를 풀고/ 시를 짓는 데 흥을 붙이리/ 紅塵을 바라보매 고개가 움츠러들고/ 사람의 마음은 얼굴을 대해도 의심만 많아지네.27)

이 작품은 제목이 시사하는 바와 같이 도연명의 <歸去來辭>에 화답하여 지은 것이다. 이 작품 첫 부분을 인용해 보면 ‘돌아가자, 도잠이 옛날에 돌아갔거니 나도 또한 돌아가리. 해자의 사슴을 얻은들 무엇이 기쁘며, 새옹이 말을 잃은들 무엇이 슬프리’28)라 되어 있는데, 이로 미루어 알 수 있듯이 작품은 슬픔이나 비애, 절망의 톤이 아니라 달관과 초연의 톤으로 전개된다. 따라서 여기에 쓰인 ‘已矣乎’는 楚辭에서와 같은 절망과 체념의 표현이 아닌, 도연명의 <歸去來辭>와 같은 기능을 지닌 것임을 알 수 있다. 즉, 이인로의 경우 ‘已矣乎’는 초사의 직접적 수용이라기보다는, 도연명에 의해 수용된 초사의 요소를 이인로가 재수용한 것으로 보아야 할 것이다.

우리나라의 辭 작품에서는 종결어구로서 ‘已矣乎’가 사용된 예가 쉽게 발견되지 않는다. 대신 서거정의 <次韻張左副送別辭>에서 보이는 ‘噫嘻’, 또는 ‘嗟’와 같은 탄식성 감탄사가 흔히 발견된다. 도연명이나 이인로의 辭에서 보이는 ‘已矣乎’가 초사의 外延－종결의 기능－만 수용하고 그 內包－비애·체념·절망의 어조－는 수용하지 않았다고 한다면, 이인로 이후 특히 조선에 들어와서의 辭는 외연은 물론 내포까지도 더 이상 초사의 전통을

---

27) 서거정, 『동문선』 I (민족문화추진위원회, 1977·1985).
28) “歸去來兮 陶潛昔歸吾亦歸 得隍鹿而何喜 失塞馬而奚悲.” 같은 곳.

따르지 않는 양상으로 변모했다고 할 수 있다.

이 외에 서거정의 辭에서도 ‘已矣’가 사용되고 있음을 본다.

> 客有以龍鳳龜麟四畫求予言者 乃作四辭題之. 嗚呼 四靈之不見於世 久矣. 吾夫子有已矣之歎. (손님 중에 龍·鳳·龜·麟 네 가지 그림을 가지고 와서 나에게 말을 요청한 사람이 있어 내가 이에 네 가지 辭를 지어 주었다. 아, 이 네 가지 靈物이 세상에 나타난 지 오래되었다. 우리 夫子께서는 ‘나의 도는 끝났도다!’라는 탄식을 하셨다.)

> 儀虞韶兮 鳴周岐 翔而下之兮 覽德輝 嗟吾已矣兮 何德之衰 (소악 연주에 춤을 추었음이여/ 주나라 岐山에서 울었도다/ 돌아 날다가 내려옴이여/ 빛난 덕을 보아서 하도다/ ‘아! 나의 도는 끝났도다’라고 했음이여/ 어찌 덕이 그리 쇠했는고.)29)

인용 구절 중 위의 것은 龍·鳳·龜·麟 네 가지 신령스런 동물을 소재로 한 <四靈辭>의 서문 일부이고, 아래의 것은 이 중 <祥鳳辭>의 일부이다. 모두 『論語』 「子罕篇」에 나오는 “鳳鳥不至 河不出圖 吾已矣夫(봉황새가 오지 않으며 황하에서 河圖30)가 나오지 않으니 나의 도는 이제 끝났나 보다!)”의 “吾已矣夫”에 의거한 표현으로 자신의 道가 衰했음을 한탄한 구절이다. 여기서 ‘已矣夫’의 주어가 되는 것은 ‘吾’인데 실질적으로 ‘나(공자)의 道’를 의미한다. 서거정의 辭에서 ‘已矣夫’는 작품의 종결부를 이끄는 어구로 사용된 것이 아니라, 공자의 말의 인용구로서의 의미만을 지닐 뿐이다.

한편 『동문선』에 실린 35편의 賦 작품 중 ‘已矣乎’가 쓰인 예는 하나도 발견할 수 없고, 申叔舟의 <八駿圖賦 幷序>에 ‘賦已 復爲之謌曰’31)이라

---

29) 『국역 사가집』(임정기 옮김, 민족문화추진회, 2004).

30) 황하에서 나온 용마의 등에 그려 있는 그림이니 복희 때에 나왔다. 봉황이나 하도는 모두 聖人이 나타날 상서로운 조짐으로 간주되었다.

31) 서거정, 『동문선』 I (민족문화추진위원회, 1977 · 1985).

하여 '已矣乎'가 '賦已'로, '亂曰'이 '謂曰'로 변형, 대치되어 있음을 볼 수 있다.

時調나 歌辭 등 국문시가에서 종결부분에 '已矣乎'가 직접 사용된 경우는 한 예도 발견되지 않는다. 시조 종장 첫구에 '두어라'가 처음 사용된 것이 언제, 누구의 작품인지 단정할 수는 없다. 歌集 중에는 최충의 作으로 표기된 작품에 '두어라'가 사용되어 있지만 이는 신빙성이 없는 것이므로 제외하고, 시조 작가 중 개인 文集이 전해지는 사람의 작품을 대상으로 할 때 '두어라'의 용례가 가장 먼저 발견되는 것은 2장에서 인용한 聾岩 李賢輔 (1467-1555)의 <漁父短歌>에서이다.

우리나라의 문인 중 도연명의 <귀거래사>를 읽지 않은 사람은 하나도 없을 테지만, 특히 이현보는 "歸去來 歸去來 호되 말 뿐이오 가리 업식/ 田園이 將蕪호니 아니 가고 엇지홀고/ 草堂에 淸風明月이 나명들명 기드리느니"라는 시조를 짓고 <귀거래사>를 모방하여 지었다는 뜻에서 <效嚬歌>라 한 것을 볼 때, 그에게 끼친 도연명의 영향이 얼마나 큰가 짐작할 수 있다. 더구나 비슷한 내용의 시조작품 세 편을 <歸田錄>이라는 제목으로 포함하고 있는 것을 보면 그 영향은 더욱 확실한 것으로 보인다. 그렇다고 한다면, 그가 <귀거래사>를 읽고 작품의 종결부에 '已矣乎'를 붙이는 辭의 시적 관습을 숙지하고 있었다 할 것이고, 이를 시조에 반영하여 '두어라'로 표기한 것이 아닌가 추정해 볼 수 있다. 그러나 이것은 어디까지나 추정이다. 현재 남아 있는 기록 중 最古의 용례라 해서 이것이 '두어라'가 사용된 최초의 예라고 단정할 수는 없는 것이다. 또한, 이현보의 경우도 초사의 '已矣乎'를 직접 시조에 '두어라'라는 형태로 적용했다기보다는, 이인로처럼 도연명의 시를 통해 여과된 '已矣乎'를 수용, 자신의 작품에 반영했다고 본다.

<漁父短歌> 5章 및 <歸田錄> 3章 도합 8수의 시조는 모두 그의 문집인 『聾岩集』에 실려 있는데 이 책의 초간본은 1665년에 나왔다.32) 대개

개인 문집은 후손들에 의해 출간되는 만큼 후손들은 선조의 작품에 마음대로 첨삭을 하지 않고 충실히 轉寫했다고 볼 수 있기 때문에, 이현보 시조의 '두어라'가 후손에 의해 첨가 혹은 대치되었다고 보기는 어렵다. 즉, 이현보 당시의 형태 그대로일 것으로 보는 것이다.

아래와 같은 작품들은, '두어라'가 '已矣乎'에서 온 것임을 증명하는 직접적인 근거가 된다.

> 이셩져셩ᄒ니 이른 일이 무스일고
> 흐롱하롱ᄒ니 歲月이 거의로다
> 두어라 已矣已矣어니 아니 놀고 어이리 (『시조』 I , 158번)

> 우정워정ᄒ며 歲月이 거의로다
> 흐롱하롱ᄒ며 일운 일이 무스일고
> 두어라 已矣已矣어니 아니 놀고 엇디리 (『시조』 I , 322번)

> 天生 我才 쓸 듸 업다 世上 榮辱 나 몰리라
> 春夏秋冬 好時節에 白髮 風流 되엿노라
> 두어라 已矣已矣 니 뜻더로 놀리라 (『시조』 II , 673번)

처음 것은 宋寅(1516-1584), 두 번째 것은 鄭澈(1536-1593), 그리고 세 번째 것은 金壽長(1690-?)의 작품이다.

송인의 작품은 『珍本 靑丘永言』에 실려 있으며, 송강의 시조는 성주본 『松江歌辭』에 실린 것이다. 출생연대는 정철보다 송인이 앞서지만 송인의 작으로 처음 나타나 있는 것은 『珍本 靑丘永言』(1728)이므로 이것이 원작 그대로인지 첨삭이 가해진 것인지 분명치 않다. 반면 현재 남아 있는 『송강가사』의 이본 중 最古本은 李選本으로 여기에 수록된 跋文이 1690年으로 되어 있는 것으로 보아 『송강가사』의 초간은 더 이른 시기로 소급될 수 있

---

32) 심재완, 『시조의 문헌적 연구』(세종문화사, 1972), 74쪽.

다.33) 또한 송강의 경우는 후손이 『송강가사』를 간행하였으므로 원작을 충실히 轉寫했을 것으로 볼 수 있다.

이 작품들에서 '已矣已矣'는 말할 것도 없이 <離騷>를 원형으로 하는 '已矣乎'의 변형이다. '두어라'를 썼으면서 그 뒤에 같은 뜻을 지닌 '已矣已矣'를 붙인 것은, '두어라'가 이 어구를 번역한 것임을 말하려는 의도로 풀이된다. 이 작품들은 낙관적 삶의 자세를 밝은 어조로 표현하고 있는 것으로 근심이나 우울, 비애는 찾아볼 수 없다. 따라서 '두어라'는 사용 초기부터 '텍스트의 종결부를 이끄는 어구'라고 하는, 초사의 외연적 기능만 계승하고 있다는 것을 알 수 있다.

이 외에 개인 문집에서 '두어라'가 발견되는 예로 김득연(1544-?)의 시조 세 편34)을 들 수 있다. 이현보가 <漁父短歌>를 지은 것은 70세 무렵 벼슬을 내놓고 고향에 돌아온 뒤35)이므로, '두어라'라는 표현이 종장 첫구에 사용되기 시작한 것은 16세기 중엽 무렵부터임을 알 수 있다.

'두어라'와 관련하여 시조의 종장 첫구에 사용된 시어 중 관심을 끄는 것은 '아서라'라는 표현이다.

> 東墻에 갓치 우름 셥거이 드럿더니
> 뜻아닌 千金 書札 님의 얼골 씌여 왓네
> 아셔라 肝腸 스는 거슬 보와 무삼 흐리오 (『시조』III, 296번)36)

> 羅幃 寂寞한 디 힘업시 니러나셔
> 珊瑚筆 씌여 들고 두어자 그리다가
> 아셔라 이를 셔 무엇흐리 도로 누어 조는 듯. (『시조』III, 323번)

---

33) 위의 책, 93-96쪽.

34) 『시조』I 의 492, 541, 543번이 이에 해당.

35) 심재완, 앞의 책, 76쪽.

36) 진동혁 역주, 『시조』III(민족문화연구소, 1996).

노래로 두고 보면 世上 人心 거의 알다
휘모리 시조의논 조오던 이 눈을 쓰니
<u>아셔라</u> 이 내 노래 씨야 안즌 사룸 잠들일가 ᄒ노라 (『시조』Ⅲ, 687번)

<u>아셔라</u> 此生 百年 積善功德 많이 하야 後生 千年 玉京 天堂 極樂世界 만히
만히 노라 보세. (『사설시조』, 274번)

앞의 두 작품은 安玫英(1816-?)이 지은 것으로『金玉叢部』에 실려 있고,
세 번째 것은 金履翼(1743-1830)의 作으로『金剛永言錄』에 실려 있으며
마지막 것은 사설시조의 종장 부분만을 인용한 것이다. 첫 번째 시조의 경
우 초장과 중장에서 님의 편지를 반기는 마음을 표현하고 종장에서는 그
편지를 보고 싶지 않은 마음을 표현했다. 323번도 비슷한 양상을 보인다.
'님에게 편지를 쓰려고' 하다가 이를 '그만두겠다'는 내용을 담고 있다. 687
번은 초장과 중장에서 '졸던 사람의 눈을 뜨게 만드는 휘모리 시조'에 대해
서 말하다가, 종장에서는 '깨어 있는 사람도 잘들게 만드는 자신의 노래'에
대해 말하고 있다. 어느 것이나 초·중장의 내용에 대한 反轉이 종장에서
이루어지고 있다는 점에서 '아서라'는 '두어라'와 거의 동일한 의미작용을
행한다고 할 수 있다.

그런데, 이 시조들이 안민영이 1876년에 엮은『金玉叢部』, 金履翼이 유
배지인 金甲島에서 1802년 8월 중순부터 9월 상순까지 머무는 동안 지은
『金剛永言錄』에 실려 있는 것37)으로 볼 때 '아서라'는 19세기 이후의 작품
들에서 나타나는 것으로 추정할 수 있다. 이는 辭 양식에서 출발한 '已矣乎'
가 이현보에 의해 '두어라'로 번역되어 시조의 종결부분으로 사용되고 정
철·송인·김득연 등에 의해 종장 첫구의 慣用句로 정착되었는데 이것이
후대에 이르러 '아서라'라는 변이형으로 나타났다고 본다.

그렇다면, 辭賦와 비슷한 성격을 지니는 歌辭의 경우는 어떤가. 가사도

---

37) 같은 책, 해제.

의미상으로 序詞-本詞-結詞의 3단위로 구성되는데 주지하는 바와 같이 종결부분은 시조의 종장과 유사한 양상을 보인다. 가사에서 결사 부분이 '已矣乎'로 시작되는 작품은 한 예도 발견되지 않고, 시조처럼 '두어라'의 예는 더러 보이나 이 또한 극히 드물다.

『가사문학전집』[38)]에 수록된 108편 중 결사 부분에 '두어라'가 사용된 예는 세 작품이다.

그 제목과 종결부분은 아래와 같다.

1) "두어라 來日이 來無盡하니 다시숄가 하노라" (白光弘, <箕城別曲>)
2) "두어라 왕셔긔개지랄 여일망지하노라" (李眞儒, <續思美人曲>)
3) "두어라 우리 三生이 仙分인가 하노라" (작자·연대 미상, <仙樓別曲>)

『가사문학전집』에서 '두어라'가 사용된 작품 중 가장 이른 시기의 것은 백광홍(1522-?)의 <기성별곡>인데 작자의 생몰연대를 감안할 때 시조와 마찬가지로 가사에서도 16세기 중엽 이후에는 '두어라'가 結詞의 종결어구로 사용된 것으로 볼 수 있다.

이처럼 가사에서 '두어라'는 시조에 비해 월등 적게 사용되었는데[39)] 그것은 賦에 '已矣乎'가 거의 안 쓰이는 것과 같은 이유에서이다. 즉, 가사는 부처럼 교술장르에 속한 문학양식이어서 강한 서정성과 감탄성을 함축하는 '두어라'와는 어울리지 않기 때문이다.

'已矣乎'와 '두어라'는 동일한 의미 요소와 감탄성을 지닌다는 것 외에도 여러 면에서 공통점을 지닌다. 둘 다 텍스트의 '종결'을 알리는 시적 장치가

---

38) 김성배 외 3인 편저, 『주해 가사문학전집』(민속원, 1961·2001).

39) 참고로 『시조』Ⅰ Ⅱ Ⅲ에서의 '두어라'의 용례는 다음과 같다. 『시조』Ⅰ(시조가 문학사에 나타나기 시작한 시기부터 16세기 중엽에 이르기까지)에서는 850수 중 29회 (3.4%), 『시조』Ⅱ(17세기 초에서 18세기 말)에서는 981수 중 41회(4.2%), 『시조』Ⅲ (18세기 후반에서 19세기 말)에서는 787수 중 41회(5.2%).

된다는 점, 초사나 시조 모두 노래로 불리므로 강한 '서정성'을 내포하고 있다는 점 등이다.

그러나 兩者는 공통점 못지않게 차이점을 지닌다. 첫째, 초사에서 '已矣乎'는 '끝났다'라는 자동사로 쓰일 수도 있고-이 경우 '음악' '시구' '할 말' 등의 주어에 대한 서술어의 기능- '끝내다' '그만두다'라는 타동사로 쓰일 수도 있으나, '두어라'는 타동사로만 쓰인다는 점을 들 수 있다.

둘째, 문장형태상 '已矣乎'는 감탄형으로서 話者의 주관이 강하게 반영된 표현인 반면, '두어라'는 명령형으로 聽者에게 어떤 행동을 강요하는 표현이다. 설령 화자가 자기 스스로에게 하는 말일지라도 그때의 청자는 화자 자신이 되며 스스로 어떤 행동을 하도록 자신을 독려하는 發話의 성격을 띠게 된다. 이같은 차이는 초사나 시조 모두 서정장르에 속하지만, 초사가 화자의 감정에 초점을 둔 독백적 서정의 성격을 띠는 반면, 시조는 연행의 특성상 청자지향의 성격이 강하여 언어의 욕구적·명령적 기능이 강화되는 데서 비롯되는 것이다.[40] 그러므로 초사에서 '已矣乎'는 1인칭 화자의 독백적 표현이면서 감탄형인 '끝났도다'와 같은 식으로 번역하는 것이 적절한 반면, 이 표현을 시조 종장 첫구에 활용할 때는 '그만둘지어다' '끝낼지어다'와 같은 청자지향적 표현이 적절하다. 여기에 종장 첫구의 규칙인 3음절을 고려한다면 '두어라'가 되는 것이다.

셋째, 楚辭는 본래적으로 '근심'과 삶에 대한 '비애'의 정조를 주로 하는 시 양식인데 종결부분을 이끄는 '已矣乎'는 本辭의 정조를 이어받아 그와 동질적인 어조를 유지하면서 全篇의 내용을 요약·총괄하는 기능을 지닌다. 즉, 詩想이나 어조의 전환보다는 전편의 요약·종결의 기능에 중점이 두어지는 것이다. 이에 비해, '두어라'는 앞서도 언급했듯이 일반적인 종장 첫구와 마찬가지로 '종결' '轉換'의 기능을 가짐과 동시에, 여기에 내용상의 反轉까지 더해지게 된다.

---

40) 야콥슨의 통화모델과 언어의 기능에 관한 것은, 박종철 編譯, 앞의 책, 15-20쪽.

5. 맺음말

　지금까지 시조 종장 첫구에 慣用되는 어구 중의 하나인 '두어라'를 대상으로 하여, 한 편의 시조에서 행하는 의미작용을 살피고, 이 표현이 형성되는 과정에 토대 혹은 淵源이 되었다고 보는 것으로서, 굴원의 <離騷>를 필두로 楚辭의 종결부에 쓰이는 '已矣乎'를 제시하였다.

　'已矣乎'가 '두어라'로 번역·정착되었다는 것에 대한 '확정적' 근거는 없다. 그러나 오늘날 전해지는 문집을 대상으로 '두어라'가 쓰인 용례를 검토해 볼 때, 초사나 哀文·弔文 등의 結尾에 붙어 삶의 비애·죽음·절망 등을 표현하는 데 사용된 '已矣乎'가 도연명의 <歸去來辭>를 거쳐 고려의 문인들에게 수용되었고, 이것이 시조 문학에 반영되어 '두어라'라는 표현으로 나타났다고 보는 필자의 관점이 어느 정도 타당성을 확보할 수 있다고 생각한다.

時調와 歌辭의 시적 관습과 『杜詩諺解』

1. 고전시가와 『杜詩諺解』

본 연구는 한글 창제 후 이루어진 諺解 작업 중 최초로 詩文學 텍스트를 대상으로 한 『杜詩諺解』가 時調와 歌辭의 시적 관습 형성에 중요한 역할을 한다는 점에 주목하고 그 구체적 양상을 규명하는 데 목표를 둔다.

한문 텍스트가 주어졌을 때 거기에 구결을 달고 그 구결에 의거하여 언해를 하는 것이 언해작업의 일반적 절차이다. 時調에서 일종의 定形化된 종결어가 되고 있는 '-(ᄒ)노라'1) 歌辭의 '-도(로)다'2)는 원래 한문 텍스트에 붙는 구결이었고 이 구결은 이미 고려시대부터 존재해 있었다. 이것은 언해문에서 주로 조사나 종결어의 역할을 하는데, 한문에 붙는 구결이 시조나 가사에서 종결어로 정착되는 과정에 『두시언해』의 언해문이 한 모델이 되었다고 보는 것이 필자의 가설이다. 비슷한 시기에 간행된 언해자료들과

---

1) 이 글의 대상이 되는 것은 '-ᄒ노라'로 끝나는 것과 '-노라'로 끝나는 것을 모두 포괄한다. 이를 합쳐 '-(ᄒ)노라'로 나타낼 수 있는데 시조에서 주로 사용되는 것은 '-ᄒ노라'이므로 이 글에서는 편의상 '-ᄒ노라'로 통일하여 서술하고자 한다.

2) '-도다'와 '-로다'는 서로 다른 음운 환경에서 나타나지만, 주로 2·3인칭 또는 비인물 주어에 호응한다는 점에서 공통적이다. '-로다'는 '-도다' 중 '-도다'가 대표형이고 '-로다'는 異形態이지만 가사에서는 '-로다'가 더 많이 사용되므로 이 글에서는 편의상 '-로다'로 통일하기로 한다.

는 달리 『두시언해』에는 구결문이 수록되어 있지 않지만, 다른 자료들에 나타나는 구결문과 언해문의 관계에 의거해 볼 때 『두시언해』의 구결문과 언해문도 거의 차이가 없었을 것으로 추정된다.

15세기 중세국어의 면모를 알 수 있다는 점에서 『두시언해』는 국어학적으로 매우 중요한 자료임에 틀림없다. 따라서 지금까지 『두시언해』에 대한 연구는 주로 국어학과 서지학적 측면에서 행해져 왔다. 그러나 비단 국어사적 측면뿐만이 아니라, 국문학 특히 시가문학의 독특한 문체 특성을 규명하는 데 있어서도 이 자료는 큰 가치를 지닌다. 필자가 兩者 ─『두시언해』와 國文 詩歌文學 ─의 밀접한 관계에 주목하게 된 것은, 『두시언해』의 讀者 및 언해작업 참여자와 시조·가사의 담당층3)이 거의 겹쳐진다는 점에 근거를 두고 있다.

1443년 한글이 창제된 이래 훈민정음언해를 비롯 수많은 佛家·儒家 텍스트들의 언해작업이 행해졌는데 이들 텍스트들이 불교의 교리를 백성들에게 쉽게 전달하거나 유교윤리에 의거하여 백성을 교화하기 위한 목적을 지닌 것과는 달리, 『두시언해』는 爲學者나 詩家의 杜詩 이해를 돕기 위한 목적을 지닌다는 점에서 차이가 있다. 즉, 『두시언해』는 무지한 백성을 교화하기 위한 목적이 아닌, 한문과 한글에 능통한 識字層을 대상으로 하여 그들로 하여금 시문학 작품을 정확하게 이해하도록 하기 위한 목적에서 이루어진 최초의 '飜譯文學' 텍스트라는 점에서 문학사적 의의를 지닌다. 이들은 『두시언해』를 읽으면서 시적 표현방식이나 어휘, 이미지 등 다양한 문체 요소들을 숙지하게 되었을 것이고 이 글에서 관심을 갖는 '종결표현' 또한 그 중 하나였을 것으로 본다.

필자는 시조·가사의 담당층이기도 한 『두시언해』 독자들이 이 책을 읽으면서 '-노라' '-로다' 등의 구결을 한글 문장에서 종결어화하는 방식에 익

---

3) 여기서 '담당층'이라는 말은 시조와 가사의 형성 및 창작·향유에 주역이 되는 계층을 가리킨다.

숙해졌고 이것을 자신이 짓는 시조나 가사 작품에 활용했을 것이라 추정하는 것이다. 이 글은 이같은 가설을 논증하는 데 목표를 둔다. 그러면 이를 구체적으로 검증하기 전에 시조와 가사라는 문학적 장르에서 이들 종결표현이 어떤 의미를 지니는가를 먼저 살펴 보기로 한다.

2. '시조'와 '가사'에서의 종결표현의 의미작용

2.1 시조와 '-ᄒ노라'

시조의 종결표현을 보면 고려가요나 향가 또는 가사와 구분되는 독특한 유형을 지닌다. 그 중 이 글에서 주목하는 것은 '-ᄒ노라' 형태의 종결법인데, 이것은 시조에서 가장 빈번하게 나타나는 종결법인 반면, 高麗歌謠에서는 全無하고 歌辭에서도 극히 드물게 발견되는 형태여서 시조 종결법의 특징을 말해주는 것으로 보아도 좋을 듯하다.

이에 대해서는 김대행 교수도 주목한 바 있다. 그는 '-노라' '-소냐' '노미라' 등 시조에 많이 쓰이는 종결어의 유형을 언급하는 중에 '-ᄒ노라'에 대해 일상 대화에서는 쓰이지 않는 文語體的 형태의 종결표현으로서, 시조의 不定時制·無時間性을 형성하는 요소가 되며 단정적 결론보다 정서적 거리를 유지하는 태도를 형성하는 기법이라 하였다. 또한, 청자를 마주 한 대화에서는 쓰이지 않고 구어로 쓰일 경우가 있다면 다수의 대중을 향한 발언의 경우에 쓰이는 표현이라 하였다.[4]

필자가 『珍本 靑丘永言』에 쓰인 종결어를 조사한 바에 의하면 '-ᄒ노라'는 모두 終章에 나타나고 있어 이 표현은 終章을 종결하는 동시에 한 편의 시조 작품을 종결하는 기능을 갖는다는 것이 드러난다. 『진본 청구영언』에

---

4) 김대행, 『시조유형론』(이화여대 출판부, 1986), 127-128쪽.

수록된 580수의 시조 종장에 쓰인 종결어 중 '-ᄒᆞ노라'는 153회[5]로 26.4%를 차지하여 가장 높은 빈도를 보인다. 이 표현은 평시조나 사설시조의 구분없이 모든 시조 형태에서 두루 나타난다. 시조에 있어서의 '-ᄒᆞ노라'의 의미작용을 규명하기 위해 구체적인 작품을 들어 살펴 보기로 한다.

> (가-1) 어져 내일이야 그릴 줄을 모로ᄃᆞ냐
>
> 이시랴 ᄒᆞ더면 가랴마는 제구티야
>
> 보내고 그리는 情은 나도 몰라 ᄒᆞ노라 (6번, 黃眞伊)[6]

> (가-2) 어와 져 族下야 밥업시 엇지ᄒᆞ고
>
> 어와 져 아자바 옷업시 엇지ᄒᆞ고
>
> 머흔 일 다 닐러스라 돌보고쟈 ᄒᆞ노라 (49번, 鄭澈)

> (가-3) 큰 盞에 ᄀᆞ득부어 醉토록 머그며서
>
> 萬古 英雄을 손고바 혀여보니
>
> 아마도 劉伶 李白이 내 벗인가 ᄒᆞ노라 (100번, 李德馨)

> (가-4) 南山 기픈 골에 두어 이랑 니러두고
>
> 三神山 不死藥을 다 키야 심근 말이
>
> 어즈버 滄海 桑田을 혼자 볼가 ᄒᆞ노라 (138번, 申欽)

> (가-5) 李太白의 酒量은 긔 엇더ᄒᆞ여 一日須傾 三百杯ᄒᆞ며
>
> 杜牧之의 風度는 긔 엇더하여 醉過楊州 橘滿車런고
>
> 아마도 이 둘의 風采는 못내 부러 ᄒᆞ노라 (470번)

> (가-6) 金化 金城 슈슛대 半단만 어더 죠고만 말마치 움을 뭇고
>
> 조쥭니쥭 白楊箸로 지거 냐내 자소 나는 매 서로 歎할만졍
>
> 一生에 離別뉘 모로미 긔 願인가 ᄒᆞ노라 (466번)

---

5) 여기에는 '먹노라' '노노라' 등 '-(ᄒᆞ)노라'의 범주에 넣을 수 있는 8개의 종결법도 포함되어 있다. 이를 뺀다 해도 순수하게 '-(ᄒᆞ)노라' 형태는 145회로 전체 중 25%를 차지한다.

6) 괄호 안의 숫자는 『진본 청구영언』의 작품번호이다.

위의 인용작품들은 『珍本 靑丘永言』에 수록된 시조에서 종결어 '-ᄒ노라'가 나타나는 다양한 용례를 보여 준다. 이 중 (가-1)과 사설시조 (가-5)은 단순문의 서술어로 '-ᄒ노라'가 쓰인 경우이고, (가-2)부터 (가-4) 및 사설시조 (가-6)는 복합문으로서 '-ᄒ노라'는 상위문의 서술어로 쓰였으며 '-ㄴ가' 혹은 '-ㄹ가'와 같은 의문형 문장이 상위문의 보문으로 내포되어 있는 경우이다. 전자 '-ᄒ노라'를 편의상 A형, 후자 '-ㄴ가 -ᄒ노라' '-ㄹ가 -ᄒ노라' '-고져 ᄒ노라'[7]를 B형으로 나타내기로 한다. 위 작품들에서 'ᄒ노라'는 모두 1인칭 시적 화자의 느낌이나 생각, 소망, 의지 등을 표현하는 데 사용되고 있는데 A형은 화자의 이같은 私的 主觀을 직접적으로 표현하는 반면, B형은 간접적으로 드러낸다는 차이가 있다.

여기서 한 가지 관심을 끄는 것은 앞에서 B형으로 분류한, '-ㄴ가' '-ㄹ가'와 같은 간접의문 형태에 'ᄒ노라'가 연결되는 표현이다. 이 표현은 'ᄒ노라'가 나타나기 시작하는 초기, 즉 文集에 수록된 시조-대략 16세기-보다 歌集에 수록된 시조에서 더 정형화된 형태로 나타난다. 이 계열 의문문은 주로 '너기-' '스랑ᄒ-'[8] 등의 상위문 동사에 연결된다. 그러므로 시조에서 '-ㄴ가 ᄒ노라' '-ㄹ가 ᄒ노라'는 '-인가 여기다, 생각하다'[9]의 뜻을 갖는다. 이런 구문은 내적 사유 내용을 표현하는 것으로서 직접 청자를 상대로 한 의문이 될 수 없고, 사유동사가 표시하는 내적 사유 내용을 사유자-이 경우는 시적 화자-가 사실이라고 믿기 어려울 때, 다시 말해 화자의 의심·회의 등을 나타내는 표현이다.[10]

---

7) '-고져 ᄒ다'에서 '-고져'는 의도의 연결어미인데 이는 화자의 소망이나 바람, 욕망을 간접 화법적으로 담고 있는 표현이다. 장윤희, 『15세기 국어의 종결어미』(태학사, 2002·2003), 187쪽.

8) 여기서 '스랑'은 '생각, 사유'의 뜻이다. 이현희, 『중세국어 구문연구』(신구문화사, 1994), 291쪽.

9) 이현희는 이런 류의 동사를 무표적 사유동사라 하였다. 같은 곳.

10) 장윤희, 앞의 책, 221쪽.

이로 볼 때, A형의 '호노라'는 주로 '시름겹다' '좋아한다'처럼 '情的'인 내용에, 그리고 B형의 '호노라'는 주로 '知的'인 판단·사유 등의 내용에 연결되는 경향이 있음을 알 수 있다. '-ㄴ가' '-ㄹ가'는 '판정'을 나타내는 간접의문 형태로 분류되는데11) 시조에서 시적 화자는 이런 표현을 통해 자신의 판단 내지 판정에 대해 머뭇거리는 어조 혹은 회의적 어조를 드러내고 있다. 그러나 이는 정말로 화자가 자신의 사유내용에 대해 의심을 품고 있어서라기보다는, 내심 그렇다고 믿고 있지만 단지 단정과 확신을 피하는 語法으로 표현한다고 보는 편이 타당할 것이다. 예를 들어 (가-6)에서 화자는 '님과 이별을 모르고 평생 함께 하는 것'이 자신의 '願'임을 말하고 있다. 단지 이를 에둘러서 표현할 따름이다.

요컨대 A형 '호노라'가 1인칭 화자가 자신의 견해나 느낌을 대중을 향해 '선언'하는 어조를 띤다면, B형 '호노라'는 단정적이고 확신에 찬 어조보다는 곡진한 어조를 표현하는 종결장치라 하겠다. 이같은 B형 종결표현은 흔히 시조 종장 첫구에 나타나는 '아마도'나 '두어라'에 호응하면서 시시비비를 가리는 이원적 사고를 止揚하고 어떤 현상에 대해 중립적 태도를 견지하려는 화자의 發話 태도를 반영한다. 그럼으로써 시텍스트에 '超越感'을 조성하는 미적 효과를 야기한다. 전체적으로 볼 때 A형보다는 B형이 압도적으로 많이 사용되고 있어 이 종결형태가 시조 장르의 본질적 특성 및 미감 형성에 중요한 시적 장치가 된다고 할 수 있다.

이는 설명법 종결어미 '-라'에 감탄성·의도성을 지니면서 1인칭 주어에 호응하는 선어말어미 '-노'가 붙은 형태로, 1인칭 화자의 주관적 판단 및 의도의 개입을 나타내는 意圖法의 표현이다. 따라서 설명법이면서도 감탄성을 띠게 되는 것이다. 본래 일반적으로 '-호노라'는 청자를 마주한 일상 대화에서는 사용되지 않는 문어체적 표현이지만, 시조 텍스트에 쓰인 '-호노라'는 시적 화자가 시적 청자를 의식하면서 자신의 의지를 완곡하게 표명

---

11) 장윤희, 같은 책, 198쪽.

하고 말을 건네는 어조를 띤다. 이 점은 아래와 같은 감탄형 종결어미와
비교해 보면 분명히 드러난다.

> (가-7) 구버는 千尋綠水 도라보니 萬疊靑山
>   十丈 紅塵이 언매나 マ렷는고
>   江湖에 月白호거든 더옥 無心호애라 (19, 李賢輔)

여기서 "호애라"는 감탄형 종결어미인데 홍진에서 물러나 주변의 천심녹
수, 만첩청산을 보며 마음에 티끌이 없는 경지에 이르렀음을 표현하고 있다.
여기서 우리는 無心의 경지에 이르른 화자의 내면세계가 독백적 어조로 토
로되는 것을 느낄 수 있을 뿐, 청자를 의식하여 어떤 정보나 지식을 '전달'하
려는 의도를 읽어낼 수 없다. 감탄법은 화자 자신의 주관적인 감정 또는
정서를 표현하는 종결법으로서 청자에 대한 화자의 태도면에서 본다면 자
신의 감정이나 정서를 '서술'하는 것이어서 설명법과 크게 다르지 않지만,
그 문장을 통해 어떤 정보를 전달하고자 하는 것이 주 목적이 아니라 화자
자신의 주관적인 감정이나 정서를 표현하는 것이 주된 목적이라는 점에서
차이가 있을 뿐이다.[12]

다시 말해 '-호노라'는 직접 청자를 마주하는 대화에서는 쓰이지 않지만
순수한 감탄법 종결어미보다는 청자 지향 의식이 강하게 반영된 종결법이
라 할 수 있다. 시조에 '-ㄴ뎌' '-과라' '-ㄹ셔' '-게라/애라/에라' '-고녀' '-
괴야' 등 순수 감탄 종결법보다는 약한 감탄성을 띤 설명법 종결표현 '-호노
라'가 상대적으로 월등하게 많이 쓰였다는 것은 시조가 일반적인 서정 장르
처럼 '독백'과 '엿들음'에 의존하기보다는 청자를 향한 '말건넴'과 '개방성'에
의존한다는 것을 말해 준다. 더구나 '-호노라'는 거의 예외없이 종장의 종결
어로 쓰이기 때문에 종장 문장의 종결인 동시에 한 편의 시조의 종결을 떠맡

---

12) 장윤희, 앞의 책, 246쪽.

는 역할을 한다. 이로 볼 때, '-ᄒ노라'는 일반적 서정양식과는 변별되는 독특한 '時調的 抒情'의 세계를 형성하는 중요한 문체소가 된다고 할 수 있다.

이 점은 시조가 演行의 양식이라는 것과 밀접한 관련을 지닌다. 社交의 場에서 여럿이 둘러앉아 시조를 주거니 받거니 하는 연행 상황을 염두에 둔다면, 자신이 부를 때는 唱者-즉, 화자-지만 남의 노래를 들을 때는 청자가 되기도 하므로 청자를 의식하고 그들을 향해 말을 건네는 양상을 띨 수밖에 없는 것이다.

요컨대 '-ᄒ노라'는 1인칭 화자의 내면세계나 주관, 의도의 개입을 나타내는 종결표현으로서 시조적 서정성 형성에 관여하는 문체소라 할 수 있다.

2.2 가사와 '-로다'

가사에서 빈도수가 높은 종결어는 '-로다'와 '-(이)라'이다. 이들은 모두 설명법 중 어떤 사실이나 정보를 서술하고 전달하는 데 목적이 있는 평서형 종결표현이다. 예를 들어 살펴보도록 한다.

> (나-1) 엊그제 겨울 지나 새 봄이 도라오니
> 桃李杏花ᄂ 夕陽裏에 퓌여 잇고
> 綠楊芳草ᄂ 細雨中에 <u>프르도다</u>
> ···(중략)···
> 수풀에 우는 새는 春氣를 못내 계워
> 소리마다 <u>嬌態로다</u> (丁克仁, <賞春曲> 중)13)

> (나-2) 黃河之水 天上來라 千年一淸 물이 말가
> 請祝聖人 이 아니며 九五龍이 <u>飛龍이라</u>
> 粒我蒸民 모든 百姓 水火中의 건지시고

---

13) 이 글에 예시된 가사 작품은 시대순으로 그리고 원전 그대로 수록한 『李朝歌辭精選』(이상보 편저, 精硏社, 1965 · 1973)에서 인용함.

向明南面 卽位ᄒ시니 仙李乾坤 <u>王春이라</u> (李緖, <樂志歌> 중)

<상춘곡> 인용구는 봄을 맞이하여 주변의 풍광을 보고 그 감상을 표현한 것이고, <낙지가>는 자연과 벗하면서 여러 선현들의 탈속적이고 청빈한 생활을 본받고자 하는 내용을 서술한 것이다. (나-1)에서 "프르도다" "嬌態로다" "桃花ㅣ로다"는 모두 기본적으로 그 주어가 되는 "綠陰芳草" "우는 새"의 모습에 대한 설명이면서 동시에 화자의 감탄어린 어조를 반영한다. 한편 (나-2)에서의 '-(이)라'는 서술내용에 대한 화자의 주관적 판단이 개입되지 않은 채 사실을 사실대로 서술하는 데 사용되고 있다.

이 인용구에서 주를 이루는, 그리고 가사에 가장 많이 사용된 종결어인 '-로다'와 '-ㅣ라'는 모두 설명법에 해당된다. 계사 어간 '-이-'뒤에서, 그리고 선어말어미 '-더, -리, -니, -오' 뒤에서 '-다'는 '-라'로 교체된다[14]는 사실을 감안할 때 '-로다'나 '-라'는 사실 '-다'의 변형된 형태로 같은 범주에서 다루어질 수 있다.

어학적으로 볼 때, 평서법 어미 '-다'는 화자가 청자에게 어떤 사실에 대한 정보를 전달할 때 사용되는데, 여타 종결어미들 중 어떤 사실에 대한 화자의 주관적 판단 요소가 가장 적게 반영되는 종결어미이다.[15] 즉, 어떤 사실을 전달함에 있어서 화자 자신의 주관적 요소를 최소로 반영함으로써 명제 그 자체에 가깝게 진술해 주는 것이 바로 '-다'이다.[16] 그러므로 '-다' 및 이것의 변형인 '-라'는 외부세계의 사물이나 현상, 객관적 사실을 부연하고 설명·서술하려는 속성을 지닌 歌辭 양식에 잘 부합하는 종결어미라 할 수 있다. 한편, 가사는 기본적으로 운문인 만큼 감탄의 속성도 지닌다. 이에 부합하는 것이 '-로다'인 것이다.

---

14) 장윤희, 앞의 책, 128쪽.
15) 장윤희, 같은 책, 153쪽.
16) 같은 곳.

‘-도다’는 설명법 어미 ‘-다’에 주관적인 ‘정감성’의 양태적 의미를 표시하는 감동법 선어말어미 ‘-도’와 결합된 형태로서 이 종결형은 결과적으로 감탄문과 유사한 표현 가치를 가지게 된다.17) ‘-도다’와 ‘-로다’는 화자가 3인칭 비인물 주어의 상태를 감탄적으로 판단하고 서술한다는 점에서 서법상의 기능은 거의 대동소이하다.18)

여기서 한 가지 주목할 것은 ‘-로다’의 주어는 모두 2·3인칭 혹은 非人物, 특히 자연물이라는 사실이다. 이 점은 시조의 ‘-ᄒᆞ노라’가 1인칭 주어에 호응하는 것과 대조를 이루고 있어 시조와 가사의 장르적 특성 및 차이를 보여주는 한 단서가 된다.

즉, 시조는 외부 세계에 대한 1인칭 화자의 주관적 느낌을 표현하는 데 중점이 두어지는 서정장르이고 가사는 외부 세계에 존재하는 사물이나 현상, 그리고 객관적으로 증명될 수 있을 듯한 진리를 묘사하고 전달·서술하는 데 중점이 두어지는 교술장르라는 점과 밀접한 관련을 맺는 것이다. 시조가 화자를 중심으로 하는 구심지향적 시가양식이라면 가사는 외부 사물에 이끌리는 원심지향적 시가양식이라 할 수 있다.

여기서 주목할 점은 歌辭에 쓰인 ‘-ᄒᆞ노라’의 용례이다. 문장 단위로 보았을 때 가사에는 물론 ‘-로다’가 압도적으로 많이 사용되지만, 전체 텍스트

---

17) 고영근, 『중세국어의 시상과 서법』(탑출판사, 1981). 장윤희, 앞의 책(176-177쪽)에서 재인용.

18) 그러나 몇 가지 차이점도 있다. ‘-도다’는 ‘ㅣ’모음 이외의 모음 및 자음 아래에 오며, ‘-로다’는 ‘ㅣ’ 모음 뒤에 온다. ‘-도다’는 동사·형용사 등 용언에 붙어 쓰이고 ‘-로다’는 체언 및 용언 뒤에 붙어 쓰인다. ‘-도다’가 전적으로 3인칭 비인물 주어와 호응하여 그 주어가 지난날 어떠하였다고 하는 과거 및 完了時相을 나타내는 것과는 달리, ‘-로다’는 1인칭 주어와 호응하는 경우도 있고 이때는 화자 자신이 앞으로 어떻게 될 것이라고 하는 행동의 의지성과 가능성을 감탄적으로 나타낸다는 차이점도 있다. ‘-로다’가 체언 뒤에 붙으면 3인칭 주어에 호응하고, 용언 뒤에 ‘-리로다’의 형태로 붙으면 1인칭 주어에 호응한다. 전재호, 『杜詩諺解의 國語學的 硏究』(이우출판사, 1975·1978), 218-225쪽.

의 종결에는 상당수 '흐노라'가 사용되고 있는 것을 본다. 앞서 시조에서의 '흐노라'는 전적으로 종장에 쓰임으로써 終章의 종결과 더불어 전체 텍스트의 종결을 나타내는 기능을 갖는다고 언급했는데 이 점은 歌辭에도 똑같이 적용될 수 있는 설명이라는 점에서 흥미를 끈다.

> (나-3) 行不篤敬 저 人事야 孝性 一端 잇셧던가
>   왼갓 도리 아자 흐면 글을 일거 궁구흐소
>   입만 사러 흐는 말이 千里길을 갓갑다니
>   나는 그리 못 흐면서 일런 글이 죄만흐다
>   日後의 聖人 만나 狂夫之言을 擇之<u>홀가</u> <u>흐노라</u>

위 인용구는 李珥의 <自警別曲>의 結詞 부분이다. 이 작품은 序曲을 필두로 奉親·君臣·兄弟 등 15곡과 愼言·居家 등 5절 도합 20개 조목으로 분단하여 후진에게 교훈을 주려는 내용으로 이루어져 있다.

주지하는 바와 같이 가사는 意味上으로 序詞-本詞-結詞의 세 단위로 나뉘는데 위 예에서 보는 바와 같이 '흐노라'는 모두 결사에 사용된다.『李朝歌辭精選』에 수록된 41편 가사 중 이같은 종결법으로 된 것이 12편으로 35%를 차지[19]하는 것을 볼 때, '흐노라'는 좁게는 세 단위 중 마지막 단위의 종결인 동시에 넓게는 전체 텍스트의 종결이기도 하다는 것이 드러난다. 따라서 가사에서의 '흐노라'는 시조에서의 '-흐노라'의 같은 의미와 기능을 갖는다고 할 수 있다. 이 점은 시조와 가사의 담당층이 동일하다는 것을 말해 주며, 구조적인 면에서 가사를 시조의 확장으로 이해할 수 있는 가능성을 시사한다.

---

19) 그 다음으로 높은 빈도수를 보이는 것은 '흐리라'로 8편, 25%를 차지한다.

3. 『杜詩諺解』의 언해과정과 종결표현

3.1 『두시언해』와 두보·현결자·언해자·독자

일반적으로 敍法이란 한 문장에 담겨 있는 내용에 대한 話者의 심리적 태도를 나타내는 것으로 종결어미가 그 기능을 담당한다.[20] 종결어미는 청자에 대한 화자의 진술태도 및 목적에 의하여 결정되므로 『두시언해』의 종결표현을 검토하기 전에 먼저 언해문의 화자가 누구인가 하는 문제부터 살펴 보아야 한다.[21]

杜甫의 시를 언해한 텍스트에는 原詩 작자인 杜甫는 물론, 註釋者, 懸訣者, 諺解者의 목소리가 모두 담겨 있다. 『두시언해』는 이 외에도 기타 이 책의 기획과 편찬에 참여한 사람들의 목소리까지도 간접적으로 포함하고 있는 多聲的 텍스트이다. 1차적으로 텍스트의 전체 내용은 杜甫의 의도를 담은 것이라 할 수 있고 이를 풀이하고 설명해 주는 일은 주석자의 몫이며, 原詩와 주석문을 바탕으로 구결을 다는 것은 현결자의 역할, 그리고 그 구결을 모체로 하여 언해를 행하는 것은 번역자의 역할이다. 따라서 原詩의 내용이 지향하는 방향 즉, 화자가 청자에 대해 갖는 태도를 결정하는 과정에는 현결자의 생각이 반영되며 이를 바탕으로 하여 한글로 옮기는 과정에는 언해자의 의도가 반영된다. 두보의 原詩 그리고 언해 텍스트를 합하여 '杜詩 텍스트'라 할 때 이 텍스트의 1차 화자는 두보이고 주석자와 현결자는 잠정적 화자, 언해자는 2차 화자라 할 수 있다.

다시 말해, 드러나 있지는 않지만 구결문은 현결자의 杜甫詩 수용의 결과라 할 수 있고, 언해문은 두보시와 구결문 수용의 산물이라 할 수 있다. 예를 들어 어떤 杜甫의 시구가 있다 할 때 그 구절을 평서문으로 언해할

---

20) 조세용, 『中世國語文法論』(건국대출판부, 1994), 230쪽.
21) 전재호는 언해문의 화자를 두보로 보고 있다. 전재호, 앞의 책, 222쪽.

수도 있고, 감탄문으로 언해할 수도 있는데 감탄법 종결어미를 써서 언해했다면 그것은 구결자 혹은 언해자가 두보의 시를 감탄의 어조를 가진 것으로 파악했다는 것을 말한다. 그러므로『두시언해』에서 '-ᄒ노라' '-로다' '-ᄒ놋다'과 같은 종결어는 독자에 대한 언해자의 태도를 반영한다고 보는 것이 타당하다. 이를 다음과 같이 나타낼 수 있다.

두보　—　주석자　—　　(현결자)　—　언해자　—　독자
(발신자1) (수신자1=잠정적 발신자2) (수신자2=잠정적 발신자3) (수신자3=발신자4) (수신자4)

3.2『두시언해』의 종결표현

『두시언해』는 원문-주해-언해 順으로 수록되어 있는데 이것은 언해작업에서 중시되었던 과정의 순서이기도 하다. 또한 이것은 언해작업이 계획되고 완성된 시간적인 순서가 되기도 한다.[22) 주해문에서 가장 큰 비중을 차지하는 종결어미는 '-라'와 '-니라'이다. 둘 다 감탄성이 없는 설명법이므로 原詩를 풀이하고 설명하는 註釋의 성격에 부합하는 종결어미라 할 수 있다.

『두시언해』는 시작품이 句別로 분절되어 있기 때문에 종결어미가 많이 쓰였고, 시를 언해한 것이라서 상대적으로 감탄법이 많이 사용되었다. 초간본은 1481년, 중간본은 1632년에 간행되었는데 총 25권으로 되어 있고 종결법에만 국한해서 볼 때 초간본과 중간본은 차이가 없다. 그리고 각 권별로도 큰 차이가 없어 이 글에서는 초간본 7권과 10권[23)만을 택하여 종결표현 사용 빈도수를 조사해 보았는데 그 수치는 아래와 같다.

---

22) 남풍현, 「『杜詩諺解』 註釋文의 文法」,『국어사를 위한 口訣 硏究』(태학사, 1999 · 2002), 490쪽.

23) 이 글에서는『國語學資料選』(박은용 편, 학문사, 1983)에 수록된 초간본 7권과『國語資料古文選』(박은용 · 김형수 공편, 형설출판사, 1988)에 수록된 초간본 10권에 의거함.

7권(총 236개의 종결표현)　　　-로다　　　　106회 (44.9%)

-ᄒ노라　　　　40회 (16.9%)

-(하)놋다　　　19회 (　8.0%)

10권(총 365개의 종결표현)　　-로다　　　　142회 (38.9%)

-(하)놋다　　　54회 (14.8%)

-ᄒ노라　　　　44회 (12.0%)

이 뒤를 이어 '-(ᄒ)ᄂ다'와 '-니라'가 거의 비슷한 수치로 많이 사용되며 그 다음으로 '-리라'가 사용되고 있다.『두시언해』에 사용된 감탄어미의 기능을 살핀 연구에서는 그 예로 '-로다' '-ᄒ노라' '-놋다' '-오라' '-와라(과라)' '-호라'를 집중적으로 검토하고 있는데24) 이 논문에서 직접적으로 언급은 안 했지만 이는 빈도수가 높은 순서가 아닌가 생각되며 가장 많이 쓰인 '-로다' '-ᄒ노라' '-놋다'는 필자가 조사한 것과 일치한다. 각각에 대한 어학적 설명은 2장과의 중복을 피하기 위하여 생략하기로 하고 시조나 가사의 종결표현과 관련이 있는 것만 언급해 보기로 한다.

(다-1)　仰面貪看鳥 回頭錯應人 ᄂ출 울워러 새 보몰 貪ᄒ다가 머리도ᄅ 사 롬 對答호몰 <u>그르호라</u> (<漫成二首·二>,『두시언해』10권)

이 인용시구에서 주목할 것은 '-호라'이다. 이것은 品詞上 1·3인칭과 호응하는 동사 또는 1·3인칭과 호응하는 형용사이다.25) 여기서는 1인칭에 호응하는 동사로서, 1인칭 화자가 강한 자기행동 '그르ᄒ다'26)―原詩句의 '錯'에 해당―에 대해 주관적으로 감탄 서술하는 데 사용되고 있다. 이로 볼 때, '-노라'와 1인칭에 호응하는 동사로서 '-호라'는『두시언해』에서 거의

---

24) 전재호, 앞의 책, 218-240쪽.

25) 같은 곳.

26)『杜詩諺解』에서의 '그르ᄒ다'는 '失·錯'에 대한 언해이다. 박영섭 編,『初刊本 杜詩 諺解 語彙資料集』(도서출판 박이정, 1998), 37쪽.

동일한 기능을 갖는 종결표현이라는 것을 알 수 있다. 이 둘은 모두 '호다'에서 기원한 것으로 상호 代置될 수 있는데 시조에서 '-호노라'형이 선별적으로 수용된 이유는 '호노라'는 3음절로 이루어져 독립적으로 한 음보를 형성할 수 있기 때문이 아닌가 생각한다.

'호노라'와 관련하여 또 짚고 넘어가야 할 것은, 2장에서 'B형'으로 분류한 종결표현, 즉 '-ㄴ가 호노라' '-ㄹ가 호노라' '-고져 호노라' 등이다.

> (다-2)　됴흔 景槩룰 서르 兼코져 호노라 (7권, <入宅三首>)
> 　　　　桃源을 무러 자고져 호노라 (7권, <赤谷西崦人家>)
> 　　　　바티 거츨시 내 믜오져 호노라 (10권, <秋野五首>)
> 　　　　듣고져 호노라 (10권, <十二月一日三首>)
> 　　　　소오믜로 쑤미고져 호노라 (15권, <陪鄭廣文遊何將軍山林十首>)
> 　　　　山川이 잇눈가 호노라 (15권, <陪鄭廣文遊何將軍山林十首>)

(다-2)는 의문문을 내포한 복합문의 상위동사로서 '호노라'가 사용된 예로서 앞서 'B형'으로 분류한 것이다. 전체적으로 『두시언해』에서는 이같은 종결형태가 단순문의 동사로서 '호노라'가 사용된 경우보다 월등 빈도수가 낮다. 그런데 시조에서는 'B형'이 훨씬 더 많은 이유는 무엇인가? 이는 '호노라'라고 하는 구결이 한글 문장에서 종결어화되는 과정에서 시조적 변형이 일어난 것이라 생각된다. 즉, 3·4조 음수율, 한 장 4음보 구성 형식, 양극단을 넘어서 초월감을 추구하는 미의식, 단정적 진술을 회피하는 경향 등 시조의 장르적 속성에 부합하는 것이 바로 이 'B형'이며 이것이 선별적으로 수용되어 지배적 종결패턴이 되었다고 본다.

『두시언해』에서 빈도수가 높은 종결표현을, 2장에서 논한 시조·가사의 주요 종결어와 관련하여 비교해 보면, 『두시언해』에서 많이 사용된 '-호노라'와 '-로다' '-놋다'가 시조와 가사에도 많이 사용된 종결어와 일치한다는 것을 알 수 있다. 단 시조에는 '-호노라'가, 가사에는 '-로다'가 선호되어 수용되었는데, 이것은 시조와 가사의 장르적 성격과 이들 종결표현의 성격이 서로 부합하기 때문이다. 시조는 1인칭 화자의 개인적 감정이나 의지를 표현하는 서정양식인 반면, 가사는 외부세계에 존재하는 객관적 대상·객관적으로 증명될 수 있을 듯한 진리를 진술해 가는 데 중점이 두어진 교술양식이기 때문에 이에 호응하는 종결법이 사용되는 것이다. 즉, '-ᄒ노라'는 求心指向的 성격이 강한 시조에, '-로다'는 遠心指向的 성격이 강한 가사에 적합한 종결표현인 것이다. 또한, 'ᄒ노라'가 現在 時相이라는 점도 서정장르 속성에 부합하는 점이다.

3.3 언해의 의도 및 과정

3.2의 논의를 종합해 보면『두시언해』에서 많이 사용된 'ᄒ노라'와 '-로다' '-놋다'가 시조와 가사의 주요 종결어와 일치한다는 것을 알 수 있는데, 이것은 이 종결어들이 시조와 가사의 시적 관습으로 정착되는 과정에『두시언해』가 중요한 모델이 되었다는 것을 말해주는 증거가 된다. 그러나 이 小結을 좀더 확실한 것으로 증명하기 위해서는 兩者를 연결하는 구체적인 고리가 필요하다. 이 글에서는『두시언해』의 기획자·주해자, 현결자·언해자, 서문을 쓴 사람을 모두 포괄하는 '편찬자', 그리고『두시언해』의 독자층이 시조·가사의 담당층과 거의 겹쳐진다는 사실을 그 논리적 접점으로 제시하고자 한다. 이를 논증하기 위해서는 언해의 의도와 과정을 살필 필요가 있다.

『두시언해』에는 구결문이 나타나 있지 않지만, 일반적인 언해과정에는 구결을 다는 일이 선행되는 것27)으로 미루어 여기서도 현결의 단계가 있었을 것으로 추정된다. 시가자료는 운율이나 글자수의 제한, 그리고 어사의

---

27) 구결문과 언해문의 관계에 대해서는 윤용선,『15세기 언해자료와 구결문』(亦樂, 2003, 41-44쪽) 참고.

생략과 도치 등에 의한 변형이 산문보다 크기 때문에 산문과 다른 懸訣 방식을 사용했을 가능성이 크다.[28] 그러나 구결문은 언해문의 직접적인 모체가 되고 언해문은 구결문의 직접적인 반사형이 된다[29]는 원칙에서는 크게 차이가 없었을 것으로 본다. 구결문이 나와 있는 언해 텍스트의 경우 원문에 구결을 붙인 사람 즉 懸訣者와 諺解를 한 사람이 다르므로 같은 原詩句文을 두고 다르게 파악을 하여 구결문과 언해문이 다른 성격을 띨 수가 있지만, 그 수가 적고 기능을 바꾸지 않는다는 한정된 범위에서 가능하다.[30] 그러므로 이 장에서 살피고자 하는『두시언해』의 종결법은 언해 전 단계에서 붙여졌을 구결의 體現으로 볼 수 있다.

일반적으로 언해작업은 한문 구조에 대한 통사적 인식과 잠정적인 의미 파악이 이루어지는 懸訣[31] 과정과 구결문에 대한 재분석과 일부 고정화된 언해습관을 이용하여 우리말로 표현하는 언해과정을 거치게 된다.[32] 따라서 구결문은 언해문의 전제 및 모태가 되어 언해문의 구조적 모습을 결정한다.[33]『두시언해』에는 구결문이 나타나 있지 않지만 15세기에 간행된 여타 언해 텍스트들처럼 현결의 단계가 있었으리라 짐작할 수 있다.[34]

『두시언해』는 原詩–註解文–諺解文 順으로 구성되어 있는데 이는 편찬자들이 비중을 둔 順序이기도 하고 언해작업이 이루어진 순서이기도 하다. 이 책이 간행되기까지에는 처음의 기획자, 주해자, 현결자, 언해자, 서문을

---

28) 윤용선, 위의 책, 33쪽.

29) 같은 곳.

30) 윤용선, 위의 책, 45쪽.

31) 한문에 구결을 달아 구결문을 만드는 행위를 '懸訣'이라 한다. 윤용선, 앞의 책, 20쪽.

32) 위의 책, 46쪽.

33) 같은 곳.

34)『두시언해』에는 구결문이 나타나 있지 않지만 주석문은 구결이 붙어 있으며 간혹 시 제목에도 구결이 달린 예가 있고, 필사본 자료『杜律分類』에서는 구결문이 나타나는 점 등으로 미루어 시 본문에도 원래는 구결이 있었을 가능성이 크다. 윤용선, 위의 책, 34-35쪽.

쓴 사람 등 여러 분야에 걸쳐 많은 사람들이 간여하고 있다. 曹偉나 柳允謙 또는 玉堂詞臣[35] 등이 成宗의 명을 받아 撰한 것으로 되어 있어 애초의 기획자는 성종이라 할 수 있고, 1차적으로 下命을 받은 인물들이 主管者라 할 수 있다. 또 각종 문헌을 보면 언해작업은 한 사람에 의하여 이루어진 것이 아님을 알 수 있는데 그 중 드러난 인물로 杜詩에 정통했던 柳允謙과 그를 중심으로 한 弘文館의 문신들을 들 수 있다.[36] 註解 작업은 세종 때에 이루어졌는데 여기에는 僧侶와 白衣가 참여했던 것으로 보인다.[37] 초간본『두시언해』의 서문은 曹偉가, 중간본의 서문은 張維가 썼는데 이 서문들을 살펴 보면 언해의 의도, 『두시언해』의 독자층을 짐작할 수 있다.

아! 시 삼백 편이 공자에 의해 처음 刪定되었고 주희의 詩經輯註에 의해 크게 밝혀졌도다. 이제 杜詩 또한 聖上에 의해 發揮되었으니 시를 배우는 사람들은 진실로 이를 모범을 삼아 사특함이 없는 경지에 이르러 시 삼백 편의 울타리에 맞닿게 된다면 시문을 짓는 묘법이 어찌 백 대에만 특출하게 될 것인가? 우리 임금님의 온유돈후한 가르침이 또한 장차 一世를 단련시킬 것이니 풍속의 교화에 이바지함이 어떠하겠는가?[38]

시는 모름지기 마음으로 이해하는 것이니 어찌 註解를 일삼겠는가? 풀이도 오히려 일삼을 바가 없는데 하물며 이를 方言(한글)으로 번역하는 것이야 더 말할 나위가 없다. 시에 통달하고 식견을 지닌 사람의 입장에서 말한다면 이것

---

35) 각종 문헌에 나와 있는 初刊本의 撰者에 대한 검토는 전재호, 앞의 책, 253-256쪽 참고.

36) 안병희, 「『杜詩諺解』의 書誌的 考察」, 『杜詩와 杜詩諺解 硏究』(한국정신문화연구원 인문연구실 編, 태학사, 1998). 전재호는 僧 義砧說을 내세웠으나(앞의 책, 253-256쪽) 안병희는 이때 의침은 이미 고인이 되었을 것으로 보아 의침의 언해참여설을 부정하고 있다.

37) 안병희, 위의 글.

38) "噫 三百篇 一刪於孔子 而大明於朱氏之輯註 今是詩也 又因聖上而發揮焉 學詩者 苟能模範乎此 臻無邪之域 以抵三百篇之藩垣 則豈徒制作之妙 高出百代而已耶 我 聖上溫柔敦厚之敎 亦將陶冶一世 其有補於風化也 爲何如哉."

은 진실로 당연하다 하겠으나, 배우는 사람을 위해 헤아려 본다면 마음에 아직 이해하지 못한 부분이 있을 것이니 어찌 주석이 없을 수 있겠는가? 주해로도 아직 확연해지지 않은 것이 있다면 번역 또한 어찌 그만둘 수 있을 것인가? 이것이 杜詩諺解가 <u>시를 짓는 사람</u>에게 功이 되는 까닭이다.39)

처음 예문은 초간본 서문의 일부이고, 뒤의 것은 중간본 서문의 일부이다. 이 내용을 보면『두시언해』가 무지한 일반 백성을 교화시키기 위한 것이 아니라 '시를 배우는 사람'("學詩者")과 '시를 짓는 사람'("詩家")들, 즉 識字層을 위한 것임이 드러난다. 즉, 이들이 두보의 시를 정확하게 이해하고 作詩의 모범으로 삼는 데 도움을 주려는 동기에서 언해를 하게 되었음을 밝히고 있는 것이다. 또한 이 시기의 다른 언해 텍스트를 보면 한자마다 한글 독음이 달려 있는데『두시언해』의 언해문은 이와는 달리 國漢文 혼용으로 되어 있어 한자와 한문에 상당한 지식을 가지는 사람을 독자층으로 상정했음을 알 수 있다.40)

이처럼『두시언해』의 주관자, 주해자, 언해자, 서문을 지은 사람 등 편찬에 간여한 인물들과 독자층이 모두 지식면에서 識字層, 신분면에서 兩班階層 文人이라는 사실은, 이들이 곧 시조나 가사의 담당층과 일치한다는 점을 시사한다. 그 근거가 되는 예로 초간본 서문을 지은 曹偉와 중간본 서문을 쓴 張維, 그리고 松江 鄭澈을 들 수 있다. 잘 알려진 바와 같이 조위는 歌辭 <萬憤歌>를 지었고, 장유는 "鴨綠江 히진 後에 에엿분 우리 님이 / 燕雲 萬里롤 어듸라고 가시눈고/ 봄풀이 프르고 프르거든 卽時 도라 오쇼셔"라는 시조를 지었다41)고 전해진다. 또 정철은 1591년 무렵 江界에 유

---

39) "詩須心會 何事箋解 解猶無所事 況譯之以方言乎 自達識論之 是固然矣 爲<u>學者</u>謀之 心有所未會 烏可無解 解有未暢 譯亦何可已也 此杜詩諺解之所以有功於<u>詩家</u>也."

40) 안병희, 앞의 글, 124쪽.

41)『珍本 靑丘永言』및『靑丘永言』(가람본)에는 閭巷六人 중의 한 사람인 張炫이 작자로 되어 있고,『歌曲源流』(河合本)와『花源樂譜』및『靑丘詠言』(가람본)에는 중간본 서문을 쓴 張維가 작자로 되어 있다. 따라서 장유가 이 시조를 지었다고 확정

배 가 있을 때 아들에게 보낸 편지에 '고향에 있는 『두시언해』를 가져오라'는 내용42)을 담고 있어 그가 이 책을 무척 애독했음을 말해 준다. 이 사실은 비단 정철뿐만 아니라 당대의 문인들 사이에 이 책이 杜詩를 이해하는 참고서로 호평을 받았음을 짐작케 한다.

이로 볼 때, '두보의 原詩−언해작업 기획 및 주관자−주해자−(현결자)−언해자−독자'로 이어지는 『두시언해』의 간행 및 수용과정에 개입되어 있는 인물들이 시조나 가사의 작자·향유층과 거의 맞물린다고 하는 필자의 가설이 어느 정도 설득력을 갖게 된다고 생각한다. 그리고 『두시언해』의 간행에 간여한 사람들은 직접 언해를 담당한 사람이 아니라 할지라도 구결이나 한글에 대한 이해가 깊었고 한글로 시가를 짓는 일에도 어느 정도 소양을 지녔을 것으로 추정된다. 따라서 시적 관습이나 구결에 대한 이들의 이해가 『두시언해』의 언해작업에 영향을 끼쳤으리라는 것은 짐작하고도 남음이 있다. 나아가 한글로 된 시−시조나 가사−를 짓는 데도 이들의 소양과 지식이 반영되었을 것으로 생각된다.

언해문의 화자는 두보가 아닌 언해자이며, 청자에 대한 화자의 태도를 반영하는 것이 종결어미라 할 때, 두보의 시구를 두고 어떤 종결어미를 써서 언해하느냐 하는 것은 바로 언해자의 태도를 반영하는 것이라 할 수 있다. 따라서 『두시언해』와 시조·가사에 빈번히 사용된 종결표현의 종류가 일치한다는 것은 당연한 결과인 것이다.

3.4 『두시언해』 이외의 한글 텍스트에서의 종결표현

'ᄒᆞ노라' '−로다'와 같은 시조·가사의 종결어가 일종의 시적 관습으로 정

할 수는 없으나 개연성은 있다고 본다.

42) 『松江集』 別集 권1. 심경호, 「조선조의 杜詩集 간행과 杜詩 受容」(『杜詩와 杜詩諺解 研究』, 한국정신문화연구원 인문연구실 編, 태학사, 1998, 57쪽)에서 재인용.

착되는 데 있어, 다른 텍스트들보다도 『두시언해』가 중요한 그리고 1차적인 모델이 되었다는 것을 증명하기 위한 또 다른 절차로서, 비슷한 시기에 간행된 언해 및 한글 텍스트들도 검토하는 작업이 필요하다.

3.4.1 佛家 계열 텍스트: 『능엄경언해』 『남명집언해』

『두시언해』와 비슷한 시기에 이루어진 佛家 系列 텍스트로 1462년에 간행된 『楞嚴經諺解』[43]와 1482년에 간행된 『南明集諺解』[44]를 예로 들어 '-ᄒᆞ노라'와 '-로다' '-놋다'의 용법을 살펴 보기로 한다.

> (라-1) 阿難아 今復問汝ᄒᆞ노라 諸世間人이 說호ᄃᆡ 我能見ᄒᆞ노라 ᄒᆞᄂᆞ니
> (아난아 내 ᄯᅩ 너ᄃᆞ려 묻노라 모ᄃᆞᆫ 世間ㅅ사ᄅᆞ미 닐오ᄃᆡ 내 能히 보노라 ᄒᆞᄂᆞ니 『능엄경언해』 2권 71ㄴ)
>
> (라-2) 摩登伽ᄂᆞᆫ 女妓也ㅣ라…(중략)…將毁而已로다 (摩登伽ᄂᆞᆫ 女妓라… 쟝ᄎᆞ 허로려 홀 ᄯᆞᄅᆞ미로다 『능엄경언해』 1권 36ㄱ)
>
> (라-3) 阿難아 汝猶未明…(중략)…周圓ᄒᆞᆫ 妙眞如性ᄒᆞ놋다 (阿難아 네 ᄉᆞ지 (一切…다오믈) 불기디 몯ᄒᆞᄂᆞ니…(중략)…두려운 微妙ᄒᆞᆫ 眞如ㅅ 性을 ᄯᆞ로 能히 아디 몯ᄒᆞ놋다 『능엄경언해』 2권 105ㄱ)

대다수의 佛經은 부처가 설법하는 내용으로 이루어져 있으므로 불경을 언해한 텍스트들에서의 'ᄒᆞ노라'에 호응하는 주어는 부처이다. 이것은 일상 대화에서는 사용되지 않는 어법이지만, 불경은 부처가 대중을 향해 진리에 대한 자신의 판단과 지식, 깨우침, 정보를 전달하는 것을 주 내용으로 하므로 'ᄒᆞ노라'는 불경의 본래 의도에 잘 부합한다. 그러나 실질적으로 'ᄒᆞ노라' 형 종결표현은 그다지 많이 발견되지 않는다. (라-2)에서 '-로다'에 호응하

---

43) 세종대왕기념사업회 편, 『역주 능엄경언해』, 1996.

44) 세종대왕기념사업회 편, 『역주 남명집언해』 상·하, 2002. 이 책의 原題는 『永嘉大師證道歌南明泉禪師繼頌』이다. 한문본과 언해본의 명칭이 같으므로 이 둘을 구분하기 위하여 언해본은 보통 『永嘉大師證道歌南明泉禪師繼頌諺解』라고 부른다.

는 주어는 '摩登伽'이고 (라-3)의 '-ᄒᆞ놋다'에 호응하는 주어는 '汝'(阿難)이
다. 두 예 모두 화자인 부처가 話材上의 주어 즉 聽者의 행동이나 상태에
대해 안타까운 마음을 감탄의 어조로 표현한 것이다.

『남명집언해』는 唐代의 高僧 永嘉大師가 지은 <證道歌>를 宋代의 南
明泉 禪師가 句마다 나누어 繼頌한, 총 320수로 구성된 책이다. 한 수가
4구로 되어 있고 한 구는 7언으로 되어 있으며, 제목에 나타난 대로 부처의
가르침과 불법을 증명하는 것을 주 내용으로 하고 있다. 이 책은 詩로 구성
되어 있으면서 불교적 가르침을 내용으로 하는 만큼 1인칭 화자의 주관·판
단을 나타내는 'ᄒᆞ노라'는 상·하권에 모두 4회가 사용되었을 뿐이다. 그 이
유는 이 책은 시작품을 수록하고 있지만 그 시들이 장르상 서정시보다는
교술시에 가까우며 불자를 청자로 하여 그들에게 불법과 부처의 가르침을
전달하려는 의도에서 간행된 것이기 때문이다. 결과적으로 '-로다' '-도다'
가 종결표현의 다수를 차지한다.

3.4.2 儒家 계열 텍스트: 『내훈』『삼강행실도』

『內訓』[45]은 소혜왕후가 부녀자를 교육할 목적하에 여러 책에서 교훈이
될 만한 내용을 뽑아 7장으로 나누어 편찬해서 1475년에 간행한 책이다.
『三綱行實圖』[46]는 「효자도」, 「충신도」, 「열녀도」로 구성된 책인데 처음에
는 한문본만 존재하다가 1481년에 『諺解本 烈女圖』가 간행되었다.

  (마-1) 夫人은 二ᅴ程뎡先션生ᄉᆡᆼ의 어마님이라 (『內訓』2권 15b)
  (마-2) 빅희ᄂᆞᆫ 노션공의 ᄯᆞᆯ이오 송공공의 안히라·드디어 블에 밋처 죽으니

---

45) 이후에 이 책은 서명이 '내훈'에서 '御製內訓'으로 바뀌어 영조 14년(1737년) 간행된
    바 있다. 이 글에서 인용한 것은 『內訓·女四書』, 『國語國文學資料씨리즈』(아세아
    문화사, 1974)에 의거하였다.
46) 이 글에서 『언해본 삼강행실도』는 『五倫行實圖』(李民樹 新釋, 을유문화사, 1972)
    의 것에 의거함.

라 (『三綱行實圖·烈女圖』「伯嬉逮火」)
(마-3) 비르서 구지주믈 더울디니라 (『內訓』 2권 13b)

『내훈』이나『삼강행실도』는 부녀자 및 백성들을 교화할 목적으로 지어진 것인 만큼 '-(이)라' '-니라' '-디니라'가 종결법의 다수를 차지한다. (마-1)의 '-라'는 '-다'와 교체될 수 있는 설명법 종결어미로 화자가 주관적 요소를 최소로 반영하여 명제를 그 자체에 가깝게 서술하는 종결어미이다. 특히 관념적·개념적 문장의 종결에 사용된다.47) (마-2)의 '-니라'는 화자가 구체적인 청자를 상대로 하거나 적어도 의식의 전면에 청자를 내세운 문장에서 사용되던 통보성·실용성이 강한 종결어미로서, 화자가 청자를 고려하는 적극적인 태도가 반영된 것이다.48) (마-3)의 '-디니라'는 형태상으로는 평서형이지만 실제로는 '명령'의 발화 수반 효과를 지닌다.49) 따라서 백성의 교화를 목적으로 하는『내훈』이나『삼강행실도』에 이들 종결어미가 압도적으로 많이 쓰였다는 것은 당연하다고 하겠다. 또한『두시언해』의 주해문의 대다수에 이 두 종결어미가 사용되어 있는 것도 같은 맥락에서 이해할 수 있다.

3.4.3 한글 텍스트: 『용비어천가』『월인천강지곡』

『龍飛御天歌』50)와『月印千江之曲』51) 모두 세종 29년 1447년에 간행되었는데, 여기에는 '하ᄂ니'처럼 선어말어미 '-니'만으로 문장이 종결된 듯한 형태의 종결법이 압도적인 다수를 차지한다.

(바-1) 곳 됴코 여름 하ᄂ니 (<龍飛御天歌> 제2장)

---

47) 장윤희, 앞의 책, 169쪽.

48) 같은 곳.

49) 장윤희, 앞의 책, 177쪽.

50) 김상억 주해, 『龍飛御天歌』(을유문화사, 1975·1985).

51) 허웅·이강로 공저, 『주해 월인천강지곡·상』(신구문화사, 1999).

　　　　岐山 올무샴도 하눓 쁘디시니 (<龍飛御天歌> 제4장)
　　　　王業 艱難이 이러ᄒ시니 (<龍飛御天歌> 제5장)

　　(바-2)　普光佛이 쏘 授記ᄒ시니 (<月印千江之曲>·기7)
　　　　　今日에 世尊이 ᄃ외시니 (<月印千江之曲>·기8)
　　　　　一千 靑蓮이 도다 펫더니 (<月印千江之曲>·기9)

　　최근의 어학적 연구에 의하면 이것은 '-니' 뒤에 '이다'가 생략된 형태로 보기보다는 口語的 성격이 강한 평서법 어미 '-이'로 파악하는 것이 타당하다. 이 종결형은 억양 등의 기제에 의하여 평서형과 의문형으로 구분되어 간 것으로 본다.[52]

　　시조에서는 "사래 긴 밭을 언제 갈려 ᄒᄂ니"처럼 불완전하게 종결된 듯한 형태가 많이 발견되는데 이 종결표현은 위의 예에서 보는『용비어천가』나『월인천강지곡』등의 종결법을 모태로 하는 것이 아닌가 추정된다. 그러나 이 점은 이 글의 논의의 주 대상이 아니므로 지적하는 것으로 그치고자 한다.

3.4.4 『악학궤범』 소재 노랫말의 종결표현

　　(사-1)　아으 熱病大神의 發願이샷다 (『樂學軌範』<處容>)
　　(사-2)　山 접동새 난 이슷ᄒ요이다 (『樂學軌範』<三眞勺>)
　　(사-3)　尋聲而濟苦ᄒ시며 應念而與樂ᄒ시ᄂ니라
　　　　　法界普添利ᄒᄂ니라 (『樂學軌範』<觀音讚>)
　　(사-4)　積德百年에 與禮樂ᄒ시니 垂衣煥文章이로다 (『樂學軌範』<北殿>)

　　1493년 간행된『악학궤범』[53]에는 고려시대 및 鮮初에 불리던 노래의 가사가 수록되어 있다. 위의 예들은 많이 쓰인 종결어를 제시한 것인데 15세

---

52) 장윤희, 앞의 책, 229쪽.

53) 『樂學軌範』, 『韓國古詩歌』·資料篇(학문사, 1981).

기의 언해자료에서 보이는 종결표현과 별 차이가 없다. 이는 『두시언해』 및 시조나 가사의 종결법이 고려시대로부터 급격한 변화를 보이는 것이 아니라 연속선상에 놓이는 것임을 말해 준다. 『악학궤범』에는 '흐노라'형 종결표현은 하나도 발견되지 않는데 여기에 실린 노랫말들이 민요적 기원을 가진 것이라는 데 그 이유가 있지 않나 생각된다.

이상의 내용을 종합하여 다음과 같은 결론을 이끌어 낼 수 있다. 『두시언해』와 비슷한 시기에 나온 거의 모든 자료들에 '-흐노라' '-흐놋다' '-로다' 등의 종결표현이 사용되기는 했지만 각각의 간행 의도에 따라 主를 이루는 종결표현이 달라진다는 것을 알 수 있다. 각종 佛經을 언해한 것, 儒家 계열 언해자료는 본질적으로 詩歌 텍스트가 아니므로 시조나 가사의 종결표현 형성에 별다른 영향을 끼치지 않은 것으로 보인다.

시 작품이라는 점에서 동일한 성격을 지닌 『악학궤범』 수록 작품들의 경우 1인칭 화자의 내면세계를 표현하는 데 목적이 있는 '흐노라'가 거의 사용되지 않았는데, 이것은 이 시들이 개인의 서정을 노래한 것이 아니라 '집단'의 서정을 노래한 민요 계열의 작품이기 때문이다. 이 점은 '-흐노라'가 時調와 같이 '1인칭 화자의 개인적 서정'을 표현하는 데 사용된 종결표현이라는 사실을 말해 준다. 역시, 시 작품을 언해한 『남명집언해』의 경우, 1인칭 화자의 私的 비전을 표현하는 것이 아니고, 佛者를 독자층으로 하여 불교의 진리를 서술한 것이기에 서정보다는 교술양식에 가깝다는 점에서 '흐노라'형 종결법이 적합하지 않았던 것이다. 그래서 객관적 정동법에 해당하는 '-로다'와 '-흐놋다'가 선호되었을 것으로 보인다. 그리고 <용비어천가>와 <월인천강지곡>에는 '-흐ᄂ니'라고 하는 독특한 종결법이 주로 쓰여 이 또한 시조나 가사의 독특한 종결법이 정착되는 과정에 지배적 영향을 끼쳤다고 보기는 어렵다.

따라서 시조의 '-흐노라', 가사의 '-로다'는 위와 같은 자료가 아닌, 『두시언해』의 주도적 영향 하에서 일종의 시적 관습으로 정착되어 갔다고 볼 수 있다. 주지하는 바와 같이 杜甫의 시는 기본적으로 1인칭 주체의 내면 세계를 표현하는 서정장르에 속하면서도, 寫實主義的 경향이 강하여 현실이나 외계 사물, 제반 자연 현상, 백성들의 삶 등을 사실적으로 그려낸다는 특성을 지닌다. 그러므로 『두시언해』에도 이런 특성이 반영되어 화자의 내면세계를 표현하는 데 적합한 'ᄒ노라'와, 외부세계에 대한 감탄적 서술에 적합한 '-로다' '-ᄒ놋다'가 고루 많이 사용된 것으로 보인다. 이것이 개인적 서정성을 위주로 하는 시조에는 'ᄒ노라'가, 외부 세계 묘사가 主가 되고 화자의 감탄적 태도 표현이 從이 되는 가사에는 '-로다'와 '-ᄒ놋다'가 선별적으로 수용되었던 것이라고 생각할 수 있다.

4. '-ᄒ노라'와 '-로다' 형성의 통시적 검토

시조의 전형적 종결패턴인 '-ᄒ노라', 가사의 '-로다'는 사실 고려 혹은 그 이전부터 존재했던 구결이다. 13세기 언어의 양상을 보여주는 구결자료54)에 의하면 'ᄒ노라' 'ᄒ놋다' '로다'와 같은 구결이 각각 'ㆍ ㅈㅅ' 'ㆍ ㅈ ㄸㅣ' 'ㅈㅣ'의 형태로 이미 고려시대에 쓰이고 있었다. 그러므로 『두시언해』를 비롯한 15세기 언해자료들의 종결표현은 이같은 구결에 토대를 두고 있음을 알 수 있다.

漢文 텍스트, 특히 漢詩를 음송할 때는 보통 구결을 달아 노랫가락조로 부르게 되는데 이때 감탄성을 지닌 'ᄒ노라' '도다' '놋다' 등의 구결 등이 주로 사용되었을 것으로 보인다. 이런 양상은 낭송할 때의 언어습관으로서 비단 두보의 시뿐만 아니라 모든 한시에 다 해당된다. 그러나 지금 이 글에서 시조나 가사의 전형적 종결패턴이 『두시언해』의 지배적 영향 하에서 일

---

54) 이 시기의 구결에 관한 연구는 남풍현, 『國語史를 위한 口訣研究』(태학사, 1999 · 2000) 3장 「順讀口訣의 연구」 참고.

종의 시적 관습으로 정착되었다고 보는 것은, 漢詩에 붙은 구결에 의거해 한글 문장의 종결어를 만드는 과정에 『두시언해』가 한 典範이 되었다는 것을 두고 말하는 것이다. 다시 말해 고려시대나 鮮初의 언어습관이 『두시언해』 및 초기의 언해텍스트의 언해과정에 반영되었고, 다시 이의 영향이 이어져 'ᄒ노라' 'ᄒ놋다' '로다' 등의 종결표현이 시조나 가사의 시적 관습으로 정착되는 데 토대가 되었다고 보는 것이다.

그러나 오늘날 남아 있는 歌集 중 가장 최초의 것인 『珍本 靑丘永言』의 출간년대는 1728년이므로 『두시언해』의 간행과는 약 250년간의 시간차가 있다. 따라서 시조나 가사의 대표적 종결어가 『두시언해』의 지배적 영향을 받았음을 입증하기 위해서는 『청구영언』보다 시간적으로 『두시언해』에 근접한 자료를 검토할 필요성이 있다. 가집 외에 시조나 가사가 수록된 것으로는 개인 文集이 있다.

15세기의 개인 문집 가운데 시조나 가사가 수록되어 있는 것은 발견할 수 없고 16세기의 문집에서는 가장 빠른 것이 李滉(1501-1570)의 「陶山六曲板本」이다. 여기에는 12수의 시조가 실려 있는데 여기서는 'ᄒ노라'형 종결법은 찾을 수 없고 또 다른 이황의 작품인 <청량산>[55]은 'ᄒ노라'로 종결되지만 이것은 『진본 청구영언』에 수록된 것이어서 이 종결표현이 이황 당시의 표기인지 아니면 후대에 'ᄒ노라'형이 하나의 종결패턴으로 정형화되면서 가집에 반영된 표기인지 확실히 알 수 없다. 이외에 시조를 수록한 16세기 문집 및 여기에 수록된 시조 작품수, 그리고 'ᄒ노라'의 사용 빈도수를 조사해 본 결과는 아래와 같다.[56]

---

55) "靑涼山 六六峯을 아ᄂ니 나와 白鷗/ 白鷗야 獻辭ᄒ랴 못 미들 손 桃花ㅣ로다/ 桃花야 ᄯ러나지 마로렴 漁舟子알가 ᄒ노라"

56) 문집 및 수록 작품수는 심재완, 『역대시조전서』(세종문화사, 1972)에 의거하였다. 가사의 경우는 『이조가사정선』에 16세기 자료가 이미 소개되어 있고 이를 바탕으로 논지를 전개하였으므로 여기서는 별도로 '-로다'의 빈도수 등을 제시하지 않기로 한다.

1) 李賢輔(1467-1555) 『聾巖集』8수 : 0회
2) 李 滉(1501-1570) 「陶山六曲板本」 12수 : 0회
3) 高應陟(1531-1605) 『杜谷集』28수 : 0회 ('ᄒᆞᄂᆞ다' 1회)
4) 鄭 澈(1536-1593) 『松江歌辭』(성주본) 79수
                      「훈민가」 16수 : 4회
                      기타 63수 : 12회
5) 金得硏(1554- ?) 『葛峯遺稿』70수 : 18회
6) 辛啓榮(1577-1669) 『仙石遺稿』16수 : 4회

위는 작자의 생몰연대를 중심으로 시대순으로 나열한 것인데, '-ᄒᆞ노라'가 사용되는 것은 정철 이후부터임을 알 수 있다. 이로써 우리는 '-ᄒᆞ노라'가 시조의 일반화된 종결패턴이 되는 것은 16세기 후반 무렵이라고 추정해 볼 수 있다. 고응척의 경우 28수나 되는 작품 가운데 'ᄒᆞ노라'가 한 번도 쓰이지 않은 것은 그 작품들이 자신의 생각을 표현한 것이 아니라 기존의 텍스트 『大學』의 구절들과 <馬子才歌>를 시조화한 것이기 때문이다.

문집에 수록된 '-ᄒᆞ노라'를 후대에 성립된 歌集의 것과 비교해 보면, 가집의 것이 한층 빈도수도 높아지는 것을 발견하게 된다. 예를 들어 한글 창제 이전부터 口傳되다가 후대의 가집에 수록된 원천석, 길재, 이조년 등의 시조작품 심지어 그 제작 여부를 신뢰할 수 없지만 가집에 설총, 최충, 곽여, 이규보 등으로 작자가 표기되어 있는 시조작품들에서 이 종결패턴이 정연하게 획일화되어 있는 것을 본다.

또한 같은 歌集이라도 후대로 갈수록 '-ᄒᆞ노라'의 빈도수는 높아진다. 『청구영언』의 경우 '-ᄒᆞ노라'가 26.4%를 차지한 것에 비해, 이보다 35년 뒤인 1763년에 간행된 『海東歌謠』는 568수 중 177회가 사용되어 31.2%를 차지한다. 그리고 A형보다는 '-인가 ᄒᆞ노라'로 대표되는 'B형'[57] 종결법이

---

57) '-인가' '-ㄹ가' '-고쟈'와 같은 종결법이 복합문에 내포되고 'ᄒᆞ노라'는 상위문의 동사가 되는 경우를 말한다.

한층 定形化된 패턴으로 보편화되는 것을 알 수 있다.

이를 종합해 보면, '㐎노라' '도다' 등은 한글 창제 이전부터 한시를 음영할 때 의미상 분절되는 곳에 붙여지던 口訣의 일종이었는데 구결은 언해문에서는 조사나 종결법 등과 같은 문법요소가 된다. 이런 언어습관이『두시언해』및 당시의 여타 언해텍스트에 반영되었고 이 텍스트들은 구결을 한글문장의 일부로 배치하는 과정을 보여준다. 특히『두시언해』는 한 개인의 내면세계를 표현하는 서정시에 있어 구결을 종결어화하는 과정에 중요한 모델이 되었다.『두시언해』의 독자들로 추정되는 시조나 가사의 담당층은 이를 읽으며 그 종결패턴을 익힐 수 있었고 자신의 시작품에 반영하게 되면서 이것이 하나의 독특한 시적 관습으로 정착되기에 이르렀다고 본다.

제2부 시대론

18·19세기 한·일 市井文學 비교

: 辭說時調와 센류(川柳)

1. 문제제기

1.1 비교의 근거

두 나라의 문학을 비교하는 데는 다양한 접근방법이 가능하다. 영향관계를 중심으로 그 授受 양상을 살피는 방법, 장르적 유사성을 보이는 두 문학양식을 비교하는 방법, 문학사적으로 비슷한 비중과 의의를 지니는 문학양식을 비교하는 방법, 소재적 공통성에 주목하는 방법, 전혀 영향관계가 발견되지 않아도 구조적 혹은 주제적 유사성을 지니는 두 항목간의 유사성을 규명하는 방법 등을 들 수 있다.

이 글은 비교연구의 새로운 접근방법으로서 18·19세기[1] 한국과 일본의 '시대적 유사성'에 주목하여, 이 시기의 시대적 특성 및 문화·예술의 특성을 극명하게 드러내는 대표적 문학장르인 辭說時調와 센류(川柳)[2]의 비교

---

[1] 일본의 경우 19세기 후반 메이지시대(明治元年은 1868년)부터, 한국의 경우는 19세기 말 20세기 초부터 에누리 없는 근대가 시작된다고 할 때, 이 글의 논의의 초점이 되는 18·19세기를 지칭하는 말로 일본에서는 '근세'라는 용어를, 한국에서는 '조선후기' 혹은 '근대로의 이행기'라는 용어를 사용하는 것이 보편적이다. 이같은 용어상의 차이로 인해 이 글에서는 18·19세기로 통용하고자 한다.

[2] 센류의 형성·발달 과정에 대해서는 주 40) 41)참고.

연구의 가능성을 타진하는 데 1차적 목표를 둔다.3) 그리고 시대적 유사성
이 야기한 문학적 유사점들 가운데 가장 두드러지는 특성이라 할 '자기인식'
의 변모양상에 초점을 맞추어 이를 규명하고 이를 통해 두 시양식에 내재된
근대적 속성의 일면을 조명하는 것에 2차적 목표를 둔다.

　근대성의 기준으로 인간중심주의, 과학적 기술문화, 자본주의 경제 채택,
시민사회 대두, 민족주의를 내건 국민국가 형성4) 세계화의 영향－외면화－
과 개인적 성향－내면화－이라는 두 극단 간의 상호관련성의 증대5) 리얼리
즘6) '개인문학'의 탄생7) 자아에 의해 뒷받침되는 개인의식 혹은 개성의 대
두8) 지식·문화·예술의 상품화·대중화, 1인칭 대명사로서 '자기'9) 개념의
등장, 다맥락성10) 일본 근대문학의 징표로서 풍경의 발견, 내면의 발견, 고
백이라는 장치, 病의 의미, 아동의 발견, 구성력, 장르의 소멸11) 등 무수한

---

3) 사설시조와 센류의 비교 연구는 일본에서는 물론 국내에서도 처음 제기되는 만큼,
　이 글에서는 두 장르간의 비교연구의 근거 및 가능성을 제시하는 데 1차적 목표를
　둔다.

4) 이상 정옥자, 『조선후기 역사의 이해』(일지사, 1993·1998), 160-163쪽.

5) Anthony Giddens, *Modernity and Self-identity*(Cambridge, UK: Polity Press,
　1991), introduction.

6) 김학성·최원식 외 9명, 『韓國 近代文學史의 爭點』(창작과비평사, 1990); 나병철,
　『근대성과 근대문학』(문예출판사, 1995·2000).

7) 염무웅은 근대 자본주의적 사회의 성립과 더불어 작가나 시인은 공동체 속의 혼자
　(혹은 개인)로부터 공동체 바깥에서의 혼자로 존재하게 된다고 보았다. 이는 근대
　자본주의 사회의 형성과 진정한 개인문학의 탄생을 동궤에 놓고 이해하는 관점이라
　하겠다. 염무웅, 「식민지 문학관의 극복문제」, 『한국근대문학사론』(임형택·최원식
　編, 한길사, 1982·1984), 18-19쪽.

8) 谷澤永一, 「日本の近世は "忍び足の近代化"だった」, 『江戸時代と近代化』(大石愼
　三郎 外編, 筑摩書房, 1986·1987), 391쪽.

9) 일본어로서는 '自分'. 谷川惠一은 1인칭 대명사로서 '自分'의 등장은 근대문학의 한
　징표가 된다고 하였다. 谷川惠一, 「自分の登場」, 『近代文學の起源』(高田知波 編, 若
　草書房, 1999).

10) 김명현, 「分化와 物化: 긴장의 장으로서의 근대성」, 『근대성과 한국 문화의 정체성』
　(이명현 외 9인, 철학과 현실사, 1998).

견해들이 제시되어 왔다. 그러나 다양한 각도에서 전개되어 온 이 견해들을 관통하는 공분모로서 '주체' 혹은 '자기자신'에 대한 관심의 증대를 이끌어 내는 것은 그리 어려운 일이 아니다. 두 시양식 사이에 발견되는 다양한 문학적 유사성 가운데 이 글에서 특히 '자아인식'의 변모양상을 집중적으로 살피려 하는 것은, 바로 이 점이 문학의 근대성을 논하는 핵심적 징표가 된다고 생각하기 때문이다.12)

'문학은 시대와 사회를 반영하는 거울'이라고 하는 명제는, '시대와 사회는 문학텍스트를 생산해 내는 토양'이라는 명제로 바꾸어 표현될 수 있다. 한국문학을 '세계문학'이라는 거시적 틀 속에서 조망하고자 할 때, 이 명제와 관련하여 가장 먼저 떠오르는 것은 '유사한 시대·사회환경은 유사한 문학을 생산해 내는가?' 하는 물음이다.

이런 질문을 던질 때 18·19세기 즉, 한국의 조선 후기와 일본의 에도(江戸) 후기13)는 그 유례를 찾기 어려울 만큼 큰 유사성을 지닌 시기로 부각된다. 한·일 양국의 역사상 봉건적 중세사회로부터 근대사회로의 이행기로 간주되는 '18, 19세기'는 전통의 지속 및 근대문학 형성과정을 규명하는 데 있어 관건이 된다. 이 시기는 사회전반에 걸쳐 큰 변화가 야기되었는데 양국의 역사가들은 변화의 주 요인 중의 하나로 '상품화폐경제의 발달'14)을

---

11) 이상 일곱 항목은 가라타니 고진이 일본 근대문학의 징표로서 제시한 항목들이다. 柄谷行人, 『일본 근대문학의 기원』(박유하 옮김, 민음사, 1997·2002).

12) 근대 및 근대성이 논의의 중심이 될 때 한 가지 명백히 할 점은, 서양의 근대개념이 수입되어 이의 영향으로 형성된 '근대'와, 서양의 영향과는 무관하게 자체적 전통 속에서 反봉건·反중세의 움직임을 토대로 형성된 '근대'를 구분해야 한다는 사실인데, 이 글에서 문제삼는 것은 전자 개념으로서의 '근대'이다. 따라서 본 연구에서는 양국에서 에누리 없는 근대로 인식되는 19세기 말 혹은 20세기 초, 그리고 메이지시대 이후 문학을 근대문학으로 보고 논의를 전개하게 될 것이다.

13) 일본의 에도시대는 도쿠가와 이에야스(德川家康)가 전국시대를 평정하여 쇼군(將軍)의 위치에 오른 1603년부터 요시노부(慶喜)가 조정에 정권을 되돌려준 1867년까지를 가리킨다. 이 시기는 보통 일본의 '近世'로 불리며 교호(享保)개혁이 시행된 1716년을 분기점으로 하여 에도 전기와 후기로 양분된다.

지적해 왔다. 한국의 경우 1678년(숙종 4년) 정부가 동전의 유통을 결정한 이래 동전은 가장 우월한 가치척도, 교환수단, 지불수단으로 정착하여 상품생산과 소비를 촉진하였으며[15] 18세기를 전후하여 부세·소작료의 金納化로 인해 상품화폐경제가 활성화되었다.[16] 상품·화폐의 발달은 농민들의 생산력에 경제기반을 둔 봉건제도의 기초를 붕괴시키고 지배층의 피지배층에 대한 통제력을 상실하는 계기가 되었다. 상품화폐경제가 발달함에 따라 富商이 등장하게 되고 이들의 金力이 지배층—양반과 武士—의 권위를 압도하는 현상이 나타나면서 '신분제'가 크게 동요하는 결과로 이어지게 된다.

한편 일본의 경우 參勤交代 제도[17] 시행으로 인해 武士階級의 에도에서의 소비생활이 촉진되고 大名들은 막대한 出費를 강요당하였으므로 지출이 과다해지게 되었다. 이로 인해 에도의 인구가 증가하게 되고 전반적으로 에도의 소비와 사치생활이 조장되고, 소비적 상업은 현저하게 발달하게 되었으며 무사계급의 경제적 입지가 침식되기에 이르렀다. 생활에 소요되는 경비를 마련하기 위해 자신의 兵器를 파는 무사까지 생겨났다. 이 시기는 무사와 평민의 결혼이 크게 늘기 시작했는데, 이는 부유한 商人의 딸과 결혼함으로써 경제적 곤궁을 벗어나려는 무사계급의 이해와, 그들과 혼인관계를 맺음으로써 신분적 상승을 꾀한다고 하는 富商의 이해가 일치되었기 때문이다. 따라서 무사계급의 경제적 영락뿐만 아니라 신분적 입지도 크게 약화될 수밖에 없었다.

---

14) 한국과 일본에서는 각각 1678년, 1712년에 화폐의 전국적 유통을 위한 통화정책이 채택되었다.

15) 국사편찬위원회 편, 『한국사』·33, 1995, 8쪽.

16) 같은 책, 3쪽.

17) 參勤交代制란 大名들의 반란과 정부로부터의 일탈을 막기 위해 그들의 領地에서 1년, 江戸에서 1년을 교대로 근무하게 하는 제도이다. 江戸에서 근무할 경우 온 가족과 식솔을 거느리고 에도로 이동하였으므로 그 경비와 에도생활에 소요되는 경비는 어마어마해졌고 무사계급의 경제적 피폐를 가져오는 직접적 동기가 되었다. 閔斗基 編著, 『日本의 歷史』(지식산업사, 1976), 129쪽 주1) 참고.

엄격한 신분제도, 가부장제도, 장자상속제도, 농업경제, 유학 교리를 통치이념으로 한다는 점 등 여러 면에서 봉건제도의 전형을 보여주는 조선 전기와 에도 전기 사회에 엄청난 지각변동을 야기한 이 두 요소—상품화폐 경제의 발달과 신분제의 동요—는, 단순히 봉건사회의 경제적·신분적 기반을 흔드는 것에 그치지 않고 유교적 교리 이외에 '金力'이 새로운 가치기준으로 부상하는 배경이 된다는 점에서 주목을 요한다. 이 시기 문화의 중요한 특징이랄 수 있는 예술의 상품화 현상, 즉 예술이 생계·수입·직업으로 연결되는 현상, 서민층이 주된 문화담당층으로 부상하게 되는 현상도 이와 밀접한 관련이 있음은 말할 나위가 없다. 이 시기에 성행한 사설시조와 센류는 이같은 시대·사회적 변모상을 극명하게 보여주는 대표적 시양식으로서 여러모로 공통점과 유사한 특징을 보여준다는 점에서, 앞에서 제기한 물음에 대한 답을 찾는 데 중요한 단서가 된다. 기존의 시형식—시조, 하이카이(俳諧)—에 파격적인 내용을 담는다든지, 일상적이고 비속한 소재를 과감하게 도입한다든지, 유머와 위트 등 골계문학의 특징을 지닌다든지 작자가 서민층으로까지 확대되고 작자불명의 작품이 많다든지, 인간의 삶·(女)性에 대한 관심이 증폭되어 이를 소재의 주원천으로 삼는다든지, 문학이 하나의 예술상품으로서 생산과 소비의 유통망을 지닌다든지 하는 점들은 표면적으로 쉽게 확인되는 공통 특성이라 할 수 있다.

1.2 기존연구의 문제점과 그 대안

지금까지 사설시조 및 센류에 대한 연구는 이 문학양식들의 이름과 신분이 알려진 주된 작자층이 중인신분 또는 조닌(町人)18)이라는 점에서 각각 중인문학 또는 서민(평민)문학으로, 혹은 그들의 거주지를 근거로 하여 閭

---

18) 에도기의 일본의 신분제도는 士農工商의 구분을 골격으로 한다. 이 중 武士階級은 지배층으로서 서민계급인 농민과 조닌(町人, 工商人層) 위에 군림하면서 특권을 누렸다.

巷文學 또는 町人文學 등으로 규정하는 것으로부터 출발점을 삼아 왔다. '町人'은 원래 도시-특히 에도(江戶)-에 사는 商工人을 일컫는 말로, 城下町에 있어 특별 구역인 '조(町)'에 사는 사람이라는 뜻을 지닌다. '閭巷' 역시 본래 '구불구불한 좁은 길'을 의미하는 말로 서울지방 중인들의 집단 거주지역을 일컫는 말이다.[19] 따라서 이 용어들은 사설시조와 센류문학 담당층의 '신분적' 요소를 바탕으로 형성된 것이라 할 수 있다. 두 시양식에서 중인이나 조닌 계층이 창작과 享受, 또는 생산과 소비의 유통과정에서 중추적 역할을 했다는 점은 부인할 수 없지만, 그렇다고 해서 문학 담당층의 '신분적' 요소를 가지고 중인문학, 여항문학, 서민문학, 조닌문학으로 이 시양식들을 규정하는 것은 여러 가지 문제점을 내포한다.

첫째는, 문학을 靜的인 현상이 아닌 역동적인 커뮤니케이션 행위로 이해할 때, 사설시조를 창작한 일부양반들 그리고 직접 사설시조를 창작하거나 가창하지 않더라도 물심 양면으로 예술적 후원을 아끼지 않았던 상층 패트런의 존재는 이 구도 안에서 설 자리가 없다는 점을 지적할 수 있다. 일본의 경우 무사계급은 다른 사회의 상층처럼 학문·예술의 패트런이 되지는 못했으나 자신들이 센류·교카(狂歌)를 포함하여 시나 그림을 직접 창작함으로써 문화의 생산에 참여하였다는 점[20]을 고려할 때, 센류를 조닌문학으로 규정하는 구도에서 이들은 제외될 수밖에 없다. 둘째, 사설시조의 경우 현전하는 작품 약 780수 중 어느 한 곳이라도 작자가 표시된 것은 220수, 작자 이름이 없는 것은 560수 정도이며, 사설시조 작가로 이름이 기록된 사람은 40명 정도라는 통계[21]에 비추어 볼 때, 사설시조를 중인문학으로 규정하는 한 이름이 남겨진 작품의 2.5배에 이르는 無名氏 작품은 중인층 이하 혹은

---

19) 강명관, 『조선후기 여항문학 연구』(창작과비평사, 1997).

20) 中根千枝, 「江戶文化のにない手としての社會階層」, 『江戶時代と近代化』(大石愼三郎 外編, 東京: 筑摩書房, 1986·1987). 그러나 무사계급은 그들의 독자적인 문화를 창출해 내는 데까지는 이르지 못했다.

21) 김흥규 역주, 『사설시조』(『한국고전문학전집2』, 고려대학교 민족문화연구소, 1993).

이름을 남기고 싶어하지 않는 양반층의 작으로 '추정'될 뿐 적극적으로 문학사의 중심으로 편입될 수 없다는 문제점을 내포한다. 이같은 양상은 센류의 경우도 크게 다를 바 없다. 센류 懸賞募集에 投句하는 경우 개개인이 이름을 내걸기보다는 그들이 속한 그룹—구미(組)·렌(連) 등—의 이름을 내세우기 때문에 작자불명인 경우가 대부분이다. 그러므로 이름이 밝혀진 작자의 신분이 중인층 또는 조닌층이라 해서 중인문학 또는 조닌문학으로 규정하는 것은 큰 문제를 내포한다.

셋째, 조선 후기나 에도 후기는 모두 신분제가 크게 동요하는 시기인데, 신분적 변별성이 현저하게 약화되는 시기의 문학을 '신분적' 요인을 가지고 규명하려는 것은 그 출발점부터 한계를 드러내는 셈이 된다. 넷째, 이 시기는 신분만 양반·무사일 뿐 서민과 동일한 생활, 행동패턴, 사고방식을 보이는 영락한 지배층과 더불어, 신분은 중인·조닌이지만 지배층의 생활양식이나 행동패턴을 그대로 모방하는 서민층—중인 및 심지어는 노비까지—이 크게 증가하여 신분상의 경계가 모호해지게 되는데, 어떤 사람의 아이덴티티를 규정하는 제 측면에서 상층계급의 그것과 다를 바가 없는 意識과 행동패턴을 보이는 중인·노비의 경우 그같은 가치관의 산물인 텍스트를 중인문학, 조닌 문학으로 규정한다면 그것은 적지 않은 모순을 내포하게 된다.

이런 점들을 감안할 때, 이 시기의 예술을 이해하는 데는 작가가 어떤 계층에 속하는가 하는 점보다, 어떤 사고방식·가치관, 어떤 취향을 가진 부류인가를 파악하는 것이 중요한 과제가 된다. 문학활동이 이루어진 공간, 문학에 등장하는 주된 공간적 배경을 살피는 것은, 이와 같은 작자층의 내면세계를 파악하는 중요한 단서가 된다. 왜냐하면, 인간의 삶에 있어 '공간'은 단순히 거주나 활동의 장소의 의미를 넘어 개개인의 존재를 정의하고 그들의 정체성을 규정하는 실존적 근거가 되며 가치관이나 세계관, 사물을 보는 시각, 나아가서는 무의식의 세계까지를 제약하고 지배하는 중요한 요소가 되기 때문이다. 어떤 사람의 내면세계를 지배하는 공간이 문학작품을 생산해 낸 산실이 된다고 할 때, 그 공간의 속성이 텍스트의 의미세계까지 영향력을 미치게 되리라는 것은 자명한 사실이다.

두 시양식을 포괄하는 상위 범주로서 '市井文學'22)이라고 하는 용어를 사용하는 것은 바로 이런 이유에서이다. 이 시기 예술의 특징 중 주목할 만한 점은 예술활동의 주무대가 '산수자연'이나 '私的 空間'으로부터 대중적인 '俗'의 공간, 생활의 공간으로 이동하게 된다는 사실이다. 그 대표적 공간이 바로 '市井'이다. 필자는 예술 담당층의 신분에 따른 분류의 문제점을 제기하고 예술이 연행·유통·향수·소비되는 '공간'에 따라 '굿당예술' '궁중예술' '놀이판예술' '풍류방예술' '일터예술'로 분류한 바 있는데23) 이 중 '놀이판예술'과 '풍류방예술'은 '市井藝術'로 묶일 수 있다. 여항문학(혹은 중인문학), 조닌 문학이라는 말이 특정 계급(중인층 혹은 商工人層), 특정 지역(서울·에도), 특정 직업(기술직·상공업)에 한정됨에 비해, '市井文學'이라는 말은 신분적·지역적·직업적 배타성을 벗어난 중립적 용어가 된다.

이러한 이유로 해서 본 연구는, 조선 후기와 에도 후기라고 하는 시대·사회환경의 유사성이 사설시조와 센류라는 상이한 시형식에 어떠한 同異點을 야기하였는지를, 이 시기의 특성을 농축적으로 보여주는 '市井'이라는 공간을 중심축으로 하여 살피는 접근방법을 택하고자 한다. '市井'이라고 하는 공간은, 농업 중심의 사회로부터 상공업 중심의 사회로 이행해 가는 시기의 특성이 뚜렷하게 반영되는 공간이기 때문에, 이같은 접근방법은 사설시조와 센류의 '근대로의 이행기 문학'으로서의 특징을 조명하는 데에도 효과적이라고 생각한다.

---

22) 시정문학(혹은 시정예술)이란 말은 김학성에 의해서도 사용된 바 있다. 김학성, 「18-19세기 예술사의 구도와 시가의 미학적 전환」, 『詩歌史와 藝術史의 관련 양상 Ⅱ』(보고사, 2002).

23) 辛恩卿, 「風流房藝術과 風流集團」, 『문학과 사회집단』(한국고전문학회 편, 집문당, 1995). 여기서 '굿당'은 꼭 巫俗藝術의 공간으로 한정되지 않는다. 불교예술을 포함한 모든 종교예술이 행해지는 공간의 총체적·대표적 개념으로 사용된 것이다.

　지금까지 사설시조나 센류에 관한 연구는 컨텍스트와 텍스트의 유기적 결합이 도외시된 채 텍스트 외곽지역의 탐색에 머문 감이 있으며, 18·19세기 문학을 근대문학 발아기로 보면서도 정작 작품을 통해 구체적 양상을 제시하는 데는 만족할 만한 성과를 거두지 못했다. 18·19세기의 시대·사회·문화적 특성이 잘 반영되어 있고 텍스트 內에서도 주된 무대로 등장하는 '市井'이라는 공간을 통한 접근은 이같은 문제점들을 다소나마 해소할 수 있지 않을까 생각한다.

2. 市井·市井人·市井文學(예술)

　'市井'이란 말은, 옛날 중국에서 20畝를 一井으로 하고 그에 따라 市를 세워 교역을 행한 데서 비롯되었다고 보기도 하고[24] 우물이 있는 곳에 많은 사람들이 모여 화물을 매매한 데서 비롯되었다고 보기도 한다. 이로써 알 수 있듯, 시정은 본질적으로 사람과 물자(돈)가 집결하여 사람간의 교유, 물건의 교역이 이루어지는 곳이다. 또한 사람과 화물이 많이 모이는 곳에는 반드시 각종 '유흥'과 '향락'과 '놀이'가 성행하기 마련이다. '사람' '돈' '유흥'은 '市井' 공간을 특징짓는 세 요소가 되는 것이다.

　사람들이 모여드는 곳이라는 점에서 '市井'은 산수자연에 대응되는 '俗'의 공간, '生活'의 공간이며, 타인과의 교류를 바탕으로 형성되는 곳이라는 점에서 私的 공간에 대응되는 '대중적' 공간이며, 상품화폐경제를 바탕으로 한다는 점에서 농촌에 대응되는 '도시적' 공간이라 할 수 있다. 市井은 많은 사람들이 群集하는 공간이기에, '社交'와 다양한 '사회활동'이 행해지는 장소가 되며 각종 정보를 교환하고 경험을 공유하는 공간이 된다. 또한 시정은, 최신 문화가 창조·보급되고 이의 대중화가 이루어지는 공간이며, 예술

---

24) 『詩經』 陳風 「東門之枌」 疏.

이 상품으로서 생산·소비·유통되는 공간이다. 예술이 하나의 상품으로 유통되었다고 하는 것은 이 상품이 보수·직업·생계와 연결되는 양상을 가리키며, 생산자와 소비자 간에 이루어지는 '홍행'의 측면을 포함한다. 연회에 불려가 노래를 하고 받는 놀이채는 일종의 공연료이며, 에도 후기에 성행한 현상문예의 경우 당선자에게는 상품이 주어지고, 덴쟈(点者)―일종의 심사위원―에게는 点料가 수입원이 되었다는 사실은 이같은 유통과 홍행의 단적인 예가 될 것이다. 이때 홍행이 이루어지는 곳은 대개 시정 공간이며, 에도 후기에 茶屋은 응모작품의 제출처, 수합처―이를 '取付所'라 하였음―를 겸하는 경우가 많았는데 이 역시 에도의 대표적인 시정 공간이었다고 할 수 있다.

조선 후기·에도 후기는 상품화폐경제의 발달로 '놀이문화'의 개념이 변질되는 시기이다. 즉, 놀이에 포함된 정신적 요소는 약화되고 향락성·소비성, 쾌락, 재미 등 감각적 요소만이 강조되는 '유흥'의 개념으로 축소되는 것이 바로 이 시기인 것이다.25) 조선 후기, 에도시대만큼 유흥문화가 발달한 시대도 없었다고 하겠는데, '아소비(노는 것)라면 빠짐없이 한다'고 하는 에도인의 유흥관이나, '長安 花柳 風流處에 안이 간 곳 업는 나'라고 토로한 김수장의 말에서, 이 시기 얼마나 놀이문화가 번창했는가는 짐작하고도 남음이 있다.26) 시조를 부르고 센류작품을 投句하는 것 역시 향락성·소비성을 띤 당대의 대표적인 놀이의 하나로 간주될 수 있다. 이런 곳에서는, '金力'의 위력에 의해 '신분적 변별성'이 희석 또는 약화되기 마련이다. 요컨

---

25) 조선 후기에 놀이문화가 단지 쾌락과 재미를 위한 '유흥'으로 변질되는 양상에 대해서는 辛恩卿, 『風流: 동아시아 美學의 근원』(보고사, 1999), 177-178쪽 참고.

26) 그 구체적 양상은 이우성, 「18세기 서울의 도시적 양상」, 《향토서울》 17호, 1963; 강명관, 「조선후기 서울의 중간계층과 유흥의 발달」, 《민족문학사연구》 2호, 1992; 한국고전문학연구회 편, 『문학작품에 나타난 서울의 형상』(한샘출판사, 1994); 鶴見誠, 『江戸庶民文學』(東京:さ·え·ら書房, 1963); 田中伸, 『庶民の文化』(富士書院, 1967)에 상세히 언급되어 있다.

대, 신분보다는 '金力'이 더 큰 변수요인으로 작용하는 공간, 다시 말해 신분의 高下로부터 돈으로 가치의 중심이동이 이루어지는 시대·사회적 변화상을 단적으로 반영하는 곳이 바로 '市井'이다. 따라서 이 시정공간은 그때까지 조선사회를 지탱해 온 지배이념, 윤리도덕적 가치와는 다른, 새로운 가치기준이 형성되는 공간이며 이질적 가치가 혼재하는 공간이기도 하다.

당대의 기록이나 사설시조, 센류, 기타 이 시기의 문학작품에 나타난 시정공간은 靑樓·酒肆·妓房·風流房·船艙·市廛·투전판, 遊里·茶屋·見世物小屋·髮結床과 같은 '사카리바'(盛場)로 구성된다. 市井은 이 시기의 시대·사회의 변화상이 첨예하게 드러나는 공간이며, 문학(넓게는 예술) 활동의 주무대가 되는 동시에, 텍스트內의 주된 배경이 되기도 한다. 본 연구에서 '시정'은 이 세 측면을 모두 포괄한다. 이 시기 시정공간을 중심으로 발달·성행한 문학을 '市井文學'으로 범주화할 때, 여기에는 사설시조와 센류 외에 판소리, 잡가, 歌詞, 탈춤, 인형극, 漢文短篇(혹은 野談), 각종 詩社를 중심으로 한 중인층의 漢詩, 교카(狂歌), 이하라 사이카쿠(井原西鶴)로 대표되는 통속·대중소설, 샤레본(洒樂本)·기뵤시(黃表紙)·닌죠본(人情本)·요미혼(讀本)등과 같은 게사쿠(戱作)27) 작품들, 죠루리(淨瑠璃) 등이 포함된다.

그렇다면 넓게는 시정예술, 좁게는 사설시조와 센류의 창작·향유·유통·소비를 담당하는 사람들-市井藝術人-은 어떤 부류의 인물들인가? 사설시조는 대다수가 작자불명으로 되어 있고 센류의 경우 역시 작자 개개인의 면모는 알 수가 없다. 그러나 당대의 각종 기록들을 통해 市井文學人

---

27) '게사쿠'란 18세기부터 성행하기 시작한, 가볍고 코믹한 색채를 지닌 모든 종류의 산문을 가리킨다. 이에는 유곽을 둘러싼 이야기를 다룬 샤레본, 삽화를 곁들인 기뵤시, 유곽을 드나드는 남자와 유녀들 사이의 사랑을 주내용으로 하는 닌죠본, 삽화보다는 책의 내용 자체에 중점을 둔 요미혼 등의 종류가 있다. Donald Keene, *World Within Walls: Japanese Literature of the Premodern Era, 1600-1867*(New York: Grove, 1978), p.17.

像을 조감해 볼 수 있다. 지배권력으로부터 소외된 지식인이 시정주변에서
일어나는 雜事, 생활현장에 밀착된 경험을 소재로 창작하거나 떠돌던 이야
기를 채록한 것으로 알려진 漢文短篇, 조선 후기의 사회상, 서울의 모습,
인물군상을 사실적으로 그려낸 장편가사 <漢陽歌>, 경제적인 궁핍으로 전
형적 시정인의 모습으로 살아갈 수밖에 없었던 한 양반의 행태를 보여주는
소설 「허생전」, 중인·서민 출신으로 행적이 돋보이는 인물의 전기를 기록
한 『里鄕見聞錄』[28] 에도시대의 人情 世態 사회 각 계층의 인물의 행태,
시정 주변의 雜事들을 기록해 놓은 『江戶繁昌記』[29] 각종 게사쿠 작품들
은 이를 살필 수 있는 좋은 자료가 된다. 이러한 기록들에 나타난 시정인의
모습은 이해관계 특히 물질이나 경제문제에 민감하고 권위적이기보다는 현
실적이고 합리적인 사고방식을 가졌으며, 세태의 변화에 재빨리 적응하고
관념이나 이상보다는 현실적 쾌락을 더 추구하는 경향을 띤다. 에도기의 시
정인은 구체적으로 '에도코'(江戶つ子)를 가리키는데 기록상으로 이 말은
1771년 센류 작품에 처음 나타난다.[30] 1788년경에는 대표적인 샤레본·기
뵤시 작자인 산토 교덴(山東京傳)에 의해 에도코 町人에 대한 정의가 내려
지기도 했는데 그에 의하면, 에도성의 지붕을 받치는 돌을 보며 성장한 사
람, 돈에 집착하지 않으나 인색하지도 않은 사람, 경제적 상류층에서 성장
했지만 武士와도 다르고 시골뜨기와도 다른 사람, 태어날 때부터 번화가
日本橋 사람인 경우, '이키'[31]와 '하리'[32]를 갖춘 사람을 말한다.[33] 조선 후

---

28) 이 책은 조선 후기의 인물 劉在建(1793-1880)에 의해 1862년경 쓰여진 일종의 傳記
集이다.

29) 이 책은 天保 2년에서 7년(1831-1836) 사이에 당대의 소외된 지식인으로 알려진
寺門靜軒에 의해 집필된 것이다.

30) Nishiyama Matsunosuke, *Edo Culture,* trans. & ed. Gerald Groemer(University
of Hawaii Press, 1997), pp.41-42.

31) 세련된 멋 혹은 미의식을 가리킴.

32) 야무지고 힘차고 의욕적인 성격을 가리키는 말.

33) Nishiyama Matsunosuke, 앞의 책, 41-42쪽.

기든 에도 후기든 18세기 무렵이면 경제적 富를 이룬 시정인들은 상류 지배층만이 독점하였던 온갖 생활·예술·문화상의 사치를 누릴 수 있게 되었다. 그리하여 그들은 문학, 음악, 미술, 꽃꽂이, 서예, 茶道 등을 즐기는 멋쟁이, 풍류인으로 자처할 수가 있었던 것이다.

이상과 같은 '시정' 공간의 특성 및 시정인의 속성이 이 곳을 주무대로 활동한 시정인들의 예술세계에 직접·간접적으로 큰 영향을 미쳤을 것임은 자명하다. 첫째, 시정은 기본적으로 다양한 계층, 다양한 부류의 사람이 群集하는 곳이다. 따라서 시정문학의 제재가 인간의 삶, 현실에 관계된 것이 주를 이루는 것은 당연한 현상이라 하겠다. 이 점은 '자연물'을 주 소재원으로 하는 前代의 문학 특히 시문학과 이들을 구분하는 중요한 척도가 된다. 둘째, 시정은 각계각층의 사람들이 모이는 곳인 만큼, 문학은 어느 한 계층의 취향에 편중되기보다는 많은 사람들의 다양한 취향을 충족시키는 방향으로 나아가게 되고 따라서 문학의 '대중화'를 야기하게 된다. 또한 純一·同質的 요소보다는 여러 異質的인 요소들이 混在하면서 당대의 사회·문화적 흐름을 주도한다고 하는 특성을 낳는다.

셋째, 시정에서의 타인들과의 활발한 교류는 시정인들로 하여금 '자기'를 새롭게 발견하는 계기가 되게 했다. 넷째, 이 시대의 새로운 가치로 부상한 '金力'은 雅正함보다는 卑俗함 쪽으로 기울어지는 미적 취향을 갖게 하였으며 물질이나 현실적인 문제로 시선을 향하게 하는 자극제가 되었다. 다섯째, 시정의 유흥공간의 핵이 되는 妓房·遊里의 성행은 시정인들의 '(女)性'에 대한 관심을 증폭시키고 관념적인 모럴이나 정신세계를 벗어나 물질이나 육체에 관심을 갖게 하는 계기가 되었다.

여섯째, 사람이 群集하면 자연 소규모 그룹이 생기게 마련인데, 시정에서는 신분적 요인보다는 비슷한 예술적 취향, 미의식, 가치관, 경제력, 생활 패턴이 사교에 있어 더 중요한 인자가 되었으므로 각종 문화활동을 하는 소그룹 또한 이런 요소들을 기반으로 형성되었던 것이다. 전문가객 사이에 성행한 歌壇이나 契, 중인층 漢詩人 사이에 성행한 각종 詩社, 센류의 현상문예 경연대회라 할 '만쿠아와세'(万句合) '자'(座) '구미'(組) '렌'(連) 등을 그 예로 들 수 있다. 만쿠아와세의 경우 아무아무개가 주관·심사하는 현상문예에 당선되면 자연히 그를 중심으로 하는 센류그룹이 형성되며 여기에 참여하는 사람들은 자긍심을 가지게 된다. 여타 歌壇그룹, 詩社 등도 마찬가지이다. 連帶意識 및 同類意識은 이들을 하나로 묶는 요인이 되며 이로써 하나의 유파가 형성이 되는 것이다. 시정예술인들은 자신을 독립된 개인으로 인식하기보다는 그룹의 일원으로, 구체적으로 말하면 이들은 스스로를 '風流人'이나 '에도코'로 규정·인식했다고 할 수 있다. 여기서 에도코는 세련된 문화인, 도회인, 유행에 앞서가는 멋진 사람을 의미하며 만쿠아와세에 投句하는 것은 에도코의 상징적 행위로 인식되었다.

한편 조선 후기의 풍류인은 노래를 잘하거나 악기를 잘 연주하는 재능을 긍지로 여기는 사람, 멋을 알고 예술을 이해할 줄 아는 사람으로서 일종의 '文化的 公衆'의 성격을 띠었다. 이들은 예술적 취향을 같이하는 사람들끼리 모여 소규모 '예술동호인그룹'을 결성하고 스스로를 풍류인으로 자처하였다.34) 18세기에 이르면 양반사대부의 독점물이던 지식이 대중적으로 확산되고 광범하게 예술을 향유하는 경향이 나타나는데 이는 문화적 공중이 형성·확산단계에 이른 것을 말해 주는 것이라고 하겠다.35)

일곱째, 시정공간에 있어 돈이 새로운 가치기준으로 부상함에 따라 향락, 유흥과 관련하여 '豪放'과 '이사미하다'(勇み肌)36) '츠'(通)37)와 같은 물질

---

34) 당대 시정문학에는 풍류인이 풍류남아, 풍류재사, 풍류가인 등으로 구체화되어 나타난다.

35) 국사편찬위원회, 『한국사』·34, 76쪽.

36) '이사미하다'는 대장부다운 기질을 의미하는 말로 豪俠, 豪放에 해당하는 일본어이다.

37) 유곽을 드나드는 사람들끼리 통하는, 그리고 이들이 유곽을 드나들 때 가져야 할 일종의 매너, 상식 등을 가리키는 말인데, 스이(粹)가 에도 전기를 대표하는 미적

적, 현세적, 육체적, 감각적인 것이 중시되는 독특한 미적 취향을 배태시켰다. 이들 미의식은 특히 유곽·기방을 배경으로 한 유흥문화를 중심으로 형성·발달한 미적 취향이라는 점에서 이 시기 한국, 일본의 시정문학을 특징짓는 미유형으로 볼 수도 있다.

여덟째, 시정공간은 실질적인 것과 현재를 중시하는 현실적·현세적 가치관이 우세하게 작용하므로 이를 주무대로 하는 문학작품에서 묘사의 핍진성, 현장성이 강조되는 것은 자연스러운 현상이라 할 수 있다.

3. 사설시조와 센류에 나타난 市井人의 자기인식: '同類意識'

이상 시정공간을 둘러싼 시정인, 시정문학 및 시정예술의 일반적 특성들은 사설시조와 센류에서도 뚜렷하게 드러나는데, 이 글에서는 이 중 가장 두드러진 특징이라고 생각되는 세 번째 항목 즉, 자기자신에 대한 새로운 인식만을 집중적으로 검토하고자 한다.

앞서 언급했듯, 타인과의 빈번한 접촉은 市井人의 자기발견을 촉발하는 계기가 되었고 이는 문학작품 속에서 제반 人間事에 대한 관심으로 표출된다. 또한 시정인들의 자아인식은 직접적 경험을 기초로 하므로 텍스트상에서 경험주체와 발화주체가 일치되는 양상을 띤다.

> (1) 磯頭에 누엇다가 깨드라니 둘이 볼다
>   靑藜杖 빗기집고 玉橋를 건너오니
>   玉橋애 물근 소리를 자는 새만 아놋다 (朴仁老)

이념이라면 '츠'는 에도 후기 문학을 특징짓는 독특한 미의식이다. '츠'는 또한 이러한 매너를 가진 사람을 가리키는 말이기도 하다. 18세기 安永時代(1772-1780)에는 유명인사로서 18인의 '다이츠'(大通) 명단이 발표되기도 했다. Cecilia Segawa Seigle, *Yoshiwara: The Glittering World of the Japanese Courtesan* (University of Hawaii Press, 1993), p.132.

(2) 말업슨 靑山이오 態업슨 流水ㅣ로다
갑업슨 淸風이요 님ㅈ업슨 明月이라
이中에 病업슨 <u>이몸</u>이 分別업시 늙으리라 (成渾)

(3) 靑山은 엇뎨ㅎ야 萬古애 프르르며
流水는 엇뎨ㅎ야 晝夜에 긋디 아니는고
<u>우리</u>도 그치디 마라 萬古常靑 호리라 (李滉)

(4) 江湖에 봄이드니 미친 興이 절로난다
濁醪溪邊에 錦鱗魚 안주로다
<u>이몸</u>이 閑暇ㅎ옴도 亦君恩이샷다 (孟思誠)

(5) 기러기떼 떼만니 안진 곳에 포수야 총을 함부로 노치마라/ 시북 강남 오구
가는 길에 임의 소식을 뉘 전ㅎ리/ <u>우리</u>도 그런줄 알기로 아니 노쓸네

(6) 閣氏네 <u>닉</u> 妾이 되옵거나 닉 閣氏네 後ㄷ男便이 되옵거나/ 곳 본 나뷔요
물 본 기럭이 줄에 좃츤 거뮈요 고기 본 가마오지 茄子에 젓이요 水박에
쪽술이로다

(7) 니르랴 보쟈 니르랴 보쟈 <u>닉</u> 아니 니르랴 네 남진드려/ 거즛 거스로 물
깃는 체ㅎ고 통으란 나리와 우물젼에 노코 쏘아리 버셔 통조지에 걸고
건넌 집 쟈근 金書房을 눈기야 불러니여 두 손목 마조 덥셕 쥐고 슈근슈
근 말ㅎ다가 삼 밧트로 드러가셔 므스 일 ㅎ던지 준 삼은 쓰러지고 굴근
삼대 밋만 나마 우즑우즑 ㅎ더라 ㅎ고 <u>닉</u> 아니 니르랴 네 남진드려/ 져
아희 입이 보도라와 거즛말 마라스라 <u>우리</u>는 ᄆᆞ을 지서미라 실삼 죠곰
키더니라

(8) 기름에 지진 꿀藥果도 아니 먹는 <u>날</u>을 冷水에 술문 돌饅頭를 먹으라 지근
거린다/ 平壤 女妓년들도 아니 ㅎ는 <u>날</u>을 閣氏님이 ㅎ라고 지근거린다

(9) 아아 날이 저믄다, 西便하늘에, 외로운 江물우에, 스러져가는 분홍빗
놀…… 아아 해가 저믈면, 날마다 살구나무 그늘에 혼자 우는밤이 또 오것
마는, 오늘은 四月이라 파일날 큰길을 물밀어가는 사람소리는 듯기만 하

여도 홍성시러운 거슬 왜 나만 혼자 가슴에 눈물을 참을수 업는고? (주요
한, <불노리> 1연)

인용 예 중 (1)-(4)는 조선 전기를 대표하는 평시조 작품들이고, (5)-(8)
은 사설시조, (9)는 근대시 <불노리>의 일부분이다. (1)에는 發話主體를
감지할 수 있는 언어적 징표가 드러나 있지 않다. 우리는 이 작품에서 시적
주체가 자신을 어떻게 인식하고 있는지 전혀 감지할 수 없으며 시적 화자와
자연물이 혼연일체가 된 상태를 감지할 따름이다. (2)와 (3)에서는 '이 몸'
'우리도'라는 인칭 대명사를 통해 발화주체의 자기표명이 이루어지고 있다.
1인칭 발화주체를 나타내는 "이 몸"은 초장, 중장의 자연물에 대응되는 존
재로 그려져 있다. 이 시조에서 "이 몸"은 타인이 아닌 바로 '나 자신'을 의
미하기보다는 (3)에서의 "우리도"와 마찬가지로 자연물에 대응되는 '인간'
에 대한 통칭, 즉 沒個性의 보편적 자아 혹은 공동체적 자아를 가리킨다고
보는 편이 타당하며 사실 "이 몸"을 "우리"로 바꾸어도 전혀 문제가 없다.
다시 말해 여기서 "이 몸"은 '자아'(혹은 자의식)의 주체이기는 하지만 '他者'
와 구분되는 변별성(혹은 개별성)을 확보한 '개성'의 주체는 아니다. (4)에서
도 "이 몸"이라는 말이 쓰이고 있는데 여기서 '이 몸'은 複數 주체인 '우리'
로 대치될 수도 있고 단지 單數 주체인 '나'를 가리키는 것으로 해석될 수도
있다. 어느 쪽으로 해석하든 (4)에서 '이 몸'은 타자와 구분되는 '나' 혹은
개성의 주체로서의 '나'가 아닌, 중세적 자아표명의 전형적 패턴인 '보편적
자아'를 가리키는 것으로 볼 수 있다.

사설시조 (5)에서도 자아인식에 대한 언어적 징표로서 "우리도"라는 말
이 사용되고 있는데, 여기서는 '포수'로 지칭된 사람이 자신의 무리들을 가
리키는 말로서 실질적인 1인칭 대명사로 작용하고 있음을 본다. 다시 말해
여기서 '우리도'라고 하는 발화주체는 '자기인식'의 주체인 동시에 '개성'의
주체이기도 하다. '개성의 주체'로서의 '나'에 대한 인식이 근대성의 한 징표

가 된다 할 때, 우리는 여기서 사설시조에 내포된 근대성을 언급할 수 있는 단서를 발견하게 된다.

근대시인 (9)에서 이같은 자아인식 양상은 선명하게 드러난다. '나'는 사월 초파일날 물밀 듯 쏟아져 나온 뭇사람들 틈에서 그들의 무리에 낄 수 없는 자신을 발견한다. 우리는 여기서 시적 화자가 자신을 타인으로부터 고립된 존재로 인식하고 있음을 알 수 있다. "혼자 우는밤"이라는 구절이 이같은 고립적 자아인식태도를 단적으로 보여주고 있어, '세상 전부가 자신의 적이고, 의지할 만한 사람은 자신뿐'이라는 서양의 근대적 자아개념[38]과 크게 다르지 않음을 발견하게 된다.

사설시조에서의 자아인식 양상은 타자와의 관계성 속에서 자신을 인식한다는 점에서 또 다른 특징이 드러난다. 즉, (5)에서는 자신을 '포수야'라고 부른 사람 (6)에서는 '각씨네' (7)에서는 협박의 대상이 되는 '마을 여자' (8)에서는 자신을 유혹하는 '각씨님'이 각각 시적 화자에게 있어 '상대방'의 역할을 하며, 시적 화자는 이 상대방을 통하여 그리고 그들과의 관계성 속에서 자기자신을 인식한다. 他者와의 관계성 속에서 자기를 인식하는 양상은 조선 전기의 평시조에서도 쉽게 발견되지만, '他者'가 대개 '자연물'인 평시조와는 달리 사설시조의 경우는 동격의 인간, 다시 말해 '同類'로서의 타인이라는 점에 주목할 필요가 있다.

또한 자아인식의 측면에서 드러나는 사설시조의 근대적 속성의 일면을 (4)와의 비교를 통해 발견할 수 있다. 평시조 중에도 (4)처럼 타자와의 관계성 속에서 자신을 파악하되 그 타자가 자연이 아닌 '인간'으로 설정된 경우가 적지 않다. 그러나 이런 경우 타인은 대개 시적 화자와 同類가 아닌 '君主'이며, 여기서 우리는 '이데올로기에 의해 통제된 자아의식'이라고 하는 중세적 양상을 보게 된다. 반면, (5)-(9)에서의 시적 화자는 '자아'의 주체인

---

38) 谷澤永一, 앞의 글.

동시에, 어떤 이데올로기에 의해서도 통제되지 않는 '개성'의 주체이기도 하다는 것이 드러나며 이로써 사설시조에 드러나 있는 시적 주체의 자아인식 태도에는, 近代的 요소가 내재해 있음을 알 수 있다.

그러나 여기서 한 가지 경계할 점은 사설시조의 특성을 쉽게 일반화하거나 도식화하는 일이다. 조선 전기의 평시조 중에도 자아인식 및 자아표명에 있어 사설시조와 유사한 양상을 보이는 것도 있고, 사설시조 중에도 중세적 양상과 흡사한 면모를 드러내는 작품도 있기 때문이다.

> (10) 賀季眞의 鏡湖水는 榮寵으로 어덧거니
>   비록 말고젼들 므슴 핑계 ᄒ려니오
>   엇더타 내의 이 江山은 걸닌곳 업세라 (金天澤)

> (11) 날을 뭇지 마라 前身이 桂下吏ㅣ뢰
>   靑牛로 나간 後에 몃 힌마니 도라온다
>   世間이 하 多事ᄒ니 온동만동 ᄒ여라 (申欽)

> (12) 太極이 肇判ᄒ야 萬物이 始分인졔 人物之生이 林林總總ᄒ야/ 聖人이
>   首出ᄒ샤 伏羲 神農과 黃帝 堯舜이 繼天立極ᄒ야 人事에 가즘이 大綱
>   에 발가더니 그 後에 禹湯 文武와 周公 召公과 孔子ㅣ 이어나샤 典章
>   法度와 禮樂 文物이 郁郁彬彬ᄒ미 이만 젹이 업쏘쩌라/ 의 몸이 일즉
>   못난 줄을 못다 스러 ᄒ노라

위 예 (11)에서 發話主體는 시적 화자의 목소리를 빌려 자신을 桂下吏(老子)에 견주고 뒤숭숭한 세태에 어떻게 처신할 것인가 하는 마음가짐을 표명하고 있다. 이처럼 조선 전기 평시조 중에도 타인과 구분되는 독립적 개체, 그 어떤 전체성·이념성에 의해서도 통제받지 않는 개성의 주체로서 자아를 인식·표명하는 양상이 상당수 발견된다. 또한 (12)와 같이 개성에 의해 뒷받침되지 않는 보편적 자아로서의 '나' 혹은 '우리'라는 개념으로 자신을 인식하거나 이데올로기에 의해 통제된 자아의식을 표출하는 중세적

양상을 보이는 사설시조도 없지 않다. 한편 예 (10)은 김천택의 작품인데 조선 전기의 평시조에서 보이는 양상과 별 차이가 없음을 보여준다. 그러나 중요한 것은 이런 류 작품의 有無가 아니라, 이런 류 작품들이 전체 작품 중에 차지하는 비율이 극히 낮다는 사실이다. 우리는 이로써 사설시조에서 보이는 일련의 자아인식·자기표출양상의 특성은 조선 후기라고 하는 '시대적 요인'과 사설시조라고 하는 '장르적 요인'의 복합적 작용에 기인한다는 것을 알 수 있다.

요컨대 사설시조에 나타난 발화주체는 他者―자연이나 君主가 아닌 같은 부류의 인간―와의 관계성 속에서 자기를 인식하며 타자에 대해서는 우호적이든 비우호적이든간에 일종의 '同類意識' 내지 '유대감'을 가지고 있다고 할 수 있다. (5)에서의 '우리' (6)에서의 발화주체 '나'와 '閣氏'가 우호적 관계에 놓인다면, (7)에서의 '나'와 '우리'(마을 지서미) (8)에서의 '나'와 '閣氏님'은 적대적 내지 비우호적 관계에 놓인다고 할 수 있다. 그러나 발화주체인 '나'와 이들 사이에는 같은 부류의 인간이라고 하는 '동류의식'이 형성되어 있는 것이다. 이 동류의식은 추상적·생물학적 개인성보다는 '우리끼리'라고 하는 '끼리끼리' 의식에 토대를 둔 유대감이다.

센류에 나타난 자아인식태도를 살피기 위해서는 먼저 센류라고 하는 시양식이 형성되는 과정을 검토해 볼 필요가 있다. 센류는 하이쿠(俳句)와 마찬가지로 5/7/5의 형식을 지니지만 하이쿠와는 달리 '기고'(季語)를 포함하지 않고 자연물이 아닌 일상적 인간의 삶이 주된 소재가 되며 雅正한 표현 대신 비속한 일상어, 구어투 표현을 사용한다는 점 등에서 크게 다르다. 원래 하이쿠는 여러 명의 공동 合作体라 할 하이카이(俳諧)[39]의 첫 句를 독

---

39) 원래 하이카이는 하이카이노렝가(俳諧の連歌)의 준말로 '렝가(連歌)'란 여러 사람이 한 그룹을 이루어―이를 렌쥬(連中)라 한다― 공동으로 구를 이어 읊는 것이다. 일상어, 일상적 소재를 도입하여 기존의 純正한 렝가와는 차이를 보이는 것을 따로 하이카이노렝가라 부르게 되었다. 이들을 초대한 주인이 첫구(5/7/5)를 읊으면 다음 사람은 7/7의 短句를, 그리고 다음 사람은 다시 그것을 이어 5/7/5의 長句를 읊는다.

립시킨 것이므로, 결국 하이쿠나 센류의 前身은 이 하이카이라 할 수 있다. 하이카이로부터 센류로의 이행에 있어 바로 전단계의 형태라 할 수 있는 '마에쿠즈케'(前句附)[40]는 前句를 미리 주고 그에 이어 後句를 읊는 양식이다. 예컨대, 5/7/5句가 주어지면 7/7구를, 7/7구가 주어지면 5/7/5구를 읊는 것이다. 여러 명의 참가자－렌쥬(連中)－의 공동 합작체인 하이카이로부터 2인에 의한 句作의 양식[41]인 마에쿠즈케로, 다시 1人 1句 양식인 센류로 이어지는 과정은 바로 한 편의 문학작품을 만들어 내는 그룹 내지 렌쥬의 일원으로서가 아닌, 독립된 개체로서의 자기를 인식하기 시작한 직접적인 증표가 된다. 그러므로 센류라고 하는 시양식은 에도 후기에 뚜렷하게 부각되는 市井人의 자아의식의 산물로 이해될 수 있는 것이다.

　일본에서는 發話主體를 직접적으로 지시하는 1인칭 대명사를 사용하여

　각 구는 마에쿠(前句)의 주제 및 이미지를 잘 살리면서도 그에 변화를 주는 조화의 미를 지녀야만 한다. 첫구는 대개 주인이 인사말 겸 읊는 것으로 첫 운을 떼는 것이기 때문에 반드시 계절적 어휘를 포함해야 한다. 이를 '기고'(季語)라 하며 이것이 나중에는 독립되어 하이쿠가 되었다. 총 36구를 읊는 것을 가센(歌仙), 100구를 읊는 것을 햐쿠잉(百韻)이라 한다.

40) 마에쿠즈케는 렌쥬(連中)가 모여 기다리며 담소하는 시간에 앞사람의 句를 무난하게 이어가는 연습을 하기 위하여 한두 구 지어보는 것에서 시작하여 나중에는 흥미 및 오락을 위한 말놀이의 목적이 더 우세하게 되었다. 에도시대에 이르면 하이카이가 크게 성행하여 마에쿠즈케에 의한 수련이 행해졌고 前代보다도 훨씬 광범하게 대중을 지도해야 할 필요가 생겼다. 이 요구에 부응하여 인쇄물을 통한 통신교육이 행해졌고 심지어는 懸賞制度까지 출현하게 되었다. 이때 수업료 내지 評料, 심사비를 받고 지도를 하는 사람을 '덴쟈(点者)'라 하였다. 그러던 것이 前句와 무관하게 독립적으로 구를 짓는 방식이 대중들에게 더 인기를 끌게 되었고 이 一人一句의 독립적 句作 방식은 센류의 형성에 큰 영향을 끼쳤다. 오늘날 센류라 불리는 시양식은 가라이센류(柄井川柳)가 1757년 마에쿠즈케의 덴쟈로 출발하였던 데서 유래한 것이다. 濱田義一郎 編, 『江戶川柳辭典』(東京堂, 1968), 508-512쪽.

41) 그러나 이때의 2인이란 개념은 렝가에서의 렌쥬와는 다르다. 렝가의 경우는 여러 사람이 각각 돌아가며 구를 읊고 그 구들을 다 합쳐 한 편의 렝가라 하지만, 마에쿠즈케는 어떤 구가 임의로 주어지고－현상모집의 주체나 덴쟈 등에 의해－ 그것을 이어받아 읊어진 句를 가리키는 말이므로, 2인 형태를 취한 1人作인 셈이다.

‘나’가 직접 문면에 얼굴을 들이미는 것을 금기시하는 것이 시적 전통을 이루어 왔고, 센류에서도 역시 이 전통은 지켜지고 있다. 그러므로 1인칭 주체에 대한 아무런 언어적 지표도 없는 最短詩의 형태에서 주체가 자아를 어떻게 인식하는가를 텍스트 안에서 읽어내는 일이란 지극히 어려운 일이 아닐 수 없다.

> (1) 女房は/ 風月の友を/わるくいひ (아내는 풍류 있는 친구를 나쁘게 말한다네)
> (2) 朝歸り/ 団子といもを/つきつける (추석 다음날 아침 집에 가면 아내는 경단과 감자를 코앞에 들이민다.)
> (3) 初かぼちゃ/ 女房はいくらでも/ 買う氣 (처음 나온 호박, 아내는 값이 얼마든 살 기세.)
> (4) 商賣を/身にしみるやつ/ゆびを切り (상술이 몸에 밴 遊女, 손가락을 자른다)
> (5) 傾城の/ 嘘を言はぬが/ 罪になる (遊廓에 가서 거짓말을 하지 않는 자는 죄인이라네.)
> (6) 三昧の弟子/ 破門のわけは/ 師をくどき (샤미센 제자 파문당하는 것은 스승께 투덜대기 때문.)
> (7) 芝居の/ 文はなになにと/ 言つてよみ (시바이 무대에서 편지는, 언제나 ‘나니나니’[42]하면서 읽기 시작한다네.)[43]

위의 예들에서 보다시피, 센류에는 시정인의 일상적 삶이 여과없이 직접적으로 문면에 표현된다는 점에서 하이쿠나 前代의 시양식과 크게 다르다. 센류를 통해 보여지는 시정인의 자아인식의 양상은 우선, 자연보다는 인간 및 인간의 삶에 대한 관심이 증폭하는 것에서부터 발견된다. 이것은 시정인

---

42) ‘なになに’는 ‘무엇 무엇’ ‘云云’의 뜻을 가진 일본어이다.
43) 이상 센류작품은 吉田精一 評釋, 『川柳集・狂歌集』(東京: 筑摩書房, 1961)에서 인용하였음.

들이 자기자신을 삶의 주체로 여기기 시작했다는 증거가 된다.

시인의 주관적 정서를 표현하는 것에 중점이 두어지는 헤이안 시대의 와카(和歌)는 어느 면에서는 고양된 자기인식의 산물인 것처럼 보인다. 그러나 그 경우 자신의 직접경험보다는 他人의 先驗에 의존하므로 언술에 담겨진 경험(혹은 사건)의 주체와 발화의 주체가 불일치하는 양상을 띠게 된다. 일본 국문학자들이 헤이안 시대 와카에 대하여 '추상적' '관념적'이라는 평가를 하는 것도 이런 점 때문이다. 그러나 센류의 경우 직접 그 상황이나 사건을 경험하지 않은 사람이라면 지을 수 없는 구체성, 현장성을 지니고 있어 경험의 주체와 발화의 주체가 일치하는 양상을 띤다. (1)은 남편이 풍류를 아는 친구들과 어울리다 보면 돈을 많이 쓰게 될 것이므로 아내들은 그런 친구들을 싫어한다는 내용이고, (2)는 유곽에서 추석 보름달을 玩賞하며 밤을 지새고 다음날 집에 돌아갔을 때, 아내는 화가 나서 명절음식인 경단과 감자요리를 불쑥 남편 코 앞에 들이민다는 내용이다. (3)은 고구마와 호박은 여성들이 즐기는 것이라, 그해 처음 나온 호박을 보고 절약가인 아내도 그것만큼은 아낌없이 살 기세라는 것을 노래하고 있다. (4)(5)는 유곽에서의 경험을 소재로 하고 있고, (6)(7) 역시 직접 그 현장을 목도하거나 사건의 당사자가 아니라면 포착하기 어려운 내용들을 담고 있다. 이것은 곧 센류의 작자가 일상생활 속에서 일어나는 크고 작은 사건, 경험의 주체로 자신을 인식한 결과라고 볼 수 있다.

문면에 1인칭 대명사로 직접 자신을 드러내지는 않지만, 사설시조와 마찬 가지로 센류에서도 시적 주체는 他人, 구체적으로 말해 지금 어떤 상황이나 사건 및 경험의 현장에 함께 참여하면서 시간 · 공간을 공유하는 어떤 존재를 '상대'로 하면서 그와의 유대감 내지 관계 속에서 자신을 인식하는 양상을 보인다. 그 상대는 부부일 수도 있고, 배우와 관객의 관계일 수도 있고, 유곽에서 손님과 유녀의 관계에 있는 사람일 수도 있다. 센류에는 각 계각층의 인물, 다양한 직업을 가진 인물들이 등장하는데 시적 화자와 동일한 삶의 현장에서 경험과 사건을 공유한다는 점에서 그들은 궁극적으로 ‘同類’ 관계에 놓인다. 즉, 센류의 작자는 ‘나’를 ‘그들’ 중의 하나로 인식하고 있는 것이다. 렌쥬가 創作의 場을 공유하는 데서 비롯된 중세적 동류의식을 반영하는 것이라면, 센류에 등장하는 다양한 인물 群像은 경험과 사건, 나아가서는 일상적 삶을 공유하는 데서 형성되는 근세적 동류의식이 투영된 대상이라 하겠다. 이 점은 형식상 센류와 같은 하이쿠 작품과의 비교를 통해 더욱 선명히 드러난다.

> 五月雨に鶴の足みじかくなれり (五月 비에 학의 다리가 짧아졌구나)44)
> 鶯や餠に糞する縁の先 (휘파람새가 떡에 똥을 싸고 간 툇마루 부근)45)

첫 작품은 오월이 되어 강우량이 늘어 鶴의 긴 다리가 짧게 보인다는 것을 발견하고 그 경이감을 표현한 것인데, 대개의 하이쿠 작품이 그렇듯 자연물을 주된 시적 대상으로 하고 있다. 두 번째 것은 ‘떡’이라든가 ‘툇마루’라는 말에서 他者인 ‘인간’의 삶의 체취가 느껴지지만 발화주체가 그 존재와 어떤 관계를 맺고 있다든가 그들간에 동류의식이 형성되어 있다든가 하는 점을 발견할 수 없다. 이로써 우리는 자신과 비슷한 부류의 他人에 대한 관심이 증폭되어 있고 그들과의 관계성 속에서 자신을 인식하는 것이 센류 발화주체의 자기인식태도의 특징이라 할 수 있다.

이렇게 타인과의 관계성 속에서, 동류의식을 가지고 자아를 인식한다는 점에서 사설시조와 센류는 공통점을 지닌다. 그러나 사설시조에서의 ‘동류’인 ‘타자’는 2인칭인 ‘너’인 경우가 대부분이며 따라서 ‘나와 너’의 관계양상을 띠지만, 센류에 있어서는 ‘그(들)’이라고 하는 3인칭으로 형상화되는 경우가 대부분이다. 이것은 사설시조의 경우 타자와의 관계가 더 밀착되어 있

---

44) 松尾芭蕉, 『芭蕉句集』·215(東京: 岩波書店, 1962)

45) 『芭蕉句集』·61

는 반면, 센류의 경우 거리를 두고 관찰하는 양상을 띤다는 것을 반영한다. 결과적으로 사설시조에서의 타인과의 관계, 동류의식은 직접적·주관적인 양상으로 표출이 되며, 센류에서는 간접적·객관적인 경향을 띤다. 사설시조나 센류 모두 喜劇美가 두드러지는 시양식이지만, 사설시조에서는 '유머적' 색채가, 센류에서는 '풍자적' 색채가 우세한 것도 이와 무관하지 않다. 왜냐하면, 유머는 인간 모두가 가지고 있는 약점을 동류적 입장에서 드러내어 웃음을 야기하는 양식이고 풍자는 약점을 지닌 인간 위에 군림하면서 관찰하는 입장에서 그 약점을 비웃는 양식이기 때문이다.

우리는 여기서 사설시조나 센류에 있어 관계성과 동류의식이 형성되는 단위에 대해 생각해 볼 필요가 있다. 그 단위는 추상적이고 광범한 공동체 집단도 아니고 근대시에서처럼 고립되어 존재하는 '개인들'의 집합인 이익집단도 아니며, 각종 詩社나 歌壇 혹은 契와 같은 작은 규모의 조직, 만쿠아와세, 座, 구미(組), 렌(連) 등과 같이 특정 시간·공간을 공유하면서 커뮤니케이션을 행할 수 있는 정도의 '소규모 그룹'이라는 점에 그 특징이 있다. 그 작은 규모의 그룹의 구성원으로서 자신을 인식하며 취미와 삶의 패턴, 사고방식이 비슷한 사람들 '끼리끼리'의 연대의식을 강화하면서 각종 예술, 문화활동을 함께 했던 게 아닌가 생각해 볼 수 있다.

4. 市井文學과 근대문학

이 글은 '비슷한 시대·사회환경은 비슷한 문학을 낳는가?'라는 물음을 출발점으로 하여 18·19세기 한국과 일본의 사회 및 문학에서 이 물음에 답할 수 있는 단서를 찾고, 이를 '시정문학'의 범주로 포괄하여 여러 특성들을 개괄한 뒤 그 중 시정인의 자아인식 및 자기 표출이라는 문제를 집중적으로 검토하였다. 이 시기 대표적인 시장르인 사설시조와 센류 작품 중 반

이상이 작가불명이라는 점도 말해주듯, 담당층의 신분을 통한 접근방법은 이 시기 문학의 실체를 규명함에 있어 한계를 지닌다는 것이 드러난다. 그리고 사설시조에 대한 최근의 연구들이 텍스트 외곽적 요인을 탐색하는 것에 치우치는 경향이 있다는 것 또한 부인할 수 없다. 따라서 컨텍스트와 텍스트를 유기적으로 결합하여 조명하는 것이 당면과제로 부각된다. 필자는 이같은 요구에 부응할 수 있는 한 대안으로서, 사설시조와 센류-넓게는 市井文學 일반-가 하나의 상품으로서 생산·소비·유통되는 '공간'으로 관심의 방향을 전환하는 방법을 택하였다. 그리하여 이 시기의 시대·문화·사회의 변화상이 농축되어 나타나 있는 동시에, 텍스트상의 주된 무대가 되는 '市井' 공간의 특성을 규명하고 시정 공간의 특수성으로부터 야기된 문학적 특성을 개괄하였다.

그 결과로서 '시대적 유사성은, 그 시대·사회의 산물인 문학의 유사성을 낳을 수 있다'는 잠정적 결론을 얻을 수 있었다. '잠정적'이라는 말을 사용하는 것은, 이것이 다른 예를 검토하지 않고 오직 18·19세기 한국과 일본이라는 표본만을 대상으로 하여 얻어진 결론이기 때문이다. 나아가 이 글에서는 시정이라는 공간 및 이를 핵으로 하는 시정문학이 근대정신 및 근대문학의 萌芽가 된다는 점을, 두 시양식의 문학적 유사성 중 가장 명백하다고 여겨지는 '자아인식의 변모양상'을 중심으로 살폈다. 그 결과 두 시양식에서 드러나는 자아인식의 특성이 근대적 속성을 내포하면서도 완전히 근대문학의 범주에는 포괄되기 어렵다는 점을 밝혔다. 이제 자아인식의 측면 외에 두 시양식에서 발견되는 근대문학적 속성을 몇 가지 지적하는 것으로 맺음말을 대신하고자 한다.

첫째, 시정인을 하나로 묶는 連帶意識 및 同類意識, 나아가 이를 바탕으로 형성된 소규모 그룹은 근대의 '문단' '동호인' '문학서클' '동인'과 같은 유파적 그룹활동의 母型이 된다.

둘째, 시정은 각계각층의 사람들이 모이는 곳인 만큼, 어느 한 계층의 취향에 편중되기보다는 각계각층의 사람들의 취향을 만족시키는 방향으로 발달하여 상층문화는 저급화되고 하층문화는 고급화되는 현상을 보인다는 점, 시정인들의 문화 · 예술의 중심에는 '돈'이 자리하고 있다는 점들을 고려할 때 이 시기의 시정예술 혹은 시정문학은 근대 이후의 대중예술 또는 대중문학의 초기형태를 보여준다고 생각된다.

셋째, 시정문학에서 보이는 묘사의 핍진성 · 현장성, 시정인들의 현실적 · 현세적 가치관은 근대 리얼리즘과 상통한다는 점에서 이를 리얼리즘 문학의 濫觴으로 이해하는 단서가 마련된다고 하겠다.

넷째, 시정문학을 통해 근대적 가치관의 일면을 엿볼 수 있다. 그 어떤 형태의 전체성이나 이데올로기에 종속되거나 통제되지 않는다는 점은 근대 정신의 중요한 인자가 되기 때문이다.

조선 후기 辭說時調와 野談의 교섭

1. 18 · 19C의 시대정신: '대화성'

봉건적 중세사회로부터 근대사회로의 이행기로 간주되는 18 · 19세기는 사회전반에 걸쳐 큰 지각변동이 야기된 시기인데 역사가들은 변화의 주 요인 중의 하나로 '상품화폐경제의 발달'을 지적해 왔다. 1678년(숙종 4년) 정부가 동전의 유통을 결정한 이래 동전은 가장 우월한 가치척도, 교환수단, 지불수단으로 정착하여 상품생산과 소비를 촉진하였으며[1] 18세기를 전후하여 부세 · 소작료의 金納化로 인해 상품화폐경제가 활성화되었다.[2] 1695년(숙종 21년)의 기록에 따르면 화폐유통의 결과로서 농민들이 상공업으로 전업하게 되어 농민 인구가 대거 도시로 유입되는 현상이 나타났다는 내용이 있다.[3] 도시로 진입한 농민들은 상업인구 혹은 소비인구가 되면서 상공업이 더욱 발달하게 되었고 여기에 양반층까지 가세하여 노복을 시켜 장사를 하거나 영락한 경우 자신이 직접 장사를 하는 사람도 생겨났다.

상품화폐경제의 발달과 농촌인구의 도시유입으로 인해 타 지역, 상이한

---

1) 국사편찬위원회 편, 『한국사』 · 33, 1995. 8쪽.

2) 같은 책, 3쪽.

3) 손정목, 『시민사회의 형성과 발달』(한국정신문화연구원, 1993), 12-13쪽.

계층, 각종의 직업, 다양한 문화, 나아가서는 이질적인 가치관을 가진 사람들끼리 접하는 일이 많아졌고 이들간의 빈번한 교류는 타인에의 관심을 촉발시키고 타자와의 '차이'에 눈을 뜨는 계기가 되기에 충분했다. 사람과 사람의 접촉은, 달리 말하면 어떤 사람이 상대의 '문화'에 접하는 일이고 결국은 그 사람의 문화와 상대의 문화가 교류하게 되는 것을 의미한다.

어떤 요소가 이질적인 것과 접하여 서로 영향을 주고받으며 그 결과로서 내적 본질의 변화가 야기되는 현상을 바흐친은 '타자에의 곁눈질' 혹은 '대화성'이라는 말로 설명4)하였는데, 이질성과 차이가 부각되는 18·19세기는 그 어느 시기보다 대화의 원리가 극대화된 시기라 할 수 있다. 이같은 대화성은 달리 타자에의 관심과 말건넴, 두 영역의 넘나듦, 두 요소간의 자리바꿈, 두 성분의 뒤섞임, 상호 이끌림과 같은 제 현상을 모두 포괄한다.

이와 같은 이질적 요소간의 대화적 양상은 가치관의 변화, 신분질서의 동요, 생업의 다양화 등 이 시기 사회·문화 전반에 걸쳐 나타난다. 판소리, 야담, 사설시조, 국문소설, 탈춤, 풍속화, 민요풍의 漢詩 등 이 시기에 성행한 예술 장르에서도 모두 이러한 시대적 특성이 뚜렷하게 나타나지만, 특히 辭說時調는 타자에의 곁눈질의 결과라 할 '多聲的 양상'이 그 어느 것보다 뚜렷하게 드러나는 문학양식이다.5) 바흐친이 말하는 '多聲性'이란 하나의 언술에 둘 이상의 다양한 의식이나 목소리가 공존하는 것을 의미하며 이 현상은 좁게는 텍스트를 구성하는 요소로부터 넓게는 장르·스타일 심지어는 문화·이데올로기 등의 거시적 차원의 기호현상에서도 일어날 수 있다.

사설시조의 다성적 양상은 양반 사대부적 가치관과 서민적 가치관의 혼재, 이웃 장르의 수용, 과거 담론의 인용, 한문투와 국문투, 문어체와 구어체

---

4) 김욱동, 『대화적 상상력: 바흐친의 문학이론』(문학과 지성사, 1988).

5) 사설시조의 다성성에 대해서는 辛恩卿, 「사설시조의 시학 연구」, 서강대학교대학원 국어국문학과 박사논문, 1989. 2(『사설시조의 시학적 연구』, 개문사, 1992)에서 자세히 논한 바 있다.

의 공존, 기존 담론의 패러디화 등 광범하게 걸쳐 나타나는데 이 글에서 주목하는 것은, 본질적으로 서정양식에 속하는 사설시조가 他 장르의 속성, 즉 非서정·反서정의 요소와 대화적 관계를 맺음으로써 갖게 되는 특성이다. 약 780수의 사설시조를 개괄해 보면 '주변에서 흔히 보는 인물이 등장하여 그들의 욕망과 본능에 관하여 직접·간접으로 이야기를 하는' 텍스트가 압도적인 양을 차지하는데, 이는 서정의 범주에 놓이는 사설시조가 非서정·反서정의 요소를 수용한 구체적 예라 할 수 있다.

본 연구는 이같은 사설시조의 다성적 특성이 동 시대에 공존하던 '野談'6) 과 흡사하다는 점에 주목하고 이를 실마리로 하여 양자 간의 대화적 관계를 규명함으로써 사설시조에 대한 이해를 심화하려는 데 목표를 둔다. 야담은 시정에서 떠도는 이야기를 한문으로 기록한 것이기에 '漢文短篇'이라 불리기도 하는데, 사설시조와 직접적 관계를 맺는 것은 문자로 정착되기 전 街談巷說 단계의 이야기로서의 야담이다. 사설시조와 야담간에 보이는 공통성을, 동시대에 성행한 언어적 산물이 나누어 갖는 우연한 유사성으로 볼 수도 있지만 필자는 서정운문 양식인 사설시조가 서사산문 양식인 야담에 대한 곁눈질의 결과로 본다. 두 문학양식의 창작, 연행-歌唱과 口演-, 享受가 '市井'이라는 공간을 중심으로 이루어진다는 점은 이같은 해석을 가능케 하는 중요한 단서가 된다.

이 글은 사설시조 노랫말의 變轉 과정에 관심을 가지므로 이의 규명에 앞서 한 가지 문제를 분명히 할 필요가 있다. 사설시조가 연행문학의 일종이라는 점을 감안할 때, 개개 텍스트들이 각종 가집에 문자로 정착된 後와

---

6) 野談은 연구자에 따라 漢文短篇으로 규정되기도 하고, 文獻說話의 일부로 취급되기도 한다. 야담의 기록화과정을 둘러싸고 문헌에서 문헌으로 전승된다는 일부 주장이 있기는 하나, 이 글에서는 口演을 거친 뒤에 기록화된다는 견해를 견지한다. 본 연구에서 문제삼는 것은 문자로 기록되기 이전의 구연단계의 이야기다. 따라서 문자로 기록된 결과에 초점을 맞춘 '漢文短篇'보다는 街談巷說로서의 '野談'이라는 용어를 사용하고자 한다.

그 前의 모습들 간에는 노랫말 상에 있어 적지 않은 차이가 있었으리라고 추정할 수 있다. 그러나 한 텍스트가 口頭로 流轉되는 과정에서 어떤 변화를 거쳤는지는 확인하기 어렵다. 따라서 우리는 이 變轉 중의 텍스트로서의 사설시조와 오늘날 우리가 연구대상으로 하는, 확정된 텍스트로서의 사설시조를 구분해서 생각할 필요가 있다고 본다. 특히 流轉되는 과정에서 작용한 야담의 영향을 규명하고자 하는 이 글에 있어서 兩 개념을 분별해야 할 필요성은 더 분명해진다고 하겠다. 이 글에서는 변화과정에 있는 사설시조 즉 문자로 정착되기 전의 사설시조를, 문자로 기록된 후의 그것과 구분하여 '潛在態'로서의 사설시조로 부르고자 한다. 오늘날 우리가 보통 사설시조라고 하는 것은 후자 즉 변화된 결과를 두고 분류한 것이다. 물론 우리는 변화과정 중의, 잠재태로서의 사설시조가 어떤 것인지 알 수는 없지만 그것의 문자기록물로서의 사설시조 말하자면 현존하는 사설시조 텍스트를 통해 변화과정 중의 잠재태를 추적해 볼 수 있다고 생각한다. 필자는 잠재태 단계의 사설시조에 야담이 영향을 끼쳐 이것이 현전하는 사설시조 텍스트의 다성성 형성에 중요한 몫을 행했다고 보는 것이다.

2. 市井文學[7]으로서의 사설시조와 야담

2.1 '市井' 공간의 특성: '돈'과 '상대성'의 원리

'市井'이란 말은, 옛날 중국에서 20畝를 一井으로 하고 그에 따라 市를 세워 교역을 행한 데서 비롯되었다고 보기도 하고[8] 우물이 있는 곳에 많은 사람들이 모여 화물을 매매한 데서 비롯되었다고 보기도 한다. 이로써 알

---

7) 사설시조, 야담, 탈춤 등 시정문학 일반에 관한 것은 本書, 「18·19세기 韓·日 市井文學 비교 : 사설시조와 센류(川柳)」 참고.

8) 『詩經』 陳風 「東門之枌」疏.

수 있듯, 시정은 본질적으로 사람과 물자(돈)가 집결하여 사람간의 교유, 물건의 교역이 이루어지는 곳이다. 市井은 많은 사람들이 群集하는 공간이기에, '社交'와 다양한 '사회활동'이 행해지는 장소가 되며 각종 정보를 교환하고 경험을 공유하는 공간이 된다. 또한 시정은, 최신문화가 창조·보급되고 이의 대중화가 이루어지는 공간이며, 예술이 상품으로서 생산·소비·유통되는 공간이다. 예술이 하나의 상품으로 유통되었다고 하는 것은 이 상품이 보수·직업·생계와 연결되는 양상을 가리키며, 생산자와 소비자 간에 이루어지는 '흥행'의 측면을 포함한다. 연회에 불려가 노래를 하고 받는 놀이채는 일종의 공연료로 볼 수 있다. 요컨대 시정은 '돈'의 생리-군집, 교환, 물질중시의 가치관, 이익추구, 예술의 상품화-에 의해 지배되는 공간인 것이다.

또한 시정은 '상대성'의 원리에 의해 지배되는 공간이기도 하다. 시정에서는 이질적인 것과의 접촉으로 새로운 가치 질서가 창조되며 이는 기존의 가치를 대치하고 경우에 따라서는 자리바꿈이 일어나기도 한다. 공식적인 것과 비공식적인 것, 상위의 것과 하위의 것의 자리바꿈, 男女의 역할 전도, 班常의 신분적 질서의 전도, 물질이 정신적 가치를 대신하는 현상 등은 이 시정 공간을 특징짓는 양상들이다.

당대 사회상을 묘사한 기록들이나 문학작품들을 보면 이처럼 '돈'과 '상대성'의 원리 하에 움직이는 市井의 상황이 잘 드러나 있다. '市井'이란 말을 상거래가 이루어지는 장소라고 하는 협의로 이해할 때, 조선 후기의 시정은 주로 三大市로 불리던 鐘樓, 배오개, 칠패 등을 가리킨다. 그러나 이 글에서 의미하는 '시정'은 이같은 상업지역만으로 국한되지 않고, '돈'과 '상대성'의 원리가 지배하는 공간이라는 폭넓은 개념의 시정이다. 광의의 시정은 '金力'의 위력에 의해 '신분적 변별성'이 희석되는 공간, 요컨대 신분보다는 '金力'이 더 큰 변수요인으로 작용하는 공간이다. 따라서 대갓집 사랑방에 불려가 노래를 부르거나 이야기를 하고 그 대가로 보수를 받았다면 흥행이 이루어지는 그 장소도 광의의 시정공간으로 볼 수 있다. 그때까지 조선 사회를 지탱해 온 지배이념, 윤리도덕적 가치와는 다른, 새로운 가치기준이 형성되는 공간, 이질적 요소들이 혼재하는 공간이다. 당대의 이같은 시대·사회적 변화상을 단적으로 반영하는 곳이 바로 '市井'인 것이다.9)

사설시조와 야담은 역사상 대화의 원리가 극대화된 18·19세기에 역시 대화성이 첨예하게 드러나는 '시정'이라는 공간을 배경으로 형성·발전한 문학양식이다. 따라서 사설시조와 야담이라는 이질적인 두 문학양식 사이에는 어떤 형태로든 상호 접촉과 교섭이 있었으리라는 추정이 가능하다. 먼저 사설시조 담당층과 야담 담당층의 접촉이 있었을 것이고 이에 따라 사설시조 담당층의 '야담' 접촉, 야담 담당층의 '사설시조' 접촉이 있었을 것이며 종국에는 사설시조와 야담의 교섭이 이루어졌으리라고 추정할 수 있다. 아래의 기록들은 이같은 추정의 단서가 된다.

  (1) 전기수는 동대문 밖에 살고 있다. 읽는 장소는 매달 초하루는 제일교 아래, 초이틀은 제이교 아래, 그리고 초사흘은 배오개에, 초나흘은 교동 입구에, 초닷새는 대사동 입구에 앉아서, 그리고 초엿새는 종각 앞에 앉아서, 이렇게 올라갔다가 다음 초이레부터는 도로 내려온다.10)

  (2) 서울에 吳가 성을 가진 사람이 있었다. 그는 고담을 잘 하기로 유명하여 두루 재상가의 집에 드나들었다.11)

---

9) 논자에 따라서는 사설시조를 '閭巷文學'으로 규정하기도 하는데, 이는 당시 중인들의 거주지를 '閭巷'이라고 부른 데서 연유한다. 따라서 사설시조를 여항문학으로 규정하는 것은 곧 신분상 '中人'들의 文學이라는 의미를 함축한다. 이에 반해 '市井'은 사람과 물자가 군집하여 교류가 이루어지는 곳으로 상인층은 물론 아전·서리 등 중인층, 상인화된 양반들 이 뒤섞인 공간이다. 경우에 따라서는 영락한 양반이 자신의 지식을 팔아 생계를 유지하기 위한 삶의 터전이 되기도 하므로 신분적 변별성이 희석되는 공간이라 하겠고, 따라서 사설시조를 여항문학보다는 市井文學으로 규정하는 것이 더 타당하다고 본다.

10) 「傳奇叟」, 『李朝漢文短篇集』·中(이우성·임형택 역편, 일조각, 1978·1996). 원문은 생략함. 이하 동일.

(3) 술상이 흐드러진 곳에 밤은 어떠한가
　　　곡조를 파하니 編歌가 雜歌로 바뀌었네
　　　春眠 옛 곡조를 지금은 부르지 않지만
　　　黃鷄詞를 부르고 白鷗詞를 토해 내네
　　　(宴席을 盃盤이라 하고 가곡 한 바탕을 통틀어 編이라고 한다)12)

(4) 방탕한 아이들 한 떼가 어리석은 미치광이처럼
　　　길을 쓰는 듯 적삼과 작은 소매장식을 하고 나란히 다닌다
　　　時節短歌 음조가 방탕하니
　　　사람은 차고 달은 밝은데 三章을 부르더라
　　　(俗歌를 時節歌라고도 한다.)13)

(5) 거문고를 타면서 新聲을 부르는 사람이 있는가 하면
　　　혹 어떤 사람은 퉁소를 불어 묘한 재주를 자랑하기도 한다14)

(6) 송실솔은 서울의 歌客이다. 노래를 잘 불렀는데, 특히 실솔곡을 잘 불러서
실솔이라는 이름으로 알려졌다. … 옷깃을 여미고 갓을 바로 쓰고는 사람
많은 자리에 가서 노래를 부르노라면 듣는 이들은 모두 귀를 기울이고
허공을 쳐다 보며 누가 노래를 부르는지 알지 못했다.15)

(7) 沈鏞 沈陜川은 재물에 대범하고, 義를 좋아하며, 풍류로운 생활을 즐겼
다. 일세의 歌姬·琴客, 술꾼, 시인들이 몰려들어 문전성시를 이루고 연일
손님들이 벅적거렸다. 장안의 잔치와 놀이에 심공을 청하지 않고는 벌일
수 없을 지경이었다. … 어느날 심공이 歌客 이세춘과 琴客 김철석, 기생
추월·매월·계섬들과 초당에 앉아서 거문고와 노래로 밤이 이슥해 갔다.
그날 당장 감사는 서울 기생에게 천금을 내렸으며, 다른 벼슬아치들도 각
기 힘에 따라 상금을 내놓았다. 거의 만금에 가까운 돈이 들어왔다. 심공
은 10여 일 함께 실컷 놀다가 돌아왔다. 이 일은 지금까지 풍류 미담으로
전해 온다.16)

---

11) 「講談師」, 같은 곳.

12) 柳晩恭, 『歲時風謠』(임기중 역, 집문당, 1993), 70장.

13) 같은 책, 73장. 여기서 '編'은 사설시조를 가리킨다.

14) 박제가의 <城市全圖詩>의 일부.

15) 「가객 송실솔」(『역주 이옥전집』·2, 실시학사 고전문학연구회 역주, 소명출판, 2001).

(8) 손봉사는 점치는 일도 등한히 하지 않으면서 歌曲도 잘 했다. 우리나라의
　　이른바 우조니 계면조니 하는 24성에 두루 통달하였다. 매일 가두에서 높
　　은 목청 가느다란 소리로 노래를 불렀다. 바야흐로 노래가 절정에 이르면
　　청중이 담을 쌓아서 던지는 돈이 비오듯 쏟아졌다.17)

(9) 누군가가 민옹은 奇士이고 歌曲이 묘할 뿐 아니라 이야기도 잘하는데 거
　　침없이 아주 재미있고도 능청스럽게 해서 듣는 이들의 기분을 능히 전환
　　시켜 툭 트이게 만든다고 했다.18)

(10) 僧尼交脚之歌(千古一談)

　　(1)은 전기수가 길거리에서 소설을 읽는 것을 서술한 내용이고 (2)는 재
상가 사랑방에 불려가 이야기를 하는 내용으로 당시의 이야기꾼들이 보수
를 받고 구연을 하는 홍행예술의 양상을 짐작케 한다. (3)은 妓房에서 (4)는
길거리에서 시조를 부르는 모습이 그려져 있다. 여기서 ‘編’이나 ‘음조가 방
탕한 시절단가’는 사설시조를 가리킨다. (5)는 시정의 풍경을 읊은 <城市全
圖詩>의 일부인데 여기서 ‘新聲’은 시조의 별칭이다. 이 시에는 길거리에
서 시조가 불려지는 장면이 그려져 있다. (6)은 당대 유명한 歌客인 송실솔
이 ‘사람이 많은 자리에 가서 노래를 불렀다’는 내용인데, 그가 ‘의관을 정제
하고’ 간 것으로 미루어 그 자리는 대갓댁의 宴會席인 것으로 추정할 수
있다. (7)은 당대 음악인 그룹의 매니저격인 심용의 일화를 소개한 것으로
양반 대갓댁을 찾아다니거나 그들과 어울리면서 보수를 받고 연행을 하는
홍행의 양상을 단적으로 보여준다. (8) 또한 길거리에서 가곡을 부르며 돈
을 버는 모습을 그리고 있다. (9)는 어느 한 사람(민옹)이 이야기꾼과 歌客
으로서의 재능을 동시에 갖고 있음을 말하고 있는데 이는 야담과 사설시조
의 접촉 내지 교류에 대한 직접적 근거가 된다. (10)은 일명 ‘僧尼交脚之歌’

---

16) 「風流」, 『李朝漢文短篇集』·中.

17) 「孫瞽師」, 같은 곳.

18) 「閔翁傳」, 『李朝漢文短篇集』·下.

로 불리는 한 사설시조를 두고 '千古一談' 즉 '예부터 내려오는 이야기'라 규정하고 있다. 이로써 僧과 尼를 둘러싸고 街談巷說로 혹은 문헌으로 전해지는 이야기를 사설시조화했다는 것을 알 수 있다.

이들을 종합해 보면, 사설시조와 야담은 길거리나 기방을 비롯한 기타 市井 공간 혹은 대갓댁 사랑방 등에서 연행-보수의 유무를 모두 포함한- 이 행해진 것을 알 수 있고 자연스럽게 양 문학의 담당 주체와 주체간, 담당 주체와 상대편 문학양식, 나아가서는 두 문학양식간의 접촉과 교류가 이루어졌으리라 추정할 수 있다. 그리고 이야기꾼이 가객이기도 한 예로 미루어 양 문학양식 간에 빈번한 접촉, 밀접한 관계가 있었음을 확인할 수 있다.

2.2 시정문학으로서의 사설시조와 야담의 공통성

이처럼 사설시조와 야담은 市井을 배경으로 성장·발달한 문학양식으로 서로 영향을 주고받았다. 창작과 향수, 연행의 場을 함께 한다는 점 외에도 양자 사이에는 여러 가지 공통점이 존재한다.

野談은 18·19세기에 성행한 일련의 敍事 短篇을 지칭하는데 한문으로 기록된 까닭에 漢文短篇으로 불리기도 한다. 市井에서 街談巷說로 口演되다가 기록으로 정착된 까닭에 대부분이 작자불명으로 되어 있고 각종 야담집 편찬자는 독자적인 작가의식을 가진 창작인이기보다는 자신이 見聞한 이야기의 기록자·청취자·제보자·구연자에 가깝다. 이 점은 사설시조도 마찬가지다. 평시조와는 달리 대부분이 작자불명으로 되어 있고 각종 歌集 편찬자는 수집한 노래들에 약간의 윤색과 첨삭을 가해 노래집에 수록한 것으로 보인다. 작자미상의 作을 두고 논자들은 그 작자층을 서민, 중인 등으로 규정하곤 한다. 그러나 작자불명이 많은 것은 그 작품들이 뚜렷한 작자의식 혹은 전문가의식을 바탕으로 '창작'된 것이기보다는 가담항설로 떠도는 이야기 혹은 일상현실의 제재를 특별한 詩化 과정이나 여과 과정 없이 누구나가 그대로 노랫말로 읊조리거나[19] 구연할 수 있는 것이므로 그에 대하여 작자라고 이름 석 자를 내세울 수가 없었기 때문이었을 것으로 본다. 즉, 작자불명이 많은 것은 서민 혹은 중인들의 문학이어서가 아니라 市井을 무대로 하는 문학이기 때문인 것이다.

이 점은 바로 양 문학양식이 양반 사대부 의식과 서민의식을 二重的으로 반영하는 현상과 직결된다. 시정은 상인이나 중인, 일반 서민들만이 모이는 장소가 아니다. 앞서도 언급했듯 시정공간에서 신분적 변별성은 크게 약화된다. 각계각층의 온갖 부류의 인간형, 이질적인 가치관·세계관을 가진 사람들이 군집하는 장소가 바로 시정이기 때문에 이 곳을 배경으로 성장·발달한 두 문학양식에서 兩面的 意識을 발견하는 것은 극히 자연스러운 일이라 하겠다.

셋째, 국문과 한문이라고 하는 차이는 있지만 사설시조와 야담에 쓰인 언어는 일상생활에서 쓰이는 口語, 卑俗한 표현 등을 많이 차용하여 평시조나 정통의 한문기록에 쓰인 상층의 공식적 언어와 상당한 차이를 보인다. 넷째, 두 문학양식 모두 일상 현실에서 제재를 취하고 있기 때문에 조선 후기의 사회상을 적나라하게 반영하고 있다는 점을 들 수 있다. 또한 세속적 욕망과 물질을 중시하는 새로운 가치관, 그리고 이러한 가치관을 가진 新 인간형이 작품을 통해 제시되고 있다는 점도 간과할 수 없다.

사설시조와 야담의 이같은 공통점은 대화의 원리가 지배하는 18·19세기 시정이라는 공간을 배경으로 성장한 예술이 공유하는 특성이라고 볼 수 있다. 이러한 시간·공간적 배경은 두 문학양식이 성장하는 데 적합한 지적·문화적 토양을 마련해 주었다고 한다면, 역으로 사설시조와 야담 – 나아가 당대 성행한 여타 예술장르 – 의 특성은 당대의 사회구성원들에게 수용되어 그들의 지적·문화적 감수성을 자극하고 변화시키며 나아가 시대정신

---

[19] 지금 여기서는 歌唱의 측면을 말하는 것이 아니라, 노랫말 즉 시조시를 말하는 것이다.

의 변화를 야기하는 동인이 되었을 수도 있다. 말하자면 사회·문화라고 하는 큰 틀안에 존재하는 구성요소-두 문학양식 및 여타 예술장르-와 이를 포괄하는 거시적 구조-사회·문화-사이에 일종의 대화적 관계가 형성되는 셈이다.

3. 사설시조와 야담의 대화적 양상

앞에서 사설시조와 야담이 市井이라는 공간에서 서로 교섭했을 가능성에 대해서 타진해 보았다. 그러나 대화의 속성상 상호 영향을 주고받아 변화가 양자에게 일어날 수도 있지만, 어느 한 쪽이 다른 쪽에 의해 '설득'당하여 일방적으로 한 쪽만 변화가 일어날 수도 있다. 사설시조와 야담의 대화적 양상은 후자의 경우라고 생각한다. 즉, 사설시조와 야담이 서로 비슷한 힘으로 상대에게 비슷한 정도의 영향력을 행사하기보다는 거의 일방적으로 야담이 사설시조에 변화를 일으켰다고 보는 것이다. 사설시조에 의한 야담의 변화의 폭은 미미하여 겉으로 크게 드러나지 않는다.

이제 사설시조와 야담의 대화적 양상을 구체적인 예를 들어 살피기로 한다. 앞서 본질적으로 서정양식에 속하는 사설시조가 非서정·反서정의 요소와 대화적 관계를 맺음으로써 서정적 속성에 큰 변화가 야기되었음을 언급한 바 있다. 그 변화의 실상을 한 마디로 요약하면 '주변에서 흔히 보는 인물이 등장하여 그들의 욕망과 본능에 관한 이야기를 직접·간접으로 서술하는' 텍스트가 압도적인 양을 차지한다는 것이다. 이 글에서는 이것을 野談과의 대화의 결과가 야기한 다성적 특성임을 규명하고자 하는 것이다.

먼저 사설시조에서 말하고 있는 것을 다음과 같이 세 종류로 나누어 논의를 전개하고자 한다. '나'가 '나'의 이야기를 하는 것, '나'가 '그(들)'의 이야기를 하는 것, '그'가 '그(들)'의 이야기를 하는 것이다. 이들을 각각 A, B, C라

할 때 서사학의 용어로 A는 1인칭 주인공 시점, B는 1인칭 관찰자 시점,
C는 3인칭 관찰자 시점으로 구별될 수 있다. 각각의 예를 들면 아래와 같다.

(A-1) 세거에 인두빅이오 츄닉에 목엽황이라 쟝ᄎ 가을이 오면 나무삿 입헤
    단풍 들고 희가 가면 사룸의 머리에 빅발이 되누나/ 쳥츈이 부지니ᄒ
    며 빅일을 막히도ᄒ라 이달을손 쳥츈이 가실 쥴을 알드면은 만리쟝셩
    으로나 갈우 막을껄/ 이달은 쳥츈이 가고 오고 ᄒ더니만 원슈 빅발이
    와서 날 침노ᄒ노나라 (365)[20]
(A-2) 밋난편 廣州ㅣ 샌리뷔 쟝ᄉ 쇼대난편 朔寧 닛뷔 쟝ᄉ/ 눈경에 거론
    님은 쑤딱쑤딱 두드려 방망치 쟝ᄉ 돌호로 가마 홍도깨 쟝ᄉ 븡븡도라
    물레 쟝ᄉ 우물젼에 치다라 근댕근댕ᄒ다가 워렁충창 쌔져 물 듬복
    쩌내는 드레곡지 쟝ᄉ/ 어듸가 이 얼골 가지고 죠릐쟝ᄉ를 못 어드리
    리 (251)
(A-3) 마루 너머 시아슬 두고 손퍽을 쳑쳑 치울고 지너머 가니/ 고디광실 놉
    흔 집의 화문등민 보요 깔고 시앗넌니 마죠 안져 셤셤옥슈로 에후러쳐
    안고 얼그러지고 뒤크러졋다/ 두어라 팔간 용디장에 젼오젼빅 노듯ᄒ
    니 나는 이 밤 시오기 어려외라 (217)

(B-1) 白髮에 환양 노는 년이 져믄 書房 ᄒ랴 ᄒ고/ 센 머리에 黑漆ᄒ고 泰
    山峻嶺으로 허위허위 너머가다가 과그른 쇠나기에 흰 동졍 거머지고
    검던 머리 다 희거다/ 그르사 늘근의 所望이라 일락배락 ᄒ노매 (284)
(B-2) 벌의줄 잡은 갓슬 쓰고 헌 옷 닙은 뎌 百姓이 그 무슨 情願으로 수
    돈의 所志 쥐고 公事門 드리드라 안는고나/ 東軒쁠의 쥐ᄌ튼 刑房놈
    과 범ᄌ튼 羅卒들이 알외여라 흔 소리예 魂飛魄散ᄒ여 ᄒ올말 다 못
    ᄒ니 올흔 訟理 굽어디닌/ 아마도 平易近民ᄒ여야 道達民情ᄒ리라
    (289) (B-3) 瀟湘江 그럭이 落木寒天 울고 간다/ 獨守空房 하는 사
    람 郎君前 消息 傳次 急登樓 바리 보니 蘇中郎은 男子라 그 편지는
    젼희 주고 야속타 저 女子는 도라 아니 보고 훨훨 나라 南天으로 울고
    간다 錦字를 그저 쥐고 悵然히 落淚ᄒ니 男女 區別이 무삼 일고/ 至

---

20) 이하 사설시조 작품은 황충기, 『長時調』(국학자료원, 2000)에서 인용함. 괄호 안
    숫자는 작품번호.

今에 鴻門關 그럭이 쏘든 項壯士 잇게 되면 활 다려 쏘고지고 (375)

(C-1) 李仙이 집을 叛호여 노시 목에 金돈을 걸고/ 天台山 層巖絕壁을 넘
       어 방울시 삭기 치고 鸞鳳孔雀이 넘는 골에 樵夫를 만나 麻姑할미
       집이 어듸민나 호고/저건너 數間茅屋 듸스립 밧긔 靑삽스리를 츠즈소
       서 (550)

(C-2) 듕과 僧과 萬疊山中에 맛나 어드러로 가오 어드러로 오시는게/ 山 족
       코 물 좃흔듸 갈씨를 부쳐보오 두 곳갈이 흔듸 다하 너픈너픈 호는
       양은 白牧丹 두 퍼귀가 春風에 휘듯는 듯/ 암아도 空山에 이 썰음은
       즁과 僧과 둘 뿐이라 (210)

(C-3) 天下名山 五嶽之中에 衡山이 가장 됴턴지/ 六觀디스의 설법 제중홀
       제 상좌즁 능통자로 용궁이 출입다가 석교상 팔선네 만나 희롱흔 죄로
       덕하 인간흐야 용문의 놉히 올나 출장 입상타가 티사당 도라들졔 뇨됴
       졀듸드리 좌우의 버려스니 난양공쥬 졍경픠며 가츈운 진치봉과 계셤
       월 덕경홍 심효연 백능파로 슬커장 노니다가 산둉일셩의 ᄌ던 꿈을
       씨오거다/ 세샹의 부귀공명과 시비우락이 다 이러흔가 흐노라 (683)

'나'(1인칭 화자)가 '나'의 이야기를 하는 것이 서정장르의 본질적 특성이
라 할 때 위 세 유형 중 A가 그에 속한다고 할 수 있다. 여기서 '이야기'는
사건전개가 바탕이 되는 서사적 스토리에 국한하지 않고 '어떤 담론에서 말
하는 것'이라는 광의의 개념으로 사용한 용어이다. 단순히 화자의 감정이나
생각 등의 비전을 말하는 경우를 '이야기(0)' 서사학에서 말하는 최소이야기
의 조건21)을 갖춘 것을 '이야기(1)', 본격적인 서사체로서의 이야기를 '이야

---

21) G. Prince는 '최소이야기'(minimal story)가 성립되기 위해서는 다음과 같은 요건을
   갖추어야 한다고 했다. (1)최소 이야기는 최소한 세 개의 사건(혹은 명제)들로 구성
   되며 이들이 연결되려면 두 개 이상의 접속소가 필요하다. (2)첫째 사건은 둘째보다,
   둘째 사건은 셋째보다 시간적으로 앞서야 한다는 시간성의 요건이 필요하다. (3)둘
   째 사건은 셋째 사건의 원인이 된다고 하는 인과성의 요건이 갖추어져야 한다. (4)세
   번째 사건은 첫 번째 사건의 逆轉(혹은 변화를 보이는 것)이어야 한다. 이 요건은
   서사적 이야기를 역사적 이야기와 구분케 하는 기준이 된다. G. Prince, *A Grammar
   of Stories*(The Hague: Mouton & Co. N. V. Publishers, 1973).

기(2)'라 한다면, 1인칭 화자 '나'가 '나'의 이야기(0)를 하는 (A-1)이 순수 서정시의 형태라고 할 수 있다. (A-2)도 '나'가 '나'의 이야기를 하지만 '나'와 언술 사이에 다른 인물들이 끼어들어 '나'의 意識－혹은 목소리·입장－과 他者의 그것이 함께 뒤섞여 언술의 독백성에 틈이 생긴다. (A-3)의 경우는 여기서 한 걸음 나아가 화자가 자신의 감정을 표현하기 위해 즉, 자신의 이야기(0)를 하기 위해 남편과 첩을 등장시켜, 자신까지를 포함한 三人의 이야기(1)를 하고 있다. 따라서 '나'가 '나'의 이야기를 하는 방식이라도 (A-1)만을 제외하고는 순수 서정시의 성격을 보인다고 할 수 없다. 사설시조는 본질적으로 서정시이면서도 전체 작품을 개괄해 보면 (A-1)과 같은 형태를 취하는 것은 그다지 많지 않다.[22]

B에 속하는 대다수의 작품들은 이야기(1)를 포함한다. B의 경우와 (A-3)이 다른 점은, B는 이야기(1) 안에 1인칭 화자가 포함이 안 되고 (A-3)은 포함이 된다는 점이다. 서사적 관점에서 본다면 전자는 1인칭 관찰자 시점으로, 후자는 1인칭 주인공 시점으로 이야기가 재현되는 차이가 있다. B에 속하는 대개의 작품들은 이야기(1)를 포함할 뿐만 아니라 그 이야기에 대한 자신의 견해를 피력하거나 논평을 행한다는 특징을 지닌다. '그들'의 이야기(1)는 주로 초·중장에서, 이에 대한 화자의 논평은 대개 종장에서 서술된다. (B-1)과 (B-2)가 여기에 해당한다. (B-2)는 이야기(1)가 인물과 서술자의 목소리가 교체되는 이중적 시점으로 전개되고 있어 한걸음 더 서사적 영역에 가까이 간 양상을 보여 준다. (B-3)은 이야기(1) 속의 등장인물을 '저 여자'로 지시하고 있어 화자가 관찰자적 입장을 취하고 있음이 분명히 드러난다. 그러나 끝까지 이 입장이 견지되지 못하고 '남녀구별을 하는 기러기를 항우의 활을 빌려 쏘아버리고 싶구나'하고 등장인물에 감정이입을 하고 있다.

---

22) 이런 류 작품은 대개 『高大本 樂府』에 수록된 것들인데 논자에 따라 여기에 수록된 작품군을 사설시조로 보는 것에 회의를 표명하기도 한다.

‘그’(3인칭 관찰자)가 ‘그들’의 이야기(1)를 하는 C형은 이야기를 담은 사설시조 중 가장 서사양식에 근접한 형태인데, B나 A형에 비해 극히 드물게 발견된다. 3인칭 화자가 언술에 대하여 끝까지 관찰자적 거리를 유지하지 못하고 타자의 입장에 끼어들어 들어 ‘나’의 목소리를 내기 때문에 결과적으로 (B-3)와 같은 양상이 되어 버리기 때문이다. (C-2)는 그 전형적 예이다. 여기서 보는 바와 같이 초·중장에서 僧과 尼가 만나 서로 어디로 가느냐고 인사를 나눈 뒤 성관계를 갖는 내용의 이야기(1)가 관찰자적 입장에서 서술되지만 종장에서 그 광경을 “이 썰음”이라 하여 近稱 대명사 ‘이’를 사용함으로써 1인칭 화자의 개입을 시사하고 있다. (C-3) 역시 초·중장에서 소설 「구운몽」의 줄거리를 관찰자적 입장에서 요약하지만 종장에서 ‘-노라’라고 하는, 1인칭 화자의 의지를 나타내는 종결법의 형태로써 언술에 끼어들고 있다. 다만 論評의 형식을 취한다는 점이 (C-2)와 다를 뿐이다. (C-1)은 소설 「淑香傳」의 한 대목을 사설시조化한 것으로 순수한 서사로 볼 수도 있다. 그러나 이러한 설명은 어디까지나 소설 「숙향전」을 전제할 때 가능한 것이지 (C-1) 자체만으로는 최소한의 이야기 조건조차 갖추었다고 보기 어렵다. ‘이선’이라는 인물이 ‘마고할미’를 찾아가는 도중에 ‘樵夫’에게 그 집을 묻고 초부는 대답을 해주는 내용일 뿐이다.

이 세 유형 중 가장 큰 비중을 차지하는 것은 B이며 그 다음은 A, C순이다. 이 중 B와 C형은 이야기(1)을 포함하고 있으며 A라 할지라도 (A-3)은 이야기(1)을 함축한다. 이렇게 본다면 780여 수 사설시조 중 반 이상이 이야기(1)을 내포하는 셈이 된다. 이야기(1)이 성립되기 위해서는 행위주체 즉 인물이 필요하다. 사설시조 속 이야기에 나오는 인물들을 보면 화자와 관계를 맺고 있는 특정의 인물이거나(A-3), 관계를 맺고 있지 않더라도 화자의 시선 안에 포착되는 구체적인 인물, 다시 말해 화자의 인식권 안에 놓인 인물인 경우가 대부분이다. 화자가 자신의 눈과 귀로 직접 경험을 통해 알 수 있는 주변의 인물들인 것이다. (A-2)는 이야기(1)을 포함하지는 않더라도, 여기에 등장하는 인물들이, 화자와 '지금/여기'라고 하는 時空을 공유하는 존재들인 것은 B, C와 별 다름이 없다. 사설시조에는 商人, 첩, 본처, 僧尼, 소경, 귀머거리, 과부, 동네 아낙, 노도령, 노처녀, 도련님, 女從, 기생, 한량, 약장수, 형방, 나졸, 바람난 노파 등 각양각색의 인물유형이 등장하고 있는 것이다. 심지어는 개, 닭, 맹꽁이, 기러기 같은 禽獸들조차 인격화되어 한 인물의 몫을 하고 있는 예를 흔히 본다.

이러한 다양한 인물군상은 市井에서 흔히 볼 수 있는 인물, 대개 유교덕목과 같은 정신적 가치보다는 물질적 가치를 존중하고 현실적이며 자신의 본능과 욕망에 충실하고 이를 감추려 하지 않는 직선적·적극적인 성격의 인물들로서 당대 사회상을 반영하는 새로운 인간형인 경우가 많다. 밖을 향해 定向되어 있고 한 개체 안에서도 상이한 두 목소리나 가치관, 입장이 충돌하기도 하고 공존하기도 하는 '대화형 인물'인 것이다.

이상 사설시조의 이야기에서 보이는 인물의 특성은 '야담'에 등장하는 인물의 특성과 부합하며, 이 점은 바로 사설시조에서 보이는 서사적·산문적 요소의 수용을 야담과의 대화의 결과라고 보는 근거가 된다. 여러 기록을 보면 사설시조와 당대의 다른 서사양식들 예컨대 판소리나 국문소설과의 교류의 가능성도 충분히 짐작할 수 있다. 그러나 국문소설의 등장인물은 사설시조나 야담에서와 같이 현장성을 지니는 인물, 시정에서 흔히 보는 다양한 인물군상이 아니라는 점에 주목해야 한다. 이들은 작자의 의도에 따라 주조된 '전형적' 인물, 하나의 의도 즉 구심점을 향해 정향되어 있는 '독백형 인물'이다. 그들은 충실하게 작자의 의도를 구현한다. 또한 국문소설의 주인공들은 事實性·歷史性을 띤 인물이기보다는 허구성이 강한 인물이라는 점도 간과할 수 없다. 이에 비해 사설시조나 야담의 경우 여러 가지 시적 장치―종결법·시어 등―나 서사적 장치를 통해 현장성을 확보한다. 현장성을 확보한다는 것은, 등장인물과 화자(혹은 서술자)를 동일한 時空 안에 둠으로써, 다시 말해 화자가 그 인물들에 관한 것을 직접적으로 見聞하거나 경험한 것으로 그려냄으로써 生動感과 寫實感을 얻는 것을 말한다.

판소리에 등장하는 인물들은 국문소설보다는 야담에서 보는 인물형에 좀 더 밀착해 있다고 할 수 있으나 이는 허구의 산물이며, 이 인물들이 엮어가는 스토리 또한 일상의 현실과는 거리가 멀다. 다만 작중 副 인물들의 행태를 통해 부분적으로 사회의 한 단면, 변화하는 시대상의 일면을 보여줄 뿐이다. 이 외에 이야기(1)을 내포하는 사설시조 중에는 화자(서술자)의 시점이 인물의 시점에 침투하는 현상이 적지 않게 발견되는데 이를 판소리의 영향으로 볼 수도 있다. 이같은 시점침투의 양상은 판소리 서사체의 두드러진 특징의 하나로 지적되기 때문이다. 그러나 판소리에서의 시점침투는 창자 한 사람이 서술자와 인물의 목소리를 모두 재현하는 데서 오는 현상인 반면, 사설시조의 경우는 서정 장르에 결여된 서사적 전달방식－이중시점－을 수용하는 데서 오는 마찰이라고 생각된다. 말하자면, 판소리의 시점침투 현상이 서술자(창자)가 어느 한 인물에 감정이입을 함으로써 야기된 것이라면, 사설시조의 경우는 이질적 요소간의 충돌로 야기된 현상으로 볼 수 있다.

인물이나 이야기의 성격 외에도 사설시조의 서사성이 야담과의 교섭의 결과라고 보는 데는 인용예 중 B형에서 보이는 화자의 ‘論評的 介入’이 중요한 단서가 된다. 주지하는 바와 같이 많은 야담들이 작품 말미에 등장인물 및 사건에 대한 논평을 기록하고 있다. 앞에 기술된 이야기에 대한 논평은, “정감사가 낸 奇計는 매우 기발하다 하겠다.”23)와 같이 짤막한 한 문장으로 된 것도 있지만,

> 대체로 종실 노인이 일언에 돌연히 깨달음도 쉽지 않지만, 보다 오물음은 골 계류에 들어갈 사람이다. 그가 순우곤·우맹의 세상에 났더면 어찌 그만 못했 겠는가.24)

---

23) 「背信」, 『李朝漢文短篇集』·上.
24) 「講談師」, 같은 곳.

처럼 상당 분량으로 기술되는 경우가 많다. 사설시조 B형에서 보이는 논평적 서술은, 사설시조가 야담과 접촉하여 그 특성을 수용한 것으로 보아야 한다. 언술 말미에 서술자의 논평을 수록하는 방식은 '列傳'의 論贊部의 특성으로서 이것을 야담이 이어받은 것으로 볼 수 있기 때문이다.

당대의 국문소설을 사설시조化한 작품들도 사설시조와 야담의 교류를 방증하는 근거가 된다. (C-1)은 「숙향전」의 일부를 작품화한 것이고, (C-3)은 「구운몽」의 전체 줄거리를 요약하여 작품화한 것이다. 아래의 기록은 (C-1)이 소설 「숙향전」을 작품화한 것이 아니라, 傳奇叟에 의해 길거리에서 낭독되는 「숙향전」의 한 대목, 다시 말해 野談化된 「숙향전」[25]을 수용한 것이라는 단서가 된다.

> 전기수는 동대문 밖에 살고 있다. 언문 소설책을 잘 읽는데 이를테면 「淑香傳」, 「蘇大成傳」, 「沈淸傳」, 「薛人貴傳」 같은 것들이다. …(中略)… 워낙 재미있게 읽기 때문에 청중들이 겹겹이 담을 쌓는다. 그는 읽다가 가장 간절하여 매우 들을 만한 대목에 이르러 문득 읽기를 멈춘다. 청중은 다음 회가 궁금해서 다투어 돈을 던진다. 이것을 일컬어 邀錢法이라 한다.[26]

'청중은 다음 회가 궁금해서 다투어 돈을 던진다'고 한 부분에서 우리는 전기수들이 回章體 방식으로 부분 부분을 나누어 口演했음을 알 수 있다.

---

25) '野談化된 「숙향전」'이라 했을 때 여기서 말하는 '野談'은 한문으로 정착된 문자기록물이 아니라, 시정간에서 떠도는 街談巷說의 단계로서의 야담을 의미한다. 그리고 논자에 따라서는 조선 후기 이야기꾼의 종류를, 판소리를 창하는 講唱師, 국문 소설책을 읽어주는 傳奇叟, 야담(한문단편)을 담화조로 이야기하는 講談師로 구분하였는데(임형택, 「18·9世紀 <이야기꾼>과 小說의 발달」, 『古典文學을 찾아서』, 김열규 외 3인 編, 문학과 지성사, 1976·1985), 판소리 광대를 제외하고 어떤 한 구연자가 전기수와 강담사로 그 성격이 명확하게 구분지어지기보다는 한 구연자가 자신이 알고 있는 이야기를 들려주기도 하고, 소설책을 읽어주기도 했을 가능성이 크다고 본다.

26) 「傳奇叟」, 『李朝漢文短篇集』·中.

인기 소설 항목 첫머리에 「숙향전」이 올라 있는 것을 보면, 국문소설을 작품화한 사설시조 중 왜 유독 「숙향전」이 많은 편수를 차지하는지 짐작을 할 수 있다. 그리고 사설시조화된 「숙향전」이 모두 어느 한 대목, 위 인용에 의거하면 '가장 간절하여 매우 들을 만한 대목'을 작품화하고 있다는 점도 소설 「숙향전」을 직접 수용하기보다는 야담화된 것을 수용했다고 보는 근거가 된다.27)

끝으로 사설시조와 야담의 교섭 가능성을 추정케 하는 근거로 앞에 예 (9)의 '閔翁'처럼 한 사람이 시조를 부르는 歌客이기도 하면서 이야기꾼이기도 한 경우를 들 수 있다. 시조의 唱者라 한다면 노랫말을 지은 작자일 가능성도 크기 때문에 자신이 알고 있는 이야기나 국문소설을 사설시조의 노랫말로 만들어 불렀을 가능성 또한 크다고 할 수 있다.

지금까지 시조에는 본질적으로 결여되어 있는 서사적 요소가 사설시조에 수용되어 있는 양상에 주목하여 그것이 당대 공존하던 문학양식인 야담과의 대화의 산물임을 규명해 보았다. 시에 이야기가 담겨지면 길이는 늘어나게 마련이다. 사설시조가 이야기의 도입으로 서사화·산문화되고 스토리에 이끌려 정감성이 크게 약화되었음에도 불구하고, 이러한 변화가 서정과 운문이라는 본질적 테두리를 벗어나 서사산문의 영역으로 발을 들여놓는 것으로까지 진행되지 않았던 것은 이미 야담을 비롯한 국문소설, 판소리 등이 그같은 역할을 담당하고 있었기 때문이라고 본다.

---

27) (C-3)의 「구운몽」이나 중국소설 「서유기」를 사설시조화한 것(『長時調』 782번)처럼 소설의 어느 한 대목이 아닌 줄거리 전체를 요약하여 작품화한 경우, 그리고 회장체로 되어 있는 「삼국지연의」의 대목들을 작품화한 사설시조들의 경우 사설시조 작자가 그 소설을 직접 읽고 사설시조화하였을 가능성도 배제할 수 없으나 시정에서 구연된 것을 접했을 개연성이 더 크다고 본다.

4. 사설시조와 야담, 그리고 당대 사회·문화

사설시조와 야담은 당대 공존하던 문학양식으로서 유사점이 많지만 사실 운문과 산문, 그리고 본질적으로 서정과 서사라는 정 반대의 테두리에 속해 있음도 사실이다. 그러나 상호 반대되는 것이 대립과 배척이 아닌 공존, 상호보완을 통해 전체를 설명하는 관계에 놓이게 되는 양상을 이 두 문학양식에서 보게 된다. 그렇다면, 이 둘은 어떻게 상호보완적으로 작용하여 당대 사회상과 현실을 설명하는 것일까?

정감성을 위주로 하는 작품 예컨대 (A-1)과 같은 사설시조는 서사의 삼각형28)에서 그 꼭대기인 절정 부분만이 노래된 것 - 이야기(0) - 으로 볼 수 있다. 서정의 본질이 그렇듯 이런 경우 이야기(0)는 單一時空 안에 담겨진다. 그런데 시간의 흐름을 전제하는 이야기(1)의 경우도 역시 단일 시공으로 사건이 처리되는 것을 보게 된다. 앞에서 예를 든 (B-1)을 보면, 나이든 여인이 젊은 남자를 만나러 갈 준비를 한 뒤 허겁지겁 만나러 가는 도중에 일어난 에피소드를 그리고 있다. 엄밀히 말하면 준비를 하던 때와 장소, 그리고 시간이 흐르고 장소가 바뀌어 '태산준령'에 이르렀으므로 複數的 시공을 포함한다. 그러나 독자의 머리 속에서 이 이야기는 단일 장면으로 그려진다. 소나기에 혹칠한 머리가 원래대로 희어지는 장면만으로도 이 나이든 여인이 젊은 모습으로 위장했다는 것을 이미 함축하고 있기 때문이다. 이렇게 단일 장면, 단일 시공으로 최소이야기를 구성함으로써 그 작품의 주제 혹은 이데올로기가 선명하게 드러나는 효과를 가져온다. 반면 이야기가 사회적 차원으로 확대되지 못하고 '개인적' 차원에 머무르는 결과로 이어진다. 단일 시공, 단일 장면으로 어떤 사건을 전개한다는 것은 많은 인물을 한꺼

---

28) 발단-전개-절정-파국-결말로 이어지는 사건의 전개를 삼각형으로 나타낸 것. L.J. Zillman, "The Range of Poetry," *The Art and Craft of Poetry*(The Macmillan company, 1966).

번에 그려낼 수 없다는 것을 의미하고 이것은 사회 구성원 중 극히 일부에 국한된 이야기, 당대 사회의 單面을 보여주는 이야기로 머물 수밖에 없음을 시사한다.

한편, 야담의 경우 본격적인 서사체로서의 이야기(2)는 複數的 장면들로 구성되며 큰 폭의 시간의 흐름과 빈번한 장소의 변화는 서사의 효과를 극대화하기 위해 필수적 요인이 된다. 다시 말해 複數的 장면은 사건의 전말, 경위를 세세하게 묘사하는 데 효과적이다. 또한, 主 인물 외에 여러 副 인물들이 등장하여 그들의 입장을 주장하므로 주제가 사회적 차원으로 확대된다.

이처럼 사설시조는 이야기를 단일 장면화함으로써, 야담은 복수 장면화함으로써 각각 개인적 차원, 사회적 차원에서 상호보완적으로 당대 사회의 이데올로기를 구현하고 있다. 다시 말해 서로 반대되는 이 두 문학양식은 대화관계에 놓이면서 '인간의 본능과 욕망을 중시하고 물질을 추구하는 당대의 가치관·시대상'을 상보적으로 드러낸다고 할 수 있다.

지금까지 사설시조에 나타나는 장형화, 산문화, 장르적 변전성, 리얼리즘적 경향 등에 대해서는 많은 연구가 행해져 왔다. 그러나 대부분의 연구는 드러난 결과에만 초점을 맞춰 논의를 전개한 경향이 있다고 본다. 어떤 기존 현상에 변화가 나타났을 때, 그것도 큰 폭의 변화가 야기되었을 때는 분명 그 이면에 변화를 야기한 동인이나 자극 요소가 작용하기 마련이다. 본 연구는 본질적으로 서정인 시조양식에 이야기가 도입되고 길이가 늘어남으로써 非서정·反서정으로의 변화를 보이는 양상에 주목하고 이것이 당대 공존하던 문학양식인 야담에 대한 사설시조의 이끌림 혹은 곁눈질의 결과로 보고 이를 '대화성'이라는 말로 총괄하여 살펴 보았다.

조선 후기 예술과 '豪'의 미학

1. 조선 후기의 시대정신과 미의식의 상관성

　조선 후기[1]는 시대·문화·사회사적으로 큰 변모를 보인 시기이다. 엄격한 신분제도, 가부장제도, 장자상속제도, 농업경제, 유학 교리를 통치이념으로 한다는 점 등 여러 면에서 봉건제도의 전형을 보여주는 조선 전기 사회에 엄청난 지각변동을 야기한 두 요소는 상품화폐경제의 발달과 신분제의 동요이다. 이는 단순히 봉건사회의 경제적·신분적 기반을 흔드는 것에 그치지 않고 유교적 교리 이외에 '金力'이 새로운 가치기준으로 부상하는 배경이 된다. 이 시기 문화의 중요한 특징이랄 수 있는 예술의 상품화 현상, 즉 예술이 생계·수입·직업으로 연결되는 현상, 경제력이 있는 中庶民層이 주된 문화 담당층으로 부상하게 되는 현상도 이와 직접 관련이 있다. 부유한 중서민층이 증가함에 따라 사치·향락의 풍조가 대두하면서 소비와 유흥이 촉진되는 계기를 마련하였다. 유교 윤리는 여전히 뿌리깊게 사회 전반을 지배하는 힘으로 작용하였지만, 이미 그 勢가 약화되기 시작하였고 성리학적 세계관, 정신주의의 허상이 드러나면서 사람들은 정신세계로부터 물질이나 육체, 추상적 진리보다는 구체적 삶의 현장과 현실세계로 시선을

---

1) 이 글에서 조선 후기는 주로 18, 19세기를 가리킨다.

돌리게 되었다. 그리하여 뿌리깊이 유교 윤리에 지배되면서도 한편으로는 '물질'의 힘을 인정하고, 정신적 가치를 숭상하면서도 다른 한편으로는 감각적·육체적 향락을 좇는 양면성을 드러내 보인다.

이 시기는 한 마디로 사상, 가치관, 문화활동 등 다양한 측면에서 多元主義의 특성을 보인다고 할 수 있다. 즉, 하나의 절대적 중심으로부터 여러 개의 중심을 형성하게 된 것이다. 따라서 가치의 다원주의는 相對主義와 밀접한 관계에 놓인다. 이처럼 어느 특정 시대 혹은 그 시대를 사는 사람들의 정신세계와 행동양식을 지배하여 그 시대의 흐름을 주도하는 역동적인 힘을 '시대정신'이라 한다면, 다원주의와 상대주의는 조선 후기의 시대정신을 떠받치는 양대 축이라고 할 수 있다.

시대정신의 변화가 예술세계에 있어 미의식의 변화를 초래하는 것은 자연스러운 현상이다. 인간이 세계를 專有하는 방식에 있어 '인식정향'과 '가치정향'이라고 하는 두 가지 원리를 구분한 M.S. 까간에 의하면 전자는 존재의 객관적 법칙 및 그 법칙의 본질을 파악하려는 인간의식의 노력을 표현한 것이고, 후자는 어떤 대상과 인간이 필요로 하는 것 사이의 연관을 발견하려는 노력의 소산이다. 전자는 인간과의 관계로부터 독립하여 그 자체로서 존재하는 대상에 대해 관심을 쏟는 것이고, 후자는 주어진 대상이 사회적 주체인 인간에게 지니는 의미와 가치 및 대상과 주체 사이의 관계를 규명하는 것에 관심을 쏟는다.[2]

인간의 가치정향은 사회의 일상적 의식 속에서 형성되며 변형된 형태로 이미 이데올로기 속에, 즉 윤리적 교설·정치적 신조, 종교적 독단, 법률적 원칙, 미적 관념 속에, 나아가 '예술적 이데올로기' 즉 예술 속에도 구현되어 있다.[3] 다시 말해 美意識은 세계에 대한 인간의 가치정향적 관계를 나타낸 것 중의 하나이다. 가치정향의 모든 방향의 先在는 사회심리학적 성격을

---

2) M.S. 까간, 『미학강의』 I (진중권 옮김, 새길, 1989·1998), 93쪽.
3) 같은 책, 99쪽.

갖고 있는 것이며4) 그 때문에 미의식은 어떤 시대의 지배적 가치라 할 '시대정신'의 직접적 영향권에 놓이게 되는 것이다. 미의식은 가치정향의 체계 안에서 미적 지각, 미적 체험, 미적 평가, 미적 취미, 그리고 실천적 활동의 미적 정향과 같은 형태로 존재한다.5)

조선 후기의 시대정신이라 할 가치의 다원화, 상대주의적 관점의 대두는 현실지향의 태도, 물질에 대한 인식변화, 소비화의 촉진 등 다양한 사회현상으로 나타나게 되었다. 예술 문화에 있어서도 조선 전기와는 큰 차이를 보인다. 유교이념이 지배적 시대정신의 구실을 했던 조선 전기에는 유교적 載道之器의 예술관, 즉 문학을 비롯하여 모든 예술양식은 道를 담고 표현하는 수단이라는 관점이 강조되었고 이에 따라 궁중이나 상층 지배계급의 취향을 만족시키는 雅正하고 정제·세련된 예술문화가 창출되기에 이르렀다. 그러나 조선 후기에는 시대정신이 변화함에 따라 예술관이나 미의식도 바뀌게 된다.

신분제의 동요로 中庶人 심지어 노비까지도 치부를 할 수 있게 되자 이들을 중심으로 한 향락·유흥문화가 성행하고 이들의 미적 취향, 예술관, 가치관에 부응하는 예술 텍스트가 유행하기에 이르렀다. 심지어 경제적으로 영락한 양반들 가운데서는 새로운 시대경향에 동조하여 자신들의 삶의 양식, 예술적 기호나 취향을 그에 맞추는 현상까지 나타났다. 이같은 변화는 음악에 있어 민속악의 성장·발전, 시대양식으로서 풍속화의 정착과 발전, 조선 전기의 관념산수의 틀을 벗어난 眞景山水의 유행, 아정한 궁중무용(呈才)과는 판이하게 다른 민속춤의 성행, 문학에 있어서 서민층의 생활상과 취향이 반영된 작품이나 장르의 부각 등 여러 영역에서 다양하게 나타난다. 또한 표현양식에 있어서도, 음악에서 많은 변주곡이 파생되고 즉흥성·현장성이 강조되는 양상이 두드러지며 회화나 춤, 문학에서는 틀에 얽

---

4) 같은 곳.
5) 같은 곳.

매이지 않은 자유분방한 표현, 저급하고 俗化된 표현이 두드러지는 경향이
나타나게 되었다.

장르는 달라도 공통적으로 부각되는 조선 후기 예술의 특징은 기존의 형
식이나 틀, 규격에서 벗어나 자유분방함을 추구하는 경향, 즉흥성이 강조되
는 방향, 감각에 호소하는 방향으로 발전한다는 점이다. 이것은 곧 당대 사
람들이 이같은 현상에서 미적 가치를 발견한다는 것, 다시 말해 이같은 특
성으로 미적 가치의 정향이 이루어져 있다는 것을 말한다.

그렇다면 自由奔放性, 卽興性, 感覺性이라고 하는 조선 후기 예술의 특
성을 포괄할 수 있는 미적 용어는 무엇일까 그리고 어떻게 이를 체계화할
수 있을까 하는 문제가 대두된다. 이 글은 '豪'라는 말이 조선 후기 예술을
관통하는 미적 요소들을 포괄하는 용어가 된다고 보아 이 말이 미적 범주로
자리매김될 수 있는 근거를 모색하고 '豪'의 미적 특성이 18·19세기 조선
후기 제 예술장르를 통해 어떻게 구현되는가를 살피는 것에 목표를 둔다.

2. 조선 후기의 지배적 미의식으로서의 '豪'

2.1 '豪'의 字句的 의미

'豪'는 '豕'와 '高'의 조합으로 이루어진 글자로서 高(높다), 喬(높다, 높이
솟다), 堯(높다, 멀다)와 더불어 單語家族을 이룬다. '豕'는 돼지의 일종으로
특히 갈기가 긴 것을 가리킨다.6) 이로써 이 글자는 語源上 '높다'는 뜻과
'길다'는 뜻을 함축하며 무엇인가가 높이 솟아 있거나 길게 뻗어있는 형상,
다시 말해 外觀上 규모가 큰 상태를 가리킨다는 것을 알 수 있다. 이 점은
이 글자가 들어가 있는 단어들의 의미로 미루어 봐도 분명히 드러난다.

---

6) 藤堂明保, 『漢子語源辭典』(東京: 學燈社, 1965·1987), 264쪽.

예를 들어 '英雄豪傑'이라 했을 때 이 호칭에 걸맞는 사람은 체격이 왜소한 사람보다는 壯大한 사람일 것이다. 이처럼 '豪'는 처음에는 주로 외면적 크기를 가리키는 말이었으나 후대로 오면서 단지 외면적 크기만이 아닌 내면적 局量까지도 포함하며 정도나 수준이 월등하게 뛰어난 것을 가리키는 말로 의미가 확대된다. '豪傑'이라는 말만 해도 처음에는 주로 외면적 형상을 중시하며 사용되었으나 후대로 오면 인간의 내면적 국량 즉 그 성품에 있어 그릇이 큰 사람에게도 사용되기에 이른다. 즉, '굳세고 걸출하고 씩씩한 기상을 지니며 기개가 있고 의협심이 있는 대장부'를 가리키게 되는 것이다. 이 외에도 '豪'가 들어가는 단어들, 豪放·豪逸·豪健·豪奢·豪邁·豪雄·豪强·豪俠 등을 보면 이 말들이 외면·내면 모두를 포괄하고, 정도나 수준이 뛰어난 것을 가리키며 남성적인 특성과 관계가 깊다고 하는 공통점을 지닌다는 것을 알 수 있다.

여기서 '豪'의 용법과 관련하여 시대에 따른 의미의 변천을 추적해 보는 것도 의의가 있으리라 본다. 『三國遺事』에는 '豪'가 2회[7] 출현할 뿐이고 『三國史記』나 『高麗史』를 보면 이 글자가 사람의 성품과 국량을 묘사할 때 외에도 정치적 색채를 띠고 사용되는 예가 많아 관심을 끈다. 强臣豪族, 豪民, 權豪, 士豪, 閣豪 등이 이에 해당한다. 또한 『高麗史』에서의 '豪'의 용법에 주목할 만한 것은, 이 말이 豪邁·豪逸·豪放 등 詩文을 평하는 용어로 사용되기 시작한다는 사실이다.[8]

조선 전기의 '豪'의 의미는 전대의 그것과 큰 차가 없지만, 후기로 들어오면 기존의 것과는 다른 독특한 용법이 발견되어 흥미롭다. 韻氣豪放, 志氣豪邁, 志氣豪雄, 豪傑君子와 같이 한 사람의 局量이나 성품을 묘사하는 데 쓰이는 '豪'는 기존의 의미와 별 다름이 없지만 아래 인용구절에서의 '豪'는 매우 다른 양상을 보인다.

---

7) '豪俠'과 '豪富' 河廷龍, 『三國遺事一字索引』(民俗苑, 1998).

8) 이상 '豪'의 용례는 CD-ROM 『韓國歷史 五千年』(서울시스템주식회사)에 의거함.

타고난 마음은 길이 豪華에 있었으며 평생 주량이 거대한 고래와 같았고 시구를 읊으면 반드시 남을 놀라게 하는 句가 있었으니 이는 진실로 세상의 豪傑君子이다.9)

여기서 '豪華'는 음악을 가리키는데 여러 예술 장르 중 '豪'가 특히 음악과 관계되어 사용되는 예가 조선 후기에 빈번히 등장하고 있는 것이 눈에 띈다.

完山裏 도라드러 萬頃臺에 올라 보니/ 三韓 古都에 一春光景이라 錦袍羅裙과 酒肴 爛熳흔듸 白雪歌 한 曲調를 管絃에 섯거 내니/ 丈夫의 <u>逆旅豪遊</u> 名區壯觀이 오늘인가 흐노라 (509)10)

先生이 <u>豪放自逸</u>하야 不拘小節하고 嗜酒善歌허니 酒量은 李白이오 歌聲은 龜年이라 (565)

앞의 예에서 '豪遊'는 景勝地+한량·기녀+酒肴+노래'로 구성되어 있고, 뒤의 예에서도 '豪放自逸'한 성품으로 '善歌'의 요소가 들어 있어 '豪'와 음악의 관련성을 확인할 수 있다. 음악과 관련된 조선 후기 '豪'의 용법은 "當世歌豪李世春"11)에서 가장 극명하게 드러난다. 가객 이세춘을 '歌豪'라고 부르고 있는 것이다. 당대에 호걸 소리를 들으려면 필히 음악을 알아야 했다는 것을 알 수 있다.

---

9) "賦心長在於豪華 平生酒有巨鯨量 咏嘆必有驚人句 此誠塵世間豪傑君子也." 이는 김수장이 朴文郁의 사설시조 "三月東風 好時節에 一僕三友 건을이고 六角登臨흐야 四字를 돌아본이/ 天朗氣淸흐고 惠風和暢흔듸 花間蝶舞는 弄春色이오 柳上鶯歌은 蕩人情이라 鶴徘徊於長松흐고 老龍潛於碧潭이라/ 암아도 暮年花似霧間中을 못내 슬흐흐노라"에 대해 평을 하면서 그의 성품을 언급한 글이다. 金壽長, 『海東歌謠』(金三不 校註, 정음사, 1950), 135쪽.

10) 이 글에 인용되는 사설시조 작품은 황충기, 『長時調』(국학자료원, 2000)에 의거한다. 작품 말미의 괄호 안의 숫자는 이 책에 수록된 작품번호임.

11) 申光洙, 『石北集』5卷(『韓國文集叢刊』231, 민족문화추진회, 1999), 「贈歌者李應泰」.

또한, '豪'가 감각적 향락과 관계되어 쓰이는 것도 조선 후기적 용법이라 할 수 있다.

> 烏城君은 宗室이다. 靑樓 酒肆에서 생애를 보내 豪傑이란 이름을 얻었다.[12]

> 계 우리 任이 登山寺하엿건만 남들은 다 중이라 하리 裟裟 長衫 썰드리고 목탁 치며 念佛打令/아무리 보와도 豪傑僧인 듯. (694)

위 두 예 모두 女色을 즐기는 사람을 '豪傑'로 묘사하고 있어, 조선 후기에는 이 칭호가 '체격이 강건하며 굳센 기상을 지니며 기개와 의협심이 있는 대장부'라는 종래의 의미로부터 크게 변질되어 술과 女色, 호화로운 유흥 등과 같은 감각적 향락을 좇는 사람에게까지 확대 사용되고 있음을 보여 준다.

2.2 '豪'의 미적 근거

이상과 같은 字意를 바탕으로 '豪'가 조선 후기를 대표하는 미의식으로 자리매김될 수 있는 근거를 살피고자 한다. 주지하는 바와 같이 동아시아 특히 중국과 한국에서 미의식을 나타내는 용어는 주로 평어 혹은 시품을 중심으로 발달해 왔다. 사공도의 24시품 중 '豪放'은 기존의 평어들 가운데 '豪'의 미적 근거를 제공하는 典範이 되어 준다.

> 觀花匪禁　꽃을 觀賞하는 것 금하지 않으면서
> 呑吐大荒　온 우주를 삼켰다 토했다 한다
> 由道返氣　道를 말미암아 氣로 돌아가니
> 處得以狂　처신을 마음대로 할 수 있다

---

12) 강명관, 「조선후기 서울의 중간계층과 유흥의 발달」(≪민족문학사연구≫ 제2호, 민족문학사연구소, 1992, 186쪽)에서 재인용.

天風浪浪　천상의 바람이 물결치듯 하고
海山蒼蒼　바다의 산이 짙푸르게 솟은 듯하다
眞力彌滿　진실된 힘 가득차 있고
萬象在旁　삼라만상이 그 곁에 있다
前招三辰　전방에 해와 달과 별을 부르고
後引鳳凰　후방으로는 봉황을 끌어온다
曉策六鼇　새벽에 여섯 마리 자라를 채찍질하며
濯足扶桑　扶桑에서 발을 씻는다

제1구는 '豪放'의 미가 모든 종류의 제한 및 구속을 벗어나는 데서 빚어지는 미의식임을 말하고 있고, 제2구는 이 미감이 포괄하는 범위—작자의 정신세계, 언어로 표현된 작품세계, 작자나 독자의 경험세계 등—가 광대함을 나타낸다. 온 우주를 대상으로 하기 때문이다. 제3구에서 '道'와 '氣'는 상보관계에 놓이는데 '道'가 개별성을 초월하는 인간의 일반적 본성을 가리킨다면, '氣'는 개인마다 달리 나타나는 기질 및 개성을 가리킨다. 또 '도'가 안에 잠재해 있는 것이라면, '기'는 겉으로 표출되는 것이기도 하다.[13] 따라서 3, 4구는 호방의 미가 잠재된 '도'를 바탕으로 개인적 기질을 마음껏 표출하는 데서 빚어지는 미감임을 말하고 있다 하겠다.

제5구와 제6구의 '浪浪' '蒼蒼'은 호방의 미적 내용이 양적으로 규모가 크고 질적으로 정도가 강렬한 것과 관계있음을 시사한다. '浪浪'은 세차게 물결이 치는 모습을, '蒼蒼'은 산이나 초목이 무성하고 조밀하게 우거진 모습을 형용하는 말이기 때문이다. 제7구와 제8구는 제3, 4구에 대한 보충설명의 성격을 띤다. "由道返氣"할 수 있으면 "眞力彌滿"할 수 있고, "眞力彌滿"하게 되면 "呑吐大荒"할 수 있게 된다. 또 "處得以狂"하다면 자신도 모르는 사이에 "萬象在旁"하여도 그것에 마음을 뺏기지 않게 되는 것이다.[14]

---

13) 詹幼馨, 『司空圖 '詩品' 衍繹』(香港: 華風書局, 1983), 26쪽.
14) 같은 책, 28쪽.

제9-12구는 겉으로 드러나는 豪放의 기세를 묘사한 구절이다. 三辰·鳳
凰·六鼇·扶桑15)은 신비하고 脫俗的이며 신화적인 존재이다. 이 존재들
을 '招·引·策'하며 이들이 있는 곳에서 '濯'한다고 하는 것은 '호방'에 내
포된, 무엇에도 꺾이지 않는 氣槪와 적극적이고 剛健하며 대범한 행동양식
을 보여주는 단서가 된다. 요컨대 '豪放'의 관건은 '豪'에 있다 하겠는데, 내
적으로 '豪'하면 외적으로 '豪'할 수 있게 된다.16) 제1-4구가 내적인 '호'의
기세를 말한다면 제9-12구는 외적인 '호'의 모습을 말한 것이라 할 수 있다.

이상 사공도가 말하고 있는 '호방'은 구속과 제한을 벗어난 자유분방함과
웅건한 기세를 중심 내용으로 하는 미감이라고 할 수 있다.

시의 풍격에 관한 논의가 본격화되는 고려시대에는 '豪'가 긍정적 내용을
함축하는 중요한 평어로 등장한다. 崔滋의 『補閑集』卷下를 보면 好事家
가 설정한 총 21항목의 풍격을 제시하고 있는데 그 중 '豪'에 관계된 것으로
'豪易'가 있다. '豪易'란 호방하면서도 시어가 평이한 것을 말한다. 또한 그
는 氣, 骨, 意, 辭, 體라는 말로써 문장이 성립되는 기준을 삼아 다음과 같
이 설명하였다.

> 글은 豪邁·壯逸한 것으로 氣를 삼고 勁峻하고 淸駛한 것으로 骨을 삼으며,
> 正直하고 精詳한 것으로 意를 삼고 富贍하고 宏肆한 것으로 辭를 삼는다.17)

여기서 氣란 시인의 기상을 말한다고 볼 때 글이란 호방하고 걸출하며
장대하고 뛰어난 시인의 기상을 표현해야 한다는 것으로 해석할 수 있다.
이어 그는 34종류의 시의 품격을 설정하여 이를 上·次·病으로 분류하였
는데 上에 드는 것 중 '豪壯'이 포함되어 있다. 이로 보아 고려시대의 시를

---

15) 扶桑은 동쪽 바다의 해돋는 곳에 있다는 神木. 또는 그 신목이 있는 곳을 가리킨다.

16) 詹幼馨, 앞의 책, 27쪽.

17) "文以豪邁壯逸爲氣 勁峻淸駛爲骨 正直精詳爲意 富贍宏肆爲辭." 崔滋, 『補閑集』 卷
　　下(이상보 역, 대양서적, 1972).

평하는 용어로서 '豪'는 긍정적이고 가치 있는 내용을 함유하는 말임이 분명해진다.

李奎報의 『白雲小說』 중 「論詩中微旨略言」에 '순전히 淸苦함으로써만 體를 삼는다면 山人의 格이 되고 오로지 姸麗함으로써 글을 꾸미려 한다면 宮掖의 격이 되고 만다. 淸警·雄豪·姸麗·平淡한 것을 섞어 쓴 후에야 모든 體와 格이 갖추어진다.'[18]고 한 내용으로도 이같은 추정이 가능하다. 여기서 '雄豪'는 '곱고 아리따운 것'을 가리키는 '姸麗'와 대를 이룬다고 볼 수 있는데, 姸麗가 여성적이고 부드러운 속성을 지닌다면 이에 대응되는 '雄豪'는 남성적이며 강건한 속성을 지닌다. 이로 볼 때 고려시대의 평어로서 '豪'는 씩씩한 기상, 남성적인 강건함을 내포하는 말로서 시에 대한 높은 평가를 내리는 데 사용되었음을 알 수 있다.

'豪'를 골자로 하는 또 다른 중요한 시품 용어로 '豪壯'이 있다. 曺伸은 『謏聞瑣錄』에서 渾厚, 沈痛, 工緻, 豪壯, 雄奇, 宏演, 閑適 등 7종류의 풍격을 제시하고 있는데 이 중 '豪壯'에 해당하는 시구의 예를 들어보면 '豪'의 미적 내용을 이해하는 데 도움이 될 것이다.[19]

林巒號怒風從北	숲 우거진 산봉우리 울부짖으니 바람은 북쪽에서 불고
星斗闌干月欲西	북두칠성 밝게 빛나니 달은 서쪽으로 기우네
鎔金日落群山島	이글이글한 해는 군산도로 지고
搭素煙橫碧骨陂	흰 깁을 드리운 연기는 벽골못에 비꼈네

앞의 것은 서거정의 시의 한 구절로 시인의 씩씩하고 호방하고 원대한 기상을 읊었으며, 뒤의 것은 김종직의 시구로 규모가 크고 웅대한 자연 경관을 원거리 시점에서 묘사한 것이다. 이로써 우리는 '豪' 또는 '豪壯'이 크

---

18) "純用淸苦爲體 山人之格也 全以姸麗裝篇 宮掖之格也 惟能雜用淸警雄豪姸麗平淡 然後備矣."

19) 曺伸, 『謏聞瑣錄』(정용수 역, 국학자료원, 1997), 278-290쪽.

기나 넓이, 부피에 관계된 量感 및 강하고 웅대하며 씩씩하고 호방한 기상을 함축하고 있다는 것을 알 수 있다.

또 申景濬은 『旅庵遺稿』 「詩則」에서 10종류의 풍격 제시 이 중 '豪壯'에 대하여 '세상사람들이 "醉酒高歌"라든지 "拔劍擊筑" 등의 문구를 보고는 곧 豪壯하다고 생각한다.'[20]라고 하여 씩씩한 기상이라든가 무엇에도 꺼릴 것 없는 분방함, 호협적 행동을 묘사한 문구를 '豪壯'으로 이해하는 당대의 풍조를 언급한 바 있다.

이상 몇 기록을 통해 '豪'를 핵심으로 하는 평어들이 공통적으로 함축하는 의미요소가 있음을 발견하게 된다. 放, 堅, 剛, 健, 壯, 雄, 俊 등이 그것이다. 사공도의 24시품 중에서는 '豪放'외에 '雄渾' '勁健' '曠達'이 '豪'에 근사한 것이라고 생각한다.

'豪'는 대체로 어떤 시에 대하여 높은 평가를 행할 때 사용되지만, 경우에 따라서는 부정적 의미로 사용되기도 한다. 예를 들면 이황은 <陶山十二曲跋>에서 '翰林別曲之類'를 평하여 '矜豪放蕩하고 褻慢戲狎하여 군자로서 숭상할 바가 못된다'고 하였는데 여기서 '矜豪'는 뽐내며 자기 멋대로 행동하는 것을, '放蕩'은 자유분방하여 절제가 없는 것을 가리킨다. 여기서 '豪'는 국문 시가 작품에 대한 평어로 사용되었는데, 이처럼 '豪'의 조합어가 漢詩가 아닌 국문 시가에 평어로 사용되는 예는 조선 후기 들어 어렵지 않게 찾아볼 수 있다.

> 김수장군과 남파 김천택은 중국의 경정산 고사처럼 서로 마주하니 양 옹은 그 당시 노래에 통달한 사람들이었다. 미묘하고 豪爽한 절주, 부침 골골한 條理가 두 사람의 문하에서 나왔다.[21]

---

20) 그의 의도는 세상사람들의 이러한 생각이 잘못된 것임을 지적하는 데 있다. 즉, '疏拙'한 문구 가운데 '豪壯'한 意思가 있고 '繁華'한 구절 중에 '淸寒'한 意思가 있음을 알지 못한다는 것이다. 申景濬, 『旅庵遺稿』(『韓國文集叢刊』 231, 민족문화추진회, 1999).

> 始慶(金默壽)이 지은 長短歌 六章은 音調와 節奏와 가락이 지극히 호방하고 상쾌하다.[22]

처음 예에서 '微妙'는 精微하고 玄妙함을, '豪爽'은 호방하고 상쾌한 것을, '浮沈'은 떴다 가라앉았다 하는 모습을, '汨汨'은 물결치는 소리를 형용한 것으로 모두 노래-歌曲-의 격조를 평하는 용어로 사용되고 있다. 두 번째는 金默壽의 시조에 대해 김수장이 평한 것으로 여기서도 '豪爽'이란 말이 사용되고 있어 우리는 '豪爽'이라는 말이 조선 후기에 시조음악을 평하는 용어로 자리 잡고 있음을 확인할 수 있다.

2.3 '豪'의 미적 함의

이상 '豪'라는 말의 어원, 자구적 의미, 평어로서의 용법 등을 검토해 보았는데 이를 바탕으로 조선 후기예술의 지배적 미의식으로서 '豪'가 지닌 미적 본질을 규명해 보기로 한다.

첫째, '豪'는 陽剛의 미로 분류될 수 있다. 淸代의 姚鼐는 천지에는 陰陽剛柔의 道가 있다는 『周易』「繫辭篇」의 설을 바탕으로 '陽剛之美'와 '陰柔之美'로 나눈 바 있는데, 그의 설명에 의거하면 이 글에서 논하는 '豪'나 사공도의 24시품 중 '雄渾' '勁健' '曠達' 등은 陽剛之美의 전형이라고 할 수 있다.

> 陽剛의 미를 얻은 것은 그 문장이 우뢰·번개와 같고 長風이 골짜기를 빠져나가는 것 같고 높은 산 험준한 벼랑, 툭 터진 큰 하천과 같으며, 그 빛은 밝은 해나 불과 같고 좋은 금과도 같다. 그 사람에 있어서는 뜻이 높아 먼 곳을 보는

---

21) "金君壽長與南坡金天澤 相對敬亭山 兩翁卽當世洞歌者也 微妙豪爽之節 浮沈汨汨之理 出於兩門." 張福紹, 「海東歌謠 後序」, 『海東歌謠』(金壽長 編撰, 金三不 校註, 정음사, 1950).

22) "長短歌六章 音調節腔 極其豪爽." 金壽長, 『海東歌謠』.

듯하며 임금이 萬衆에게 조회를 받는 듯, 북이 울리매 수많은 용사들이 싸움에 나아가는 듯하다.23)

양강지미에 대한 위의 설명을 한 마디로 압축하면 '男性性'을 핵심으로 한다는 점이다. 위 인용구절에 서술된 대로 외관상 壯大하고 높고 굵고 剛健하며 강렬하고 견고해 보이는 모습이나 狩獵, 拔劍, 馳馬 등과 같은 씩씩한 행동과 깊은 관련을 지닌다는 점이다. 따라서 내면의 깊이나 심오함, 질감보다는 양감, 부피, 크기에 관련된 미감이라 할 수 있다.

둘째, '豪'는 외향성을 띠는 미의식이다. 생명력과 에너지가 밖으로 발산되는 데서 야기되는 밝고 쾌활한 기상, 외계 사물에 대한 적극적이고 개방적인 태도를 함축한다. 따라서 '豪'는 늙음보다는 '젊음'과, 세속에 超脫한 태도보다는 신명이나 흥과 같은 즐겁고 밝은 정서 체험과 밀접한 관련이 있다.24) 첫째의 특성이 주로 '豪'의 외면적 속성을 가리키는 것이라면, 두 번째의 특성은 그 내면적 가치를 지시한 것이다.

셋째, '豪'는 어떤 틀이나 규격에 얽매이지 않는 자유분방함을 표방하는 미의식이다. 따라서 융통성과 탄력성을 지니며 고체 상태가 아닌 액체나 기체 상태에 비유될 수 있는 미감이다.

넷째, '豪'에 내포된 豪奢·豪華의 의미가 부각될 때 이 미감은 '감각적' 속성을 갖게 된다. 즉, 이지적 분석과 판단, 심오한 철학적 사색 등 悟性을 요하는 정신작용이 아니라, 五官의 감각 기관이 자극됨으로써 야기되는 미감으로 분류될 수 있다. 특히 색채·크기·부피 등 視覺的 화려함과 깊은 관련을 가지며 물질주의적 세계관과 결합되는 경향이 있다. 따라서 이 경우 '豪'는 관념이나 형이상학적 요소보다는 형이하학적인 세계에 더 밀착된 미

---

23) 『惜抱軒文集』(『中國美學思想彙編』下, 臺北: 成均出版社, 1983), 410-411쪽.

24) 이 점에서 '豪'는 風流의 세 유형 중 '흥'의 범주로 귀속될 수 있다. '흥'의 본질에 대해서는 辛恩卿, 『風流: 동아시아 美學의 근원』(보고사, 1999), 102-124쪽 참고.

감의 성격을 띠게 된다. 특히 호탕하고 흥거운 유흥의 場, 靑樓酒肆와 같은 향락의 공간과 친연성을 지닌다.

이 가운데 처음 세 가지는 특정 시대와 무관하게 사용되어 온 종래의 '豪'의 의미범주를 넘어서지 않지만, 나머지 한 가지는 조선 후기적 용법과 관련된 미적 含意라는 점에서 주목을 요한다. 조선 후기에 市井藝術이 성행한 것을 감안한다면 마지막 요소는 특히 시정예술의 본질적인 면을 설명한 것이라 해도 될 것이다.

여기서 한 가지 의문이 제기된다. '豪'의 미적 내용 특히 처음 세 가지 내용에 부합하는 개별적 예술 텍스트, 예술가는 어느 시대, 어느 장르를 막론하고 존재할 수 있는데, 어떻게 '豪'를 조선 후기 예술의 지배적 미감으로 간주할 수 있는가 하는 문제이다. 물론 어느 시대든 보편적으로 존재할 수 있다. 그러나 그것은 개별적 차원에서의 이야기이고 지금 이 글에서 관심을 두는 것은 시대적 조류에 관계된 것이다. 그러므로 조선 후기 이외의 어느 시대에 '豪'의 미적 조건을 충족시키는 예술 텍스트가 散見된다 해서 이를 조선 후기의 지배적 미감으로 규정하는 것에 장애가 되지는 않는다고 본다.

앞서 조선 후기 예술을 관통하는 공분모로서 自由奔放性, 卽興性, 感覺性을 제시하였는데 이상 간추린 '豪'의 미적 함의로 미루어 이 공통 분모를 포괄하기에 매우 적절한 용어라고 생각된다.

3. 예술장르에 따른 '豪'의 전개양상

이상의 논의를 바탕으로 조선 후기에 성행한 제 예술장르를 구체적으로 검토하면서 '豪'의 미가 어떻게 예술 텍스트에 구현되는지를 살피고자 한다. 예술은 표현매체에 따라 언어예술, 청각예술, 시각예술, 조형예술 등으로 분류될 수도 있고 창조적 활동의 영역에 따라 시간예술, 공간예술, 시·공간예술로 분류될 수도 있으며 기호체계의 유형에 따라 묘사적 유형과 비묘사적 유형, 조형적 유형과 비조형적 유형으로 분류할 수도 있다.[25]

먼저 '문학'은 언어를 표현 매체로 하는 시간예술이면서 특정한 대상, 현상, 사실을 언어로써 기술·재현하는 묘사적 유형에 속한다. 따라서 우리는 언어로 기술된 내용을 통해 '豪'의 미적 특성을 추출하게 된다. 이 글에서는 사설시조와 야담을 중심으로 '豪'의 미감을 살필 것이다. '음악'의 경우 소리를 표현 매체로 청각에 호소하는 시간예술이므로, 소리의 빠르기, 장단, 높낮이, 음색 등 음향적 요소를 통해 '豪'의 요소를 찾아야 한다. 이 글에서는 조선 후기 음악을 특징짓는 민속악을 중심으로 '豪'의 미적 특질을 규명하고자 한다. 다음 '회화'는 색채를 표현 매체로 하는 공간예술이면서 묘사적이고 조형적인 유형에 속하는 예술이다. 회화의 특징은 대상세계를 묘사·재현하는 데 있어 시각적 구체성을 갖는다는 점이다.[26] 이 글에서는 조선 후기에 성행한 풍속화·진경산수를 대상으로 '豪'의 특성이 어떻게 구현되어 있는가를 살피게 될 것이다. 마지막으로 '춤'은 신체의 동작을 표현 매체로 한 시·공간예술로 비묘사적·비조형적 특질을 지닌다.[27] 본 연구에서는 조선 후기에 성행한 민속춤 특히 탈춤을 중심으로 '豪'의 미적 특성이 어떻게 구현되어 있는가를 살피고자 한다.

3.1 '문학'의 경우

조선 후기에 성행한 문학양식 중 '豪'의 미를 가장 잘 구현하는 것은 사설시조와 야담이다.

---

25) M.S. 까간, 앞의 책, 345–351쪽.

26) 같은 책, 351쪽.

27) 같은 책, 347쪽.

노리갓치 죠코 죠흔 줄을 벗님네 아돗든가/ 春花柳 夏淸風 秋月明 冬雪景
에 弸雲 昭格 蕩春臺와 漢北絶勝處에 酒肴 爛熳ㅎ듸 죠흔 벗 가즌 嵇笛
아름다온 아모 가히 第一名唱들이 次例로 안ㅈ 엇결어 불을 쎡에 中한님 數
大葉은 堯舜 禹湯 文武갓고 後庭花 樂時調는 漢唐宋이 되엿는듸 搔聳이
編樂은 戰國이 되여이셔 刀創劍術이 各自 騰揚ㅎ야 管絃聲에 어리엿다/ 功
名도 富貴도 나 몰리라 男兒의 이 豪氣를 나는 죠화ㅎ노라 (139)

이 작품은 사시사철 경승지를 찾아다니며 노래로써 즐기는 모습을 묘사
한 뒤 이를 세상의 어느 것과도 견줄 수 없는 '男兒의 豪氣'로 규정하는
내용이다. 우리는 酒肴가 난만하고 온갖 악기와 제일가는 명창들이 참가한,
豪華의 극을 다한 노래모임의 한 장면을 쉽게 떠올릴 수 있다. 여기서 환기
되는 것은 흥겹고 생명감 넘치는 밝은 정서이다. 명창들이 각각 기량을 겨
루는 것을 刀創劍術에 견주어 각자 "騰揚"하는 것으로 묘사하고 있다. 즉,
노래 솜씨가 위로 솟구치고 하늘로 날아오르는 모습으로 그리고 있는 것이
다. 우리는 여기서 생명력과 에너지의 발산을 본질로 하는 '豪'의 미의 정수
를 본다.

간밤의 大醉ㅎ고 醉한 줌에 꿈을 꾸니/ 七尺劍 千里馬로 遼海룰 누라 건너
天驕를 降服밧고 北闕에 도라와 告闕成功 ㅎ여 뵈니/ 男兒의 慷慨흔 ᄆ음이
胸中에 鬱鬱ㅎ여 꿈에 試驗 ㅎ노매. (22)

大雪이 滿山흔 뒤 黑貂裘를 썰쳐 닙쬬/ 白羽長箭 허리예 씌고 千斤角弓
풀에 걸고 鐵驄馬를 빗기 노하 澗壑으로 들어 간이 큰아큰 돗기 내닷거늘 輒
拔矢引滿射殪ㅎ야 칼을 쌔혀 다혀 너코 長곳에 꿰여 구어낸이 膏血이 點滴
써늘 踞胡床而啖之ㅎ고 大銀椀에 紫霞酒를 醉토록 먹을이라/ 암아도 壯快
豪遊는 잇쑨인가 ㅎ노라 (174)

앞의 것은 천리마를 타고 遼海의 땅을 정벌하여 흉노족을 항복시키는
꿈 내용을 빌려 男兒의 慷慨한 심정을 토로한 것이고, 뒤의 것은 사냥의

즐거움을 기술하여 남아의 일 중 유일한 '壯快豪遊'로 규정한 것이다. 두 작품의 소재가 되고 있는 사건은 극히 남성적이며 壯大·剛健한 기개를 가지고 행해지는 것이다. 우리는 여기서 '豪'에 내포된 量感, 부피, 크기의 미감을 체험한다.

> 男兒의 少年行樂 히올 일이 ㅎ고하다/ 글닑기 칼쓰기 활쏘기 몰돌리기 벼슬ㅎ기 벗사괴기 술먹기 妾ㅎ기 花朝月夕 노리ㅎ기 오로다 豪氣로다/ 늙게야 江山에 믈려와셔 밧갈기 논믹기 고기낙기 나모뷔기 거믄고 톳기 바독두기 仁山智水 遨遊ㅎ기 百年安樂ㅎ여 四時風景이 어늬 그지 이시리. (118)

여기에는 남자가 할 수 있는 온갖 소일거리, 놀이의 종류가 망라되어 있다. 젊었을 때 할 일, 늙어서 할 수 있는 일의 차이가 있을 따름이다. 젊은 시절의 일거리는 주로 動的이고 타인과의 관계에 있어 외향적인 것인 반면, 늙어서의 일거리는 주로 靜的이고 타인과의 교제와는 무관한 혼자만의 일이라는 차이가 있다. 그런데, 작자는 전자의 일들을 '豪氣'있는 일로, 후자를 '安樂'한 일로 규정하고 있다. 즉, 활동적이고 타인에 대해 개방된 태도로 적극적인 관계맺음을 지향하는 것을 '豪氣'로 인식하고 있는 것이다. 이 시조는 개방성, 젊음, 적극성, 외향성 등 '豪'의 미적 본질이 잘 구현되어 있는 작품이라 할 수 있다.

> 남이라 님을 아니두랴 豪蕩도 그지업다/ 霽月風光 져문날에 牧丹黃菊이 다 盡토록 우리의 고은 님은 白馬金鞍으로 어듸롤 둔이다가 뉘 손에 줍히여 笑入 胡姬酒肆中인고/ 아희야 秋風落葉掩重門에 기다린들 무엇ㅎ리 (122)

이 시조는 白馬金鞍으로 여기저기 돌아다니며 女色과 술을 탐하는 남자의 행동을 '豪蕩'한 것으로 규정하고 있는데 靑樓 酒肆와 같은 향락의 공간을 배경으로 행해지는 감각적 체험이 호탕한 행위의 바탕이 되고 있다.

사설시조 외에 '豪'의 미가 잘 구현되어 있는 문학양식은 조선 후기의 野

談²⁸⁾이다. 야담은 사랑방이나 市井에서 돌아다니는 이야기를 한문으로 옮겨놓은 短篇의 서사양식으로서 당대 일상 현실에서 제재를 취하여 사실감과 생동감 넘치는 표현으로 담아낸 것이다. 조선 후기에 수없이 쏟아져 나온 야담에는 富의 추구와 현실적 이익에 민감한 新人間型이 제시되어 있고 당대 사회상이 잘 반영되어 있다는 점에서 주목할 필요가 있다. 새로운 타입의 인간형은 신분적 변별성보다는 가치관이나 행동양식으로써 그 특성을 드러낸다. 그들은 물질을 더 이상 천시하지 않으며 허울뿐인 양반을 동경하지도 않는다. 따라서 그들의 美的 취향도 조선 전기처럼 성리학적 이념에 토대를 둔 雅正한 관념미보다는 물질이나 현실과 관련된 感覺性 쪽으로 기울어지는 경향을 띠게 되었다. '豪'가 豪奢·豪華의 의미로써 물질주의와 결합되는 양상은 특히 향락이나 유흥문화에서 쉽게 찾아볼 수 있으며 조선 후기 야담은 이런 美的현상을 살피는 좋은 텍스트가 된다.

서사양식의 성격상 서사구조 전체가 '豪'의 미에 기초해 있기보다는 에피소드나 등장인물에 대한 정보를 주고자 할 때, 다시 말해 서사를 구성하는 부분적 단위에서 '豪'의 미가 구현된다. 조선 후기 야담 중 '豪'의 미를 잘 구현하고 있는 예로서 「遊淇營風流盛事」²⁹⁾를 들고자 한다.

이 이야기는 풍류로써 일세를 풍미한 沈鏞(1711~1788)이라는 인물을 중심으로 그의 풍류에 얽힌 몇 가지 일화를 소개한 것이다.

> 마상의 한 사람이 몸에 누빈 자줏빛 갓옷을 입고, 머리에 漆色 蜀猫皮 남바위를 쓰고, 손에 채찍을 쥐고서 안장에 버티고 앉아 좌우를 돌아보는 풍채는 보는 사람들을 감탄케 하고야 말았다. 美姬 3, 4명이 머리에 戰笠을 얹고, 몸에 짧은 소매의 戰服을 걸치고, 허리에 푸른 색 띠를 두르고, 발에 꽃무늬를 수놓

---

28) 논자에 따라서는 이를 漢文短篇이라고도 한다.

29) 원래 『靑丘野談』 卷一에 실려 있는데 여기서는 이우성·임형택 譯編, 『李朝漢文短篇集』 中(일조각, 1978·1996)에 「風流」라는 제목으로 실려 있는 것을 텍스트로 한다. 원문은 생략함.

은 운혜를 신고, 쌍쌍이 뒤를 따르고 있었다. 그 뒤로 또 5, 6명의 동자가 푸른 저고리에 자색 띠를 하고 제각기 악기를 들고서 마상 연주를 하고 있었으며 사냥꾼이 보라매를 팔목에 받치고 사냥개를 부르며 숲 사이에서 뛰어나왔다.

이 구절은 당시 서울 장안에서 벌어지는 풍류놀이에는 꼭 심용이 초청되곤 하였는데 한 부마가 그와 상의 없이 연회를 베풀다가 갑작스레 출현한 심용과 그의 연예인 그룹 때문에 연회를 망쳤다는 이야기의 일부로, 온갖 화려한 치장을 하고 나타난 심용의 무리에 대해 묘사한 부분이다. 심용이나 美姬, 동자의 치장에 대한 묘사적 서술 및 馬上에서 연주되는 음악, 사냥꾼, 보라매 등에 대한 정보는 호사스럽고 화려하며 감각적인 풍류의 한 장면을 떠올리기에 충분하다. 이 인용 구절에 구현된 '豪'의 미는 특히 인물들의 외관 즉 옷, 모자, 馬具, 신발, 악기, 보라매 등 '물질'을 중심으로 하여 그것의 質感·色感이 부각됨으로써 조성된다는 것을 알 수 있다. 이처럼 '豪'의 미가 질탕한 유흥의 場에서 형성되는 것일 때 물질주의적 세계관과 감각적 취향이 강조되어, 花朝月夕에 吟風弄月하는 양반 사대부들의 '淸淡'한 미적 취향과는 사뭇 다른 양상을 보인다.

야담 중 '豪'의 미를 잘 드러내 보이는 텍스트로 '豪俠'의 무리에 관한 이야기[30]들을 들 수 있다. 조선 후기는 시대적·사회적 변화가 급격한 때로서 호협에 관한 이야기들은 봉건사회 해체기의 역사적 산물이라 할 수 있다. 조선 후기의 유협전에 그려져 있는 유협은 도시의 시정을 기반으로 하는 상공인층과 연결되어 있어, 지방의 민간을 근거로 해 활약하는 호족으로서의 성격을 띠는 사마천의 유협과는 차이를 보인다.[31] 이야기에 그려진

---

30) 박희병은 '豪俠의 무리'를 달리 '遊俠'이라는 말로 나타내어 조선 후기 遊俠傳에 관한 연구를 행하였다. 이 글에서 말하는 '豪俠의 무리'는 이 '遊俠'과 크게 다르지 않다. 박희병, 「조선 후기 민간의 유협숭상과 유협전의 성립」, 『韓國古典人物傳研究』 (한길사, 1992·1993).

31) 같은 책, 288쪽.

豪俠客은 신의에 바탕을 둔 인간관계, 기존의 가치기준이나 틀에 얽매이지 않는 자유분방한 행동양식, 권력이나 부에 굴하지 않는 강건하고도 反權威的인 기개, 융통성 있는 사고방식을 특징으로 한다. 조선 후기에는 이같은 호협의 무리를 숭상하는 기풍이 팽배하여 이들의 행위를 미화하여 칭송하는 이야기들이 쏟아져 나왔는데 「達文」, 「乾坤囊」, 「洪氏盜客」[32] 등을 그 예로 들 수 있다. 이 중 「乾坤囊」을 살펴 보기로 한다.

> 조석중은 9척 장신에 눈썹이 짙고 배가 크며 손재주가 많았다. 특히 말갈기로 망건과 갓을 잘 만들었다. 하루 걸려 망건 하나, 사흘 걸려 갓 하나를 만들어 내었다. 망건값은 1백 전이고, 갓값은 8백 전이다. 돈이 생기면 곧 어려운 사람을 도와 주었다. 술을 잘 마시며 친구를 좋아하고 신의를 중히 알았다. 거처할 집도 없었는데, 대신 언제나 커다란 자루를 휴대하고 다녔다. 한 섬 쌀이 담길 만한 크기로 '건곤낭'이라 부르는 것이었다. 일체의 가재도구 및 의관 신발가지를 모두 그 안에 넣었다. 스스로 당세의 미륵불이라 칭하였다.[33]

우리는 여기서 '豪'의 미가 내포하는 여러 미적 속성을 발견하게 된다. '9척 장신'의 큰 체격, 현실적으로 빈곤하지만 스스로를 미륵불이라 칭할 정도의, 하늘을 찌를 듯한 기개 등 조석중이라는 인물에 대한 묘사에서 陽剛之美로서의 '豪'의 특성을 읽어 내기에 충분하다. 또한 자신이 처한 현실은 어둡지만 이를 긍정적·낙관적으로 수용하는 조석중의 태도에서 외향성·밝음·생명력으로 交織된 '豪'의 미적 내용을 확인할 수 있다.

3.2 '음악'의 경우

보통 조선 후기 음악의 특징으로서 성악곡의 기악곡화, 당악의 향악화

---

32) 이 세 이야기는 모두 「秋齋紀異」(『李朝漢文短篇集』·中, 1978·1996)에 수록되어 있다.
33) 『李朝漢文短篇集』·中, 338쪽.

및 많은 변주곡의 등장, 음악의 절주가 빨라지고 선율이 복잡해지는 현상, 거문고의 조현법과 안현법의 변천, 현행 전통음악의 직접적인 모태가 된다는 점 등이 언급되고 있다.[34] 이 중 歌曲의 변주곡과 繁音促節 현상, 민속악에서 두드러지는 즉흥성을 중심으로 '豪'의 미가 조선 후기 음악에 어떻게 구현되는지 살펴 보기로 한다.

歌曲은 18세기 말에 이르면서 삭대엽의 변주곡들인 농·낙·편·이 등장하고 19세기 전기에는 18세기 말의 것을 바탕으로 새로운 형태의 변주곡인 조림, 소이, 소용, 언락, 편락이 출현하며 19세기 후기에는 언롱, 언편, 還界樂 등의 변주곡이 나타난다.[35] 변주곡들은 기존곡의 반복적 연주에 만족하지 않고 새로운 형태로 연주해 보려는 시도를 반복하는 데서 파생된 것으로 일종의 창작 작품이라 할 수 있다.[36] 이의 주된 구실을 담당한 사람은 작곡자가 아닌 가객·악공과 같은 연주자였으며 변주시키는 방법으로 더늠을 첨가한다든지, 기존 선율에 악기의 시김새를 넣는다든지, 기존 선율을 높여서 부르거나 장단을 바꾸거나, 새 가락을 즉흥적으로 짜서 기존곡에 첨가하는 등 다양한 기법이 시도되었다.[37] 이로 볼 때 고정성·경직성을 벗어나 연주의 융통성을 발휘하는 데서 변주곡의 형식미가 발현된다는 것을 알 수 있다.

우리는 조선 후기에 이처럼 다양한 변주곡이 파생되는 현상을 야기한 내적 동인에 주목해야 한다. 그 내적 동인이란 다름아닌, 기존의 틀이나 규격에 구속되는 것을 거부하여 자유로움을 추구하고 개성을 표현하려는 당대 연주자들의 藝人精神이다. 그리고 이 정신은 '豪'의 미가 창출되는 토대가 되기도 하는 것이다.

---

34) 송방송, 『한국음악통사』(일조각, 1984·1998), 371쪽.

35) 같은 책, 421-423쪽.

36) 같은 책, 492쪽.

37) 같은 곳.

한편 조선 후기 음악의 공통된 특성 중 하나인 繁音促節 현상은 가락이나 장단의 구조가 복잡해지고 악곡의 절주가 빨라지는 것을 가리키는데, 이 경향은 18세기 변주곡의 등장 과정에서 나타난다.[38] 음악의 가락이나 장단이 빚어내는 미적 효과를 볼 때, 단순한 가락과 느린 장단이 감정을 절제하는 데서 오는 장중한 美感을 야기한다면 복잡한 가락, 빠른 장단은 신명나고 생동감있는 美感을 창출한다. 가곡 한바탕은 처음에는 느리게 연주하다가 흥이 고조됨에 따라 빠른 장단으로 연주하는데 이는 음악의 빠르기와 감정의 상태가 비례관계에 있음을 말해주는 단서가 된다. '豪'의 미가 생명력과 에너지가 밖으로 발산되는 데서 오는 밝고 쾌활한 기상과 밀접한 관련을 가진다고 할 때, 빠른 템포로 인해 감정이 고조되고 흥분되는 체험의 순간은 곧 '豪'의 미감을 체험하는 순간이 되는 셈이다.

이 외에 조선 후기 음악사의 뚜렷한 징표로서 민속악의 등장과 발전을 들 수 있다.[39] 농악, 산조, 판소리, 무악 등 민속악의 공통점 중 하나는 똑같은 장단을 기계적으로 반복하지 않는다는 점이다.[40] 이것은 곧 장단의 변화무쌍함, 자유분방함, 일회성, 즉흥성을 말해 주는 것으로 재미와 신명을 추구하는 민속악의 본질에 부합한다. 장단의 즉흥성은 민속악 중 특히 무악의 일종인 '시나위'에서 잘 나타난다. 시나위는 남도의 '육자배기' 토리로 된 '허튼가락'의 기악곡을 말하는데 여기서 허튼가락이란 말에는 즉흥연주의 의미가 담겨 있다.[41] 즉, 악보나 미리 짜여진 가락에만 의존하지 않고 주어진 장단과 연주 분위기에 몰입하여 각자 개인의 음악성과 기교를 발휘하면서 연주하는 것이다.[42] 고정된 장단과 선율의 기계적 반복이 절제된 감정을

---

38) 같은 책, 493쪽.

39) 같은 책, 441쪽.

40) 최종민, 『한국전통음악의 미학사상』(집문당, 2003), 153쪽.

41) 같은 책, 190쪽.

42) 같은 책, 191쪽.

표현하기에 적합하다면, 즉흥적 연주는 음악에 생동감을 부여하고 감정을 직접적으로 표출하기에 적합하다. 고정된 틀을 벗어나는 데서 오는 자유분방한 생명력과 상황에 맞게 유연하게 반응하는 융통성·탄력성, 변화에 따른 생동감, 감정에 충실한 데서 오는 흥과 신명이 바로 즉흥 연주의 묘미인 것이다. 그리고 이 점은 '豪'의 미적 본질과 일치하는 특성이기도 하다.

판소리에서의 '豪'의 미는 音色에서 드러난다. 서양음악에서는 폭넓은 공명에서 나오는 맑고 고운 소리를 아름다운 소리로 여기지만, 판소리에서는 오히려 딱딱하고 속이 꽉 찬 이른바 알차고 텁텁한 거친 소리를 중시한다.[43] 공명에 의한 고운 소리보다는 힘있고 극적인 소리를 중히 여기는 것이다.[44] 그리하여 쇠망치와 같이 堅强하고 딱딱한 소리인 '철성'과 쉰 목소리와 같이 껄껄하게 나오는 소리인 '수리성'을 최고로 친다.[45] 창은 서양과는 달리 실외에서 공연되기 때문에 큰 聲量을 필요로 하며 이를 위해 발성기관 자체를 단련하여 큰 소리를 낼 수 있도록 하는 것이다. 큰 성량은 듣는 이에게 量感을 주며 견고하고 강한 음색은 역동성을 부여한다. 서양의 발성법과 음색이 妍麗性에 기초한 陰柔之美의 성격을 띤다면, 판소리의 그것은 힘과 雄豪性에 기반을 둔 陽剛之美의 성격을 지닌다고 할 수 있다.

3.3 '그림'의 경우

1700년 무렵부터 일어난 조선 사회, 문화 전반에 걸친 난숙한 변화의 기류에서 회화상의 신동향은 속화의 등장, 진경산수의 발생, 문인화풍의 유행 등으로 요약된다.[46] 조선 후기에는 시대양식으로서 풍속화가 정착하게 되

---

43) 김기령, 「한국 판소리의 가창적 특징」, 『판소리』3(『민속학술자료총서』 220, 우리마당 터, 2002), 308쪽.

44) 최종민, 앞의 책, 225-226쪽.

45) 김기령, 앞의 글, 292쪽.

46) 안휘준, 「조선왕조 후기 회화의 신동향」, 《고고미술》 134호, 1977, 11쪽. 윤홍준,

는데 이 양식이 확대 발전된 배경에는 화단에 축적된 사실주의 역량의 뒷받침, 실학의 발전·현실비판여론 성장, 조선 후기 경제력 상승 및 신분질서 동요와 더불어 민중의식이 성장했다고 하는 요인이 자리하고 있다.47)

화단에 축적된 자체적인 요인으로 궁중의 의궤와 양반 관료층의 계회나 향연을 담은 記錄畵의 존재를 거론할 수 있는데 기록화는 현장 기록이라는 측면에서 풍속화적 요소를 지니고 있지만 지배층의 권위를 표현하는 독특한 서술 형식에 의해 그려졌다. 궁중의 행사에 대한 기록화는 옆으로 긴 두루마리로 그리고 양반층의 계회도는 위아래로 긴 화폭에 그린다는 식의 특별한 典型이 있었던 것이다.48) 17세기 이후에는 행사장면을 재현해 놓은 기록적인 성격이 유지되면서도 행사장 주변의 풍경과 풍물을 조화시킨 사례가 나타나기 시작하였는데49) 이처럼 풍속화는 기록화가 지닌 정례적인 틀을 벗어나려는 동향에서 발전한 회화 장르가 아닌가 생각해 볼 수 있다.

농촌 생활을 중심으로 백성들의 구체적인 삶의 현장에서 소재를 취한 김홍도나 妓女를 중심으로 조선 후기 변모하는 도회상의 단면을 드러내는 데 주력한 신윤복의 풍속화에서 우리는 기존의 정례적 틀과 전형에 얽매이지 않는 자유분방한 畵員의 의지를 읽어낼 수 있다. 풍속화가 지닌 이같은 자유분방성으로부터 우리는 '豪'의 미를 논의할 수 있는 단서를 발견하게 된다. 특히, 서울의 향락 풍조를 중심으로 女俗이나 노골적인 남녀의 애정 표현, 색정을 표출한 신윤복 풍속화의 에로티시즘에는 사대부의 윤리관을 벗어나 그에 정면으로 도전하려는 저항의식이 담겨 있어50) 주제나 소재 선택에 있어 기존의 틀을 벗어난 자유분방한 태도가 엿보인다. 또한 이 그림들

『조선시대화론연구』(학고재, 1998, 90쪽)에서 재인용.

47) 이태호, 『풍속화』(둘)(대원사, 1996), 6-7쪽.

48) 이태호, 『풍속화』(하나)(대원사, 1995), 15-16쪽.

49) 같은 곳.

50) 같은 책, 61쪽.

은 기법면에서 妓房 풍속을 배경으로 남녀의 성적 욕망, 기방의 호탕한 분위기를 화사한 색채, 섬세한 필치로 그려내고 있는데[51] 이는 감각 기관을 자극함으로써 창출되는 '豪'의 미감의 한 속성을 보여주는 것이다.

'豪'의 미적 정신을 잘 구현하는 또 다른 그림으로서 겸재 정선을 중심으로 하는 眞景山水畵를 들 수 있다. 진경산수에 대립되는 관념산수는 유교적·도가적 이념을 畵本이나 전통적 기법에 충실하게 담아내는 定式을 지닌다. 말하자면 중국산수의 전통적 이념미의 정식을 표현[52]하는 것이 관념산수인 셈이다. 정선의 진경산수는 이같은 규범화된 정식을 벗어나 자신만의 개성과 필치를 구현하고자 한 자유정신의 소산이다.

鄭敾의 진경산수에 구현된 '豪'의 미감은 독특한 墨法과 筆法을 통해 드러난다. 그의 독특한 묵법이 잘 나타난 작품 <仁王霽色>은 농묵의 擦筆로 여러번 덧칠하는 積墨·重墨의 기법으로써 극단의 量感과 塊量感을 주고 있다. 이로 인해 화면 공간의 깊이가 희생되고 그 대신 양감이 중점적으로 강조되는 효과를 낳는다.[53] 또한 그의 독특한 筆法은 달리 骨筆 또는 骨法이라고도 하는데 <金剛全圖>에는 거센 필선으로 무수하게 중첩된 峯骨을 죽죽 그려내리는 그의 독특한 필법이 잘 나타나 있다. 이러한 골법을 써서 重峯을 그리거나 산세를 묘사할 때 화면 전면을 꽉 채우거나 중앙으로 몰아 집중적으로 그리는 독특한 구도[54]를 지니게 되어 강렬한 양감과 힘찬 필세를 느끼게 한다. 이처럼 겸재의 진경산수의 특색과 기조는 묵법과 필법의 새 기법 위에 선 重墨岩山의 강조와 骨筆山勢의 구도를 중심으로 하는데 농담의 강렬한 대조, 필세의 강화는 縹緲感보다는 오히려 양감을 준다.[55]

---

51) 같은 책, 62쪽.

52) 이동주, 『우리나라의 옛그림』(학고재, 1995), 235쪽.

53) 같은 책, 242-243쪽.

54) 같은 책, 247쪽.

이같은 그의 화법에서 우리는 남성적이고 강건한 陽剛之美의 진수를 발견하게 된다.

3.4 '춤'의 경우

최치원의 <鄕樂雜詠五首> 중 가면놀이를 소재로 한 것으로 보이는 <大面> <束毒> <狻猊> 등으로 미루어 탈춤은 그 기원이 오래된 것으로 추정할 수 있지만, 오늘날 전하는 탈춤 형태는 조선 후기의 모습을 이어받은 것으로 보아도 큰 무리가 없다. 탈춤이 '豪'의 미를 구현한 예술의 전형이라고 말한다면, 그것은 탈춤의 춤사위를 근거로 한 것이다.

탈춤의 춤사위는 서양의 발레나 궁중무용과 비교해 볼 때 그 특징이 더욱 선명하게 드러난다. 발레의 동작은 체계화된 형식미의 소산으로서 한치의 빈틈도 없이 꽉 짜여진 설계도처럼 펼쳐진다. 작은 동작이라 해도 전체의 균형과 균제를 고려하여 하나하나가 조화를 이루어야 한다.56) 처음부터 끝까지 계획된 것이기에 선택과 배제의 원칙에 따라 전체와 균형을 이루지 못하는 것은 배제되고 아름답게 조화될 수 있는 동작만이 선택된다. 궁중무용 또한 마찬가지이다. 춤은 문학이나 그림, 음악 등 여타 예술장르처럼 載道之器의 관점에서 이해되었다. 유교이념이 동작 하나하나를 통해 드러나야 하므로 군더더기가 없고 雅正하며 감정을 절제하여 균제미를 이루어야 한다. 또한 性情을 기르기에 적합하도록 동작에서 다음 동작으로 이어지는 속도가 느리다.

이와는 달리 탈춤의 춤사위는 동작이 크고 健舞的이며 破格的이고 즉흥적인 것을 특징으로 한다.57) 따라서 자유분방하고 남성적이며 씩씩하고 활

---

55) 같은 책, 241쪽.

56) 安濟承·安秉珠 공저, 『舞踊學概論』(신원문화사, 1992), 145-153쪽.

57) 장사훈, 『韓國舞踊槪論』(大光文化社, 1984), 24-33쪽.

기가 넘치며 동적이다. 탈춤의 춤사위도 격식이 전혀 없는 것은 아니지만 민속악이나 다른 민속춤처럼 정해진 규격대로 정확하게 연출되기보다는, 춤꾼의 기분과 연행의 분위기에 따라 즉흥적인 멋을 살려 감정에 충실하게 추어지는 것에 그 묘미가 있다. 이런 점에서 탈춤은 '豪'에 내포된 미적 원리 즉, 남성적이고 강건한 陽剛之美로서의 특징, 에너지가 밖으로 발산되는 데서 야기되는 밝고 적극적인 기상, 틀에 얽매이지 않는 자유분방함, 육체의 움직임을 위주로 하는 데서 오는 감각성을 액면 그대로 보여주는 典型的 예술장르라 할 수 있다.

그러나 탈춤은 각 지역마다 춤사위의 특징이 달라 '豪'의 미를 어느 정도 충실히 구현하고 있는지에 있어 차이를 보인다. 경기도 지역의 양주 별산대나 송파 산대놀이의 경우 주된 춤사위는 거드름춤과 깨끼춤인데, 거드름춤은 거드름피우듯이 느린 염불장단에 맞춰 몸을 꿈틀거리며 마디마디 풀어가는 춤이고 깨끼춤은 손짓동작이 많으며 춤동작 하나하나의 단위가 작고 춤사위가 많기 때문에 섬세하고 여성적이고 소극적인 느낌을 준다. 따라서 다른 지방의 탈춤사위에 비해 상대적으로 豪放함이 덜하다. 경상도 지역의 오광대나 野遊 계열 춤에서 가장 개성있는 것은 '덧배기춤'인데 이는 '邪神을 베어버린다'고 하는 驅儺的 상징성을 가진다. 이 춤에서 가장 핵심적인 것은 배김사위인데 이는 '정신을 한 곳으로 모아 감정을 맺는 가운데 어느 지점에다 무겁고 강한 행동으로 뛰어내려 정지하여 박아버리는 동작'[58]으로 남성적이고 강한 느낌을 준다. 한편 황해도의 해서탈춤의 주된 춤은 '사위춤'인데 이는 손에 한삼을 끼고 추므로 무폭이 크다. 또한 跳舞가 많으며 한삼을 힘차게 휘돌리거나 뿌리면서 추기 때문에 성난 무사들이 악귀를 쫓아내는 전투행위와 같은 느낌을 준다.[59] 특히 '뿌리는 사위'는 감정을 강하게 표출하는 동작이다. 이로 볼 때, 여러 탈춤 형태 중 해서탈춤 계열이 '豪'

---

58) 정병호, 『한국의 민속춤』(삼성출판사, 1992), 173쪽.
59) 같은 곳.

의 미를 가장 충실하게 구현하고 있으며 산대 계열이 비교적 적게 반영하고 있다고 하겠다.

한편, 巫俗儀式·농악·탈춤 등에서 발전한 춤인 '허튼춤'은 群舞에 대응되는 홀춤-獨舞·개인춤-의 성격을 띠는데, 일정한 형식이나 규격에 얽매이지 않고 자유롭게 추는 춤을 말한다. 어의상으로 볼 때 '허튼춤'은 흐트러진 춤 즉 즉흥적인 춤을 말하며 음악에서의 '허튼 가락'과 마찬가지로 연행자의 개성과 감정에 따라 즉흥성이 최대로 발휘되는 춤으로 이 또한 '豪'의 미적 원리를 반영하는 형태라 할 수 있다.

이상 사설시조와 야담, 민속악, 민속춤, 풍속화, 진경산수 등 조선 후기에 성행한 예술장르를 중심으로 '豪'의 미가 어떻게 구현되는지를 살폈다. 여기서 한 가지 짚고 넘어갈 문제는, 이 예술양식들이 공간에 따른 예술분류상 '市井藝術'에 속한다는 사실이다.60) 따라서 '豪'의 미는 주로 시정예술과 관련된 미의식이라는 결론이 도출된다.

4. 남은 문제

본 연구는 조선 후기에 성행한 제 예술형태에서 공통적으로 발견되는 특성이 당대의 시대상과 밀접한 관련이 있다는 점, 다시 말해 당대의 시대정신의 반영 내지 그 소산이라는 사실을 바탕으로 하여 이를 미학적 관점에서 조명해 본 것이다.

조선 후기는 물질에 대한 인식변화, 감각적 유흥문화의 성행, 기존의 격식이나 정례에서 벗어나 새로운 변화를 추구하려는 움직임, 다원적 가치의 수용 등 여러 측면에서 시대적 변모상을 드러내는데, 본 연구에서는 이 시

---

59) 이 문제는 본서 「18·19세기 韓·日 市井文學 비교: 사설시조와 센류」에서 자세히 다루었다.

기의 예술을 관통하는 미적 요소인 자유분방성, 즉흥성, 감각성이 당대의 시대상의 예술적 반영이라고 보았다. 그리고 이를 포괄하는 미적 원리로서 '豪'를 제시하여 이 용어가 미의식으로 자리매김될 수 있는 근거를 살폈으며, 그 미적 속성을 몇 가지로 간추려 논의하였다. 그런 뒤 당대에 성행한 제 예술장르에 '豪'의 미적 원리가 어떻게 구현되어 있는가를 살폈다.

　어느 시대의 시대정신과 당대의 미의식 간에 밀접한 관련이 있다는 것을 전제로 할 때, 이를 토대로 더 논의가 이루어져야 할 부분은, 제반 상황이 비슷한 어느 두 시대의 지배적인 미의식을 상호 비교하는 문제이다. 구체적 예를 들어 조선 후기와 일본의 에도 후기─18·19세기에 해당─는 역사상 유례가 없을 만큼 시대적 변모상황이 유사하므로, 일본 당대의 주된 미의식이라 할 '이키'(いき)나 '츠'(通)와 조선 후기의 지배적 미의식인 '豪'를 비교하는 작업이 뒷받침된다면 '豪'의 미적 특징이 더욱 선명하게 드러나게 될 것으로 본다.

18세기 한국문학에 나타난 '安南'

1. 머리말: 「外夷竹枝詞」 『燕行紀』, 그리고 '安南'

이 글은 1795년 秋齋 趙秀三(1762-1849)이 지은 「外夷竹枝詞」[1]를 주대상으로, 徐浩修(1736-1799)의 기행문학 『燕行紀』를 보조자료로 하여 18세기 한국문학에 나타난 安南—베트남의 옛이름—의 모습을 조명해 보려는데 목표를 둔다. 「외이죽지사」는 『秋齋集』7권에 실려 있는 121[2]수의 연

[1] 일반적으로 '竹枝詞'는 어떤 지역의 풍속이나 남녀의 情을 7언 절구 連作詩로 읊은 시양식을 가리킨다. 明淸代는 출판업의 성행으로 각종 죽지사 전집이 간행되어 창작의 전성기를 이루게 되는데 이 시기 문인 죽지사의 특징 중 하나는 시 원문 외에 시의 이해를 돕기 위해 작자가 산문으로 된 설명을 곁들이는 양식이 보편화되었다는 사실이다. 또 하나의 특징은 尤侗의 「外國竹枝詞」(1681)를 계기로 대상 지역이 문인의 고향이나 寓居地·旅行地로부터 한걸음 나아가 外國에까지 확대되었다는 점이다. 죽지사는 크게 보아 樂府의 영역에 속하며 어떤 지역의 풍속을 기록한 것이라는 점에서 紀俗詩의 성격을 띤다. 우리나라 죽지사체 작품 중 외국으로까지 소재를 확대한 예는 申維翰(1681-?)의 「日東竹枝詞」 34수를 필두로, 趙秀三의 「外夷竹枝詞」 133수, 李尙迪(1804-1865)의 「日本竹枝詞」 20수, 李裕元(1814-1888)의 「異域竹枝詞」 30수, 金奭準(1831-1915)의 「和國竹枝詞」 22수 등이 있다. 이 중 이 글의 대상이 되는 조수삼의 「외이죽지사」는 일본과 같이 가까운 나라가 아닌, 西域·유럽의 나라들까지 포함하고 있어 대상 공간의 확대라는 점에서 주목을 요하는 작품이다.

[2] 韃靼(타타르)를 필두로 兀良哈·女眞·琉球 등 73국에 112수, 海中諸國의 9국에 각각 1수씩 9수를 합한 숫자이다. 여기에 <日本雜詠> 12수를 포함하면 133수가 된다.

작시로서 82개국3)의 나라 이름을 제목으로 삼아 그 나라의 산천과 역사, 풍속과 물산, 생활습속 등을 먼저 산문으로 서술한 뒤 산문의 내용을 다시 한 수 이상의 시-7언절구-로 형상화한 것이다. <안남>편에는 5편의 시가 포함되어 있어 82개국 중 가장 많은 숫자를 차지한다.

이 연작시는 明代의 程百二가 찬술한 지리서인 『方輿勝略』(1610)을 보고 외국문물에 대한 호기심이 발동하여 지은 것으로, 먼 외국에 마음대로 가보지 못하는 아쉬움을 글로써 표현한 것이다. 산문이나 시를 통해 표현된 각 나라에 대한 정보 및 지식은 대부분 『방여승략』에 의거한 것으로, 말하자면 「외이죽지사」는 상상 속의 여행 체험을 문학적으로 형상화한 것이라 할 수 있다. 여러 나라 중 '安南'은 몇 가지 점에서 특별한 주목을 요한다.

첫째 포함된 시작품이 5수로 82개국 중 가장 많다는 것4), 둘째 다른 나라의 경우와는 달리 『방여승략』에 없는 내용을 추가하고 있다는 점, 셋째 동시대적인 내용 즉 18세기 안남의 모습까지를 담고 있다는 점, 넷째 다른 나라의 경우 시로 형상화할 때 산물·지세·풍속 등에 주로 초점이 맞춰진 것과는 달리 안남의 경우는 과거 역사에 있어 중국과의 관계 등 정치적 상황에 중점이 놓인다는 점 등이다. 이렇듯, 詩篇의 숫자나 『방여승략』에 없는 내용을 추가한 점 등으로 미루어 추재는 안남에 대해 특별한 관심을 가지고 있었음을 알 수 있다.

「외이죽지사」 끝에 부록으로 붙어 있는 <日本雜詠> 12수는 비록 죽지사체로 쓰여지기는 했지만 일본이라는 나라는 앞에 이미 나타나 있어 별개의 나라로 계산할 수 없고 또 '제목+산문서술+시'라고 하는 구성이 아니라 시 군데군데 산문 주석이 들어가 있어 여타의 텍스트들과 성격이 다르므로 이를 제외하고 82개국 121수만을 대상으로 하고자 한다.

3) 조수삼은 서문에서 83개국의 풍물을 읊는다고 밝혔는데, 이는 일본과는 별도로 맨 말미에 실려 있는 <日本雜詠>까지를 포함하여 계산한 숫자이다. 그러므로 실질적으로 대상이 된 나라는 82개국이다.

4) 참고로 82개 텍스트 중 시가 한 수 배열된 경우는 54개이며, 두 수인 경우는 20개이고, 세 수는 6개, 4수는 <占城> 1개, 5수는 <安南> 1개이다.

<안남>편 산문기록 중에는 청나라에 아부하여 왕위를 찬탈한 阮光平(웅우옌 꽝 빈)이 건륭제의 만수절 행사에 親朝하러 온 광경을 서술한 부분이 있는데, 『방여승략』이 1610년에 찬술된 것을 감안하면, 이 내용은 1790년 만수절 사절단으로 중국에 간 서호수의 연행기록 중 안남에 관한 것을 참고하여 보충한 것일 수도 있고, 비슷한 시기에 燕行에 참여한 추재가 직접 보고 들은 것일 수도 있다. 조수삼은 1789년에 28세의 나이로 연행사신 李相國의 書記로 처음 중국을 다녀온 이래 여섯 차례나 연행에 참여하였다. 우리는 여기서 추재의 첫 중국 여행이 1790년 건륭제의 팔순을 경하하는 만수절 행사가 열릴 시점5)과 맞물린다는 점에 주목할 필요가 있다. 이 무렵에 조수삼이 북경에 있었을 가능성은 배제할 수 없으나, 이 행사에 조수삼이 직접 참관했을 가능성은 희박하다. 조수삼은 평생 서기와 같은 하급직에 종사했는데 이런 낮은 직책으로 청 황제의 생일잔치에 참석할 수는 없었을 것이기 때문이다. 따라서 안남 및 완광평에 대한 추재의 기록은 자신이 직접 견문한 것이기보다는 서호수의 기록을 참고한 것으로 보아도 될 것이다. 설령 그렇다 할지라도 북경에서 직접 견문한 것은, 臥遊에 해당하는 다른 나라의 서술내용보다 훨씬 사실에 가깝고 현장성이 있을 것임은 말할 나위가 없다.

한편 『燕行紀』는 1790년 당시 예조판서였던 서호수가 음력 8월 13일 건륭황제 만수절 행사에 謝恩副使로 직접 참석하여 그 경험을 기록으로 남긴 것이다. 『연행기』 기록에 의하면 행사 당시 반열의 위치가 안남 사신 바로 옆자리였기 때문에 서로 많은 이야기를 주고받았다고 하였고 또 안남에 대한 그의 기록이 다른 나라에 비해 상대적으로 많은 분량을 차지하고 있어 18세기 후반 안남에 대한 서호수의 정보는 그 누구의 것보다 정확하다고 할 수 있다.6)

---

5) 1789년에 가서 1790년에 돌아왔다. 정확하게 1790년 몇 월에 귀국했는지 알 수 없다.

6) 정조실록 14년조에는 안남에 대한 기록이 많이 실려 있는데 완광평이 왕위를 찬탈

18세기 안남은 阮光平이 명목뿐이었던 레(黎) 왕조의 세자 黎維祁를 축출하고 왕위를 찬탈하는 사건이 벌어져 정치적 격동기에 해당한다. 이 과정에서 청 왕조는 처음에는 여유기의 편을 들어 완광평을 응징하려 했으나, 완광평이 청의 福康安에게 큰 뇌물을 주고 건륭제로부터 안남의 공식적인 왕으로 책봉을 받았다. 이런 사실들은 1790년 건륭제의 팔순을 경하하는 만수절에 직접 참석한 조선 사신들에게 알려졌고 청의 처사에 대해 대부분의 조선 지식인은 비난의 목소리를 보냈던 것으로 보인다. 이는 서호수의 『연행기』나 만수절 행사가 열리던 1790년 정조실록 14년 조를 보면 이 사건에 대한 조선의 공식적인 입장이 잘 드러나 있다.

2. 「외이죽지사」〈안남〉편의 사실성과 허구성

앞에서 언급했듯 「외이죽지사」는 산문서술과 한 편 이상의 시로 구성되어 있는데 시만으로는 그 내용을 이해할 수 없는 것이 대부분이고, 반대로 시가 없이 산문만으로는 '죽지사'체를 이룰 수 없고 문학적 묘미가 현저히 감소하는 것이어서, 산문서술과 시는 상호 보조적 관계에 놓인다. 산문과 시를 검토해 보면 산문작가로서의 추재와 시인으로서의 추재가 상이한 기준을 가지고 『방여승략』의 내용을 문학적으로 형상화했음이 드러난다.

『방여승략』에는 상당한 분량으로 서술되어 있는 조공관계가 「외이죽지사」에서는 대폭 생략되어 있는 대신, 서술의 대부분이 주거·풍속·물산·문화·산천 등에 집중되어 있음을 볼 수 있는데, 이로부터 『방여승략』의 항목들을 선택할 때 정치보다는 문화적 측면에 비중을 둔 다는 것을 알 수

한 사건을 비롯하여 18세기 중·후반 무렵의 안남의 정치적 상황 및 만수절 행사에 참석한 안남 사신에 대한 묘사 등은 서호수의 기록과 대동소이하다. 이로 볼 때 실록의 내용은 사은부사로 직접 참여한 서호수의 기록 및 보고에 많이 의존했다고 할 수 있다.

있다. 이렇게 본다면 「외이죽지사」는 지리서의 내용을 문학이라는 형식으로 탈바꿈시킨 일종의 '패러디'라 할 수 있는 것이다. 또한,

> 이백 여 년 전에 쓰여진 책이라 당시의 먼 옛날 사람들이 모두 지금까지 있는 것도 아니고 설명이 잘못되고 사실과 어긋난 것이 자못 많아서 마침내 그 설명을 모은 것에 본디 기억하고 들은 바를 덧붙였다. 부연된 것은 조절하고 생략된 부분은 상세히 하고 어긋난 부분은 바로잡아 합하여 죽지사 122장을 만들었다. 기록한 나라가 83개인데 만약 땅이 가깝고 풍속이 같거나 기록은 있되 근거가 없는 경우는 또한 아울러 빼버렸다.[7]

라는 서문을 보면 산문 작자로서의 조수삼은 내용의 사실성과 근거를 매우 중시했음을 알 수 있다.

그러나 같은 서문에서 '어떻게 하면 이 몸에 날개를 달아 그 곳까지 날아가 이 책의 내용과 같은지 살펴볼 수 있을까. 또 생각하기를 먼 곳을 그리워하는 헛수고를 할 것이 아니라 글로써 풀어버리자'라고 자신의 심회를 서술하고 있어, 사실여부를 중시하면서도 외국문물에 대한 호기심을 문학을 통해 대리만족을 꾀하고자 하는 상상적 욕구가 강했음을 확인할 수 있다. 그러기에 사실에 입각하면서도 리얼리즘의 미학으로 구현되지 못한 것이며, 논자에 따라서는 '일회적 실험'또는 실제적 체험과는 동떨어진 '관념적 읊조림'이라는 평을 받게 되는 것이다.[8]

한편 시인으로서의 조수삼은 사실에 입각하되 그 사실을 표현함에 있어 주관성을 개입시켜 표현의 변화를 꾀하고자 한다. 그러나 시는 어디까지나 산문의 내용에 토대를 두고 있으므로 시적 변형을 꾀한다 하더라도 각 나라에 대한 객관적 정보까지 굴절시키지는 않는다. 즉, 시에서는 내용의 객관성·사실성은 유지하되 표현의 굴절만 이루어진다. 이처럼 산문과 시, 사실

---

7) 원문은 생략.
8) 장효현, 「조선 후기 죽지사 연구」, 《한국학보》(일지사, 1984), 141쪽. 146쪽.

성과 허구성 사이의 팽팽한 균형과 긴장감이 개개 텍스트를 단순한 사실의 기록이 아닌, 문학텍스트이게 하는 원동력이 된다.

이제 <안남>편에 초점을 맞춰 그 구체적 양상을 살펴 보도록 한다. 이를 위해 장황하지만 산문서술 全文을 인용하기로 한다.

> 베트남은 옛 交南이다. 秦나라 말에 趙佗가 桂林郡과 象郡을 병합하였는데 땅이 동서로 만리가 되었다. 스스로 남월 황제라 칭하자 漢 文帝가 陸生을 파견하여 회유하여 항복시켰다. 後漢 광무제 때에는 交趾가 반란을 일으켰으므로 馬援이 토벌하고 평정한 뒤 청동 기둥을 세우고 돌아왔다. 明 永樂 연간에 누차 변경지역을 노략질하였으므로 英國公 張輔 등을 보내 토벌하고 鎭을 두어 관할케 하였다.
>
> 乾隆 53년에 그 나라 사람 阮光平이 국란을 틈타 왕을 쫓아내자 왕자 黎惟祈와 그의 모친이 함께 복건으로 가서 원조를 청하였으므로 시랑 福康安을 보내어 광평을 토벌케 하였다. 광평이 싸우지 않고 복명을 청하면서 강안에게 뇌물을 주었다. 강안이 광평을 안남국 왕으로 세우기를 청하자 황제는 조서를 내려 그것을 허락하고 유기는 성 하나에 봉하여 선조의 제사를 받들게 하였다. 다음 해 광평은 熱河에 이르러 팔순을 경하하였으며 황금학 한 쌍을 바쳤는데 무게가 이 천 근에 달했다. 또한 만주족의 복장을 하고 체발을 하였다. 황제는 조서를 내려 여러 개의 구슬과 金印이 찍힌 경전과 史書를 하사하였다.
>
> 그 땅은 기름지고 기후는 따뜻하여 1년에 세 번 농사를 짓고 여덟 번 누에를 친다. 풍속에 儒學을 숭상하고 韓愈를 높이는데 이는 땅이 潮州에 가까워 아직도 그 遺風이 있기 때문이다. 山川으로는 佛蹟山·艾山·龍門江·龍溪·富良江이 있고, 物産으로는 蘇合香·鷄舌香·人子藤·千歲子·菴羅·石栗·九層皮·莎樹·古度樹·訶羅勒·欀木由·梧竹·如何·赤絮·蟻子鹽·象牙簟·猩猩·蜈蚣鼓·紅飛鼠·狒狒·辟寒犀·辟暑珠 등이 있다. (단락 구분은 편의상 필자가 임의로 행한 것임)

첫째 단락은 과거 안남과 중국의 관계를 서술한 것이고, 둘째 단락은 18세기 당시 안남의 정치상황을 서술한 부분이며, 셋째 단락은 토지·기후·

산천·물산·풍속 등을 서술한 부분이다. 이 중 첫째와 셋째 단락은 『방여승략』의 내용과 글자 및 문장까지 거의 일치하나 둘째 단락은 『방여승략』에는 없는 것으로 추재가 첨가한 부분인데 서호수의 『연행기』의 내용과 거의 일치한다. 첫째 단락에서의 '交趾'에 대해 부연하면, 明代에 이르러 중국은 그때까지 자신들에게 알려졌던 이름인 안남을 쟈오 찌 즉 교지로 바꾸고 제국의 일부로 통치하면서 이전 안남이 중국의 식민지였던 때와 같은 동화정책을 실시했다.9)

우선 위 내용 중 역사적 사실이나 『방여승략』의 내용과 다소 차이가 있는 부분부터 지적해 보기로 한다. 첫째 『방여승략』 및 역사서에는 한 문제가 陸賈를 파견한 것으로 되어 있는데 <안남> 산문서술에서는 '陸生'으로 표기된 점을 주목할 필요가 있다. 산문 및 시에 등장하는 지명·인명 등 고유명사는 모두 이름을 정확하게 표기했으면서 왜 陸賈의 경우만 '陸生'이라 했는지 의문이 아닐 수 없다. '生'을 이름으로 보았는지 아니면 흔히 이름을 잘 모르는 사람의 姓 뒤에 붙이는 '生'의 용법으로 이 글자를 사용했는지 확실하지 않다. 후자의 경우 즉 어떤 사람을 朴生·許生·金生 등으로 부르는 경우는 대개 벼슬이 없거나 평범한 인물인 경우, 이름을 확실히 알 수 없을 때 흔히 사용하는 호칭이다. 그렇다면 漢代의 유명인사인 육가를 이렇게 표기한 것은 어불성설이라 할 수 있다. 이 부분의 <안남>편 원문은 "漢文帝遣陸生諭降之"로 되어 있고 『방여승략』에는 "文帝卽位遣陸賈往諭之"로 되어 있다. 이 둘을 비교해 보면 추재가 '往'을 '生'으로 착각하고 '諭'까지를 이름으로 보아 '陸生諭'로 파악했을 가능성도 배제할 수 없다.

둘째 완광평이 축출한 왕자의 이름이 '黎惟祈'로 되어 있는데 '黎維祈'를 잘못 표기한 것이다.

셋째, 건륭 53년에 완광평이 왕을 쫓아냈고 그 다음해에 만수절을 경하하

---

9) 유인선, 『새로 쓴 베트남의 역사』(이산, 2002), 168쪽.

러 熱河에 간 것으로 되어 있는데 만수절은 건륭 55년 즉, 1790년의 일이어서 역사적 사실의 오류가 발견된다.

넷째, 만수절에 참석한 완광평의 모습을 '체발을 하고 만주족의 복장을 했다'고 서술했는데 이는 완광평을 비롯 안남사신들 바로 옆에서 그들의 복색을 관찰한 서호수의 기록과 상치된다. 이 부분에 대하여 서호수는,

> 일찌기 들으니, 안남 사신은 머리털을 묶어서 뒤에 드리운 채 烏紗帽를 쓰고 소매 넓은 紅袍를 입으며 금과 대모로 장식한 띠를 매고 검은 가죽신을 신은 것이, 우리나라의 冠服과 비슷한 데가 많다고 하였다. 그런데 이제 보니, 그 君臣이 다 만주의 관복을 따랐으나 머리털은 깎지 않았다.10)

라고 기록하고 있다. 이것은 추재가 안남 사신에 대해 전해 들은 것 혹은 남의 기록을 참고하여 적은 것이지 자신이 직접 본 내용을 토대로 한 것이 아니라는 것을 말해 준다. 아니면 그가 안남 사신을 보긴 했으나 체발한 것으로 착각했을 가능성도 배제할 수 없다.

산문 서술에서 보이는 이같은 誤記 내지 잘못된 정보는 「외이죽지사」가 '안남'만을 대상으로 한 것이 아니라 80여 개국의 풍속과 물산, 기후 등을 망라한 데 따른 결과이자, 자신의 직접 경험을 토대로 하지 않고 상상 혹은 타인의 기록을 통한 간접 체험을 형상화한 데서 오는 자연스런 귀결이라 할 수 있다.

산문 내용은 일견 객관적 사실만을 서술하고 있는 것처럼 보이나 어떤 사건을 두고 그것을 언어로 표현할 때 사용되는 어구를 검토해 보면 행간에서 안남 및 안남인, 그리고 중국·안남간의 관계를 어떤 시각에서 바라보고 있는지 단서를 찾아볼 수 있다. 예를 들어 '광무제 때 교지가 반란을 일으켜 마원이 그를 토벌하고 평정했다'(光武時交趾反 馬援討平之)라는 구절은 안

---

10) 徐浩修, 『燕行紀』(『국역 연행록선집』V, 민족문화추진회, 1976·1985), 189-190쪽.

남의 광무제 때 쯩씨 자매-徵側(쯩짝)과 徵貳(쯩니)-가 중국 지배에 대항하여 베트남인 최초의 대규모 저항운동을 일으킨 사건을 가리키는데 이 두 자매는 훗날 베트남 역사에서 중국의 지배에 항거한 위대한 영웅으로 기록된다. 그런데 이에 대하여 '토벌' '평정' 등과 같이 도적이나 반란세력, 적국 등 不義의 집단을 우월한 입장에서 응징한다는 뜻을 지닌 말을 사용하고 있음을 주목해야 한다. 또한 중국 측 기록에는 마원이 원정하여 쯩씨 자매를 사로잡아 사형에 처한 것으로 되어 있는데, 베트남 측에서는 처형된 것이 아니라 강에 몸을 던져 자살한 것으로 되어 전설적 인물로 추앙하고 있다.11) 이 저항운동은 안남 측 입장에서 보면 의로운 것이지만 중국 측 입장에서는 '반란'으로 간주될 수밖에 없는 것이고『방여승략』은 물론 추재도 중국측 입장에서 이 사건을 서술하고 있는 것이다.

또 '명 영락 연간에 안남이 변경지역을 누차 노략질("寇")해서 英國公 張輔가 그를 토벌했다("討")'고 한 것은, 漢에 이어 두 번째로 안남을 무력으로 정복, 식민지화한 明에 대하여 안남 각지에서 반항세력이 일어난 사건을 가리킨다.12) 명은 이때 장보를 보내 저항군을 격파하고 주동 인물인 簡定帝(쟌 딘 데)를 생포하여 난징으로 압송했다. 그리고 중국 지배에 반대하는 저항이 다시 일어나지 않도록 대량 살육을 자행하여 베트남인들 사이에 공포심을 조성했다.13) 이 사건 또한 안남의 입장에서는 나라의 주권을 되찾으려는 독립운동이었지만, 중국에서 볼 때는 '노략질'일 뿐이며 이들을 진압하고 대량학살을 자행하는 것은 당시 안남이나 현대 제3자의 시각으로 볼 때는 침략자의 잔인무도한 범죄행위지만 당시 중국의 시각으로 볼 때는 죄인에 대한 응징이자 불순세력을 '토벌'하는 정당한 행위였던 것이다. 추재는 안남과 중국 간의 이같은 역사적 배경을 두고 중국의 시선으로 안남을 바라

---

11) 유인선, 앞의 책, 44-47쪽.

12) 위의 책, 169쪽.

13) 위의 책, 170쪽.

보고 있는 것이다.

한편 5편의 시는 안남에 관한 사실이나 정보에 기초하되 시인의 주관이 크게 반영되어 표현의 변화를 꾀하고 있다. 그리고『방여승략』에 의거해 약호화된 산문을 再약호화하는 셈이므로 표현된 사물의 실제 존재양상과는 거리가 멀다. 시의 예를 들어 보자.

鷄陵關外臥嘉佗　계릉관 밖에는 呂嘉와 趙佗가 누워 있는데
漢將銅標馬伏波　한나라 장수의 구리 기둥은 馬援이 소요를 굴복시킨 표시라네
博望當時疏薄物　博望에서는 당시 蠶薄을 소홀히 하였고
星槎曾不進如何　張騫은 일찌기 如何를 진상하지 않았다네
(「외이죽지사」<安南>·1)

蜈蚣皷盡蟹船歸　지네 껍질로 만든 북소리 다 하고 게잡이 배가 돌아오는데
英國威名解象圍　英國公의 위엄과 명성은 코끼리의 포위를 뚫었네
土俗重甘三稻飯　땅이 기름져 1년에 세 번 쌀농사를 짓고
天兵新着八蠶衣　천자의 병사들은 여덟 번째 명주옷을 새로 입었네
(「외이죽지사」<安南>·2)

艾山花落萬江湄　艾山의 꽃 강물에 수북히 떨어지고
魚背春風颺赤旗　물고기 등으로 부는 봄바람 붉은 기를 드날린다
狒狒笑爭千歲子　비비는 웃으며 千歲子를 다투고
猩猩醉摘九層皮　원숭이는 취하여 九層皮를 딴다네
(「외이죽지사」<安南>·3)

黎氏衰遲阮氏彊　여씨는 쇠락하고 완씨가 강성해져
滄溟萬里泛兒娘　끝없는 푸른 바다 위를 아이와 어머니가 떠도네
春風誕盡旄邱葛　봄바람이 불어 旄邱의 칡넝쿨을 길게 늘이고
羽檄方催福侍郞　새의 깃을 꽂은 檄文은 福侍郞을 재촉하였네
(「외이죽지사」<安南>·4)

使節翩翩桂嶺過   사절들이 득의양양 계령을 넘어오는데
新王剃髮沐恩波   머리 깎은 새 임금 천자의 은혜에 흠뻑 젖는다
玲瓏一對黃金鶴   영롱하게 빛나는 한 쌍의 황금학
萬壽八旬來熱河   팔순을 경하하러 열하로 오는구나

(「외이죽지사」 <安南>·5)

이 중 제1·4·5수는 안남의 과거 역사 및 정치에 관한 것이고, 제3수는 순전히 안남의 물산에 관한 것으로 한 편이 구성되어 있으며, 제2수는 역사적 사실과 물산·농사에 관한 것이 혼합되어 있다. 이로 볼 때, 산천·풍속 등에 집중되어 있는 다른 나라에 비해 <안남>편은 정치나 역사에 더 치중하고 있는 것을 발견하게 된다. 이 시들은 산문의 내용을 참고하지 않으면 그 이해가 불가능할 정도로 산문 의존적이다.

제1수에서 '嘉佗'는 '呂嘉'(르 쟈)와 '趙佗'(찌에우 다)를 가리키는데 呂嘉는 漢의 지배에 맞서 반기를 들었던 안남의 승상으로, 親漢派와 反漢派가 대립하고 있던 당시 안남 조정에서 토착세력의 중심인물이자 반한파의 중심세력이었던 인물이다.[14] 조타는 북에서 임명되어 온 중국인 관리로 출발하여 중국과 대립하는 왕조를 세운 인물이었기에 중국측에서는 이단자로 보았지만, 베트남 역사에서는 중국의 침략에 대항한 위대한 황제로 숭앙된 인물이다.[15] 제3구의 '博望'은 漢나라 때 설치한 縣의 이름으로서 한 武帝가 張騫을 博望侯로 봉한 역사적 사실이 있다. 제4구의 '星槎' 또한 장건과 관계된 설화적 유래가 있다. 즉, 장건이 황하의 근원을 탐사하려고 뗏목에 탔다가 자기도 모르는 사이에 하늘로 올라가 견우·직녀의 두 별을 보았다는 고사이다. '博望에서 누에치는 일에 소홀히 하고, 張騫은 如何[16]를 진상

---

14) 위의 책, 40쪽.

15) 위의 책, 37쪽.

16) 900년에 한 번 열매를 맺는 식물로 외형은 대추와 비슷하고 높이는 5척 정도 된다. 程百二 等撰, 『方與勝略』(『四庫禁毁書叢刊』2·史部 21-22, 北京: 北京出版社, 2000),

하지 않았다'고 한 것은, 그가 한나라의 장수로 大月氏國을 진압한 공이 있으나 安南과는 무관했던 사실을, 안남에서 성행했던 蠶業을 소홀히 하고 안남의 대표적 물산 중의 하나인 '如何'를 진상하지 않은 것으로 빗대어 표현한 것이다.

제2수는 안남의 대표적 산물들인 '蜈蚣'-지네-과 象牙簟17), 1년에 삼 모작을 하고 여덟 번 누에를 치는 풍토, 그리고 明나라의 장수인 장보에 얽힌 역사적 사실을 복합하여 시적으로 형상화한 것이다.

제3수는 정치나 역사적 사실은 배제하고 艾花, 狒狒, 千歲子, 猩猩, 九層皮 등 순전히 안남의 물산만을 소재로 한 것이 특징이다.

이 시들 중 특별히 주목할 것은 제4수와 5수인데 여기에는 안남의 黎(레)왕조와 완광평, 그리고 청나라에 대한 추재의 견해가 담겨 있기 때문이다. 제4수의 1·2구는 1790년을 전후한 18세기 후반의 베트남의 정치적 상황을 서술한 산문 부분의 내용을 그대로 시형태로 옮긴 것이고, 3·4구는 『詩經』 「邶風」의 <旄丘>의 내용을 바탕으로 당시 안남의 정치적 상황을 빗댄 것이다. 이해를 위하여 『시경』의 해당 작품을 들어 본다.

旄丘之葛兮　　旄丘의 칡이여
何誕之節兮　　어쩌면 이리도 마디가 긴고
叔兮伯兮　　　叔이여 伯이여
何多日也　　　어찌 이리도 여러 날이 걸리는고18)

여기서 '誕'은 넓은 것을 가리키고, '叔'과 '伯'은 衛나라의 여러 신하를 말한다. 이 작품에 대하여 毛序에서는 '<旄丘>는 위나라 임금을 꾸짖은 시이다. 오랑캐들이 黎侯를 축출하여 黎侯가 衛나라에 의탁해 있었는데 위나

432쪽.

17) 『방여승략』에는 '象牙簟'으로 되어 있다.

18) 成百曉 譯註, 『詩經集傳』·上(전통문화연구회, 1993), 101쪽.

라가 方伯·連帥의 맡은 임무를 다하지 못했다. 이에 黎나라의 신하들이 위나라를 꾸짖은 것이다.'19)라고 해설을 하고 있다. 위 인용은 <旄丘> 四章 중 1장에 해당하는 것으로 黎나라가 衛나라에 붙어 산 지 오래되었는데 여러 날이 지났는데도 구원을 받지 못하는 것을 질책하는 내용이다. 우리는 여기서 '黎:狄人:衛'의 관계가 18세기 '안남 레(黎) 왕조의 세자 黎維祇:阮光平:淸'의 관계를 에둘러 말한 것임을 알 수 있다. 이는 중국 '黎'나라와 안남 레 왕조의 한자가 같은 것을 바탕으로 과거의 역사를 들어 오늘날 안남과 청의 관계를 빗대어 말하는 '알레고리' 수법에 해당한다.

이를 근거로 우리는 당시 안남과 청에 대한 추재의 시각을 읽어낼 수 있다. 우선 추재는 레 왕조의 왕자 여유기에게 안남 왕조의 정통성을 부여하고 있다는 것을 지적할 수 있다. 레 왕조는 反明 투쟁의 지도자였던 레 러이가 세운 왕조로 제4대 聖宗(타인 똥)에 이르러 유교를 장려하여 베트남에서 처음으로 오경박사를 두고 太學을 증축하는 등 유교가 베트남 사회에서 명실상부한 지도이념으로 뿌리를 내리는 데 기여했다.20) 추재가 여유기에게 정통성을 두고 그에게 우호적인 혹은 동정적인 입장을 취한 것은 바로 이러한 이유 때문이었을 것으로 보인다. 또한 淸은 만주족이 세운 나라이므로 추재를 비롯한 조선 지식인들은 明에 정통성을 부여하여 명에 대해서는 '親朝'라는 말을 쓰고 청에 대해서는 단지 연경-북경-을 방문한다는 의미의 '燕行'이라는 말을 썼던 것을 고려한다면, 여유기의 입장에 동조하는 것은 추재만이 아닌 조선 지식인의 공통적 시각이었다고 할 수 있다. 그 다음 완광평이 여유기를 쫓아낸 것을 왕위찬탈로 보고 그를 '오랑캐'에 비유하고 있다는 점을 지적할 수 있다. 완광평을 문명의 혜택을 입지 못한 야만인을 의미하는 '오랑캐'로 간주하고 반감을 표시하는 것은, 여유기에게 동정을 표

---

19) "旄丘, 責衛伯也. 狄人迫逐黎侯, 黎侯寓于衛, 衛不能脩方伯連率之職, 黎之臣子以責於衛也." 成百曉 譯註, 위의 책.

20) 유인선, 앞의 책, 189-192쪽.

하는 것과 같은 맥락에서 이해할 수 있다. 다음 『시경』에서 衛나라의 입장으로 비유되고 있는 淸에 대해서는 반감이라고까지 할 수는 없지만 유감을 표시하고 있는 것은 분명하다. 즉, 청 황제 및 조정이 여유기를 적극적으로 돕지 않은 것은 물론 뇌물과 아첨 섞인 감언이설로 하루아침에 안남 왕조의 정통성을 바꾸어 버린 것을 부당한 처사로 보고 있는 것이다.

제5수는 건륭제의 팔순을 경하하는 만수절 행사에 親朝하러 오는 완광평 일행의 모습을 통해 청 왕조에 아첨하는 완광평의 비겁한 태도를 비난하고 내용을 담고 있다. 서호수의 『연행기』에는 당시 만수절에 참석한 각 나라가 청 황제에게 바친 조공 물목이 기록되어 있는데 안남의 경우 순금으로 만든 鶴 한 쌍, 순금 기린 한 쌍, 明犀 다섯 대, 상아 열 대, 길들인 코끼리 한 쌍, 肉桂 백 근, 침향 천 근을 공헌하였고 이 외에도 기이한 玩好物을 바친 것을 이루 다 기록할 수 없다고 하였다. 청 황제도 안남 사신의 행렬을 특별한 예우로 맞이하였다고 기록하고 있다.21) 그러나 역사 기록에 의하면 완광평은 왕위 책봉식이나 만수절 행사에 자신과 용모가 비슷한 생질 范公治(팜 꽁 찌)를 대신 보냈다고 한다.22)

이상 산문과 시를 통해 안남에 대한 추재의 생각을 추정해 보았는데 이는 그의 독자적인 시각이라기보다는 18세기 후반 당시 조선 지식인의 공통적 인식으로 이해하는 것이 타당하다.

3. ‘安南’을 보는 18세기 조선 지식인의 시각

安南에 관한 기록은 이미 고려말23)에 등장하고 있으나 수 차례에 불과

---

21) 서호수, 앞의 책, 200쪽.
22) 유인선, 앞의 책, 242쪽.
23) 『高麗史』 충혜왕 즉위년(1330) 기록에 ‘己未年에 세조황제(世祖皇帝)가…(중략)…

하고 조선 왕조에 들어와 실록에 빈번하게 나타난다. 특히 청 건륭제 팔순을 기념하는 만수절 행사 무렵에 해당하는 正祖 14년(1790년)에는 무려 6차례의 기록이 보이고 있는데 만수절에 관계된 내용과 더불어 당시 안남의 정치적 상황을 자세히 언급하고 있다.[24)

中統 元年에 안남국을 詔諭하여 말씀하기를, "본국 풍속은 한결 같이 舊制에 의할 것이요 반드시 고칠 것이 없도다. 하물며 고려는 요사이 사신을 보내와 요청함으로써 이미 詔를 내렸으니 모두 此例에 의할 것이다."라고 하였다.'라는 내용이 있다. 『高麗史』, CD-ROM 韓國歷史 五千年, 서울시스템주식회사.

24) 일례로 정조 14년 3월 27일 서장관 성종인이 올린 '문견 별단'의 내용을 간추려 보면 다음과 같다.

'안남국은 廣西省 남쪽에 있는데, 바로 옛날의 交趾입니다. 안남의 동쪽에는 또 廣南이 있는데, 안남의 屬國 같았으나 신하로 섬기지는 않았습니다. 재작년에 광남 사람 阮惠가 사람들을 규합하여 안남을 攻破하고 그 임금을 살해한 후 스스로 임금이 되었습니다. 안남왕의 아들 黎維祈는 그 어머니와 더불어 피난하여 바다를 건너 광서성에 가서 구원을 청하였습니다. 그 성의 총독인 福康安이 이 일을 보고하자 황제께서 그 성의 장군인 孫士毅로 하여금 군사를 동원하여 토벌하게 하였는데, …(中略)… 완혜는 패하여 광남으로 달아났습니다. 이에 여유기를 봉하여 안남국 왕으로 삼았는데, 관병이 철수하자마자 완혜가 또다시 군사들을 모조리 이끌고 와서 도전을 하였습니다. 여유기는 겁을 먹고 달아나 민간에 숨었으며 여성은 함락되었습니다. 사의가 또 군사를 진격시키자 완혜는 크게 두려워서 사람을 보내 항복하겠다고 청하였으나, 복강안·손사의 등이 이를 거절하고 받아들이지 않았습니다. 완혜는 이름을 光平이라고 고치고 사로잡힌 관병에게 많은 자금을 주어서 보내는 한편, 자기의 친조카를 보내 강안에게 많은 선물을 주면서 表文을 가지고 서울로 올라가게 해 달라고 간청하였습니다. 그러자 강안은, 광평이 진심으로 內附한다는 것을 조목조목 조정에 아뢰는 한편, 유기의 비겁하고 나약하여 제구실을 못하는 정상을 말하였습니다. 황제는 상주문을 받아보고 광평의 죄를 용서하는 동시에 그가 보내는 사신이 서울에 올라오는 것을 특별히 허락하였습니다. 이어 下旨하여 이르기를 '안남이 비록 바다 모퉁이에 외따로 위치하고 있기는 하나, 그 나라의 興廢 역시 운수에 관계된다. 여유기는 우유부단하고 공무를 몰라라 하니, 이는 天心이 이미 黎氏를 싫증내어 버린 셈이다. …(中略)…阮光平은 죄를 뉘우치고 정성을 바쳐 한 달 동안에 여러 번 항복하겠다고 청해왔다. 그 정성스럽고 간절한 말이 진심에서 우러나왔을 뿐 아니라, 또 내년에는 자신이 서울에 와서 나의 長壽를 축하하고 또한 싸우다가 죽은 우리나라의 장수와 군졸들을 위하여 단을 쌓고 제사를 올리겠노라고 말하였다. 이에 그가 조심스럽고 공순하다는 것을 더욱 알 수가 있다고 하겠다. 여유기는 이미 印章을 버리고 도망을 쳤으니, 자연히 다시는 나라를 세우게 할 도리가 없어진 셈이

앞에서도 언급했듯 「외이죽지사」, <안남>에 관한 내용의 대부분은 『방여
승략』에 의거하고 있지만, 완광평에 대한 것은 동시대인으로 만수절 행사
에 참석하여 자기가 직접 견문한 것을 기록한 서호수의 『연행기』를 참고한
것이다. 「외이죽지사」가 추재의 첫 중국여행(1789-1790) 수년 후 1795년에
씌여진 것을 감안할 때 추재가 만수절 당시 연경에 있었을 가능성은 배제할
수 없지만 그의 직책으로 보아 행사에 직접 참여했을 가능성은 거의 없다.
따라서 안남 사신들과 대면하여 그들로부터 안남에 관한 정보와 지식을 얻
었을 가능성도 희박하다고 보아야 한다. 반면 서호수의 경우는 1790년 사은
부사로 직접 청 황제를 만났고 행사가 열리는 동안 완광평을 비롯, 안남
사신들과 반열이 連하여 있어 서로 많은 대화를 주고받았다.

안남 및 안남인에 대한 추재와 서호수의 기본적인 시각은 일치하지만 傳
聞과 직접 見聞이라는 경험의 차이에 의해 두 사람의 기록 간에는 상당한
차이가 드러난다. 작게는 인명의 誤字 정도지만 만수절 행사가 열린 해라
든가, 나아가 안남·중국의 관계를 둘러싼 인물에 대한 평, 특히 동시대인인
완광평의 행적을 둘러싼 양인의 시각 사이에는 상당한 거리가 존재한다.

서호수는 완광평에 대하여 '복강안과 사사로이 朝房에서 접촉할 때면,
강안은 서서 말하고 광평은 꿇어앉아 대답을 하는 등 아첨하는 비열한 행동
을 못하는 짓이 없다'고 하고 한 편으로는 '광평은 체격이 맑고 준수하며
거동 또한 침중하여 交南의 걸출한 인물인 것 같다'라고 하여 상반된 평가
를 하고 있다. 반면 從臣들에 대해서는 '비록 조금 문자는 알아도 체구가
작아 조잔하고 언동은 狡詐하며 경박하다'고 평하고 있다.[25]

『연행기』 7월 16일 조에는 당시의 안남의 정치상황을 두고 서호수와 안

다. 그러니 곧장 관원을 보내 칙서를 가지고 가서 완광평을 봉하여 안남 국왕으로
삼으라.'고 하였습니다. …(下略)…', 『조선왕조실록』, CD-ROM 韓國歷史 五千年,
서울시스템주식회사.

25) 서호수, 앞의 책, 200-201쪽.

남 사신들 간에 몇 가지 주목할 만한 대화가 오고 간 것이 있다.

1) 안남국왕 완광평과 정사의 대화

안남국왕 완광평이 정사에게 묻기를, "귀국에서는 국왕이 天朝에 親朝한 전례가 있습니까?" 하므로 정사가, "우리나라는 개국 이래로 그러한 사례가 없었습니다."라고 하니, 안남왕이 말하기를, "안남도 예부터 이런 사례는 없었습니다. 그런데 과인이 皇上의 두터운 은혜를 입어 뵈옵고 싶은 정성이 간절하므로 만 여 리의 험로를 무릅쓰고 온 것입니다."라고 하였다.26)

2) 안남 사신들이 만주족의 복장을 한 것을 두고 서호수와 안남의 從臣 潘輝益이 주고받은 대화

"귀국의 관복은 본래 만주국과 같습니까?"하고 물으니, 그가 대답하기를 "황상이 우리 임금의 친조를 가상히 여겨 특히 수레와 관복을 하사하고 陪臣에게까지 나누어 주었으니 上諭를 받들어 여기서는 이 관복을 사용하고 귀국하면 도로 본국 관복을 착용하기로 하였습니다. 이 복식은 한때의 임시 착용에 지나지 않습니다."라고 하는데 말이 자못 어설프고 낯에는 부끄러워하는 빛이 있었다.27)

3) 완광평이 왕위를 찬탈한 것에 대한 변명

'新王은 본래 광남의 布衣로서 黎氏에게 君臣의 義가 있는 것은 아니다.'라 하고 자기들도 黎氏 조정에 벼슬한 일이 없으며 지금의 관작과 품등은 다 신왕이 내린 것이라고도 한다. 그가 말을 여러 번 되풀이 하는 것은 아마 마음 가운데 부끄러움이 있기 때문일 것이다.28)

4) 완광평의 왕위찬탈에 대한 청 왕조의 처사에 대한 불만

조칙을 내려 舊王 여유기를 參領에 제수하고 친속과 종신을 합한 90호를 漢軍旗下에 예속시킨 뒤에 안정문 밖에 제택을 짓고 살게 하였다. 이는 실로 광평을 위하여 그 군신들을 禁錮한 것이다. 유기가 나라를 잃어 버린 것은 쇠

---

26) 위의 책, 187쪽.

27) 위의 책, 190쪽.

28) 위의 책, 201쪽.

약하여 떨치지 못한 것에 지나지 않는다. 광평의 弑逆한 죄는 왕법으로 반드시 베어야 할 것인데 하루 아침에 宗社를 바꿔 버렸으니 너무도 쉽게 한 일이다.29)

이들 대화의 내용을 보면 안남왕이나 사신들 또한 왕이 직접 청 황제에게 친조하는 것, 만주 복식을 한 것, 왕을 내쫓고 자신이 왕위에 오른 것 등에 대해 내심 부끄럽고 떳떳하지 못하다는 생각을 가지고 있었음을 알 수 있다. 서호수는 여유기가 왕위에서 물러난 것을 '힘이 쇠약해진 까닭'이지 청 황제가 下旨한 것처럼 '우유부단하여 제 구실을 못하고 권위가 없어 하늘의 버림을 받았으며 더구나 印章을 버리고 도망을 쳐 나라를 다시 세우게 할 도리가 없어졌기 때문'30)이라고 보지 않았다. 이는 분명 여유기의 입장을 지지하고 완광평이 왕위에 오른 것을 不義한 것으로 보는 시각을 드러낸 셈이다.

한편 중국 측에서는 和珅을 중심으로 하는 反안남파와 福康安을 중심으로 하는 親안남파가 대립하고 있었는데 반안남파 인사들은 '안남 사람은 결코 깊이 사귀어서는 안 된다'라든가 '완광평은 진정 역적이다. 이 무리들은 다 그 黨與이다'라고 비난한 반면, 완광평으로부터 뇌물을 받은 복강안은 황제에게 상주하여 '완광평이 진심으로 죄를 뉘우치고 팔순 잔치에 직접 친조할 뜻을 보였으며 그 말이 정성과 진심으로부터 나온 것'이라 꼬드겼고 결국 청 황제는 복강안의 말을 받아들여 완광평을 안남왕으로 봉한다는 칙명을 내렸던 것이다.

그러나 정작 베트남인의 시각으로 본 阮光平(응우옌 꽝 빈), 즉 光中(꽝 쭝) 황제는 베트남 역사 기록인 『大南寔錄』에 '부하들의 신망을 얻는 지적이고 유능한 군사 지도자' '제왕의 자격이 충분한 인물'로 묘사되어 있다.31)

---

29) 위의 책, 199쪽.

30) 이에 관한 청 황제의 조서 내용은 「정조실록」 14년 3월 27일 서장관 성종인이 올린 '문견 별단'에 자세히 나온다. 주24) 참고.

꽝 쭝 황제가 淸軍과의 전쟁에 임하여 출정에 앞서 선포한 포고문[32]을 보면 그는 안남인으로서 자존심이 강하고 자주 정신이 투철하며 나라를 지키려는 임무를 충실히 이행하고자 하는 책임의식이 강한 인물임을 알 수 있다. 그는 안남의 합법적인 지배자로 인정받기 위한 방편으로 건륭제의 팔순 만수절에 자신이 직접 참석할 것을 약속하고 안남국왕으로 책봉되었지만, 속으로는 청의 권위를 인정하지 않았기 때문에 탕 롱에서의 책봉식이나 만수절 행사에 자신과 용모가 비슷한 생질 范公治(팜 꽁 찌)를 대신 보냈다. 베트남 역사상 그는 국가의 기틀을 마련하기 위해 수도를 새로 건설하고 농업문제를 개혁하였으며 수공업과 상업의 발달에도 힘을 쓴 임금으로 기록되어 있다. 또한 학문과 예술, 문화의 융성에 기여한 바가 크고 특히 독자적인 민족문화의 창달을 위해 한자 대신 '쯔놈'을 공식 문자로 지정한 점은 특기할 만한 사항으로 지적되고 있다.[33]

이상의 내용을 종합해 보면 안남에 대한 서호수의 정보 및 설명은 그 누구의 것보다도 정확하고 신뢰할 만하지만, 그 또한 안남에 직접 가 보지 않고 중국에 온 사신단 일행의 겉으로 드러난 모습만을 보고 안남을 평가했다는 점, 그리고 청 황실에 의해 왜곡된 안남의 모습을 實相으로 이해하고 있는 점은 부인할 수 없다. 추재의 경우는 여기에 덧붙여 서호수 등에 의해 굴절된 안남의 모습을 수용하고 있으므로 實相과의 거리는 더욱 멀어진다고 하겠다. 미미하게는 인명 등에 있어 誤字로부터 시작하여 크게는 역사적 사실의 진상에 이르기까지 그 굴절과 왜곡의 정도가 다양하게 드러난다. '18세기 베트남의 실상–서호수 등에 의한 1차 굴절과 왜곡–추재에 의한 2차 굴절과 왜곡'의 과정을 통해 21세기의 현대인에게 수용이 되고 있는 것이다.

---

31) 유인선, 앞의 책, 235-236쪽.
32) 포고문의 일부가 위의 책(241쪽)에 나온다.
33) 꽝 쭝 황제의 개혁에 대해서는 같은 책, 242-246쪽 참고.

4. 「외이죽지사」 〈안남〉편의 의의와 한계

죽지사체 작품에서 대상 지역이 문인의 고향이나 寓居地·旅行地로부터 한걸음 나아가 外國에까지 확대되는 것은 尤侗의 「外國竹枝詞」(1681)에서부터 비롯된다. 우리나라에서 외국을 대상으로 한 죽지사체 작품은 주로 조선 후기에 집중적으로 나타나는데34) 이 중 「외이죽지사」는 일본과 같이 가까운 나라가 아닌, 西域·유럽의 나라들까지 포함하고 있어 대상 공간의 확대라는 점에서 주목을 요하는 작품이다. 그리고 우리나라 문학 작품에서 ‘안남’의 풍속이나 물산을 다룬 최초의 작품이라는 점에서도 그 의의를 찾을 수 있다.

중국 죽지사체 작품에서 안남이 등장하는 것은 17세기 우동의 「外國竹枝詞」이고, 우리나라의 경우는 18세기 추재의 「외이죽지사」에 이어 19세기 李裕元(1814-1888)의 「異域竹枝詞」35)에도 안남이 등장하는데 「이역죽지사」에서의 안남은 특별히 주목할 만한 내용이 없다. 이에 비해 「외이죽지사」에는 전술한 바와 같이 가장 많은 시작품이 포함되어 있을 뿐만 아니라 동시대 안남의 모습까지 생생하게 담고 있어 다른 나라에 비해 특별한 비중을 차지한다.

그러나 무엇보다도 「외이죽지사」에서 〈안남〉편이 갖는 의의는, 만수절 행사에 직접 참여한 서호수의 기록과의 비교를 통해 「외이죽지사」가 지닌 허구성을 확인할 수 있는 근거를 제공한다는 점이다. 서호수 또한 안남을 직접 가 본 것이 아니라 연경에서 만난 사신들을 통한 간접 경험에 의거하고 있기는 하지만 표면으로 드러난 안남의 모습만은 정확하게 전달하고 있

---

34) 申維翰(1681-?)이 사절단의 일원으로 일본에 파견되었을 때의 체험을 그로부터 약 30년이 지난 뒤에 회고하여 지은 「日東竹枝詞」 34수를 필두로, 조수삼의 「外夷竹枝詞」 133수, 李尙迪(1804-1865)의 「日本竹枝詞」 20수, 李裕元(18143-1888)의 「異域竹枝詞」 30수, 金奭準(1831-1915)의 「和國竹枝詞」 22수 등이 이에 해당한다.

35) 李裕元, 『국역 임하필기』8(김동주 역, 민족문화추진회, 2000).

다고 볼 때, 「외이죽지사」, <안남>편이 드러내는 잘못된 정보를 읽어내기에
는 충분하다.

　「외이죽지사」의 언어는 언어 밖에 존재하는 실질적인 사물 자체를 가리
키는 것이 아니라 『방여승략』에 약호화된 언어체계를 재현한 것이다. 이것
은 마치 '까투리는 암꿩이다'라 했을 때 '까투리'나 '암꿩'이 실제 언어 밖에
존재하는 새 자체를 가리키는 것이 아니라 언어체계 내에서의 약호(code)를
가리키는 양상과 같다. 이 경우 언어는 지시적인 것이 아니라 관념적인 성
격을 띠며 이때의 언어의 기능을 보통 '메타언어적 기능'이라 한다. <안남>
편은 여기에 더하여 『연행기』의 내용까지를 약호화하고 있으므로 안남의
실제 존재양상과의 거리는 더욱 멀어진다. 또 시는 기존 기록에 의거해 약
호화된 산문을 다시 再약호화하는 셈이므로 언어의 지시성과는 더 멀어지
게 된다. 이처럼 「외이죽지사」가 리얼리즘의 미학을 성취하지 못한 것은,
경험의 간접성에 기인하기도 하지만 그보다는 언어의 메타언어적 기능이
지배하기 때문이다.

　동일 작가의 작품이라도 「紀異」는 삶의 새로운 국면을 소재로 하여 현장
에 밀착되게 그려냄으로써 외부 세계에 대한 관심이 리얼리즘의 미학으로
구현되었음에 비해 「외이죽지사」는 리얼리즘과는 거리가 멀다. 그것은 전
자는 실제로 자신이 보고 들은 이야기에 기초한 것이고, 후자는 상상 속의
간접체험에 의거하기 때문이다.

　그러나 무엇보다도 <안남>을 포함한 「외이죽지사」의 한계는 외국을 바
라보는 시각에 있어 중국 중심주의를 벗어나지 못했다는 점이다. 우동의 경
우 '外國', 이유원의 경우 '異域'이라는 말을 사용하고 있는 것에 비해, 추재
는 중국 문화의 혜택을 입지 못한 오랑캐라는 의미를 지니는 '外夷'라는 말
을 사용하고 있어, 중국 이외에는 야만 민족이라고 하는 중국중심주의를 벗
어나지 못했음을 드러낸다.

제3부 제재론

生成詩學과 '杜鵑'의 의미론

1. 머리말

  텍스트에 따라서는 소재가 주제를 결정하는 경우가 있다. 이처럼 주제와 관련되는 의미요소를 자체 내에 포함하는 특별한 소재를 단순한 재료로서의 소재와 구분하여 '題材'라 할 수 있을 것이다. 고전시 텍스트에서 소나무·대·매화 등의 식물이나, 杜鵑·白鷗와 같은 조류는 바로 그러한 제재들로 분류될 수 있다. 이러한 제재들이 사용되어 특별한 의미가 부가되는 경우는 소설이나 수필, 판소리처럼 長文의 서사텍스트보다는 길이가 짧은 서정시에서 그 적절한 예를 찾아볼 수 있다.

  이 글은 소재의 선택이 주제를 결정할 수 있다는 것을 대전제로 하여 '두견'이라는 소재가 고전시 텍스트에서 어떠한 의미범주를 형성하고 있는가를 살피고자 한다. 이를 위해 크게 두 부분으로 나누어 2장에서는 生素材 혹은 언어외적 지시물(referent)인 실제 두견이 어떻게 특별한 의미를 획득해 가는가 즉 두견의 기호화과정을, 3장에서는 그 특별한 의미(즉, 주제)를 바탕으로 어떻게 구체적 텍스트가 생성되는가를 살피고자 한다.

  여기에는 소련기호학자를 중심으로 한 生成詩學(generative poetics)이 방법론적 배경이 되고 있다. 문학텍스트를 이해함에 있어 가장 보편화된 방법 중의 하나는 '주제'(theme)를 발견하는 작업이다. 이때 텍스트는 '작자의 의도가 담겨진 일종의 容器'로, 주제는 거기에 담기는 '내용물'로 비유될 수 있다. '해석학'이 이와 같은 텍스트의 주제·의미를 발견해 내는 절차에 비중이 두어지는 방법이라면, '생성시학'은 이 반대의 과정에 초점을 맞춘 관점이다. 즉, 생성시학은 주제를 바탕으로 텍스트가 생성되는 과정에 초점을 맞추는 관점이다. 이때 텍스트는 주제의 파생물로 이해될 수 있다. 해석학에서는 텍스트가 고정된 것이라면, 생성시학에서는 주제가 고정된 것이라 할 수 있다.

2. '杜鵑'의 기호화 과정

西山에 日暮ᄒ니 天地에 가히업다
梨花에 月白ᄒ니 님싱각이 시로이라
杜鵑아 너는 눌을 글여 밤시도록 우느니 (李明漢)1)

梨花에 月白하고 銀漢이 三更인제
一枝春心을 子規야 알냐마는
多情도 病이냥ᄒ여 잠못들어 ᄒ노라 (李兆年)

이 시조들에서 '杜鵑'은 '詩語'로 작용함과 동시에, 텍스트 각 부분에 영향력을 행사하여 주제 형성에 깊이 간여하는 '素材'가 되고 있다. 두 작품 모두 不在하는 님, 다시 말해 이별한 님을 그리워하는 심정을 토로하고 있다. '相思心'에 '관하여' 말하고 있는 것이다. 우리는 보통 텍스트가 무엇에 '대하여' 말한다고 할 때. 이를 主題라는 말로 설명한다. 앞의 시조의 상사

---

1) 이하 이 글에 인용된 시조작품은 鄭炳昱 編著, 『時調文學事典』(신구문화사, 1966)에 의거함.

심은 ‘님싱각’으로, 뒤의 시조는 ‘春心’으로 구체화되어 있으며, 궁극적으로 ‘悲哀’의 정조에 닿아 있다. ‘두견’이라는 기호가 ‘비애’의 정서-위 텍스트들에서는 구체적으로 상사로 인한 비애감-를 환기한다고 하는 것은 이미 고정되어 있는 것으로, 이는 ‘두견’이라는 기호가 갖는 意味上의 恒數라 할 수 있다.

‘두견’에 내포되어 있는 이 고정된 의미는 ‘두견’이 갖는 일종의 상징성이라고 할 수도 있을 것이다, 그러나 ‘두견’이라는 기호는 꼭 이 텍스트들 안에서만 상징작용을 갖는 것은 아니다. 즉, ‘두견’이 비애를 환기한다고 하는 것은 문맥독립적 작용인 것이다.

기호의 구성요소를 기호표현부(sign), 대상(object), 해석소(interpretant)의 3항으로 설명한 피어스의 용어를 빈다면, ‘두견’이라고 하는 기호는 ‘ㄷ+ㅜ+ㄱ+ㅕ+ㄴ’로 이루어진 표현부, 언어 밖의 세계에 실재하는 두견이라고 하는 ‘대상’으로 구성된다. 그러나 이 둘은 직접적으로 연결될 수 없으며, 제3항을 필요로 한다. 피어스는 이를 ‘해석소’[2]라는 말로 나타냈는데 두견의 경우 ‘슬픔’ ‘비애’ ‘이별’ ‘상사’ ‘나그네의 고독’이라고 하는 것이 해석소에 해당한다. 이 해석소의 중개를 거쳐 실제의 두견새는 ‘ㄷ+ㅜ+ㄱ+ㅕ+ㄴ’이라고 하는 기호표현과 연결될 수 있다.

‘두견’과 같이 그 자체내에 ‘비애’라고 하는 恒數的·固定的 의미를 내포하는 소재를 생성시학자들은 고정화된 소재, 定形化된 소재, 혹은 旣成素材(readymade object)라 부르고 있다.[3] 이 정형화된 소재는 텍스트에 정보

---

2) 기호표현(signifier, 기표, 능기)과 기호내용(signified, 기의, 소기)의 2항으로 기호의 구성요소를 설명하는 관점에서 본다면, 피어스의 해석소는 기호내용에 해당한다. 즉, 기호표현이 의미하는 것을 말한다. 2항구조로 기호를 설명하는 관점은 기호가 지시하는 언어밖의 실제사물(referent)을 기호론의 영역에 포괄시키지 않는다. 이상 피어스의 이론은 C. S. Peirce, *Collected Papers*(Harvard University Press, 1931-1935).

3) 이하 생성시학에 관한 것은 A.K. Zholkovsky, “The Window in the Poetic World of Boris Pasternak” “The Literary Text-Thematic & Expressive Structure: An

를 제공하는 동시에 텍스트의 부분적 표현들을 총괄적으로 지배하는 표현 장치로 작용하기도 한다. 요컨대, 그것은 텍스트를 표현과 주제를 갖춘 하나의 구현체로 만드는 역할을 하는 것이다.[4]

이제 生素材로서의 '두견'이 어떻게 기호화되는가 즉, 어떻게 특별한 주제적 요소-달리 말해, 항수적 의미-를 내포하는 정형화된 소재가 되어 가는가 하는 과정을 살피고자 한다. 이 과정은, '두견'이라고 하는 실제의 새가 어떻게 '비애'라고 하는 의미상의 恒數를 갖게 되는가를 구체적으로 살피는 작업이요, '두견'이라는 기호의 해석소가 어떻게 형성되는가를 살피는 작업이기도 하다. 이를 단순히 시학적 측면에서 말한다면 '두견'의 이미지-상징성-가 어떻게 형성되어 가는가에 관계되는 것이다.

이를 위한 작업은 먼저, 기호가 지시하는 언어 밖의 사물로서의 '두견'의 生態를 살피는 것으로부터 시작해야 할 것이다. 이 새는 두견이目 두견이科에 속하는 여름철새로 산 중턱이나 우거진 숲속에 숨어서 생활하며, 직접 둥지를 만들지 못하고 휘파람새의 둥우리에 알을 낳아 부화·양육시키는 특징을 가진다.[5] 이 새의 울음소리는 매우 처량하고 구슬프며 농경을 알리는 새로 알려져 있기도 하다. 스스로 둥지를 만들지 못한다는 생태적 특질 때문에, 부부간의 이별과 相思의 이미지가 형성되었으며, 이 새의 異稱인 '子規'는 다른 둥지에 낳아 놓은 새끼를 엿본다는 의미의 '子窺'가 변형된

Analysis of Pushkin's Poem," *New Literary History* winter, 1978; Yu.K. Scheglov and A.K. Zholkovsky, "Towards a Theme-Expression Devices-Text Model of Literary Structure," *Russian Poetics* No.5, trans. L.M. O'Toole (Oxford: Holdan Books Limited, 1978)를 참고함. 이 외에 지올코우스키의 생성시학을 피어스의 기호학과 접맥시킨 관점은 Erika Freiberger-Sheikjoleslame, "Zholkovsky's Generative Poetics and Peirce's Sign Theory," *Semiotics Unfolding*, ed. Tasso Borbé(Vienna: Moutor Publishers, 1979)를 참고함.

4) Erika, 위의 글, 823-824쪽.

5) 아카데미서적편집부 편, 『原色韓國鳥類圖鑑』(한국아카데미서적, 1989). 경우에 따라서는 黃鳥(꾀꼬리)의 둥지에 알을 낳는 것으로 되어 있다.

것이 아닌가 추정된다.

깊은 산에서 구슬픈 울음을 울어 사람들로 하여금 비애감을 환기하는 이 새의 생태적 특징으로부터 다음과 같은 여러 가지 傳說, 秘傳 혹은 俗信이 생겨 나게 된다. 첫째, 蜀 望帝의 혼백이 두견으로 화했다는 전설인데 그 내용을 축약하면 다음과 같다.

蜀의 後主는 이름이 杜宇였는데 하늘에서 내려와 스스로 망제라 칭했다. 稼穡을 사람들에게 가르쳐 勸農에 힘썼다. 이때 荊州 사람인 鼈靈의 시체가 떠내려와 다시 살아나서 망제를 뵈니 망제가 그를 재상으로 삼았다. 周가 기강이 흩어지고 마침 水災가 있었는데 宰相인 鼈靈(開明帝)이 玉壘山을 막아 수해를 막았다. 망제는 자기가 덕이 부족하다고 여겨 요와 순이 정권을 선양한 뜻을 본받아 드디어 정사를 개명에게 맡기고 자신은 西山으로 가서 숨어 지냈다. 그는 후에 복위하려 하였으나 뜻을 이루지 못하고 나라를 떠나 여행길에서 죽게 되었다. 때는 마침 2월이었는데 자규새가 슬프게 울었으므로 촉인이 듣고 ‘우리 망제의 혼이로다.’ 했다. 이 새는 봄마다 달빛 아래서 주야로 슬프게 운다고 한다.6)

‘두견’은 달리 蜀鳥・蜀魄・杜宇로도 불리는데 이는 망제의 이름에서 유래한 것이며, 우리나라에서 불려지는 ‘주걱(죽억) 啼禽’이라는 이름 또한 임

---

6) 망제의 전설은 『寰宇記』(諸橋轍次, 『大漢和辭典』 10卷, 東京: 大修館書店, 125쪽), 『華陽國志・蜀志』(『同書』 5卷, 1052쪽), 『成都記』(羅竹風 主編, 『漢語大詞典』・4卷, 漢語大詞典出版社, 749쪽)에 실려 있는데, 이를 종합해서 축약한 것이다. 나라를 떠나 여행길에서 죽었다고 하는 내용은 『唐詩歲時記』(植木久行, 講談社, 1995, 71쪽)에 의거하였다. 그러나 晋 闞駰의 『十三州志』에는 망제가 鼈令의 아내와의 淫事를 부끄러워 하여 자규로 화했다는 내용이 있다. 그 부분을 옮겨 보면 다음과 같다. “望帝使鼈令治水而淫其妻 令還 帝慚 遂化爲子規.”(망제는 별령을 보내 물을 다스리게 하고는 그 아내와 관계를 맺었다. 별령이 돌아오자 망제는 부끄러워 드디어 자규로 화했다.) 范之麟・吳庚舜 主編, 『全唐詩典故辭典』・上(湖北辭書出版社, 1989), 885쪽에서 재인용.
  ‘두견’이 남녀간의 離別・相思라는 주제를 함축하게 되는 것은 망제와 별령의 아내 사이에 일어난 비극적 邪戀과 깊은 연관이 있다고 생각된다.

금이 새로 화했다는 뜻의 '帝禽'이 '啼禽'으로 변화되지 않았나 추정된다. 이 새가 민요에서 '임금새'로 불리기도 하는 것은 이같은 추정을 뒷받침해 준다. 또한, 망제가 여행길에서 죽어 고향에 돌아가지 못한 데서 '不如歸(돌아가는 것이 좋다)' '歸蜀道'라는 이름이 유래했다고 생각된다. 망제의 전설은 입에서 입으로 구전되다가 『寰宇記』 『華陽國志·蜀志』 『成都記』 등에 기록되었다. 그러므로 늦어도 이 책이 쓰여진 晉代에는 구전문학에서 기록으로의 정착이 이루어졌다고 추정할 수 있다. 이같은 전설로부터 두견은 悲運, 한맺힌 죽음, 亡者의 혼백, 나그네의 고독 등의 의미를 함축하는 이미지를 갖게 되었다.

그 다음으로 '아침에 이 새의 첫 울음소리를 들으면 연인과 헤어지게 된다'는 俗信을 들 수 있다.[7] 이로부터 두견새는 부부간·연인간의 이별·相思의 이미지를 갖게 된다. 또 죽을 때까지 목에서 피를 토하며 운다든가 이때 흘린 피가 땅에 떨어져 '두견화(진달래)'가 되었다[8]고 하는 秘傳 역시 구슬픈 울음을 우는 생태적 특질에서 비롯된 것이라 볼 수 있다.

생태적 특질, 전설·속신·비전 등이 종합되어 '悲哀'와 관련된 '두견'의 이미지가 형성되게 되었는데, 두견의 이미지가 형성되고 여러 異稱이 파생되는 과정에는 '환유원리'가 작용하고 있음이 드러난다. 이로 볼 때, 문학적 기호로서의 '두견'은 그 종류상 지표기호(index)[9]에 해당한다고 할 수 있다.

---

7) 梁 宗懍 撰, 『荊楚歲時記』 및 范之麟·吳庚舜 主編, 『全唐詩典故辭典』·上卷(885쪽), 『한국문화상징사전』(동아출판사, 1994, 552쪽).

8) 『한국문화상징사전』, 같은 곳.

9) 피어스는 기호의 종류를 도상(icon), 지표(index), 상징(symbol) 셋으로 나누었는데 도상기호란 예를 들어 초상화처럼 기호와 그 지시내용이 동질성·유사성을 바탕으로 결합되는 것, 즉 기호와 그것의 의미내용이 서로 닮은 것을 말한다. 상징은 기호와 그것의 지시내용의 결합이 자의적이며 의미화작용에 있어 해석소의 능동적 현존이 요구된다. 언어는 그 대표적인 예이다. 지표는 기호와 그것의 지시내용이 인접적, 인과적 관계를 바탕으로 결합하는 것이다. 피어오르는 '연기'는 불을 피우는 것을 지시하는 지표기호이다. 도상기호가 은유의 원리에 입각해 있다면, 지표기호는 환유

이와는 별도로 굴원의 <離騷>에 나오는 두견의 이미지도 두견의 ‘定形化’에 깊이 간여하고 있다.

時亦猶其未央 恐鵜鴂之先鳴兮 使夫百草爲之不芳 (세월이 아직 다하지 않았는데 두견새가 먼저 울어 온갖 풀들을 시들게 할까 두렵도다)

문학작품 속에서 최초로 ‘두견’이 등장하는 것은 이 작품인데 이로부터,

‘두견의 울음이 꽃을 시들게 한다’ → ‘두견의 울음과 落花의 배합’(후에는 낙화가 아닌 피어 있는 꽃과의 배합도 이루어짐) → 계절감(두견이 울고 꽃이 지는 늦은 봄) → 惜春의 모티프

와 같은 양상으로 ‘계절감’과 관계되는 두견의 이미지가 형성되는 것이다. 두견의 울음에 촉발되어 꽃이 지고 봄이 가는 것을 아쉬워하는 것 역시 비애의 정서에 밀착되어 있다고 하겠다. <이소>의 인용부분에서 한 가지 주목할 점은 두견의 이름이 ‘鵜鴂’로 표기되고 있다는 점이다. 이로 볼 때, <이소>의 鵜鴂은 망제 전설이나 생태적 특질에서 유래된 이름과는 전혀 별개로 두견 이미지의 또 다른 근원이 되고 있다는 것을 알 수 있다.

이상 두견의 이미지 형성의 세 근원으로서 생태적 특질, 전설·속신·비전, 굴원의 <이소>를 지적했는데, 여기서 파생된 다양한 의미요소들은 공

원리에 입각해 있다. C.S. Peirce, 앞의 책.

蜀 망제(杜宇)의 혼이 새가 되어 그 새가 ‘杜宇’ ‘杜鵑’ ‘蜀魄’ 등으로 불리는 것이나, 나그네길에 죽었다는 이유로 ‘不如歸(돌아가는 것이 좋다)’ ‘歸蜀道(촉나라로 돌아가는 길)’로 불리는 것, 다른 새 둥지에 알을 낳고 새끼를 멀리서 바라보는 것 때문에 ‘子規’–본인은 본문에서 子規의 規가 엿본다는 의미의 ‘窺’에서 와전된 것이 아닌가 추측한 바 있다–라는 이름을 얻은 것, 피울음을 울어 그 피가 꽃으로 화했다 하여 꽃이름이 杜鵑花라고 했다는 것 등, 이름과 그것의 유래가 인접적·인과적 환유원리에 입각해 있음을 알 수 있고, 이를 근거로 할 때 위에 열거한 이 새의 이름은 모두 지표기호로 볼 수 있다.

통적으로 生의 비애와 관련된다는 점에 주목해야 할 것이다. 이러한 이미지들이 오랜 시간에 걸쳐 시작품에 활용되면서 '恨과 슬픔의 새'라고 하는 상징성을 획득하게 되며, 이것이 두견의 恒數的 의미가 되기에 이른 것이다. 이 항수적 의미는 텍스트에서 이별의 슬픔, 나그네의 고독, 相思, 죽음, 비운 등으로 구체화되며, '두견'은 삶의 과정에서 마주치는 이 마이너스적 정서를 효과적으로 표현·전달하는 '정서적 등가물'로 작용하게 되는 것이다. 그리고 '두견'이 획득한 항수적 의미는 텍스트에서 해석소로 작용하여 기호 표현부와 실제 두견을 연결하는 구실을 하게 된다.

시문학 작품에 두견이 등장하는 것 중 오래된 것으로, 晉·宋·齊 때의 문인들 손에 의해 이루어진 것으로 추정되는 작자미상의 <子夜四時歌>10) 春歌 20首 중의 두 작품(제6수·11수)을 들 수 있다.

杜鵑竹裏鳴　　대숲 속에서 두견이 울고
梅花落滿道　　매화꽃은 길 가득 떨어져 있다
燕女遊春月　　燕女는 봄날을 즐기는데
羅裳曳芳草　　비단 치마가 芳草에 끌리고 있네.

新燕弄初調　　새로 날아온 제비는 첫 지저귐을 시작하고
杜鵑競晨鳴　　두견은 새벽이 되도록 울고 있네.
畵眉忘注口　　눈썹은 그리고 입술연지는 잊은 것일까
遊步散春情　　거닐고 있노라니 춘정이 흩어지네.

이 작품들은 시기상으로 촉 망제 전설이 유포된 후의 것으로서, 어떤 형태로든 촉 망제 전설을 접한 문인이 지은 것으로 추정된다. 그러나 여기서의 두견은 단지 여성의 마음이 들뜨기 쉬운 '봄'이라고 하는 계절의 경물로 등장할 뿐이다. 따라서 <자야사시가>의 두견은 아직 항수적 의미를 획득한

---

10) 宋·郭茂倩 編, 『樂府詩集』卷 44, 清商曲辭1

정형화된 소재라 할 수 없다.

두견이 정형적 소재로 고정·정착되는 데는, 촉 망제의 전설을 그대로 詩化한 鮑照(421-465)의 <擬行路難·6>11)이 중요한 역할을 하고 있다.

秋思忽而至	홀연히 쓸쓸한 생각이 일어
跨馬出北門	말을 타고 북문을 나선다.
擧頭四顧望	머리를 들어 사방을 바라보니
但見松柏園	松柏園만이 보일 뿐,
荊棘鬱蹲蹲	가시가 빽빽하게 삐죽이 솟았는데
中有一鳥名杜鵑	그 가운데 새 한 마리가 있으니 두견이라 이름한다네.
言是古時蜀帝魂	이는 옛날 촉 임금의 혼백이러니
聲音哀苦鳴不息	구슬픈 울음소리 끊임이 없구나.
羽毛憔悴似人髠	깎아 버린 머리털같이 바스라진 깃털을 하고
飛走樹間啄蟲蟻	나무 사이를 날아다니며 벌레들을 쪼아먹고 있나니
豈憶往日天子尊	어찌 지난날 천자의 존귀함을 떠올릴 수 있으랴.
念此死生變化非常理	生死 變化의 비상한 이치를 생각하니
中心惻愴不能言	슬픈 마음을 이루다 말로 할 수 없다네.

시적 화자가 어느 날 두견의 애조 띤 울음소리를 듣고 망제의 전설을 떠올리며 한때는 天尊의 위치에 있던 사람이 초췌한 모습의 새가 된 것을 두고 삶과 죽음의 무상함에 깊이 슬퍼하는 내용을 담고 있다. 이 <의행로난>은 '두견'이 죽음 및 亡者의 혼백, 인생무상 등의 내포적 의미를 갖도록 하는 데 큰 기여를 한 것으로 볼 수 있다.

'두견'이 '한과 슬픔의 새'라는 상징성을 지닌 정형화된 소재로서 시텍스트에 정착되는 것은 의외로 늦어 唐代에 들어오면서부터이다. <이소>에는 두견이 단 1회 나오며 『시경』이나 漢, 六朝 시기의 문헌에도 거의 보이지 않다가 唐詩에서 두견의 등장이 보편화된다.

---

11) 『漢魏六朝詩選』(기태완 역, 보고사, 2005).

(1) 衆芳委時晦 鸕鵃鳴悲耳 (모든 꽃들은 때를 따라 시들어 버리고/ 두견새 울음소리만 슬플 뿐이네. 陳子昂, <感遇>)

(2) 又聞子規啼 夜月愁空山 (또 들리나니 자규의 울음소리/ 달밝은 밤 空山에서 수심겨워 하네. 李白, <蜀道難>)

(3) 萬壑樹參天 千山響杜鵑 (골짜기마다 나무들은 하늘에 닿을 듯하고/ 산마다 두견소리 들리네. 王維, <送梓州李使君>)

(4) 今年杜鵑花落子規啼 (올해도 두견꽃이 지니 두견새가 우네. 白居易, <送春歸>)

山石榴 一名山躑躅 一名杜鵑花 杜鵑啼時花撲撲 (一名 산철쭉 一名 두견화라고도 하는 山石榴는 두견새 울 무렵 꽃이 만개한다네. 白居易, <山石榴寄元九>)

(5) 莊生曉夢迷蝴蝶 望帝春心託杜鵑 (장자는 새벽꿈에 나비되어 헤매었고/ 망제는 두견새에 봄마음을 의탁했네. 李商隱, <錦瑟>)

(6) 蝴蝶夢中家萬里 子規枝上月三更 (고향을 멀리 떠나 나비꿈 꿀 제/ 夜三更 달빛 아래 두견새는 나뭇가지에서 울고 있네. 崔塗, <春夕>)

(7) 風回日暮吹芳芷 月落山深哭杜鵑 (해질녘 바람은 향기로운 풀 위로 돌아 부는데/ 달지고 산 깊은 곳에서 두견새는 哭을 하네. 李群玉, <黃陵廟>)12)

'두견'이 본격적으로 시문학에서 슬픔의 등가물로 활용되는 것은 唐代 이후의 일인데, 망제 전설에서 파생된 주제로 편중되는 양상을 보인다. 여기에, <이소>적 두견, 즉 '落花의 이미지'와 결합되는 두견이 부가되고 있다. (1)과 (4)는 <이소>적 두견의 이미지를 그대로 이어받고 있음을 알 수 있다. (4)의 경우, 여기에 두견화에 얽힌 秘傳이 가미되어 있다. (2)는 蜀땅으로 가는 길의 험준함을 통해 나그네길 나아가서는 인생길의 험난함을 비유적으로 표현하였는데, 여기서도 '두견'은 역시 고통·수심의 의미를 내포

---

12) 이상 唐詩作品들은 孫育華 主編, 『唐詩鑑賞辭典』(北京: 燕山出版社, 1996)과 金達鎭 譯解, 『唐詩全書』(민음사, 1987)에서 인용함.

한다. (3)은 李使君을 보내며 지은 시로서 두견이 ‘送別’의 주제와 연결되는 양상을 보여주는 예이다. (5)는 망제의 혼백이 두견이 된 것을 詩材로 한 것으로 장자의 ‘호접몽’과 결합하여 變身의 모티프와 연결되는 양상을 보여준다. (6)은 나그네·月·三更·花(木) 등이 ‘두견’과 배합되는 전형적인 예이다. (7)은 아황과 여영 두 사람이 순임금이 죽자 그 뒤를 따른 고사를 바탕으로 하여 그 절실한 심정을 ‘두견’에 의탁하여 ‘相思心’으로 발전시킨 작품이다. ‘두견’이 죽음·남녀간의 이별과 상사의 주제를 파생시키는 양상을 보여 준다. 唐詩에서 두견이 남녀간의 사랑과 관계되는 예는 극히 드물다는 점에서 이 작품은 주목할 만하다.

이 예문들에서 드러나는 바와 같이 唐詩에서의 두견은 주로 ‘나그네’ ‘송별’ ‘망제의 혼백’ ‘슬픔’ ‘죽음’의 주제로 그 범위가 국한되는 양상을 보인다. 唐詩에서 비애의 정조를 의미상의 항수로 하는 두견의 이미지가 정착·보편화되었다고는 하지만, 당시에서 悲感을 나타내는 것으로 두견보다 더 보편화되어 있었던 것은 ‘원숭이 울음소리’(猿聲)였다.13) 따라서 이때에 ‘두견’이 비애의 정서적 등가물을 대표한다고 말할 수는 없을 것이다. 『禮記』「月令」은 물론 唐代에 나온 類書 성격의 『初學記』(唐 徐堅 撰), 『藝文類聚』(唐 歐陽詢 撰)에도 ‘두견’이 나오지 않는다는 것은 이같은 사실을 뒷받침해 주는 한 근거가 된다. 이 책들은 천체, 식물, 동물, 광물, 四季, 歲時風俗 등이 망라되어 있어 그 당시 일반인에게 보편적으로 인지되어 있던 鳥類가 무엇이었는가를 살필 수 있기 때문이다.

3. ‘杜鵑’의 恒數的 의미와 개별 텍스트의 생성

생성시학은 텍스트에서 의미를 발견하는 것보다는 주제로부터 어떻게

---

13) 松浦友久, 「‘猿聲’考」, 『詩語の諸相』(東京: 硏文出版社, 1981).

텍스트가 생성되는가 하는 절차에 더 관심을 둔다. 그러므로 이 관점에서 텍스트는 주제의 파생물로 간주된다. 이 방법은 어느 한 시인의 전체 텍스트들을 대상으로 하여 그 시세계를 조명하고자 할 때 유용한 절차가 된다. 그 시인의 시들에서 의미상의 恒數를 찾아내고 그 항수를 바탕으로 개별적 텍스트들이 생성되어가는 과정을 살피는 것이다. 그러므로 의미론적 항수를 포함하는 그 시인의 텍스트들은 유사한 텍스트들의 집합으로 간주된다. 바꿔 말하면, 의미상의 항수는 모든 유사한 텍스트들을 하나의 거대텍스트(macro text)로 응집·인식케 하는 장치가 되는 것이다.14)

이제, '두견'을 정형화된 소재로 하여 '비애'를 의미상 항수로 갖는 일련의 유사한 텍스트들을 잠정적으로 '杜鵑텍스트群'으로 보고 항수적 의미를 바탕으로 개별 텍스트(T)가 생성되는 양상을 몇 예를 들어 살펴보고자 한다. 이 과정에서 이해가 필요한 것은 오로지 의미론적이기만 하고 표현성을 결여한 '항수적 주제'(θ inv)라는 개념과, 여기에 표현성을 부여하는 '표현장치'(EDs)라는 개념이다. 항수적 주제가 非표현적이라면, 이 표현장치들은 非의미적 요소이다. '두견'을 정형화된 소재로 하는 개별적 텍스트들이 생성되는 과정은 다음 두 단계로 설명될 수 있다.15)

(1단계)
恒數的 주제(θ inv) + 局地的 주제(θ loc) → 개별 텍스트의 통합주제(θ)

(2단계)
개별텍스트의 통합주제(θ) + 표현장치들(EDs) → 개별 텍스트(T)

여기서 θ inv는 '두견'이라는 정형화된 소재에 이미 내포되어 있는 '비애감'이 해당되고, θ loc는 그 개별텍스트에서 시인이 드러내고자 하는 주제에

---

14) Erica., 앞의 글, 824쪽.

15) A.K. Zholkovsky, "The Literary Text-Thematic & Expressive Structure: An Analysis of Pushkin's Poem," *New Literary History*, 1978 winter.

해당된다. 여기에 표현성을 부여하여 하나의 텍스트를 파생시키는 장치들로는 具體化(Concretization), 對照(Contrast), 反復(Repetition), 變奏(Variation), 分節(Division), 代置(Substitution), 提示 혹은 例示(Presentation), 豫示(Presage), 還元(Reduction), 組合(Combination) 등이 있다. 이외에도 의미영역에 표현성을 부여하는 언어적 장치들로서 비유법, 리듬, 병행법, 관습적 표현, 의인화, 用事, 引喩 등이 제시될 수 있을 것이다.

이를 바탕으로 杜甫의 <杜鵑行>[16], 시조 두 편, 許筠의 <北鎭堡關王廟>[17]를 예로 들어 '두견'이라고 하는 정형화된 소재로부터 개별 텍스트가 생성되는 양상을 살펴보기로 한다.

(예1) 杜甫의 <杜鵑行>

君不見昔日蜀天子	그대는 보지 못했는가 옛날 蜀나라 천자가
化爲杜鵑似老烏	지금은 두견으로 화하여 늙은 까마귀처럼 되어 있는 것을.
寄巢生子不自啄	또한 남의 둥지에 새끼를 낳아 스스로 기르지 못하고
群鳥至今爲哺雛	뭇새들이 지금도 먹이를 물어다 그 새끼를 기르는 것을.
雖同君臣有舊禮	비록 君臣의 예는 옛날과 같지만
骨肉滿眼身羇孤	혈육이 눈앞에 있어도 몸은 외로운 나그네 신세라네.
業工竄伏深樹裏	이미 깊은 숲속에 교묘히 몸을 숨기고
四月五月偏號呼	4, 5월이 되면 더욱더 울부짖는데
其聲哀痛口流血	그 소리 애통하고 입에서는 피를 토한다.
所訴何事常區區	무엇을 하소연할까 귀기울여 보면 항상 구구한 내용뿐이네
爾豈摧殘始發憤	두견이여, 너는 어찌 네 몸을 쇠잔하게 하여 憤怒를 일으키는가
羞帶羽翮傷形愚	깃털과 깃촉을 두른 것이 부끄럽고 초라한 모습에 마음 상한 것인가
蒼天變化誰料得	하늘의 변화하는 이치를 누가 헤아릴 수 있으리오

---

16) 『杜少陵詩集』 卷十(鈴木虎雄 主解, 『杜甫全詩集』 II 卷, 日本圖書, 1978).

17) 이 시는 『蛟山 許筠詩選』(허경진 엮음, 평민사, 1986·1991)에서 발췌함.

萬事反覆何所無　　모든 일은 되풀이되지 않는 법이거늘
萬事反覆何所無　　모든 일은 되풀이되지 않는 법이거늘
豈憶當殿君臣趨　　그 옛날 대궐에서 신하들의 禮를 받던 모습을 어찌 상상
　　　　　　　　　할 수 있으랴

이 시는 '망제 전설'을 詩化한 <行路難>을 토대로 하여 만들어진 것이다. 이 시에서 시인은 두견새의 생태적 특질을 통해 그 비극적 운명을 서술함으로써 우회적으로 인간사의 덧없음-구체적으로는 玄宗의 失位-을 말하고자 하였다. 이것이 이 시의 국지적 주제(θ loc)가 되는 것이다. 국지적 주제에 항수적 주제인 '恨'과 "悲哀'가 부가되어 '두견새의 비극적 운명'이라고 하는 통합적 주제(θ)가 형성된다.

이 내용이 문학적 담론으로 구현되기 위해서는 다양한 장치들(EDs)에 의해 표현성이 부여되는 2단계 절차가 진행되어야 한다. 우선 '두견'을 망제 전설과 연결시키는 장치를 통해 1행과 2행의 진술이 이루어진다. 두견의 여러 생태적 특징들 중 스스로 둥지를 만들지 못한다고 하는 점을 예로 들어 -즉, '例示'의 장치-, 그것을 비극적 운명을 지닌 망제의 이야기와 '결합'시키고 있다. 그럼으로써 단지 두견의 생태만을 서술할 때보다 비극성을 부각시키는 효과를 얻게 된다. 다른 새의 둥지에 알을 낳아 새끼를 부화·양육시키는 두견의 생태가 3행과 4행에서 '구체화'되면서 '두견→망제'로의 '代置'가 자연스럽게 이루어진다. 아울러, 두견과 그 새끼를 기르는 뭇새의 관계도 '君臣'의 관계로 대치된다(5행).

6행에서는 주변을 뭇새들이 둘러싸고 있어도 외로울 수밖에 없는 내용이 '對照'의 장치에 의해 서술되고 있다. 결국 두견새는 '외로운 나그네 신세(羈孤)'로 '還元'된다. 동시에 '羈孤'는 8행의 내용-두견이 늦봄에 찾아오는 철새임을 나타내는 내용-에 대한 '豫示'이기도 하다. 그런 다음 그 내용이 7-10행에서 구체적으로 提示-'具體化' '例示'-된다. 즉, 산속에 몸을 숨기

고, 늦봄에 찾아와, 구슬픈 소리로 피를 토하며 구구하게 운다는 내용이다.

11행과 12행은 '너'라는 2인칭적 표현이나, 부끄러워하고 마음 상해한다는 표현과 같은 '의인화' 장치에 의해 기술되고 있으며, 13행은 그 뒤에서 두 번 '반복'되고 있는 내용을 '豫示'하는 작용을 한다. 즉, 모든 일은 다시 되풀이되는 법이 없다는 것이 하늘의 이치임을 미리 암시하는 것이다. 마지막 행에서는 이같은 하늘의 이치와 두견의 일을 '결합'시키면서, 동시에 '두견'과 '망제'를, 그리고 두견과 뭇새의 관계를 '君臣'의 관계로 다시 결합시킴으로써 서술을 마무리 짓고 있다. 이 외에도 국지적 주제를 농축하여 표현한 시어인 '羈孤'(6행)가 竄伏(7행), 四月·五月(8행), 哀痛·流血(9행), 發憤(11행) 등으로 '變奏'되는 장치가 활용되어 있다.

이상과 같은 두 단계를 거쳐, '두견'을 정형소재로 하는 거대텍스트—이를 '두견텍스트群'이라 칭한 바 있다— 중의 하나인 <杜鵑行>이 생성된다.

(예2-1)
梨花에 月白하고 銀漢이 三更인제
一枝春心을 子規야 알나마는
多情도 病이냥ᄒ여 잠못들어 ᄒ노라 (李兆年)

(예2-2)
杜鵑에 목을 빌고 쬐고리 辭說어더
空山月 萬樹陰에 不如歸라 우럿시면
相思로 가심에 믿친 恨을 풀어볼가 ᄒ노라 (安玟英)

이 두 시조는 모두 '相思心'을 국지적 주제로 하고 있다. 이 근저에는 '두견텍스트群'의 항수적 주제이자 의미의 공분모인 '비애감'이 잠재되어 있으며 주제의 이 두 측면이 결합하여 '相思의 孤獨과 恨'이라는 통합적 주제가 조성된다. 이 통합적 주제는 (2-1)에서는 '一枝春心'으로 (2-2)에서는 '相思로 가심에 믿친 恨'으로 표현되어 있다.

　우선 (2-1)을 보면, 초장에서 '梨花' '달'이라는 소재, '三更'이라고 하는 시간이 관습적 조합을 이루어 뒤에서 悲感과 孤獨에 관한 내용이 서술될 것을 '豫示'한다. 고전시가의 전통에서 이같은 시간·공간적 설정은 '相思'의 주제와 깊이 밀착되어 있기 때문이다. 초장에 서술되어 있는 상황에서 사람들에게 공통적으로 일어나는 정서를 중장에서 '一枝春心'으로 '응축'시킨 다음 '子規'의 비애에 '일치'시키거나 그것과 동일시한다. 그럼으로써 자연스럽게 두견의 처지가 시적 화자의 처지로 '轉移' 혹은 '代置'되어 양자는 중복적으로 인식된다. 종장에서는 '一枝春心'의 내용이 '구체화'됨으로써 국지적 주제가 강화되는 결과를 낳는다.

　(2-2)는 서술 첫 머리에 '두견'을 제시함으로써 그 뒤에 비애어린 내용이 이어질 것이 '豫示'된다. 동시에 相思心의 애절함과 간절함을 부각시키기 위하여 두견과 꾀꼬리를 들어 '例示'하고 있다. 앞서 말했듯, 고전시의 전통에서 '空山夜月'은 두견을 환유적으로 규정하는 시간·공간적 배경이 되는데 이 내용이 중장에서 구체적으로 제시(구체화+제시)됨으로써 주제를 강화한다. 또, 두견을 그것의 별칭인 '不如歸'로 '代置'하여 '돌아가는 것이 더 낫다'는 내포적 의미를 중층적으로 서술한다. 즉, '내가 불여귀가 되어 멀리 떠나가 있는 님을 향해 "돌아가라."고 하면서 울었더라면 相思로 인해 가슴에 맺혀 있던 恨을 풀 수가 있었을 텐데…' 하는 자책의 내용을 이중적으로 표출하는 것이다. 그러므로 여기에는 자연스레 시적 화자가 두견과 '동일시'되는, 바꿔 말해 자신을 두견과 '일치'시키는 장치가 포함되는 것이다. 이 장치는 '대치'의 변형으로 이해될 수도 있다.

(예3) 許筠의 <北鎭堡關王廟>
門前古碣臥苔中　　문앞의 해묵은 비석은 이끼 속에 나뒹굴고
蕭颯業林一畝宮　　바람소리 쓸쓸한 숲 속에 사당 하나가 있네
殿角幡幢明夕照　　건물 모퉁이의 깃발은 저녁 햇살 아래 빛나고
墻頭杉檜響凄風　　담장머리 杉나무 檜나무로 처량한 바람소리 울린다

丹靑畵壁雲雷壯　단청 칠한 벽은 구름과 천둥에도 굳건하고
香火空堂鬼物雄　향불피어 있는 빈 사당엔 鬼物이 웅장하다
莫把紙錢招怨魄　지전을 가지고 혼백을 부르지 말게나
杜鵑啼血野花紅　두견새 피울음 울 제 들꽃은 더욱 붉나니

앞의 두 예와는 달리 위 시는 ‘두견’이 副次的 소재가 되는 경우이다. 이 시의 1차적 소재는 관운장의 ‘祠堂’이다. ‘사당’은 亡者를 기념하는 곳이기에 여기에는 ‘죽음’의 의미요소가 내포되어 있다. ‘두견’이 소재로 선택된 것은 ‘비애’라고 하는 항수적 의미 안에 내포된 다양한 변주적 의미―나그네, 이별, 상사, 고독, 죽음 등― 중 ‘죽음’의 요소가 큰 비중을 차지하기 때문이다. 즉, ‘두견’이라고 하는 소재를 활용함으로써, 그 안에 내포된 항수적 주제(θinv)인 ‘비애’의 의미요소가 저절로 묻어오게 되며 여기에 ‘죽음’이라는 국지적 주제(θloc)가 부가되는 양상이 되는 것이다. 시인은 결국 ‘폐허가 된 사당’의 모습을 그림으로써 한때의 영웅이 오늘날은 폐허의 흔적으로 남아 있는 것에 대한 無常感과 悲哀를 드러내고자 하였다. 이것이 이 텍스트의 통합주제(θ)가 되는 셈이다.

이같은 통합주제를 바탕으로 구체적인 한 텍스트가 생성되는 데 다양한 표현적 장치가 활용되고 있다. 우선, 古碣·香火·空堂·招怨魄·啼血 등의 시어는 죽음에 대한 직접적 ‘變奏’이고, 蕭颯·夕照·凄風와 같은 시어는 이를 보조·강화하는 구실을 한다고 할 수 있다. 이를 볼 때 시인은 처음부터 끝까지 ‘죽음’이라고 하는 것을 염두에 두고 그와 관계된 어휘나 이미지를 ‘反復’ ‘換言化’(paraphrasing)하고 있음을 알 수 있다. 관운장의 사당이라고 하는 구체적 장소는 죽음에 대한 하나의 ‘例示’가 되는 셈이다.

1구에서 6구까지는 예시된 장소에 대한 세부적 묘사가 이루어짐으로써 통합주제에 대한 ‘구체화’가 이루어진다. 1-5구는 사당의 외부 묘사, 6구는 내부 묘사로 되어 있다. 6구까지는 죽음에 대하여 우회적인 진술이 진행되었는데, 結聯에 이르면 죽음에 대하여 직접적·정면적으로 거론·대응하는

양상으로 어조가 바뀐다. 이처럼 죽음을 정면적으로 거론하는 데 두견이라는 소재가 활용되고 있다. 그러므로 '두견=亡者의 魂魄'이라는 '比喩'가 이면에 설정되어 있고, 사당으로 대표되는 죽음의 의미소는 궁극적으로 두견으로 '還元'된다. 달리 표현하면, 관운장의 혼백은 끝구에서 두견으로 '代置'되면서 암시적·추상적으로 제시되던 통합주제가 구체적 표현을 갖춘 텍스트로 꼴을 갖추게 되는 것이다. 이 텍스트는 망제 전설에 토대를 두고 이루어진 수많은 텍스트들의 집합-거대텍스트(macro text), 여기서는 杜鵑텍스트群- 속에서 일종의 '변이형'에 해당한다고 볼 수 있다. 임금인 망제가 아니라 신하인 鼈令의 혼백이 두견이 되었다는 變種 망제 전설을 수용하고 있기 때문이다.

4. 맺음말

지금까지 生素材로서의 실제 두견이 언어기호를 통해 '悲哀'라고 하는 특별한 의미-恒數的 의미-를 획득해 가는 양상 즉 두견의 기호화과정과, 이 항수적 의미를 바탕으로 구체적 텍스트가 생산되는 양상을 生成詩學的 관점에서 조명해 보았다.

생성시학과 더불어 비교시학적 관점에서, 한국과 일본의 고전시, 국문시가와 한시, 黃鳥·白鷗 등 다른 鳥類들과 견주어 보는 작업을 통해 두견이라는 題材가 구축하고 있는 의미의 망이 좀더 선명하게 그 모습을 드러낼 수 있다. 이에 대해서는 다음 글에서 자세히 살피기로 한다.

比較詩學과 '杜鵑'의 의미론

1. 머리말

　고전시 텍스트에서 우리는 공식적 이미지를 가진 특수한 소재가 텍스트의 주제형성에 밀접하게 관여하는 양상을 흔히 보게 된다. 그 중 하나가 '杜鵑'이라는 소재이다. 두견은 恨과 悲哀의 정서를 환기하는 대상으로서, 이별·고독·무상감·悲運·죽음 등 生의 비애와 관계된 주제를 형성하는 데 구속력을 갖는 대표적 소재이다. 우리는 이를 단순한 소재와 구분하여 '題材'라 부를 수 있을 것이다. 梅·蘭·菊·竹·松과 같은 식물, 까마귀·까치·白鷺·白鷗와 같은 鳥類도 주제적 요소를 그 자체 내에 포함하는 대표적 제재들이다.

　'두견'이라고 하는 題材는 우리나라는 물론, 중국·일본의 고전시 텍스트에서도 '悲哀'의 정서 및 이와 관련된 주제를 표현하는 데 빈번히 활용된다. 고전시 텍스트에서 이 題材가 형상화·의미화되는 양상을 살펴보면, 중국·일본의 경우와 차이를 보이는 것은 물론 한시와 국문시가에서도 차이를 드러낸다. 그런가 하면 두견에 버금가는 중요도·비중을 지니는 鳥類 題材인 黃鳥·白鷗와 비교해 볼 때도 두견은 그 독자적 의미화 양상을 드러내 보인다.

이 글은 소재의 선택이 주제를 결정할 수 있다는 것을 대전제로 하여, '두견'이라는 題材가 고전시 텍스트에서 어떻게 다양한 양상으로 의미화되는지를 비교시학적 관점에서 살피고자 한다. 즉, 비교의 방법을 통해 '두견'이 지닌 고유의 시적 내포를 부각·조명해 보려는 것이다. 이를 위해 2장에서는 우리나라와 일본의 고전시 텍스트, 3장에서는 漢詩와 국문시가, 그리고 4장에서는 黃鳥·白鷗 등 다른 鳥類와의 비교를 통해 두견의 시적 의미망을 구축해 보고자 한다.

2. 杜鵑과 호토토기스(霍公鳥·時鳥)

이제, '비애감'이라는 항수적 주제요소를 자체 내에 내포하는 정형화된 소재로서의 '두견'이 한국과 일본의 고전시 텍스트에서 어떻게 달리 의미화되는지를 비교해 보기로 한다. 먼저, 한국과 일본의 시문학에 '두견'의 상징성-항수적 의미-이 어떻게 형성·정착되는지 그 과정을 살펴 보기로 하자.

우리나라 시문학에서 杜鵑은 촉 망제 전설[1]과 관계있는 杜宇·不如歸·蜀魄·蜀鳥·歸蜀道·啼禽 외에도 '접동' '솟적새(鼎鳥)' '임금새' 등의 이름으로 불리고 있다. 이 새가 시가상에 처음 나타나는 것은 고려조 鄭敍가 지은 <정과정>이다.[2] 잘 알려진 바와 같이 <정과정>은 동백목-단심가-사

---

1) 촉망제 전설은 본서 「생성시학과 '두견'의 의미론」 참고.
2) 최치원의 시 중에 <杜鵑>(허경진 엮음, 『孤雲 崔致遠詩選』, 평민사, 1989)이 있는데 이는 두견새를 노래한 것이 아니라 '두견화'(진달래)를 대상으로 한 것이다. 최치원이 활동한 것은 중국 晩唐에 해당하므로 망제의 전설을 직접·간접으로 접했을 것임에 틀림없다. 진달래를 보통 '두견화'라고도 부르는 것은, 망제의 혼백인 두견새의 피울음이 땅에 떨어져 진달래가 되었다고 전해지기 때문이다. 최치원이 진달래를 '두견화'로 표현했다는 것은 망제의 전설을 알고 있다는 증거가 된다. 이 시 중에 "與凡草木還殊品 只恐樵夫一倒看(다른 초목들과는 격이 다르건만 나무꾼이 함부로 볼까 봐 두렵다네)"라는 구절이 있는데, 진달래가 다른 꽃들과 격이 다르다고 표현

미인곡-속미인곡으로 이어지는 '忠臣戀君之詞'의 祖宗이 되는 작품이다.

> 내 님믈 그리ᄉ와 우니다니
> 山 접동새 난 이슷ᄒᆞ요이다
> 아니시며 거츠르신 둘 아으
> 殘月曉星이 아ᄅ시리이다
> 넉시라도 님은 ᄒᆞᆫ ᄃᆡ 녀져라 아으
> 벼시더시니 뉘러시니잇가
> 過도 허믈도 千萬 업소이다
> ᄆᆞᆯ힛마리신뎌 ᄉᆞᆯ읏븐뎌 아으
> 니미 나ᄅᆞᆯ ᄒᆞ마 니즈시니잇가
> 아소 님하 도람 드르샤 괴오쇼셔

시가문학에서 처음 '두견'이 나타난다는 史的 의미 외에도, 이 작품은 우리의 시문학적 전통에서 두견이 어떻게 수용·정착되는가에 대한 단서를 제공한다는 점에서 매우 중요한 의미를 지닌다. <정과정>에서 접동새는 신하인 정서 자신의 입장을 대변하는 정서적 대응물이다. 따라서 비애의 주체가 임금으로 되어 있는 망제 전설과 상치된다. 이 문제에 대하여 두 가지 관점의 해석이 가능하다. 첫째는, 슬픔의 주체와는 무관하게 '두견'이 내포하는 恨과 悲哀라고 하는 정조만을 망제 전설로부터 수용하였다고 보는 관점 둘째는, 망제 전설과는 무관하게 유난히 구슬프게 우는 두견의 생태적 특질에서 우연히 소재를 취했다고 보는 관점이다.

고려 때는 이미 鮑照의 <擬行路難>[3])이나 唐詩가 널리 유포되어 있었

한 것은 그 꽃이 임금인 망제의 혼백과 직접 관련이 있기 때문이다. 이 또한 그가 망제 전설을 알고 있었다는 근거가 된다. 그러나 이 시는 두견화에 관한 것이지 두견새에 관한 것은 아니므로 이 글에서는 예외로 한다.

3) 두견이 정형적 소재로 고정·정착되는 데는, 촉 망제의 전설을 그대로 詩化한 鮑照 (宋)의 <擬行路難·6>『樂府詩集』 卷 70, 雜曲歌辭10)이 중요한 역할을 하고 있다. 전문 및 자세한 내용은 본서 「생성시학과 '두견'의 의미론」 참고.

으므로, 망제 전설이 기록된『寰宇記』『華陽國志·蜀志』『成都記』『十三州志』 등을 직접 열람하지 않았더라도 唐詩나 <의행로난>의 수용경로를 통해 망제 전설이 널이 유포되었을 가능성이 크다. 따라서 두 번째 관점보다는 첫 번째 관점의 해석이 더 타당하다고 생각된다. 이야기 속에서 별령은 지극히 덕이 있고-治水를 성공적으로 완수한 것은 德人의 징표로 여겨진다- 충성스러운 인물4)로 드러나 있기 때문에, '忠'의 덕목을 중시하는 層에게는 망제가 두견으로 화했다는 다소 감상적인 에피소드보다는 별령의 충성스러운 행위가 더 호응이 컸을 것으로 추정할 수 있다.

이 뒤의 한시, 시조, 가사 등 수많은 두견텍스트들을 보면, 이처럼 신하의 '忠'을 강조하는 입장에서 '두견'의 한과 비애가 수용되는 경향이 뚜렷하게 부각되는데, <정과정>은 이러한 텍스트들의 모델이 된다고 하겠다. 필자는 중국이 두견의 내포적 의미가 형성되는 근원이 된다고 보아 1)울음소리가 구슬프고 스스로 둥지를 치지 못하고 다른 새 둥지에 알을 낳아 부화시킨다고 하는 생태적 특질, 2)촉 망제의 傳說, 아침에 우는 두견은 이별을 예고한다고 하는 俗信, 두견의 피울음이 땅에 떨어져 두견화(진달래)가 되었다고 하는 秘傳, 3)落花의 이미지와 연결되는 굴원의 <離騷>5)를 그 세 원천으로 제시한 바 있다.6) 이같은 세 근원에 忠節의 요소가 부가되어 중국이나 일본과 다른 한국적 두견의 이미지가 정착되는 것이다. 이것을,

두견 이미지 형성의 세 원천(생태, 망제 전설, 굴원의 <이소>) + <정과정>(忠節의 의미소 첨가) → '비애'와 '忠'이 결합된 독특한 한국적 杜鵑像 성립

---

4) 그는 원래 시체로서 물에 떠내려 왔는데 다시 소생하여 망제의 정사를 도운 인물로 그려져 있다.
5) 해당부분은 다음과 같다. "時亦猶其未央 恐鶗鴂之先鳴兮 使夫百草爲之不芳" (세월이 아직 다하지 않았는데 두견새가 먼저 울어 온갖 풀들을 시들게 할까 두렵도다.)
6) 자세한 것은 본서「생성시학과 '두견'의 의미론」참고.

으로 압축해 볼 수 있다. 이후 많은 고전시 텍스트에서 '두견'이라는 소재가 '忠'의 주제와 결합되는 양상을 보게 된다.

諸葛忠魂 蜀魄되야 그 님금을 못닌 글려
피나게 우는 소릭 이졔도록 슬프도다
平生에 劉皇叔 모르는 날을 어이 울려는이 (金壽長)[7]

忠孝도 닌 못호고 비록이 주글셴들/ 暮夜明月의 杜鵑의 넉시 되어 平生의 爲君父怨恨을 梨花一枝에 春帶雨ㅣ 되어시니/ 行人도 닌 뜻을 아라 駐馬愁를 호느다 (姜復中)

暫憩忠臣樹	충신의 나무 밑에서 잠시 쉬고 있노라니
於焉肅我欽	어느새 내 마음이 숙연해지네
蒼葉磔如鬚	푸른 잎이 수염처럼 갈라져
怒氣亘至今	怒氣가 오늘까지 이른 듯하구나.
	…(중략)…
千里魯陵鵑	천리 밖 노릉(단종의 능)의 두견은
翮短不能尋	깃이 짧아 찾아오지 못하는가 (李德懋, ＜掌苑署成氏松＞)

위 두 시조와 이덕무의 한시는 그 구체적 내용은 다르지만 '忠'의 주제를 드러내기 위하여 '두견'을 등장시키고 있다는 점에서 공통적이다. 특히 '두견'의 의미화양상이라는 관점에서 볼 때 김수장의 시조는 망제 전설의 변이형, 그리고 그것을 수용한 ＜정과정＞의 맥을 그대로 이어받고 있음이 드러난다. 즉, '망제 : 별령'의 관계가 ＜정과정＞에서 '仁宗 : 鄭敍'로, 다시 김수장의 시조에서 '유비 : 제갈량'으로 바뀌고 비애의 주체가 신하로 변형되었을 뿐이다. 그러나 이덕무의 시는 다소 성격이 다르다. 변이형이 아닌 정통 망제 전설의 맥락에서 망제를 단종으로 대치한 다음, '단종 : 사육신'의 관계

---

7) 이하 이 글에 인용된 시조작품은 鄭炳昱 編著, 『時調文學事典』(신구문화사, 1982)에 의거함.

속에서 '忠節'의 주제를 구현하고 있는 것이다. 두견을 정형화된 소재로 하는 텍스트 가운데 이처럼 단종과 연관시킨 것들이 적지 않이 발견되는데[8] 여기에는 두 가지 이유가 있다. 하나는 망제와 단종이 모두 비극적 운명을 지닌 임금이라는 점에서 공통점을 지닌다는 것이고, 또 하나는 단종이 <蜀魄歌>-<子規詞>라고도 함-를 지은 것으로 전해지기 때문이다.[9]

두견의 항수적 의미에 忠의 주제가 부가됨으로써 한국적 두견상이 정립되는 것과 맥을 달리하여, 농경과 관계된 새로서 농사의 豊凶을 예견한다고 하는 俗信的 의미[10]가 부가되는 양상도 보인다. 이런 양상은 주로 민요에서 나타나며 이때의 명칭은 솟적새(소쩍새, 鼎鳥)가 보편적이다. 두견이 농경과 관계있는 것은 망제 전설에서도 그 근원을 찾을 수 있다. 망제가 稼穡을 백성들에게 즐겨 권했다는 내용이 전설 속에 들어 있기 때문이다. 그렇다고 해서, 우리나라 민요에서 보이는 솟적새의 豊凶 예견기능이 이 망제 전설에서 직접 연유한다고 말하기는 어려울 것이다. 이 새의 생태상 농사철을 알리는 신호가 될 수 있기 때문이다.

또 중국에서 연원한 망제 전설과는 별도로 우리나라에서 자생한 '접동새 전설' 역시 한국적 두견상의 정립에 적지 않은 역할을 했다.

---

8) 이덕무의 위 시 외에도 두견이 단종과 연결된 작품으로 李漵의 時調 <子規三疊>, 李媛과 鄭昌海의 漢詩 <子規詞> 등을 들 수 있다. 이 작품들은 『海東歌謠』에 실려 있다.

9) 그 내용이 『大東韻府群玉』 '蜀魄歌' 項에 다음과 같이 기록되어 있다. '단종이 魯山君으로 강등되어 영월로 쫓겨가 있을 때 달밤에 누대에 올라 <蜀魄歌>라는 슬픈 노래를 지어 불렀는데 나라 사람들이 그 노래를 듣고 눈물을 흘리지 않는 사람이 없었다고 한다. 그 노래는 다음과 같다. "月白夜蜀魄啾 含愁情倚樓頭 爾聲苦我聞哀 非爾聲無我愁 爲報天下勞苦人 愼莫登春三月子規樓 (달이 밝게 빛나는 밤 두견새가 울고 있네. 근심을 머금고 누대에 기대어 너의 괴로운 울음소리를 나도 슬픈 마음으로 듣고 있도다. 네 울음소리 없다면 내 근심도 없을 텐데. 천하에 보답코자 수고로운 사람들이여, 춘 삼월 두견이 우는 누대에는 오르지 말게나.)'

10) 『한국문화상징사전』(동아출판사, 1994), 411쪽.

어떤 사람이 아들 아홉과 딸 하나를 낳아 기르다가 죽었는데, 계모가 들어와
서 전실 딸을 몹시 구박하였다. 그래서 그 딸은 혼인날을 받아놓고 죽었는데
그 딸의 넋이 접동새가 되었다. 한편 계모는 죽어서 까마귀가 되었는데 그래서
까마귀와 접동새는 원수지간이 되었다는 것이며, 접동새 울음소리가 “그읍 접
동”이라고 하는데 이것은 “아홉 오라버니 접동”이라는 뜻이라고 한다. (「접동
새 유래」, 경기도 남양주군 자료)[11]

계모형 이야기와도 관계가 깊은 이 전설은 두견에 비해 한참 뒤에 시텍
스트에 등장한다. 그러나 이 전설에서 핍박받는 층, 소외와 고통받는 층, 恨
을 품은 층을 대변하는 접동새는, 이 새의 항수적 의미인 ‘비애감’의 또다른
변주임을 일깨워 준다.

‘忠’의 요소가 ‘두견’의 항수적 의미에 부가되는 것이 한국적 특징이라면,
이와는 대조적으로 일본의 시가에서는 그같은 公的·儒敎的 가치가 두견
에 부가되는 양상을 전혀 찾아볼 수 없다. 일본 고전시 텍스트에서 두견은
한자로는 霍公鳥·時鳥로 쓰고 ‘호토토기스’라 읽는다. 이 새는 ‘우구히스
(鶯)’-휘파람새-와 더불어 鳥類로서는 가장 광범하게, 그리고 빈번히 등
장하는 소재이다. 이 새의 한자이름이 촉 망제 전설-蜀魄·蜀鳥·杜鵑·
杜宇·歸蜀道·不如歸 등-과 무관한 명칭이라는 점은 일본적 두견상을
파악하는 데 중요한 단서가 된다. 초기에 호토토기스가 일본문학 속에 정착
되어 가는 양상이 이 망제 전설과는 무관하게 전개되었다는 사실을 말해주
기 때문이다. ‘호토토기스’는 한시문에는 늦은 시기에 나타나지만 最古의
가집인 『萬葉集』에는 154수나 되는 작품에 등장한다. 이같은 사실도 초기
일본에서의 호토토기스의 이미지 정립이 중국의 영향과는 무관하다는 것을
말해준다. 초기 한시문에 호토토기스가 거의 나타나지 않는 것은[12], 이와

---

11) 한국사전연구사 편, 『국어국문학자료사전』, 1997.
12) 『唐詩歲時記』(植木久行, 講談社, 1995, 70쪽)에 의하면, 平安朝 詩의 집대성을 지향
　　한 『日本詩紀』(市河寬齋 編) 가운데 杜鵑이나 子規가 나오는 예는 겨우 2회뿐이라

관련된 중국 문헌, 혹은 시작품이 아직 유포되지 않았음을 말해준다. 이로 볼 때, 『萬葉集』에 무수히 등장하는 호토토기스의 향수적 의미는 중국의 영향권 밖에서 형성되었다는 것을 알 수 있다.

일본 시가에서 초기 '호토토기스像'이 정착되는 양상은 『萬葉集』[13]을 통해 명확히 드러나는데, 이를 平安時代의 최초의 勅撰和歌集인 『古今和歌集』(905년)과 비교해 보면 호토토기스의 시적 내포가 변화되어가는 양상도 아울러 살필 수 있다. 일본에서 萬葉歌에 호토토기스像이 정착되는 양상을 보면, 중국의 망제 전설 혹은 중국을 발상지로 하는 俗信·秘傳보다는 주로 그 생태적 특징을 주된 기반으로 하고 있음이 드러난다. 전설이나 속신이 기록된 서적들은 『萬葉集』의 노래가 지어지고 책으로 완성되는 시기-奈良時代-에는 아직 일본에 전해지지 않았기 때문이다.

단, 굴원의 <이소>를 근원으로 하는 두견의 이미지-즉 落花와 杜鵑이 결합된 것-는 『萬葉集』의 노래들에서 적지 않이 발견된다. <이소>는 이미 이 시기에 일본 식자층에게 널리 유포되어 있었기 때문에[14] 그 영향을 받은 것으로 추정할 수 있다. 그리하여 두견이 落花의 소재와 결합하여 늦봄에서 여름에 걸치는 시기의 계절감을 환기하는 景物로 형상화되는 양상은 크게 <이소>의 영향으로 보아 무리가 없다.

> 藤波の散らまく惜しみ霍公鳥今城の岳を鳴きて越ゆなり (등꽃이 지는 것이 서글픈지 호토토기스가 今城의 언덕을 울면서 넘어간다. 『萬葉集』·1944)[15]

고 하였다.

13) 8세기 후반 무렵 이루어진 일본 最古의 歌集. 오랜 시기에 걸쳐 增減·補完·追補가 행해졌으므로 정확한 撰定年代를 말할 수는 없으나 780년 무렵에는 최종의 마무리가 이루어진 것으로 본다.

14) 奈良時代에 <이소>가 유포되어 있었다는 사실에 대해서는 稻岡耕二 編, 『萬葉集事典』(學燈社, 1993), 352-353쪽 참고.

15) 여기서 숫자는 『萬葉集』(東京: 岩波書店, 1985)에 수록된 작품번호를 나타낸다.

霍公鳥花橘の枝に居て鳴き響むれば花は散りつつ (호토토기스가 花橘의 가지에 앉아 울기 때문일까. 꽃이 점점 져가는 것은.『萬葉集』·1950)

『萬葉集』에는 이런 류의 시들이 많이 수록되어 있는데 이를 보면 落花와 호토토기스의 배합으로써 계절감, 특히 惜春의 주제를 표현하는 것이 이미 이 시대에 정형화되어 있었음을 알 수 있다. 이같은 배합은 일본적 杜鵑像의 형성에 큰 부분을 차지하며 <이소>의 두견 이미지의 영향으로 볼 수 있다. 특히 1950번 작품에서 두견의 울음이 낙화를 유발한다는 발상은 <이소>와 완전히 일치한다. <이소>에서는 ‘鶗鴃(두견)’과 ‘百草’가 결합되어 있는데『萬葉集』에서는 ‘花橘’ ‘卯の花(병꽃나무)’가 가장 보편화되어 있다. 그리고 단지 ‘지는 꽃’하고만 배합이 이루어지는 것은 아니고, ‘피어있는 꽃’ 과의 배합도 일반화되어 있음을 본다. 호토토기스가 등장하는 시간·공간적 배경을 보면, ‘山’ ‘밤’의 時·空이 설정되는 것이 보편적이기는 하지만, 중국이나 우리나라에서처럼 ‘空山夜月’로 정형화되어 있지는 않다.

두견의 이미지나 항수적 의미가 형성되는 세 원천 중, 萬葉歌에 있어서 호토토기스가 정형화된 소재로 정착되는 데 가장 깊게, 그리고 크게 영향을 끼친 것은 생태적 특질이라고 해야 할 것이다. 그 생태적 특질 중 일본시가에서 호토토기스가 갖는 시적 내포의 가장 큰 부분을 담당하는 것이 스스로 둥지를 만들지 못하고 다른 새―꾀꼬리 혹은 휘파람새―의 둥지에 알을 낳아 抱卵·育雛케 하는 생리이다.

鶯の/生卵の中に/霍公鳥/獨り生れて/己が父に/似ては鳴かず/己が母に/似ては鳴かず/卯の花の/咲きたる夜邊ゆ/飛びかけり/來鳴き響もし/橘の/花を居散らし/終日に/鳴けど聞きよし/幣はせむ/遠くな行きそ/わが屋戶の/花橘に/住み渡れ鳥 (꾀꼬리의 알 속에서 두견새는 홀로 깨어나 자기 아비새를 닮아도 울지 않고 어미새를 닮아도 울지 않고, 병꽃이 피어있는 들녘을 맴돌다가 날아와서 울고, 橘나무에 앉아서는 그 꽃을 지게 하네. 하루종일 울고 있지만 시끄럽지 않고 듣기 좋구나. 선물을 줄 테니까 멀리 가지 말고 이리

와다오. 나의 집 뜰앞 귤나무 꽃에 머물러 있어다오. 霍公鳥여. 『萬葉集』·
1755)

朝霞八重山越えて呼子鳥鳴きや汝が來る屋戶もあらなくに (아침 八重山을
넘어 새끼를 부르며 날아온 새여, 머물 곳도 없는데 울면서 날아 왔느냐.『萬葉
集』·1941)

木の晚の夕闇なるに霍公鳥何處を家と鳴き渡るらむ (나무그늘 으스름해질
저녁 무렵, 호토토기스는 어느 곳을 집이라 여겨 울면서 날아가는 것일까.『萬
葉集』·1948)

위의 예들은 이같은 생리를 직접 창작의 모티프로 삼은 것들이다. 1755
번 작품은 이런 생태적 특징에 <이소>적 발상을 부가해서 이루어진 것이라
할 수 있다. 이같은 두견의 특성을 바탕으로 부부이별, 相思의 주제가 파생
되거나 심지어는 이 새를 사랑의 傳令으로까지 발전시킨 시가 무수히 만들
어지게 되었다.

旅にして妻戀すらし霍公鳥神名火山にさ夜更けて鳴く (여행길에서 아내를
그리워 하는 듯하네. 호토토기스가 神名火山에서 밤새도록 울고 있는 것이.
『萬葉集』·1938)

春されば蜾蠃なる野の霍公鳥ほとほと妹に逢はず來にけり (봄이 되어 벌들
이 나오는 들녁에서 울고 있는 호토토기스여, 안타깝게도 아내를 만나지 못하
고 돌아오는 참이구나.『萬葉集』·1979)

霍公鳥來鳴く五月の短夜も獨りし寢れば明しかねつも (호토토기스가 우는
5월의 짧은 밤도 혼자서 잠을 자니 좀처럼 새지 않는구나.『萬葉集』·1981)

木高くはかつて木植ゑじ霍公鳥來鳴き響めて戀益らしむ (키 큰 나무는 결
코 심지 않으리라. 호토토기스가 와서 울면 내 그리움이 더욱 깊어갈 테니.『萬
葉集』·1946)

호토토기스는 처음 두 예에서는 부부간, 세 번째 예는 일반 남녀간의 이별과 그리움을 환기시키는 새로, 끝의 예에서는 戀心을 유발하는 새로 의미화되고 있다. 그런가 하면,

暇無み來ざうし君に霍公鳥われ斯く戀ふと行きて告げこそ (틈이 없어 못 오시는 내 님께 호토토기스여, 내가 이렇게 그리워하고 있다고 가서 말해 주렴. 『萬葉集』·1498)

霍公鳥鳴きし登時君が家に行けと追ひしは至りけむかも (호토토기스가 울었을 때 즉시 당신의 집으로 가라고 쫓아 보냈는데 도착하였습니까?『萬葉集』·1505)

에서는 호토토기스가 사랑의 전령이 되고 있다. '님과 내가 헤어져 서로 그리워 하는 저 산을 넘어가서 님에게도 내 생각을 하도록 일깨워 주렴.'(『萬葉集』·4177)과 같은 예에서는 전령으로서의 역할이 더욱 분명히 명시되고 있다. 이처럼 호토토기스의 생태적 특질이 남녀간의 이별과 상사의 주제로 연결되는 예는『萬葉集』에 이미 정착되어 었었음을 알 수 있고, 이같은 양상은『古今集』에서 훨씬 더 보편화·정형화된다.

둥지를 만들지 못한다는 생태적 특질과 더불어, 이 새가 늦봄에서 여름철에 걸쳐 활동하는 時鳥라는 점에서, 드물기는 하지만 農耕과 관계되는 양상이『萬葉集』가운데 발견된다.

霍公鳥鳴く聲聞くや卯の花の咲き散る岳に田葛引く少女 (호토토기스가 우는 소리를 들었는가. 병꽃이 피고 지는 언덕에서 칡을 캐는 소녀여.『萬葉集』·1942)

霍公鳥來鳴き響めば草取らむ花橘を屋戶には植ゑずして (호토토기스가 와서 울면 그때 나는 밭의 풀을 뽑으며 그 소리를 들으리라. 내 집 뜰에 花橘을 심어 놓고 새가 오기를 기다리기보다는.『萬葉集』·4172)

또한, 그 구슬픈 울음소리가 사람들의 悲感을 불러일으킨다는 발상도 『萬葉集』에서 보편화되어 있는데, 이는 일본만이 아니라 한국·중국의 시가에 모두 공통되는 주제라 하겠다.

이상을 종합해 보면, 초기에 일본적 杜鵑像이 정립되는 과정에는 이 새의 생태적 특질과 <이소>의 두견이미지가 큰 역할을 하였다고 할 수 있다.

그러나 중국 문학의 영향이 증폭되는 平安時代 이후에는 중국에서 發源한 두견이미지가 전폭적으로 수용되고 그 의미의 범주도 다양하게 확대되는 양상을 보인다.

(1) 卯の花は…ほととぎすの陰に隱るらむ思ふに、いとをかし (병꽃나무는 …호토토기스가 그 그늘에 숨어 있을 것을 생각하니 참 흥미롭다.『枕草子』·44段)[16]

(2) けさ來鳴きおまだ旅なる霍公花たちばなに宿はからなむ (오늘 아침 와서 울고 있는, 아직 여행을 끝내지 않은 호토토기스여. 지금 한창 피어 있는 花橘에 머물 곳을 얻으렴.『古今和歌集』·142)[17]

(3) 杜宇は鳥となりて、旅なる者を、'歸れ'と鳴く (杜宇는 새가 되어 나그네에게 '돌아가라'고 운다.『平治物語』·下)[18]

(4) 死出の山越えて來つらんほととぎす戀しき人の上語らなん (북망산을 넘어 날아왔다는 호토토기스여, 부디 우리 님의 말을 내게 들려다오.『拾遺和歌集』·1307)[19]

(5) ほととぎす、おれ、かやつよ。おれ鳴きてこそ、我は田植うれ『枕草子』·226段)

(6) 思いづるときは山のほととぎす唐紅の振りいでてぞなく (생각이 날 때면, 상록의 山속 호토토기스마저도 唐紅같이 붉은 피를 토할 듯 애절하게

---

16)『枕草子』(松尾聰 校注·譯, 小學館, 1974·1992).

17) 여기서 숫자는『古今和歌集』(小學館, 1971)에 수록된 작품번호를 가리킨다.

18)『平治物語』,『日本文學研究資料叢書』(東京: 有精堂, 1981).

19) 여기서 숫자는『拾遺和歌集』(小町谷照彦 校注, 岩波書店, 1990·1993)에 수록된 작품번호를 가리킨다.

웁니다.『古今和歌集』· 148)

　병꽃나무나 花橘과 호토토기스의 결합(1, 2), 나그네의 모티프(2), 나그
네에게 돌아가라고 하는 '不如歸'의 모티프(3), 亡者의 혼이나 죽음과의 관
련(4), 농경을 알리는 새(5), 吐血하며 우는 생리(6) 등, 호토토기스가『萬
葉集』노래보다 더 다양한 주제와 연결되는 양상을 발견하게 된다. 이미
중국적 두견상에 깊이 침윤된 호토토기스의 모습을 볼 수 있다.
　이상 한국의 杜鵑과 일본의 호토토기스를 비교해 보면, 우리나라의 경우
忠과 같은 유교적 가치가 침윤되어 있다는 점이 부각되고, 일본의 경우는
남녀간의 '離別' '相思'의 주제가 강조되는 점이 두드러진다고 하겠다.

3. 한시 속의 '杜鵑'과 국문시가 속의 '杜鵑'

　동일한 소재가 시양식에 따라 형상화나 주제의 양상이 달라진다고 하는
것은 매우 흥미로운 일이다. 두견의 경우 시양식별로 특별히 두드러진 차이
를 보이는 것은 漢詩와 국문시가이다. 한시 중에서도 남성작의 한시와, 국
문시가 중에서도 民謠는 더욱 현격한 차이를 드러낸다.
　한시의 경우 중국의 망제 전설과 연관된 두견의 상징성이 부각되는 것이
특징이며, 망제 전설에서 파생된 주제 가운데서도 忠, 나그네, 送別의 주제
로 집약되는 편향성을 보인다. 반면, 민요를 비롯한 국문시가를 개괄해 보
면, 두견이라는 정형화된 소재로부터 파생된 모든 주제적 요소가 광범하고
다양하게 총망라되어 있음을 알 수 있다. 두견이 '忠'의 주제를 파생시키는
예는 앞에서 살펴보았으므로 여기서는 생략하고자 한다.
　『東人詩話·下』에는 子規를 소재로 한 고려말 문인들의 시 4편이 소개
되어 있는데 세 편은 전적으로 '두견'을 '나그네'의 모티프와 연결지었고, 나
머지 한 편은 '나그네' 자체보다는 나그네길을 떠나는 스님을 '送別'하는 주

제와 연결지었다. 그 중 한 편을 들어보자.

乾坤蕩蕩我無家　　천지는 드넓건만 내게는 집이 없어
一夕挑燈九起嗟　　온밤을 등불 돋우며 한숨으로 지새네
誰使遠遊人有耳　　멀리 떠도는 나그네에게 누가 귀 가지게 하였는가
杜鵑啼血杜鵑花　　두견은 두견꽃에 피 토하며 울고 있네

(尹汝衡, <關東旅夜>)

망제가 별령(鼈令)에게 왕위를 양위하고 고향을 떠나 나그네로 떠돌다가 죽었다고 하는 데서부터 '돌아가는 것이 낫다' 즉 '不如歸'라고 하는 異稱이 생겼고, 이는 한·중·일 시가에서 '두견'이 나그네의 고독이라는 주제적 요소를 내포하는 근거가 된다. 위 시는 '두견'과 '나그네'의 이같은 결합을 보여주는 전형적인 예라 할 수 있다. 그런데, 중요한 사실은 두견을 소재로 한 많은 漢詩 텍스트들이 이와 동일한 발상으로 전개된다는 점이다. 달리 말하면, 나그네의 고독을 표현하고자 할 때 관습적으로 '두견'을 소재로 활용한다는 것을 의미한다. '두견'이 내포하는 다양한 주제적 요소 가운데 漢詩 텍스트에서는 특별히 이 측면이 부각·정형화되고 있는 것이다.

江陽春色夜凄凄　　강 북쪽 봄기운이 밤이 되니 을씨년스러운데
睡罷無端客意迷　　잠에서 깬 뒤 나그네 심사 끝없이 어지럽네
萬事不如歸去好　　만사가 여의치 않으니 돌아가는 것이 좋다고 하는 듯
隔林頻聽子規啼　　숲 너머 자규 소리 자주자주 들리는구나

(李荇, <陜川聞子規>)

이 시 역시 두견과 나그네의 심정, 不如歸 모티프가 배합된 것으로 한시 텍스트의 전형적 두견의 모습을 그리고 있다.

그러나 민요에서는 그 양상이 크게 다르다. 두견이 노래되는 것은 주로 '새타령'이나 '달거리' '戀慕謠' 등에서인데, 두견이라는 소재가 다양한 주

제.를 파생시키는 양상을 확인할 수 있다.

   (1) 三月春窮 당도하니 산은높고 골깊은데
       슬피우는 저두견은 우릿님의 넋일런가 (<靑孀謠·3>)

   (2) 쌀한줌이 업난거슬 저새소리 숫적다 (<새打令·1>)

   (3) 聲聲啼血 染花枝 귀촉도 불여귀
             …(중략)…
       야월공산 깊은밤에 두견새는 슬피운다
       오색채의 떨쳐입고 아홉아들 열두딸을
       좌우로 거느리고 상평전 하평전으로
       아주 펄펄 날아든다 (<새타령·3>)

   (4) 그산넘어 기섰더면 죽은어마 보지마는
       松橋을나 울을삼고 띄잔대를 이불삼고
       杜鵑일나 벗을삼고 외로히도 지별시라
       저승길이 길같으면 오며보고 가며보지 (<戀母謠>)

   (5) 삼월춘풍 저두견아 촉나라가 멀다한들
       네한몸 두날개 훨훨날아 아니가고
       적막공산 달밝은데 歸蜀道不如歸 슬피울어
       나의간장을 다녹이는구나 (<새타령2>)

   (6) 저숙국새가 울음운다 (<새타령11>)

   (7) 이산저산 앞산등에 실피우는 속낙새야 (<속낙새謠>)

   (8) 새야새야 임금새야 명년봄에 꽃이피리
       소년고목 꽃이피면 너의백성 환생하리 (<임금새謠>)[20]

이 예들에서 두견은 亡者의 혼백(1), 농사의 풍흉(2), 깊은 비애감과 우리
나라 전래의 접동새 전설의 조합(3), 죽음(4), 촉 망제와 不如歸 모티프의
배합(5) 등 한시에서는 찾아보기 어려운 주제적 요소들과 관련되어 있다.

---

20) 이상의 예는 임동권, 『韓國民謠集』 I · Ⅱ(집문당, 1961 · 1980).

그러나 이같은 다양성 속에서도 가장 우세하게 나타나는 것은 '이별' '相思'의 주제이며 달거리·戀慕謠系, 靑孀謠, 새타령 계통에서 쉽게 찾아볼 수 있다.

이같은 차이는 兩 시유형에서 사용되는 두견의 명칭만 비교해 봐도 확연히 드러난다. 한시의 경우 杜鵑·子規·蜀魄·不如歸로 한정되어 있고 子規를 제외한 나머지는 망제의 전설과 직접적 관련이 있는 것이다. 반면 민요에서는 이 외에도 위에서 보는 바와 같이 접동새, 歸蜀道, 임금새, 죽억(주걱) 啼禽, 숫적새(鼎鳥), 속낙새 등 다양한 명칭이 사용된다. 이 중 啼禽이라는 이름은 '帝禽'이 와전된 것이 아닌가 생각된다. '임금새'라는 이름이 있는 것으로 미루어볼 때, 망제 전설을 한국적으로 수용한 명칭으로 보여진다.

시의 주제, 사용된 명칭 등에서 한시와 민요가 이렇게 차이를 보이는 것은, 이 시양식의 담당층의 신분·지위와 밀접한 관련이 있다고 생각된다. 한시는 아무래도 정치적 지배층, 문화적 識字層 으로서 상층 신분이 주 담당층이 되는 시양식이므로 그 신분에 맞는 주제, 거기서 파생된 명칭 등을 수용하였을 것이다.

한편, 국문시가 중 시조와 가사에서는 漢詩的 특징과 民謠的 특징이 혼합되어 나타난다. 대개 有名氏 텍스트는 前者의 특성을, 無名氏 텍스트는 後者의 특성을 보이는 경향이 있다. 유명씨가 반드시 신분상 지배층인 것은 아니지만 兩者가 상당부분 일치한다고 볼 때 이름을 남기느냐의 여부가 그 텍스트의 주제를 결정·제한하는 중요한 요소로 작용했을 것으로 추측된다.

(1) 言約이 느져가니 九十春光 다 盡컷다
　　 杜鵑에 눈물리 곳가지에 쩌러진들
　　 東君의 넝낙심경을 닌들 어이 흐리요 (扈錫均)

(2) 空山이 寂寞흔디 슬픠 우는 져 杜鵑아
　　 蜀國興亡이 어제 오놀 아니여늘
　　 至今히 피나게 우러 눕의 애를 긋나니 (鄭忠信)

(3)　不如歸 不如歸혼이 돌아갈만 못ᄒᆞ거든
　　　에엿분 우리님금 므스 일로 못가신고
　　　至今히 梅竹樓 달 빗치 어제론 듯ᄒᆞ여라 (李滉)

(4)　이몸이 싀여져셔 졉동새 넉시 되야
　　　梨花 픤 柯枝 속닙헤 뼈엇다가
　　　밤즁만 술하져 우리님의 귀에 들리리라

(5)　님다리고 山에ᄀᆞ도 못술거시 蜀魄聲에 익긋ᄂᆞᆫ 듯

(6)　草堂뒤헤 와 안져 우는 솟젹다시야/ 암솟젹다신다 수솟젹다 우는 신다
　　　空山을 어듸 두고 客窓에 와 안져 우는다 져 솟젹다시야/ 空山이 ᄒᆞ고
　　　만흐되 울듸 달나 우노라

(7)　죽억 啼禽은 千古恨이오 젹다 鼎鳥ᄂᆞᆫ 一年豊이로다

　위에 인용한 시조 구절들에서 (1)~(3)은 유명씨 텍스트이고, 나머지는 무명씨의 것이다. 무명씨 텍스트에서는 거의 예외 없이 두견이 相思·이별의 주제와 관련되어 있음을 보게 된다.

　한편, 歌辭도 시조와 비슷한 양상을 보인다. 단 시조가 유명씨/무명씨에 따라 주제적 편향성이 달라지는 반면, 가사에서는 남성가사와 여성가사·유배가사 간의 차이가 두드러진다. 일반 남성가사가 힘과 권력의 중심에 놓인 층의 산물이라면, 여성가사·유배가사는 주변층·변두리적 인물의 텍스트라는 점에서 차이를 보인다. 그러므로 여성가사 중에서도 誡女歌類보다는 所懷歌, 自嘆歌類에서 전형적 두견상이 노래된다. 또, 작자미상인 가사 중 두견으로써 相思의 情을 노래하는 것은 대개 님과 이별한 처지에 놓인 여성 화자의 목소리로 언술이 전개된다.

　ᄎᆞ라리 싀여지여 億萬번 變化ᄒᆞ여
　南山 늦은 봄의 杜鵑의 넉시 되어
　梨花 가디 우희 밤낫즐 못 울거든 (<萬憤歌> 중)

夕陽은 재를 넘고 空山이 寂寞한데
綠陰은 욱어지고 杜鵑이 啼血하니
슬프다 저 새소리 不如歸는 무삼일고
네 일을 이름이냐 내 일을 이름이냐
　　　　　…(중략)…
綠陰芳草 욱어진 데 杜鵑 슬피 우는 골에
萬古英雄 묻친 뫼이 몇몇인 줄 몰으오니
설워죽은 屍體없고 애써 죽은 墳墓없네 (<萬言詞> 중)

정신이 아득하여 창연히 안잣스니
一帶長江에 조각배 중중하고
萬山碧柳에 두견새 슬피 운다
서산낙일에 寒風은 소슬하고
天邊에 가는 鴻雁 우는 소리 옹옹하다
눈앞에 온갓것이 수심 빛을 띄엇스니 (<相思陳情夢歌> 중)

斜風 昨夜雨에 殘紅이 다 盡하니
城上의 西施 마음 곳곳이 相思로다
洛陽의 少年들은 惜春을 몰랐는가
林間에 宿不歸는 나는 暫間 들었더니
千山萬樹에 杜鵑이 슬피 운다 (<惜春詞> 중)

　첫 예는 작자인 曺偉가 무오사화 때 유배지인 전라도 순천에서 지은 가
사로서, 누구에게도 하소연할 수 없는 悲憤의 심정을 옥황상제에게 호소하
는 내용으로 전개된다. 두 번째 것은 正祖 때의 安肇源이 楸子島로 유배되
어 그 곳에서의 고생스러웠던 생활상을 노래한 것이다. 나머지 두 작품은
제목처럼 相思나 惜春의 심정을 하소연하는 어조로 전개된다. 둘 다 작
자·연대 미상으로 님과 이별해 있는 여성화자의 憂愁와 孤獨을 노래하였
다. 위에 인용한 예 모두 '비애'를 그 항수적 의미로 하기는 마찬가지이지만,
남녀간 이별과 상사를 노래할 때는 여성의 목소리로 언술이 전개된다는 점

에 주목할 만하다.

전반적으로 가사작품에서는 시조에 비해 '두견'의 비중이 작은데, 그것은 장르적 본질에서 비롯되는 것이라 여겨진다. 즉, '두견'은 비애감·고독 등 농밀한 정서의 표출을 위주로 하는 서정장르와 친연성있는 소재이므로, 장형이면서 서술이 주가 되는 가사장르에서 그 비중이 작을 수밖에 없다. 그리하여, 가사작품에는 두견이 많이 등장하지 않는 동시에, 소재로 사용된다 해도 텍스트 전체의 주제나 의미화에 기여하는 정도는 극히 미미하다고 할 수 있다.

4. 杜鵑과 黃鳥·白鷗

한국과 일본, 한시와 국문시가에 있어 두견이 어떻게 형상화되는가를 살펴본 것에 이어, 4장에서는 같은 조류이면서 그 시적 내포가 현격한 차이를 드러내는 黃鳥(꾀꼬리), 白鷗(갈매기)와 두견을 비교해 보고자 한다.

4.1 두견과 황조

황조는 중국, 한국, 일본의 시가에서 초기에 등장하는 새들 중 하나이다. 중국의 경우 唐代에 들어와서 '두견'이 보편화되는 것과는 달리 황조는 『禮記』「月令」21)과 『詩經』에서부터 빈번히 출현한다. 우리나라 시가에서도 '황조'는 가장 먼저 시가에 등장하고 있다. 문헌에의 출현 및 그 빈도상의 이같은 차이를 유발한 원인 중 하나는, 이들이 함축하는 내포적 의미, 혹은 항수적 의미가 서로 판이하기 때문이다.

즉, '두견'의 경우 그 이미지나 상징성이 형성이 구슬픈 울음을 운다든가

---

21) "仲春之月…(중략)…始雨水 桃始華 倉庚鳴 鷹化爲鳩."

둥지를 만들지 못하는 비극적 생태를 바탕으로 하고 있고, 또 망제 전설처럼 비극적 운명, 죽음, 원한, 억울함과 같이 부정적이고 암울한 정서를 근간으로 하기 때문에 널리 호응을 받지 못하였고 그 유포도 더디었다고 생각된다. 한편, '황조'의 경우는 그 아름다운 소리 때문에 기쁨과 음악의 새로 상징된다.[22] 같은 새소리라도 두견에 대해서는 '운다'고 하고, 꾀꼬리에 대해서는 '노래한다'고 표현하는 것부터가 兩者의 고정화된 이미지간의 큰 차이를 반영한다. 두견새가 꾀꼬리 둥지에 알을 낳아 抱卵·育雛케 한다는 생태적 특질 역시 이들의 고정화된 이미지나 상징성의 형성에 중요한 요인이 되었을 것으로 생각한다.

『시경』의 '황조' 예를 몇 가지 들어보면,

葛之覃兮　　칡덩쿨이 뻗어감이여
施于中谷　　골짜기 가운데에 뻗어
維葉萋萋　　잎이 무성도 하거늘
黃鳥于飛　　黃鳥가 날아
集于灌木　　灌木에 모여 앉아
其鳴喈喈　　울기를 喈喈히 하도다 (周南, <葛覃>)

睍睆黃鳥　　곱고 고운 꾀꼬리여
載好其音　　그 소리를 아름답게 하도다 (邶風, <凱風>)

倉庚于飛　　꾀꼬리가 낢이여
熠熠其羽　　선명한 그 깃이로다
之子于歸　　之子가 시집감이여
黃駁其馬　　황백색과 얼룩무늬 말이로다 (豳風, <東山>)[23]

---

22) W. Eberhard, *A Dictionary of Chinese Symbols*(London · New York: Routledge, 1986), p.220.

23) 이상은 成百曉의 『詩經集傳·上』(전통문화연구회, 1993)의 번역에 의거함.

와 같이 꾀꼬리는 '繁昌'을 의미하는 새, 고운 목소리로 남을 즐겁게 하는 새, 결혼과 같은 경사에 관계된 새[24]로 그려져 있다. 이와 같이 주로 밝은 이미지로 그려진 『시경』의 황조는 후대의 시가에 황조에 대한 하나를 모델을 제공한 셈이라고 할 수 있다.

두견이 생의 부정적이고 어두운 면, 비애에 관계되어 있다면, 황조는 긍정적이고 밝은 측면 및 기쁨을 나타낸다는 점에서 兩者는 현격한 대조를 보인다. '두견'은 피를 토하며(啼血) '우는' 새로 인식되고, '꾀꼬리'는 "滄浪曲 새로 지어 洞簫에 섞어 부니 공교로운 꾀꼬리는 남은 소리 和答하고" (<滄浪曲>)의 예에서 보듯 고운 목소리로 '노래하는' 새로 인식된다는 것은 이같은 대조를 극명하게 보여주는 표현이 아닐 수 없다.

우리 시가에서 꾀꼬리가 등장하는 예를 몇 개 들어보자.

谷鶯遙想高飛去　골짜기의 꾀꼬리는 하마 높이 날았으련만
遼豕寧慚再獻求　요동의 흰 돼지는 뻔뻔히 또 바치려 하네
(崔致遠, <酬楊瞻秀才>)[25]

谷口哢　谷口哢ᄒ니　有鳥衣黃口哢이라/ 性愛谷口綠陰繁ᄒ며　每歲春晚谷口哢을　朝朝谷口暮谷口에　一哢二哢復哢이라/ 世人이　謂爾谷口哩ᄒ니　謂爾長在谷口哢이나　靜看谷口遷喬木ᄒ니　未必長在谷口哢을

이 시들은 '꾀꼬리가 골짜기에서 높은 나무로 옮겨 앉는' 내용을 공통적으로 담고 있는데, 이는 『詩經』 小雅 <伐木>의 "伐木丁丁 鳥鳴嚶嚶 出

---

24) <東山> 주자 注에는 '혼인할 때 꾀꼬리가 난다'고 되어 있다.

25) 『국역 동문선』 12권(민족문화추진회, 1977·1985). 이 시 중 "遼豕(요동의 흰 돼지)"은 다음과 같은 일화에서 유래하였다. 요동에 사는 어떤 사람의 돼지가 흰 머리를 가진 새끼를 낳았으므로, 그는 이를 진기하게 여겨 임금께 헌상하려고 하였다. 길을 가던 중 河東 땅에 이르러 보니 그곳 돼지들은 모두 머리가 희었으므로 부끄러워하며 돌아왔다고 한다. 이는 자기 자신을 대단하게 여겨 별것아닌 재주를 뽐내는 것을 비유한 것이다. 『後漢書』 「朱浮傳」.

自幽谷 遷于喬木(나무 베기를 丁丁히 하거늘 새가 울기를 嚶嚶히 하도다. 길은 골짜기에서 나와 높은 나무로 올라가도다.)"에서 유래한 것이다. 이것은 새가 골짜기에서 높은 나무로 올라가는 것("遷喬")으로써 출세나 영전, 官位가 승진하는 것을 비유한 것이다. 그러나 『시경』에서 보듯 원래는 일반적인 새이지 꼭 꾀꼬리라고 명시되지는 않았다. 그러던 것이 꾀꼬리가 가지는 기쁨과 밝은 이미지로 인해 꾀꼬리의 遷喬로 구체화되었던 것이다.

田家甚熟麥將稠	농촌에는 오디가 익고 보리가 여물어 가는데
綠樹時聞黃栗留	푸른 숲에서 간간히 꾀꼬리 소리 들려오네
似識洛陽花下客	마치 모란꽃 아래 손님을 알기라도 하는 듯
慇懃百囀未能休	은근히 재잘대며 멈추질 않네 (林椿, <暮春聞鶯>)26)

松花滿院更無春	송화가루 뜰에 가득하고 봄은 이미 지나가 버렸건만
却喜君來爲整巾	그대가 온다하니 반가움에 두건을 가다듬네
相引綠陰溪畔坐	서로 끌며 綠陰 우거진 곳 시냇가에 앉으니
午鶯千囀似留人	정오의 꾀꼬리도 흥겹게 지저귀며 그대를 만류하는 듯

(白光勳, <文舜擧來訪>)27)

이 시들은 전체적으로 缺失이나 비애감이 전혀 느껴지지 않는 밝고 명랑한 陽의 정서가 지배적인데 '꾀꼬리'는 이같은 분위기 형성에 직접적 역할을 하고 있다. 두 시 모두 반가운 손님이 찾아와 기뻐하는 심정을 '꾀꼬리'를 통해 강조하는 양상을 보인다. 이상의 예들에서 보면 '꾀꼬리'는 시텍스트에서 출세, 榮轉, 번창, 결혼, 반가운 손님 등 인간의 慶事와 관련된 새로 인식되어 왔음을 알 수 있다. '두견'이 비운, 죽음, 나그네, 고독, 이별 등 哀事와 관련되는 것과는 대조를 이룬다.

---

26) 張志淵 編, 『大東詩選』 卷一.
27) 이 시는 『玉峯 白光勳詩選』(허경진 엮음, 평민사, 1992)에서 발췌함.

시적 내포나 상징적인 면에서 드러내 보이는 兩者의 차이는, 때때로 텍스트 내의 의미화작용의 차이로 이어지기도 한다. 자연물은 시텍스트 특히 고전시 텍스트에서 시적 화자의 情緖的 等價物로 작용하는 경우가 많은데 ‘두견’이 시적 화자의 정서와 ‘同質的’인 등가물로 작용한다면, 황조는 ‘對照的’ 등가물로 작용하는 양상을 띠는 차이를 보인다.

> 내 님믈 그리ᅀᆞ와 우니다니
> 山 접동새 난 이슷ᄒᆞ요이다 (<鄭瓜亭>)

> 蜀天 ᄇᆞᆯ근 달의 슬픠 우는 져 杜鵑아
> 空山을 어듸 두고 客窓의 와 우니는다
> 不如歸 不如歸 ᄒᆞ는 情이야 네오니오 다ᄅᆞ랴 (無名氏)

위 인용 시구들에서 ‘두견’은 시적 화자의 정서적 등가물이다. 앞서도 언급하였듯이 感情移入이 이루어지는 對象이나 객관적 상관물은 정서적 등가물의 대표적인 양상이라 할 수 있다. 이때, 두견은 화자의 감정과 ‘동질적’인 등가물이 되는 것이다. 즉, ‘님을 그리워 하는 심정’이나 ‘不如歸 不如歸 하는 情’은 두견과 주체에게 공통되는 감정이라는 뜻이다. 반면,

> 翩翩黃鳥　펄펄 나는 저 꾀꼬리
> 雌雄相依　암수가 함께 정다운데
> 念我之獨　나의 외로움을 생각하니
> 誰其與歸　그 누구와 함께 갈 것인가 (<黃鳥歌>)

> 四月 아니 니저
> 아으 오실셔 곳고리 새여
> 므슴다 錄事니믄
> 녯나ᄅᆞᆯ 닛고신뎌 (<동동> 중)

와 같은 인용구절에서 '꾀꼬리'는 시적 화자의 정서와 정반대의 입장에 놓인다는 것을 알 수 있다. 소설이나 희곡의 캐릭터 중 대조적인 성격으로써 주동인물의 성격을 강조하는 인물을 '포일(foil)'[28]이라 하는데 서정시 속의 자연물 중 '황조'는 바로 이 포일과 같은 기능을 갖는 것이다. <황조가>에서 '정다운 황조 한쌍'은 님을 이별하고 홀로 외로워하는 시적 화자의 상황과 대조되며, <동동>에서 '잊지 않고 찾아온 곳고리새'는 '나를 잊고 있는 님'과 대조되면서 시적 화자의 외로움을 배가시키는 구실을 한다.

요컨대, '두견'이 '恨'의 美와 친연성을 지니는 '陰'의 새라면, '꾀꼬리'는 '홍'의 美와 깊은 관련을 가지는 '陽'의 새라 할 수 있다.

4.2 두견과 白鷗

"紅蓼花邊 저 白鷗야 네 아니 내 벗이냐"와 같이 白鷗(갈매기)는 고전시 텍스트에서 보통 세속을 벗어나 超逸의 경지에서 노니는 隱者의 벗으로 그려진다. 이같은 상징성은 『列子·黃帝』에 수록된 다음과 같은 逸話가 기반이 되었다.

> 갈매기를 좋아하는 한 어부가 있었는데 매일 아침 바다에 나가 갈매기를 좇아 노닐곤 하였다. 그럴 때마다 날아오는 갈매기들이 수백이나 되었다. 그 아버지가 말하기를 "듣자하니 갈매기들이 모두 너를 좇아 노닌다 하니 네가 잡아오면 내가 데리고 놀 것이다." 하니 그 다음날 바다 위에는 갈매기들이 춤추며 날기만 할 뿐 내려오지 않았다.[29]

어부가 순수한 마음으로 갈매기를 기다릴 때는 수백 마리의 갈매기떼들

---

28) *Encyclopedia of Literature*(Merria-Webster, Inc., 1995), p.423
29) "海上之人有好鷗鳥者 每旦之海上 從鷗鳥遊 鷗鳥之至者百數而不止. 其父曰 吾聞鷗鳥皆從汝遊 汝取來 吾玩之. 明日之海上 鷗鳥舞而不下也."

이 날아와 함께 노닐었으나, 갈매기를 잡으려는 생각을 품자 그에게 가까이 다가오지 않았다는 내용이다. "白鷗야 풀풀 나지마라 너 잡을 내 아니로다"로 시작되는 <白鷗詞> 역시 이 우화의 내용과 직접적인 관련이 있음을 알 수 있다. 莊子의 용어를 빌면, 갈매기를 잡으려는 생각은 '機心'이요, 갈매기를 잡는 일은 '機事'이다.[30] 이로부터 세상일을 벗어나 超逸한 경지에서 노니는 정취를 나타내는 데 '갈매기'가 활용되었으며, 機事를 잊은 閑逸之士들이 백구와 벗이 되어 소요하는 생활이나 그 경지를 忘機狎鷗라는 말로 표현하기에 이르렀다.[31] 그리하여 후대의 텍스트에서 백구는 '忘機'라고 하는 항수적 의미를 갖게 되는 것이다.

이 기록에 비추어 하면 '白鷗'는 道家的 근원을 지닌 새라고 할 수 있다. 道家的 언술에서 '無心'이란 機心을 잊는 것, 즉 '忘機'를 말하는데, '夕陽에 無心흔 갈먹이는 오락가락 허더라'와 같이 白鷗 앞에 상투적으로 붙는 '無心한'이라는 관습적 표현은 바로 도가사상에 뿌리를 둔 말인 것이다.[32] 이에 비해 망제 전설과 관련된 '두견'은 다분히 儒家的 색채가 강한 새라 할 수 있다. 자신의 덕이 부족하다고 생각하여 요·순임금을 본받아 신하에게 讓位한 것이라든가 두견이 '忠'의 주제를 파생시켰다는 점 등은 그렇게 판단하는 근거가 된다.

慢隨花浪飄飄然　　꽃물결 따라 마음대로 이리저리 날고 있구나
輕擺毛衣眞水仙　　털옷 가볍게 털면서 나는 모습 정말 물위의 신선같구나
出沒自由塵外境　　티끌 밖 세상을 자유롭게 드나들고
往來何妨洞中天　　별세계를 꿰뚫어 왕래함에 무슨 거리낌이 있으랴
稻粱滋味好不識　　벼나 조이삭의 맛을 알지도 못하고

---

30)『莊子』「天地篇」

31)『全唐詩典故辭典』·下(湖北辭書出版社, 1989), 1287쪽.

32) 機心과 無心의 관계 및 無心의 도가적 근원에 대해서는 辛恩卿,『風流: 東아시아 美學의 근원』(보고사, 1999) 제4부「무심론」참고.

風月性靈深可憐　　풍월의 精氣만을 깊이 사랑하네
想得漆園蝴蝶夢　　생각컨대 漆園叟(장자)의 나비 꿈도
只應如我對君眠　　내가 꿈 속에서 그대가 되는 것과 같으리

(崔致遠, <海鷗>)33)

忠孝도 니 못ᄒ고 비록이 주글센ᄃᆞᆯ/ 暮夜明月의 杜鵑의 넉시 되어 平生의 爲君父怨恨을 梨花一枝에 春帶雨ㅣ 되어시니/ 行人도 니 ᄯᅳᆺ을 아라 駐馬愁를 ᄒᆞᄂ다 (姜復中)

이 두 작품을 비교해 보면 두견과 백구에 내포된 사상적 근원의 차이가 극명하게 드러난다. 최치원의 시는 神仙이나 장자가 全面에 등장하여 도가 사상의 기반이 뚜렷이 드러나 있고, 강복중의 시조는 忠孝라는 유가적 덕목을 전면에 내세우고 있다. 이같은 주제에 백구와 두견이 효과적인 역할을 하고 있음을 알 수 있다.

따라서 주제면에서 볼 때, 白鷗는 無心超脫의 경지, 閑逸의 생활상을 표현하고자 하는 시에 보편적으로 등장하게 된다.

넌닙희 밥 ᄡᅡ두고 반찬으란 쟝만마라
靑篛笠은 써 잇노라 綠蓑衣 가져오냐
無心ᄒᆞᆫ 白鷗ᄂᆞᆫ 내 좃ᄂᆞᆫ가 제 좃ᄂᆞᆫ다 (尹善道)

是非업슨 後라 榮辱이 다 不關타
琴書를 흐튼 後에 이몸이 閑暇ᄒᆞ다
白鷗야 機事를 니즘은 너와 낸가 ᄒᆞ노라 (申欽)

신흠의 시조는 작가에 의해 '是非亡矣 榮辱何關 琴書散後此身閑 白鷗乎忘機吾與爾'로 한역이 되어 있는데, 시조의 '機事를 잊는 것'이나 한역시의 '忘機'는 모두 백구라는 소재에 이미 자체적으로 내포된 항수적 주제인

---

33) 이 시는 『孤雲 崔致遠詩選』(허경진 엮음, 평민사, 1989)에서 발췌함.

것이다. 이처럼 白鷗의 항수적 의미가 텍스트의 주제가 되는 경우 그 텍스트는 자연스레 道家的 사상성까지를 흡수하게 되는 것이다. 이 점은 두견이 주소재로 활용됨으로써 '비애'라고 하는 항수적 의미가 부가되는 것, 그리고 우리나라 상당수의 고전시 텍스트에서 두견이 '忠'의 대치물로 상징화되는 것과는 큰 대조를 보인다. 두견이 '恨'의 미와, 꾀꼬리가 '흥'의 미와 깊은 관련을 가진다면, 백구는 '無心'의 미를 상징하는 새라 할 수 있다.[34]

사상적 근원·주제적 측면과 더불어 두견과 백구가 극명한 차이를 드러내 보이는 것은 시텍스트에서 언어기호로 형상화되는 양상이다. 우선 이 두 소재를 둘러싼 時間·空間的 배경의 설정을 들 수 있다. 앞의 많은 예들에서 보았다시피 두견은 '空山夜月'을 배경으로 우는 새로 설정되어 있다. 구체적 시간이 드러난 경우는 대개 한 밤중인 '三更'으로 설정되고, 공간의 경우 단순히 山으로 설정되기도 하지만 '깊은 숲'이 되는 예도 많다. 반면, 백구의 경우는 물새라는 특성 때문에 江이나 湖水, 바다 등이 공간적 배경이 되며, 어부나 隱者의 벗으로 그려지므로 시간은 대개 '낮' 늦어도 석양 이전까지로 설정되는 경향을 보인다.

> 山頭에 閑雲이 起ㅎ고 水中에 白鷗이 飛이라
> 無心코 多情ㅎ니 이 두 거시로다
> 一生애 시르믈 닛고 너를 조차 노로리라 (李賢輔)

이 시조에서 시간을 말해주는 징표가 직접 드러나지는 않았지만, '산에서 구름이 일어난다'는 앞의 문맥으로 미루어 '낮'이 시간적 배경이 되고 있음을 명백히 알 수 있다.

둘째, 이 소재들과 주로 배합되는 대상이 무엇인가를 고려해 볼 때 거기에도 어떤 정형성이 있음을 알 수 있다. 두견의 경우 "梨花에 月魄하고 銀

---

34) 흥·한·무심의 미의 본질적 특징에 관한 것은 辛恩卿, 앞의 책 참고.

漢이 三更인제”에서 보는 바와 같이 ‘꽃’ ‘달’과 짝이 되는 예가 많다. 굴원의 〈이소〉에서는 ‘百草’로 되어 있고, 일본의 시가에서는 ‘花橘’ ‘卯の花’(병꽃나무) ‘藤の花’(갈대꽃)이 주로 배합되며, 우리나라 시에서는 ‘梨花’가 단연 우세하다. 이처럼 두견이 꽃과 배합되는 것은 두견새의 피울음이 ‘杜鵑花’(진달래)가 되었다는 秘傳에서 비롯된 것이 아닐까 추정해 볼 수 있다. 한편, 백구의 경우는 ‘구름’과의 배합이 두드러진다. 이현보의 위 시조도 그렇고,

心如長江 流水淸이요 身似浮雲 無是非라
이몸이 閑暇ᄒ니 쓰로ᄂ니 白鷗ㅣ로다
어즈버 世上名利說이 귀에 올가 ᄒ노라 (申光漢)

에서도 구름과 백구 거기에 ‘流水’가 가세하고 있다. 구름이 儒家的 주제의 텍스트에 삽입되면 ‘해’-임금의 총명-를 가리는 부정적 사물로 의미화된다. 그러나 백구와 짝이 되면 어디에 매인 곳 없이 한가롭고 자유롭게 떠 다니는 ‘超逸’의 징표로 의미화되는 것이다.

셋째, 이 소재들이 텍스트에서 형상화되는 과정에서 차이를 드러내는 것으로 색채적 대비를 들 수 있다. 두견은 울음소리가 구슬프다는 생태적 특징상 피를 토하며 운다는 秘傳이 전해지고 또 그 피가 땅에 떨어져 두견화가 되었다는 전설도 전해진다. “奇岩에 붉은 꽃은 蜀帝의 눈물이요(〈滄浪曲〉)”에서와 같은 피눈물과 진달래의 ‘붉음’은, 갈매기 앞에 상투적으로 붙는 ‘白’과 선명한 대조를 보인다. 이는 단순히 색채상의 대비만으로 그치지 않고, 정서나 주관성의 濃密度를 말해주는 징표가 된다. 두견이 함축하는 赤色은 죽어서나 멈출 끝도 없는 비애와 恨을 상징한다. 그런 만큼 고밀도의 주관성으로 충일되어 있는 색이라 할 수 있다. 반면, 白色은 ‘無’를 상징한다. 이는 주관성이 표백된 것, 희노애락의 감정들로부터 벗어난 초탈의 상태를 연상케 하는 색인 것이다. 이같은 색채적 징표는 바로 두견과 백구가 소재가 된 텍스트들의 주제 혹은 항수적 의미과 직결되는 시적 장치가

아닐 수 없다.

넷째, 고전시 텍스트에서는 흔히 시적 화자의 정서적 등가물로서 자연물이 활용되는 것을 보게 된다. 정서적 등가물이란 시적 화자의 정서에 '相應' 혹은 '對應'하는 등가적 사물을 말한다. 앞서도 언급했듯이 외부 사물에 감정을 이입하거나 객관적 상관물(objective correlative)을 제시하는 것은 사물을 통해 인물의 정서를 대신 표현케 하는 장치, 곧 정서적 등가물을 활용하는 방법의 대표적인 것이라고 할 수 있다. 두견은 시적 화자의 비애의 등가물이요, 백구는 초탈한 심정의 등가물인 셈이다. 정서적 등가물이 된다는 점에서 兩者는 공통적이지만, 그 방법면에서 차이를 보인다. 두견은 '感情移入'의 형태로, 백구는 '객관적 상관물'의 형태로 시적 화자의 정서를 대신 표현하는 것이다.

> 어지러운 사바세계 의지할 곳 바이 없어
> 모든 미련 다 떨치고 산간 벽절 찾아가니
> 송죽 바람 瑟瑟한데 두견조차 슬피 우네
> 歸蜀道 不如歸야 너도 울고 나도 울어
> 심야 삼경 깊은 밤을 같이 울어 새워 볼까 (<倡夫打令> 중)35)

> 空山에 우는 뎝똥 너는 어이 우지는다
> 너도 날과 갓치 무음 離別ᄒ엿는야
> 아무리 피느게 운들 對答이나 ᄒ더나 (朴孝寬)

여기서 적막고독한 화자의 심정이 '두견'에 轉移되어 있는데, 이같은 전이가 이루어지는 동기는 시적 화자가 두견에게 '共感'의 감정을, 다시 말해 '同病相憐'의 느낌을 갖고 있기 때문이다. '이 세상에 의지할 곳 없이 혼자'라는 점에서(<창부타령>), '이별'을 한 상황(시조)이라는 점에서 자신과 같

---

35) 李昌培 編著, 『韓國歌唱大系』(弘人文化社, 1976), 763쪽.

은 처지에 있다고 느끼는 것이다. 그러나 엄밀히 말해 두견이 사실 그런 상황에 처해 있는 것이 아니라, 화자가 주관적으로 그렇게 느낄 따름이다. 여기서 우리는 화자의 감정이 두견에게 '移入'되어 있고 그 근간이 되는 것은 '공감대의 형성'이라는 것을 확인하게 된다.

한편,

> 江湖에 ㅂ린 몸이 白鷗와 벗이 되야
> 漁艇을 흘리노코 玉簫를 노피 부니
> 아마도 世上 興味는 잇분인가 ㅎ노라 (金聖器)

> 白鷗야 풀풀 나지마라 너 잡을 내 아니로다
> 聖上이 바리시니 너를 좇아 예 왔노라
> 五柳春光 景조흔데 白馬金鞭 花遊가자
> 雲沈碧溪 花紅桃 柳綠한데 萬壑千峰 飛泉瀉라
> 壺中天地에 別乾坤이 여기로다 (＜白鷗詞＞ 중)

에서의 백구는 두견의 경우와는 달리 화자의 감정의 '轉移作用'이 없다. 다만 화자의 超脫·閑逸의 심정에 대응되는 혹은 그에 상응하는 객관적 상관물일 뿐이다. 감정이입과 객관적 상관물의 차이는 주체의 감정과 대상 간의 포개짐이 있느냐 없느냐에서 비롯된다. '移入'이나 '轉移'처럼 어느 한쪽에서 다른 쪽으로 옮겨간다는 것은 둘 사이의 거리가 점차 축소되어 급기야는 하나가 되어 버리는 과정을 말하는 것이다. 물론 백구의 경우도 시적 화자의 가장 가까운 벗으로서 근거리에 있는 존재이기는 하지만 어디까지나 '이웃할' 뿐 하나가 되는 것은 아니다. 앞서 인용한 申光漢의 시조,

> 心如長江 流水淸이요 身似浮雲 無是非라
> 이몸이 閑暇ㅎ니 ㄸ로느니 白鷗ㅣ로다
> 어즈버 世上名利說이 귀에 올가 ㅎ노라

에서도 백구는 시적 화자의 ‘閑暇한 마음’ 즉 ‘無心’의 상태에 상응하는 객관적 상관물일 따름이다. ‘객관적 상관물’이란 T.S. 엘리어트가 소개한 개념으로 정서를 직접 표현하는 것이 아니라 다른 사물이나 상황, 사건의 환기를 통해 간접적으로 표현하고자 할 때, 어떤 특별한 정서를 즉각적으로 환기시킬 수 있는 외적 사물·상황, 사건들을 가리키는 말이다.36) 따라서 감정이입이 텍스트에 주관성을 배가시키는 결과를 가져오는 것과는 달리, 객관적 상관물은 오히려 주관성을 희석시키고 거리를 두는 객관화의 효과를 가져오는 장치인 것이다.

이처럼, 두견과 백구는 단순한 소재 차원을 넘어 텍스트의 의미화, 형상화에 깊이 간여하는 정형화된 소재로서 중요한 역할을 한다.

5. 맺음말

지금까지 고전시 텍스트에서 중요한 소재 중의 하나가 되고 있는 ‘두견’을 중심으로, 한국과 일본의 고전시, 한시와 국문시가, 同類의 다른 새들과의 의미화양상의 차이를 비교시학적 관점에서 조명해 보았다.

이 글에서는 ‘두견’이라는 소재에 한정하여 논의를 전개하였는데, 고전시 텍스트에 자주 등장하는 다른 소재들에 대해서도 이와 같은 소재사적 논의를 전개해 간다면 고전시의 시문법을 규명하는 기초적 작업이 되리라 생각한다.

---

36) objective correlative. 이는 T.S. Eliot가 “Hamlet and His Problems”이라는 에세이에서 처음 소개한 말이다. 그는 햄릿을 예술적으로 실패한 작품으로 평했는데 그 이유는 중심인물이 너무 감정에 지배되고 있고 그것이 너무 과도하다는 것 때문이었다. 그에 의하면 직접적으로 감정을 표현하기보다는 그 감정을 즉각적으로 환기시킬 수 있는 외부 사물이나 사건을 이용함으로써 예술성을 획득할 수 있다고 하였다. *Encyclopedia of Poetry & Poetics*(Princeton University Press, 1974), p.581.

『三國遺事』에 나타난 '女性 疏外'의 양상

1. 신라시대 여성의 위상

삼종지도나 남존여비의 윤리에 기반을 두어 열녀나 현모양처를 전통적 여성상으로 규정하고자 한다면 이는 '주자학을 통치이념으로 하는 조선조의 여성을 대상으로 했을 경우'라는 단서를 붙여야 한다. 이는 漢나라 때의 유학자이자 정치가인 董仲舒에 의해 확고해진 가부장제, 유교윤리의 강화를 위해 주조된 혹은 유형화된 여성 이미지일 뿐이다. 여러 기록을 통해 볼 때 삼국시대나 통일신라시대, 그리고 고려시대의 여성들은 조선조의 여성들과는 매우 다른 삶을 산 것으로 보인다.

특히 신라(통일신라 포함)는 여왕이 셋이나 존재했던 것으로 미루어 여성의 활동이 활발했을 것으로 짐작된다. 또 신라왕의 계보에는 王妃와 王母의 계보까지 밝혀져 있는 것으로 보아 왕가에서 女系가 차지하는 비중이 컸고 여성의 지위도 상당히 높았음을 알 수 있다. 신라 2대 南解王이 여동생 阿老를 종묘의 제사장으로 삼은 것1) 당시 사람들이 박혁거세와 더불어 그 妃 알영을 '二聖'으로 칭했던 것,2) 또 人才를 가려 등용하기 위한 제도

---

1) 김부식, 『三國史記』 32권 雜志1 「祭祀·樂」.
2) "時人謂之二聖." 『三國史記』 1권 「新羅本紀」1.

로 여성을 지도자로 하는 源花를 둔 것 등은, 여성이 사회적으로 높은 지위에 있었음을 보여주는 예라고 할 수 있다. 또 신라 여성들의 활동은 특히 종교분야에서 두드러지는데 전국의 승려를 통솔하는 최고의 僧官職 '國統' 다음에 비구니 교단을 통솔하는 '都唯那郞'이라는 직책을 둔 사실3)은 신라 여성들이 적극적 신앙생활을 영위했으며 여성 불교인들은 남성에게 종속되어 있는 위치가 아니고 독자적으로 활동했다는 것을 말해 준다.4) 고구려나 백제보다 2세기 가량 늦게 불교가 전래되었음에도 여성의 신앙활동에 관한 기록이 전해지는 것은 신라뿐인 것만 보아도 이런 사실은 쉽게 짐작할 수 있다.5)

이처럼 모계·처계를 중시하는 고유의 관습이 남아 있고 고구려나 백제에 비해 상대적으로 여성의 지위도 높은 사회적 분위기 속에서 여성들의 性모럴도 매우 개방적이고 자유분방한 면을 보인다. 중매를 거치지 않은 남녀간의 자유로운 결합인 野合이라든가 여성의 再嫁 등도 금기시되지 않은 것으로 보인다.6)

『三國史記』와 『三國遺事』는 고려나 조선조 이전의 여성들의 삶과 활동의 흔적을 그 편린이나마 전해 주는 중요한 자료이다. 그런데 이 사료들을 보면 상대적으로 생기있는 삶을 살았던 것으로 추정되는 신라 여성들이 담론화되면서 생기와 탄력을 잃고 사건의 중심에서 변두리로 밀려나 있거나 수동적인 객체로 머물러 있는 것을 확인하게 된다. 이 글은 이러한 양상을

---

3) 『삼국사기』, 40권 「職官」下. 도유나랑은 1명으로 여승이었다. 도유나랑은 도유나에 랑이 붙은 것으로 여승에게 주어지는 승관직이다. 이 도유나랑은 중국이나 일본에 서는 보이지 않는 신라 고유의 여성의 승관직이다. 신라의 승관직 및 도유나랑에 대한 설명은 『삼국사기』(『韓國歷史 五千年 CD-ROM』, 서울시스템주식회사), 주석 229번 참고.

4) 이영자, 『불교와 여성』(민족사, 2001), 151-152쪽.

5) 이영자, 위의 책, 165쪽.

6) 김용숙, 『韓國女俗史』(민음사, 1990), 25-33쪽.

‘女性 疏外’라는 관점으로 포괄하여 그 과정을 짚어보려는 의도 하에서 출발한다. 어느 사회건 어떤 사건, 어떤 인물의 행적을 문자화·기록화하는 것은 지배층의 권한에 속한 것이며 전통적으로 이 권한을 남성만이 장악해 왔다. 남성이 문서로 남기고 기록하는 권한을 장악해 왔다는 것은, 그 문서와 기록에 담겨진 내용에 남성의 시각이 각인되어 있음을 뜻하며 이는 여성에 대한 남성의 지배를 상징하는 대표적 문화현상이라 할 수 있다.

그러나 문제는 여성이 소외되는 과정에서 어디까지가 당대 사회 구성원의 시각이 개입한 것인지, 어디서 어디까지가 一然의 시각이 개입한 것인지 확연히 구별할 수 없다는 데 있다. 이 문제를 푸는 실마리로서 필자는 다음 몇 가지에 주목하고자 한다. 첫째, 수많은 사건들 중에서 어떤 사건은 버리고 어떤 사건은 선택하여 담론화했다는 것에 이미 일연의 주관이 개입해 있다고 본다. 둘째, 어떤 사건·인물의 행적을 기술하는 데 있어 일연이 어떤 문헌을 참고하고 인용했는지를 살피는 것도 한 단서가 될 수 있다. 셋째,『삼국유사』의 기술방식을 보면 일연은 본문 사이사이에 주석을 붙이고 있음을 알 수 있는데 이 또한 일연의 주관과 사건 기술의 관점을 살피는 중요한 자료가 된다. 넷째, 일연은 군데군데 사건기술 末尾에 ‘讚詩’를 붙이고 있는데 어떤 사건·어떤 인물의 행적에 찬시를 덧붙이는지를 검토하는 것은 그의 시각을 읽는 데 아주 중요한 실마리가 된다. 다섯째, 더욱 결정적인 단서로서 어떤 사건에 대한 본인의 의견을 직접 피력한 ‘議論’이나 ‘論評’ 부분에 주목함으로써 그의 관점을 확인해 볼 수 있다.

이 글은 여성과 관련된『삼국유사』소재 향가 6편과 그 부대설화를 1차적 대상으로 하고, 여기서 추출된 논의의 일반화를 위해 이 작품들과 연관이 있는 다른 설화들을 2차 대상으로 하여 여성 소외의 양상을 검토하게 될 것이다. 1차 대상이 되는 향가 6편은 <獻花歌> <薯童謠> <處容歌> <禱千手大悲歌> <祭亡妹歌> <願往生歌>이다.

2. 여성 소외의 두 양상: '客體化'와 '周邊化'

앞에서 거론한 6편 중 앞의 세 작품 〈헌화가〉 〈서동요〉 〈처용가〉는 구체적인 여성인물과 직접적으로 관련된 것 다시 말해 여성에 관한 담론이고, 〈도천수대비가〉 〈제망매가〉 〈원왕생가〉는 향가 자체와는 직접 관련은 없지만 배경설화에 여성이 관련되어 있는 것이다. 이 두 작품군을 각각 (가)그룹, (나)그룹으로 나타내기로 한다. 직접·간접의 차이는 있지만 이들 향가는, 이 사건들이 일어난 당대 사회의 지배적 구성원에 의해, 그리고 그 시대에 일어난 사건들을 취사선택하여 『三國遺事』라는 형식으로 담론화한 一然에 의해 여성이 소외되는 과정에 어떤 '몫'을 한다는 점에서 공통점을 지닌다.

'소외'라는 말은 원래 현대사회의 특징과 현대인의 인간적 상황을 표현하는 말로 사용되어 왔다. 그러나 소외 현상은 꼭 현대 사회의 특징만은 아니며 학자에 따라서는 성경에 나오는 우상숭배에서 그 최초의 연원을 찾기도 한다.7) 이 말은 학자나 학문분야에 따라 사회로부터의 일탈현상을 지칭하는 말로 사용되는가 하면, 결핍·상실·否定·불만족·왜곡·分離·商品性·物化·불안 등을 가리키는 데 사용되는 등, 아주 다양하고 모호하며 그 포괄범위가 넓은 말로 간주되어 왔다. 그렇기 때문에 이 글에서 이 말을 사용함에 있어 그 개념 규정이 이루어져야 한다고 생각한다.

먼저 이 글에서 '소외'란 '무엇이 그렇게 되어야 할 것이 그렇지 못한 상태'라고 하는 프롬의 의미로 사용하고자 한다. 이때 그렇게 되어야 할 것이 되지 못한 '모든 그 무엇'이 소외의 주체가 되며, 그 주체가 '무엇으로부터 소외되었느냐'의 문제로서 '소외의 源泉' 문제가 제기되는데 프롬에 따르면 노동자는 노동활동으로부터, 경영자는 합리적인 조직으로부터, 자본가는 경영권으로부터, 일상인은 그들의 생활을 규정하는 사회적 힘으로부터 소

---

7) 정문길, 『疎外論 研究』(문학과지성사, 1978·1987), 17쪽.

외된다는 것이다.8) '疎外'는 '소외하다'라는 말이 가진 언어적 의미처럼 '낯설게 하다' '타인의 것으로 만들다'라는 뜻 외에도 무엇인가가 그것을 통해 '物'이 된다는 뜻, 다시 말해 '物化'된다는 뜻을 지닌다.9) '소외된 상태' 자체가 상실·결여·불만족·왜곡의 상황을 지칭하는 것이라고 본다면 거기에는 현재의 '소외된 상태'를 중심으로 하여 그 이전의 '소외되지 않은 상태' 즉 '인간이 스스로를 세계의 중심으로, 행위의 창조자로 경험하는 상태'와 그 다음의 '소외가 극복된 상태' 즉, 인간이 그 자신과 외부세계에 대해 생산적으로 관련되는 상태를 상정할 수 있다.10)

소외의 주체와 원천에 이어 문제되는 것은 소외의 단위를 개인으로 볼 것인가 집단으로 볼 것인가 하는 점이다. 집단의 경우 흑인이나 유태인처럼 인종적인 소수 집단일 수도 있으며 지식인과 같은 사회 집단일 수도 있다.11) 이 글에서는 '여성', 특히 신라시대의 여성을 소외의 단위로 보고 당대의 여성들이 어떤 양상으로 '그렇게 되어야 하는데 그렇지 못한 상태'가 되는가를 '女性 疎外'라는 말로 포괄하여 논의를 전개하고자 한다. 『三國遺事』를 대상으로 하는 것은, 한국 문학 및 문화에서 여성 소외의 초기적 양상을 보여주는 좋은 자료가 되기 때문이다.

여성이 관련된 『삼국유사』의 내용을 면밀히 검토해 보면 다양한 소외의 양상이 드러나는데 다음 몇 가지로 묶어볼 수 있다. 첫째는 객체화·物化 혹은 他者化에 의한 여성 소외, 둘째 중심에 있어야 할 여성이 변두리로 밀려남으로써 그 비중이나 의의가 격하되는 주변화, 셋째 착색과 왜곡에 의한 본질의 변질, 넷째 당연히 드러나야 할 것이 지워지거나 배제·은폐되는

---

8) 이상 소외의 주체, 연원에 관한 논의는 정문길, 위의 책, 182-184쪽 참고.

9) 이 점에서 '소외'는 셸링이 말하는 '制約'의 의미와 유사하며 소외되지 않은 상태 즉, '제약을 받지 않는' 상태는 物이 될 수 없으며 物로 될 수도 없는 것을 가리킨다. 같은 책, 29-30쪽.

10) 같은 책, 182쪽.

11) 같은 책, 216쪽.

경우, 다섯째 여성이 남성의 종속적 존재로 그려지는 경우 등이다.

이 중 (가)그룹에서는 여성이 자기자신의 본질로부터 분리되어 客體化·物化되는 양상을, (나)그룹에서는 여성이 사회의 공통 가치나 힘으로부터 고립되거나 주변으로 밀려나는 양상을 볼 수 있다. 이를 각각 ‘객체화’와 ‘주변화’라는 범주로 포괄하여 살펴 보도록 한다.

2.1 ‘객체화’에 의한 여성 소외: ‘美女’의 소외상

<헌화가> <서동요> <처용가>는 모두 구체적인 여성 ‘인물’이 텍스트 전면에 부각되어 있다는 점에서, ‘사건’을 중심으로 하여 그 사건으로부터 여성이 소외되는 양상을 그린 (나)그룹 작품들과 구분된다. 여기에 등장하는 인물인 水路夫人, 善花公主, 處容의 아내에 관한 이야기 및 향가작품은 모두『삼국유사』「紀異篇」에 실려 있는데 그것은 이 여성들이 신이한 일을 불러올 만큼의 대단한 아름다움을 지녔기 때문이다.

수로부인의 경우는 꽃을 갖고 싶다는 말 한 마디에 지나가던 노인이 위험을 무릅쓰고 절벽을 기어올라가 꽃을 꺾어다 주며 사랑의 詩12)를 바칠 만큼, 그리고 사람이 아닌 용 같은 神物이 번번이 납치를 해 갈 만큼 아름다운 존재이다. 선화공주는 마를 캐서 생계를 꾸려가는 미천한 남자가 계략을 써가면서까지 차지하고 싶은 욕망을 가질 만큼, 그리고 처용의 아내는 남편이 없는 틈을 타서 귀신이 사람 형상을 하고 찾아가 범할 만큼의 미모를 지녔다.

> 수로부인은 아름다운 자태와 용모가 세상에 뛰어나 깊은 산이나 큰 못을 지날 때마다 여러 번 神物에게 붙들려 가곤 했다.13)

---

12) <헌화가>에 대해서는 그간 다양한 각도에서 해석이 이루어졌다. 이 글은 이 작품을 서사문맥 그대로 수용하여 수로부인의 아름다움에 반한 노인이 위험을 무릅쓰며 그녀의 소망을 들어주고 바친 시로 이해하고자 한다.

> 헌강왕은 아름다운 여자로 아내를 삼아 그를 머물러 있게 했다. … 그 아내는
> 몹시 아름다워 질병의 신이 그녀를 흠모해서 사람의 형상으로 변하여 밤에 그
> 집에 가서 몰래 동침했다.14)

> 서동은 신라 진평왕의 셋째 딸 선화공주가 아름답기가 비할 데가 없다는 말
> 을 듣고 머리를 깎고 그 나라 서울로 들어가 마를 마을 어린아이들에게 나눠
> 먹이니 아이들이 친해져 그를 따르게 되었다. 이에 서동이 동요를 지어 아이들
> 을 꾀어 부르게 하니 그것은 이러하다.15)

아름다운 용모는 신체·재능·성격 등과 더불어 개개인의 정체성을 구성
하는 일부가 되어야 하는데 그렇지 못하고 남성의 성적 욕망을 불러일으키
는 대상이 되고 있다는 점에서 이 미모의 소유자들은 자기 자신의 본질로부
터 소외되어 있다고 할 수 있다. 이들의 미모는 '늙음'(헌화가)과 '미천함'(서
동요)과 '肉身없음'(처용가)이라고 하는 결격 사유를 가진 남성들의 성적 욕
망의 대상이 되고 있는 것이다. 즉, 이들의 미모는 그 미모를 소유한 주체에
속한 육체적 징표가 아니라, 남성들의 성주체성을 구성하는 요소가 되고 있
다. 우리는 여기서 여성 및 여성의 性이 남성의 성적 욕망 성취를 위한 도구
로서 객체화되고 있는 현장을 목격하게 된다.

여성이 '객체화'된다는 말은 여성이 복잡한 요소를 가진 하나의 인간으로
서 파악되는 것이 아니라 남성의 욕망과의 관련에서만 존재하는 성적 대상
물로 이해되는 것을 가리킨다. 또한 객체화란 여성의 몸 전체 혹은 몸의
일부를 단편적으로 들어 그것을 도착된 성욕의 대상으로 삼는 것으로밖에
는 인정하려 들지 않는 것이며 이는 꼭 급진주의 페미니스트의 관점을 빌지
않더라도 여성에 대한 '폭력'의 일종으로 간주할 수 있다.16)

---

13) "水路姿容絶代 每經過深山大澤 屢被神物掠攬."

14) "王以美女妻之 欲留其意. … 其妻甚美 疫神欽慕之 變爲人 夜至其家 竊與之宿."

15) "(薯童) 聞新羅眞平王第三公主善花美艶無雙 剃髮來京師 以薯蕷餉閭里羣童 羣童親
　　附之 乃作謠 誘羣童而唱之云."

　　나를 아니 부끄러워 하신다면
　　꽃을 꺾어 바치오리다

　이 구절에서 우리는 비록 늙었지만 자신을 남성으로 여겨주기를 바라는 노인의 마음을 읽을 수 있다. 즉 자신의 남성성을 천명하는 표현이라 하겠는데 이는 수로부인을 자신의 성적 욕망의 대상으로 바라보고 있음을 암시한다. 만일 상대가 여성이 아니었다면, 그리고 아름다운 여성이 아니었다면 그 노인은 결코 꽃을 꺾어 바치지도, 이 사랑의 시를 바치지도 않았을 것이다.

　여성의 미모는 신체의 일부이며 이야기 속의 여성들과 어울리는 혹은 정상적으로 맺어질 수 있는 관계는 나이 면에서 젊은 남자, 관습과 인륜 면에서 남편, 신분 면에서 그들에 걸맞는 지위와 신분, 그리고 인간과 同類인 존재일 것이다. 그런데, 수로부인·선화공주·처용의 아내를 탐내는 남성은 늙은 남자, 외간남자, 미천한 신분의 남자, 육신을 갖추지 못한 귀신이다. 이야기 속의 여성들과 이들의 관계는 정상이 아닌, 어느 면에서는 倒錯的인 관계라고 할 수 있다. 이들 남성이 가진 결격사유가 상쇄되기 위해서는 보통의 여성보다 더욱 젊고 아름답고 신분이 높은, 그리고 '인간'인 여성이 필요하다. 다시 말해, 이야기 속의 남성이 결격상태를 극복하고 정상적인 性의 주체로 자신을 재구성하기 위한 도구로서 여성을 필요로 한다는 것이다. 여성들 혹은 그들의 미모가 남성들의 관점에서 '규정' 내지 '정의'된다는 점에서, 여성은 남성에게뿐만 아니라 자기자신에게도 '他者'로 존재한다.17)

　배경설화는 여성 존재의 의미를 남성의 성적 대상물로만 한정해 버리는 것과 더불어 여성을 物化된 존재 즉, 육체만 있는 존재로 그리고 있다. 처용설화의 경우 처용의 아내는 헌강왕이 처용을 억류하기 위해 제공한 두 誘引

---

16) 리사 터틀, 『페미니즘사전』(유혜련·호승희 옮김, 동문선, 1999), 311쪽.
17) 같은 책, 316쪽.

物 중 하나로 설정되어 있다. 즉 처용의 아내는 '급간'이라는 벼슬과 동등한 레벨의 私有化된 재산 혹은 소유물에 지나지 않는 것이다.

> 동경 밝은 달에
> 밤들이 노니다가
> 들어와 자리를 보니
> 가랑이가 넷일러라
> 둘은 내해이고
> 둘은 뉘해인고
> 본디 내해다마는
> 빼앗겼으니 어찌하리오

우리는 여기서 '다리'라고 하는 여성의 몸 일부를 단편적으로 들어 그것을 '내 것'이라는 소유 형태로 표현하고 있는 남성의 목소리를 듣는다. 이 향가에서 보는 것처럼 여성의 육체는 '뺏고 빼앗길 수 있는 事物'처럼 간주된다. 결국 <처용가>는 아내의 소유권을 타인에게 양도하는 언술, 아내의 소유권을 포기하는 각서로 읽힐 수 있는 것이다.

> 선화공주님은 남몰래 얼어 두고
> 밤마다 맛동방을 껴안고 간다네

우리는 여기서 한 개인을 구성하는 여러 요소 중 신체 및 신체의 성적 기능만을 포착하여 그것을 선화공주 전체로 규정하고 있는 양상을 본다. 즉, 선화공주라는 여성은 하나의 온전한 실체로서가 아니라 남성과의 관계—특히, 性的 관계—하에서만 의미를 지니는, '몸'만 있는 존재로 나타나 있는 것이다.

『삼국유사』에서의 여성 소외의 양상은 한 특정 남성에 대한 언술인 <讚耆婆郎歌>와 비교했을 때 더욱 분명하게 그 면모가 드러난다. 이 작품에서 찬양의 대상인 기랑은 냇물을 비추는 보름달로 비유될 수 있는 外樣, 곧게 솟아오른 잣나무 가지처럼 드높은 기상 등 겉모습과 속이 총체적으로 그려지고 있어, '몸' 혹은 몸의 일부만이 그려지는 여성의 경우와는 큰 차이를 보인다.

2.2 '주변화'에 의한 여성 소외: '善女'의 소외상

(나)군 작품들은 어떤 '사건'에 관련되어 있는 여성 인물이 그 사건으로부터 소외되는 양상을 보여 준다. 즉, (나)군 작품들은 어떤 사건에 관련된 여성들이 그 사건의 핵심 인물임에도 불구하고 당대 사회의 지배적 구성원에 의해, 그리고 그 사건이 일연에 의해 담론화되는 과정에서 주변으로 밀려나는 양상을 보여준다는 점에서 공통적이다. 여기서 사건은 모두 '불교적 사건'이다.

2.2.1 〈제망매가〉의 경우

〈제망매가〉는 『삼국유사』 5권 感通篇 「월명사 도솔가」조에 수록되어 있다. 이 배경설화는 월명사를 둘러싼 4개의 삽화로 구성되어 있는데 이 중 〈제망매가〉에 해당되는 부분을 인용해 본다.

> 월명은 또 일찍이 죽은 누이동생을 위하여 재를 올린 적이 있는데 향가를 지어 제사를 지냈었다. (이때) 홀연히 회오리바람이 일어 종이돈을 날려 서쪽으로 없어지게 하였다.[18)

우리는 이 인용에서 '紙錢이 날려 서쪽으로 갔다'는 구절을 면밀히 검토할 필요가 있다. 예로부터 紙錢은 死者의 저승길에 필요한 노잣돈으로 이

---

18) "明又嘗爲亡妹營齋 作鄉歌祭之. 忽有驚飆吹紙錢 飛擧向西而沒."

해되어 왔고, 이것이 서쪽으로 날아갔다는 것은 월명사의 죽은 누이동생이 서방정토로 왕생했음을 의미한다. 또한 향가의 내용 중 '아, 彌陀刹에서 너를 만날 나'라는 구절도 월명의 망매가 서방왕생했음을 말해 준다고 하겠다. 요컨대 월명사의 죽은 누이동생은 『삼국유사』에 기록된 두 명의 여성 서방왕생자[19] 중 한 사람으로 볼 수 있는 것이다.

통일신라시대에 성행한 정토신앙 중에는 서방정토로 왕생하기를 기원하는 내용이 있는데 이는 몇 가지 유형으로 나뉜다. 본인이 죽은 뒤에 왕생하기를 빌며 공덕을 쌓는 경우와 살아 있는 사람, 특히 가족이나 혹은 어떤 인연이 있는 사람들이 追善을 함으로써 이미 죽은 사람의 왕생을 기원하는 경우이다. 또 살아 있는 육신대로 왕생하는 경우와 죽어서 왕생하는 경우로 나뉠 수도 있다.[20] 월명사의 누이동생의 경우는 이미 죽은 사람으로 오빠인 월명사가 재를 올려 준 형태이므로 일견 追善에 의한 死者往生信仰처럼 보인다. 그러나 이 경우는 살아 있는 사람에게 초점이 맞춰져 있으며 死者가 서방으로 왕생했는지의 여부는 알 수 없고 다만 산 사람이 추선을 해주면 서방왕생할 수 있다고 '믿을' 뿐이지만, 월명의 누이동생은 서방으로 왕생했음이 문면에 드러나 있어 차이가 있다. 문제는 亡妹의 서방왕생이 어떤 공덕에 의한 것인가 하는 점이다.

문맥상으로는 월명사의 신통력과 향가의 주술적 힘에 의한 것으로 드러나 있다. 그러나 여기서 한 가지 의문이 제기된다. 死者의 생전 공덕과는 전혀 무관하게 살아 있는 사람의 힘만으로 죽은 사람이 서방정토에 왕생할 수 있는가 하는 의문이다. 생전에 왕생할 수 있을 정도의 수행과 공덕을 쌓아 이미 도가 높은 경지에 이른 사람이 아니라면 그것은 불가능한 일이

---

19) 다른 한 명은 2.3.1항에서 다루어질 노비 '욱면'이다. 『삼국유사』에는 광덕과 엄장, 노힐부득과 달달박박, 布川山 五邊比丘 등 남성 서방왕생자들이 상당수 기록되어 있는데, 여성으로서 왕생한 자는 이 두 사람뿐이다.

20) 이에 대해서는 이기백, 「신라 정토신앙의 두 유형」「신라 정토신앙의 다른 유형들」, 『新羅思想史研究』(일조각, 1986 · 1987) 참고.

아닐 수 없다. 우리는 여기서 문맥에서 단지 월명사의 '亡妹'로만 처리되어 있는 한 여성의 존재에 대해 깊이 생각해 볼 필요가 있다.

전후 문맥을 검토하여 우리는 몇 가지 그 여성에 관한 사실을 추정해 볼 수 있다. 우선 未婚이었을 가능성이 크다. 만일 결혼하여 남편과 가족이 있다면 그들이 재를 올려 주었을 것이기 때문이다. 또 한 가지 그녀는 독실한 불교 신도로서 덕이 높았을 것이며 비구니였을 가능성이 크다.

앞서 언급한 대로 신라시대에는 都唯那郎이라고 하는, 여승에게 주어지는 僧官職이 있어 전국의 비구니들의 활동을 통솔하는 역할을 하였다. 우리는 이로써 이 시대에 비구니들의 독립적인 조직이 있었다는 것을 알 수 있다. 또한, 불교가 먼저 전래된 고구려나 백제와는 달리 여성의 신앙활동에 관한 기록이 전해지는 것은 신라뿐이라는 점으로 미루어 신라사회의 여성들이 매우 적극적이고 자주적이며 활발하게 신앙활동을 전개했다는 것을 짐작할 수 있다. 『삼국유사』에 나타난 비구니로서는 선도성모의 인도로 점찰법회를 조직하고 이끈 '지혜', 毛祿(혹은 毛禮)의 누이동생 '史氏', 妙法이라는 이름으로 비구니가 된 법흥왕비 '巴刀夫人' 등이 있다. 이런 사실들을 종합해 보면 未婚으로 죽은 월명의 누이동생이 비구니였을 가능성이 매우 높다고 하겠다.

그녀는 생전의 자신의 공덕과 수행의 덕으로 서방에 왕생하였다. 그러나 그 덕은 모두 오빠인 월명사에게 돌아가고 그녀는 단지 그가 베풀어준 齋와 鄕歌의 힘을 빌려 서방으로 왕생한 인물로 희미하게 그 자취를 남기고 있을 뿐이다. 물론 이 삽화가 속해 있는 「월명사 도솔가」조가 월명을 중심으로 기술된 것, 다시 말해 월명이 주인물이라는 것은 부정할 수 없으나, 해당 삽화만 두고 볼 때 '지전이 서방으로 날아간 것'으로 상징된 亡妹의 서방왕생 사건의 주인공은 분명 이름도 남겨지지 않은 한 여성인 것이다. 한편 월명은 경덕왕에 의해 나라의 위난을 타개할 수 있는 '인연있는 승'으로 선택되었고, 미륵보살이 감응할 정도로 높은 덕과 정성어린 불심을 지녀 온 조정이나 민간에서 모르는 이가 없을 정도이며, 그로 인해 왕까지도 더욱 공경하게 된 그런 인물로 그려져 있다. 월명의 '亡妹'로 처리된 그 여성은 월명으로 대표되는 '힘'과 비중있는 것의 중심에 남성을 위치시키는 신라사회 공동의 '가치관' '관습' 및 '전통'에 의해 사건의 중심에서 주변으로 밀려나고, 主人物로부터 오빠의 명성을 높이는 데 기여하는 助演으로 그 비중과 의의가 약화되고 있는 것이다.

이 삽화에 이어 향가 작품이 소개되어 있고 산문서사 말미에는 일연이 쓴 讚詩가 붙어 있는데 이 둘을 비교해 보면 한 여성의 죽음 및 왕생 사건을 두고 월명사와 일연이라고 하는 두 남성이 어떤 시선으로 바라보고 있는지에 관한 단서를 얻을 수 있다.

生死 길은
여기 있으매 머뭇거리고
나는 간다는 말도
몯다 이르고 가느냐
어느 가을 이른 바람에
여기 저기 떨어지는 잎처럼
한 가지에 나고
가는 곳 모르온저
아, 彌陀刹에서 너를 만나볼 나,
도 닦아 기다리겠노라

風送飛錢資逝妹   바람은 종이돈 날려 죽은 누이동생 노자를 삼게 하고
笛搖明月佳姮娥   피리는 밝은 달을 흔들어 아름다운 항아를 멈추게 했네
莫言兜率連天遠   도솔천이 멀다고 말하지 말라
萬德花迎一曲歌   만덕화 한 곡조로 즐겨 맞았네

향가는 경덕왕 때의 월명사가 지은 것이고, 찬은 고려의 일연이 읊은 것이다. 향가 9-10구에서 월명사는 누이동생이 이미 서방정토로 가 있으니

자신은 거기서 누이를 만나기 위해 남은 생 동안 열심히 도를 닦겠다고 다짐하고 있다. 우리는 향가에서 서방정토를 가리키는 '미타찰'이 讚에서는 '도솔천'으로 바뀌어 있다는 사실에 주목해야 한다. 왜 일연은 굳이 미타찰을 도솔천으로 바꾸어 찬시를 지은 것일까?

아미타신앙과 미륵신앙은 신라시대 정토신앙의 두 축을 이루는데 '미타찰'은 아미타불이 좌정해 있는 곳으로 극락정토 혹은 서방정토라고도 하며, '도솔천'은 미륵불이 계신 곳을 가리킨다. 그런데 미타찰은 남성만이 갈 수 있는 곳이고 여성이 그 곳에 왕생하려면 남성의 몸으로 변신을 해야 한다. 그러나 도솔천은 남녀 모두 왕생할 수 있는 곳으로 신앙되어 왔다.[21]

여기서 간략하게 여성의 극락왕생에 대한 불교적 관점의 변천을 살펴볼 필요가 있다. 석가모니 붓다 在世時에는 깨달음에 있어 남녀가 동등함을 인정하여 똑같이 아라한의 경지에 이를 수 있다고 여겼다. 그러나 佛滅 후 수 세기가 경과하면서 여러 部派로 나뉘는 이른바 소승불교시대가 열리는데 이때 남자는 성불하지만 여성은 불가하다는 설이 우세해지게 되었다. 그리하여 女人五障說[22] 女人變身成佛說[23] 등이 대두되었다. 그러다가 2-4세기 무렵 대승경전이 형성되는 시기에 여성의 몸으로도 성불할 수 있다는 女性卽身成佛思想이 대두되어 양성 똑같이 성불한다는 평등사상이 전개되었다. 그러므로 대승불교는 초기불교에의 복귀운동이라 할 수 있다.[24]『勝曼經』은 이를 대표하는 경전으로, 승만이라는 부인이 在家女性으로서

---

21) 김동욱, 「신라 정토사상의 전개와 원왕생가」, 『신라가요연구』(국어국문학회 편, 1979), 362쪽.

22) 여성은 전륜성왕, 제석천, 마왕, 범천, 불신이 될 수 없다는 설. 이영자, 앞의 책, 240-241쪽.

23) 붓다의 32相 중 제10相인 陰馬藏相은 남성 신체의 일부이고 따라서 여성은 32상을 구비할 수 없기 때문에 女身으로는 成佛할 수 없다는 사상이 제기되었다. 같은 곳.

24) 여인왕생을 둘러싼 불교적 견해의 사적 변천에 대해서는 이영자, 앞의 책, 142-150 및 198-199쪽 참고.

현실을 극복하고 심오한 진리를 체득하여 대각에 이르는 과정을 서술한 것이다.[25]

한편 『대무량수경』에는 아미타불이 아직 법장보살일 때 세운 48가지 서원이 기록되어 있는데 이 중 제35번째 것은 극락정토에 왕생하기를 원하는 여성이 모두 남성으로 변신할 수 있도록 誓願하는 내용이다.[26] 따라서 아미타신앙은 女性不成佛說이라고 하는 남녀불평등의 관점에 서 있다고 할 수 있다.

이런 내용에 비추어 볼 때, 월명사가 이미 미타찰에 가 있는 亡妹를 만나기 위해 자신도 열심히 도를 닦겠다고 한 것은, 그가 여성도 극락정토에 왕생할 수 있다는 大乘的 시각을 가지고 있었음을 말해 준다.

그러나 일연은 이를 '도솔천'으로 바꾸어 표현하고 있다. 이것은 일연이 여성은 아미타불의 불국토인 '미타찰'에 왕생할 수 없다는 小乘的 시각을 가지고 있었음을 반영한다. 하지만, 그는 『삼국유사』를 撰述하는 처지이기에 자신이 전해 들었거나 옛날 기록을 읽어서 알고 있는, 명성이 높은 월명사와 서방정토에 왕생한 亡妹의 이야기를 기록하지 않을 수도 없는 입장이었을 것이다. 이러한 딜레마를 극복하기 위해 그는 여성도 갈 수 있는 극락인 '도솔천'을 내세웠던 것이다.

요컨대 월명의 亡妹는 『삼국유사』에 기록된 두 명의 여성 서방왕생자 중 하나로서 훌륭한 공덕을 쌓으며 독실한 신심을 가지고 신앙생활을 했을 신라시대의 여성 불교인들 중 한 사람이었음에 틀림없다고 하겠다. 그 중에서도 부단한 수행을 한 비구니였을 가능성이 큰 구도자였음에도 불구하고 이름도 없이 오빠의 후광과 명성 뒤로 사라져 간 여성이라 할 수 있다. 월명

---

25) 경전연구모임 편, 『금강경·승만경』(불교시대사, 1991)

26) 아미타불의 48대원 중 제35 '女人往生願'에 대해서는 『아미타경·무량수경·관무량수경』(김영미 옮김, 時空社, 2000); 이영자, 앞의 책, 242-243쪽; 김기동, 「신라가요에 나타난 불교의 誓願思想」, 『신라가요연구』(국어국문학회 편, 1979) 참고.

의 '亡妹'로만 존재의 흔적을 남기고 있는 그 여성은 그녀가 속한 사회의
지배적 구성원27)에 의해, 그리고 그 사건을 담론화한 일연에 의해 이중으로
소외되면서 역사의 뒷면으로 밀려난 여성 구도자들 중 하나였을 것으로 추
정된다. 그리고 향가 <제망매가>는 서방정토에 왕생할 정도로 도가 높은
한 여성을 사건의 전면으로부터 후면으로, 主演에서 助演으로, 서방왕생이
라는 사건을 일으킨 주체에서 문학작품에 소재로서 담겨지는 객체로, 사건
의 중심에서 주변으로 밀어내고 그 중심의 자리를 월명사로 대치하는 데
결정적인 역할을 하는 요소라고 할 수 있다.

2.2.2 〈원왕생가〉의 경우

<원왕생가>는『삼국유사』5권 感通篇「광덕 엄장」조에 실려 있다. 이
작품의 작자가 광덕인가 광덕의 처인가 하는 점에 있어 필자는 광덕의 작으
로 보는 입장이다. 이 조목은 광덕과 엄장이라는 두 친구가 서방정토에 왕
생하는 것을 주 내용으로 하는데 광덕의 처는 이들이 왕생하는 과업을 이루
는 데 있어 조력자의 구실을 하며 서사 말미에 분황사의 계집종으로 관음보
살 19應身 중 하나로 밝혀진다. 이 설화는 처음에는 3인칭 서술자 시점으로
전개되다가 서사 말미에 1인칭 작가 시점으로 바뀌게 되는데 이 부분이 그
사건에 대한 일연의 評에 해당한다.

> 鍤觀法은 元曉法師의 本傳과『海東高僧傳』속에 나와 있다. 그 부인은 바
> 로 분황사의 계집종이니, 아마도 관음보살 19응신 중의 하나인가 한다. 광덕에
> 게는 일찍이 노래가 있었다.28)

---

27) 女人往生에 부정적 입장을 취한 원효가 그 대표적 인물이라 할 수 있다. 김동욱,
    앞의 글, 362-363쪽.
28) "鍤觀在曉師本傳與海東僧傳中. 其婦乃芬皇寺之婢 盖十九應身之一. 德嘗有歌云."

이 설화는 서방왕생담인 동시에 觀音菩薩應現談의 성격을 띤다. 후자의 경우는 광덕의 처가 관음보살의 현신이라는 것을 전제했을 때의 규정인데, 이는 전적으로 말미에 붙은 일연의 '추측'에 의거한다. 위 인용문의 '아마도'는 원문 '盖'를 번역한 것으로 이 말은 어떤 사실에 대하여 단정을 피하고 추정을 할 때 주로 쓰이며 언급한 사실에 대한 '의심'의 어조를 내포한다. 그간 연구자들은 이 부분에 있어서 작자가 누구냐의 문제에만 관심을 집중했을 뿐, 광덕처의 정체에 대해서는 별다른 의문을 제기한 바가 없다. 그러나 필자는 광덕처가 관음보살의 應身이 아니라 독실하고 수행이 높은 女性 在家佛子로 본다.

이렇게 보는 까닭은 이 설화가 다른 관음보살응현담과는 여러모로 다를 뿐만 아니라 서사 자체 내에 모순점이 많기 때문이다. 단순히 관음보살이 등장하는 경우가 아니라 어떤 인물이 관음의 응신임이 드러나는 이야기를 '관음보살응현담'으로 규정할 때『삼국유사』에 수록된 해당 작품은 모두 다음과 같은 몇 가지 공통점을 지닌다. 먼저, 응현해 있는 시간은 길어야 하룻밤 혹은 한나절이고, 신비한 異蹟을 수반하며, 해당 인물 스스로가 자신이 관음보살임을 밝히거나 다른 경유로 밝혀진다 해도 그 사건에 관여한 다른 인물 및 당대에 그것을 접한 사회구성원들에 의해 그 인물이 결국 관음의 응현이었음을 확인받게 된다. 또한 말미에 일연의 讚詩가 붙어 있다는 공통점도 지닌다. 그런데, 본 설화의 경우 분황사 계집종 출신인 광덕의 처로 응현해 있는 시간은 10여 년이고, 엄장을 훈계하는 내용은 있지만 그녀 자신이 어떤 신비한 이적을 보이지 않으며, 말미에 일연의 찬시도 붙어 있지 않다. 게다가 일연이 그 사건을 평하는 자리에서 광덕의 처를 19응신 중의 하나라고 추정하고 있을 뿐, 사건 당사자인 광덕과 엄장, 그리고 그들을 둘러싼 주변 인물들이 그 사실을 확인하고 공인한 것은 아니다.

그리고 서사전개에 있어서도 모순점이 발견된다. 광덕이라는 인물을 소개함에 있어 처자를 거느리고 분황 西里에서 신을 삼으며 산 것으로 되어 있다. 그런데 그가 죽은 후 엄장이 동침을 요구하자 그 아내는 ‘남편은 나와 함께 십 여 년을 함께 살았지만 일찍이 하룻밤도 자리를 함께 하지 않았거늘 어찌 몸을 더럽혔겠는가?’ 하고 거절한다. 억지로 추론해 본다면 그녀가 後妻였을 가능성은 있을 것이다.

이런 점들을 근거로 필자는 광덕의 처를 우바이 善女人으로 보고자 한다. 불교 신도는 크게 男性出家佛子인 ‘비구’와 女性出家佛子인 ‘비구니’, 男性在家佛子인 ‘우바새’와 女性在家佛子인 ‘우바이’로 나뉜다. 또 ‘善男子·善女人’은 줄여서 善男善女라고도 하는데 前世에 善의 공덕을 쌓은 남녀라는 뜻으로 그 宿善의 덕으로 이 세상에서 불법을 듣고 신앙할 수 있다고 여겨진다. 때로 이 말은 단순히 이 세상에서 선을 닦은 남·녀, 신앙심 있는 善人, 염불하는 남녀라는 뜻으로 쓰이기도 한다.29) 이로 볼 때 광덕과 엄장, 광덕처는 재가불자인 선남선녀라 할 수 있다.

佛經에는 육체적 교합 없이 정신적으로만 결합된 부부 이야기가 있다. 훗날 부처님의 10대 제자 중 하나가 된 마하카샤파(摩訶迦葉) 야나와 바드라의 이야기다.30) 그들은 6년간 같은 지붕 밑에서 생활해 왔으나 그동안 한 번도 살갗을 접촉한 일도 없이 마치 남매와 같은 생활을 하다가 둘 다 출가를 했다. 이 이야기가 ‘광덕·엄장’ 설화가 형성된 7세기 무렵 신라에 전래가 되었는지는 알 수 없으나 광덕과 그 아내는 신라판 야나와 바드라라고 해도 좋을 것이다.

또 佛經 중에는 재가여성으로서 진리를 깨우치고 大覺을 이룬 여인의 일대기를 그린 『勝鬘經』과 『玉耶經』31)이 있는데 전자는 여인의 신체 그대로 성불한 승만부인을 주인공으로 하며, 후자는 오만방자한 한 가정의 아내가 겸손하고 부덕을 갖춘 여인이 되는 과정을 그린 것이다. 『옥야경』에는

---

29) 『불교용어사전』·上(경인문화사, 1998), 827쪽.
30) 곽철, 「순결을 지킨 아내 바드라 이야기」, 『부처님과 여성들』(밀알, 1995).
31) 경전연구모임 편, 『옥야경』(불교시대사, 1991·1993).

‘어머니’ 같은 아내, ‘누이’ 같은 아내, ‘친구’ 같은 아내, ‘며느리’ 같은 아내, ‘종’ 같은 아내, ‘원수’ 같은 아내, ‘도둑’ 같은 아내 등 7가지 아내의 유형이 서술되어 있는데, 이 중 친구 같은 아내란 ‘행동이 어긋나고 잘못됨이 없도록 착한 일로 서로 가르쳐서 지혜가 더욱 밝아지게 하며, 서로 친하고 서로 사랑하여 생활하기를 善知識[32]과 같이 하는 아내’이다.[33] 야나의 처 바드라와 광덕의 처는 바로 이 ‘친구 같은 아내’에 속한다고 볼 수 있다.

진덕여왕의 이름이 勝鬘, 선덕여왕의 이름이 德曼[34]이며 진평왕비의 이름이 석가모니의 어머니와 같은 마야임을 본다면, 『승만경』은 물론 『옥야경』이나 야나와 바드라 얘기가 담긴 불경도 이미 당대 신라사회에 전래했을 가능성이 크다고 본다. 그리고 이런 불경의 원천을 수용하여 광덕과 그 아내의 이야기가 형성되었을 것으로 추측해 볼 수 있다.

그렇다면, 왜 일연은 우바이 善女人인 광덕의 아내를 觀音菩薩의 응신으로 격상시켰는가 하는 의문이 제기된다. 이 설화에서 광덕의 아내는 남녀 간의 순결을 지켜 남편이 극락왕생할 수 있게 하고, 아직 수행이 부족한 엄장에게 가르침을 주어 수도에 정진하게 함으로써 결국은 그도 극락왕생할 수 있도록 도와주는 구실을 한다. 말하자면 광덕의 처는 엄장에게 훌륭한 ‘善知識’인 셈이다. 엄장은 비록 처음에는 부끄러운 일을 저지르기는 했지만 그 역시 원효대사의 삽관법을 수행하여 극락왕생할 정도의 도를 지닌 인물이다. 그처럼 ‘도가 높은 남성’이 분황사 계집종 출신인 일개 여인에게 훈계를 받는 것으로 끝난다면 서방정토에 왕생한 두 聖人은 물론 남성 구도자 전체의 명예가 훼손되는 결과가 된다. 여성의 극락왕생이나 성불에 차별적 시각을 가진 일연으로서는 그같은 사실을 용납할 수 없었을 것이다.

---

32) 부처님이 말씀한 教法을 설하여 다른 이를 인도하는 사람. 불법을 가르치고 이끄는 사람. 높은 덕행을 갖춘 인물. 『불교용어사전』·상, 849쪽.

33) 경전연구모임 편, 『옥야경』(불교시대사, 1991·1993), 18-20쪽.

34) 대승경전인 『열반경』에 ‘德曼우바이’라고 하는 여성이 있는데 위계가 十住에서 안주하고 부동하면서 중생을 위하여 女身을 받았다고 한다. 이영자, 앞의 책, 204쪽.

하지만 만일 그 여성이 관음보살의 응신이라면 이야기는 달라진다. 광덕과 엄장의 명예에 흠집이 생기지 않는 것은 물론, 오히려 그들의 덕을 더 높이는 양상이 된다. 관음보살은 지극한 불심과 정성을 보이는 사람에게 응현하기 때문이다.

우리는 여기서 광덕의 처로 처리된 이름 없는 한 여성이 그 높은 경지의 도와 덕에도 불구하고 광덕과 엄장의 명예를 높여주는 한 수단으로 전락하는 과정을 본다. 이야기의 심층적인 主旨로 볼 때 광덕의 처는 광덕과 엄장 못지않게, 아니 그들보다 더 큰 비중을 지닌다. 그럼에도 그들의 뒷면으로 밀려나 그 후광을 보태주는 데 일조를 하고 있는 것이다.

인물설정이나 내용, 심층주제 등 여러 면에서 '광덕·엄장 설화'와 유사한 「南白月二聖 努肹夫得 怛怛朴朴」도 한 娘子로 응현한 관음보살이 수행이 부족한 달달박박에게 깨우침을 주는 내용으로 되어 있는데, 거기서는 낭자가 異蹟을 일으키고 자신이 관음보살임을 직접 밝히고 있으며 말미에 일연의 讚詩도 붙어 있다. 이런 배경을 잘 알고 있는 일연이기에 광덕의 처를 관음보살의 응신으로 격상시킬 수밖에 없었을 것으로 본다. 또다른 관음보살응현담인 「洛山二大聖·觀音·正趣·調信」조의 의상과 원효 이야기에서도 관음보살이 벼를 베는 여인으로, 또 개짐을 빨고 있는 여인으로 응현하여 원효대사를 깨달음의 세계로 인도하는데, 직접 자신이 관음임을 밝히지는 않으나 원효대사는 결국 그 聖女들이 관음의 진신임을 깨닫게 된다. 결국 성인들을 가르치고 훈계하여 大覺으로 이끄는 인물은 관음보살 같은 성스러운 존재여야 한다는 생각을 드러내고 있는 것이다. 이들 설화와의 비교는 광덕설화 기술에서 드러나는 일연의 '여성차별적' 혹은 '남성우월적' 시각을 뒷받침하는 근거가 된다.

앞서 언급한 것처럼 이 설화의 주인공은 광덕과 엄장 두 사람만이 아니라 광덕의 아내까지 합쳐 세 사람이다. 면밀히 검토해 보면 광덕과 엄장 중 광덕에게 좀 더 무게가 주어지지만, 광덕의 처도 광덕 못지않게 서사

전개에서, 그리고 이야기의 심층 主旨를 드러내는 데 있어 중요한 비중을 지닌다. 이 설화에서 향가 <원왕생가>는 동등한 비중을 지닌 광덕과 광덕처 중, 광덕을 전면에 부각시키고 광덕의 아내를 후면으로 밀어내는 역할을 한다. 주지하는 바와 같이 <원왕생가>는 서방정토에 왕생하기를 지극 정성으로 기원하는 내용이다. 일연은 불교의 위상을 높이는 사건이나 인물에 대해서는 말미에 讚詩를 붙이는데 이 향가작품은 찬시에 버금가는 숭고한 내용으로 되어 있다. 따라서 <원왕생가>는 이 노래를 지은 사람이 讚의 대상이 되는 인물만큼이나 훌륭한 인물로 격상되게 하는 구실을 한다. 이것은 역으로 그 노래를 지은 인물 이외의 사람, 특히 광덕의 아내의 비중을 경감시키는 작용을 하는 것이다.

2.2.3 <도천수대비가>의 경우

이 작품은 『三國遺事』 제3권 塔像篇 「芬皇寺千手大悲 盲兒得眼」條에 실려 있다.

> 경덕왕 때 분황사 한기리에 사는 여자 希明의 아이가, 태어난 지 5년 만에 갑자기 눈이 멀었다. 어느날 그 어머니는 이 아이를 안고 분황사 좌전 북쪽 벽에 그린 천수관음 앞에 나가서 아이를 시켜 노래를 지어 빌게 했더니 멀었던 눈이 드디어 떠졌다. 그 노래는 이러하다.[35]

무릎을 낮추며
두 손바닥을 모아
千手觀音 앞에
祈求의 말씀 드립니다
천 개의 손에 천 개의 눈을

---

35) "景德王代 漢岐里女希明之兒 生五稔而忽盲. 一日其母抱兒 詣芬皇寺左殿北壁畵千手大悲前. 令兒作歌禱之 遂得明."

하나를 놓아 하나를 덜어,
두 눈 감은 나니
하나만이라도 주시옵소서
아아, 나에게 주시오면
그 慈悲 얼마나 클 것인가.

먼저 이 향가작품의 작자에 대해 盲兒라는 의견이 있기도 하지만, 원문에 "令兒作歌禱之"라는 사역형으로 되어 있어 그 어머니로 보는 것이 타당하다고 생각한다. 즉, '아이로 하여금 노래를 지어 기도하게 하였다'는 것은 다섯 살 된 아이가 노래를 만들었다기보다는 그 어머니가 노래를 짓고 아이로 하여금 그 노래로써 부처께 기도를 하게 한 것으로 이해하는 것이 문맥상 적절하다. 우리는 이 간단한 이야기에서 눈 먼 아이 때문에 노심초사하며 온갖 정성을 다해 아이가 눈을 뜨기만을 간구하는 한 어머니를 만나게 된다. 천수관음은 그 어머니의 지극한 정성에 감응하여 異蹟을 일으킨다. 이 이야기의 주인공은 처음부터 끝까지 그 어머니로 그녀 역시 우바이 善女人이라 할 수 있다.

그런데 이 향가는 아이가 시적 화자가 되어 자신의 일을 천수관음께 기도하는 내용으로 전개된다. 우리는 여기서 아들을 전면에 내세우고 자신은 뒤로 물러나 있는 어머니의 배려를 읽게 된다. 그런데, 일연의 讚詩를 보면 제3자의 관점에서 아이의 일이 노래된다.

竹馬葱笙戲陌塵   대나무로 말을 삼고 파로 피리삼아 거리에서 놀더니
一朝雙碧大瞳人   하루 아침에 두 눈 먼 사람 되었네
不因大士廻慈眼   보살께서 자비로운 눈 돌리지 않았다면
虛度楊花幾社春   몇 社春이나 버들꽃 못 보고 헛되이 보냈을까

언술의 초점은 순전히 아이에게 맞춰져 있으며 산문전승과는 다르게 그 어머니의 존재 및 흔적이 전혀 드러나 있지 않다. 어머니의 지극한 정성과

信心이 그런 異蹟을 일으켰는데도 讚의 대상은 어머니가 아니고, 그렇다고 어머니와 아이 두 사람도 아니며, 오직 아이 한 사람뿐이다. 아이가 눈을 뜨게 된 직접적 힘은 물론 관음보살의 자비심이다. 그러나 관음보살을 감동시켜 자비심을 일으킨 숨은 공은 어머니에게 있는데 일연은 그 점을 간과하고 있는 것이다. 필자는 讚에 어머니의 흔적이 지워져 있는 것이 단순한 '우연'이 아니라 찬술자 일연의 의도가 개입된 것으로 본다.

女性不成佛說의 입장을 견지하는 소승계통 경전에 어머니는 자식에 대한 끊임없는 근심과 애착 때문에 성불할 수 없는 존재로 그려진다. 이같은 집착은 신앙면에 있어 내적 성장을 이루는 데 장애요소가 되기 때문이다.[36] 어머니의 아들에 대한 관계는 바로 보살의 중생에 대한 관계와 동일하다. '보살'이란 대각을 이루어 성불할 수 있음에도, 아직 고통받는 중생들을 모두 구원할 때까지 극락정토에 좌정할 것을 미룬 존재이기 때문이다. 이런 점에서 보살은 어머니와 같은 존재이며, 자식에 대한 애착을 갖는 모든 어머니는 보살같은 존재인 것이다.[37]

불교 경전이나 『삼국유사』에 등장하는 어머니는 독립적인 주체이기보다는 아들과의 관련 속에서만 의미를 갖는 종속적 존재로 그려진다. 부연하면, 여기에 등장하는 모든 어머니들은 성적 욕망이 거세된 여성으로서 남편보다는 아들과 밀착된 관계에 놓이며 대부분 아들의 아버지에 대한 언급이 없다. 석가모니의 어머니 마야부인이 출산 7일 만에 죽은 것으로 되어 있는 것 또한 이상적인 어머니 즉 聖母가 되기 위해서는 성관계로부터 단절될 것이 요구되기 때문이다.[38]

「盲兒得眼」조의 希明을 비롯하여 長春의 어머니인 寶開,[39] 我道의 어

---

36) Diana Y. Paul, *Women in Buddhism*(Berkeley · Los Angeles: University of California Press, 1979 · 1985), pp.65-66.

37) 같은 곳.

38) 같은 책, 63쪽.

머니 高道寧40)도 모두 아들의 후광에 밀려 주변으로 밀려난 여성들이다. 보개는 아들 장춘이 바다 장사꾼을 따라 나갔다가 오래도록 돌아오지 않자 민장사 관음보살 전에 나아가 7일 동안 기도를 드렸고 그 후 아들이 돌아왔다. 아들의 말에 의하면 바다에서 풍랑을 만나 모두 죽었는데 자신만은 이상한 스님 덕으로 살아남게 됐다고 하였다. 어머니의 정성에 관음보살이 감응하여 스님으로 응현하였던 것이다. 我道는 고구려 사람으로 신라에 불교를 전하여 大聖으로 숭앙받게 된 인물이다. 그가 그처럼 역사의 찬란한 조명을 받게 된 이면에는 이미 앞일을 예견하고 아도의 나이 다섯 살에 그를 출가시키고 16세에 위나라에 가서 불법을 배우도록 인도한 어머니 高道寧이 있었던 것이다. 일연은 여러 종류의 참고문헌을 들어 아도의 행적에 대해 길게 부연설명을 하면서 자기의 의견을 개진하고 말미에 아도를 기리는 讚詩를 附記하였는데, 그 긴 서술 가운데 어머니에 관한 언급은 한 마디로 없다. 우리는 이들 어머니에게서 '희생'과 '겸양'이라는 이름으로 미화된 여성 소외의 양상을 볼 뿐이다.

　지금까지 (나)군 세 작품을 통해 여성이 사건의 중심에서 주변으로 밀려나는 소외의 양상을 살펴 보았다. (가)군 작품들이 역사 속의 '美女'를 대상으로 한 소외의 양상을 보여준다면, 이 그룹은 '善女'를 대상으로 한 소외상을 보여준다. 월명의 亡妹는 出家佛子 善女人으로서, 광덕처와 희명은 在家佛子 선여인으로서 높은 덕과 지극한 佛心을 지녔음에도 불구하고 오빠 뒤로, 남편 뒤로, 그리고 아들 뒤로 밀쳐져 그들 남성과의 관계 하에서만 의미를 갖는 종속적 인물로 비중이 격하되고 있는 것이다. 이러한 과정에 여성 불자에 대한 일연의 차별적 시각이 개입해 있다고 보는 것이 필자의 관점이다.

---

39) 『三國遺事』 3권, 興法篇, 「敏藏寺」.
40) 『三國遺事』 3권, 塔像篇, 「阿道基羅」.

2.3 여성 소외의 다른 양상들

앞에서 '여성 소외'를 '여성이 마땅히 그렇게 되어야 하는데 그렇지 못한 상태'로 정의하고 객체화·주변화·왜곡·지워짐·종속화 등 다양한 소외의 양상 중 '객체화'와 '주변화'를 중심으로 살펴 보았다. 이제 이 두 가지 외에『삼국유사』설화에 나타난 신라시대의 여성 소외의 양상을 간략히 검토해 보고자 한다.

2.3.1 노비 '郁面'의 경우: '歪曲'에 의한 여성 소외

『삼국유사』5권에 실려 있는「郁面婢念佛西昇」은 한 비천한 노비 욱면이 지성으로 아미타불을 念한 끝에 서방정토에 왕생하게 되었다는 이야기를 담고 있다. 그가 西昇하는 장면을 옮겨 보면 아래와 같다.

> 얼마 안 되어 하늘의 음악소리가 서쪽에서 들려오더니 욱면은 몸을 솟구쳐 집 대들보를 뚫고 올라가 서쪽으로 郊外에 가더니 骸骨을 벗어던지고 眞身 (부처님의 몸)으로 변하여 蓮花臺에 앉아서 큰 광명을 발하면서 서서히 가버리니, 음악소리는 한참 동안 하늘에서 그치지 않았다.41)

천상의 음악소리나 연화대는 서방왕생자의 경우 배경으로 항상 등장하는 요소들이다. 여기서 주목해야 할 것은 여성의 몸 그대로 극락왕생하는 것이 아니라 부처의 몸으로 '變身'을 한다는 구절이다. 부처가 '남성'으로 간주되는 것을 감안한다면 결국 욱면은 남성의 육신으로 변하여 서방왕생을 한 셈이 된다. 念佛이라든가 이 이야기의 배경이 되는 彌陀寺 등으로 미루어 이 설화가 미타신앙에 근거해 있음을 알 수 있고 욱면의 변신은 바로 女性變身成佛의 견해를 반영하는 것이라 할 수 있다.

---

41) "未幾天樂從西來 婢湧透屋樑而出. 西行至郊外 捐骸變現眞身 坐蓮臺放大光明 緩緩而逝. 樂聲不撤空中."

우리는 이 變成男子說로부터 여성으로서의 본질이 왜곡되는 현상을 목격하게 된다. 마치 본래의 색깔에 다른 색이 덧칠해져 본래의 색을 잃어버리는 것과 같다고 하겠다.

2.3.2 '今勿女'의 경우: '지워짐'에 의한 여성 소외

금물녀는 『삼국유사』 5권 避隱篇 「包山二聖」조에 包山九聖으로 기록된 인물 중 하나이다. 포산구성은 포산이성인 觀機와 道成을 포함하여 橄師・椈師・道義・子陽・成梵・白牛師 그리고 今勿女이다. 이름 외에는 아무 것도 기록이 없는 이 인물이 남성일 가능성도 전혀 배제할 수는 없다. 『삼국유사』에 등장하는 인물의 이름들이 月明師, 忠談師, 融天師, 希明 등 그 사람에 관련된 일화에서 비롯된 것이 많다는 점을 감안하여 혹 어떤 남성 구도자가 '여색'을 멀리하는 금욕주의에 철저하여 이런 이름 내지 별명이 붙었을 가능성도 있다. 즉, '勿'을 否定・禁止의 뜻을 담는 것으로 보아 '여색을 멀리한다'고 해석할 수 있는 것이다. 하지만, 신라시대의 이름 중 '勿'字가 들어가는 것, 예를 들어 奈勿 마립간, 勿稽子 등의 용법을 보면 이처럼 금지사・부정사로 쓰이지 않는다는 것을 알 수 있다. 따라서 금물녀는 글자 그대로 여성 구도자 중 '包山九聖'의 반열에 드는 인물로 보는 것이 타당하다.

포산구성 중 '관기'와 '도성'만이 선택되어 그 행적이 자세히 기술되어 있다는 것은, 상대적으로 나머지 일곱 명에 대한 홀대를 의미하는 것이다. 그러나 관기와 도성이 남성 구도자임을 감안한다면, '금물녀'를 뺀 나머지 여섯 명은 남성이기 때문에 자세한 기록에서 누락된 것이 아니라 德行이나 道의 경지가 두 사람만 못하기 때문에 혹은 드러나지 않은 다른 사정으로 인해 그 이름만 남겨졌다고 보아야 한다. 그러나 금물녀의 경우는 여기에 더하여 '여성'이라는 이유가 더 크게 작용했을 것으로 생각한다. 바꿔 말해, 금물녀의 덕행이나 수행이 관기나 도성보다 훨씬 뛰어났다 할지라도

나머지 남성 8인을 제치고 그녀의 행적만이 채택, 상술되었을 리가 없다는
것이다.

우리는 여기서 '누락' 내지 '지워짐'이라고 하는 소외의 양상을 발견한다.
그리고 금물녀라는 여성이 거기에 관련되어 있다는 점에서 '여성 소외'의
한 장면으로 간주될 수 있다.

2.3.3 '瑤石公主'의 경우: '종속화'에 의한 여성 소외

원효대사의 파계의 대상, 薛聰의 어머니로서의 요석공주에 관한 이야기
는 『삼국유사』 4권 「元曉不羈」조에 실려 있다. 그녀와 원효대사에 관한 부
분만 인용해 본다.

> 스님이 일찍이 어느날 常例를 벗어난 행동을 하며 거리에서 다음과 같이 노
> 래를 불렀다. "그 누가 자루없는 도끼를 내게 빌려 주겠는가? 나는 하늘 떠받칠
> 기둥을 찍으리." 사람들이 아무도 그 노래의 뜻을 알지 못했다. 이때 太宗이
> 이 노래를 듣고 말했다. "이 스님은 필경 귀부인을 얻어서 귀한 아들을 낳고자
> 하는구나. 나라에 큰 賢人이 있으면 이보다 더 좋은 일이 없을 것이다." 이때
> 瑤石宮에 과부 공주가 있어서, 왕이 宮吏에게 명하여 원효를 찾아 데려가라
> 했다.…(중략)…宮吏가 스님을 데리고 가서 옷을 말리고 그 곳에서 쉬게 했다.
> 공주는 과연 태기가 있더니 설총을 낳았다.[42]

여기서 '요석'은 과부 공주의 이름이 아니라 그녀의 거처를 가리킨다. 이
이야기에서 이름도 없이 '과부'로만 알려진 한 여성은 처음부터 끝까지 남
성들에 의해 '저질러지는' 행위의 피동체로 머물러 있다. 그 여성은 뛰어난
아들을 낳고자 하는 한 스님의 욕망과 나라에 필요한 賢人을 얻고자 하는

---

42) "師嘗一日風顚唱街云 誰許沒柯斧 我斫支天柱. 人皆未喩 時太宗聞之曰 此師殆欲得
貴婦産賢子之謂爾 國有大賢 利莫大焉. 時瑤石宮有寡公主 勅宮吏覓曉引入.…(中
略)…吏引師於宮 褫衣曬眼 因留宿焉. 公主果有娠 生薛聰."

통치자의 일치된 목적을 실행에 옮기는 '도구' 혹은 '씨받이'로 선택되었을 뿐이다. 그녀는 후손을 낳아주는 육신으로만 존재한다. 그녀는 뛰어난 아들을 낳고자 하는 한 스님과 노래를 통해 그 숨은 욕망을 읽은 태종, 그렇게 해서 태어난 아들 설총이라고 하는 세 남성에게 철저하게 '예속'된 존재이다. 다시 말해 그녀의 존재는 이 세 사람이 있음으로 해서 가능해진다. 우리는 여기서 남성에게 종속되는 형태로 존재하는 여성의 소외상을 발견한다. 일견 이것은 '주변화'에 의한 소외 양상과 비슷해 보인다. 그러나 '주변화'는 여성이 사건의 핵심에 위치함에도 불구하고 남성의 주변으로 밀려나는 것인 반면, '종속화'는 여성이 어떤 사건의 주체나 중심은 아니지만 한 사람의 독립된 개체인데도 처음부터 그 여성에 속한 여러 성질 중 남성과 관련된 부분만 선별적으로 부각시키기 때문에 저절로 남성에 예속된 존재로 그려질 수밖에 없다는 점에서 차이가 있다.

3. 여성 소외에 있어서의 僧 一然의 역할

앞에서 우리는 '美女'와 '善女'가 어떻게 소외되는가를 보았다. 여기서 한 가지 주목할 점은, 이 여성들의 이야기를 『三國遺事』라는 형식으로 담론화함에 있어 일연은 '美女'의 경우는 자신의 私見을 거의 개입시키지 않는 반면, '善女'의 경우는 소외의 양상에 자신의 관점을 깊숙이 개입시키고 있다는 사실이다. 다시 말해, 전자에 있어 미녀들을 남성의 성적 욕망의 대상으로만 규정함으로써 그들을 소외시키는 주체는 당대 신라사회의 지배적 구성원－남성－이며 일연은 신라적 관점을 그대로 수용하는 입장이라 할 수 있다. 그러나 후자에 있어서 일연은 어떤 형태로든 자신의 주관을 개입시키고 있어, 여성 소외에 일연이 어떤 역할을 하는지에 대해 검토해 볼 필요가 있다.

한 개인으로서 일연은『삼국유사』의 '撰述者'이고 신분은 '僧侶'이며, '고려' 시대를 살다 간 한 '男性'이다. 그를 특징짓는 이 네 요소가 어떻게 상호 관련을 맺으며 여성 소외의 양상에 작용하는지를 명확히 이해하기 위해서는 그와 비슷한 입장에 처해 있는 金富軾의 경우와 비교하는 것이 효과적일 것이다. 김부식은『三國史記』의 찬술자이고 儒學者 政治家이며 그 역시 고려의 한 남성이다. 여성이 관련된 일을 두고 김부식과 일연이 어떻게 달리 기술하고 있는가를 살펴보는 것은 매우 흥미롭다.『삼국유사』1권 紀異篇 第一「善德王 知幾三事」조에는 선덕여왕이 예견한 세 가지 일을 소개하고 그에 대해 놀라움을 표현하는 대목이 아래와 같이 서술되어 있다.

· 그제야 大王의 신령하고 성스러움을 알 수가 있었다.
· 이에 여러 신하들은 모두 왕의 성스럽고 슬기로움에 탄복했다.
· 꽃을 세 빛깔로 그려 보낸 것은 아마도 신라에 세 여왕이 있을 것을 알고 한 일이었던가?

이 세 구절 중 앞 두 인용구는 당대 신하들의 반응을 기술한 것이고, 세 번째 것은 일연의 생각을 표현한 것이다. 우리는 세 번째 구절에서 선덕여왕의 기지와 슬기에 탄복하는 일연의 태도를 엿볼 수 있다. 반면『삼국사기』에는 선덕여왕에 관한 내용이 아래와 같이 기술되어 있다.

(史臣이) 論하여 가로되…(중략)…하늘로 말하면 陽은 剛하고 陰은 柔하며, 사람으로 말하면 남자는 높고 여자는 낮거늘 어찌 姥嫗로서 규방에서 나와 국가의 정사를 재단케 하리요. 신라는 여자를 세워서 왕위에 있게 하였으니 진실로 난세의 일이며, 이러고서 나라가 망하지 아니한 것은 다행하다 할 것이다. 書經에 '牝鷄之晨'이라 하고 易經에 '嬴豕孚蹢躅'이라 하였으니 이 어찌 경계할 일이 아니랴.43)

---

43) "論曰…(中略)…以天言之則陽剛而陰柔 以人言之則男尊而女卑 豈可許姥嫗出閨房 斷國家之政事乎. 新羅扶起女子 處之王位 誠亂世之事 國之不亡 幸也. 書云牝鷄之晨

여기서 '姥嫗'는 '노파' '할멈'의 뜻으로 선덕여왕을 격하한 표현이다. '牝鷄之晨'는 암탉이 새벽을 알린다는 뜻으로 부인이 外事에 참여하는 것을 비유한 것이고, '嬴豕孚蹢躅'은 암퇘지가 껑충껑충 뛴다는 뜻으로 역시 부인이 나서는 것은 불길하다는 것을 비유한 것이다. 이 비유를 통해 선덕여왕이 '나대는 암탉' '불길한 암퇘지'로 비하되고 있음은 물론이다. 우리는 여기서 유교적 남존여비사상에 기초한 김부식의 남성우월주의적 시각을 읽을 수 있다.

똑같은 인물의 행적을 두고 이렇게 정반대의 표현을 한 것은 정말 흥미롭지 않을 수 없다. 위 인용구절뿐만 아니라 『삼국유사』 어디에서도 직접적으로 여성을 비하하거나 폄하하는 표현이 드러나 있지 않은 것으로 보아 한 '남성 찬술자'로서 일연은 김부식과 같은 남성우월적 시각을 가진 사람으로 생각되지는 않는다. 일연의 행적을 기록한 碑文[44]에 의하면 그는 '유교의 서적을 두루 섭렵하고 백가를 겸하여 꿰었다'고 하는데 이는 그가 승려 신분이면서도 불교적 입장만을 고수하는 편협한 인물이 아님을 말해 준다. 또 어느 날 깨달음을 얻고 사람들에게 '오늘에야 三界가 꿈과 같음을 알았으며 대지에 터럭 하나만한 장애도 없음을 보았다'고 했다는 비문의 내용[45]을 보면, 그가 남성과 여성을 구별하고 나아가 여성을 차별하는 고루한 사람이 아닌 것은 분명하다.

이로 볼 때, 『삼국유사』 곳곳에서 드러나는 여성 소외의 양상은 일연 개인의 시각을 반영한 것이기보다는 당대의 불교가 일반적으로 안고 있는 여성에 대한 보수적 시각을 반영하는 것으로 보아야 할 것이다. 비록 남녀 평등의 입장에 서 있는 대승불교가 보편화되어 있다고는 해도 여성을 낮추

易云嬴豕孚蹢躅 其可不爲之戒哉." 『삼국사기』 5권 新羅本紀 第五 「善德王·眞德王·太宗王」.

44) 閔漬 撰, 「高麗國華山曹溪宗麟角寺迦智山下普覺國尊碑并序」, 『일연』(고운기 지음, 한길사, 1997), 245쪽.

45) 같은 책, 271쪽.

어 보는 불교의 뿌리 깊은 보수주의적 시각, 다시 말해 소승적 시각이 완전
히 불식될 수는 없었고 일연은 단지 그 시대적 흐름을 반영했던 것이 아닌
가 생각된다.

조선 후기 '님' 담론

1. 문제제기

　이 글은 남성화자가 여성 님에 대한 그리움과 연모의 정을 토로하는 일련의 고전시 텍스트들이 근대 이후의 시에서 '여성예찬' 혹은 '여성의 중심화'와 같은 주제가 활성화되는 데 있어 내적 토대가 된다고 추정하는 데서 출발한다. 어떤 텍스트에서 여성이 '님'으로 의미화된다는 것은 곧 그 언술이 남성화자의 목소리로 전개됨을 의미한다. 이 글에서는 애정을 노래하는 시가작품에서 남성화자가 급증하는 현상은 辭說時調에서 두드러진 특징으로 나타나다가 雜歌에서 더욱 극명한 양상으로 부각된다는 사실에 주목하고, 이를 논의의 출발점으로 삼고자 한다. 지금까지 사설시조 및 잡가에 있어 애정의 문제에 관한 논의는 에로티시즘, 유흥현장에서의 연행문제, 담당층과의 관련, 삶의 태도 등 다각도에서 이루어졌고 話者에 초점을 맞춰 작품분석을 한 연구도 적지 않으나 의외로 남성화자가 급증하는 현상 및 그것이 지니는 의미에 관한 문제는 쟁점화된 적이 없는 듯하다.

　이 글에서 애정을 노래하는 고전시 텍스트에서 남성화자의 증가를 중요한 문제로 부각시키는 것은, 그것이 근대 이후의 시에서 '여성예찬'의 주제와 관련될 뿐 아니라 여성에 대한 당대의 시각변화를 내포함으로써 '근대성'

과도 관련이 되기 때문이다. 이같은 토대 위에서 이 글은 사설시조와 잡가를 주 대상으로 하여 1)'남성화자+여성 님' 패턴의 구체적 양상 및 그 의미를 검토하고 2)이를 통해 여성에 대한 문학담당층의 인식태도를 읽어내며 3)이런 부류 텍스트가 '님' 문제를 다루는 동시대 다른 문학, 후대의 시와 어떤 관련을 갖는지 검토한 후 4)사설시조나 잡가만이 아닌 조선 후기의 다른 문학형태에서도 이런 현상이 보편적으로 나타난다는 점에 비추어 이 문제를 조선 후기라는 시대적 상황과 결부지어 조명하고자 한다.

이를 위해서는 먼저 이런 류 텍스트들이 애정의 담론 전체에 있어 어떤 위상을 차지하는지 점검하는 일이 선행되어야 한다.

2. 시가문학에 있어서 '님' 담론의 몇 양상

애정의 형태와 話者의 성차는 '님' 담론의 텍스트성을 결정하는 데 중요한 두 요소가 된다. 고전문학에서 노래되는 애정의 양상은, 크게 님에 대한 정과 사랑·그리움 등을 主旨로 하는 것 즉 고도의 정신적 가치로서의 애정을 노래한 '相思型'과 육체적 욕망이 바탕이 된 애정을 노래한 '肉情型'으로 크게 나뉠 수 있다. 相思型은 대개 '不在하는 님'에 대한 연모의 정을, 肉情型은 '現前하는 님'과의 사랑을 노래한다는 특징을 지닌다. 또한 전자가 님에 대한 화자의 '무조건적·일방적 사랑'을 토로하는 양상으로 전개된다면, 후자는 화자와 님의 '조건적·쌍방적' 사랑을 바탕으로 한다. 상사의 감정에는 그리움이나 연모의 정 외에 원망·아쉬움·분노·질투와 같은 부정적 정서도 포함이 된다. 이 두 요소를 바탕으로 고전시가에서 애정의 主旨가 형상화되는 양상을 다음 몇 가지로 유형화해 볼 수 있다.

여성화자 + '相思'의 세계 (여성 상사형)
여성화자 + '肉情'의 세계 (여성 육정형)
남성화자 + '相思'의 세계 (남성 상사형)
남성화자 + '肉情'의 세계 (남성 육정형)

이 중 이 글의 논의와 관계되는 것은 '남성 상사형' 즉 남성화자가 상대방 여성에 대한 그리움과 연모의 정을 노래하는 텍스트이다. 남성 육정형 또한 남성화자가 '님'에 대한 사랑을 토로하는 내용이지만 이 유형은 '님' 자체에 의미와 가치, 비중이 두어지는 남성 상사형과는 달리 여성의 성(sex)에 초점이 맞춰진다는 점에서 큰 차이가 있다. 또한 '相思'의 심정을 노래한다는 점에서 여성 상사형과 공통점을 지니나, 여성 상사형의 경우 의미와 가치의 중심은 '남성'에 두어진다.

'님' 담론에서 남성화자의 존재는 '여성' 님을, 여성화자의 존재는 '남성' 님을 전제로 한다. '여성'이라고 하는 존재가 문학 담당층에 의해 어떻게 인식되고 어떻게 언어로 형상화되는가에 기준을 두고 이 유형들을 면밀히 검토해 보면, '남성 상사형'과 나머지 세 유형 간에 큰 차이가 있음을 발견하게 된다. 전자가 여성이 중심화·초점화되는 양상을 보여준다면 후자는 오히려 여성이 주변화·도구화되는 양상과 관련된다. 본 논의의 주가 되는 전자의 양상을 시가사적 흐름 속에서 명확히 이해하기 위해서는 후자의 양상을 좀더 구체적으로 살펴야 할 필요가 있다.

여성화자가 이성의 님에 대한 상사심을 노래하는 '여성 상사형'은 고시가에 있어 애정을 노래하는 전형적 패턴이 된다. 여기에는 기녀시조나 상당수의 자탄가류 내방가사·여성한시 등 작자가 여성인 것과, 君臣의 관계를 남녀의 관계로 대치하여 忠節을 노래하는 戀主之詞처럼 작자가 남성인 것, 그리고 <서경별곡> <가시리> <이상곡> <정읍사> 같은 작자불명의 것으로 나뉠 수 있다. 첫 번째가 여성이 여성의 목소리로 여성의 경험을 토로하는 경우라면, 두 번째 범주는 남성작자가 '忠'이라고 하는 儒敎 이데올로기를 충실히 그리고 효과적으로 표현하기 위하여 여성의 경험 내지 여성의 목소리를 이용하는 경우이다. 이 두 경우 모두 '남성' 님이 화자의 삶이나 텍스트에 있어 가치와 의미의 한 중심에 놓인다는 점에서 공통적이지만, 후자는 여기서 나아가 남성이 그들의 이데올로기를 강화하고 확인하는 수단으로써 여성을 이용하는 양상 즉, 남성에 의해 여성이 도구화되는 양상을 보여 준다는 점에서 주목할 필요가 있다.

'남성 육정형'은 정철이 지은 <玉이 玉이라커늘>[1]이나 임제의 <北天이 묽다커늘>[2]과 같은 평시조, 고려가요 <만전춘별사> 5연 등에서도 발견되지 않는 것은 아니나, 사설시조에서 크게 보편화되는 추세를 보인다.

> (1) 半 여든에 첫 계집을 ᄒ니 어렷두렷 우벅주벅 주글 번 살 번 ᄒ다가/ 와당탕 드리ᄃ라 이리져리 ᄒ니 老都令의 ᄆᆞ음 흥글항글/ 眞實로 이 滋味 아돗던들 길 적보터 홀랏다 (1150)

이 인용작품은 남성화자가 자신이 경험한 性(sex)의 즐거움을 직접적으로 토로하는 양상을 보인다. 여기서 화자가 관심을 가지는 것, 화자의 삶을 의미있게 해주는 것, 그리고 가치의 근원이 되는 것은 애정의 대상인 '여성' 자체가 아니라 '여성의 性'(sex)이다. 여성은 性의 파트너이기에 의미있는 존재이다. 종장의 내용으로 미루어 화자는 性의 파트너에 대하여 일방적 사랑의 태도를 보이지 않으며 상대가 다른 사람이 아닌 바로 그 '唯一'한 님일 것을 갈망하지도 않는다. 다시 말해, '님'은 서로 性을 주고받는다는 조건하에서만 의미가 있는 '쌍방적' 사랑의 상대, 눈앞에 現前함으로써만 의미가 있는 존재일 뿐이다. 이때 여성은 남성화자가 자신의 소중한 것을 희생하면서까지 함께 하고픈 대상 즉 의미와 가치의 총체로서의 '님'이 아

---

1) 심재완 편저, 『歷代時調全書』(세종문화사, 1972). 2116번. 이후 이 글에서 인용하는 시조작품은 이 책에 의거한다. 괄호 속 숫자는 수록작품번호를 가리킨다.
2) 같은 책, 1325번.

닌, 자신에게 쾌락을 주는 조건 하에서만 의미있는 존재로 그려진다. ‘남성 육정형’은 여성－정확히는 여성의 ‘성’－이 ‘수단’이 된다는 점에서, 여성이 ‘목적’이 되는 ‘남성 상사형’과 큰 차이를 보인다고 하겠다.

한편, ‘여성 육정형’은 일견 ‘남성 육정형’과는 정반대로 여성의 성적 만족을 위한 도구로서 ‘남성’의 性이 이용되는 것처럼 보인다. 그러나 이 유형에 속하는 작품의 작자가 남성이라고 한다면 사정은 달라진다. 이 유형은 고려가요 <쌍화점>에서 최초의, 그러면서 전형적인 예를 보이기는 하지만, 사설시조에서 본격적인 전개를 보인다.

(2) 雙花店에 雙花사러 가고신딘/ 回回아비 내 손목을 주여이다/ 이 말슴이 이 店밧긔 나명들명/ 다로러 거디러/ 죠고맛감 삿기광대 네 마리라 호리라 / 더러둥셩 다리러디러 다리러디러 다로러거디러 다로러/ 긔자리예 나도 자라 가리라/ 위위 다로러거디러 다로러/ 긔잔더 ᄀ티 덦거츠니 업다

(3) 간밤의 자고 간 그놈 암아도 못 니즐다/ 瓦冶ㅅ놈의 아들인지 즌흙의 쫌니 드시 두더쥐 伶息인지 국국기 뒤지듯시 沙工의 成伶인지 沙於써로 지르 드시 平生에 처음이오 凶症이도 야르제라/ 前後에 나도 무던이 격거시되 춤 盟誓 간 밤 그 놈은 춤아 못니즐싯 ᄒ노라 (71)

(4) 즁놈도 사름이냥ᄒ야 자고 가니 그립ᄃ고/ 즁의 숑낙 나 볘웁고 내 쪽도리 즁놈 볘고 자다가 씨ᄃ르니 둘희 ᄉ랑이 숑낙으로 ᄒ나 쪽도리로 ᄒ나/ 이튿날 ᄒ던 일 싱각ᄒ니 흥글항글 ᄒ여라 (2658)

(5) 白華山 上上頭에 落落長松 휘여진 柯枝 우희 부헝 방귀 쮠 殊常ᄒ 옹도 라지/ 길쥭넙쥭 어틀머틀 믜뭉슈로 ᄒ거라 말고 님의 연장 그러코라쟈/ 眞 實로 그러곳 훌쟉시면 벗고 굴물진들 셩이 므슴 가싀리 (1216)

(2)는 오잠·김원상이 지은 <쌍화점>1연이고 (3)는 李鼎輔의 作, 나머지는 작자불명의 사설시조다. (2)에서 우리는 교대로 화자와 청자의 역할을 행하면서 性談을 펼치는 두 여성의 목소리를, (3)(4)에서는 간밤의 情事를

생각하고 흐뭇해하는 여성의 목소리를 들을 수 있다. 性愛의 상대였던 '회회아비' '간밤의 자고 간 그 놈' '중놈'은 화자에게 삶의 희열과 만족을 가져다 준, 가치와 의미의 진원이다. (5)는 '헐벗고 굶주리는 한이 있어도' 화자가 간절하게 소망하는 것은 '性的 충족감'임을 말하고 있다. 이 언술 속에서 시적 화자가 강조하는 것은, 자신들에게 '님'이란 '잠자리 잘하는' 남자라는 점이다.

애정의 상대가 곧 청자이기도 한 相思型 텍스트와는 달리, 肉情型의 경우는 애정의 상대와 청자가 일치하지 않는다는 특징을 지닌다. 대부분 자신의 性經驗을 애정의 상대가 아닌 다른 사람에게 털어놓은 형식을 취하는데, 그 이야기를 듣는 청자는 화자와 비슷한 처지에 있는 '同性'의 인물로 추정할 수 있다. <쌍화점>에서 그 전형적인 예를 보며, (4)에서도 "나도 무던히 격거시되"에서 '-도'라고 하는 조사가 複數의 주체를 전제하고 있기에 청자가 비슷한 처지에 놓인 여성이라는 것을 짐작할 수 있다. 나머지의 경우는 확실하게 여성청자임을 읽어낼 수 있는 단서는 없지만 적어도 남성청자가 아닌 것만은 확실하다. 어떤 남성과의 성경험을 다른 남성에게 토로하는 상황은 가정하기 어렵기 때문이다. 이 점은 '여성 육정형' 텍스트의 작자가 여성이 아닌 남성이라는 한 근거가 된다.

이 유형은 (3)(4)처럼 작자가 밝혀진 경우도 있지만 대부분 작자 미상으로 되어 있다. 그러나 작자가 여성인지 남성인지 명백히 밝혀지지 않았다 해도 여기서 보는 바와 같이 노골적인 성행위 묘사, 빈번히 사용되는 비속어 등과 같은 텍스트 징표, 기타 다른 여러 가지 근거로 미루어 이 언술들이 여성의 목소리를 빙자한 남성의 성경험담임을 짐작할 수 있다.[3]

---

3) 첫 번째 근거로서 이름이 남아 있는 사설시조 작자 중 '여성'은 단 한 사람도 발견되지 않는다는 점을 들 수 있다. 이 점은 황충기의 『韓國閭巷時調研究』(국학자료원, 1998)의 여항시조작가 일람에 의거한 것이다. 주지하는 바와 같이 康江月, 梅窓, 桂丹, 桂蟾, 求之, 黃眞伊, 梅花, 夫同, 笑春風, 松伊 등 20여 인의 기녀시인들이 평시조 작자로서 이름이 전해지고 있다. '妓女'라고 하는 신분의 특수성 및 작자로서의 희귀

그렇다면 왜 남성작자들은 肉談을 펼치는 데 있어 여성의 목소리를 빌려 왔는가. 그 답으로서, 性의 담론에 여성화자를 등장시킴으로써 재미와 쾌락을 증진시키고자 하는 남성작가의 의도를 제시할 수 있다.[4] 남성들의 성적

성 때문에 그들이 지은 작품은 일반 남성작자의 경우보다 이름이 遺失될 확률이 훨씬 낮았을 것으로 추정해 볼 수 있다. 이런 점들을 감안할 때, 이름이 밝혀진 수십인의 사설시조 작자 중 여성이 단 한 명도 없다는 것은 우연이 아니라, 실제적인 여성작자의 부재를 말해주는 것이라고 본다. 둘째, 19세기 들어 여창가곡이 분화·성행했다고 하는 것은, 사설시조 연행자 중 여성—대부분 妓女—은 노랫말 작자 즉 문학인으로서의 역할은 크게 감소하는 대신 唱者—음악인—으로서의 비중은 높아진 것을 말해준다고 할 수 있다. 셋째, 여성작자 존재의 가능성을 시사하는 ‘女性話者’ 작품을 검토함으로써 오히려 그 작자가 남성임을 확인할 수 있다. 이 작품군 중 性愛를 노래한 것을 작자의 이름이 남겨진 예들과 비교해 보면, 그 어조나 어휘구사, 수사법, 상투적 표현 등 여러 면에서 복사본처럼 흡사하다는 것을 발견하게 된다. 이런 점들에 비추어 여성화자의 목소리로 진술이 행해진다 해도 작자는 남성일 가능성이 크다고 볼 수 있다. 넷째, 애정을 노래한 무명씨 분 작품을 보면 비록 여성화자의 목소리로 진술이 행해지는 경우도 여성경험에 밀착되지 않고 남성적 시점이 침투하는 사례가 적지 않다는 점을 근거로 들 수 있다. 다섯째, 비속어의 사용이 많은 것을 지적할 수 있다. 사회언어학적으로 보면 여성은 오랫동안 상대적으로 약자의 입장, 열등한 위치에 놓여져 있었으므로 그들의 언어는 남성의 것보다 더 공손할 수밖에 없다. 더구나 말 많음이 不德의 표본이 되고 침묵이 婦德의 상징처럼 여겨지던 전통사회에서 남성보다 여성에게 더 공손한 태도가 요구되었을 것임은 말할 나위가 없다. 비록 그들을 遊女라 추정할지라도 여성의 언어라고는 간주할 수 없는 지나친 비속어, 더구나 性에 관련된 비속어를 그렇게 남발했으리라고는 생각할 수 없는 것이다. 이상의 근거들을 바탕으로, 여성작자의 존재 가능성을 배제할 수는 없지만 무명씨 분 사설시조 작자 대부분은 남성이었을 것으로 추정할 수 있다.

4) 肉情型 사설시조에 여성화자가 많이 등장하는 이유, 그들의 표현이 저속하기 이를 데 없는 이유에 대해 ‘여성들은 성적 만족을 추구할 수 없는 사회여건이고 또 어느 사회든 음란한 여성들은 있어 왔기에 현실적으로 충족시킬 수 없는 성적 욕망을 허구세계인 문학 속에서나마 충족시키려 한 결과’(박노준, 「사설시조와 에로티시즘」, 《韓國詩歌研究》 제3집, 1998. 6, 365-367쪽) 혹은 ‘극심한 성적 禁制 속에 있었던 전통사회의 여성들의 억압 또는 훼손된 욕망을 드러내기에 적합한 素材源’(김흥규, 「사설시조의 愛慾과 性的 모티프에 대한 재조명」, 한국시가학회 전국학술대회 발표요지, 2002.10, 85쪽)이었기 때문으로 설명하는 것은, 이 유형의 작품들을 ‘여성의 성욕표현’으로 보는 입장이다. 이같은 해석들은, 노래되고 있는 ‘성적 경험의 주체’와 여성화자를 등장시킨다고 하는 ‘문학행위의 주체’를 혼동한 결과라고 생각한다.

욕구를 분출시키기 위하여 여성의 性을 도구화하는 최초의 양상은 오잠·
김원상 등 倖臣들이 충렬왕의 성적 욕구를 충족시키기 위하여 지은 <쌍화
점>에서 찾을 수 있다. 여기서 발신자인 이들 倖臣과 수신자인 충렬왕은
음란한 여성들의 대화를 엿들으며 쾌감을 느낀다. 이처럼 화자는 물론 청자
까지도 여성으로 설정함으로써 남성들은 그들의 성적 쾌감을 배가시킬 수
있었을 것이다.

나머지 인용 작품들도 마찬가지다. 여기에서 제시되고 있는 것은 남성적
시각에 의해 굴절된 여성경험일 뿐이다. 유흥의 場에서 그들의 재미와 쾌락
을 배가하기 위해, 나아가서는 자신들의 성적 욕망을 분출시키는 보조적·
간접적 수단으로 '언어'라는 장치와 '여성의 性'이라는 소재를 이용하고 있
을 뿐인 것이다. 따라서 이들 텍스트에서 읽어낼 수 있는 것은 '여성의 성적
욕망'이 아니라, 남성의 성적 욕망이다. 그 욕망을 자신들의 언어로 분출하
기도 하고-남성 육정형-여성으로 가장하여 분출하기도 하는 것이다. 후
자의 경우 일종의 性倒錯 現象으로 이해할 수 있다. 요컨대 '여성 육정형'
작품들은 여성들이 자신의 성적 욕구를 토로하는 언술이 아니라, 남성들이
여성을 등장시켜 그들의 性的 욕망을 소재화하고 이를 과장·왜곡하여 흥
과 재미를 배가하는 도구로 활용한 언술이라 할 수 있다. 따라서 위와 같은
류의 텍스트들은 여성이 남성에 의해 '언어'로부터뿐만 아니라 그들 자신의
'경험'으로부터도 '소외'되는 양상을 보여 주는 예가 된다.[5]

이처럼 '충'이라고 하는 남성중심의 유교 이데올로기를 부각시키기 위해
서건, 남성의 성적 욕구의 분출 혹은 쾌감의 배가를 위한 것이든 여성을
도구로 이용하는 양상은, '남성 상사형'을 제외한 나머지 세 유형의 공통 분

---

5) 페미니스트 언어학자인 D. Cameron은 언어는 현실을 통제하는 '힘'이며 남성이 이
   언어를 통제해 왔기에 여성은 '언어'로부터뿐만 아니라 언어를 통해 약호화되는 그
   들의 '경험'으로부터도 소외될 수밖에 없다고 하였다. Deborah Cameron, *Feminism
   and Linguistic Theory*(Hong Kong: The MacMillan Press Ltd., 1985), p.93.

모가 된다고 할 수 있다. 이 유형들에서 '남성'은 가치와 의미의 한 중심에 놓인다. 우리는 여기서 여성 및 여성의 경험—특히 '性'—이 타자에 의해 道具化되는 현장을 보게 된다.

남성이 어떤 목적을 위해 여성화자를 설정하여 그들의 경험을 펼치게 하는 것을 '남성에 의한 여성의 도구화'로 본다면, 여성이 그들의 목적을 위하여 남성화자를 이용하는 것은 '여성에 의한 남성의 도구화'로 말할 수 있을 것이다. 그러나 근대 이전의 文學 작품에서 이러한 예를 찾기는 무척 어렵다.6) 대상을 도구화한다는 것은 어떤 목적을 달성하기 위해 타자 혹은 타자에 속한 것을 수단으로써 이용하는 것으로, 어떤 형태든 간에 '힘'과 '권한'을 가진 자가 아니면 실행하기 어렵기 때문이다. 그러므로 타자를 도구화하는 하는 행위는 근본적으로 남성의 경험영역에 속하는 것이며 필연적으로 도구화되는 존재의 소외현상을 수반한다는 것을 알 수 있다. 따라서 권력과 지배의 구조로부터 소외되어 있었던 전통사회의 여성에게 타자를 도구화하는 행위는 '낯선' 세계로 머무를 수밖에 없는 것이다.

혹자는 여성작자에 의한 육정형 담론, 예컨대 앞서 예를 든 송강의 시조에 화답하여 기생 眞玉이 읊었다고 하는 <鐵이 鐵이라커늘>7) 임제의 시조에 화답하여 기생 寒雨가 읊은 <어이 얼어자리>8)와 같은 것을, 여성에 의한 남성의 性의 도구화의 예로 지목할지도 모른다. 그러나 이 작품들은 여성의 목소리로 肉情의 세계를 노래하는 극히 드문 예에 해당하기는 하지만, 남성의 시에 대한 화답의 성격을 띠므로 여성이 자신의 쾌락과 흥을 위해 남성의 '성'을 이용했다고 보기 어렵다.

---

6) 한 연구에 따르면, 애정가사의 경우 여성작자에 의해 남성화자가 설정되는 예는 단 하나가 발견되는데 그 작품은 조선 후기의 것이다. 정인숙, 「歌辭에 나타난 詩的 話者의 목소리 연구 : 戀君歌辭와 愛情歌辭를 중심으로」(서울대학교대학원 국어국문학과 박사논문, 2001. 8.)

7) 『역대시조전서』 2824번.

8) 같은 책, 1961번.

‘남성 상사형’의 출현은 남성만이 가치와 의미의 총체인 ‘님’의 자리에 위치하며 여성은 여기서 제외되거나 남성을 중심화하기 위한 도구 혹은 주변적 존재로 작용하는 전통적 ‘님’ 담론에서, 여성도 그 중심에 위치할 수 있음을 보여준다는 점에서 의미가 매우 크다. 그리고 많은 시가형태 중 사설시조, 시기적으로는 조선 후기에 이같은 양상이 보편화된다는 점 역시 주목할 필요가 있다.

3. 여성 ‘님’의 출현: 그 의미와 문학사적 전개

사설시조에는 앞서 제시한 모든 형태의 ‘님’ 담론 유형이 등장한다. 그러나 사설시조의 ‘남성 상사형’이 중요한 의미를 지니는 것은, 나머지 세 유형을 통해 보았듯 남성의 목적을 위한 수단으로 여성을 인식하는 시각이 우세한 가운데 ‘남성화자+여성 님’이라는 새로운 님 담론 패턴이 본격적으로 출현하여 여성에 대한 인식변화를 보여주는 전환점이 되기 때문이다.

남성 작자라 하더라도 애정을 노래할 때 여성화자의 목소리를 통해 시적 언술을 전개하는 것은 우리 시가사에서 일종의 문학적 관습 혹은 전통이 되어 왔다. 君臣의 관계를 남녀의 관계로 대치하여 忠心을 노래하는 戀主之詞의 경우나 벗을 향한 우정을 남녀의 애정관계로 환치하는 경우도 사랑을 토로하는 목소리는 여성으로 설정된다. 실제적으로 異性의 님을 의미하든 군주를 의미하든 혹은 同性의 벗을 의미하든간에, 여성의 목소리를 통해 ‘님’이라 불려지는 상대는 發話의 ‘궁극적 聽者’로서 텍스트 의미작용의 ‘최종 지향점’인 동시에 언어기호로써 실현되는 ‘가치의 총체’를 이룬다는 점에서는 차이가 없다. 그리고 이 ‘님’이라고 하는 聖域의 중심에 ‘남성’이 자리하고 있다는 점 또한 차이가 없다. 여성은 이 최고 가치를 부각시키기 위한 배경 내지 수단으로 기능할 뿐이다.

'남성 상사형'에 있어 시적 話者가 '남성'이라고 해서 언술의 聽者가 반드시 '여성'인 것은 아니지만, 사랑의 대상 즉 '님'이 '여성'인 것은 확실하다. '남자'만이 차지할 수 있었던 '님'이라고 하는 신성한 자리를 여성도 차지한다는 것에, 남성화자를 내세운 사설시조의 의의가 있는 것이다.

(6) 生민갓튼 져 閣氏님 남의 肝腸 그만 긋소/ 돈을 줄야 銀을 줄야 大緞침아 鄕織唐衣 亢羅속껏 白綾헐잇디 구름갓튼 北道짜릐 玉빈혀 竹節빈혀 銀粧刀ㅣ라 金貝즈르 金粧刀ㅣ라 蜜花즈르 江南서 나오신 珊瑚柯枝 자리 天桃靑鸞박은 純金갈악찌 石雄黃眞珠당게 繡草鞋를 줄야/ 져 님아 一萬兩이 꿈잘리라 꽂갓튼 寶죠기예 웃는 듯 썽긔는 듯 千金 言約을 暫間 許諾ㅎ여라 (1528)

(7) 가슴에 궁글 둥시러케 뚤고/ 왼숫기를 눈 길게 너슷너슷 꼬와 그 궁게 그 숫 너코 두놈이 두 긋 마조 자바 이리로 훌근 져리로 훌적 훌근훌적 훌져 긔는 나남즉 눔대되 그는 아모壯로나 견듸려니와/ 아마도 님 외오 살라면 그는 그리 못ㅎ리라 (33)

(8) 늬가 죽어 이져야 오르냐 네가 사라 평싱에 그리워야 올타 ㅎ랴/ 죽어 잇기도 어렵 쩌니와 사라 싱니별 더옥 셜짜/ 차라로 늬 먼져 죽어 도라 갈쎄 네 날 긔리워라 (554)

(9) 無情허고 野宿헌 님아 哀魂 離別 後에 消息이 어이 頓絶허나/ 野月空山 杜鵑之聲과 春風桃李 胡蝶之夢에 다만 생각는니 娘子로다 梧桐에 걸닌 달 두렷헌 네 얼골 宛然이 겻헤와 숫치는 듯 이슬에 져즌 꼿 姸姸헌 너의 티도 눈압헤 버렷는 듯 碧紗窓前 시벽 비에 沐浴허고 안젼는 졔비 네 말소리 곱다마는 늬 귀에 하숩는 듯/ 밤中만 靑天에 울고 가는 기러기 소리에 좀든 나를 씨우는냐 (1066)

(10) 思郞을 츤츤 얽동혀 뒤설머 지고/ 泰山峻嶺을 허위허위 올라간이 그 모를 벗님네는 그만ㅎ야 붉이고 갈아 ㅎ것만은/ 가다가 자즐려 죽을만졍 나는 아니 불이고 갈까 ㅎ노라 (1404)

이들은 모두 남성화자가 여성인 님을 향해 절실한 相思의 심정을 토로하는 양상을 보여준다. 이 중 李鼎輔의 作인 (6)을 제외하고는 모두 작자불명의 작품들이다. (6)와 (9)에서는 각각 "閣氏님" "娘子"라는 어구로써 상대방 님이 여성인 것을 암시하고, (7)의 경우는 '두 놈이 마주잡고 새끼를 꼬는 행위'가 남성의 경험을 드러낸 것이기에 화자를 남성으로 추정할 수 있으며, (8)는 애정의 대상을 '너'라고 표현하는 것으로 미루어 그리고 (9)는 "얽동혀" "뒤설머 지고" "허위허위 올라간이"라는 동작이 역시 남성의 경험에 기반을 둔 것이기에 화자를 남성으로 추정할 수 있다.

애정의 대상인 '님'에 대한 이들의 태도는 지극히 간절하고 절실하여, 상대방의 사랑을 얻기 위해서라면 자신이 가진 모든 것, 혹은 가장 소중한 것까지 모두 바칠 각오가 되어 있음을 토로한다. (6)에서는 온갖 값나가는 물건으로써, (7)에서는 어떤 고통을 감수하고서라도[9] (8)에서는 생이별하느니 차라리 죽는 것이 낫다고 하여 '죽음'을 불사할 정도의 절실한 심정을 가지고, (9)에서는 자나깨나 자신의 삶이 온통 님을 향해 쏠려 있음을 제시함으로써, (10)에서는 님과 함께 가다가 "자즐려"(눌려서) 죽는 것도 두렵지 않다는 내용을 토로함으로써 이같은 절실한 태도를 드러내고 있다. 이것은 바꿔 말하면 상대방에게 절대적 가치를 부여한다는 것, 자기의 삶과 존재의 의미를 상대방에게서 찾고 있음을 시사한다. 또한 이같은 사랑은, 화자에 대한 님의 사랑 여부와는 무관하게 '일방적'으로 전개되는 것임을 말해 준다. 그런데, 그 님은 지금 화자와 함께 하고 있지 않다. '不在하는 님'이다. 이같은 상황은 님에 대한 절실함을 배가시키는 요인으로 작용하고 있다.

우리는 여기서 화자의 삶의 한 중심에, 그리고 텍스트 의미의 핵심에 '가치의 총체'로서 '님'이 위치한다는 것을 확인하게 된다. 화자에게 있어 님은

---

9) 가슴에 구멍을 뚫고 그 속에 새끼를 넣어 마주잡고 꼰다는 지극히 비현실적 상황을 제시함으로써 인간의 육체가 경험할 수 있는 고통의 극치를 제유법으로 표현한 뒤, '님과 헤어져 살아가는 상황'은 그보다 더한 고통임을 토로하고 있다.

가치의 근원이며 텍스트는 이같은 화자의 지향성을 언어적으로 구현한 것이다. 다시 말해 텍스트의 모든 구성요소는 가치의 총체인 '님'을 향해 수렴되어 '相思心'이라는 主旨를 구현한다. 텍스트를 가치나 진리 혹은 의미있는 것의 언어적 구현 혹은 의미작용의 總和로 이해할 때, 상사형 사설시조에서 '님'은 모든 텍스트 구성요소들이 향하고 있는 궁극적인 의미의 초점이 된다. 남성화자를 내세워 相思心을 노래한다는 것은 곧 상사의 대상이 '여성'이라는 것을 가리키며, 이는 '님' 텍스트를 통해 여성의 '焦點化'가 이루어진다는 것을 의미한다. 나아가서는 지금까지 남성만이 차지해 왔던 '님'이라고 하는 聖域에 여성이 입성했음을 알리는 징표가 된다. '님'의 자리에 여성도 남성과 대등하게 위치하게 되는 것이다. 그러나 우리는 이것이 여성 자신에 의해 획득된 것이 아니라는 점에 주목해야 한다. 이 점에 대해서는 후술하기로 한다.

'남성 상사형'은 사설시조에서 가장 먼저 그리고 본격적으로 나타나지만, 동시에 조선 후기 시가에서 두루 나타나는 특징이기도 하다. 남성화자의 목소리로 님에 대한 절실한 사랑을 노래하는 양상은 '雜歌'에서 극대화된다. 잡가에서도 여성화자의 존재는 여전히 큰 비중을 지니지만 사설시조와 마찬가지로 남성화자가 크게 증가한다는 점이 주목된다.

> (11) 평싱에 일편심은 진정도 가긍ㅎ다
> 쳔디간 서른진정 날밧게 쏘잇ᄂ는가
> 님이라 ᄒᆞᄂ거슨 진정으로 이러ᄒᆞᆫ가
> 기ᄃ리면 아니오고 아니오면 기ᄃ린다
> 심즁에 품은진정 답답ᄒᆞ여 닐을것가
> 초당에 누어스니 진정이 소ᄉ난다
> 희지면 기ᄃ리고 아니오면 싱각ᄂ는다
> 싱각다 못ᄒᆞ여셔 문을 열고 ᄇ라보니
> 쳥텬에 붉은별은 <u>님에 눈찌 그려낸듯</u>

> ···(중략)···
> 청녀쟝 둘너집고 이윽히 비회ᄒ니
> 슯흐다 뎌시소리 이내진정 그려낸다 (<진정부> 中)10)

(12) 보면 알서라 못됴록 보내ᄂ 것
    알면 어려워라 다문 셔찰ᄲᆫ이로다
    다른 말숨 아니오라 이 내 진정 소회로다
    병드러 누어스니 무슴인ᄉ 잇슬손가
    당초에 약ᄒᆫ몸이 가슴막혀 어려워라
    샹ᄉ로 죽게되니 그 아니 네 타신가
            ···(중략)···
    ᄉ찰ᄒᆫ 뎌 녀ᄌ야 무심ᄒ기 쓰지업다
    누어신들 줌이 오며 안ᄌ신들 님이 오랴
    인민ᄒᆫ 이내몸이 널노ᄒ여 병이되니
    올을 숨만 남아잇고 니릴 숨은 견혀 업다 (<규슈샹ᄉ곡> 中)11)

(11)에서 밑줄 부분 "눈씨"는 '눈씨'의 誤記로 '흘겨보거나 쏘아보는 눈길'을 의미하며 이는 화자가 그리워하는 상대 여성의 모습을 묘사한 부분이다. "청녀쟝 둘너집고"라는 표현 또한 시적 화자가 남성임을 시사하는 부분이라 할 수 있다. (12)의 경우 밑줄 부분 "뎌 녀ᄌ야"라는 표현은 시적 화자가 남성이고 '님'이 여성임을 직접적으로 언급한 구절이다.

<진정부>는 님의 부재 상태에서 그리움과 기다림으로 애간장이 타들어가는 심정을 남성화자의 목소리로 표현하고 있고, <규슈샹ᄉ곡>은 남성화자가 사모의 대상인 한 여성에게 자신의 절실한 애정을 편지에 담아 하소연하는 내용으로 이루어져 있다. 이 두 편의 예에서도 뚜렷하게 드러나듯이, '님'에 대한 화자의 사랑은 죽음까지도 초월할 정도로 애절한 것으로 相思

---

10) 정재호 편저, 『訂正 增補新舊雜歌』(『韓國雜歌全集』1, 啓明文化社, 1984).
11) 같은 책.

型 시가의 전형을 보여 준다. 잡가에서의 애정의 성격은 相思型이 대부분이고 肉情型은 찾아보기 어렵다는 점에서, 평시조나 가사와는 공통점을, 사설시조와는 차이점을 지닌다.

잡가에서 드러나는 '남성 상사형' 텍스트의 특징은 님에 대한 상사의 심정이 극대화되고, 상대방 여성에 대한 묘사가 더욱 자세해진다는 점이다. 이것은 화자의 삶에 있어서, 그리고 相思라고 하는 주지가 형상화되는 데 있어서 '님' 곧 상대방 여성의 가치와 비중이 최고치가 된다는 것을 의미한다. 그리고 사설시조의 경우 '님'이 군주를 의미하는 경우도 간혹 있지만, 잡가의 경우는 전무하며 '님'은 전적으로 異性의 님을 가리킨다. 사설시조와 마찬가지로 잡가의 작자도 대부분 미상이지만 '남성 상사형'의 경우 남성으로 추정할 수 있다. 왜냐하면, 우리 시가의 전통에 비추어 볼 때 여성작자가 남성의 목소리를 빌려 여성에 대한 상사의 念을 토로하는 상황은 상상하기 어렵기 때문이다.

한편, '님'에 대한 相思를 주지로 하는 平時調를 보면 조선 전기의 것에서도 전혀 발견되지 않는 것은 아니나[12] 조선 후기에 들어와 '남성 상사형'의 수가 훨씬 증가함을 보게 된다.

> (13) 東窓에 달 붓치고 함이에 梅花 픠니
>   花容月틱는 天然할스 님이연만
>   엇디타 낭낭 玉픕은 들을 길 업셔. (896)

> (14) 희기 눈갓트니 西施에 後身인가
>   곱기 꼿갓트니 太眞에 넉시런가
>   至今에 雪膚花容은 너를 본가 허노라 (3327)

---

12) 高敬命의 "보거든 슬뮈거나 못보거든 닛치거나/ 제 느지 말거나 니 져를 모로거나/ 출하로 니 몬져 쥐여셔 글이게 흐리라"(『역대시조전서』 1256번)나 林悌의 "靑草 우거진 골에 자는다 누엇는다/ 紅顔을 어듸 두고 白骨만 무쳣는이/ 盞자바 勸흐리 업스니 그를 슬허 흐노라"(같은 책, 2899번)를 그 예로 들 수 있다.

(13)은 박효관과 동시대 인물인 扈錫均, (14)는 安玟英 作의 시조인데, 조선 후기 평시조에서는 비단 이 유형뿐만 아니라 '상사형' 작품 자체가 크게 증가하여 사설시조와 주제적 측면에서 유사한 면을 보인다. 평시조의 예 또한 '남성 상사형'의 증가가 조선 후기 시가의 보편적 특성임을 보여주는 근거가 된다고 할 수 있다.

우리는 지금까지 '남성 상사형'을 통해서, 여성의 도구화 양상을 보여주는 '여성 상사형' '여성 육정형' '남성 육정형'과는 달리 여성이 초점화·중심화되는 양상을 살펴 보았다. 그리고 '남성 상사형' 텍스트 작자의 대부분이 남성이라는 것도 검토하였다. 여기서 한 가지 간과할 수 없는 중요한 사실은, 여성의 중심화·초점화는 남성에 의해 획득된 것 즉 여성에 대한 남성의 인식변화를 반영한다는 점이다.

따라서 '여성의 초점화'라 해서 여성이 '주체'가 되어 중심에 서 있는 것을 의미하지는 않는다. '초점'이란 말 그대로 여러 각도에서 들어온 빛이 모이는 '점'으로 '방향성'을 내포한 말이다. 여성이 '초점화'되어 있다는 것은 여성을 '객체'로 한 他者─즉, 남성─의 관점, 방향, 의도가 내포되어 있음을 의미한다. 즉, 여성에 대한 남성의 인식태도의 변화를 반영한다. 작자를 포함하여 가집 편찬자, 唱者, 악곡 창제자, 패트런, 향유자 등 사설시조를 형성·발전시킨 주역들 대부분이 남성이라고 할 때, 여성에 대한 위와 같은 태도 변화는 곧 사설시조 담당층의 태도 변화라고 할 수 있다.

이는 애정의 담론에 대한 텍스트 내의 기대지평의 전환을 의미하는 동시에, 사회전반에 걸쳐 싹트기 시작한 다양한 변화의 한 단면으로서 여성에 대한 인식 변화가 사설시조라고 하는 문학작품에 반영된 것으로 볼 수 있다. 다시 말해 여성의 '위상' '비중' '의미'를 새롭게 인식하기 시작하는 시대적·사회적 흐름에, 사설시조 주담당층인 남성들도 편승했다고 보는 것이다. 여성에 대한 인식을 둘러싼 이같은 시대적 변화가 문학텍스트에 수렴되어 언어로 형상화된 것 중의 하나가 바로 '남성 상사형' 작품군이라고 보며,

이런 텍스트 내적·외적 변화가 '근대성'과 맞물려 있다고 보는 것이 이 글의 기본 입장이다.

한 가지 흥미로운 것은, 이처럼 여성이 남성에 의해 가치와 의미의 총체인 '님'으로 초점화되는 양상이 비단 '남성 상사형' 시가작품에만 한정되는 것이 아니라, 조선 후기에 성행한 다른 형태의 애정담론에서도 널리 발견된다는 점이다. 그 예로 조선 후기에 남성들에 의해서 지어진 것으로 '추정'되는 작자·연대 미상의 艶情小說을 들 수 있다. 「구운몽」이나 「사씨남정기」처럼 애정모티프가 2차적 주제를 이루는 작품을 제외하고 '애정실현'이 주된 주제가 되는 것만을 염정소설로 한정할 때 우리는 애정의 대상 설정에 있어 한 가지 주목할 만한 사실을 발견하게 된다. 상대 남성이 한 명인 것은 말할 나위도 없고, 상대 여성도 한 명만 설정이 되는 것이다. 즉, 一夫多妻가 가부장제의 한 면모를 드러내는 것이라면, 이같은 1:1 남녀관계는 분명 애정에 대한, 나아가서는 애정의 대상인 여성에 대한 인식이 달라진 것을 반영한다. 그리고 「옥낭자전」이나 「춘향전」에서 보듯 소설 속의 여성인물은 온갖 시련과 고통을 감내하고 극복하여 마침내 애정을 성취하게 된다. 이같은 설정이 당시 염정소설의 주된 소비자인 여성독자 확보를 위한 일종의 商術이라 할지라도 여성인식의 태도의 변화를 부정할 수는 없을 것이며, 이러한 변화가 애정에 있어서의 남녀평등이라고 하는 近代的 여성인식에 한발 다가선 것이라는 점 또한 부정할 수 없다. 그러면서도 이같은 현상이 여성에 의해 주도되는 것이 아니라, 남성에 의한 여성의 초점화를 보여준다는 점에서 조선 후기의 염정소설은 '남성 상사형' 시가 작품군과 매우 흡사하다고 할 수 있다.

한편, 여성 자신에 의한 여성의 초점화 양상은 탈춤과 같은 순수 민중예술에서 발견된다. 이는 여성들의 지위, 권리 등에 대한 여성자신의 의식변화를 수반한다. 예컨대, 봉산탈춤 <미얄과장>에서 할미가 집을 나가겠다며 재산의 분배를 요구하고[13] 영감이 잠시 쓰러져 있는 사이 그가 죽은 줄 알

고 改嫁를 희망하는 대목14) 내방가사에서 "철윤으로 타난자식 남즈여즈
드를숀가"15)라 하면서 남녀평등의식을 표출하는 대목에서 여성들 자신의
변화된 의식세계의 단면을 엿볼 수 있다. 한편 내방가사에서 남자들을 "멋
푸는치 안된남자 가소롭고 갓잔터라"16)라고 표현하는 구절을 보면 夫爲婦
綱, 男尊女卑 등으로 압축되는 남성관에 반기를 드는 여성들의 내면의식을
엿볼 수 있어, 여성에 대한 여성자신의 인식태도의 변화는, 남성에 대한 여
성의 시각변화와 동행한다는 것을 확인할 수 있다.

이처럼 여성이 가치와 의미의 중심에 위치하게 되는 현상은 사설시조에
서 보편화되고 잡가에서 극대화되면서, 근대 이후의 문학에서 '남성에 의한
여성예찬'의 主旨로 開花하는 데 토대를 마련해 준다. 우리는 이 작품들에
서 여성이 '님' '그대' '당신' '마돈나' 등으로 불리면서 남성 화자에게 있어
그리고 텍스트 의미작용에 있어 가치와 의미의 중심에 서 있는 것을 흔히
본다. 이때 여성은 숭고함, 신비함, 성스러움 등의 이미지와 연관되어 있고,
화자는 그 대상을 연모하거나 예찬하면서 때로는 지고지순한 사랑을 표현
하기도 하고 원망과 아쉬움을 드러내기도 한다.

> (15) 「마돈나」 언젠들 안 갈 수 있으랴. 갈 테면 우리가 가자, 끄을려 가지
> 말고--
> 너는 내 말을 믿는 「마리아」,-내 寢室이 復活의 洞窟임을 네야 알련만.
> …(중략)…
> 「마돈나」 별들의 웃음도 흐려지려 하고 어둔 밤 물결도 잦으려는도다.

---

13) 해당 대목을 인용해 보면 다음과 같다. "같이 버언 세간이니 세간이나 노나 가지고
헤여지자." 전경욱 역주, 『한국고전문학전집』8·민속극(고려대학교 민족문화연구
소, 1993), 177쪽.

14) 해당 대목은 다음과 같다. "(손뼉을 치며) 잘 되고 잘 되였다. 동내 방내 키크고
코큰 총각 우리 영감 내다 묻고 나하고 같이 살아 봅세." 같은 책, 179쪽.

15) <여자탄식가>, 『閨房歌辭』1(한국정신문화연구원, 1979).

16) 같은 곳.

아, 안개가 사라지기 전으로 네가 와야지. 나의 아씨여, 너를 부른다.

(16) 밤 죽엄의 검은 장막을 헤티고
아―나는 그대의 눈속에 드러라.
그대의 맑은 큰 어엽분 눈속에 안겨서
나는 그대의 世界를 엿보앗서라.

아―그대의 世界는 흰 愛와 詩의 터이다
거긔는 봄 아지랑이 어리운 벌이며
파란 풀 욱어진 白羊의 낫잠터러라. (띄어쓰기는 필자에 의한 것임)

(15)는 이상화의 <나의 침실로>17) (16)은 박종화의 <그대의 世界>18)의 일부를 인용한 것이다. (15)에서 화자는 구원과 부활을 꿈꾸며 '마돈나'를 이에 동참하는 혹은 이를 인도하는 여인의 모습으로 그려내고 있다. (16)은 '죽음'을 '그대'라고 하는 아름다운 여인으로 의인화하여 그에 대한 찬미와 동경을 표현하고 있다. 이 작품들에서 '마돈나'나 '그대'는 구원의 여인상 혹은 완벽한 세계의 상징으로서 남성에 의한 여성예찬의 전형을 보여준다.

물론 근대 이후의 문학은 서구문학의 영향을 크게 받았으므로 이같은 주지가 부각되는 데 있어서도 서구의 聖母崇拜라든가 여성예찬의 모티프가 수용되어 큰 영향을 끼쳤으리라는 것은 부인할 수 없는 사실이다. 그러나 서구의 영향이 外的인 동인으로 작용했다면, 사설시조·잡가에서 본격화되는 '남성 상사형' 텍스트는 이의 內在的 동인으로 작용했다고 보는 것이 필자의 입장이다.

---

17) ≪백조≫ 창간호, 1922.1
18) 박종화, 『黑房悲曲』(한국현대시원본전집7, 문학사상사).

4. 조선 후기 여성인식의 이중성과 그 시대적 배경

지금까지 우리는 조선 후기 '님' 담론의 제 유형 중 '여성 상사형' '여성 육정형' '남성 육정형'을 통해서 여성이 '도구화'되는 양상을, '남성 상사형'을 통해서는 여성이 '초점화·중심화'되는 양상을 살펴 보았다. 도구화된다는 것은 전통적으로 지속되어온 '힘'에 대한 여성의 예속, 가치·의미있는 것으로부터의 '소외' 나아가서는 외부에서 작용하는 어떤 힘으로 인해 여성이 주체로서 존재하는 것을 방해받는 것을 의미한다. 즉, 여성을 하나의 가치의 중심으로 인정하기를 거부하고 남성을 가치의 궁극적인 지향점으로 회귀시키는 현상이다.

한편, 여성이 초점화된다는 것은 여성이 힘·가치·의미있는 것의 변두리로부터 '중심'으로 이동하여 남성과 대등하게 가치의 영역에 존재하는 현상을 가리킨다. 그렇다고 해서 이 현상이 '님'이라고 하는 가치의 초점이 남성으로부터 여성으로 대치되는 것을 의미하지는 않는다. 이는 남성만이 의미와 가치의 중심에 위치하다가 여성도 같이 그 영역에 위치하게 되는 것을 가리킨다는 점에서 오히려 가치의 '多元化'로 이해되어야 한다. 가치의 다원화는 달리 '다맥락성'이라는 말로 대치될 수 있으며 이는 '근대성'을 규정짓는 중요한 특징으로 제시된다.[19]

신분제와 가부장제를 한국의 중세 봉건사회를 지탱하는 두 축으로, 그리고 이것이 붕괴 내지 해체되어 가는 것을 근대성의 다양한 징표 중의 하나로 이해한다면, 남성에 의한 여성의 도구화 양상은 前근대성의 한 징표로, 여성에 대한 인식변화의 결과로서 여성이 초점화되는 양상은 근대성의 한 징표로 제시될 수 있을 것이다. 이처럼 近代性과 前近代性이라는 상반된

---

19) 정호근, 「分化와 物化」, 『근대성과 한국문화의 정체성』(이명현 외 공저, 철학과 현실사, 1998), 26-27쪽. 정호근은 이전에 주어진 질서나 체계가 포기된 근대 이후의 사회에서 의미는 다차원, 非線形, 反직관, 인과적 迷路의 특성을 지닌다고 하면서 다맥락성을 근대의 기능적 分化에 의해 생겨난 것으로 규정하였다.

두 측면이 공존한다는 점이, 조선 후기 '님' 담론이 드러내는 애정의 주지의 참 면모라 하겠다.

여성인식의 변화는 위와 같은 문학텍스트뿐만 아니라 사회 전반에 걸쳐 감지되는데, 특히 여성에 대한 근대적 인식과 관련하여 가장 주목할 부분은 '東學' 교리에서 발견되는 남녀평등사상이다.[20] 최제우의 여성에 대한 인식은, 적서·반상·빈부·남녀 등에 관계없이 사람은 모두 평등하다는 사상에 뿌리를 두고 있다. 그는 특히 道를 얻음에 있어 남녀의 차별이 있을 수 없다는 것을 강조하여 당시 사회 제반 영역에서 소외되어 있던 여성들에게 깊은 관심을 기울였다. 특히 그는 남녀·신분의 고하에 관계없이 인간은 모두 평등하다는 것을 실천으로 보여주었는데, 여자 노비들을 해방시켜 한 명은 수양딸로, 한 명은 며느리로 삼은 것은 그 대표적인 예이다.[21] 최제우에게서 싹튼 남녀평등사상은 2대 교주 최시형에 이르러 "婦人小兒의 언이라도 역시 천어로 知한다"는 말로써 좀더 구체화된다. 이같은 움직임은 갑오 동학혁명시 폐정개혁안에서 '청춘과부의 改嫁'를 허용해야 한다는 실천적 개혁운동으로 개화된다.[22] '동학혁명'은 여성의 지위·가치·권익에 대한 '남성'의 시각의 변화를 보여주는 예라 한다면, 1898년 9월 8일자 皇城新聞, 同年 9월 9일자 獨立新聞에 실린 '女權通文'은 여성의 권리와 가치를 '여성' 자신의 목소리로 주장하는 예라 하겠다.

이처럼 조선 후기에는 문학내적·외적으로 여성에 대한 인식태도의 변화가 감지된다. 그러나 한편으로 가부장제에 뿌리를 내린 前近代的 여성관이 새롭게 재무장되는 양상 또한 간과할 수 없다. 조선 후기에 양반남성들에

---

20) 동학운동을 근대적 여성인식의 효시로 보는 시각으로는, 김용덕, 「여성운동의 근대화과정」, 《韓國思想》 8집, 1965; 박용옥, 「東學의 남녀평등사상」, 《歷史學報》 91집, 1981; 이현희, 『동학혁명과 민중』 제6장(대광서림, 1985); 김현옥, 「東學思想과 女性의 近代化」, 『東學思想과 東學革命』(청아출판사, 1992) 등이 있다.

21) 김현옥, 앞의 글, 192쪽.

22) 같은 글, 206-208쪽.

의해 量産된 각종 '烈女傳'의 존재가 바로 그것이다. 조선 후기 봉건적 지배이념이 동요하는 데서 위기의식을 느낀 양반들은 가문의 결속을 다지고 위계적 신분질서를 유지하기 위해 忠孝烈과 같은 유교이념을 강화하기 시작하는데, 이 중 특히 여성에게만 요구되는 '烈' 윤리는 양반 계층 내부의 혈통을 순수하게 보존하기 위한 효과적인 방편이 될 수 있었기에, 양반들에 의해 지배체제 유지를 위한 통제의 수단으로 적극 활용되었다.23) 양반 남성들이 교훈과 이념을 선전·전파하는 데 효과적인 '傳' 양식을 선택하여 자신들이 원하는 것—가부장제와 신분제의 유지—을 여성인물로 하여금 말하도록 한 것이 바로 '열녀전'인 것이다.24) 결국, 조선 후기에 쏟아져 나온 열녀전은 가부장적 가치관과 지배체제를 유지하는 도구로 여성이 이용되는 전형적인 예가 된다고 하겠다.

문학작품뿐만 아니라, 李德懋·李瀷 등 당대 선도적 지성인들이 교훈의 목적으로 여자가 지켜야 할 도리나 행실 등을 기록한 글에서도 여성에 대한 가부장적 시각을 읽을 수 있다. 이들은 '시부모에게 효순하고 가족에게 화목해야 남편에게 적합한 배필이 될 수 있다'25)고 가르치고, '여성은 음식공양과 제사·빈객을 받드는 일이나 힘써야지 글을 읽거나 바깥일에 나서면 안 된다'26)고 훈계함으로써 '順從'을 최고의 婦德으로 각인시켰다. 이런 종류의 글들은 '순종'을 여성의 덕으로 강조하고 교육으로부터 여성을 소외시킴으로써 여성의 자의식이 깨어날 수 있는 기회를 억압하는 계기를 제공했

---

23) 홍인숙, 「봉건 가부장제의 여성 재현: 조선후기 열녀전」, 《여성문학연구》 제5호, 한국여성문학학회, 2001. 8, 279쪽.

24) 같은 글, 294쪽.

25) 李德懋, 「婦儀一」, 『국역 靑莊館全書』 제30권 士小節 제6(민족문화추진회, 1989).

26) 글을 읽고 의리를 강론하는 것은 남자가 할 일이다. 부녀자는 절서에 따라 조석으로 의복·음식을 공양하는 일과 제사와 빈객을 받드는 절차가 있으니, 어느 사이에 서적을 읽을 수 있겠는가? 부녀자로서 고금의 역사를 통달하고 예의를 논설하는 자가 있으나 반드시 몸소 실천하지 못하고 폐단만 많은 것을 흔히 볼 수 있다. 李瀷, 「婦女之敎」, 『국역 星湖塞說』 제16권 人事門(민족문화추진회, 1985).

고, 남성들이 기존 가부장적 체제를 유지하고 여성을 예속화하는 데 효과적인 수단이 되었다.[27] 戒女歌類 내방가사는 남성에 의해 구축된 여성예속적 가치관을 여성의 입으로 되풀이한다는 점에서 가부장적 여성관의 연장선상에 놓인다.

이처럼 조선 후기에는 문학내적·외적으로 여성에 대한 상반된 인식태도가 공존하고 있음을 알 수 있는데, 우리는 조선 후기 '님'의 담론형태 중 '남성 상사형'을 통해서는 근대적 여성인식의 한 단면을, 나머지 세 유형을 통해서는 전근대적 인식태도가 지속되는 양상을 읽을 수 있었다. 사설시조는 이같은 시대적 특성이 집약적으로 드러나는 시가양식이라는 점에서 주목된다.

---

27) D. Cameron은 교육으로부터 여성을 배제시키는 것은, 여성들에게 '고분고분함' '체제와 권위에 순종하는 태도'를 여성적인 것으로 인식케 하고 그런 태도를 유지시키는 수단, 다시 말해 여성을 남성에게 종속시키는 가장 효과적인 수단이라 하였다. D. Cameron, 앞의 책, 147-148쪽. 이같은 견해는 서양사회를 관찰하여 얻어진 결론이지만, 조선조 여성에게도 그대로 적용될 수 있는 양상이라 할 수 있다.

제 4 부 작품론

‘公無渡河談論’의 間텍스트성 연구

1. 머리말

1.1 연구목적과 방향

주지하는 바와 같이 <공무도하가>는 우리나라 上古代 시가 중 하나로 국적과 작자 문제, 생성 시기 등 여러 면에서 수많은 논점을 지니고 있어 연구자들의 큰 관심을 받아온 작품이다. 그러나 무엇보다 이 작품이 필자의 관심을 끄는 것은, 이것이 오랜 시기에 걸쳐 수많은 시인들에 의해 수십여 편[1]의 模作을 파생시킨 일종의 ‘적층문학’이라는 점 때문이다.

모든 텍스트들은 이전에 존재했던 다른 텍스트들을 ‘전제’로 하거나 그들을 ‘수용’하거나, 그들에 ‘의존’함으로써 구체적인 모습을 갖추게 되는 것이며, 타자의 영향을 받지 않고 독자적으로 생성된 것은 단 하나도 존재하지 않는다. 이것은 모든 텍스트들의 속성이지만, 특히 어떤 텍스트의 경우는 다른 텍스트들과의 상호관련성이 더욱 뚜렷하고 복잡하게 드러나기도 한다. <공무도하>는 그 대표적인 예이다.

<공무도하> 原歌를 핵으로 하여 파생된 수많은 텍스트들은 하나의 거대

---

1) <공무도하> 작품들은 현재 알려진 것만도 57편에 달한다. 윤호진 편역, 『임이여! 하수를 건너지 마오』(보고사, 2005).

한 公無渡河 作品群을 형성하는데 이 텍스트들의 총체를 '公無渡河談論'2)으로 명명할 때, 이 거대 담론은 수많은 시인이 수많은 작품들을 통해서 자신의 목소리를 발하며 자신의 존재를 드러내는 言明의 場이 된다. 그리고 개개 텍스트들은 다른 텍스트들에 스며들어가 자신의 목소리와 입장을 표명하면서 그물의 망처럼 수직적·수평적으로 상호 밀접한 관계를 맺는 한편, 다른 텍스트 생성의 기반을 제공하기도 한다. 그러므로 '공무도하담론'은 그물망과도 같은 이러한 텍스트간 상호관련성을 면밀히 검토할 때 그 실체가 제대로 드러나게 된다.

지금까지 <공무도하가>에 대한 연구는 대부분 이 작품이 우리나라 상고대 가요 중 하나라는 사실을 논의의 출발점으로 하여, 노래와 배경설화의 내적 구조를 분석하는 연구와 생성 배경·시기·작자 등 작품을 둘러싼 외적 요인에 초점을 맞춘 연구가 주를 이루었다. 이에 비해 본 연구는 '공무도하'라는 거대담론 속에 존재하는 텍스트들 간의 관계, 즉 間텍스트성(intertextuality)에 초점을 맞춘다는 점에서 변별성을 지닌다.3)

특히 이 글에서는 수많은 파생 텍스트들 중 번역 서사물 「쟝탐뎐」에 삽입된 唐代 王叡4) 作 <공무도하>에 주목하고자 하는데, 原歌 <공무도하>

---

2) 여기서 말하는 담론이란 'discourse'의 역어로서 텍스트(text)와 구분되는 용어이다. 텍스트가 주로 문자로 '쓰여진 것'을 가리키는 반면, 담론은 '말해진 것'까지를 포괄하는 폭넓은 개념으로 사용된다. 또한 텍스트는 작자에 의해 의미가 '부여된', 말하자면 폐쇄된 구조의 성격을 띠는 반면, 담론은 청자나 독자에 의해 의미가 '발견되는' 열려진 구조의 성격을 띤다. 그러나 요근래는 이런 차이에 의미를 두지 않고 양자를 혼용하는 경우가 많다. '公無渡河談論'이라 함은, 원 <공무도하>와 같이 민간에서 '구전된 것'과 후대의 시인들에 의해 '씌여진 것'까지를 총괄하기 위해 사용한 용어이다.

3) 기존 연구의 주류를 이루는 두 관점이 각각 <공무도하가>의 텍스트 내적 특성(intratextuality)과 텍스트 외적 특성(extratextuality)의 규명에 초점을 맞춘 것이라면, 이 글은 텍스트간 특성(intertextuality)의 규명에 초점을 맞춘다고 할 수 있다.

4) 王叡에 대해서는 생몰연대 등 자세한 것은 알 수 없고 『全唐詩』에 元和(806-820) 年間 이후의 시인으로 自號가 炙轂子이며 시집 5권이 있다는 내용만 소개되어 있다.

를 始原으로 하여 이 작품이 생성되기까지의 적층적 과정에 개입되어 있는 수많은 텍스트들간의 상호관련성을 규명하는 데 1차적 목표를 둔다. 「쟝탐뎐」에 삽입된 <공무도하>에 초점을 맞추는 것은, 이 작품이 <공무도하> 原歌와 그 배경설화, 그리고 이 民歌가 악부로 채택되어 궁중이나 사대부들의 연회석상에서 불렸다고 하는 텍스트 외적 요소 등 <공무도하가>를 둘러싼 다양한 요소들을 직·간접으로 반영하고 있기 때문이다. 다시 말해 「쟝탐뎐」에는 1500여 년5)에 걸쳐 형성된 ‘공무도하담론’의 공통된 적층요소, 예를 들어 ‘물’ ‘溺死’ ‘공후’라는 악기 등의 요소가 집약적으로 담겨 있어, 수많은 공무도하가 개별담론들의 총체라 할 ‘공무도하담론’을 입체적으로 조명하는 데 효과적이기 때문이다. 또한, 「쟝탐뎐」 <공무도하>의 생성기반을 검토함으로써 <공무도하> 원가에 대한 이해가 심화될 수 있을 것으로 기대하기 때문이다.

이 글에서는 다양한 맥락 속의 ‘公無渡河歌’가 언급될 것이므로 각각에 대한 구분이 필요하다. 原歌 <公無渡河>는 ‘原歌’로, 『太平廣記』 「蔣琛」에 삽입된 것은 한자 표기 <公無渡河歌>로, 『태평광기언해』 「쟝탐뎐」에 삽입된 것은 한글 표기 <공무도하>6)로, 그리고 여러 시인들에 의한 模作의 경우는 해당 시인의 이름을 붙여 王叡作 <公無渡河>와 같은 방식으로 구분하기로 한다.

『전당시』에는 <公無渡河>를 비롯하여 <松> <竹> <解昭君怨> <祠漁山神女歌> 2수 <牧丹> <秋> <燕> 등 총 9수가 실려 있다.

5) 공무도하 원가가 만들어진 것으로 추정되는 1세기로부터 「쟝탐뎐」으로 언해가 이루어진 16세기까지의 시간을 말한 것이다.

6) 『太平廣記』 「蔣琛」에는 ‘公無渡河歌’로 되어 있고, 언해 「쟝탐뎐」에는 ‘공무도하’로 되어 있어 각각의 맥락에 따라 이를 달리 표기하였다.

1.2 「蔣琛」과 「쟝탐뎐」에 대한 개괄적 이해

「쟝탐뎐」은 『太平廣記』 제309권 '神19'에 실려 있는 「蔣琛」을 언해한 것의 題名이다. 이 작품은 雪郡 사람 장침이 자신이 살려 준 거북이의 報應으로 위험을 피하고, 괴이한 형상을 한 바다 짐승들과, 屈原을 비롯 물에 빠져 죽거나 물과 관련이 깊은 인물들의 혼령이 모여 잔치를 벌이는 기이한 광경을 목격하게 된다는 이야기이다. 이 작품은 주인공에게 은혜를 입은 동물이 그 은혜를 갚는다는 줄거리로 되어 있다는 점에서 '동물보은담'에 속한다. 그리고 장침이 경험한 괴이한 광경에 대한 서술이라는 점에서 '목격담'의 속성을 띠기도 한다. 서사 갈래상으로 보면 인간과 水神, 鬼神 등 경계를 달리하는 존재들이 뒤섞여 이야기를 전개한다는 점에서 '志怪'와 '傳奇'의 속성을 모두 지닌 작품으로 분류될 수 있다.[7]

이 작품은 원래 唐 薛用弱이 撰한 志怪風 傳奇集인 『集異記』[8]에 실려 있었는데, 후에 『太平廣記』에 재수록됨으로써[9] 널리 알려지게 되었다. 『태평광기』는 宋代 이전의 野史, 傳奇, 傳記, 小說의 諸家를 모아 집대성한 것으로 977년 칙명을 받아 李昉 등의 감수하에 찬집이 이루어져 981년 완성되었다. 이 책이 국내에 언제 유입되었는지는 정확치 않으나 高宗朝(1214-1259)에 翰林諸儒에 의해 지어진 <翰林別曲>에 書名이 등장하는 것으로

---

7) 『집이기』에는 지괴성을 띤 작품과 전기성을 띤 작품이 섞여 있어 志怪性 傳奇集 혹은 志怪風 傳奇集으로 규정될 수 있다. 전인초, 『唐代小說硏究』(연세대출판부, 2008), 94-95쪽. 131쪽. 315-318쪽.

8) 薛用弱의 생몰연대는 확실하지 않으나 字는 中勝으로 河南人이며 長慶(821-824), 太和(827-835)年間을 전후한 시기에 활동한 사람이다. 『집이기』는 唐 穆宗 장경 연간에 지어진 것으로 추정된다. 전인초, 위의 책, 106쪽. 240쪽.

9) 『太平廣記』「蔣琛」 끝부분에 보면 "出集異記"라 명시되어 있으나, 『四庫全書』의 『집이기』에는 이 작품은 실려 있지 않다. 최근 中華書局에서 출판한 補編은 『태평광기』에서 취한 고사 72편을 싣고 있다. 언해본 「쟝탐뎐」은 『집이기』가 아닌 『태평광기』 수록 작품을 저본으로 하여 번역한 것인 만큼, 본 연구도 『태평광기』 309권에 수록된 「蔣琛」을 대상으로 한다.

보아 고려 고종 이전에 이미 유입되었을 것으로 추정된다. 그 후 조선조 太宗 때 재차 유입된 기록이 『太平廣記詳節』 서문에 보인다. 『태평광기상절』은 『태평광기』의 규모가 너무 방대하여 1460년 成任의 주도하에 이를 143개 항목 843편의 작품으로 축약하여 간행한 것이다. 「蔣琛」은 『太平廣記詳節』[10) 권28에 실려 있다. 『太平廣記諺解』는 譯者와 번역시기가 미상인데 대략 1566년에서 1608년 사이에 번역이 이루어진 것으로 추정된다. 『태평광기』에 수록된 작품들은 「蔣琛」처럼 주인공 이름으로 제목을 삼는 경우가 많은데, 언해본의 경우는 여기에 ‘傳’을 넣어 「-뎐」으로 제목을 붙인다. 『태평광기언해』는 覓南本과 樂善齋本이 전해지는데 전자는 5권 5책, 후자는 9권9책으로 되어 있다. 이 글의 논의 대상이 되는 「쟝탐뎐」은 覓南本 卷三과 樂善齋本 卷二에 모두 수록되어 있다.[11) 이 글에서는 樂善齋本을 대상으로 하였다.[12)

2. ‘公無渡河談論’ 생성의 토대로서의 間텍스트성

2.1 間텍스트·間텍스트성

‘間텍스트성’은 intertextuality의 역어로서 달리 ‘상호텍스트성’이라고도 하는데, 이 용어는 크리스테바가 바흐친의 대화이론을 소개하면서 사용한 말이다. 바흐친의 대화이론이 주로 선행하는 담론과의 수직적 관계에 초점을 맞추고 있는 반면, 크리스테바는 동시대적인 담론과의 수평적 관계, 나

---

10) 成任 編, 『譯註 太平廣記詳節』(김장환·박재연·이내종 譯注, 학고방, 2005).

11) 이상 『태평광기』의 간행, 국내유입, 번역시기, 언해본 등에 관한 것은 민관동, 『中國古典小說史料叢考(韓國篇)』(아세아문화사, 2001), 27-31쪽. 121-122쪽; 윤하병, 「『太平廣記』로부터 諺解本 『태평광기』 성립에 관하여」, 『譯註 古典小說 太平廣記 作品選』(국학자료원, 1996) 참조.

12) 『太平廣記諺解』(樂善齋本) 2卷(書光出版社, 1990).

아가 문학과 문학 이외의 영역의 관계로까지 논의를 확대하여 바흐친의 이론을 새롭게 재해석했다. 간텍스트성이라는 용어는 그 개념이나 적용범주 등 여러 면에서 이론가들마다 각각 상이하게 사용되고 있는데, 공통적인 것은 주어진 어느 한 텍스트가 통시적·공시적으로 다른 텍스트와 맺고 있는 상호관계를 가리킨다는 점이다. 바꿔 말하면, 이 용어는 공통적으로 어떤 텍스트가 자신의 존재 및 의미를 다른 텍스트들에 의존하는 현상을 가리키는 데 사용된다는 것이다. 한편 '間텍스트'(intertext)는 보통 어떤 텍스트 안에 잠복되어 있는 텍스트13)를 가리키는데, 이를 한 텍스트의 생성 문제와 관련지어 보면 어떤 텍스트의 성립에 직·간접, 통시적·공시적으로 간여하는 모든 텍스트들을 가리킨다. 고전소설 「육미당기」를 예로 들면, 『석가여래십지수행기』의 「선우태자전」, 이 작품이 소설로 정착된 「적성의전」를 비롯하여, 석가의 전생담 모두가 「육미당기」 형성에 있어 간텍스트로 간주될 수 있는 것이다.

그런데 어떤 텍스트가 다른 텍스트와 간텍스트적 관계에 놓여 있다는 사실을 인지하는 것은 그렇게 간단한 문제가 아니다. 주어진 텍스트 안에 다른 텍스트가 인용문이나 언급의 형태를 통해 명시적으로 드러나는 경우도 있지만, 패러디나 아이러니, 模作, 표절 등의 방식을 통해 암시적으로 드러나는 경우도 있기 때문이다.14) 하지만 우리는 어떤 텍스트가 제목이나 주제, 내용, 소재, 모티프 등 텍스트 구성 요소들의 사용에 있어 기존의 다른 텍스트들의 그것을 동일하거나 비슷하게 되풀이할 경우 두 텍스트는 간텍스트적 관계에 놓여 있다는 것을 어느 정도 파악할 수 있다. 즉, 어떤 요소의 '반복'은 간텍스트성의 징표로 제시될 수 있는 것이다. 반복의 양상은 보

---

13) Robert Scholes, *Semiotics and Interpretation* (New Haven: Yale University Press, 1982), p.145.

14) Thomas A. Sebeok, *Encyclopedic Dictionary of Semiotics* (New York: Mouton de Gruyter, 1986), intertextuality.

통 인용·모방·언급 등의 형태로 구현되는데, 필자는 여기에 ‘번역’의 형태를 추가하고자 한다. 보통 번역이란 ‘하나의 언어·문화체계를 또 다른 언어·문화체계로 轉移하는, 제한과 법칙이 있는 활동’15)혹은 ‘동일한 기호내용－시니피에－을 유지시키면서 기호표현－시니피앙－을 바꾸는 것’16)으로 정의된다. 번역은 그에 선행하는 原 텍스트의 기호내용을 되풀이하지만 기호표현을 다양하게 변형시킴으로써 원 텍스트에는 없는 새로운 요소가 부가될 수 있다. 그러므로 원 텍스트와 번역 텍스트는 동일하면서 동일하지 않다고 하는 아이러니를 내포한다. 모든 텍스트는 정도의 차이는 있지만 어떤 식으로든 기존의 혹은 동시대적인 다른 텍스트와 공유하는 부분을 지닌다고 할 때, ‘번역’의 경우 반복의 정도 혹은 공유하는 부분이 다른 형태에 비해 훨씬 크다는 특징이 있는 것이다.

한편 새롭게 생산되는 텍스트는 공통의 기반 혹은 반복요소들에 ‘변형’을 가함으로써 간텍스트들과 자신을 변별시키는데, 변형의 방법으로는 대치, 첨가, 확장, 축약, 구체화, 평가, 요약, 잉여요소의 생략, 텍스트 요소의 재배치 등을 들 수 있다.17) 간텍스트 및 간텍스트성 이론에 근거할 때, <公無渡河歌> 原歌를 비롯하여 왕예의 작품,『태평광기』「蔣琛」 등은 물론, 蔡邕·孔衍·崔豹 등에 의해 기록된 배경설화들이나 왕예 이외의 시인들에 의해 지어진 수많은 ‘공무도하’ 또는 ‘공후인’ 작품들 또한 「쟝탐뎐」의 <공무도하>의 생성의 직·간접 혹은 명시적·암시적 간텍스트들이 된다고 할 수 있다.

---

15) 최현무, 「문학작품 번역의 몇 가지 문제점: 한국문학의 불어번역을 중심으로」, ≪번역연구≫ 4집, 1996. 15쪽.

16) Marianne Lederer, 『번역의 오늘』(전성기 옮김, 고려대학교출판부, 2001), 60쪽.

17) 이 방법들에 대해서는 Gőtz Wienold의 견해를 참고함. Gőtz Wienold, "Some Basic Aspects of Text Processing," *Poetics Today* vol.2 No.4, 1981, pp.104-105.

2.2 〈공무도하〉 생성 과정 설명을 위한 모델

「장탐뎐」의 〈공무도하〉가 생성되는 과정은 다음과 같은 모델로 설명될 수 있다.

(모델1)
(1) 최초의 〈公無渡河歌〉 → (2)王叡作 〈公無渡河〉 → (3)〈公無渡河歌〉 (「蔣琛」) → (4)〈공무도하〉(「장탐뎐」)

곽리자고의 아내 麗玉이 지은 〈공무도하〉 원가를 모방하여 후대에 수많은 악부시가 지어졌는데, 그 모방작들 중 하나인 왕예의 작품이 唐代의 志怪性 傳奇作品 「蔣琛」에 삽입되었고 다시 이를 번역하여 「장탐뎐」이라는 텍스트가 출현하였다. 이 과정은 「장탐뎐」의 〈공무도하〉의 생성 과정을 시간적 선후 관계에 입각하여 단순 명료하게 보여 준다는 장점은 있으나 〈공무도하〉와 간텍스트들의 관계를 일직선상의 인과관계로 파악함으로써 명시되지 않은 수많은 간텍스트들을 누락시키는 단점을 지닌다. 이는 다음과 같은 모델로 수정될 수 있다.

(모델2)
(1) → (1 + 2) → (1 + 2 + 3) → (1 + 2 + 3 + 4)

이 모델은 간텍스트의 적층성이 고려되었다는 점에서 (모델1)보다 진전된 것이지만 수직적·통시적 측면만이 반영되었을 뿐 수평적·공시적 측면은 고려되지 않은 단점을 지니고 있다. 그러므로 이는 다시 다음과 같은 모델로 수정될 수 있다.

(모델3)
(1) 최초의 〈公無渡河歌〉　　──── ① 公無渡河 배경설화
　　　　　　↓ (모방)

(2) 王叡作 <公無渡河> —— ② 왕예 이외 여타 시인들의 공무도하 작품들
↓(인용)
(3)「蔣琛」의 <公無渡河歌> —— ③ <公無渡河歌> 이외의 삽입시가
↓(번역)
(4)「쟝탐뎐」의 <공무도하> —— ④ <공무도하> 이외의 삽입시가

(1)을 출발점으로 하여「쟝탐뎐」의 <공무도하>가 생성되는 과정은 (1) →{(1)+①} →(2) →{(2)+②} →(3) →{(3)+③} →(4)로 나타낼 수 있다. 여기서 (1)(2)(3)은 <공무도하> 생성에 직접적 토대가 되는 것들로서 시간적 순차에 의한 것이기에 수직적·통시적 성격을 띠는 간텍스트들이고, ①②③은 간접적 토대가 되는 것들로서 수평적·공시적 성격을 띠는 간텍스트들이다. 이처럼 (모델3)은 앞의 두 모델의 내용을 모두 포괄하는 것으로, 최종 텍스트인「쟝탐뎐」<공무도하>에는 (1)+(2)+(3) 및 ①+②+③의 적층적 요소가 모두 내재해 있음을 보여 준다. ①의 경우 채옹, 공연, 최표 순으로 시간적 선후관계에 놓여 있고, ②의 경우 여타 시인들의 공무도하 작품들 간에도 시간적 선후가 있지만,「쟝탐뎐」<공무도하>의 간텍스트로 작용한다는 점에서 그 시간적 선후관계는 변별성을 지니지 않는다.

(1)을 간텍스트로 하여 (2)가 생성되는 과정은 '모방'의 형태를 띠며, (1+2)를 토대로 (3)이 생성되는 과정은 '인용'의 형태를 띤다.「蔣琛」이라는 서사체 안에 포함되어 있는 왕예의 <公無渡河>는 여러 작품들 중 '선택'되어 서정시로서 '삽입'되는 양상을 띠는데, 삽입은 넓은 의미에서 인용의 한 방식이라 할 수 있는 것이다. (3)을 토대로 (4)가 생성되는 과정은 '번역'의 형태를 띠며, (4)는 (3)의 의미내용을 동일하게 유지하되 (3)의 일부를 생략하기도 하고 다른 어휘로 대치하기도 하면서 (3)과는 다른 별도의 텍스트로 존재하게 된다. 그러면, (모델3)에 근거하여「쟝탐뎐」<공무도하>가 생성되기까지의 구체적 과정을 검토해 보기로 한다.

3. 〈공무도하〉의 생성 과정

3.1 〈공무도하〉 原歌와 배경설화

우리나라 상고대 시가 중 하나로 일컬어지는 〈公無渡河歌〉는 4言4句로 된 짧은 노래다. 이 노래가 만들어지게 된 배경과 유래는 다양한 문헌기록을 통해 전해지지만 王叡의 활동 시기 그리고 『集異記』의 찬술 시기인 長慶(821-824)연간 무렵까지의 기록[18]으로는 蔡邕(133-192)의 『琴操』, 孔衍(260-320)의 『琴操』, 荀勖(265-289)의 『太樂歌詞』, 崔豹[19]의 『古今注』, 任昉(460-508)의 『文章緣起』, 歐陽詢(557-641)의 『藝文類聚』, 虞世南(558-638)의 『北堂書鈔』 등을 들 수 있다.[20] 이 중 최표의 『고금주』에 의거하여 話素를 순차적으로 나열해 보면 다음과 같다.

(1) 공후인은 朝鮮津卒 곽리자고의 아내가 지은 것이다.
(2) 자고가 아침 일찍 일어나 배를 수리하고 있었다.
(3) 그때 흰머리를 한 미친 사람이 머리를 풀어헤치고 병을 들고 거센 물결을 건너가려 하고 있었다.
(4) 그의 아내가 따라와 부르짖으며 만류하였으나 미치지 못했다.
(5) 그는 드디어 물에 빠져 죽고 말았다.
(6) 이에 그의 아내는 공후를 당겨 연주하면서 공무도하라는 노래를 지었는데, 그 노래가 매우 처량하고 서글펐다.

---

18) 「장침」의 삽입가 〈공무도하〉를 지은 王叡에 대해서는 정확히 알 수 없으나 대략 唐 元和(806-820) 년간 이후에 활동한 것으로 알려져 있다. 그리고 「장침」의 작자인 薛用弱의 생몰연대 또한 확실하지 않으나 대략 長慶(821-824)에서 太和(827-835)年間을 전후한 시기에 활동한 것으로 알려져 있다(전인초, 앞의 책, 240쪽). 그러므로 왕예와 설용약은 거의 같은 시기에 활동한 인물들이라 할 수 있고, 이들이 접했을 〈公無渡河歌〉 및 그 배경설화 기록은 唐代의 것까지로 한정될 수밖에 없다.

19) 최표의 정확한 생몰연대는 알 수 없고 대략 西晉 惠帝(290-306) 때 활약한 인물로 알려져 있다.

20) 이상 '공무도하' 배경설화에 대한 기록은 윤호진(편역), 앞의 책에 의거하였음.

(7) 곡을 마치자 그 아내도 스스로 하수에 몸을 던져 죽었다.

(8) 자고가 돌아와 그 노래를 아내 麗玉에게 말해 주었다.

(9) 여옥이 가슴아파하면서 공후를 당겨 그 소리를 그려 옮기니 듣는 이가 눈물을 흘리며 울음을 삼키지 않는 사람이 없었다.

(10) 여옥이 그 노래를 이웃 여인 麗容에게 전하고 ‘箜篌引’이라 이름하였다.

『고금주』나 『금조』에는 배경설화만 기록되어 있을 뿐 가사가 전하지 않고 송대 郭茂倩이 지은 『樂府詩集』 26卷 「相和歌辭」에 가사가 전한다. 그 노래는 “公無渡河 公竟渡河 墮河而死 當奈公何”(그대 강을 건너지 마오/ 그대는 그예 강을 건너다/ 강물에 빠져 죽었으니/ 장차 이 님을 어찌할거나)라는 단순한 내용으로 되어 있다. 위 배경설화에 의거해 볼 때 <公無渡河>는 노랫말상의 명칭이고 <箜篌引>은 음악상의 명칭임을 알 수 있다. 그리고 원래 민간에서 우리말로 불리면서 유포되다가 樂府에 올려지면서 漢譯된 것으로 추정할 수 있다. <공후인>은 漢代 이후 나라의 의식이나 宴享 때 實演된 궁중악으로 취택된 까닭에 역대 여러 樂府集에 실려 전할 수 있었다.[21]

후대의 많은 시인들은 이를 모방하여 ‘公無渡河’ 혹은 ‘箜篌引’이라는 제목으로 시를 지었는데, 전자는 노랫말상의 명칭이고 후자는 음악상의 명칭이지만 문인들에 의해 模擬된 시들은 더 이상 음악에 수반되는 ‘노랫말’이 아니므로 후대의 모의작들에서 이 구분은 사실상 의미가 없다. 후대의 작품들의 내용을 검토해 보면 그 작품들이 의존하고 있는 것은 <공무도하> ‘原歌’가 아니라, 원가를 포함하는 ‘배경설화’라는 것을 알게 된다. 예를 들어 李白의 <公無渡河>를 보면,

被髮之叟狂而癡　　머리를 풀어헤친 늙은이 미치고 어리석어
淸晨臨流欲奚爲　　맑은 새벽에 어쩌자고 강물을 건넜는가?

---

21) 유종국, 「<公無渡河歌>論」, ≪국어문학≫ 37집, 2002, 204쪽.

傍人不惜妻止之　　곁의 사람은 애석해 하지 않았지만 아내는 만류하고
公無渡河苦渡之　　그대는 강물을 건너지 말라 했건만 그예 건너 버렸네.

(『李太白集』卷二, 「樂府」)

라는 구절이 있는데, 원가에 의거하면 시적 화자는 아내이므로 1인칭 시점에서 노래가 전개되어야 한다. 그런데 이백의 시구에서는 '아내'로 표현하고 있어, 제3자의 시점에서 그 사건을 서술한다는 것을 알 수 있다. 이백의 경우 화소 중 (3)과 (4)를 취하여 시구의 일부로 편입시키고 있는 것이다. 또한 물에 빠져 죽은 사람이 '被髮'의 형상을 한 미친 늙은이라는 정보는 '歌'가 아닌, 배경설화에서 취한 것이다. 이런 양상은 비단 이백의 예에만 한정되지 않고 대부분의 模擬 樂府詩에 해당된다. 그 안에 <공무도하> 원가를 포함하면서, 노래의 유래를 설명하는 외부 이야기를 '公無渡河譚'[22]이라 할 때, 왕예를 비롯 후대의 많은 모의 악부시들, 그리고 「쟝탐뎐」의 <공무도하> 생성에 있어 최초의 간텍스트로 작용하는 것은 바로 '공무도하담'이라 할 수 있는 것이다. 모든 공무도하담은 그 안에 직·간접으로 <공무도하> 원가를 포함한다.

3.2 王叡作 〈公無渡河〉

3.2.1 '公無渡河譚'과의 수직적 간텍스트성

앞서 언급한 것처럼 王叡와 동시대 혹은 그 이전까지의 공무도하담에 관한 기록은 7종류가 있다. 이 중 왕예가 접했을 공무도하담을 X, 그 이외의 것을 X′라 할 때 X는 물론, 그가 직접 접하지 않은 X′도 왕예작 <公無渡河>의 간텍스트가 된다. 왜냐하면 그가 직접 접하지는 않았다 해도 몇

---

22) 여기서 '談' 대신 '譚'이라는 글자를 사용한 것은 공무도하 작품군을 가리키는 거대 담론으로서의 '公無渡河談論'의 '談論'(discourse)과 구분하기 위해서이다. '公無渡河譚'은 '原歌 公無渡河+배경설화'를 가리킨다.

단계를 거쳐 간접적으로 그의 정보체계 속으로 들어와 있었을 가능성을 배제할 수 없기 때문이다. 특히 X와 X′는 상호 밀접하게 얽혀 있으므로 왕예가 X를 통해 X′를 간접적으로 수용했을 가능성이 크다고 본다. 다시 말해 X·X′와 왕예작 <公無渡河> 사이에는 수직적 간텍스트성이 형성된다. 그리고 그 간텍스트성은 ‘모방’의 방식에 의해 구현된다. 왕예의 <공무도하>는 원가를 모방한 수많은 樂府詩들 중 하나로, 樂府란 원래 前漢 武帝가 창설한 음악을 관장하는 관서 이름이었는데 후에는 악부에서 채집한 민간의 가요를 가리키는 말로 사용되기에 이른다. 『漢書』「禮樂志」에는 악부에서 하는 일로 각 지방의 民歌를 채집하여 악기의 가락에 들어맞게 다듬어 연주하였다는 내용이 있는데 이로 미루어 볼 때, 원래의 악부는 악기반주를 수반하는 음악이었음을 알 수 있다. 악부에서 채집한 민간가요는 궁중뿐만 아니라, 귀족 사대부 집안에까지도 俗樂이 크게 유행하는 계기가 되었다. 이 악부에서 채집되고 제작된 시가 또는 그것들의 模作들을 악부 또는 악부시라 부르는데, 이처럼 악부시는 궁중에서 사용된 樂歌와 당시의 民歌, 그리고 후대 문인들이 이를 모방하여 지은 민요풍의 작품까지를 총칭하는 말로 사용된다. 이 중 궁중악과 민가는 음악으로 연주된 것이지만, 후대 시인들에 의해 모방된 작품들은 더 이상 음악으로 연주되지는 않으면서 종래의 악곡 이름으로 제목을 삼는 양상을 보인다.

악부시의 模擬는 題名, 樂曲, 歌辭의 세 방면에서 생각해 볼 수 있는데, 이 중 한 가지나 두 가지 또는 세 가지 전부에 걸쳐 모의가 이루어진다. 모의의 정도나 성격은 작품에 따라 다르며 이때의 모의는 詩作의 한 방편으로 이해되어야 한다.[23] <공무도하가>의 경우 후대의 모방작들은 제목에 따라 ‘公無渡河’ ‘箜篌引’ ‘箜篌謠’로 대별되고, 가사의 내용에 따라 물에 빠져 죽은 님에 대한 안타까운 심정을 노래한 것, 酒樂을 베풀고 잔치를

---

23) 김학주, 『중국문학개론』(신아사, 1992·2003), 55쪽.

벌이는 장면을 노래한 것, 그리고 세태에 대한 한탄과 교훈을 말하는 것으로 대별된다. 전부 다 그런 것은 아니지만, 대개 '공무도하'라는 제목이 붙은 것은 세 가지 가사 유형 중 '溺死'와, '공후인'이라는 제목이 붙은 것은 '잔치'와, 그리고 '공후요'라는 제목이 붙은 것은 '세태풍자 및 교훈'과 관계가 깊다.

예를 들어 曹植(192-232)의 <箜篌引>의 경우 문학상의 제목은 <置酒>로 벗과 함께 성대한 연회를 벌이고 즐기는 장면을 노래한 것이며, 무명씨의 <공후요>는 세태풍자와 교훈의 내용을 서술한 것이다. 李賀의 <箜篌引>처럼 가사 내용은 '溺死'에 관한 것이면서 '공후인'이라는 제목이 붙은 경우는 대개 '一曰公無渡河'라는 별도의 제목이 제시된다. 후대 모방작들 중 '공무도하'계는 제목과 노랫말에 있어 '공무도하담'과 간텍스트적 관계를 맺고 있고, '공후인'계는 제목상으로만 간텍스트적 관계에 놓인다고 할 수 있다. '제목'은 텍스트 전체를 총괄하는 대표성을 지니므로, 텍스트의 다른 어떤 부분보다도 간텍스트성을 인지함에 있어 뚜렷한 징표가 된다.24) 그러나 '공후요'계는 나머지 둘과는 성격이 약간 다르다. 공무도하담을 보면 '공무도하가'와 '공후인'의 두 제목이 나타나 있지만 '공후요'라는 제목은 나타나 있지 않다. 공통되는 것은 '箜篌'라는 악기이름뿐이다. 그러므로 엄밀히 말해 '공후요'계는 최초의 공무도하가 및 공무도하담과 제목상으로든 가사 내용상으로든 직접적인 간텍스트적 관계에 놓인다고 할 수 없다. 그러나 공무도하담의 내용에서 '공후'라는 악기가 등장하고 있으므로 간접적으로 간텍스트적 관계에 놓인다고 말할 수 있다. 왕예의 <공무도하>는 제목과 가사 내용, 주제 모든 면에서 공무도하가 원가 및 공무도하담과 간텍스트적

---

24) Wolfgang Karrer, "Titles and Mottoes as Intertextual Devices," *Intertextuality*, ed. Heinrich F. Plett(Berlin: Walter de Gruyter, 1991), p.123. 최근 제목의 간텍스트성은 특별한 주목을 받아 標題學(titrology)이라는 신조어까지 등장하였다. 같은 글, p.122.

관계에 놓인다.

　'溺死'를 주된 모티프로 하는 '공무도하'계의 경우 노랫말의 원천이 되는 소재가 單一한 것과 複數인 것으로 나누어진다. 「蔣琛」에 삽입된 11편의 詩歌 중 하나인 <公無渡河>는 唐代의 시인 王叡의 작품으로, 『全唐詩』와 송대 郭茂倩이 편찬한 『樂府詩集』에 실려 전한다. 『全唐詩』[25)]에 실려 있는 것을 인용해 보면 다음과 같다.

濁波洋洋兮凝曉霧	흐린 물결 출렁이어 새벽 안개 자욱하고
公無渡河兮公竟[26)]渡	님은 강물을 건너지 말아야 하거늘 끝내 건너갔네
風號水激兮呼不聞	바람 불어 물결 거세니 님은 불러도 듣지 못하여
提壺看入兮中流去	병을 들고 바라보다 강물 속으로 들어갔네
浪擺衣裳兮隨步沒	물결은 옷을 휘감으며 걸음 따라 님을 삼키니
沈屍深入兮蛟螭窟	물에 잠긴 시체는 깊숙이 蛟龍의 소굴로 들어갔네
蛟螭盡醉兮君血乾	교룡은 님의 피 죄다 빨아 마셔 흠뻑 취하고
推出黃沙兮泛君骨	님의 뼈를 누런 모래로 밀쳐내 떠오르게 했네
當時君死妾何適	이제 그대가 죽었으니 나는 어디로 가야 할까
遂就波濤合魂魄	마침내 일렁이는 파도로 뛰어들어 님의 혼백과 만나야 겠네
願持精衛銜石心	精衛가 돌을 입에 물어 날랐던 마음으로
窮取河源塞泉脈	강물의 근원을 샅샅이 찾아내 그 水脈을 메우고 싶네

　총 12구로 되어 있는 이 작품은 노랫말 소재의 원천이 複數라는 점에 그 특징이 있다. 즉, 1-10구까지는 '公無渡河譚'을, 11-12구는 精衛鳥 전설을 소재로 하고 있는 것이다. 精衛鳥는 접동새, 불여귀, 촉조, 귀촉도, 두견 등 다양한 이름으로 불리는데 炎帝의 딸이 바다에 빠져 죽어 그 넋이 화하여 되었다는 冤禽이다. 『山海經』 「北山經」에 의하면 '이 새는 본래

---

25) 淸·彭定求 編, 『欽定全唐詩』 19卷(上海: 同文書局, 1887).
26) 『樂府詩集』에는 '苦'로 되어 있다.

염제의 어린 딸로 이름을 여왜라고 하였다. 여왜는 동해에서 노닐다가 물에 빠져 돌아오지 못하고 정위가 되어 늘 서쪽 산의 나무와 돌을 물어다가 동해를 메운다'고 하였다.[27] 공무도하담이나 정위조 전설이나 모두 물에 빠져 죽은 魂魄과 관련이 있는 것이므로 두 소재가 서로 조합을 이루어 이 <공무도하> 작품을 구성하고 있는 것이다. 이런 예는 비단 왕예의 작품에 국한되지 않고 다른 시인들의 경우에도 더러 발견된다. 劉孝威의 <公無渡河>도 두 소재의 조합으로 노랫말이 구성되어 있다.

왕예의 <公無渡河>는 제목과 주제 면에서 原歌의 요소를 모방·반복하는 한편, 전체적으로 첨가와 구체화에 의한 변형이 이루어지고 있음을 발견하게 된다. 1구는 사건이 일어난 시간적 배경을 서술하고 있는데 이는 '공무도하담' 화소(2)에 해당하며 화소(2)의 '새벽'에 대한 구체화가 이루어져 있다. 2구 또한 화소(3)의 '거센 물결'을 구체화하고 있다. 5구-8구는 화소(5)를 구체화하면서 '교룡'이라는 요소를 첨가하고 있다. 이밖에 11구-12구에서도 '정위조 전설'이 첨가되어 있다. 그리고 9구와 10구는 화소(7)을 詩化한 것이다. 결국 이 작품은 '공무도하담'과 <공무도하> 원가의 내용을 충실히 모방하고 첨가와 구체화라는 변형을 가하여 님의 죽음에 따른 비애감을 심화했다고 할 수 있다.

3.2.2 여타 〈公無渡河〉模作들과의 수평적 간텍스트성

후대의 텍스트들이 취하고 있는 '공무도하' 또는 '공후인'이라는 제목은 이들이 공통의 간텍스트를 지닌다는 것을 말해주는 근거가 된다. 다시 말해 동일한 제목을 되풀이하여 사용하는 것은 이들이 수평적인 간텍스트적 관계에 놓여 있음을 말해 주는 징표가 된다. '공무도하'를 제목으로 하는 작품들은 대개 누군가가 물에 빠져 죽은 것을 소재로 하여 비탄의 어조로 그

---

27) 『山海經』(정재서 譯註, 민음사, 1985·2007), 133-134쪽.

사건을 노래한다는 공통점을 지닌다. 이들 후대의 모방작들은 제목, 가사의 내용, 주제, 그리고 미의식 면에서 原歌 및 공무도하담의 요소를 되풀이하고 있어 원가에 대해서는 수직적 간텍스트성을 형성하고 있지만, 모두 「蔣琰」,<公無渡河歌>의 간텍스트가 된다는 점에서 이들 사이에는 수평적 간텍스트성이 성립된다고 할 수 있다.28)

　‘溺死’의 모티프를 담고 있는 <공무도하> 제목의 모작들 중 複數의 소재를 지닌 것으로는 王叡와 劉孝威처럼 ‘공무도하담’에 精衛鳥 전설을 부가하는 것 외에도 ‘禹 임금의 治水’를 부가하는 것도 있다. 그 대표적인 예로 李白의 <公無渡河>와 宋代 楊冠卿의 <公無渡河 幷引>을 들 수 있다.

3.3 「蔣琰」의 〈公無渡河歌〉

3.3.1 王叡作 〈公無渡河〉와의 수직적 간텍스트성

　「蔣琰」에는 <公無渡河歌>라는 이름의 시가가 삽입되어 작품의 일부를 구성하는데, 이 과정은 原歌를 모방한 여러 ‘공무도하’ 작품들 가운데 왕예의 것을 ‘선택’하여 「장침」이라는 서사맥락에 ‘인용’하는 양상으로 구현된다. 兩者는 시간적 先後가 있고 따라서 왕예작 <공무도하>와 「蔣琰」,<公無渡河> 사이에는 수직적 간텍스트성이 형성된다고 할 수 있다. 이 둘은 같은 사람에 의해 지어진 같은 작품이지만 왕예작으로 명시되어『전당시』나『악부시집』에 수록되는 경우와, 「장침」이라는 서사체의 일부로 삽입된 경우는 엄밀히 말해 동일한 작품이라 할 수 없다. 「장침」의 작자 薛用弱이 수많은 노래들 중 <공무도하가>를 선택하여 삽입한 이유는 이 노래에는 ‘公無渡河談論’의 적층적 요소, 예를 들어 ‘물’ ‘溺死’ ‘공후’라는 악기, ‘宴會’29) 등의 요소가 집약적으로 담겨 있어 연회가 벌어지는 공간, 술·音樂

---

28) 그러나 후대의 모방작들 중에서 李白이나 李賀의 작품처럼 왕예의 <공무도하>에 시간적으로 앞서는 것은 왕예 작품의 생성에 있어 간텍스트가 된다고 할 수 있다.

등 연회의 필수요소, 등장 인물의 생전 행적 등 「장침」의 전체 줄거리와 조화를 이루기 때문이다. 그리고 수많은 '공무도하' 작품들 중 왕예의 것을 선택한 이유는 여기에 '蛟龍'이라는 水中 동물이 등장하고 있어 「장침」의 등장인물과 同類가 되기 때문이다. 여기에 왕예가 자신과 거의 동시대의 인물이라는 점도 주요한 동인으로 작용했을 것으로 본다.

장침 덕분에 목숨을 건진 거북이 어느 날 장침 앞에 나타나 雪溪·太湖·松江·湘水의 신과 여러 하천의 수장들이 모여 연회를 벌이는데 그 자리가 장침의 고깃배에서 가까우니 피신하라고 알려 준다. 평소 작은 물고기까지 잡아온 장침에 대하여 물고기들이 큰 원한을 품고 있으므로 그들이 보복을 할까 염려된다고 하면서 자신을 살려준 것에 대한 보답으로 알려주는 것이라고 말한다. 이야기의 대부분은 장침이 피신하여 목격한 내용에 대한 서술이 차지한다. 즉, 네 水神과 여러 하천의 수장들, 그리고 屈原·申徒狄·徐衍·伍子胥·范蠡[30])처럼 난세를 한탄하여 물에 빠져 죽거나 물과 깊은 관련을 지닌 사람들의 혼령이 모여 괴이한 형상을 하고 인간의 말을 하면서 잔치를 벌이다가 파장하기까지의 광경이다. 연회에 참석한 사람들은 각각 詩를 짓거나 歌를 부르는데 왕예의 <공무도하가>는 11편의 삽입시가 중 맨 처음에 나온다. 그 부분을 인용하면 다음과 같다.

---

29) 이 네 요소 중 앞의 세 가지는 '公無渡河譚'을 비롯하여 텍스트 내적인 면의 적층요소라 할 수 있고, '연회'는 이 작품이 악부에 올려져 연회석상에서 연주되었다고 하는 텍스트 외적인 면의 적층요소라 할 수 있다.

30) 굴원은 정적의 참소를 당하여 懷王의 신임을 잃자 <離騷>를 지어 충간하였으나 받아들여지지 않자 멱라수에 빠져 자살하였고, 申徒狄은 殷나라 말 사람으로 紂王의 실정으로 나라가 어지러워지자 연못에 몸을 던져 죽었다. 徐衍은 周나라 말엽의 사람으로 난세를 싫어하여 돌을 끌어안고 바다에 빠져 죽었다고 한다. 伍子胥는 吳王 夫差의 신하였는데 부차는 그의 간언을 듣지 않고 검을 내려 자결하게 하였으며 그의 시체를 술담는 가죽부대에 담아 강에 던졌다고 한다. 范蠡는 越王 勾踐의 재상으로 吳를 멸한 뒤 五湖에 배를 띄우고 떠돌아다닌 사람이다.

이에 湘水의 신은 감동된 표정을 지으며 범군에게 벌주를 내리라고 명했다. 범군이 막 벌주를 마시려고 할 때, 女樂 수 십 명이 모두 연주할 악기를 들고 무대에 서 있었다. 그 때 배우가 소리를 높여 말했다. “백발미녀는 <공무도하가>를 부르시오.” 그 가사는 다음과 같다.31)

濁波揚揚兮凝曉霧	탁한 파도 출렁이어 새벽안개 차갑게 엉기는데
公無渡河兮公竟渡	님은 강을 건너지 말아야 하거늘 끝내 건너갔네
風號水激兮呼不聞	바람 불어 물결 거세니 님은 불러도 듣지 못하여
提衣看入兮中流去	옷 걷고 바라보며 강 가운데로 들어갔네
浪排衣( )兮隨步沒	물결은 옷을 휘감으며 걸음 따라 님을 삼키니
沈屍深入兮蛟螭窟	물에 잠긴 시체는 깊숙이 교룡의 소굴로 들어갔네
蛟螭盡醉兮君血乾	교룡은 님의 피 죄다 빨아 마셔 실컷 취하고
推出黃沙兮泛君骨	님의 뼈를 누런 모래로 밀쳐내 떠오르게 했네
當時君死兮妾何適	이제 님이 죽었으니 첩은 어디로 갈거나
遂就波瀾兮合魂魄	일렁이는 파도로 뛰어들어 님의 혼백과 만나야겠네
願持精衛銜石心	돌을 물어 날라 바다를 메웠다는 정위의 마음 지니고서
窮取河源塞泉脈	강의 근원을 끝까지 찾아내 그 수맥을 메우고 싶네.

이 인용구절 중 우선 주목할 부분은 <公無渡河歌>를 부르는 ‘백발미녀’(“皤皤美女”)에 대한 것이다. ‘皤皤’는 머리가 하얗게 센 것을 가리키는 표현인데 잔치에서 노래로써 흥을 돋우는 歌姬가 늙은 여인일 리는 없다. 이는 歌姬가 늙은 여인으로 분장하여 <공무도하가>를 부르는 것으로 보아야 한다. 이렇게 보는 근거는 <공무도하가>에 이어 두 번째로 등장하는 삽입시가 <怨江波>이다. 이 부분을 보면 ‘춤이 끝나자 배우가 또 소리를 높여 말했다. 曹娥는 <怨江波>를 부르시오’32)라는 말과 더불어 그 노랫말이

---

31) “於是湘神動色 命酒罰范君 君將飮 有女樂數十輩 皆執所習於舞筵. 有俳優揚言曰 皤皤美女唱公無渡河歌. 其詞曰”宋·李昉 編, 『太平廣記』(全一冊)(臺北: 古新書局, 1980). 번역은 成任 編, 『太平廣記詳節』3(김장환·박재연·이내종 譯注, 학고방, 2005)을 참고했다.

32) “舞竟 俳優又揚言 曹娥唱怨江波.”

소개된다. 曹娥는 漢나라 會稽에 살던 효녀로 알려져 있다. 아버지가 무당이 되어 물에서 神을 맞이하는 의식을 행하다가 물에 빠져 죽었는데 그 주검을 찾지 못하자 자신도 강물에 몸을 던져 죽었다. 그리고는 아버지의 주검을 안고 물위로 떠올랐다고 한다.33) 여기서도 <怨江波>를 부르는 歌姬가 조아로 분장하여 아버지가 물에 빠져 죽은 슬픔을 재현하는 것으로 상황설정을 하고 있는 것이다.

이런 점들로 미루어 볼 때, <공무도하> 原歌 및 배경설화를 숙지하고 있는 「蔣琛」 작자 설용약이 자신이 이해한 대로 작품에 그 상황을 재현한 것이라 할 수 있다. 즉, 설용약은 화소(3)에 근거하여 물에 빠져 죽은 사람을 '白首狂夫'로 보고 그 아내 또한 늙은 여인으로 이해했던 것이다. 그리고 화소(5)(6)에 의거하여 남편이 물에 빠져 죽고 그를 슬퍼한 아내가 노래를 부른 것으로 보고 연회에서 노래부르는 여자를 '皤皤美女'로 묘사함으로써 그 상황을 재현했던 것이다.

이로 볼 때 「장침」의 <公無渡河歌> 부분은 '公無渡河譚'을 최초의 간텍스트로 하여 그 제목, 전체적 내용, 주제 등을 되풀이하고 있다고 말할 수 있다. 그런데 인용구절 중 原文의 밑줄 부분은 왕예의 <공무도하>와 다르다는 것에 주목할 필요가 있다. 우선 어구상의 차이를 보면 1구의 "揚揚"이 왕예 작품에서는 "洋洋"으로 되어 있고, 4구의 "衣"는 "壺", 5구의 "排"는 "擺", 10구의 "瀾"은 "濤"로 되어 있다. 그리고 5구의 "衣"뒤에 '裳' 字가 빠져 있다. 글자의 오류 중 排와 擺, 瀾과 濤는 의미도 같고 글자도 비슷하여 착각을 한 것으로 볼 수 있으나, 衣와 壺는 의미도 완전히 다를 뿐 아니라 글자 모습도 비슷하지 않다. 「장침」의 작자 설용약이 접했을 가능성이 있는 '공무도하담' 문헌기록 7종류를 보면 모두 물에 빠져 죽은 사람이 '壺'를 들고 있는 것으로 되어 있다. 그렇다면, 이것은 설용약의 단순한 실수일 가능성도 있고, 아니면 현재 우리에게 알려져 있지는 않지만 그가

---

33) 『三綱行實圖』 「孝子圖」(세종대왕기념사업회, 1982).

보았을 수도 있는 또 다른 문헌기록에 “衣”로 되어 있을 가능성도 있다. 그러나 왕예 작품 인용의 전반적 양상을 볼 때 전자일 가능성이 크다. 비록 그렇다 하더라도 작품과 작품간의 간텍스트성을 논함에 있어서는 작자가 의도한 것뿐만 아니라 의도하지 않은 것 혹은 무의식적인 것까지도 간텍스트성의 징표로 간주된다. 따라서 우리는 위에서 본 차이를, 왕예작 <공무도하>라는 간텍스트에 ‘대치’의 변형이 가해진 것으로 볼 수 있는 것이다.

또한 왕예작 <공무도하>의 전반적 구성은 1-8구까지는 ‘0000兮000’, 9-12구는 ‘0000000’로 되어 있는데, 「蔣琛」에서는 12구 중 精衛鳥 전설을 내용으로 하는 끝 두 구만 ‘0000000’의 구성을 취하여 나름대로 내용에 따라 일관성 있게 변형을 가하고 있음을 본다. 즉, 原詩의 9-10구에는 없는 ‘兮’가 ‘첨가’되는 변형과 구성요소가 ‘재배치’되는 변형이 가해졌다고 할 수 있다.

「장침」 전체로 볼 때 왕예작 <공무도하>에 대한 이같은 세부적 변형은 서사구조나 주제, 줄거리에 아무런 영향을 미치지 않으나 <공무도하>라는 작품이 다른 삽입시가들과 상호작용하여 「장침」의 의미형성에 기여하는 바는 적지 않다. 이 점은 다음 3.3.2항에서 언급될 것이다.

3.3.2 「蔣琛」의 여타 삽입시가와의 수평적 간텍스트성

「장침」에는 왕예작 <公無渡河歌>외에 10편의 시가가 삽입되어 있는데 그것은 크게 ‘詩’와 ‘歌’로 양분된다. 이를 發話者別로 제시하면 다음과 같다.

발화자	발화 내용	발화자	발화 내용
皤皤美女	〈公無渡河歌〉(歌)	范蠡	〈境會夜宴〉(7언율시)
曹娥	〈怨江波〉(歌)	徐衍	〈境會夜宴并簡范詩〉(7언율시)
太湖神	춤+歌	屈原	歌(40구)
松江神	춤+歌	申徒狄	〈境會夜宴〉(5언배율, 28구)
雪溪神	歌	伍子胥	歌(40구)
湘水神	歌		

11편의 삽입시가는 發話者의 성격에 따라 크게 파파미녀와 조아가 부른 것(A), 太湖神·松江神·雪溪神·湘水神 등 네 水神이 부른 것(B), 그리고 范蠡·屈原 등 역사적 실존 인물이 부른 것(C) 셋으로 나눌 수 있다. 파파미녀와 조아는 연회의 흥을 돋우는 歌姬들로 이들이 각각 공무도하담에서의 백수광부의 아내와 아버지의 죽음을 슬퍼하는 조아로 분장하여 그 상황을 재현한 것임은 앞에서 언급한 바 있다. 여기서 한 가지 주목할 점은, 조아의 아버지가 무당이고 巫儀式을 행하다 죽었다는 사실을 감안할 때, 설용약은 공무도하담의 백수광부를 무당으로 보고 그가 물로 들어간 것을 巫儀式의 일부로 이해했을 가능성이 있다는 것이다. 후대의 연구자들 중에서도 공무도하담을 이렇게 해석하는 예[34)가 있음을 볼 때, 설용약이 공무도하담과 효녀 조아의 이야기에서 물에 빠져 죽은 사람이 '무당'이라는 공통점을 포착하여 <공무도하가>와 <원강파>를 삽입하고 歌姬로 하여금 그 상황을 재현하게 하는 내용으로 만들었을 가능성은 충분하다. 네 水神에 의한 삽입가 (B)는 발화자의 성격에 부합하도록 주로 물의 위력과 德性, 수중 세계를 다스리는 자신들의 위세를 과시하는 내용으로 되어 있다.

한편 (C)는 역사적 실존 인물 5인들의 魂魄이 읊조린 것인데 이 중 徐衍·屈原·申徒狄은 억울한 심정을 품고 물에 빠져 자살한 사람들이고, 伍子胥는 물에 빠져 죽지는 않았지만 吳王 夫差가 검을 내려 자결하게 하였으며 그의 시체는 술담는 가죽부대에 담겨 강에 던져졌기에 원한이 맺힌 혼백이다. 그리고 范蠡는 越王 勾踐의 재상으로 吳를 멸한 뒤 五湖에 배를 띄우고 떠돌아다닌 사람이다. 이로 볼 때 이들은 직접적이든 간접적이든, 또는 자의든 타의든 간에 '물'과 깊은 관련이 있는 사람들로 이들의 혼백은 생전의 자신들의 처지와 상황에 관한 시나 노래를 읊조린다. 그러나 모두 '잔치'에 관한 내용을 포함한다는 점에서 공통적이다.

---

34) 김학성, 「공후인의 신고찰」, 『한국고전시가의 연구』(원광대출판국, 1980); 조동일, 『한국문학통사1』(지식산업사, 1982).

이처럼 「장침」에 삽입된 11편의 시가들은 '물'의 모티프를 수평축으로 하여 상호 밀접한 관련을 맺으면서 수중 동물 및 물과 관계가 있는 사람의 혼백이 모여 수중 연회를 벌이는 이야기를 구축하고 있다고 하겠다.

3.4 「쟝탐뎐」의 〈공무도하〉

3.4.1 「蔣琛」〈公無渡河歌〉와의 수직적 간텍스트성

앞서 언급한 것처럼 「蔣琛」이 수록되어 있는 『太平廣記』는 대략 1566년에서 1608년 사이에 번역이 이루어진 것으로 추정된다. 따라서 「蔣琛」의 〈公無渡河歌〉와 「쟝탐뎐」의 〈공무도하〉 사이에는 시간적 선후에 기반을 둔 수직적 간텍스트성이 형성되며, 전자는 후자의 존재 근거가 된다.

「쟝탐뎐」은 제목·삽입시가·줄거리·주제 등 모든 면에서 「蔣琛」과 동질성을 유지하면서, 이를 토대로 다양한 형태의 변형이 가해진다. 우선 가장 크게 드러나는 것은 漢字로부터 한글로의 언어기호의 轉移다. 그런데 한 가지 특기할 점은, 제목을 비롯하여 原詩의 讀音을 제시하는 삽입시가에 있어 한자 독음의 오류가 상당수 발견된다는 사실이다. 작품의 제목이자 주인공 이름이기도 한 '蔣琛'을 언해본에서는 '쟝탐'으로 옮겨 놓았다. 이는 '琛'이 '探'와 字形이 비슷한 데서 연유한 오류로 보여진다. 또한 첫머리에 '雪人蔣琛'의 地名 '雪'을 '은'으로 잘못 읽어 '은 짜 사룸 쟝탐'으로 번역하는 오류를 범하고 있다. 이 또한 '雪'이 '眥'과 비슷하기 때문에 야기된 오류라 생각된다. 그러나 이것이 설령 언해자의 번역상 오류라 할지라도 간텍스트성의 징표로 간주할 수 있으며 이 경우 '대치' 변형이 가해진 것으로 볼 수 있다.

그 다음으로 지적할 것은 '생략'에 의한 변형이다. 산문서술 부분에서도 생략이 군데군데 보이지만, 삽입시가로 국한하여 볼 때 가장 먼저 눈데 띠는 것은 「장침」에 삽입된 총 11수의 시가 중 「쟝탐뎐」에는 松江神이 읊은 노래가 통째로 생략되어 있다는 점이다. 그리고 28구로 된 申徒狄의 5언배율 <境會夜宴>에서 중간 부분의 두 구가 생략되어 있음을 발견할 수 있다.

그러나 무엇보다 관심을 끄는 부분은, 총 12구로 이루어진 왕예의 <공무도하>가 「쟝탐뎐」의 <공무도하>로 번역되면서 아래와 같이 끝 두 구가 '생략'되어 10구의 형태로 변형되어 있는 점이다.

> 샹신이 빗츨 동ᄒ고 술을 명ᄒ야 범샹국을 벌ᄒ라 ᄒ니 범군이 술을 쟝ᄎᆞᆺ 마시매 풍뉴ᄒᄂᆫ 겨집 여라믄이 각각 풍뉴ᄅᆞᆯ 잡고 셕샹의 오르니 좌위 나아와 알외되 공무도하ᄅᆞᆯ 브르리라 ᄒ니 그 ᄉᆞ의 골오ᄃᆡ,
> 탁패양양혜응효무 (흐린 물결이 놉고 새배 안개 엉긔여시니)
> 공무도하혜공경도ㅣ로다 (그ᄃᆡ 믈을 건너디 말라 ᄒ니 그ᄃᆡ 못ᄎᆞᆷ내 건너도다)
> 풍호슈격혜호블문 (ᄇᆞ롬이 믈을 적시고 믈이 느 솟ᄂᆞᆫᄃᆡ 블러도 듯디 못ᄒ니)
> 뎨의간입혜등누거ㅣ로다 (오ᄉᆞᆯ 잡고 가온대로 ᄲᅧ 드러 가ᄂᆞᆫ도다)
> <u>낭민의( )혜슈보몰</u>ᄒ니 (믈결이 오ᄉᆞᆯ 밀텨 거름을 조차 업서디니)
> 팀시심입혜교리굴 (ᄌᆞᆷ기인 주검이 깁피 교리의 굼그로 드러 가도다)
> 교리진취혜군혈간ᄒ니 (교리 다 취하매 그ᄃᆡ 피 ᄆᆞᄅᆞ니)
> 츄츌황사혜범군골 (미러 누른 모래예 내여 그ᄃᆡ ᄲᅧ롤 ᄯᅴ오ᄂᆞᆫ도다)
> 당시군ᄒᆞ혜쳡하뎍고 (그ᄢᅢ예 그ᄃᆡ 주그매 쳡이 어드러 가리오)
> 슈ᄎᆔ파란혜합혼빅이라 (드듸여 믈결의 나아 드러 혼빅을 합ᄒ오리라)

앞서 언급한 것처럼 왕예의 시에서는 1-8구까지는 'ＯＯＯＯ兮ＯＯＯ', 9-12구는 'ＯＯＯＯＯＯＯ'의 구성으로 되어 있고, 『태평광기』「장침」에서는 공무도하담을 소재로 한 1-10구까지 'ＯＯＯＯ兮ＯＯＯ'의 구성으로, 精衛鳥 전설을 소재로 한 11-12구는 'ＯＯＯＯＯＯＯ'의 구성을 취하여 내용상의 일관성을 갖게끔 변형이 이루어져 있다. 그런데 언해본 「쟝탐뎐」에서는 끝 두 구를 아예 생략하여 10구로 만들어 전체적으로 'ＯＯＯＯ兮ＯＯＯ'라는 일관된 구성을 취하고 있음을 본다. 여기에는 원본 「장침」 <公無渡河歌>에 대하여 '생략'의 변형이 가해졌다고 할 수 있다. 또한 위 인용구절의 밑줄 부분을 보면 왕예의 原詩

에 있는 ‘裳’자가 「장침」에는 누락되어 있고 「쟝탐뎐」에서는 이 오류를 그
대로 수용하고 있어, 「쟝탐뎐」 언해자는 왕예의 原詩보다는 원본 「장침」에
더 충실하게 번역을 했음을 알 수 있다.

이외에 「쟝탐뎐」 삽입시가 부분에 가해진 변형으로서 讀音과 懸吐의
‘첨가’를 들 수 있다. 위의 인용에서 보는 것처럼 原詩의 독음을 제시하고
현토를 한 뒤에 한글로 번역을 하는 양상은 조선시대 詩歌 번역의 가장 일
반화된 패턴이다.

3.4.2 「쟝탐뎐」의 여타 삽입시가와의 수평적 간텍스트성

앞서 언급한 것처럼 「蔣琛」에는 총 11수의 시가가 삽입되어 있는데, 「쟝
탐뎐」으로 번역되면서 松江神이 부른 노래가 생략되어 <공무도하>는 나
머지 9편과 수평적 간텍스트적 관계를 형성한다. 「장침」 원문에 삽입된 11
수는 발화자의 성격에 따라 (A)파파미녀와 조아가 부른 것, (B)太湖神·松
江神·雪溪神·湘水神 등 네 水神이 짓거나 부른 것, (C)屈原·申徒狄·
徐衍·伍子胥·范蠡가 짓거나 부른 것으로 나뉘는데, 크게 (A)와 (B)와
(C)사이에 간텍스트적 관계가 성립되면서 각 그룹은 그 안에서 간텍스트적
관계가 형성된다. 다시 말해 (A)내부에서 파파미녀와 조아의 노래가, (B)내
부에서 네 水神의 詩와 歌가, 그리고 (C)내부에서 역사적 실존 인물 5인의
詩와 歌가 각각 간텍스트적 관계를 형성한다. 이들은 ‘물’을 핵심어로 하여
상호 밀접하게 연관되어 텍스트에 의미를 부여하고 주제를 형성한다. 그런
데 번역텍스트에서 (B)그룹 중의 한 작품이 생략됨으로써 작품 전체에 불
균형이 초래되는 결과를 낳는다. 연회 참가자들이 ‘물’과 관계된 시나 가를
한 편씩 지어 부르며 자신의 입장을 표명하는 것에 이 작품의 텍스트적 특
성이 있다고 할 수 있는데, 언해본에서는 삽입시가들 간의 간텍스트적 관계
가 파괴되면서 전체 텍스트성에도 균열이 가해지게 되는 것이다.

4. 후대 '公無渡河談論'의 間텍스트로서의 「쟝탐뎐」 〈공무도하〉

　지금까지 수많은 공무도하 개별 담론들이 종과 횡으로 상호 작용하여 「쟝탐뎐」의 〈공무도하〉를 생산해 내는 과정을 살펴 보았다. 「쟝탐뎐」이 대략 1566년에서 1608년 사이에 번역되었다고 할 때, 이 안에 삽입된 〈공무도하〉는 기존의 공무도하 작품들에 더하여 또 하나의 간텍스트로 작용하면서 후대의 공무도하 작품 생성의 토대가 되었을 것으로 본다. 「쟝탐뎐」 이후의 공무도하 관련 작품들로는 李玄錫(1647-1703)의 〈公無渡河〉, 柳得恭(1749-?)의 『二十一都懷古詩』 중 「衛滿」[35] 등을 들 수 있는데, 이 시인들이 「蔣琛」 혹은 「쟝탐뎐」을 직접 읽었는지 확실히 알 수는 없지만, 「쟝탐뎐」 〈공무도하〉는 이 텍스트들의 생성에 간여하는 하나의 간텍스트로 간주될 수 있다. 이뿐만 아니라 이 작품은 현대의 작품 예를 들어 안문길의 「소설 공무도하가」,[36] 이철원의 장편소설 「공무도하가」[37]가 생산되는 과정에도 비록 그 흔적은 희미하나마 한 몫을 하고 있다고 말할 수 있다. 즉, 「쟝탐뎐」의 〈공무도하〉는 '공무도하담론'이 17세기 이후의 작품들로까지 확대되는 데 징검다리의 구실을 하고 있는 것이다.

　이 시인들 혹은 작가들이 비록 이 작품을 직접 접하지 않았다 해도, 수많은 파생텍스트들 중 그들이 접했을 어느 한 텍스트, 아니면 그 텍스트의 작자가 접했을 그 이전의 또 다른 텍스트들로 점차 소급해 갈 때 그 복잡다단하게 얽힌 그물망의 어느 한켠에서 「쟝탐뎐」의 〈공무도하〉와 만나게 되는 것이다. 다시 말해 이들이 직접 접했을 어느 한 텍스트에 이미 최초의 〈공무도하〉 작자, 왕예, 설용약, 『太平廣記』를 찬술한 李昉, 「蔣琛」을 「쟝탐뎐」으로 언해한 번역자 등 수많은 존재가 어떤 경우는 뚜렷하게 또 어떤

---

35) 윤호진, 앞의 책.
36) 안문길, 「소설 공무도하가」(자유지성사, 1996).
37) 이철원, 「공무도하가」(세훈문화사, 1999).

경우는 희미하게 그 흔적을 남기고 있다고 할 수 있는 것이다. 이 점이 바로 어떤 두 텍스트의 유사성을 직접적 영향관계로 설명하는 관점과 간텍스트성의 이론에 근거해서 설명하는 관점의 큰 차이점인 것이다.

본 연구는 우리나라 문학사상 最古의 시가 중 하나로 꼽히는 <공무도하가>에 대해 일종의 측면 접근을 시도한 것이다. 이 작품의 내적 구조나 텍스트적 특성을 연구한 것도 아니고, <공무도하가> 생성의 외적 배경을 검토한 것도 아니며, 공무도하라는 거대 담론 안에 존재하는 수많은 개별 작품들간의 수직적, 수평적 관계양상에 주목함으로써 그 핵심에 있는 <공무도하가> 原歌의 실체를 규명하고자 했던 것이다. 이렇게 함으로써 <공무도하가> 원가 및 공무도하담의 입체적 양상이 어느 정도 그 면모를 드러냈다고 생각한다.

<動動>의 형성과정 및 작자층에 대한 재검토

1. 머리말

<動動>은 대부분의 고려속요들과 마찬가지로 원래 민요였던 것이 궁중으로 유입되어 舞樂化된 것으로 이해되고 있다. 이것은, 오늘날 문헌에 전해 내려오는 노랫말이 原詞가 아니라, 궁중의 가악 담당자에 의해 윤색·첨삭이 가해진 모습이라는 것을 말해 준다. 궁중무악화되기 전의 고려속요의 原詞가 어떠한 것이었는지는 알 수 없지만, <동동>의 경우 그것의 상위 장르라 할 수 있는 12월체 詩歌-보통 월령체·달거리 등으로 일컬어진다-가 漢詩·時調·歌辭·民謠 등의 형태로 적지 않이 남아 있어 다른 고려 노래에 비해 형성과정을 탐색해 볼 수 있는 실마리가 많이 주어져 있다고 하겠다.

이 글은 이같은 실마리를 근거로 하여, 오늘날에 전해지는 <동동> 작품이 형성되기까지의 과정과 작자층을 역으로 추적해 보고자 하는 데 목표를 두고 있다.

2. 〈動動〉의 형성과정 검토

2.1 〈動動〉의 궁중무악화 과정

궁중무악화된 고려속요는 작자층의 측면에서 民間層과 궁중의 上層이 이중적으로 개입되어 있고, 따라서 노랫말도 이중적인 성격을 내포하므로 그 정확한 실상을 파악하기가 어렵다. 그러므로 민간가요가 어떤 과정을 거쳐 오늘날 문헌에 전하는 노랫말로 정착되었는가의 과정을 추적하는 것은 더더욱 어려운 일이 아닐 수 없다. 그래서인지 고려속요에 관한 기존의 연구들은 대개 민요가 궁중으로 유입되어 여러모로 손질이 가해졌다는 사실을 지적하는 것에 그치는 경향이 없지 않다.

논의의 초점을 〈동동〉에 맞추어 첨삭·윤색이 가해지기 전의 원래의 노랫말을 A, 오늘날 문헌에 전하는 〈동동〉 가사를 A′라 하고, 노랫말 형성에 주된 역할을 담당하거나 노랫말의 巨視構造 형성에 관여한 층을 '제1작자층', 부수적 역할을 담당하거나 표현상의 윤색·첨삭 등 微視構造 형성에 관여한 층을 '제2작자층'이라 할 때, 그것이 궁중으로 유입되어 변개가 이루어지는 양상을 다음 네 가지로 가정해 볼 수 있다. 여기서 노랫말 형성의 거시구조적 측면이라 함은, 시형식, 시적 화자, 주제, 일관된 언어표현 등 구성의 전체적 틀에 관여된 부분을 말하고, 미시구조적 측면은 세부적 언어표현에 관계된 부분을 말한다.

(1) 十二月體 詩型1)으로 되어 있는 A가 궁중으로 유입되어, 전혀 변개가 가해지지 않은 채 原詞 그대로 현재의 노랫말 A′로 정착된 경우. 이때 제1, 제2작자는 모두 민간층이다.

(2) 十二月體 詩型으로 되어 있는 A가 궁중으로 유입되어 전체적 틀―거시구조적 측면―은 거의 그대로 유지되면서 표현의 添削·潤色·改詞 등 부분

---

1) 十二月體 詩型에 대한 전반적 검토는 본서 제1부 「'十二月體 詩歌' 연구」 참고.

적 변개가 가해져 A′로 정착된 경우. 이때 제1작자층은 민간층, 제2작자층은 민간가요의 궁중무악화에 관계한 계층이다. 여기서 제2작자층은 기녀·악공·여제자 등 敎坊·管絃房 관계자, 倖臣·嬖臣을 비롯하여 A→A′로의 정착에 관여한 귀족 문인들도 포함된다. 이들을 궁중의 上層[2]이라 부르고자 한다.

(3) 별도의 세시풍속의 노래들—이 경우 A는 적어도 하나 이상이지만 十二月體 詩型의 틀을 갖춘 것은 아닌 별도의 세시풍속의 노래들 A를 궁중으로 유입하여—을 궁중으로 유입하여 궁중의 가악담당층이 十二月體 詩型에 담아 A′로 정착시킨 경우. 이때, 제1작자층은 궁중 상층, 제2작자층은 민간층이다.

(4) A라고 하는 原詞가 노랫말로 존재한 것은 아니고, 단지 민간의 세시풍속을 소재로 하여 궁중 상층에 의해 창작된 경우. 이때 제1, 제2작자층은 모두 궁중 상층이다.

(1)(2)는 민간 서민층이 <동동> 노랫말 형성의 주체가 되는 경우이고, (3)(4)는 궁중의 상층이 중심이 되는 경우이다. 이같은 네 가지 가정에 대하여 각각의 가능성을 모색해 보기로 하자.

(1)은 序聯을 임금에 대한 頌禱의 말로 본다면 실제적으로 그 가능성이 거의 없다고 봐야 한다. 每聯마다 반복되는 '아으'라는 감탄사도 이를 뒷받침한다. 왜냐하면 이같은 감탄사는 강한 개인적 서정의 징표로서, 개인의 내면세계의 농축된 표출로 봐야 하기 때문이다. 현전 민요에서도 다양한 반복구, 후렴구가 있지만 개인적 서정의 농축·발로로서의 이러한 감탄사는 찾기 어렵다. 따라서 누군가 변개·가필한 흔적으로 볼 수 있다.

다음 (2)의 가능성을 검토해 보자. (2)는 민간층에서 형성된 거시적 틀을 기반으로 궁중의 가악관계자가 미시적 표현만을 윤색하거나 변개한 경우로

---

2) 교방관계자나 倖·嬖는 신분상 꼭 귀족이나 지배층은 아니라 하더라도 노랫말의 창작 및 변개에 있어 즉, 宴樂의 상황에서 작자로 참여함에 있어 상층의 기호나 가치관에 부응하고자 하는 계층이므로 잠정적으로 이들 모두를 궁중의 상층이라 부르고자 한다.

서, 가장 널리 지지받고 있는 가정이다. <동동>의 거시구조적 요소-일관
된 주제, 女性話者, 十二月體의 詩型 등-의 측면에서 볼 때, 이 노래는
님과 이별한 여인이 님을 그리워하는 相思의 주제를 담고 있다. 시적 화자
는 남편을 님으로 하는 일반 부녀가 아니라, 遊女로 보는 것이 타당하다고
본다.3) 그렇다면, 민간층에서 불리는 노래가 遊女의 목소리로 유녀의 체험
을 노래한다는 것은 납득하기 어렵다. 설령 궁중으로 유입하여 무악화한 제
2작자가 原詞 A에 윤색을 가했다 해도 언어 표현 정도이지, 이처럼 노래
전체를 일관하는 거시구조적 측면-즉, 화자의 측면-까지 변개시킬 수는 없
다고 본다. 만일 그렇다면 더 이상 (2)의 범주 속에 포괄될 수 없게 된다.

  그렇다면, 아무리 이성에 대한 감정을 비교적 자유로이 표현하던 시대라
할지라도, 민요가 遊女를 시적 화자로 하는 양상이 과연 일반적인 것일 수
있을까 하는 의문이 제기된다. 相思를 주제로 하는 현전 민요-예컨대 靑孀
謠-에서도 시적 화자는 남편을 여읜 여성의 목소리로 전개되는 것이 일반
적이다.

  또,『高麗史』樂志 <動動>에 관한 설명 중 "動動之戲 其歌詞 多有頌
禱之詞 盖效仙語而爲之 然詞俚不載"라는 부분은 이 노래의 형성과정 및
작자층의 추정에 한 단서가 될 수 있다. "盖效仙語而爲之"의 '仙語'는 '풍
류적인 혹은 풍류에 관계된 표현'이라는 뜻으로서(이에 관해서는 3장에서 자
세히 언급하기로 한다) 이 구절은 '풍류적인 표현을 모방하여 혹은 본받아
노랫말을 만들었다'4)고 하는 '作詞'의 원칙을 말하는 것으로 받아들일 수

---

3) 일반 부녀라면 남편을 벼슬이름인 '錄事님'으로 불렀겠는가 하는 의문이 생긴다.또,
   각 연마다 遊女의 체험이 직·간접으로 표출되고 있고, 특히 "十二月ㅅ 분디남ᄀ로
   갓곤/ 아으 나올 盤잇 져다호라/ 니믜 알퓌 드러 얼이노니/ 소니 가재다 ᄆᆞᆸ노이다"
   라는 12월 부분을 보면 遊女의 체험이 직접적으로 드러나 있어 시적 화자를 유녀로
   보는 것이 타당하다고 생각한다.

4) 이 구절의 해석은 '爲之'의 '之'가 앞의 '頌禱之詞'를 가리키는 경우와, 노랫말 전체
   인 '其歌詞'를 가리키는 경우에 따라 다를 수 있다. 전자의 해석이라면 '頌禱之詞'가
   '仙語'가 되는 것이고, 후자의 해석이라면 노랫말 전체가 '仙語'를 본뜬 것이 된다.

있다. '效' 또는 '爲之'라는 행위는 노랫말 창작에 중추적인 역할을 한 계층 즉 제1작가층의 意圖性·方向性을 담고 있다고 하겠고, 민요가 지닌 狂詩曲的·積層的 표현특색을 감안할 때 민간층을 제1작자로 상정하기는 어려운 것이다.

이런 점들을 종합해 보면, <동동> 형성과정에 관한 네 가지 가설 중 (1)과 (2)는 그 가능성은 인정한다 하더라도 실제적으로 설득력이 약한 가설이라 하겠다. 이 두 가설이 민간층을 제1작자로 보는 관점인 반면, 다음 두 가정은 궁중의 상층을 제1작자로 보는 관점이다.

(3)의 가설에 대하여 살펴보자. <동동>과 같이 12월체 시형은 아니지만 세시풍속이나 계절을 노래한 몇 편의 민요들을 궁중 가악관계자가 채집하여 그것을 月別로 노래하는 형식으로 다듬은 것으로 보는 관점이다. 이때 原詞 A는 12월체 시형을 취한 것이 아니고, 단편적으로 존재하던 몇 편의 민요들이다. 이 가설은 <동동>이 민요에서 채집된 몇 편의 가요와 궁중 상층에서 창작한 가요들이 '合成'되어 이루어진 것으로 보는 관점이다. 그러므로 제1작자층은 민요를 채집하고 궁중으로 유입하여 合成과 編詞를 주도한 궁중 상층이다.

그러나 <동동>은 서로 이질적인 성격을 띠는 가요들이 합성된 것으로 보기에는 그 구성이 너무 정연하고 표현도 정제되어 있으며 어조나 문체의 면에서도 일관성이 있다. 현전 12월체 시가 중 <觀燈歌>는 이질적인 노래가 합성된 것으로 추정되는데 다른 11개 달을 노래한 부분과 4월 초파일을 노래한 부분을 비교해 봄으로써 가설 (3)의 적합성에 대한 단서를 얻을 수 있다. 4월 초파일 '觀燈'을 소재로 하는 노래는 별도로 辭說時調 형식으로도 존재하는데, 사설시조가 그대로 <관등가> 4월 부분에 삽입된 것으로 추정된다.5) 그리하여 4월 부분은 나머지 부분보다 길이도 월등히 길고 표현

<동동> 노랫말을 보면 首聯의 성격이 나머지 연과 다르고 송도의 뜻을 담고 있는 것으로 보아, 후자의 해석이 타당하다고 생각한다.

기법 면으로나 어조, 문체 등 모든 면에서 텍스트성의 이질성을 드러낸다. 12개월별 세시풍속을 노래했으면서도 4월에 해당하는 것만 선택하여 〈관등가〉로 제목을 붙인 것만 보아도 이질적 성격을 지니는 가요군을 합성했다는 증거가 된다. 고려가요 중 이질적인 가요군을 합성했다고 추정되는 〈서경별곡〉도, 그 양상은 다소 다르지만 〈관등가〉와 같은 어조의 불일치, 이질성의 증대 등의 면모를 엿볼 수 있다.6) 따라서 〈동동〉이 민간층의 노래와 궁중 상층이 창작한 노래가 합성된 것이라는 관점에 입각한 (3)도 그 설득력이 약하다고 본다.

끝으로 (4)의 가설을 검토해 보자. 이 가설은 두 경우로 나누어 생각해 볼 수 있다. 민요에 12월체 시형이 이미 형성되어 있었고 궁중 가악관계자들이 그 틀을 수용하여 현재의 노랫말 A′를 창작한 경우와, 12월체 시형까지 궁중 상층에서 형성시킨 경우이다. 〈동동〉의 12장(首章까지 13장)은 다른 聯章體 고려속요들과는 성격이 다르다. 〈동동〉의 12장은 님과 이별한 여인의 심정을 연장해 나가다가 '우연히' '12'라는 숫자로 정착이 된 것으로 볼 수는 없다. 12월체 시가란 月別 정해진 숫자와 순서에 따라 심정을 표출해 가는 것이기 때문이다.

가설 (4)에서의 두 경우는 결국 12월체 시형이 〈동동〉(A′) 이전에 이미 민요에 자생적으로 형성되어 있었는가의 문제와 결부된다. 이 가능성을 배제할 수는 없지만, 當代 궁중에서 향유된 중국의 노래문학의 영향을 받아

---

5) 참고로 〈觀燈歌〉의 正月 부분과 四月 부분을 들어 본다. 나머지 달은 正月의 형식과 같다. "正月 上元日에 달과 노난 少年들은/ 踏橋하고 노니난대 우리임은 어듸가고 /踏橋할줄 모로난고/ …(중략)… / 四月 初八日에 觀燈하려 臨高臺하니/ 遠近 高低의 夕陽은 빗겼난대/ 魚龍燈 風鶴燈과 두루미 南星이며/ 鍾磬燈 仙燈 북燈이며 수박燈 마늘燈과/ 蓮꽂 속에 仙童이며 鸞鳳우희 天女로다/ 배燈 집燈 산듸燈과 影燈 알燈 瓶燈 壁欌燈/ 가마燈 欄干燈과 발노 차 그을燈에 日月燈 밝아 닛고/ 七星燈 버러난듸 東嶺의 月上하고/ 곳고지 불을 현다/ 우리임은 어듸가고 觀燈할 줄 모로난고"

6) 辛恩卿, 「〈西京別曲〉과 〈鄭石歌〉의 共通 揷入歌謠에 대한 一考察」, 《국어국문학》 96호, 1986.

우리나라에 12월체 시형이 형성되었을 가능성도 고려되어야 한다. 12월체 시형 형성과정에서 보면 (1)(2) 및 (4)의 첫 번째 경우는 자생적 형성의 관점에, (3) 및 (4)의 두 번째 경우는 외래적 영향에 의한 형성의 관점에 놓인다.

12월체 시형은 넓게는 聯章體 詩型에 속하므로, 이 문제를 다른 연장체 고려가요들과의 비교를 통해 접근해 보고자 한다. 연장체는 고려조 이전 민요에는 보이지 않으므로 고려조에 들어와 발전된 형식으로 추정된다. 연장체 고려가요로는 <동동> 이외에도 <청산별곡> <서경별곡> <가시리> <만전춘> <쌍화점> <정석가> <한림별곡>이 있다. <동동> 외의 일곱 개 노래 중 뒤의 세 노래는 작자층의 추정이 가능하다는 점에서 앞의 네 작품과는 차이를 보인다. <쌍화점>은 오잠과 김원상의 作, <한림별곡>은 翰林諸儒의 공동작이고, <정석가> 또한 궁중 연회에 참석한 사람들이 말놀이를 겸하여 돌아가며 한 장씩 짓고 <서경별곡>과 공통된 끝장만 민요에서 수용·편사했다고 보여지므로[7] 작자층의 추정이 가능한 것이다. 이 세 작품의 제1 작자층을 궁중 상층으로 추정하는 데는 별 무리가 없을 것이다.

앞 네 작품과 뒤 세 작품은 작자층만이 아니라, 텍스트성의 측면에서도 차이를 드러낸다. 뒤의 세 작품은 텍스트 구성요소 간의 균질성, 노랫말의 有機性, 聯間의 결합의 일관성 등을 보이는 반면, 앞 네 작품은 내용·주제상의 일관성·유기성이 결여되거나 어조의 불일치를 보여 텍스트 구성요소 간의 異質性이 두드러진다.

이런 점들을 고려하여 앞 그룹과 뒤 그룹 중 <동동>이 어느 쪽에 가까운가를 검토해 본다면, 12월체 시형의 형성과정을 추적하는 단서로 삼을 수 있다. 聯間 결합양상으로 볼 때 <동동>은 聯章體 형식 중 가장 정제되고 질서정연한 것이라 할 12월체 시형을 취하고 있어 뒤 세 작품에 가깝다는 것이 분명하다.

그렇다면, 궁중무악화 과정에서 변개가 가해지기 전의 순수 민요의 聯章

---

7) 辛恩卿, 위의 글.

體 양상이 어떠했을까 하는 추정은 前者 그룹의 노래 속에서 그 단서를 찾을 수밖에 없는 것이다. 궁중으로 유입되어 변개가 이루어지기 전의 순수 민요 상태에 가깝다고 여겨지는 것은 앞 그룹의 노래들이다. 이 중 〈가시리〉는 4장으로 이루어져 있으나 의미상으로 單聯으로 볼 수 있고[8] 〈만전춘〉은 민간에서 불리던 순수 민요라고 보기 어려우므로,[9] 결국 순수 민요의 연장체 양상은 〈서경별곡〉과 〈청산별곡〉의 형태거나 이에 가까운 것이라고 잠정적 결론을 내릴 수밖에 없다. 즉, 聯과 聯의 의미상의 결집에 일관성이 결여되어 있고 질서정연하지 않으며, 어조의 불일치, 부분과 부분, 작품 구성요소들 간의 이질성이 극대화되어 있는 양상임을 추정할 수 있는 것이다.

따라서 연장체 형식 중 가장 정제되고 질서정연한 것이라 할 12월체 시형의 완전한 틀을 갖춘 민요가 이미 민간층에 형성되어 있었을 가능성은 매우 희박하다.[10] 十二月體는 聯의 숫자에 특별한 의미가 부여되지 않는 여느 聯章體 가요들과는 성격이 다르다. 정감이나 시상의 전개에 따라 두

---

7) 고려가요에서 '章'은 노랫말 내용에 따른 분절이 아니라 음악상의 분절단위라는 점을 고려하여 章을 구분하는 후렴구를 배제하고 노랫말의 유기성을 검토해 볼 때, 세 노래는 의미상의 분절이 행해질 수 있음에 비해-보통 이 단위를 聯이라 한다-, 〈가시리〉는 음악적 분절단위인 章으로 보면 4개의 章으로 되어 있지만, 이같은 의미상의 층절이 없어 單聯으로 볼 수밖에 없는 양상을 띤다.

9) 5연으로 된 〈만전춘〉을 보면 4연까지는 遊女의 목소리로, 끝 5연은 그들과 어울리는 男性 話者의 목소리로 전개되어 對話를 주고받는 듯한 서술양상을 띠고 있다. 각 聯間의 어조의 불일치가 감지되고 의미구조적인 면에서도 유기성이 다소 결여되어 있어 聯章體로서의 성격은 〈서경별곡〉〈청산별곡〉과 유사하나 遊女 및 그와 관련된 계층이 話者가 되고 있다는 점에서 순수 민간층의 노래라 보기는 어렵다. 아무리 이성에 대한 연정을 표출하는 것에 구속이 적은 시대라 하더라도 일반 민요가 유녀의 입장에서 서술될 가능성은 희박하다고 봐야 한다. 같은 이별의 상황을 노래하면서도, 〈서경별곡〉의 경우 '길쌈베'로 환유화되는 서민 부녀자의 목소리를 감지할 수 있어 대조를 보인다. 현전 민요 중 님과 이별하고 相思의 정을 노래한 것을 보면, 과부이거나 일반 부녀라는 점에서도 이런 추정은 타당하다고 본다.

10) 물론 이미 이런 노래가 있었는데 다만 그것이 문헌에 전해지지 않았을 뿐이라고 생각할 수는 있지만, 이같은 추정을 뒷받침할 근거가 없으므로 논지 전개의 디딤돌로 삼을 수는 없다고 본다.

장이 될 수도, 세 장, 네 장, 혹은 그 이상으로 연장되어 가다가 우연히 12장 (13장)이 되었다고 볼 수는 없다. 歲(1年)와 時(四季)에 따라 정해진 순서와 체계를 바탕으로 한 것이기 때문이다.

그러나 12월체 시형이 형성될 만한 토대로서의 雛型이 있었을 가능성을 완전히 배제할 수는 없을 것이다. 민간과 궁중을 드나들며 이 추형을 인지하고 있던 궁중의 가악관계자들이 중국 12월체 시형에 자극되어 그 결과가 <동동>으로 나타나고, 이것이 하나의 시형으로 정착되었을 가능성이 크다고 본다. 그러므로 12월체 시형을 자생적 형성으로 보는 관점과 외래적 영향에 의한 것으로 보는 관점은 꼭 상호 대립되는 것이라고 할 수 없다. 12월체 시형이 형성되는 과정에 작용하는 자생적 힘과 외래적 힘은 반비례관계에 있다. 자생적 요인의 힘이 크게 작용할수록 외래적 요소의 영향력은 작아지고, 앞의 것이 작을수록 뒤의 영향력은 크게 작용한다.

이상의 논의를 근거로 필자는 <동동>의 형성에 대한 네 가정 중 (4)의 관점이 가장 가능성이 크다고 보며, 12월체 시형의 형성과 관련해서는 자생적 요인을 최소치로, 외래적 영향력을 최대치로 보는 입장을 취하고 있다. 중국 노래문학 특히 詞에 익숙한 궁중 상층은 민간의 세시풍속을 소재로 하여 노랫말 전체를 창작하거나, 혹은 雛型으로서 존재했을지도 모를 자생적인 12월체 시형의 토대 위에서 중국의 시를 통해 익힌 12월체 詩歌의 틀로 정착시킨 것이 오늘날 전하는 <동동>(A′)이라고 본다. 궁중 상층에 의해 하나의 노래 틀로 정착된 12월체 시형은 민간과 궁중을 매개하던 기녀나 악공들에 의해 다시 민간에 유포되어 다양한 장르를 통해 수많은 12월체 가요를 파생시켰다고 보는 것이 필자의 추정이다.

2.2 〈動動〉 및 '十二月體 詩歌'의 연원

<동동>을 효시로 하는 우리나라 十二月體 詩型의 형성에 중국 시가의

영향이 있었음을 지적한 견해들도 적지 않다. 대개는『禮記』「月令」과『詩經』〈七月〉을 제시하는 경우가 많으며, 敦煌曲〈十二月相思〉에 근원을 두는 관점도 제기되고 있다.11) 그러나 이 견해들의 문제점은「月令」이나〈七月〉〈十二月相思〉등 어느 하나를〈동동〉노랫말 형성의 직접적 영향으로 제시하고, 이것이〈동동〉의 12월체 형성에 결정적 토대가 된 것으로 간주한다는 점에 있다. 이들이〈동동〉및 고려대의 12월체 시형의 형성에 직접·간접의 영향력을 행사한 것은 부인할 수 없다 해도, 이것만이〈동동〉형성에 작용한 외래적 요인의 전부가 아니며, 따라서 이들과〈동동〉간에 놓여진 틈과 거리를 메울 수 있는 연결고리가 필요하다고 본다.

2.2.1 『예기』「月令」과『시경』〈七月〉

「月令」은 12개월의 행할 바 政令을 말한 것으로 원래 秦의 재상 呂不韋가 학자들을 시켜 지은『十二月紀』에 실려 있었는데, 漢代에 이르러 禮家들이 이를 취해『禮記』의 한 篇으로 만든 것이다.『詩經』「豳風」중의〈七月〉은 月別 순서대로 서술한 것이 아니므로 엄밀히 말해 12월체 시가라고 할 수는 없지만, 계절마다 혹은 月마다 행해야 할 일들을 상세히 기술하고 있어「月令」과 더불어 12월체 가요의 濫觴으로 보는 데는 별 異見이 없다.「月令」이나〈七月〉은 모두 지배층의 전제정치를 강화하는 통치수단의 일환으로서 지어진 것으로 政敎主義의 소산으로 이해할 수 있다.12)

---

11) 〈十二月相思〉와〈동동〉의 유사성을 처음 지적한 사람은 李惠求(《숙대신문》 1959)이다. 임기중은「高麗歌謠 動動攷」(『高麗歌謠硏究』, 국어국문학회 편, 정음사, 1979·1982)에서 이 견해를 이어받아 兩 가요의 노랫말을 비교하여 유사성을 추출하고자 하였다. 예컨대 앞 노래의 "敎妾尋常獨自眠"이〈동동〉正月의 "몸하 ᄒᆞ올로 녈셔"와 거의 일치한다고 하였는데, '몸하 ᄒᆞ올로 녈셔'과 같은 표현은 민요계 가요에서 관습구처럼 흔히 볼 수 있는 표현이므로 설령 양자 간의 유사성이 인정된다 해도 꼭〈十二月相思〉에서 영향받은 것으로 볼 수는 없다.

12) 齋藤正二,『日本的自然觀の硏究』(八坂書房, 1978), 107-111쪽.

『高麗史』曆志에는 월별 기후 및 자연변화에 대해 기술한 부분이 있고 毅宗代에 반포된 新令 가운데 "凡所行事 一依月令"(모든 행사는 전부 月令에 의거해야 한다)13)는 기록이 있다. 또『高麗史』樂志 및 고려조 문인들이 지은 致語 등에『詩經』의 노래들 특히 '雅'의 노래들이 무수히 거론되고 있음을 볼 수 있다.14) 이로 볼 때, 「月令」과 <七月>을 포함한『詩經』의 작품들이 고려조 지배층에게는 이미 낯익은 체제, 낯익은 형식으로서 보편적으로 수용되어 있었음을 알 수 있다. 이같은 외래적 자극은 <동동>과 같은 12월체 시형의 탄생에 중요한 밑거름이 된 것이다.

여기서 한 가지 주목할 점은, 「월령」이 고대 중국 봉건사회에서 전제정치 이데올로기를 강화하는 수단으로서 기술되었고 이것의 시적 전환이라 할 <七月> 역시 같은 선상에 놓이는데, 우리나라 최초의 12월체 시가인 <동동>은 정치성이나 이데올로기적인 측면과는 전혀 무관하게 抒情性을 표출하는 양식으로 顯現되었다는 사실이다. 이것은 앞에서 언급한 대로 고려시대가 지니는 시대적 상황, 궁중무악으로 연주되었다는 연행적 상황 등이 작용한 결과로 여겨진다.

그러나 <동동>의 12월체 형성에『禮記』「月令」,『詩經』<七月>의 영향이 크게 작용했음을 감안한다 하더라도, 그 구체적 노랫말에 있어 이들 언술이 영향을 끼쳤다고 볼 수는 없다. 굳이 찾아 본다면 <동동> 正月章 중 "正月ㅅ 나릿므른/ 아으/ 어져 녹져 ㅎ논디"라는 구절이『예기』「月令」의 "東風解凍 蟄虫始振 魚上冰 獺祭魚 鴻雁來"와 비슷하고, 또 이 正月令 부분은『高麗史』曆志二 氣候條 正月項의 "東風解凍 蟄虫始振 魚陟負氷 獺祭魚 候雁北 草木萌動"와 거의 같다. 그 외에 이 두 언술과 <동동> 간의 내용상의 유사성은 찾기 어려워, 이들이 내용보다는 12월체 시형 형성의 외래적 요인이 된 것으로 이해하는 것이 타당할 듯하다.

---

13)『高麗史』世家 卷第十八 毅宗二.
14)『東文選』104卷 「致語」(민족문화추진회, 1967 · 1989).

2.2.2 악부 〈月節折楊柳歌〉와 敦煌 曲子詞 〈十二月相思〉

<月節折楊柳歌>은 宋代 郭茂倩에 의해 편찬된『樂府詩集』49卷「淸商曲辭」에 수록된 南朝(晉)의 樂府로서, 문헌에 기록된 것으로는 最古의 12월체 가요로 추정된다.「淸商曲辭」는 南朝 무렵 長江 및 漢水 연안의 도시에서 불려지던 남녀간의 사랑노래이다.15) <月節折楊柳歌> 역시 이성에 대한 연모의 정을 월별 자연의 변화에 따라 읊고 있다. <閏月歌>가 맨 끝에 붙어 있어 전체적으로 13장을 이루고 있다. 이 노래에서 節마다 되풀이되는 '折楊柳'라는 어구로부터, 후대의 시에서 남녀간 이별을 표현할 때 상투적으로 사용되는 '折柳'의 모티프가 연유된 것이 아닌가 추정된다.16)

<月節折楊柳歌>의 노랫말 및 12월체 시형은『樂府詩集』을 통해 직접 고려조에 수용되었을 가능성도 있고, 후대의 중국 시인들이 구전되던 이 노래를 모방하여 시를 짓고-예컨대 李賀의 新樂府 <十二月樂詞>-, 고려조 문인들이 이 시를 수용하는 식의 간접적 경로를 가정할 수도 있다.『예기』「월령」은 문학작품이 아니고, <七月> 또한 엄밀한 의미에서 12월체 시가로 보기 어렵다고 할 때, 이 시형의 실질적 祖型으로 볼 수 있는 것은 바로 이 <月節折楊柳歌>라 하겠다.

敦煌 曲子詞는 1900년경 중국 돈황 석굴에서 발견된 수많은 문학작품群 중 하나로서 宋詞의 발생과 깊은 연관을 갖고 있는 歌謠群이다. 이것은 대략 唐末에서 五代에 이르는 340년간에 만들어져 민간에서 불리던 노래들이다.17)『敦煌曲校錄』18)에 '失調名'이라는 篇名 下에 수록되어 있는 <十二月相思>는 계절의 변화에 따라 일어나는 상사의 정을 여성화자의 목소

---

15)『古樂府』(小尾郊一·岡村貞雄 譯註, 東海大學出版會, 1980), 解說.

16)『詩文典故辭典』(臺北: 木鐸出版社, 1987), 189쪽.

17) 敦煌歌辭들은 1950년『敦煌曲子詞集』으로 출판된 이래『敦煌曲初探』『敦煌曲校錄』『敦煌歌辭集』 등에 수록·소개되었다. 李秀雄,『敦煌文學』(일월서각, 1986), 28-36쪽.

18) 楊家駱 主編,『全唐五代詞』·下(臺北: 世界書局, 1980), 177-180쪽.

리를 빌려 노골적으로 표현하고 있다. 상사의 심정을 표현한 것은 <月節折楊柳歌>도 마찬가지이나, <十二月相思> 쪽이 그 농도가 훨씬 강하게 표출되어 있다.

　이 두 노래의 특징은 달마다 변화하는 자연의 모습을 노래하고, 그에 대하여 화자의 주관적 정서를 대응시켰다는 점이다. 이 두 노래가 <동동>의 노랫말이나 12월체 시형 형성에 직접적으로 영향을 끼쳤다고는 단정할 수 없지만 노랫말의 전체적 구성이나 발상, 정서표현 등 여러 측면에서 상당부분 유사성이 발견된다. 특히, 自然事(景·物)와 人間事(心·情)를 대응시키는 패턴이 <동동>에서도 기본구조를 이루고 있음을 볼 때 이 두 노래와 <동동> 간의 구조적인 유사성에서 시사하는 바가 크다고 하겠다. 한 부분을 예를 들어보자.

汎舟臨曲池 仰頭看春花 杜鵑緯林啼 折楊柳 雙下俱徘徊 我與歡共取 (굽이굽이 흐르는 연못에 배를 띄우고/ 고개를 들어 봄꽃을 본다/ 두견새 숲속에서 울다가/ 버드나무를 꺾는다/ 한쌍이 날아와 맴돌고 있는데/ 나는 누구와 더불어 즐거움을 함께 할꼬. <月節折楊柳歌>·三月歌)

四月孟夏夏漸熱 忽憶貞君無時節 妾今猶在舊日境 君何不憶妾心褐 也也也也. (4월이라 孟夏되니 여름날이 점차 무르익어 갑니다/ 홀연 님 생각에 계절 느낌조차 없답니다/ 저는 지금도 옛날 생각에 잠겨 있는데/ 당신은 어찌 제 마음이 타들어가는 것을 생각지 않나요/ (후렴) 敦煌 曲子詞 <十二月相思·四月歌>)

四月 아니 니저
아으 오실셔 곳고리 새여
므슴다 錄事니문
녯나롤 닛고신뎌
아으 動動다리 (<動動>·四月)

<月節折楊柳歌>의 "折楊柳", 敦煌曲 <十二月相思>의 "也也也", <動動>의 "아으 動動다리"는 모두 리듬감을 조성하고 율조를 부드럽게 하며 노래의 흥을 돋우는 餘音的 성격을 띤다. 이 셋을 비교해 보면 <月節折楊柳歌>와 <動動>은 景과 情이 비슷한 비중을 지니며 대응되는 것에 비해, 敦煌曲 <十二月相思>는 情의 표현에 치중한 것을 알 수 있다. 이 경우 자연물은 景 자체로서보다도 주관적 정서를 환기하는 대상물로 작용한다. 景과 情의 대응양상의 측면에서 볼 때 <동동>은 <月節折楊柳歌>에 더 근접해 있다고 할 수 있다.

2.2.3 李賀의 新樂府 〈十二月樂詞〉와 歐陽脩의 詞 〈漁家傲〉

李賀의 <十二月樂詞>는 『樂府詩集』 82卷 「近代曲辭」四에 <十二月樂辭十三首>로 수록되어 있다. 「近代曲辭」란 唐代의 新樂府를 말하는데 곡조 없이 詩의 형태로만 존재하는 것이다.[19] 이 작품의 원제는 <河南府試十二月樂詞-幷閏月>[20]인데, 이로 보아 809年 이하가 19세일 때 하남부(洛陽)에서 지방시험을 치를 때 作詩의 과제로 제시된 것이 '十二月樂詞'였음을 알 수 있다.[21] 대개 궁중관계의 제재를 취하고 있기 때문에 古房中樂에 속하지만, '閏月歌'까지 포함하여 13장을 읊은 晉代의 樂府 <月節折楊柳歌>를 선례로 하여 지어진 것으로 볼 수 있다.

月別 시형식에 정해진 격식이 없이 자유롭게 詩想을 전개해 간 것이 특징이다. 이 작품은 철마다 변화하는 자연현상 중 가장 특징적인 것을 月別로 노래한 것인데 화자의 주관적 정조는 거의 표출되지 않고 자연묘사와 敍景이 주를 이룬다. 따라서 이 작품의 내용이 <동동> 노랫말 형성에 영향

---

19) 李鍾燦, 『漢文學槪論』(半島出版社, 1989), 96쪽. 112쪽.
20) 이는 『漢詩大系』 13卷·李賀(齋藤晌 譯註, 東京: 進英社, 1967·1983, 67쪽)에 실려 있는 동일작품 제목이다.
21) 같은 곳.

을 주었으리라고는 추정할 수 없다. 내용보다는 12월을 차례로 읊는 詩體가 <동동>의 12월체 시형 형성에 더 큰 영향을 끼쳤다고 생각된다. 고려대에 이미 唐代 詩人들의 시가 널리 보편화되어 있었던 것으로 보아, 李賀의 시 및 12월체 시형 또한 궁중의 상층, 즉 <동동>의 작자층에게 이미 숙지되어 있었을 것으로 본다.

한편, 歐陽脩의 詞 <漁家傲>[22)]는 총 30調로 되어 있는데 그 중 19부터 30까지가 12월체를 이룬다. 7 7 7 3 7(前段)/7 7 7 3 7(後段) 형식의 62字 雙調로 되어 있다. 고려조 궁중 宴樂에 쓰인 唐樂의 노랫말을 보면 宋代 詞가 큰 비중을 차지하고 있고 그 중에는 구양수의 詞도 포함되어 있어 그의 대표작 중의 하나인 <漁家傲> 및 12월체 시형이 궁중 상층에게 이미 인지되었을 가능성이 크다고 하겠다. 다만, 작가를 알 수 있는 당악의 散詞 16편 중 柳永의 것이 8편으로 가장 많고 구양수의 것은 <洛陽春> 한 편[23)]에 불과한 것으로 보아 당대 궁중의 향수층에게 유영의 詞 작품만큼 인기가 있었던 것은 아님을 알 수 있다.

유영의 詞는 여성화자를 통해 사랑이나 이별을 주제로 하는 纖細·艶情的 경향을 띠고 있어 고려시대 궁중 유흥의 場에 부합한 관계로 널리 애호될 수 있었다고 보여진다.[24)] 유영의 詞風과, <동동>을 비롯하여 궁중무악화된 고려가요의 노랫말을 비교해 보면 민간에서 유입된 노래들의 변개에 當代 유행한 詞風이 얼마나 큰 영향을 미쳤는지 짐작할 수 있다.[25)]

구양수의 詞의 내용이 비록 궁중 연악을 즐기는 층의 기호에 부합하거나 주류를 이룬 것은 아니라 할지라도, 그의 詞 작품이 그들에게 향수되었음은

---

22) 蔡茂雄, 『六一詞校注』(臺北: 文津出版社, 1968).

23) 車柱環, 『唐樂研究』(汎學社, 1981), 34-35쪽.

24) 같은 책, 41-45쪽. 224-272쪽 참고.

25) 이 점에 대해서는 車順子, 「高麗歌謠 生成樣相과 意味」, 『고려가요연구의 현황과 전망』(성균관대학교 인문과학연구소 編, 집문당, 1996)에서 자세히 다루고 있다.

확실하고 〈漁家傲〉도 그 중 하나였을 가능성이 크다. 이같은 사실로 미루어 〈동동〉으로 정착된 고려시대 12월체 시형의 형성에 〈漁家傲〉가 직접적 영향을 끼쳤으리라는 추정을 해볼 수 있다.

　이상, 지금까지 언급한 중국 12월체 언술들이 고려조 궁중 가악 담당자들에게 직·간접으로 인지·수용되어, 〈동동〉 및 12월체 시형의 형성에 종합적으로 작용했다고 잠정적 결론을 내릴 수 있다. 禮記「月令」은 12월별로 언술을 전개하는 틀의 모델을 제공했고, 詩經 〈七月〉은 詩로서의 12월체 형식의 雛型이 되었다고 보며, 〈月節折楊柳歌〉와 〈十二月相思〉는 월별 자연현상의 특징적 변화를 제시하고 주체의 정서를 대응시키는 〈동동〉의 시상 전개의 濫觴이 되었다고 생각한다. 또 〈十二月樂詞〉와 〈漁家傲〉는 노래문학(특히 詞)이 성행한 고려조의 시대적 상황을 감안할 때 가장 직접적인 영향요인이 되었으리라 본다. 여기에 앞서 제시한 12월체 시형 형성의 자생적 토대의 가능성, 〈동동〉이 舞樂으로 향수되던 시기 및 연행상황적 요인-예컨대, 궁중연악에 쓰였다고 하는 용도의 측면, 이성에 대한 본능의 표출이 자유롭고 유교적 도덕률의 억압이 작은 시대적 분위기 등-이 복합적으로 작용했을 것으로 추정된다.

3. 〈動動〉의 작자에 대한 추정[26]

　앞서 고려가요의 작자층에 대해서는 제1작자와 제2작자를 나누어 생각

---

26) 임기중(앞의 글)은『增補文獻備考』樂考 중 '動動'을 合浦 萬戶 柳濯의 군사들이 지었다고 하는 記事內容을 들어 〈동동〉이 軍旅歌의 성격을 지닌 것으로 파악했다. 유탁이 元나라를 왕래하면서 돈황문화와 교섭했을 가능성을 들어, 〈十二月相思〉가 〈동동〉의 노랫말 형성에 영향이 있었음을 시사하고 있다. 그러나『增補文獻備考』 '動動'의 기사내용과『고려사』 악지 〈長生浦〉 관련 기사 및『增補文獻備考』 樂考 중 〈長生浦〉 관련 기사들은 서로 일치하지 않는 부분이 많아 착오가 있었다고 여겨지므로 〈동동〉의 작자를 유탁 및 그의 군사로 단정하기는 어렵다고 본다.

할 필요가 있다는 점과, <동동> 형성과정의 네 가지 가설을 제시한 바 있다. 필자는 이 중 네 번째 것에 가장 큰 비중을 두고 있다. 따라서 제1·제2 작자 모두 궁중의 上層으로 보며, 작자는 多數가 아닌 1인(늘려 잡아도 2인)일 가능성이 크다고 보는 입장이다. <동동>의 작자를 확정할 수 있는 직접적 근거는 없지만, 대략 다음과 같이 추정해 볼 수 있다.

(1) 敎坊의 樂人 (악공·여제자·기녀 등)
(2) 宴樂을 통해 임금의 환심과 총애를 받으려 한 倖嬖 (倖臣 吳潛·金元祥, 內僚 石天補·石天卿 혹은 列傳 嬖倖條에 기록된 사람들처럼 문헌에 나타난 사람은 물론, 문헌상에 나타나지 않은 사람도 포함)
(3) 蔡洪哲처럼 음률에 정통한 문인[27]
(4) 口號·致語를 지은 문인 (李奎報, 李之氐 등)

이들 중 누가 실질적 작자인지 단정할 수는 없지만, 다음 몇 가지 조건을 충족시키는 사람이어야 하리라고 본다.

첫째, 風流의 실질적 향유계층이어야 한다는 조건이다. 앞서 고려사 악지의 '蓋效仙語而爲之'라는 구절에서 '效'나 '爲之'라는 말이 내포하는 作意性·意圖性으로 미루어, <동동>이 민간에서 그냥 '우연히 적층적으로 형성되고 불린' 것이 아니라 어떤 주체에 의해 고안·계획되고 방향성을 가지고 의도된 것이라는 추정을 한 바 있다. 이에 부가하여 '仙語'라는 말의 함축성을 근거로 작가층을 고구해 보는 한 실마리로 삼고자 한다.

『高麗史』가 世宗代에 편찬되었다는 점을 감안하여, 조선 초기에 '仙'이라는 말이 어떤 의미로 통용되고 있었는가를 보고자 하는 것이다. 주지하는 바와 같이, 신라의 花郎道는 달리 國仙道·風流道로, 花郎은 國仙·風流徒로 불리었다. 고려사를 보면 花郎이 '國仙' '仙郎'으로, 花郎道가 '仙風'

---

27) 『高麗史』 列傳 「蔡洪哲傳」 및 同書 樂志 俗樂條 「紫霞洞」의 記事內容을 보면 채홍철의 음악적 소양을 짐작할 수 있다.

으로 대체되는 것이 일반화된다. 이로 볼 때, 고려조에 통용되던 '仙'이라는 말에는 '風流道' '花郎道'의 개념이 함축된 것으로 이해할 수 있고, 조선초 역시 이같은 명칭과 개념이 고려시대와 크게 다름이 없다고 하겠다.[28]

이런 사실을 근거로, 고려사 악지의 '仙語'는 '풍류적 언어표현' 혹은 '풍류에 관계된 말'로 풀이할 수 있다고 본다. '풍류'란 '놀이'와 '예술'의 요소가 복합적 현상을 가리키는 동아시아 한자문화권의 공통된 개념이었음을 감안할 때[29] 정월에서 12월까지 그 달의 가장 특징적인 자연물이나 세시풍속과 같은 놀이를 서술하는 〈동동〉의 노랫말에 대하여 '蓋效仙語而爲之'로 해설해 놓은 것은 지극히 자연스럽고 타당한 언급이라 하지 않을 수 없다. 또한, '풍류'에 내포된 개념이 단순히 '가무를 즐기며 논다'든가 '남녀 간의 情事'에 관계된다든가 하는 식으로 俗化되고, 그 지시범주가 민속예술의 영역까지 확대되는 것은 조선 중기 이후라고 보아, '仙語'를 모방하여 〈동동〉의 노랫말을 만든 사람은 궁중의 상층에 속한 인물이라고 추정할 수 있다.

둘째, 기생과 교유 · 친분이 있을 것이 요구된다. 〈동동〉의 노랫말 내용 및 시적 화자가 여성 중에서도 遊女임에 비추어 노랫말을 만든 사람은 유녀이거나 그들의 삶을 잘 이해하고 그에 밀착된 입장에 놓인 사람일 가능성이 크다고 본다. 그러나 여기서 그들과의 교유는 단순한 私的 만남이 아닌 음악적 교류를 말한다.

셋째, 〈동동〉의 노랫말을 만든 사람은 詩文과 音律에 정통한 사람이었음에 틀림없다. 이 조건은 작자층에 대한 앞의 네 가지 가능성 중 (4)의 不

---

28) 그 예로서 김시습의 『금오신화』 중 「만복사저포기」에 삽입된 시구를 들어 본다. "自喜誤入蓬萊島 對此仙府風流徒(스스로 기꺼이 봉래섬을 잘못 찾아들어 여기 仙府 −신선들이 사는 곳−에서 風流徒를 만났구나.)" 이로 볼 때, 고려조를 이어 조선초에도 仙과 風流가 같은 의미로 쓰이고 있음이 분명해진다.

29) '風流'라는 말의 내포, 개념의 시대적 변천 등에 대한 구체적 논의는 辛恩卿, 『風流 : 동아시아 美學의 근원』(보고사, 1999) 제1부 참고.

可性을 말해주는 근거가 된다. 치어나 구호는 여성 화자가 등장하고, 頌祝하는 내용이 주류를 이루며, 사용된 시어나 표현기법이 宋代 詞와 흡사한 면이 있어 이것을 지은 작가들을 고려가요 생성계층으로 보는 시각이 있다.30) 그러나 구호나 치어는 唱詞가 아닌 致辭로서 '句念'한다고 되어 있어31) 唱詞인 <동동>과는 성격이 다르다. 따라서 구호나 치어를 지은 이규보 같은 문인을 <동동> 노랫말의 작자로 추정하는 데는 무리가 있다.

넷째, <동동> 노랫말을 지은 사람은 荒淫을 즐기는 임금의 환심을 사고자 하는 의도를 지닌 사람으로 보아야 할 것이다. 이 노래의 용도, 연행상황 등을 고려할 때 이 조건을 매우 타당성이 있다고 본다. 이 기준에 비추어 (3)의 가능성은 매우 작다고 볼 수 있다.

다섯째, <동동> 노랫말 작자는 <만전춘> 작자와 동일인이거나 신분, 음률·시문의 소양, 음악적·문학적 취향, 임금에 대한 태도 등 모든 면에서 아주 비슷한 입장에 놓인 사람일 것으로 추정된다.

이상을 종합할 때, 앞에 제시한 네 가능성 중 <동동> 노랫말을 지은 계층으로서 (1)과 (2)의 존재를 주목해 보아야 할 것으로 생각된다.

문헌에 나타나는 고려시대 기녀들로는 動人紅·于咄·紅粧·小娥 등이 있는데 이들은 한시를 지은 것으로 이름이 전해지는 기녀들, 즉 詩妓들이었다.32) 하지만 이 詩妓들이 <동동>과 같은 우리말 노래의 가사를 창작했

---

30) 차순자, 앞의 글.

31)『宋史』「樂志」(『二十五史』, 景仁文化社)에는 매년 봄 가을에 행해지는 宮中宴의 절차가 소개되어 있는데 그 중 第六에 "樂工致辭 繼以詩一章 謂之口號 皆述德美及中外蹈詠之情"라는 구절이 있다. 여기서 '致辭'는 덕을 기리고 찬미하는 말 즉 致賀의 말을 의미하며, 그 뒤에 이어지는 詩를 '口號'라고 한다는 내용이다. 이로 볼 때, 치사나 구호는 唱辭가 아님을 알 수 있다. 고려조는 宋代의 절차를 따르거나 그를 기준으로 했을 가능성이 크다고 보아 고려조에도 이같은 치사·구호의 의미가 통용되었으리라 추정할 수 있다. 고려시대 구호·치어의 句念에 관해서는 車柱環, 앞의 책, 46~50쪽.

32) 李能和의 『朝鮮解語花史』(新韓書林, 1968, 10쪽)를 보면 李需敎坊小娥詩가 소개되

다는 기록은 나와 있지 않으며 그 가능성 또한 희박하다. 만일 〈동동〉 노랫말을 기녀가 지었다고 가정한다면 그것은 아마도 詩妓보다는 궁중 女樂을 담당하는 기녀들이었을 것이다.

그러나 문헌에 나타난 고려시대 궁중음악을 담당하던 敎坊 女弟子나 樂工, 기녀 등의 주된 역할은 이미 존재하는 음악과 춤을 익히고 연주하며 그것을 전하는 것이었음을 알 수 있다.[33] 비록 俚語라 할지라도 노랫말을 지을 수 있으려면 어느 정도 시문에도 능통해야 하는데, 習樂과 傳授를 주 임무로 하는 이들이 시문에까지 능했으리라고 볼 수는 없다. 따라서 이들이 노랫말이나 곡 자체의 창작에 중심적 역할을 했다고 볼 수 있는 가능성은 매우 희박하다. 다만, 노랫말 창작의 주된 역할을 한 어떤 존재–시문과 음률에 능통한–의 보조적 역할을 했을 가능성이 높다고 본다.

이런 점들을 근거로 하여, 〈동동〉 노랫말의 창작자로서 가장 가능성이 높은 층은 (2)라고 추론할 수 있다. 그–혹은 그들–는 오잠·김원상·석천보·석천경 등과 같이 문헌상에 드러난 인물일 수도 있고, 드러나지 않은 인물일 수도 있다. 이들은 聲色을 통해 임금의 사랑을 받고자 하는 의도를 가진 무리들로서 자연히 기녀들과도 교분이 두터웠을 것이고 음악과 시문에도 어느 정도 능통했을 것으로 본다. 이들이 〈동동〉 노랫말 창작의 주체가 되었고 악공이나 여제자, 기녀들은 보조적 역할을 했다고 생각한다.

또 정제된 시형, 일관성 있는 내용 및 표현기법–예컨대 '아으'라고 하는

어 있고 李奎報·崔滋 등 당대 문인들이 이에 次韻한 시가 아울러 소개되어 있다. 動人紅·于咄·紅粧의 시에 대해서는 이경복, 『고려시대 기녀연구』(민족문화문고 간행회, 1986), 114-123쪽.

33) 『高麗史』 樂志 俗樂條「紫霞洞」,「三藏」,「蛇龍」및 列傳(「金元祥傳」,「蔡洪哲傳」), 『增補文獻備考』 樂考「高麗樂」 등 문헌을 보면 이들이 행하던 習樂·演奏·傳承의 역할을 어느 정도 짐작할 수 있다. 謫仙來·眞卿·楚英 등 倡妓나 敎坊 女弟子 이름도 구체적으로 드러나 있다. 鄭尙均은「倡妓와 高麗歌謠」(『韓國中世詩文學史研究』, 翰信文化社, 1986)에서, 이경복은 위의 책에서 이들이 고려가요의 學習·演唱·開發·傳授에 간여했을 뿐만 아니라 創造까지도 담당했다고 하였다.

독백성이 강한 감탄사가 每章 되풀이되는 것 등—을 미루어 노랫말의 작자는 1인일 가능성이 크고 많이 잡아도 2인을 넘지는 않으리라 추정할 수 있다.

「九雲夢」과 「겐지모노가타리」의 비교 연구
: 불교적 이니시에이션(initiation)의 두 모델

1. 비교의 근거: '불교적 이니시에이션'의 구조

「九雲夢」은 1867년경 김만중에 의해, 「겐지모노가타리」(源氏物語)는 11세기 초엽(1008년 무렵으로 추정) 일본 헤이안시대(平安時代, 794-1192)에 궁녀 무라사키 시키부(紫式部)에 의해 쓰인 작품이다. 「구운몽」은 양반사대부 남성이 老母의 적적함을 위로하기 위해, 그리고 「겐지모노가타리」는 결혼경험이 있는 중년의 宮女가 자신이 모시는 중궁 章子를 위하여 지은 것이다. 김만중은 유복자로 태어나 편모슬하에서 자랐으며, 무라사키 시키부는 어린 시절 어머니를 여의고 아버지의 보살핌 속에서 성장하였다. 전자는 성리학이 사상적 조류를 이루던 시대에, 후자는 불교가 풍미하는 시대적 분위기 속에서 쓰였다. 또한 전자의 주인공은 속세의 삶을 버리고 수도를 하는 젊은 승려이고, 후자의 주인공은 천황의 아들로 태어나 수려한 용모와 최고의 예술적 재능과 깊은 교양 등 세속적인 의미의 모든 행복요건을 갖춘 인물이다.

이렇듯 창작의 시대적 상황·창작동기·작자의 전기적 배경·인물설정 등 여러 면에서 차이점을 지니고 있음에도 불구하고, 두 작품의 비교를 가능케 하는 결정적인 근거는 둘 다 '假相'(illusion)을 통해 '實在'(reality)의

본질에 접근하는 사유방식을 문학으로 그려냈다는 점이다. 즉, '실재가 아닌 것'을 '실재'와 혼동하는 '迷妄'에 빠진 인물이 착각과 오인, 無知의 세계를 벗어나 '실재'-혹은 삶의 본질-에 대한 깨달음을 얻는 것을 기본구조로 한다는 사실이다. 따라서 필자는 「구운몽」과 「겐지모노가타리」가 조선시대와 헤이안시대의 산물이라고 하는 特殊性·局地性을 넘어 보편적 경험의 세계-인간의 욕망과 이로 인한 번뇌, 번뇌를 통한 깨달음-를 드러내는 작품으로서 공통점을 지닌다는 점에 착안하여, 영향관계와는 무관하게 비교연구를 시도하고자 한다.1)

여기서 무엇을 '假相'으로, 무엇을 '實在'로 정의하느냐 하는 것은 문화나 종교·직업, 심지어는 개인마다 달라질 수 있는 복잡한 문제이다. 우리가 실재로 부르는 것도 불교적 관점에서 보면 한 가상일 수 있고, 일반인에게

---

1) 한국 고전문학을 중심으로 한 비교연구는 주로 중국이 비교의 대상이 되어 왔고, 비교의 방법도 '영향'의 授受 관계가 전제되는 경우가 주류를 이루었다. 결과적으로 중국과의 비교연구에서 한국은 중국의 영향을 받아들이는 수동적 입장에 서있을 수밖에 없었고 작품 본질론과 유리되는 결함이 있었으며 전통적 요인에 대한 규명도 소홀했다(이혜순, 「韓·中 小說의 比較文學」, 『古典小說硏究』, 일지사, 1993, 317-321쪽). 한편, 일본문학과의 비교연구는 상대적으로 수가 적으며, 향가가 만엽집 시가작품에 끼친 영향, 「금오신화」, 「열녀전」 등이 일본 서사문학에 끼친 영향, 한·일 설화의 비교 등에 관한 소수의 연구가 있었을 뿐이다(김태준, 「韓·日 小說의 比較文學」, 『古典小說硏究』, 華鏡古典文學硏究會 編, 일지사, 1993). 이런 상황에서 「九雲夢」은 비교연구의 판도를 바꾸어 놓은 획기적인 작품으로 간주된다. 「구운몽」은 중국으로 역수출되어 淸代의 「九雲樓」를 탄생시켰고, 또 일본으로도 전해져 明治時代에 「夢幻」으로 번안되기도 했던 것이다(정규복·진경환 역주, 『구운몽』, 고려대학교 민족문화연구소, 1996, 해제). 이처럼 「구운몽」은 한국을 단순한 수신자가 아닌 영향의 발신자로서 쌍방적 비교연구를 가능케 한 작품으로서 중요한 의미를 지닌다.
그러나 이같은 성과에도 불구하고, 「구운몽」을 비롯한 그간의 비교연구가 영향의 수수관계를 고수하려는 경향이 있었음을 부인할 수 없다. '영향관계'에 집착하는 한, 한국은 중국으로부터 발원한 영향의 수신자로 머물러 있거나, 일본문학과의 비교연구는 극히 제한된 범주에서 행해질 수밖에 없다. 따라서 우리문화의 특징과 정체성을 밝히는 것에 '비교연구'의 의의를 둔다면, 영향관계를 넘어서 좀 더 넓고 다양한 시각으로 작품에 임할 필요가 있다고 하겠다.

가상인 것도 기독교적 입장에서는 유일한 실재일 수 있는 것이다. 문제는 환상이나 실재를 '절대적' '보편적'인 관점에서 규정할 수 없다는 점이다. 논의 대상인 두 작품에 한정해 볼 때, 성진에게 있어서의 가상과 실재, 겐지에게 있어서의 가상과 실재의 성격은 다르다는 사실을 명확히 인식해야 한다. 다시 말해 우리는 이 문제를 '상대적' 관점에서 접근해야 할 필요가 있다.

이 글에서 말하는 '假相'이란 '거짓'이나 '가짜'의 의미보다는, '가변적·잠정적·임시적인 것' '불연속적인 것'이라는 의미에 가까우며 꿈을 포함하여 착각이나 환상·공상·망상·동일시 등과 같이 실재와 다르게 혹은 잘못 생각하는 정신작용 및 그 산물을 통칭하는 개념이다. 마찬가지로 '實相'이란 '진짜'의 의미보다는 '恒常性·永久性·不變性·連續性'을 지닌 것을 의미한다. 성진과 겐지에 있어 무엇이 가상이고 무엇이 실재인가는 다르지만, 그들이 가상을 실재라고 여기는 '迷妄'에 빠져 있다는 점은 공통적이다. 작품 속에서 성진의 迷妄은 불교적 의미의 '無知'로 인한 것이며, 겐지의 미망은 '業報'에 기인한 것으로 그려진다.

「九雲夢」의 '성진'은 八仙女와의 조우를 통해 감각적 쾌락과 현세적 부귀영화를 삶의 '實相'으로 誤認하고, 「源氏物語」의 '겐지'는 죽은 어머니와 그녀를 닮은 계모 후지쓰보(藤壺)를 무의식적으로 동일시한다. 이처럼 가상을 실재로 오인한 결과로 성진은 인간세상으로 다시 윤회하는 고통을, 겐지는 아들代에 이르러 똑같은 일이 반복되는 것을 지켜보는 고통을 경험하게 된다. '양소유'가 되어 인간세상의 온갖 부귀영화를 맛본 '성진'은 꿈에서 깨어나 양소유의 삶—꿈 내용—이 실재의 삶이 아니었음을 즉 假相이었음을 깨닫고(1차 覺醒) 다시 스승 육관대사의 가르침에 의해 꿈과 현실을 구분하는 것조차, 다시 말해 성진이 實在라고 믿는 今生의 삶조차 꿈에 지나지 않는다는 것을 깨닫는 大悟(2차 覺醒)를 얻게 된다.

겐지는 자신의 친아들 유기리(夕霧)가 그의 평생의 반려자 와카 무라사키(若紫)를 연모하고 제2正妻인 온나산노미야(女三の宮)가 그녀의 연인과의 사이에 낳은 아들 가오루(薫)를 자신의 아들처럼 키워야 하는 숙명을 통해 자신의 업보-후지쓰보를 어머니와 동일시한 迷妄-의 실상을 깨닫는다 (1차 覺醒). 그러다가 후지쓰보의 조카로서 그녀를 빼닮은, 그래서 겐지가 후지쓰보와 동일시하여 사랑한 무라사키가 죽자, 그가 실재라고 믿었던 '삶' 이 결국은 '幻'2)에 지나지 않는다는 사실을 깨닫고 출가3)를 결심하게 된다 (2차 覺醒).

간추린 '誤認-自覺'의 구조에서 드러나듯, 두 이야기는 공통적으로 '고통'과 그에 따른 주인공의 내면의 '靈的 成長'을 다루고 있고, 미망에서 벗어나 삶의 實相-두 사람에게 있어 상이할 수도 있는-에 접근한다고 하는 깨달음의 내용이 '불교'의 가르침에 직접 연관된다는 점에서 필자는 이 두 작품을 '불교적 이니시에이션'(initiation)4)의 구조를 가진 이야기로 규정하고자 한다.5)

---

2) '幻'은 겐지가 출가결심 및 결행을 다루는 41장의 제목이기도 하다.

3) 이 이야기가 쓰여지던 당시의 일본에서 '출가'는 오늘날의 그것과는 크게 다르다. 세속과 인연을 끊고 승려가 되었다는 의미가 아니라 속세를 떠나 종교적(불교) 진리에 의지하여 삶을 살아가는 일종의 '은둔적 생활'을 의미한다.

4) 이니시에이션이란 원시사회에서의 성년식(passage rites)을 가리키는데 일정나이에 이른 소년들에게 육체적 고통이 따르는 테스트가 부과되고 이를 통과함으로써 부족의 일원으로 또는 성인으로 인정받게 되는 것을 말한다. 이것이 문학용어로 편입되면서 육체적·정신적인 미성숙에서 성숙으로 나아가는 모티프를 가리키는 말로 사용되고 있다. Arnold van Gennep, *The Rites of Passage*, trans. M.B. Vizedom & G.L. Caffee(The University of Chicago Press, 1960).

5) 「단군신화」는 고통과 금기를 통해 인간으로 화한다는 점에서 이니시에이션의 요소를 지니나, 그 내용이 주인공의 '영적 성장'에 관계되지도 않고 '불교'의 가르침과도 거리가 멀다는 점에서 불교적 이니시에이션의 범주에 포괄될 수 없다. 「조신몽」은 『삼국유사』의 맥락에서 떼어내어 그 이야기 하나만 가지고 볼 때는 국내의 꿈이야기 중 「구운몽」의 모형에 가장 가깝다고 볼 수도 있지만, 이 설화가『삼국유사』「塔像」篇에 실려 있다고 하는 서지적 사실을 고려했을 때 드러나는 문제점은 절대로 간과될 수 없다고 본다. 즉, 「조신몽」은 한 수도승의 깨달음이나 영적 성장에 초점이 맞춰져 있는 것이 아니라 그가 꿈의 기억대로 땅을 파고 거기서 발견한 '돌미륵'에 초점이 맞춰져 있다는 것이다. 중국 唐代의 「枕中記」 역시 한 書生의 깨달음의 과정,

요컨대 본 연구는 「구운몽」「겐지모노가타리」 모두 가상을 실재로 오인하는 미망으로 인해 고통을 겪고 이 고통을 통해 영적 성장에 이르는 것을 다룬 작품이라는 점에 주목하고, 이 공통의 主旨를 '불교적 이니시에이션'이라는 용어로 포괄하여 이것이 두 작품에서 어떻게 달리 형상화되는가를 비교함으로써 이면에 내재되어 있는 한·일 두 나라의 문화적 특성, 사고구조의 차이의 일단을 규명하는 데 목표를 둔다.

2. 錯覺과 誤認의 구조

필자가 기억하는 한 지금까지 「구운몽」과 「겐지모노가타리」를 직접 비교한 연구는 없었지만, 각각의 작품에 대해서는 수많은 연구업적이 축적되어 있다. 「구운몽」 연구는 크게 原典 확정 문제, 작품시기와 창작동기, 사상적 배경(특히 불교의 空觀), 幻夢構造를 중심으로 한 작품분석[6], 심리적 접근에 의한 연구, 비교연구[7] 등으로 나뉠 수 있다.[8] 이 중 심리적 연구방법

영적 성장보다는 여관에서 만난 '道士'와 그의 '道術'에 초점이 맞춰져 있어 '불교적 깨달음'과는 다소 거리가 있다. 그리고 깨달음의 전제조건으로서 주인공에게 부과되는 시련이나 고통의 요소도 찾아볼 수 없다. 요컨대, '환몽구조'에 초점을 맞추었을 때는 모두 같은 범주에서 다루어질 수 있는 작품이라도–사실 지금까지 「구운몽」을 중심으로 한 비교연구는 대부분 이런 관점에서 크게 벗어나지 않았다고 본다–바라보는 관점에 따라, 주안점을 두는 포인트에 따라 이질적인 작품으로 간주될 수도 있다는 것을 지적하고 싶다.

6) 환몽구조를 중심으로 한 연구는 정규복의 논문(「幻夢構造論」, 『常山李在秀博士還曆記念論文集』, 1972) 이래 「구운몽」 연구의 핵심이 되어 왔다. 정규복은 현실세계와 꿈의 세계가 대응되는 것을 환몽구조로 보고 이런 소설의 원류를 「婆羅那比丘」로 보았다. 그러나 본 연구는 '꿈'을 다양한 幻相 중의 하나로 보고 논지를 전개한다는 점에서 이들 연구와 차이를 지닌다.

7) 「구운몽」에 관한 비교문학적 연구는 영향관계의 수수를 전제로 하여 전개되어 왔는데, 크게 佛經의 「婆羅那比丘」–唐代 「枕中記」「南柯太守傳」「櫻桃靑衣」–「調信夢」–「九雲夢」으로 이어지는 성립과정을 규명한 것, 淸代의 「九雲樓」나 일본의 「夢幻」

론은 이 글에서 취하는 방법론과 관계가 있으므로 간략히 검토해 보기로 한다. 심리적 연구는 김병국에 의해 집중적으로 이루어졌는데9) 주로 프로이트와 융의 심리학에 의거하여 '어머니 콤플렉스'(mother complex), 再生의 원형적 패턴으로서의 환생체험 등을 설명하였고, 이능우는 巨母를 향한 작가의 숨은 여성숭배심리에 초점을 맞춰 被愛所望, 동성애적 경향, 나르시시즘, 기타 작품에 나타난 性的 제 상징 등을 규명하였다.10)

한편 「겐지모노가타리」는 작자연구, 작품에 나타난 헤이안시대의 궁중풍속 및 귀족들의 생활상을 검토하는 사회학적 연구, 등장인물의 성격 및 심리규명에 중점을 둔 연구, 주제적 검토, 작품 속에 수용되어 있는 불교사상 검토, 작품구성에 관계된 것, 언어학적 연구, 「겐지모노가타리」의 후대적 수용 등 광범하게 연구가 진행되어 왔다. 이 중 본 연구와 관계가 있는 심리적 연구를 개괄해 보면, 작품 전체를 포괄할 수 있는 심리적 접근을 시도하기보다는 작자나 특징적인 등장인물—예컨대 겐지(源氏)·기리쓰보(桐壺)·가시와기(柏木) 등—에 대하여 개별적인 심리분석에 치중하고 있는 것이 발견된다. 어머니 콤플렉스, 나르시시즘, 거세 콤플렉스, 등장인물의 무의식 세계 등이 그 주된 내용을 이루고 있다.11)

과의 비교 등 영향의 발신자로서의 「구운몽」에 초점을 맞춘 것, 「옥루몽」, 「옥련몽」 등 후대 夢字類 소설에의 영향에 초점을 맞춘 것 등으로 대별된다.

8) 「구운몽」에 대한 연구사 검토는 정규복의 「九雲夢」, 『古典小說研究』(華鏡古典文學研究會 編, 일지사, 1993b) 참고.

9) 김병국, 「구운몽의 에피그라프 記夢」, 《국어교육》 14집, 1968a; 「九雲夢 研究-그 幻想構造의 심리적 고찰」, 《국문학연구》 6집, 1968b; 「구운몽에 구현된 현상체험의 심리적 고찰」, 《문리대학보》 24, 1969.

10) 이능우, 「九雲夢分析」, 《숙대논문집》 12, 1972.

11) 대표적인 연구로 다음과 같은 것을 들 수 있다. 岡一男, 「Mother Complex」, 『源氏物語の基礎的研究: 紫式部の生涯と作品』(東京: 東京堂, 1966); 海老澤秀直, 「源氏物語の精神分析」, 『源氏物語講座』1卷(山岸德平·岡一男 監修, 有精堂, 1971); 重松信弘, 「源氏物語の心理描寫」, 『源氏物語の探求』1(源氏物語研究會 編, 1977a) 및 「源氏物語の無意識の心理」, 『源氏物語の探求』3(源氏物語研究會 編, 1977b); 白方勝, 「柏木

심리학 혹은 정신분석학을 이론틀로 삼는다는 점에서 이들 연구는 본 연구와 비슷하지만, 이 글에서는 불교적 깨달음의 양상과 주체성(subjectivity) 형성과정에 관한 라캉의 이론의 상동성에 착안하여 양자를 '이니시에이션'이라는 공분모로 수렴시켜 논의를 전개한다는 점12)에서 큰 차이가 있다.

불교적 깨달음을 얻는 과정에 대한 설명은, 정신분석학 특히 라캉의 주체(subjectivity) 형성 이론과 흡사하다. 주지하는 바와 같이, 라캉은 주체가 형성되는 과정을 상상계(the Imaginary)/ 현실계(the Real)/ 상징계(the Symbolic)의 세 단계로 설명하는데 이는 본능(id)/ 자아(ego)/ 초자아(super ego)라는, 퍼스낼리티 형성에 관한 프로이트의 이론틀을 발전시킨 것이다. 상상계는 달리 '거울의 단계'라고도 하는데 6개월 무렵부터 1년 6개월 혹은 두 살 정도까지의 유아가 거울에 비친 영상을 '실재'로 誤認하는 단계이다. 이 시기의 어린아이는 거울에 비쳐진 이미지와 실재를, 그리고 마주하고 있는 타자와 자기자신을 他動詞的으로 동일시한다. 현실계와 상징계는 이 둘을 구분하는 단계인데, 현실계가 현재 이 자리에 존재하는 것에 초점이 맞춰지는 단계라면, 상징계는 존재하는 것과 부재하는 것 사이의 대립을 전제로 하는 단계이다.13) 어린아이는 상상계를 벗어나 현실계와 상징계로 진입하면서

の性格と心理構造」, 『源氏物語の探求』2(源氏物語研究會 編, 1977); 澤田正子, 「源氏物語の母」, 『源氏物語の探求』6(源氏物語研究會 編, 1977); 廣瀬唯二, 「母性と光源氏像」, 『源氏物語の探求』13(源氏物語研究會 編, 1977); 小島一, 「青年期の源氏」-戀と世の關係-」 『源氏物語の探求』13(源氏物語研究會 編, 1977).

12) 「源氏物語」를 이니시에이션 모티프와 관련시켜 설명한 것으로 三谷榮一의 연구(「源氏物語における物語の型」, 『源氏物語講座』1卷, 山岸德平・岡一男 監修, 有精堂, 1971)를 들 수 있는데, 이 연구는 겐지의 일생에 초점을 맞춰 성숙의 분기점이 되는 몇몇 에피소드를 분석한 것이다.

13) 라캉의 주체형성에 관한 이론은 Jacques Lacan, 『エクリ(Écrits)』3冊, 宮本忠雄 譯;(1卷)・佐佐木孝次 外 2人 共譯(2卷・3卷), 東京: 弘文堂, 1985; Dylan Evans, *An Introductory Dictionary of Lacanian Psychoanalysis*(London・New York: Routledge, 1996), p.159; 자크 라캉, 『에크리』(김석 해설, 살림, 2007・2009) 제2부 2장; 자크 라캉, 『욕망이론』(권택영 엮음, 민승기・이미선・권택영 옮김, 문예출판사, 1994); 아니

독립된 자아로서의 주체의식을 갖게 된다. 라캉이 말하는 상상계에서의 ‘誤認’의 구조는 불교적 관점에서 ‘迷妄’ 혹은 ‘無知’에, 거울 속의 ‘이미지’와 ‘실제 모습’은 각각 불교의 ‘假相’과 ‘本性’이라는 말에 대응된다.

물론 우리는 두 이론 사이의 궁극적인 차이를 간과할 수 없다. 하나는 道를 추구하는 사람의 정신수행 과정에 관계된 것이고, 다른 하나는 어린 아이가 독립된 한 인간으로서의 주체의식을 갖기까지의 과정을 설명한 것이기에 어찌 보면 둘을 연관시키는 것 자체가 어불성설처럼 보일 수도 있다. 그러나 ‘無知’ 및 이를 깨우치는 불교의 가르침과, 퍼스낼리티 구조 혹은 주체 형성에 관한 프로이트와 라캉의 이론은 인간의 내면적 성장과 관계된다는 점에서 공통적이며, 이 글에서는 라캉이 제시한 ‘착각’ ‘오인’ 등의 용어를 이같은 큰 테두리 안에서 차용하여 두 작품을 비교하는 단서로 삼고자 하는 것이다. 두 작품을, 가상을 실상으로 오인하는 미망으로 인해 고통을 겪고 이 고통을 통해 영적 성장에 이르는 것을 다룬 작품으로 보는 본 연구의 관점은, 불교와 정신분석학 간의 이같은 유사성을 근거로 한 것이다.

3. 假相과 實相의 交織

‘假相’을 통해 ‘實在’의 본질에 접근한다고 하는 구조는 「구운몽」과 「겐지모노가타리」를 관통하는 공분모가 되지만, (1)이 두 요소가 敍事 속에서 날실과 씨실로서 서로 직조되는 방식 (2)깨달음이 타인에 의해 유도된 것인가 스스로 도달한 것인가 하는 문제 (3)‘幻夢構造’의 차용여부 및 그에 따른 문학적 효과 등 여러 면에서 차이가 발견된다.

카 르메르, 『자크 라캉』(이미선 譯, 문예출판사, 1994)을 참고함.

3.1 '펼치기'와 '포개기'

「구운몽」에서 무엇을 가상과 실상으로 보느냐 하는 문제는, 성진이 수도하는 佛僧이라는 사실을 단서로 해야 한다. 즉, 불교의 관점에서 파악해야 하는 문제로, 삶의 實相으로 간주될 수 있는 것은 작품의 완결시점 다시 말해 성진이 깨달음을 얻는 시점에서 드러나게 된다. 논의를 위해 「구운몽」의 줄거리를 요약하면 다음과 같다.

① 수도승인 성진은 육관대사의 심부름으로 용궁에 다녀오다 여덟 명의 선녀를 만나 그들과 희롱한다.
② 팔선녀를 만난 뒤 성진은 수도승으로서의 자신의 현재 처지에 회의를 품는다.
③ 육관대사는 이에 노하여 그를 저승으로 보내고 양소유로 다시 태어나게 한다.
④ 양소유는 과거에 급제하여 조정과 전장에서 혁혁한 공을 세운다.
⑤ 여덟 명의 아내와 함께 최고의 부귀영화를 누리다가 수를 다할 즈음 취미궁 옆 臺에 올라 잔치를 벌인다.
⑥ 이때 한 胡僧이 나타나 석장을 들어 난간을 두드리니 성진이 잠에서 깨어난다.
⑦ 성진은 양소유로서의 한 평생이 꿈이었음을 깨닫고 大悟覺醒하게 된다.
⑧ 육관대사는 성진에게 법통을 傳授하고 서천을 향해 떠난다.

이중 ①②는 입몽 전의 현실세계(A), ③④⑤는 꿈의 세계(B), ⑥⑦⑧은 각몽 후의 현실세계(C)에 해당한다. 「구운몽」의 서사전개에 있어 꿈의 내용을 구성하는 여러 개의 삽화들은 그 순서를 바꾸어도 전체 서사구조에 훼손을 가하지 않지만, A·B·C 이 세 단위는 순차적인 시간의 흐름에 따라 전개되는 것으로 그 순서가 바뀌거나 어느 한 요소가 빠지면 전체 서사적 구성이 파괴된다.

「구운몽」을 불교적 이니시에이션 스토리로 규정짓는 중요한 요소는, '꿈'

이라는 假相을 통해 영적 성장을 이루며 이 과정에 반드시 정신적 고통이 수반된다고 하는 사실이다. 다른 삶으로의 轉移─서사전개상 꿈으로 처리되며 불교의 교리상으로는 윤회를 가리킨다─자체가 성진에게 있어서는 불안과 고통으로 경험되는 것이다. 육관대사가 黃巾力士[14]를 불러 성진을 酆都[15]의 염라대왕에게로 끌고 가라고 하자, '성진은 눈물을 비같이 흘리며 "제자가 비록 죄 있다 할지라도 아난존자에게 비하면 가벼운데 어찌하여 풍도로 가게 하십니까?"(28쪽)[16]하고 울부짖는 장면이라든지, 육관대사가 그를 향해 "너는 속세와 부귀를 흠모하는 생각을 가졌으니 어찌 한 번 윤회의 괴로움을 면하겠느냐?"(29쪽)라고 말하는 대목은 바로 새로운 세계로의 轉移가 고통과 지옥, 괴로움으로 인식되고 있음을 반영한다. '꿈'이라는 假相을 매개로 고통을 거쳐 성진은 입몽 전의 현실(A)로부터 각몽 후의 현실(C)로 나아간다. A와 C는 꿈에 대응되는 현실이라는 점에서는 같지만 주인공의 내면세계에 있어서의 質的인 진전을 내포하므로 성격이 크게 다르다. 따라서 A로부터 C로의 순차적 발전은 「구운몽」을 이니시에이션 스토리로 규정짓는 1차적 요소라고 할 수 있다.

　여기서 한 가지 간과해서는 안 될 점은, 「구운몽」에서 '꿈'이라고 하는 서사단위는 위의 요약된 줄거리에서 ②단락 내용이 구체화된 것에 지나지 않는다는 사실이다.

　'남자가 세상에 태어나 어려서는 孔孟의 글을 읽고 자라서는 堯舜같은 임금을 만나 싸움터에 나가면 三軍의 총수가 되고, 조정에 들어서면 백관의 우두머리가 되어 몸에 비단 도포를 입고 허리엔 자수를 띠며, 임금에게 충성하고 백성

---

14) 지옥을 다스리는 염라대왕의 使者.

15) 죽음을 맡은 신인 鬼伯이 머무는 곳. 지옥의 하나.

16) 이 글에서는 『구운몽』(노존본), 『한국고전문학전집』 27(정규복·진경환 역주, 고려대학교 민족문화연구소, 1996)을 텍스트로 하였다. 원문인용은 생략함. 인용 말미의 숫자는 이 텍스트의 페이지를 나타냄.

을 이롭게 하며, 눈으로는 고은 빛을 보고 귀로는 오묘한 소리를 들어 당대에 영화를 누릴 뿐 아니라, 죽은 후에도 공명을 남겨 놓는 것이 진실로 대장부의 일인데, 슬프다! 우리 불가의 도는 다만 한 바리 밥과 한 병의 물과 수삼 권의 경문과 백팔염주뿐이구나.' (24쪽)

위 인용구절에서 드러나다시피 꿈내용은 세속적 삶, 감각적 쾌락에 대한 성진의 욕망의 구현일 뿐인 것이다. 서사 결말부분에서 수도승으로서의 '성진'의 삶과 부귀영화를 누리는 '양소유'의 삶이 모두 假相이요 有와 無의 대립을 넘어선 세계, 즉 空의 세계가 불교에서 말하는 實相이라는 것이 드러나게 된다. 우리는 성진의 삶을 '假相1', 양소유의 삶을 '假相2'로 나타낼 수 있을 것이다.

성진은 '팔선녀'로 대표되는 감각적·현세적 현실(假相2)을 삶의 '實相'으로 '착각·오인'하고 수도승으로서 자기 현실(假相1)을 부정한다. 그러다가 꿈에서 깨어난 뒤 그것이 가상이었음을 깨닫고 다시 스승 육관대사의 설법을 통해 꿈과 현실을 구분하는 것조차 가상에 지나지 않음을 깨닫게 되는 것이다. 이로써 우리는 假相2가 假相1에 대한 안티테제이며, 이야기의 궁극적 가치로 그려지는 깨달음의 세계는 이 양자를 止揚·超越·統合한다는 점에서 이를 각각 '正' '反' '合'으로 나타낼 수 있게 된다. 또한 가상1, 가상2, 실상의 자각이 어느 한 순간에 포개지는 양상이 아니라 순차적으로 발전하는 '펼쳐짐'의 구조를 지닌다는 것이 분명해진다. 여기서 순차적이라는 말은 '가상1' → '가상2' → '실상'이 시간의 흐름에 따라 '인접적'으로 행해지는 것을 의미한다. 이처럼 「구운몽」에서는 가상과 실상이라는 두 요소가 서사 속에서 세 단위를 이루어 순차적으로 전개되는 繼起體(syntagm)를 형성한다.

한편 「겐지모노가타리」에서 삶의 본질에 대한 겐지의 깨달음에 관계되는 착각·오인의 구조는 한 인물을 다른 인물과 동일시하는 양상을 띤다. 이것이 무의식 세계에서 이루어지므로 우리는 이를 '無意識的 同一視'라는 말로 나타낼 수 있을 것이다. 평생 겐지에게는 정치적·개인적으로 파란곡절이 많았지만, 언제나 그 핵심에 놓여 그의 의식·무의식 세계를 지배해온 것은 바로 태어나자마자 죽은, 얼굴도 모르는 어머니 '기리쓰보'(桐壺)였다. 사실 기리쓰보는 이야기 첫 머리에 잠깐 등장했다 사라지지만, 겐지의 삶이나 서사전개에 있어서 '實相'으로 작용한다. 앞서 이 글에서 '實相'이란 '恒常性·永久性·不變性·連續性'을 지닌 것을 의미한다고 언급한 바 있는데, 이런 규정에 의거할 때 평생 겐지의 무의식 세계를 지배하고 그의 삶에 영향을 끼치며 서사상으로도 후지쓰보―와카 무라사키로 모습을 바꾸어 반복적으로 나타나는 기리쓰보야말로 '실상'으로 이해해도 무리가 없다고 본다.

겐지는 계모인 '후지쓰보'(藤壺)를 깊이 연모하여 불륜의 관계를 맺고 아들까지 낳게 되는데 그 근저에는 무의식 세계에서 후지쓰보를 어머니와 동일시하는 심리현상이 자리하고 있다. 주변사람들로부터 늘상 후지쓰보가 그의 죽은 어머니 기리쓰보와 흡사하게 닮았다는 얘기를 들으면서 자란 겐지이기에 죽은 어머니를 그리워하는 심정이 후지쓰보에게 전이되면서 무의식적으로 그녀를 어머니와 동일시하게 되는 것이다.

> 어머니의 일은 그림자조차도 기억하지 못하지만 후지쓰보가 어머니와 꼭 닮았다고 하는 典侍의 말을 들었기 때문에 어린 마음에도 몹시 그리워하며 가까이에서 그 모습을 뵙고 싶어했다. (v.1, 119쪽)17)

여기서 우리는 후지쓰보를 기리쓰보라고 하는 實相에 대한 '假相1'로 나타낼 수 있을 것이다. 겐지와의 불륜의 관계에서 아들을 낳게 되는 후지쓰

---

17) 이 글에서는 『源氏物語』 1-5卷 (秋山虔 外 2人 校注, 東京: 小學館, 1972·1990)을 텍스트로 하였고, 번역은 전용신 역, 『겐지이야기』 1-3권(나남출판, 1999)을 참고하였다. 원문인용은 생략함. 인용 말미의 숫자는 원어 텍스트의 卷과 인용 페이지를 나타냄.

보는 죄의식 때문에 그를 멀리하고 이에 따라 겐지의 욕망의 대상은 후지쓰보의 조카로서 그녀와 흡사하게 닮은 '와카 무라사키'(若紫)에게로 轉移된다. 와카 무라사키를 후지쓰보와 동일시하는 것이다.

> '실은 한없이 깊게 사모하는 분과 꼭 닮았기 때문에 자연이 눈길이 쏠리는 것이구나.'하고 생각하니 눈물이 흘러내렸다. (v.1, 281쪽)

> (와카 무라사키의) 머리 모양과 얼굴 생김새가 그리워하는 분의 모습과 닮았다는 생각이 들자 몹시도 사랑스럽게 느껴졌다. (v.2, 484쪽)

이에 우리는 와카 무라사키를 '假相2'로 나타낼 수 있게 된다.

이처럼 동일시의 심리작용은 두 항목－즉, 두 인물－간의 '類似性'을 바탕으로 하여 이 둘을 '포개어' 인식하는 양상을 띤다는 것이 드러난다. 그러나 두 항목은 결코 동일한 것이 아니기에 이 '포개기'의 심리작용은 正覺이나 올바른 인식이 아닌, 착각과 오인의 성격을 띨 수밖에 없다. 또한, 일견하기에 세 사람을 대상으로 일어나는 것처럼 보이는 무의식적 동일시도, 궁극적으로는 두 항목 간의 포개짐이라는 것을 간과할 수 없다. 즉, 후지쓰보를 기리쓰보로 착각하는데 또 다시 와카 무라사키를 후지쓰보로 오인하는 양상이므로 두 인물은 假相이라는 점에서 같다고 하겠고, 결국은 착각과 오인의 구조가 두 단위 사이에 일어나는 현상임이 분명해지는 것이다. 즉, 가상과 실상이라는 두 요소가 서사 속에서 두 단위를 이루면서 어느 한 순간에 포개지는 竝列體(paradigm)를 형성한다는 것을 알 수 있다.

이처럼 가상을 실상으로 오인한다는 점은 「구운몽」 「겐지모노가타리」 동일하지만, 전자의 경우 그것이 '세 단위 간의 인접성에 기반을 둔 펼쳐짐'의 양상으로 전개되는 반면, 후자는 '두 단위 간의 유사성을 바탕으로 한 포개짐'의 양상을 띤다는 차이를 지닌다.

3.2 '유도된' 자각과 '유도한' 자각

주인공의 靈的 성장의 과정에 타인의 영향력이 개입하느냐의 여부에서
두 작품은 큰 차이를 보인다. 「구운몽」에서 꿈을 통한 성진의 覺醒은 처음
부터 자신의 법통을 성진에게 전수하려는 스승 육관대사에 의해 계획된 것
이다. 반면, 「겐지모노가타리」에서의 깨달음은 겐지의 '業報'에 의한 것으
로 그려지고 있다.

> 제자 육백 명 가운데 戒行을 닦아 신통력을 얻은 자가 삼십여 명이었는데,
> 그 가운데 性眞이라고 하는 어린 중이 있었다. … 대사가 그를 지극히 사랑하
> 고 소중히 여겨서 장차 그에게 衣鉢을 전하고자 하였다. (15쪽)

> "마음이 깨끗하지 않으면 비록 산중에 있을지라도 도를 이루기가 어렵다. 근
> 본을 잊지 않는 한 비록 塵世에 간다 할지라도 돌아올 길이 있으리니, 네가
> 만약 돌아오고자 하면 내 몸소 데려올 것이니 의심치 말고 떠나거라." (29쪽)

> 새벽부터 저물 때까지 놀던 것이 모두 한바탕 봄꿈 속의 일일 뿐이어서, 이에
> 말했다. "이것은 필시 사부께서 한 순간의 내 마음이 그릇됨을 아시고 인간
> 세상의 꿈을 빌어 성진에게 부귀와 번화한 일이며 남녀의 정욕이 모두 허망한
> 것임을 알게 하려 하심이었구나." … 대사가 말했다. "네가 흥을 타고 갔다가
> 흥이 다하여 돌아왔으니 내가 무슨 간여한 일이 있겠느냐? 또한 네가 '제자가
> 인간 세상의 윤회하는 일을 꿈으로 꾸었다.'고 하는데, 이것은 네가 꿈과 인간
> 세상을 나누어서 둘로 보는 것이다. 너의 꿈은 오히려 아직 깨지 않았다. …
> 지금 네가 성진을 네 몸으로 생각하고, 꿈을 네 몸이 꾼 꿈으로 생각하니 너도
> 또한 몸과 꿈을 하나로 생각지 않는구나. 성진과 소유가 누가 꿈이며 누가 꿈이
> 아니냐?" (326-327쪽)

이 인용문을 통해 드러나듯, 성진이 塵世로 '보내지는' 것 다시 말해 양소
유의 삶으로 윤회하는 괴로움을 겪는 것은, 성진이 수도승으로서 '속세와
부귀를 흠모하는 생각을 가졌기 때문'(29쪽)에 이를 다스려 수도에 정진케

하여 큰 그릇을 만들고자 하는 육관대사의 '계획'에 의한 것이다. 육관대사의 의도에 의해 성진은 양소유의 삶이 꿈이었음을 깨달음과 동시에(1차 각성) 今生의 삶과 꿈을 구분하는 것조차 무의미한 것임을 깨닫게 되는 것이다(2차 각성).

이처럼 「구운몽」의 깨달음이 '他力的' 성격을 띤다면, 「겐지모노가타리」의 경우는 '自力的' 성격을 띤다. 즉, 누군가의 '의도'가 아닌 과거 자기의 行業에 대한 응보로 받아들이는 양상이다. 겐지는 제2의 正妻인 온나산노미야와 그녀의 애인 가시와기 사이에 不義의 아들이 태어나자 과거에 자신과 계모인 후지쓰보의 사이에서 일어난 일을 회상하면서 다음과 같이 되뇌인다.

> 내가 살아오면서 언제나 두렵게 생각했던 일에 대한 과보인가 보다. 今生에서 이처럼 생각지도 못한 일을 겪게 되면 後生에서 받게 될 죄업이 조금쯤은 가벼워질 것이 아닌가? (v.4, 289쪽)

그러나 자신의 不義의 행동에 대한 業報의 예감은 이미 오래 전부터 겐지의 意識·無意識 속에서 자라나고 있었다.

> 僧都는 현세의 무상과 후세에 관하여 설명하였다. 겐지는 자신의 죄업에 두려움을 느꼈다. 겐지는 어쩔 수 없는 일임을 알면서도 후지쓰보에게 마음을 빼껴 살아 있는 한 그 일로 고민할 것 같았다. 더구나 후세는 또 이로 인해 얼마나 괴로울 것인가를 겐지는 끊임없이 생각하고 있었다. (v.1, 284쪽)

이 불길한 예감은 아버지의 아내인 후지쓰보를 남몰래 흠모하는 것에 대한 겐지의 죄의식에서 비롯된 것이다. 이 예감이 적중하여 그것이 不義임을 알면서도 겐지는 결국 후지쓰보와 넘어서는 안될 선을 넘게 되며 이 일로 평생 그는 업보에 대한 두려움과 죄의식으로 고통받게 된다. 황자 출생 후, 아들과 후지쓰보를 보고 싶어도 마음대로 볼 수 없는 입장을 한탄하며 겐지는,

> "전세에서 맺은 어떤 인연으로 현세에서 우리들의 사이는 이렇게 갈라져 있
> 는가?"(v.1, 399쪽)

하고 되뇌이는데 이로부터 우리는 그가 현재의 일을 과거 행업의 결과로
인식하고 있음을 알 수 있다. 유기리가 와카 무라사키를 연모하는 것을 눈
치챈 겐지가 과거의 일의 업보가 두려워 아들이 그녀를 가까이 하지 못하도
록 경계한 것도 같은 맥락에서 이해할 수 있다. 주지하는 바와 같이 불교에
서의 인과응보의 논리는, 모든 사물이나 현상은 因과 緣의 화합에 의한 結
果라고 하는 緣起論에 바탕을 둔다. 萬有를 상호의존의 관계로 파악한다
는 것은 외부의 힘이 아닌 자체적 원리에 의해 결과가 야기된다는 자력적
신앙의 관점을 반영한다.

> 겐지는 자나 깨나 눈물이 그칠 날이 없었다. 눈물로 어릿어릿해진 눈으로
> 하루하루를 보내면서 젊었을 때부터의 신상을 쭉 돌이켜 보았다. '거울에 비쳐
> 보이는 얼굴 모습을 비롯해 모든 것이 보통 사람과 달랐지만, 어렸을 때부터
> 슬프고도 무상한 것이 이 세상이라는 것을 절실히 깨닫도록 부처님께서 가르
> 쳐 주셨는데 이를 고집스럽게 외면해 오다가 결국은 오늘에 이르러 이처럼 비
> 길 데 없는 슬픈 일을 겪게 되었다.'(v.4, 499쪽)

여기서 '비길 데 없는 슬픈 일'은 평생을 두고 사랑했던 무라사키의 죽음
을 가리키며, 겐지는 지금 직면하고 있는 고통이 '인생이란 덧없이 쓰라린
것'이라는 부처님의 가르침을 외면한 결과라고 생각한다. 여기서 '부처님의
가르침'은 문맥상으로는 '人生無常'을 가리키지만 넓게 '인과응보'의 가르
침을 포괄하고 있음은 물론이다. 이 구절을 보면, 삶의 실상에 대한 겐지의
자각이 부처님의 引導에 의한 것, 다시 말해 他者의 힘에 의한 것으로 해석
할 수 있는 여지가 있다. 그러나 「구운몽」과는 달리, 겐지 스스로가 자신의
업보를, '부처'의 가르침을 도외시한 것으로 귀결시키고 있다는 점에 주목해
야 한다. 사실이 그런 것이 아니라, 그렇다고 믿는 것이다.

그러나 깨달음에 필요한 고통의 과정이 타인의 계획된 의지에 의한 것이든 업보에 의한 것이든, 주인공의 내면에서 행해지는 '超自我'에 의한 징벌로 보는 것이 필자의 관점이다. 즉, 「구운몽」의 중심인물인 육관대사와 성진, 양소유를 한 개인 안에 존재하는 초자아·자아·본능의 세 측면이 세 사람의 인격체로 형상화된 것으로 본다. 즉, 육관대사는 '초자아'의 층위를, 성진은 '자아'의 층위를, 그리고 양소유는 '본능'의 층위를 구현한다. 퍼스낼리티의 구성요소 중 초자아는 선과 악을 분별하고 理想을 향해 매진케 하는 도덕적 법전, 양심의 목소리로 작용한다. 이는 보통 神의 절대권능, 아이의 행동에 따라 賞과 罰을 주는 아버지의 권위로 상징되지만, 결국 모든 불행은 나쁜 짓을 한 것에 대한 '自己懲罰'의 의미를 갖는다.18) 죄의식은 자기징벌의 결과로 나타나는 대표적 심리현상이다. 「구운몽」에서는 이 죄의식이 그다지 뚜렷하게 나타나지 않지만, 「겐지모노가타리」에서는 일평생 겐지의 의식·무의식 세계를 지배하는 것으로 드러난다.

> 성진이 용왕을 하직하고 水府를 나와 바람을 타고 연화봉을 향하여 오다가 산 밑에 이르러 자못 술기운이 얼굴에 나타나고 눈 앞이 어른거리고 어지러워 自責해 말했다. "사부께서 만약 내 얼굴에 가득찬 술기운을 보신다면, 어찌 놀라 꾸짖지 않으시겠는가?" (20쪽)

> 성진이 크게 부끄러워하며 염라대왕에게 말하였다. "제가 버릇없이 멋대로 굴어 길에서 남악 선녀를 만나 한때 마음을 억제치 못하고 스승께 죄를 지어 이에 대왕의 명령을 기다리고 있습니다." (29쪽)

> "그토록 謹行을 하여, 만사 성불에 장애가 되는 죄업을 가볍게 하셨지만, 나 때문에 저지른 죄 하나 때문에 현세의 탁함을 씻지 못하고 있는 것이다." 과거의 일을 깊이 생각하니 겐지는 몹시 슬퍼졌다. "아는 사람도 없는 저 세상에 계시는데, 어떻게 해서든지 문안 드리러 가서 죄를 대신 받고 싶다." (v.2, 486쪽)

---

18) 칼빈·S·홀, 『프로이트心理學入門』(이용호 역, 백조출판사, 1977).

“생각하면 저 번 때의 일은 아주 무섭고, 있어서는 안될 잘못이었다.” (v.4, 245쪽)

겐지는 오로지 자기가 저지른 죄를 두려워하고 있었다. (v.1, 306쪽)

이처럼 「구운몽」에서 초자아는 육관대사라고 하는 외부의 인물로 형상화되었고, 「겐지모노가타리」에서는 ‘업보’라고 하는 자체적 인과원리로 모습을 바꾸고 있다는 차이는 있지만, 궁극적으로 성진과 겐지의 심리적 고통 및 죄의식은 초자아의 작용에 의한 자기징벌로 해석될 수 있다.

3.3 ‘말하기’(telling)와 ‘보여주기’(showing)

불교적 이니시에이션 스토리로서 두 작품이 갖는 또 다른 결정적인 차이는 幻夢構造의 차용여부에 있다. 환몽구조로 되어 있는 「구운몽」과는 달리 「겐지모노가타리」는 부분적으로 ‘꿈’ 모티프를 이용하고 있지만 전체가 환몽구조로 되어 있지는 않다. ‘娑羅那比丘’ 이야기는 환몽구조를 통해 불교적 가르침을 전달하는 이야기의 효시로 간주[19]되는데 이 작품이 중국에 전

---

19) 이 이야기는 『雜寶藏經』과 『大莊嚴論經』에 수록되어 있고 원제는 「娑羅那比丘爲惡生王所苦惱」이다. 정규복은 「구운몽」의 환몽구조의 원천이 이 이야기에 있다고 보았다(「九雲夢의 比較文學的 考察」, 《인문논집》 16, 고려대 문과대학, 1970). 그 후 불경의 「娑羅那比丘」 ─唐代의 「枕中記」, 「南柯太守傳」, 「櫻桃靑衣」 ─ 「조신몽」 ─ 「구운몽」으로의 영향관계는 고소설에서 환몽구조를 논의할 때 하나의 정설처럼 간주되고 있다. 그러나 唐代의 꿈이야기와 유사한 유럽의 꿈이야기를 비교한 David R. Knechtges는 唐의 이야기들에서는 주인공이 꿈에 부귀영화의 극치를 경험한다고 하는 공통점을 지니는데, 「娑羅那比丘」는 이와는 달리 꿈 속에서 고통과 실패만을 경험할 뿐이라는 점을 근거로(이 외에 또 두 가지 점을 더 제시하고 있다) 唐代의 꿈을 다룬 이야기들을 「娑羅那比丘」의 영향으로 보는 것에 반대한다(“Dream Adventure Stories in Europe and T'ang China,” *Tamkang Review* Vol.4, October 1973, No.2). 또 주인공이 꿈 이외의 假相, 즉 ‘空想’을 통해 삶의 본질을 깨닫는 이야기의 효시로 인도의 이야기 ‘브라만의 꿈’(The Brahman's Dream)을 들기도 한다. *The Panchatantra*, translated from the Sanskrit by Artur W. Ryder(The University

승되어 唐代에는 꿈을 중심으로 한 환상적 이야기가 우후죽순처럼 쏟아져 나오게 된다. 沈旣濟(750-800)가 쓴 「枕中記」, 이의 영향을 받은 李公佐의 「南柯太守傳」, 任繁의 「櫻桃靑衣」 등이 그 대표적인 예이다. 이 이야기들은 한국에도 전해져 「調信夢」 설화가 형성되는 데 중요한 역할을 하게 된다. 이런 정황에 비추어 볼 때 불교가 크게 성행한 헤이안시대에 이 이야기들이 소개되었을 확률은 매우 높다. 더구나 「겐지모노가타리」가 지어진 1008년 무렵은 헤이안시대 후기에 해당하므로 그 가능성은 더욱 크다고 할 수 있다. 그러므로 「겐지모노가타리」에 환몽구조를 도입하지 않은 것은, 단순히 차용을 안한 것이 아니라 그것을 '거부'한 것으로 볼 수도 있을 것이며 이에 대해서는 다각도의 해석이 가능하다.

우선 액자형 서사 속에서 '꿈'이 가지는 기능을 생각해 볼 필요가 있다. 아래의 인용구절은 이를 살피는 데 중요한 실마리를 제공한다.

> '남자가 세상에 태어나 어려서는 孔孟의 글을 읽고 자라서는 堯舜같은 임금을 만나 싸움터에 나가면 三軍의 총수가 되고, 조정에 들어서면 백관의 우두머리가 되어 몸에 비단 도포를 입고 허리엔 자수를 띠며, 임금에게 충성하고 백성을 이롭게 하며, 눈으로는 고은 빛을 보고 귀로는 오묘한 소리를 들어 당대에 영화를 누릴 뿐 아니라, 죽은 후에도 공명을 남겨 놓는 것이 진실로 대장부의 일인데, 슬프다! 우리 불가의 도는 다만 한 바리 밥과 한 병의 물과 수삼 권의 경문과 백팔염주뿐이구나. 그 도가 비록 높고 깊지만 적막하기가 너무 심하고 그러니 上乘의 법을 깨닫고 대사의 도통을 이어 받아 연화봉 위에 꼿꼿이 앉았다 한들, 三魂九魄이 한번 불꽃 속에 흩어지면 어느 누가 성진이 세상에 났던 줄 알 수 있겠는가?' (24쪽)

'상실(loss)과 결여(lack)는 욕망의 씨앗[20]이라는 점을 고려할 때 위 구절

---

of Chicago Press, 1925).

20) Barbara Ann Schapiro, *Literature and Relational Self* (New York · London: New York University Press, 1974), p.160.

은 富貴功名으로 요약되는 성진의 욕망과, 그것을 충족시키는 계기로서의 꿈의 기능 간의 관계를 여실히 보여 준다.

이로 볼 때, 서사 속의 겐지의 일생은 성진이나 盧生(「침중기」의 주인공)이 꿈 속에서 경험했을 법한 세속적 부귀영화의 표본 그 자체이므로 소망충족이 이루어지는 공간인 '꿈'이라는 액자가 불필요했을 것으로 추정할 수 있다. 이 작품이 선을 보인 지 약 200년 뒤 1199년 무렵부터, 겐지가 출가를 결행하는 41장과 그의 아들 세대의 이야기가 시작되는 42장 사이에, 내용은 없고 '구모가쿠레'(雲隱)라는 제목만 있는 章이 삽입되기 시작하는데21) 이는 '꿈'이 가지는 액자 기능의 변형이 아닌가 생각해 볼 수 있다. 왜냐면, 42장부터 마지막 54장까지의 주인공은 겐지의 친아들 유기리(夕霧)와 명분상의 아들 가오루(薰)로 둘다 겐지의 化身 내지 分身의 의미를 지니기 때문이다. 다시 말해, 覺夢 뒤의 성진이 영적 성장을 이루어 새로운 사람으로 다시 태어났듯, 출가로 상징되는 겐지의 영적 깨달음 그리고 그 뒤의 새로운 삶은 유기리와 가오루로 환치되어 있다고 보는 것이다.

「겐지모노가타리」가 환몽구조를 차용하지 않은 또 다른 이유로서, 필자는 직접 主旨를 드러내 놓고 말하는 것을 꺼리는 일본의 문학적 관습에 주목한다. 환몽구조는 이야기 속에 또 다른 이야기를 포함하는 일종의 '액자' 기능을 행하는데 이는 액자 속 이야기의 진실성을 확보하고 교훈을 전달하는 데 효과적인 문학장치이다.22) 즉, 話者(혹은 서술자)가 의도한 것, 주제, 또는 교훈을 독자에게 신빙성 있게 전달하고자 하는 목적의 소산인 것이다.23) 요컨대 액자적 요소를 차용하지 않았다는 것은, 어떤 메시지를 '주장' 하거나 강력하게 전달하는 것을 거부하고 단지 겐지의 일생을 '보여주는' 것만으로 主旨를 우회적으로 암시하려 한 의도를 반영한다. 그리고 이것은

---

21) 『源氏物語』 4卷 「雲隱」 해설, 537쪽.

22) 이재선, 『韓國短篇小說研究』(일조각, 1975 · 1997), 98쪽.

23) 같은 책, 99쪽.

무라사키 시키부 개인의 문학적 취향이기보다는 일본의 문학적 관습에 관계된 것으로 해석할 수 있다.

'인생은 결국 幻' 또는 '잠깐 머물다 돌아가는 인생에는, 영원히 쉴 수 있는 常世의 나라가 있을 리 없다'[24]고 하는 主旨를 효과적으로 '말하기' 위해 「구운몽」이 '꿈'이라고 하는 문학적 장치를 통해 액자형으로 서술했다면, 「겐지모노가타리」는 다양한 모티프나 이미지를 차용하여 이 주지를 '보여주고' 있는 것이 특징적이다. 이 중 '꿈' 모티프[25]는 「구운몽」의 그것 못지않게 텍스트의 주제 형성에 중요한 구실을 하는데 「구운몽」에서 꿈은 순차적 구조 안에서 작용하는 반면, 「겐지모노가타리」의 경우 삶의 무상함을 나타내는 등가물로 기능한다는 큰 차이가 있다.[26] 즉, 겐지에게 있어 '삶이란 꿈과 같은 것'이라고 하는 등식이 성립하며 대개는 직유나 은유의 형태로 진술된다. 작품 전편에서 행복이든 불행이든 삶의 중요한 순간순간에 직면하여 그 현실을 마치 꿈인 것처럼 경험하고 있는 겐지의 심리상태를 읽어낼 수 있다.

> 겐지는 짙은 재색 喪服을 입고 있는 것이 마치 꿈과 같은 기분이 들었다. (v.2, 42쪽)

---

24) 이것은 겐지가 그의 딸을 낳아 준 아카시노기미(名石の君)에게 한 말의 일부이다. (v.4, 522쪽)

25) 「源氏物語」에서 '꿈'은 크게 두 가지 기능을 지니는데, 수면활동의 일부로서 일어나는 꿈은 대개 미래의 일에 대한 告知機能을 갖으며, 인생을 一場春夢이라고 할 때처럼 삶의 등가물로서 기능하는 꿈의 양상이다. 여기서 이 글의 논지와 관계되는 것은 후자의 '꿈'이다. 『源氏物語索引』(柳井滋 外 3人 編, 東京: 岩波書店, 1999·2000)을 보면 '꿈'이라는 단어가 명사형으로 쓰이는 예가 총 131회이다. 여기에 부사형, 꿈이 들어간 복합어 등을 합치면 이 단어의 사용횟수는 훨씬 많아진다.

26) 이 작품의 주제형성의 중요한 인자로 '꿈'에 주목한 연구로 日向一雅가 있다. 日向一雅는 여기서 꿈을 冥界와의 交信 혹은 他界로부터의 신호로 보고 꿈이 가지는 告知機能을 중심으로 작품에서 중요한 꿈 모티프를 분석하고 있다. 日向一雅, 『源氏物語の主題』(櫻楓社, 1983), 120-124쪽.

> 허물없이 말을 주고받을 수 있는 사람이었으면. (그렇다면) 근심많은 이 세상
> 의 <u>꿈</u>도 반은 깰 수 있을 터인데. (v.2, 246쪽)

결국 「겐지모노가타리」에서 '꿈' 모티프는 '삶=幻'이라는 대전제를 구축
하기 위한 소도구임이 드러난다. 여기서 우리는 삶과 幻이 나란히 병치되는
양상 혹은 겐지의 意識空間에서 포개지는 양상을 본다.

'꿈' 이외에도 거울에 비친 자신의 모습, 겐지의 제1正妻인 아오이(葵)를
화장할 때 하늘로 솟아오르던 잿빛 연기, 나무의 그림자, 모였다 흩어지는
구름, 비, 이슬, 눈, 새벽별, 안개와 같은 자연물, 幻影·幻覺·幻聽 등이
'꿈'과 같은 기능을 갖는 이미지들이다.

> <u>遺骸</u>를 태울 때 올라간 연기가 어느 구름이 되어 있는지 분간할 수는 없지만,
> 구름이 있는 하늘 전체가 절절하게 감회를 돋운다. (v.2, 42쪽)

> <u>매미의 허물</u>과도 같은 덧없는 이 세상 (v.4, 523쪽)

> 고통스러운 생각을 하게 하는 이 세상에서 <u>눈</u>이 사라져 없어지는 것처럼 나
> 도 사라지려 합니다. (v.4, 510쪽)

> 앞을 다투어 사라지는 <u>이슬</u>과도 같은 이 세상 (v.4, 491쪽)

이 이미지들은 잠정적이고 불연속적이며, 가변성과 일회성을 환기한다는
점에서 감각적·현세적 삶과 마찬가지로 假相으로 간주될 수 있는 것이다.

4. 차이의 근저에 있는 것

이상 假相과 實在의 상호작용으로 주인공이 깨달음에 이르는 양상을 세
측면에서 조명해 보았다. 이제 이같은 표층적 차이를 낳는 근저의 동인에

대해 검토해 보고자 한다. 우선 3.1에서 본 바와 같이 서사 속에서 가상과 실상의 交織이「구운몽」의 경우 正反合의 성격을 띠고 시간의 흐름에 따라 순차적으로 펼쳐지는 繼起構造의 성격을 띠는 반면,「겐지모노가타리」의 경우는 두 단위가 어느 한 순간에 포개지는 竝列構造의 성격을 띤다는 점에 주목할 필요가 있다. 우리는 여기서 '3'의 원리를 중심으로 현상을 파악하고 사유하는 한국인의 사고구조와 '2'의 원리를 중심으로 하는 일본인의 사고구조의 일단을 포착할 수 있다. 어떤 현상이 하나의 계기체를 이루는 데는 최소 '세 개'의 단위가, 병렬체를 이루는 데는 '두 개'의 단위가 필요하다.

한 민족의 원형적 사고가 집적되어 있는 '神話'에서도 두 민족간의 사고구조의 차이를 확인할 수 있다. 檀君神話에서 환인-환웅-단군으로 이어지는 三代談에서 '三'은 종결·완전을 의미하는 聖數이다. 한편 일본신화의 경우 陰陽의 상대성을 止揚함으로써 主神(神武天皇)의 절대성을 이끌어 낸다고 하는 기본구조를 지닌다. '2'라고 하는 숫자가 '마'(マ、眞)로 일컬어졌던 것에서도 알 수 있듯 좌/우, 음/양 등 對를 이루는 두 요소를 통괄하여 한꺼번에 '참'(眞)으로 인식한다고 하는 사유방식이 일본신화의 기저에 자리하고 있음을 반영한다.27) 어떤 현상이나 사건을 드러낼 때 세 단위로 펼쳐서 순차적으로 전개하는 양상은 '환유'의 원리를, 상호 다른 두 요소를 동시적으로 포착하여 병치시키는 양상은 '은유'의 원리를 기반으로 하며, 이는 두 작품을 특징짓는 '우연한' 차이가 아니라, 한국과 일본의 문화에 잠재되어 있는 '보편적' 인자가 아닐까 하는 생각을 갖게 한다. 말하자면 숫자 '3'과 '2'는 '실재'를 포착하는 한국인과 일본인의 원형적 사고를 반영하며 어느 시기에 이 두 작품에서 구체화된 것이라고 본다.28)

---

27) 秋山虔 外,『日本古典文學史の基礎知識』(東京: 有斐閣, 1975), 11쪽.

28) 그러나 이 점은 더 많은 문화현상의 검증을 통해 보완되어야 할 것이며 이 글에서는 다만 그 한 단서를 제시하고자 할 뿐이다. 필자는 한국문화에서 '3'의 우세성에 또

두 번째로 지리적 여건을 지적하고자 한다. 어떤 사건·현상이든 발생지, 영향의 중심지에서 멀어질수록 본모습의 변형도 커지기 마련이다. 불교적 이니시에이션을 主旨로 하는 이야기의 진원지를 인도로 볼 때 이런 형태의 이야기들은 불교의 전래와 그 루트를 함께 한다고 할 수 있다. 인도→중국 →한국→일본으로 전파된 이 이야기들은 중국과 한국의 이야기들은 서사 전개나 인물설정에 있어 원형과 비슷하지만, 일본에서는 상당한 변형을 이루고 있다는 것을 「겐지모노가타리」를 통해 확인할 수 있었다.

세 번째로 주목하고자 하는 것은 두 나라간의 문학적 관습의 차이이다. 「겐지모노가타리」를 연구하는 일본의 학자들의 공통된 의견은 이 작품의 '주제'를 뭐라고 명확히 제시할 수 없다는 것이다. 주제를 말할 수 없다고 하는 것은 처음부터 '뭔가 의미있는 것'을 염두에 두고 주장·전달하거나 교훈을 주려는 의도로 창작되지 않았음을 시사한다. '꿈'이라고 하는 액자장 치를 도입하지 않고, 환상과 실재를 혼동하는 데서 빚어지는 겐지와 후지쓰 보간의 사건을 유사한 양상으로 후대에 되풀이하여 그들의 삶을 '보여주는' 서사전략을 택한 것은 작자 개인의 취향을 넘어 문학적 전통과 밀접한 관련 이 있다고 본다.

이 외에 조선시대와 헤이안시대를 특징짓는 '유교적 도덕률'과 '불교적 不二觀', 아버지의 不在 하에서 자라난 김만중과 어머니의 不在 하에서 자라난 무라사키 시키부의 전기적 배경 등도 두 작품의 표층적 차이를 유발한 중요한 동인으로 제시될 수 있을 것이다.

다른 단서로서 『詩經』의 수용과정에서 나타나는 한국과 일본 詩歌의 특성을 제시한 바 있다. 즉, 한국의 시가는 3단위 구조로, 일본의 시가는 2단위 구조로 수용하는 경향이 있음을 밝혔다(辛恩卿, 「『詩經』의 수용과 韓·日 詩歌의 전통」, 『고전시 다 시읽기』, 보고사, 1997). 김열규도 한국 서사담에서의 3분절의 중요성(『韓國文學史』, 탐구당, 1983, 75-85쪽)과 한국문화에서 基數 특히 '3'의 우세를 언급했다 (『한국의 문화코드 열다섯 가지』, 도서출판 금호문화, 1997·1998, 154-56쪽).

『三綱行實圖』의 텍스트적 특성과 언해 원리

1. 머리말

『三綱行實圖』는 경상도 진주에 사는 金禾의 殺父 사건을 계기로 백성들의 교화를 위하여 세종의 명에 의해 1434년에 처음 간행된 책인데 후에 『刪定諺解三綱行實圖』(1490)[1]를 비롯하여 『續三綱行實圖』(1515), 『二倫行實圖』(1518), 『東國新續三綱行實圖』(1615), 『五倫行實圖』(1797) 등의 언해 텍스트를 파생시킨 중요한 텍스트다.

이 글은 언해본 중 뚜렷한 특징을 지니는 『刪定諺解三綱行實圖』『東國新續三綱行實圖』『五倫行實圖』를 대상으로 하여 '三綱行實圖系' 텍스트들의 특성을 규명하는 것을 목표로 한다. 이 언해본들은 맨 앞에 핵심적인 행적 내용을 그린 그림을 넣고, 그 다음에 한문 원문을 수록한 뒤 마지막에 한글 번역을 실어 놓은 체제로 되어 있다. 세 언해본을 대상으로 하는 이유

---

1) 성종대에 婦女의 失行이 많다 하여 처음 열녀도만 언해한 것이 1481년이고, 그후 1490년에는 세종 때 나온 한문 초편본에서 효자·충신·열녀를 각 35인씩 선정하여 한 책으로 묶은 언해본 삼강행실도가 간행되었다. 산정언해본의 원본은 오늘날 전해지는 것이 없고 이 글에서는 현전하는 언해본 중 最古本으로 알려진 誠庵古書博物館所藏本을 底本으로 하여 志部昭平가 校注한 『諺解本三綱行實圖研究』 v.1(高麗書林, 1990)을 참고하였다.

는 이들이 15세기, 17세기, 18세기 텍스트로서 각각 125년, 162년의 시간차를 두고 간행된 것이므로 이 글의 논의 내용이 어느 한 시대의 특징으로만 국한될 수도 있는 오류를 피할 수 있기 때문이다. 앞으로의 논의에서 이들을 각각『산정언해본』『동국신속』『오륜』으로 略稱하기로 한다. 그리고 언해본들 중 특정의 것이 아닌 전체를 묶어 나타낼 때는『언해본』으로, 세종 때의 초간본은『한문본』으로, 한문본·언해본 및 각 이본들까지 총괄하여 나타낼 때는『삼강행실도』로 나타내기로 한다.

이 텍스트들의 공통된 특성은 여러 이질적인 요소들이 한데 복합적으로 수용되어 마치 다양한 기호들의 백화점 같은 양상을 띤다는 점이다. 한문과 한글, 문학과 그림, 문학 안에서 산문과 운문의 交織, 사실과 허구의 뒤섞임, 중국문화와 한국문화의 공존, 초판본·중판본·복각본·지방감영본과 같은 이본들 간에 보이는 차이 등은『삼강행실도』의 이런 특성을 말해 주기에 충분한 근거들이다. 이같은 특성은 바흐친의 용어를 빌려 '多聲性'이라는 말로 포괄할 수 있는데, 이 글에서는 다성성의 다양한 측면 중 언해본『삼강행실도』의 개개 텍스트2)들이 한문과 한글이라는 이중 언어로 되어 있다는 측면 즉 번역문학이라는 측면에 논의를 집중하고자 한다.

바흐친의 '대화이론' 및 이를 새롭게 재해석한 크리스테바의 '間텍스트성'(intertextuality) 이론, 그리고 '등가' 개념을 중심으로 한 번역이론은『삼강행실도』의 이러한 특징을 설명하는 데 효과적인 이론적 도구가 된다. 이에 이 글에서는 '多聲性'이라는 말로 이를 포괄하여 '언해본 삼강행실도'의 텍스트성을 조명하는 데 1차적 목표를 둔다(2장). 그리고 다성성의 제 양상 중 '飜譯文學'으로서『언해본』이 갖는 특성을 '등가'라고 하는 번역 이론을 통해 규명하는 것을 2차적 목표로 한다(3장).

---

2) 여기서 '텍스트'란 한 인물의 전기를 서술한 단위를 말한다. 이 글에서 '텍스트'라는 말은 이런 의미로 사용될 것이다.

2. 『삼강행실도』의 텍스트성: 多聲的 單聲性

머리말에서 언급한 것처럼『삼강행실도』에는 다양한 이질적 요소들이 혼재하고 있어 '다성적 텍스트'로 규정될 수 있다. 바흐친에 의하면 다성적 텍스트는 한 마디로 '하나 이상의 다양한 의식이나 목소리들이 대화적인 관계를 맺으며 독립적인 실체로서 존재하는 텍스트'3)를 가리킨다. 단일한 문화 체제 안에서 어느 한 언어가 다른 언어와 맺는 대화적 관계를 나타내는 '폴리글로시아'(polyglossia, 多語性)나 어느 한 언어 안에서 상이한 언어 층위들이 분화되어 있는 현상을 가리키는 '헤테로글로시아'(heteroglossia, 異語性), 언어의 단일성과 통일성, 종결성·확정성을 흩뜨림으로써 문학어를 단일한 규범, 하나의 중심 속에 종속시키고자 하는 중앙집권적 경향을 와해시키는 것을 말하는 언어의 '원심성' 등은 다성성을 다양한 각도에서 설명하는 말들이다.『삼강행실도』는 하나의 텍스트 안에 한문과 한글이라고 하는 異種의 언어가 혼재해 있다는 점에서 多語性을, 그림과 문학이라고 하는 이질적 장르가 병합되어 있다는 점에서 異雜性4)을 구체화하고 있다.

 晉나라의 이름난 효자 '王祥'의 예를 들면『二十四孝』5)에는 「臥氷求魚」이라는 제목으로, 13세기 후반 趙孟堅이 편찬한『趙子固二十四孝書畫合壁』에는 「剖氷求鯉」, 元代 郭巨敬이 편찬한『二十四孝詩選』에는 「王祥

---

3) 김욱동,『대화적 상상력』(문학과지성사, 1988·1994), 163쪽.

4) "heteroglossia"는 보통 異語性으로 번역되나 이 글에서는 '텍스트' 단위를 대상으로 하므로 '말'의 차원을 나타내는 異語性보다는 異雜性이라는 말이 더 적절하리라 생각되어 이 용어를 사용하고자 한다.

5)『二十四孝圖』는 한나라 이후 畫像石에 나타난 '孝子圖'를 바탕으로 한 것으로 당나라 때 발생하여 송나라 때 편찬된 것이다. 이것은 몇 가지 이본이 전하나 아직 定本으로 추정되는 것은 발견되지 않고 있다. 오늘날 널리 유통되고 있는『二十四孝』는 中國書店에서 영인본으로 간행한 것으로, 이것은 淸代에 새롭게 개편된 판본을 底本으로 하여 영인한 것이다. 이태호·송일기, 「初編本『三綱行實圖』의 편찬과정 및 판화 양식에 관한 연구」, 《서지학연구》 25집, 2003, 417쪽.

(晉)」으로, 그리고 1346년 權溥가 엮고 이제현이 贊을 붙인 『孝行錄』에는 「王祥氷魚」라는 제목으로 실려 있다. 또한 명나라 成祖가 편찬·간행한 『孝順事實』에는 「王祥剖氷」이라는 제목하에 수록되어 있다. 『삼강행실도』에 수록된 왕상의 효행사실은 이것들을 토대로 하여 이루어졌는데 한문본 『삼강행실도』, 『산정언해본』, 『오륜』에 모두 「王祥剖氷」이라는 제목으로 실려 있어 『효순사실』이 직접적인 토태가 되고 있음을 알 수 있다. 왕상의 효행사실에 대해서는 겨울날 얼음 속에서 잉어를 구한 것, 부모의 명에 순종하여 외양간을 청소한 것, 부모가 아플 때 탕약을 다린 것, 참새떼가 집으로 날아든 것, 밤새도록 벚나무를 지킨 것, 계모가 죽은 후 시묘살이를 한 것 등이 거론되는데 이 중 가장 중요하고 핵심을 이루는 것은 얼음 속에서 잉어를 구한 사실이다. 왕상에 관한 기록은 자료에 따라 세부적인 효행사실이 다 수록된 것도 있지만 어떤 경우에는 한 가지만 수록된 것도 있는데[6] 다른 것은 빠져도 얼음 속에서 잉어를 구한 사실만은 절대로 빠질 수 없는 것으로 왕상의 효행의 핵심을 이룬다.

이렇게 본다면 왕상에 관한 효행사실을 기록한 것 중 후대에 나온 것이라 할 『오륜』에는 이루 헤아릴 수 없을 만큼 많은 목소리들이 개입해 있다고 할 수 있다. 효행사실을 그림으로 그린 사람, 산문으로 서술한 사람, 시나 찬으로 표현한 사람, 역대 효자들의 기록을 모아 책으로 편찬한 사람들이 나라별, 시대별로 적층성을 보이면서 『오륜』의 「王祥剖氷」의 출현에 한 몫을 담당하고 있는 것이다. 여기에는 『삼강행실도』 간행의 최초의 제안자이며 기획자라 할 세종은 물론, 세종의 명을 받들어 간행을 실질적으로 추진한 신하들, 그리고 언해작업을 행한 사람들의 존재까지 개입해 있는 것이다. 이들은 크건 작건, 직접적이든 간접적이든, 명시적이든 암시적이든 왕상의 효행을 기록하는 데 참여하여 자신의 입장과 목소리를 표명하면서 「王祥剖

---

6) 예를 들어, 『二十四孝』에는 한 가지 사실만 기록되어 있는 반면, 한문본 『삼강행실도』에는 모든 효행사실이 다 기록되어 있다.

氷」이라는 텍스트의 多聲性을 구현해 내고 있다. 우리나라 사람이 대상이 되는 경우는,『삼국사기』와『고려사』의 '列傳' 및 각 지방관아에서 추천하여 올린 효행기록 등도 모두 토대가 되기 때문에 서술에 개입한 주체의 수는 그만큼 더 늘어난다. 결국『삼강행실도』'효자편' 중 왕상의 효행에 관한 기록은 일반 愚夫愚婦들을 최종의 受信者로 하면서, 수많은 언술 주체가 개입하여 동시에 목소리를 내면서 자신의 입장을 표명하는 대화의 場이 되는 셈이다.

그러나 이같은 다성성이『삼강행실도』텍스트들을 관통하는 공분모가 되고 있는 것은 분명하나,『삼강행실도』의 진정한 텍스트성은 이 수많은 목소리들이 어느 한 '中心'을 향해 지향되어 있다는 사실에서 찾을 수 있다. 이 점은 처음 이 책의 편찬을 명한 세종의 교지와 한문본『삼강행실도』權採의 서문에 명백하게 드러나 있다.

> 세상의 도리가 이미 떨어지고 순박한 풍속이 예전과 같지 않아 하늘의 법칙과 사람이 지켜야 할 도리가 점점 진실을 잃고 있어, 신하로서 신하의 도리를 다하지 못하고 아들로서 아들의 직분을 다 하지 못하고 아내로서 아내의 덕을 온전히 하지 못하는 자가 간혹 있으니 진실로 탄식할 일이다.…(중략)…그래서 오직 五典을 돈독히 하여 오륜의 가르침을 펴는 도리에 대해서 밤낮으로 마음을 다하고 있으나, 어리석은 백성이 세상 돌아가는 형편에 어두운데 본받을 바가 없었다. 그래서 儒臣에게 명하여 고금의 효자, 충신, 열녀 중에서 뛰어나게 본받을 만한 자를 가려서 편집하되 일에 따라 그 사실을 기록하고 아울러 詩贊을 덧붙이게 하였으나, 그래도 어리석은 남녀들이 쉽게 이해하지 못할 것을 염려하여 그림을 그려서 붙이고 이름을『삼강행실』이라 하여 이를 인쇄해서 널리 반포하는 바이다.7)

> 宣德 辛亥(1431년) 여름에 우리 주상 전하께서 近臣들에게 명하여 말씀하

---

7)「三綱行實頒布教旨」, 초판본『三綱行實圖』1-3권(세종대왕기념사업회, 1982). 이하 원문은 생략함.

시기를, "삼대의 정치는 모두 인륜을 밝혔었는데, 후세에 내려와서는 교화가 땅에 떨어지고 백성들이 서로 친목하지 않으므로, 군신과 부자와 부부의 큰 윤리가 모두 자기의 타고난 성품을 모르게 되어 항상 박한 데에서 잘못을 저지르게 되었다. 그러나 간혹 행실이 뛰어나고 절개가 높은 사람이 습속을 따라 옮겨가지 않고 사람이 이목을 놀라게 하는 자도 또한 많이 있다. 나는 여기에서 그 특이한 자만을 뽑아 그림을 그리고 贊도 붙여 중앙과 지방에 반포하고자 한다. 이렇게 하면 아무리 어리석은 지아비나 지어미라 할지라도 모두 이것을 보고 느껴 흥기하기가 쉬울 것이다. 그러니 이것 역시 백성을 변화시키고 풍속을 좋게 만드는 데 한 도움이 될 것이다."라고 하셨다.8)

세종의 교지와 권채의 서문의 요지를 한 마디로 간추린다면 백성에게 충·효·열의 윤리를 심어주어 교화를 하겠다는 것이다. 구체적으로 얘기하면 건국 초기에 바람직한 인간상을 제시함으로써 국치이념이라 할 유교윤리를 바탕으로 통치행위를 군건히 다지고 국치이념을 백성들에게 주지시키려는 의도를 반영한 것이다.9) 이같은 발간 의도는 수많은『삼강행실도』텍스트들에 일관되는 공통의 주제라 할 수 있다. 이처럼 수많은 입장과 목소리들이 하나의 중심을 지향하고 있다는 것은 다시 말해 텍스트에 혼재된 이질적 요소들이 '단일 악센트화'되고 있다는 것을 의미한다. 바흐친은 이같은 언어의 중앙집권적 특성을 '구심성' 혹은 '單語性'(monoglossia)이라는 말로 설명하고 있는데, 이 경우 언어는 많은 사람들에 의하여 공유되며 따라서 여기에는 이데올로기적 지평이 존재하게 마련이다.10)『삼강행실도』의 경우 '孝·忠·烈'이라고 하는 유교적 윤리이념은 바로 수많은 목소리들, 이질적 요소들을 하나로 단일화·중앙집권화하는 '중심' 내지 '지평'이 되는 것이다. 그리하여 한 권의『삼강행실도』가 이루어지는 데는 수많은 주체들

---

8) 權採,『三綱行實圖』原序, 위의 책.

9) 유탁일, 「初刊 三綱行實圖(漢文本)에 대하여」,『韓國文獻學硏究』(아세아문화사, 1989), 390쪽.

10) 김욱동,『포스트모더니즘의 이론』(민음사, 1992), 198-199쪽.

이 개입되어 있으면서도 이들이 한 목소리로 孝와 忠과 烈을 소리높여 주장하는 양상을 띤다.

이런 텍스트적 특성은 '多聲的 單聲性' 혹은 '多聲的 求心性'이라는 말로 나타낼 수 있는데, 바로 이 점이 『삼강행실도』를 여타 일반적인 다성적 텍스트와 구분짓는 핵심적 요소가 되는 것이다.

3. 『삼강행실도』의 언해 원리: '등가'의 이론

그렇다면, 이와 같은 텍스트적 특성이 어떤 과정을 거쳐 어떻게 형성되는가? 보통 다성적 텍스트는 여러 목소리, 여러 장르들이 선후관계가 불분명하게 개입·혼재되어 있는 데 비해,『삼강행실도』는 그림보다 문학이, 한글보다 한문이, 운문보다 산문이, 한국의 문화적 체계보다 중국의 문화적 체계가 先行한다는 사실이 편찬과정에서 명백하게 드러나 있어 텍스트적 특성이 형성되는 과정을 추적하기가 비교적 용이하다.

이 글에서는 이를 위하여 '등가'라고 하는 번역이론을 借用하고자 한다. 번역이란 '한 기호체계로부터 다른 기호체계로의 轉移' '하나의 언어, 문화체계를 또 다른 언어, 문화체계로 전이하는, 제한과 법칙이 있는 활동'11) 혹은 '동일한 기호내용—시니피에—을 유지시키면서 기호표현—시니피앙—을 바꾸는 것'12)으로 정의된다. 한문을 한글로 언해한 삼강행실도 언해본들은 한글 창제 초기의 대표적인 번역 텍스트라는 점에서 문학사적 의의를 지닌다.

---

11) 최현무, 「문학작품 번역의 몇 가지 문제점: 한국문학의 불어번역을 중심으로」, 《번역연구》 4집, 1996, 15쪽.

12) Marianne Lederer, 『번역의 오늘』(전성기 옮김, 고려대 출판부, 2001), 60쪽.

3.1 '등가'의 개념 정의

전통적인 번역이론에서 '등가'란 텍스트 차원에서 행해지는 것으로서, 낱말이나 句, 용어와 같은 굳은 표현, 구문 사이에 성립되는 '대응'과 구분된다. 즉, 등가는 어떤 텍스트 'A'를 'B'[13]로 번역할 때 A의 전체적인 의미를 파악하고 이해하는 것으로 脫언어화 과정을 포함한다. 다시 말해, 언어를 통해 저자가 말하고자 하는 바를 감지하기 위해, 언어를 넘어서는 직관·정감적 요소를 활용하여 주어진 텍스트의 전체적 의미나 분위기를 파악하는 것을 말한다. 한 마디로 등가에 의한 번역은 주어진 텍스트를 '해석'하는 작업이다.[14] 등가에 의한 번역의 경우 '등가물'들이 나타나는 것을 보게 되는데 텍스트의 의미를 명시하는 하나의 '이미지'일 수도 있다.[15]

'등가' 번역이 '텍스트'를 단위로 하여 이루어진다면, 대응에 의한 번역은 낱말과 낱말, 구와 구, 구문과 구문 사이의 1:1 대응을 바탕으로 성립된다. 등가 번역이 거시적 차원에서 주어진 텍스트의 '랑그'−추상적 체계 혹은 심층적 의미−를 발견하는 절차라면, 대응 번역은 미시적 차원에서 랑그를 다시 파롤 혹은 구체적인 기호표현으로 변환시키는 절차라 할 수 있다. 또한 등가 번역이 번역자 혹은 기호 轉換者의 머리 속에서 행해지는 절차라면, 대응 번역은 추상적 내용을 구체적인 표현으로 옮기는 실제적인 단계에서 행해지는 절차이다. 하나의 기호체계를 다른 기호체계로 바꾸는 데는 이 두 가지 과정을 모두 거치게 된다. 이 과정을 다음과 같이 요약할 수 있다.

출발어 파롤 − 출발어 랑그 − 도착어 랑그 − 도착어 파롤
(原 텍스트)　　　　　　　　　　　　　　　　　(飜譯 텍스트)

---

13) 전통적인 번역이론에서는 이를 각각 '출발어' '도착어'라 한다.

14) Marianne Lederer, 앞의 책, 40–83쪽; 김효중, 『번역학』(대우학술총서, 민음사, 1998), 211–232쪽.

15) Marianne Lederer, 위의 책, 48쪽.

여기서 '출발어' '도착어'라는 말을 대체하여 '원 텍스트' '번역 텍스트'라는 용어를 사용한 것은, 언어 차원 이상의 텍스트까지 포괄하기 위한 것이다. 이는 다시 '선행 텍스트'와 '후행 텍스트'라는 말로 대체할 수도 있는데, 이 용어는 둘 이상의 텍스트가 관계를 맺는 양상, 좀더 구체적으로 말해 기존의 텍스트를 바탕으로 새로운 텍스트가 생산되는 과정을 설명하는 '間텍스트성'16) 이론에서 사용되는 말이다. 번역이란 기본적으로 둘 이상의 단위를 전제한 것이고 이 두 단위가 관계를 맺는 양상을 가리키는 것이며, 나아가 번역 텍스트란 원 텍스트에 어떤 규칙과 제한이 가해져 파생된 것이라는 점을 감안한다면, 두 텍스트 간에는 시간적인 선후관계가 존재한다는 것이 명백해진다.

구체적인 어휘, 문장, 특정 표현 등으로 이루어진 원 텍스트가 언어의 파롤의 차원이라면, 구체적인 표현을 통해 그 언술의 주제나 의미를 파악하는 것은 랑그의 차원이며 이 단계에서 행해지는 것이 바로 '등가 번역'인 것이다. 선행 텍스트에 대한 번역자 혹은 기호 전환자의 직관이나 지식을 바탕으로 등가 번역이 행해진 뒤 이것이 다시 후행 텍스트의 어휘·문장으로 구체화되는데 이것은 파롤의 차원이며 이 단계에서 행해지는 것이 바로 '대응 번역'인 것이다. 그러나 논의의 대상이 되는『언해본』들을 국어학 언해 자료가 아닌 '翻譯傳記文學'으로 볼 때, 낱말·구문 단위에서 행해지는 대응 번역은 다성적 단성성이라고 하는 텍스트적 특성을 드러내는 데 관건이 되지 못한다. 예를 들어 '妻'라는 원문의 어휘를 '겨집'으로 언해하든 '안해'나 '처'로 언해하든 텍스트성에 어떤 변화를 초래하지 않는 것이다. 그래서 이 글에서는 주로 '등가'의 문제에 초점을 맞추고자 한다.

---

16) 크리스테바가 바흐친의 대화이론을 소개하면서 사용한 '간텍스트성'(intertextuality)이라는 말은, 다성성이 좀 더 광범한 범위에 걸쳐 폭넓게 사용되는 것에 비해, 독립적인 발화들이 상호 관계를 맺으면서 새로운 텍스트를 생산하는 과정을 설명하는 것에 주로 사용된다.

등가는 다음과 같은 몇 가지 유형으로 나눌 수 있다. '외연적 등가'는 원문과 번역문이 외적 맥락을 지시하는 것, 다시 말해 내용상 불변적 요소를 지니는 것을 가리키는데 달리 지시적 등가라고도 한다. '내포적 등가'는 외연적 의도를 드러내기 위하여 원문과 같은 뜻을 지닌 다른 동의어를 사용하는 것을 가리키는데 달리 문체상의 등가라고도 한다. '규범적 등가'란 조약문·상용문서·사용안내서·자연과학 텍스트처럼 통사나 어휘 차원에서 특별한 언어규범을 따르도록 고정적으로 정해져 있는 경우에 해당되는 등가를 말한다. 이외에 특정의 독자를 위하여 번역하는 경우에 해당되는 '화용론적 등가', 시처럼 어휘·은유·각운·리듬 등과 같은 표현형식이 중시되는 경우 표현방법상의 등가의 가능성을 검토하는 '형식상의 등가'가 있다.17) 이 중『삼강행실도』의 다성적 단성성이 형성되는 데 깊은 관련을 지니는 것은 규범적 등가와 화용론적 등가이다. 왜냐면『언해본』은 백성에게 효·충·열의 교훈을 심어주는 것을 목적으로 한 교화류 도서였기에 훈계조의 근엄한 어조가 언어적 규범을 이루었을 것으로 추측할 수 있고, 또 일반 백성이라고 하는 특정의 대상을 위한 것이므로 그들이 이해할 수 있는 언어 표현을 고려에 넣었을 것이기 때문이다. 중세국어의 다양한 언어 표현 중 이같은 등가 원리에 부응하는 동시에, '다성적 단성성'이라고 하는『삼강행실도』의 텍스트성과 직접적 관련을 지니는 문법 요소로서 필자는 '-니라'라고 하는 종결어미에 주목하고자 한다.

3.2 종결어미 '-니라'와 '다성적 단성성'

『삼강행실도』는 세종대의 초간본인 한문본을 제외하고 성종 이후에 나온 언해 텍스트들은 기본적으로 한문을 한글로 옮긴 번역 텍스트에 속한다. 한문본을 언해하려는 기획의도는 이미 세종 때부터 있었으나 정창손 등의

---

17) 김효중, 앞의 책, 217-221쪽.

반대로 실현되지 못하고, 성종 12년(1481)에 '열녀도'만 언해하여 印出하였다. 세 언해본 중『산정언해본』은 성종 21년(1490) 세종 때 간행된 初編本에서 각 35인씩을 추려 105인의 略傳을 한 책으로 묶어 간행한 것이다. 이보다 앞서 1481년에 '열녀도'만 언해하여 간행한 사실로 미루어 刪定 抄出될 때 이미 언해작업도 완료되었을 것으로 추정된다.

현재 언해본 중 最古本으로 알려진 誠庵古書博物館所藏本에는 天頭 부분에 성조를 나타내는 방점이 표기되어 있고 국·한문 병기로 된 언해문이 실려 있는데, 한자는 東國正韻式으로 표기되어 있다. 이 언해본은 한문 원문을 그대로 직역하지 않고 의역했다는 점에서 특징을 보인다.『동국신속』은 주로 임진왜란 후 정려문이 세워지는 등 孝·忠·烈의 행적이 뚜렷한 인물을 중심으로 1123인을 선정하여 수록한 방대한 규모의 책이다. 따라서 이들의 행적은 略傳 형식으로 간단히 기술되어 있고 詩贊은 생략되어 있다. 이 책은 중국인물 위주의 선정에서 완전히 탈피하여 모두 한국인을 선정했다는 점에서 특징을 지닌다.『오륜』은『삼강행실도』에 붕우와 형제에 관한 美風을 기록한『이륜행실도』를 추가하여 편찬한 책이다. 번역의 양상을 보면『산정언해본』은 의역이, 그리고 나머지 두 언해본은 직역이 위주가 되고 있다.18)

3.2.1 구결문과 종결어미

한문은 고립어로서 첨가어인 한글과 구문상으로 현격하게 다르므로 한문 텍스트를 바로 한글로 번역하는 데는 어려움이 따른다. 더구나 한글 창제 직후 초기에는 어떤 규칙이나 模範이 없었기에 언해의 어려움은 더 컸

---

18) 나라에서 주도한『산정언해본』은 의역 위주의 번역이 이루어졌지만, 지방감영에서 간행된 이본들에서는 직역이 위주가 되고 있다. 이에 대해서는 송일기·이태호,「조선시대 '行實圖' 板本 및 板書에 관한 연구」(≪서지학연구≫ 21집, 2002)에 자세히 설명되어 있다.

을 것이다. 이같은 난관을 해결하기 위한 방편이 한문의 문장 형태를 그대로 유지하면서 조사나 어미와 같은 국어의 문법 요소를 한문 원문의 句讀處에 첨가하는 것이다. 이 첨가된 요소를 吐 혹은 口訣이라 하고 한문 원문에 토를 다는 것을 懸吐 혹은 懸訣이라 하며 이렇게 하여 한문의 요소와 국어의 요소를 모두 포함한 중간적 단계의 문장을 口訣文이라 한다.

언해 텍스트는 크게 한문과 구결문, 언해문이 모두 실려 있는 유형과, 구결문은 없고 한문 원문과 언해문만 수록된 유형, 그리고 원문이나 구결문은 수록하지 않고 언해문만 수록되어 있는 유형으로 나눌 수 있는데,『삼강행실도』언해본이나『두시언해』는 두 번째 유형에 속한다.[19] 그러나 구결문과 언해문이 함께 실린 텍스트를 검토해 보면 구결과 언해문 간에는 조사나 종결어미와 같은 문법요소가 거의 일치하는 것으로 보아, 한글 창제 후 초기 언해본은 구결문이 실려 있지 않은 경우라도 현결의 과정이 있었을 것으로 추정되며 한문과 국어의 절충적 단계인 구결문을 만든 다음 이를 바탕으로 언해가 이루어졌을 개연성이 크다.[20]『삼강행실도』의 최초 언해본이라 할 성종본『산정언해본』또한 15세기의 언해자료인 만큼 이런 과정을 거쳤을 것이라는 점은 분명하다.

懸訣의 단계에서 한문 텍스트의 잠정적인 의미를 파악한 뒤, 이 구결문을 재분석하여 구체적인 언해문장을 만든다고 한다면, 국어의 문법적 기능을 나타내는 조사나 어미를 첨가하여 이루어진 구결문은 결국 한문 원문을 '이해'하고 '해석'한 결과라 할 수 있다. 우리는 여기서 주어진 한문 텍스트의 추상적 의미체계 및 랑그를 발견하는 현결 과정은 다름 아닌 '등가' 번역의 단계에 해당하고, 해석된 한문 텍스트[21]의 랑그를 다시 구체적인 한글 낱말과 구, 문장으로 바꾸는 언해과정은 '대응' 번역의 단계에 해당한다는

---

19) 여찬영, 「조선조 연해서의 번역비평적 연구」, ≪배달말≫ 33집, 2003, 244쪽.
20) 윤용선, 『15세기 언해자료와 구결문』(亦樂, 2003), 35-39쪽. 45쪽.
21) '해석된 한문 텍스트'가 가시화된 것이 口訣文이라 할 수 있다.

것을 알 수 있다. 그러므로 한문 원문에 구결을 단다는 것은 원문의 의미를 파악하고 있다는 것을 말한다. 같은 원문에 대하여 다른 구결을 단 경우는 그 원문에 대한 현결자의 주관적 해석이 달랐음을 말해 준다.

이렇게 본다면 구결문은 언해자가 한문 원문을 어떻게 해석하고 이해했는가의 문제, 다시 말해 번역에 있어 '등가'의 문제를 해결해 주는 한 단서가 될 수 있다. 그런데 문제는 『삼강행실도』 언해본에는 구결문이 실려 있지 않다는 점이다. 그러나 구결문의 문법형태는 언해문의 그것과 거의 일치하고 불일치를 보이는 소수의 예라 할지라도 구결문에 실현된 문법형태의 기능이 바뀌지 않는 한정된 범위에서만 가능하다는 점, 다시 말해 구결문에 실현된 문법형태는 언해문에 반드시 실현된다는 점22)으로 미루어, 언해문에 실현된 문법형태를 통해 구결문의 형태를 유추할 수 있다.

그 다음에 제기되는 문제는 번역에 있어 번역자가 원문을 어떻게 해석하고 이해했는가 다시 말해 번역자가 원문의 의미를 어떤 식으로 파악하고 있느냐 하는 '등가'의 요소를, 문법형태부 중 무엇을 통해 알 수 있는가 하는 점이다. 이 문제의 해결에 '종결어미'는 그 중요한 실마리를 제공한다. 종결어미는 청자에 대한 화자의 태도를 나타내는 것23)이므로 이를 근거로 언해자가 한문 원문의 의미를 어떻게 해석했는가를 어느 정도 파악할 수 있는 것이다.

또 한 가지 해결해야 하는 문제는, 등가의 단위를 설정하는 문제다. 앞서 언급한 것처럼 등가의 문제는 원문을 어떻게 해석하고 이해했는가에 대한 결과이다. 텍스트 읽기란 각 낱말들의 어의의 순차적 포착을 통해 이루어지는 것이 아니라, 일군의 낱말들의 민첩한 포괄적 파악을 통해 이루어진다.24) 등가 번역에서 행해지는 첫 단계는 등가의 단위를 설정하는 일이다.

---

22) 윤용선, 앞의 책, 45쪽.

23) 장윤희, 『중세국어 종결어미 연구』(태학사, 2002 · 2003), 33-42쪽.

24) Marianne Lederer, 앞의 책, 48쪽.

일반적으로 낱말들의 의미내용과 언어 외적 지식 사이에 하나의 연합관계
가 생기기에 충분한 정도로 낱말들이 묶일 때 등가 번역의 '의미단위'가 형
성되는 것으로 본다.25) 몇 개의 문장으로 이루어지는 '단락'은 등가의 전형
적 의미단위가 될 수 있다. 그러나 『산정언해본』『동국신속』『오륜』의 경우
'단락'을 등가의 단위로 설정하는 데는 어려움이 있다. 한 인물에 배당된 서
술의 길이를 보면 『오륜』이 가장 길고 『동국신속』이 가장 짧은데, 길이와는
무관하게 서술 전체가 한두 문장으로 구성되어 있는 경우가 많다.26) 종결어
미로 끝난 것을 하나의 문장으로 간주할 때, 어떤 서술이 한 두 문장으로
이루어져 있다는 것은 곧 종결어미가 한두 개 사용되었음을 의미한다. 그럼
에도 불구하고 서술의 길이가 길다고 하는 것은 구절과 구절을 잇는 연결어
미가 빈번히 사용되었다는 것을 의미한다. 이같은 양상은 세 언해본에 공통
적으로 발견되는 현상이다. 그러므로 '단락'을 이 언해본들의 등가 번역의
단위로 설정하는 것은 적절치 않다. 이에 따라 이 글에서는 한 사람의 孝·
忠·烈의 행적을 기술한 단위, 즉 하나의 '텍스트'를 등가의 단위로 설정하
고자 한다.

　『삼강행실도』가 백성을 대상으로 한 교화서이기에, 등가의 제 유형 중
종결어미의 사용과 관계가 있는 것은 규범적 등가와 화용론적 등가임을 언
급한 바 있다. 그러면 종결어미 '-니라'가 어떻게 '다성적 단성성'이라고 하
는 텍스트성 구현에 관여하는지 구체적으로 살펴 보기로 한다.

3.2.2 종결어미 '-니라'와 '다성적 단성성'

중세국어의 문장 종결법은 청자에 대한 화자의 진술 태도에 따라 설명법,

---

25) 같은 곳.

26) 『산정언해본』 '효자도'의 「王祥剖氷」처럼 다섯 개의 종결어미가 사용되는 경우도
　　있으나 대개는 1-3 문장인 경우가 많고 두 문장으로 이루어진 것이 가장 보편적인
　　형태이다.

감탄법, 명령법, 의문법, 청유법으로 나눌 수 있고, 설명법은 그 문장이 표현하는 대상 또는 내용, 그리고 그것을 표현하는 종결어미에 따라 평서법, 약속법, 소망법, 경계법 등으로 하위 분류가 가능하다.27) 『산정언해본』『동국신속』『오륜』 등 언해본 삼강행실도 텍스트들에 사용된 종결어미는 '-니라'가 압도적으로 많고 그 다음으로 '-더라'가 더러 보이며 이 외에 'ㅎ다'도 간혹 보이는데 이들은 모두 설명법에 해당하며 설명법 중에서도 평서법에 해당한다. 이들은 현결 과정에서 붙여진 구결이 언해문에서 종결어미로 구체화된 것이라 할 수 있다. '효자편'「崔婁伯」의 경우,

    · 다 입고 믄득 몬보니라
    · 婁룸伯빅이 居거喪상 못고 버믜 고기롤 다 머그니라 (『산정언해본』)

    · 읍기롤 다ㅎ고 믄득 몬보니라
    · 거상 벋고 범의 고기롤 가져다가 머그니라 (『동국신속』)

    · 읇기롤 다ㅎ매 믄득 뵈디 아니ㅎ더라
    · 거상을 마츠매 범의 고기롤 내여 다 먹으니라 (『오륜』)

와 같이 세 언해본 모두 하나의 텍스트에 두 개의 종결어미가 사용되어 있다.28) 즉 두 개의 문장으로 텍스트 하나가 구성되고 있는데『오륜』의 한 예만 제외하고 모두 '-니라'를 사용하여 문장을 종결하고 있다. '-니라'에 비하면 그 수는 현저하게 적지만, 세 언해본에서 공통적으로 발견되는 종결어미로 '-(하)더라'가 있다.

    · 머리 퍼디고 발 바사 듣니더라 (『산정언해본』「孝肅圖像」)

---

27) 장윤희, 앞의 책, 35-42쪽.
28) 누백의 아버지가 꿈에 나타나 시를 읊는다거나 대화문과 같은 인용문에 사용된 종결어미는 여기에 포함되지 않는다.

  ·죠곰도 게으름이 업더라 (『동국신속』「黃守孝友」)
  ·아븨 상수롤 만나 이훼ᄒ기 녜예 넘게 ᄒ더라 (『오륜』「土崇止黿」)

'-(하)더라'는 '-ᄒ다'에 과거를 나타내는 선어말어미 '더'가 붙어서 된 것이다. 이외에 『동국신속』과 『오륜』에는 '-(이)라'와 '-ᄒ다'가 간혹 사용된다.

  ·부뫼 죽거눌 거러ᄒ기롤 전후 뉵년을 ᄒ다 (『동국신속』「九敍當刃」)
  ·부모상을 만나 이훼호믈 녜예 넘게 ᄒ고 시묘 삼년을 ᄒ다 (『동국신속』「宗文執喪」)
  ·그 집 문에 누롤 짓고 뻐 글오듸 뎡의위부지문이라 ᄒ다 (『오륜』「王氏感燕」)

종결어미 사용에서 한 가지 특기할 만한 것은 『동국신속』에서 보이는 종결법이다. 『동국신속』은 처음에 그 인물에 대한 소개로 시작한 뒤 구체적인 忠·孝行·烈行 사실을 기록하는 것이 하나의 서술패턴을 이루는데 소개 부분이 대부분 '-다(라)'[29]라는 종결어미를 사용하여 문장을 종결하거나, '-다(라)'의 의미를 지닌 연결어미 '-니'를 사용하여 다음 구절로 이어지는 패턴을 취한다. 예를 들면,

  ·니셩간은 부안현 사룸이라 (「成幹吮疽)
  ·손시는 이쳔현 사룸이니 한림승지 긔뎐뇽의 안해라 (「孫氏守志」)

와 같은 양상이다. 『오륜』에서도 "진화상은 금나라 댱쉬라"(「和尙噀血」) "민손의 ᄌ는 ᄌ건이니 공ᄌ 뎨지라"(「閔損單衣」)와 같이 소개 부분에서 『동국신속』과 같은 패턴을 보이는 예가 발견되기도 하나, 그 수는 극히 드물고 대개는 '-니'라는 연결어미로 다음 구절에 이어지는 양상을 보인다.

---

29) 계사 어간 '-이-'뒤에서, 그리고 선어말어미 '-더, -리, -니, -오' 뒤에서 '-다'는 '-라'로 교체될 수 있다. 장윤희, 앞의 책, 128쪽.

『동국신속』이나『오륜』모두 예외없이 '-다'는 서술의 첫 부분 해당 인물에 대한 소개를 하는 문장에 쓰인다. '-다'는 설명법 중에서도 화자의 주관성이 최소로 반영된 것으로 객관적 진술을 행하는 데 쓰이므로, 행적에 대한 본격적인 서술에 앞서 인물 소개에 이 종결어미가 쓰인 것은 자연스러운 일이라 하겠다. 이 종결어미들은 설명법에 속하는 것으로, 설명법 중에서도 평서법에 해당한다. 설명법은 화자가 문장 내용을 청자에게 단순히 서술·설명한다는 진술 태도가 나타난 문장 종결법이며, 그 중 평서법은 감정·의지·염려 등 사건이나 사태에 대한 주관적 요소가 포함되지 않은 명제 자체를 서술하는 종결법이다.30)

'등가'란 번역자가 원 텍스트를 어떻게 해석하고 이해했는가의 문제인데, 문법 측면에서 보면 이는 화자가 발화나 진술의 내용에 대해 어떤 태도를 가지고 있는가와 관계가 있다. 이 문제는 전통적으로 서법의 문법 범주에 속하는 것으로 구체적으로 종결어미에 의해 표시된다.『삼강행실도』언해에 있어 등가의 문제를 종결어미를 통해 살펴 보는 것은 이같은 이유에서이다.

그렇다면, '언해본 삼강행실도의 화자는 누구인가?' 하는 의문이 제기된다. 이는 '-니라'라는 종결어미와 '다성적 단성성'이라는 텍스트성의 관계를 살피기 위해서 반드시 규명되어야 하는 문제이다. 한문 원문의 경우 화자는 『고금열녀전』『孝順事實』, 史書의 「列傳」, 『二十四孝』, 『효행록』 등 삼강행실도 성립의 토대가 되는 모든 선행담론을 수용하여 취할 것은 취하고 버릴 것은 버려서『삼강행실도』라고 하는 책으로 엮어낸 편찬자들이라 말할 수 있다. 그러나 한문 원문을 언해함에 있어 어떤 내용을 감탄법으로 번역할 수도 있는데 설명법을 택해 번역을 했다면 이는 언해자가 그 원문을, 어떤 사실에 대한 정보의 제공과 객관적 설명을 행하는 것으로 파악하

---

30) 장윤희, 앞의 책, 35-42쪽.

였음을 말하는 것으로, 바로 이 언해자가 『언해본』의 화자라 할 수 있다.

그렇다고 해서 '-니라'로 대표되는 삼강행실도 언해본의 종결어미가 오로지 원 텍스트에 대한 언해자의 주관에 의한 것이라고만은 말할 수 없다. 『삼강행실도』는 통치행위의 일환으로 백성을 교화하고자 하는 목적을 지닌 것인 만큼, 교화류 텍스트에 대한 범국가적·범사회적 규범과 기준이 작용했을 것이 분명하고, 이 기준은 언해자 개인의 주관보다 더 구속력이 있었을 것임이 틀림없다. 그렇다고 한다면, 『삼강행실도』의 간행을 기획·명령한 최고 위치의 존재인 세종을 최초의, 그리고 궁극적인 화자로 볼 수 있는 것이다. 개개 텍스트의 언해자들은 세종의 입장과 목소리를 흉내 내어 그대로 전달하는 일종의 複話術師인 셈이다.

이렇게 판단하는 근거는 『산정언해본』보다 약간 이른 시기인 1475년에 나온 『內訓』[31)]이다. 이것은 인수대비 소혜왕후가 부녀자를 교육할 목적 하에 여러 책에서 교훈이 될 만한 내용을 뽑아 7장으로 나누어 엮은 뒤 친히 한글로 번역하여 편찬·간행한 책으로 대표적 교화류 텍스트이다. 그런데 여기에 사용된 종결어미도 '-니라'가 대다수를 차지하여 『삼강행실도』 언해본과 대동소이한 양상을 보이고 있다. 그러나 『내훈』의 경우, 『삼강행실도』 언해본과는 달리 언술상의 화자나 언술 이면의 궁극적인 화자가 모두 인수대비라는 차이를 보인다. 이로 볼 때 '-니라'가 교화류 텍스트의 대표적인 종결어미로 정착되는 데 『내훈』이 결정적인 전범이 되었음을 알 수 있다. 따라서 '-니라'는 상위에 위치한 화자가 하위에 위치한 청자를 교화한다는 목적과 취지를 지닌 언술에 사용되는 전형적인 종결어미의 성격을 띠게 되며 이는 언해자 개인의 취향이나 주관적 해석에 우선하는 것이라 할 수 있다. 여기서 우리는 앞서 언급한 등가 유형 중 '규범적 등가' 및 특정 독자

---

31) 이후에 이 책은 서명이 '내훈'에서 '御製內訓'으로 바뀌어 영조 14년(1737년) 간행된 바 있다. 이 글에서의 인용은 『內訓·女四書』, 『國語國文學資料씨리즈』(아세아문화사, 1974)에 의거하였다.

를 대상으로 할 때 성립되는 '화용론적 등가'에 의한 번역 양상을 발견할 수 있다.

그렇다면 '-니라'는 어떤 성격을 지닌 종결어미인가를 좀 더 구체적으로 살펴 볼 필요가 있다. '-니라'는 '-다'와 더불어 대표적인 평서법 어미로 서로 교체되어 사용될 수 있지만 양자의 용법이 완전히 일치하는 것은 아니다. '-다'는 다른 종결법 어미는 말할 것도 없고 같은 평서법 어미 가운데서도 어떤 사실을 전달함에 있어서 화자 자신의 주관적 요소를 최소로 반영함으로써 명제 그 자체에 가깝게 진술해 주는 종결어미이다. '-다'는 불변하는 진리에 가까운 글자의 개념적 의미를 설명하거나 동일한 의미를 가지는 다른 말을 제시하는 등의 의미해석구문과 간접 인용문 등의 관념적 문장의 서술에 사용되기도 한다. 따라서 '-다'로 종결된 문장의 명제 내용은 명제 내용 그 자체에 가깝게 표현되며 그 사실이 상태화 · 정태화된다고 할 수 있다.

한편 '-니라'는 화자가 구체적인 청자를 상대로 하거나 적어도 의식의 전면에 청자를 내세운 문장에서 사용되던 통보성 · 실용성이 강한 종결어미로서 화자가 청자를 고려하는 적극적인 태도가 표시된다. 일반 대화문에서 '-다'는 간접 인용문을 종결하는 데 사용되는 반면, '-니라'는 실제 대화 상황에 사용된다. 간접 인용은 구체적인 청자를 대상으로 하여 사용된 현실적인 문장이 아니라 화자의 머리 속에서만 존재하는 관념화된 문장이다. 어떤 사실이 관념화된다는 것은 어느 정도 상태화 · 정태화됨을 의미하며 개념적, 사전적 의미라는 것은 사람의 의도, 인식 등에 의하여 변하지 않는 진리에 가까운 것으로 정태적인 상태로 존재하는 것이다. 이처럼 상태화된 개념적 의미를 표시하는 것이 '-다'가 지닌 의미 기능인 것이다.[32]

논의 대상이 되는 세 언해본 중 『산정언해본』에는, 간혹 본문의 글자나

---

32) 이상 '-니라'와 '-다'의 차이에 관한 것은 장윤희, 앞의 책, 153-169쪽.

어휘의 의미를 간단히 풀이하는 주해문이 붙어 있는데 본문에는 ‘-니라’가 주로 사용되는 반면, 주해문에는 ‘-다’나 ‘-라’33)가 사용되는 것을 발견할 수 있다.

> ·받과 집과 다 ᄑ라 무드니 일후믈 孝흉婦뿡ㅣ라 ᄒ니라[孝흉婦뿡는 孝흉道뚱ᄒᄂᆞᆫ 겨지비라] (「陳氏養姑」)
> ·邰굉成쎵義의를 朔솩方방에 베티라 ᄒ시니라[朔솩方방은 北븍方방이라] (「演芬快死」)

이것은 『내훈』도 마찬가지다. 『내훈』의 구성을 보면, 본문은 한문에 구결이 붙은 구결문의 형태이고 한 字 낮추어 언해를 부기했으며 인명이나 글자 풀이가 필요한 것은 작은 글자로 주해를 덧붙이는 체제로 되어 있다. 『내훈』의 주해문의 예를 들면, “요ᄉᆞ이 보니 親친表봉中듕에”라는 언해문 뒤에 작은 글씨 2행으로 “親친온 同똥姓셩이오 表봉ᄂᆞᆫ 異잉姓셩이라”는 주해가 붙어 있는 양상이다.34)

간행된 시기와 교화류로서의 성격도 비슷한 두 자료의 종결어미의 쓰임새를 볼 때, 언해문 본문에는 ‘-니라’가, 주해문에는 ‘-다’나 ‘-라’가 사용되는 것이 하나의 규범 내지 유형이 되고 있다는 것을 알 수 있다. ‘-다’는 어떤 사실을 전달함에 있어서 화자 자신의 주관적 요소를 최소로 반영함으로써 명제 그 자체에 가깝게 진술하는 기능을 갖고, ‘-니라’는 청자에 대한 화자의 적극적 태도를 반영하는 기능을 갖는다는 점을 감안할 때, 본문과 주해문에 보이는 이같은 변별적 사용은 극히 자연스러운 현상이라 할 수 있다. 앞서 『동국신속』에서 인물을 소개하는 첫 문장이 ‘-다(라)’와 같은 종결법으로 이루어져 있음을 언급하였는데 이것도 같은 맥락에서 설명이 가

---

33) ‘-다’와 ‘-라’는 상호 교체될 수 있다. 주 29) 참고.
34) 『內訓』 122쪽. 또 다른 예를 들어 보면 다음과 같다, “能히 말ᄉᆞᆷᄒᆞ거든 남진온 唯윙ᄒ며[唯윙ᄂᆞᆫ 맛굴 모미 ᄲᆞᆯ리시라] 겨지븐 兪융ᄒᆞ며[兪융ᄂᆞᆫ 맛굴 모미 ᄌᆞ녹ᄌᆞ녹 ᄒᆞᆯ시라]”

능하다. 해당 인물의 고향, 부모에 관한 정보는 언해자의 주관이 전혀 개입되지 않은 불변의 '사실'이므로 주해문의 기능인 '글자풀이' '개념정의'와 같은 성격을 띤다고 볼 수 있는 것이다.

우리는 여기서 '-니라'라고 하는 종결어미의 용법이 '多聲的 單聲性'이라고 하는『언해본』의 텍스트적 특성을 배태시키는 데 있어 중요한 구실을 한다는 것을 발견하게 된다. 교화류 텍스트들은 모범이 될 만한 인물들의 美行을 널리 알려 백성을 교화함으로써 유교이념을 근간으로 하는 통치행위를 공고히 하기 위해 간행되었다. '백성의 교화'라고 하는 간행 의도는『삼강행실도』에 이데올로기적 지평 즉, 하나의 중심과 방향을 부여하는 역할을 행하게 된다. 다시 말해 '孝·忠·烈'이라고 하는 유교 윤리는 수많은 목소리들, 이질적 요소들을 하나로 단일화, 중앙집권화하는 '중심' 내지 '지평'이 되는 것이다. 여기에 '통보성'이 강한 종결어미인 '-니라'가 사용되어 이같은 목적에 효과적으로 부응을 하게 되는 것이다. 그리하여 한 권의『언해본』텍스트가 이루어지는 데는 수많은 주체들이 개입되어 있으면서도 이들이 한 목소리로 孝와 忠과 烈을 소리높여 주장하는 양상을 띤다. 이것이 언해과정에서 다성적 단성성이 형성되는 과정이다.

4. 맺음말

이 글에서는 언해본『삼강행실도』텍스트가 지닌 다양한 성격 중 '번역문학'의 측면에 관심을 집중하여 이들을 '다성적 텍스트'로 규정하고, 여타의 다성적 텍스트와는 달리 '다성적 단성성'을 텍스트적 특성으로 한다는 점을 규명하였다. 그리고 이같은 다성적 단성성이 번역의 과정에서 규범적 등가, 화용론적 등가와 밀접한 관련이 있으며 이는 문법에서 종결어미의 사용과 깊은 관련이 있다고 보아『산정언해본』『동국신속』『오륜』의 세 언해본들에서 압도적인 빈도수를 보이는 '-니라'를 중심으로 다성적 단성성이 형성되는 과정을 살폈다. '飜譯'을 '한 기호체계로부터 다른 기호체계로의 轉移'로 볼 때, 광의의 번역에는 한 언어에서 다른 언어로 전이가 이루어지는 것은 물론 언어와 언어 이외의 기호 간에 전이가 이루어지는 것도 포함될 수 있다. 언해본 『삼강행실도』는 한문을 한글로 번역한 것일 뿐만 아니라 문자기호를 圖像記號로 전이시켰다는 점에서도 광의의 번역 텍스트로 규정될 수 있다.

제 5부 문학론과 문학이론

莊子의 '忘'論과 '자기해체'의 文學論

1. 철학과 문학론의 만남

전통적으로 중국, 한국, 일본에서의 문학에 관한 이론적 혹은 비평적 성찰은 주로 시를 중심으로 전개되었다. 이때의 '詩'는 좁은 의미의 시 즉 漢詩에 한정되는 것이 아니라, 歌나 謠같은 노래까지도 포괄한 개념이다. 중국과 한국에서의 문학에 관한 담론은 『文心雕龍』과 같은 예외도 있기는 하지만, 문학의 본질이나 구성요소, 표현방식 등에 관해 체계적으로 언급하기보다는, 詩話集이나 문집의 序跋 등을 통해 어떤 특정의 시나 시인에 대한 개인적 인상을 짤막하게 기술·논평하거나, 문학에 대한 견해를 단편적으로 서술하거나 詩品·風格과 같은 체제 하에서 시의 스타일이나 경향 등을 분류한 경우, 아니면 禮나 樂 또는 다른 사상을 중점적으로 피력하는 과정에서 문학에 관한 언급을 단편적으로 삽입하는 양상 등이 주류를 이루었다. 따라서 한국·중국에서의 문학에 관한 담론은 '문학이론' '문학론'보다는 '비평론'에 가깝다고 해야 할 것이다.

한편, 일본의 경우는 이와 사뭇 다르다. 현존하는 것 중 最古의 것으로 일컬어지는 『歌經標式』(772)[1]을 필두로 수많은 歌論書들이 저술되었는

---

1) 『歌論集』(橋木不美男 外 2人 校注·譯, 東京: 小學館, 1975), 解說篇.

데, 이 가론서들은 일본 노래(歌, 우타)의 본질과 역사, 종류와 문체로부터 개별 작가·작품들에 대한 비평에 이르기까지 문학에 관한 광범위한 내용을 수록하고 있어 본격적인 문학이론서라 해도 무방하다. 일본에서는 일찍부터 '우타아와세'(歌合せ)라고 하는 일종의 文學競演會가 성행했는데 이때 작품의 우열, 승패를 가리는 데 사용된 심판의 비평적 언급—이를 '한시'(判詞)라 한다—이 가론서의 성행을 유발한 동기 중의 하나로 간주되고 있다. 이 글에서 말하는 '문학론'이란 문학에 관한 이론이라는 의미보다는, 위와 같은 사정을 모두 감안하여 '문학에 관한 담론'이라는 소박한 의미로 사용한 것임을 전제하고자 한다.

인간의 사상·감정·성품과 같은 내면세계를 '表現'하는 것을 시의 본령으로 이해하는 점에 있어서는 동서고금의 차이가 없다. 『詩經』의 朱子序[2] 및 毛詩大序,[3] 일본 최초의 勅撰 和歌集인 『古今和歌集』(905)의 가나(仮名) 序,[4] 그리고 『靑丘永言』 後跋,[5] 『大東風謠』 序[6] 등에 이같은 생각이 잘 나타나 있다. 그러나 그 情을 어떻게 표현하느냐를 둘러싸고 다양한 견해가 제기될 수 있다. 서구의 경우 워즈워드처럼 시를 감정의 자발적인 넘

---

2) '시란 사람의 마음이 사물에 감동되어 말로 나타난 것이다.'("詩者, 人心之感物而形於言言之餘也.")

3) '시는 뜻이 가는 바이니 마음에 있는 것은 뜻이요, 이것이 말로 발하면 시가 된다'("詩者, 志之所之也, 在心爲志, 發言爲詩").

4) '(일본의) 노래는, 사람의 마음을 씨앗으로 하여 말이라고 하는 형태로 나타난 것이다.'("やまと歌は、人の心を種として、万の言の葉とぞ成れりける.")

5) '민간의 노래에 이르면 곡조는 비록 아름답고 세련되지 못하나 무릇 그 기뻐 즐기며 원망하고 탄식하고 미쳐 날뛰며 거칠게 구는 모습과 태도는 각각 자연의 진기에서 나온 것이다.'("至於里巷謳歌之音 腔調雖不雅馴 凡其愉佚怨歎猖狂粗莽之情狀態色 各出於自然之眞機.") 磨嶽老樵,「靑丘永言 後跋」,『珍本 靑丘永言』(金天澤, 정주동·유창균 校註, 도서출판 대성, 1987).

6) '노래는 情을 말하는 것이니 정은 말에서 싹터 표현되고, 말이 글로 쓰여진 것이니 이것을 일러 노래라 한다.'("歌者言其情也 情動於言言成於文 謂之歌.") 洪大容,「大東風謠 序」,『湛軒書』 內集·3卷(경인문화사, 1969).

쳐흐름(overflowing)으로 이해하는 낭만주의 시론도 있을 수 있고, 엘리어트처럼 시를 감정의 분출이나 개성의 표현이 아니라 그것들로부터의 도피라고 이해하는 입장도 있다.

초점을 동아시아의 문학론에 모아볼 경우, 감정표현에 관한 언급을 둘러싸고 세 가지 큰 흐름을 지적해 볼 수 있다. 하나는 인간의 감정 및 성정을 있는 그대로 표현하는 것을 시의 본령으로 이해하는 입장으로 앞에 거론한 詩集·歌集의 序文들은 이 입장을 대변하는 것으로 볼 수 있다. 둘째는 감정의 극단적 표출을 지양하고 調和를 꾀하는 '中'의 원리를 강조하는 입장으로 孔子의 '哀而不傷 樂而不淫'7)나 '溫柔敦厚'8)와 같은 詩敎는 이 입장을 대변한다. 셋째는 자아의 주관성을 억제하고 대우주와의 합일을 지향하는 것에 가치를 두는 견해로 이 글에서 다루게 될 司空圖의 '超脫'의 시론, 邵雍의 '以物觀物', 蘇軾의 '空靜' '枯淡', 王夫之의 '情景交融' 王國維의 '無我之境', 李奎報의 '恬淡和靜', 世阿弥의 '離見' '目前心後論', 松尾芭蕉의 '捨離私意'와 같은 문학론이 여기에 속한다.

이 글은 '주관성의 放棄'와 대우주의 보편성에의 합일에 주안점을 두는 셋째 범주의 문학론에 초점을 맞추어 이들 문학론을 형성시킨 사상적 배경으로서 莊子의 '忘'의 이론에 주목하고, 이에 기초한 문학론의 구체적 실상을 살피는 것을 목표로 한다. 이같은 구도에 대하여, 이 글에서 대상으로 하는 문학론들은 儒家 특히 성리학이나 佛家的 관점에서도 얼마든지 설명이 가능한데 굳이 노장철학만을 사상적 배경으로 파악하려 하는가 하는 반론이 있을 수 있다. 필자는 이들 문학론의 성립에 여타 사상이 복합적으로 작용하였다는 것을 부정하지는 않는다. 다만, 이 글에서 다루게 될 문학론의 공통토대가 되는 '忘我' '無我'의 개념이 老莊에 연원을 둔다는 점과, 불교가 중국에 수입·정착되는 과정이나 先秦 유학이 성리학으로 거듭 태어

---

7) "孔子曰, 關雎, 樂而不淫, 哀而不傷.『詩經集傳』朱子注.
8)『禮記』「經解」篇.

나는 과정에서 노장의 이론을 흡수하여 각각의 사상을 발전시켜 나간 점을 중시하여 이들 문학론을 성립시킨 한 '根源'으로서 노장에 주목하고자 하는 것이다.

지금까지 문학론과 철학사상을 접맥시킨 연구는 다음과 같은 몇 가지 양상으로 대별될 수 있다. 첫째는 유가·노장·불가관련 저술에서 문학에 관한, 혹은 문학과 관련된 언급을 찾아내 서술하는 것이고, 둘째는 문학론을 피력한 저자의 사상적 성향에 따라 문학론을 그 사상적 범주에 포괄시키는 것이고, 셋째는 '가'라는 문학론의 내용이 'A'라는 철학사상과 유사할 경우 이것을 바탕으로 양자의 친연성을 밝히는 것이고, 넷째는 문학론과 철학을 직접 관련짓는 대신, 어떤 철학사상에서 문학적 원리를 이끌어 내는 것이다.9) 처음 두 유형은 중국이나 한국, 일본에서 지금까지 행해진 이 분야 연구의 주류를 이룬다.

본 연구는 이 중 셋째 영역의 입장을 지향한다. '超脫'이나 '離見'은 주체의 감각작용·지적 작용을 초월함으로써, '以物觀物'은 주관성을 배제하고 사물을 바라보는 것에 의해, '情景交融'이나 '無我之境'은 주체와 객체가 합일되는 작용에 의해, 그리고 '虛靜'이나 '沖淡'-혹은 平淡·枯淡 등-은 機心을 없애거나 최소화하는 데서 야기되는 자의식의 부재 또는 소멸 상태를 가리킨다는 점에서 이 글의 논의 대상이 되는 문학론들은 공통적으로 '忘我' '無我'의 개념을 근저에 함축하고 있다. 그리고 이들 문학론에 있어서의 이같은 공분모적 개념이 莊子哲學에서의 忘我·無己 개념과 친연성

---

9) 공자의 문학사상, 장자의 문학사상 등에 관한 연구는 첫 번째 유형, 嚴羽의 佛敎的 성향에 근거하여 『滄浪詩話』를 불가적 문학론으로 전제한다든지 李滉의 문학론을 성리학적 기반 위에서 해석한다든지 하는 연구는 두 번째 범주, 문학에서의 '虛靜論'을 노장의 虛靜思想과 관련지은 연구나 가사와 렝가(連歌)의 생성원리를 성리학의 理─分殊論과 불교의 연기론과 관련지은 연구(辛恩卿, 「韓·日 長歌文學의 比較硏究」, 『고전시 다시 읽기』, 보고사, 1997)는 세 번째 영역, 이기철학을 소설의 이론으로 발전시킨 조동일의 연구는 네 번째 입장의 예라 할 수 있을 것이다.

을 지닌다고 보는 것, 구체적으로 말하면 후자가 전자의 형성기반이 된다고
보는 것이 이 글의 대전제가 된다.

　그렇다면, 구체적으로 장자가 말하는 忘我·喪我·無己는 어떤 성격을
지니며 장자의 언술에서 어떤 양상으로 전개되는가를 다음 장에서 살펴 보
도록 한다.

2. 장자와 ‘忘’의 담론

2.1 ‘忘我’와 ‘자기해체’

　언술을 통해 본 장자의 이상은 이것과 저것, 物과 我, 有와 無, 生과 死
등 이분법의 원리에 의해 상감된 분별의 세계를 넘어 무차별의 大道에 동
화하는 것, 다시 말해 자연과의 合一을 실천하는 것이다. 장자는 이를 위해
서는, 일체의 분별과 대립을 낳는 언어에 의존하는 대신, 우주만물의 실재
를 萬物齊同의 시선으로 포착할 줄 아는 마음의 수련이 필요하다고 보았
고, 그 수련의 기본이 되는 것으로서 ‘忘’의 중요성을 강조하였다.

　장자의 언술에서 ‘忘’은 크게 자기를 잊는 ‘忘己’, 物과 我를 모두 잊는
‘兩忘’으로 구분된다. 忘의 대상은 구체적으로 己, 我, 利, 心, 形, 智, 功,
名, 私, 思, 言 등 매우 다양하게 나타나지만, 이 모든 忘의 대상의 기본이
되는 것은 ‘我’(己)이다. ‘忘我’는 장자의 언술에서 喪我, 忘身, 忘機 忘己,
無己, 虛己, 無心 등 다양한 표현으로 나타나고 때로는 “得意忘言 得魚忘
筌”(「外物」)과 같이 변주된 표현으로 나타나기도 한다. 여기서 無·喪·忘
등은 否定의 언어적 지표가 되는데, 忘과 喪이 타동사형으로서 능동적 자
기부정의 행동을 강조하는 말이라면, ‘無’는 존재의 유무를 나타내는 자동
사형으로서 忘이나 喪의 결과로 야기된 ‘상태’를 가리키는 말이라는 차이가
있다. 그러나 모두 자기부정 및 자기해체의 의미를 내포한다는 점에서 동전

의 양면과 같다고 할 수 있다. 忘이나 無, 喪 외에 脫, 虛, 絶, 離, 超, 棄, 去 등도 자기부정의 언어적 지표가 되는데, 앞으로의 논의에서 '忘'으로써 이 말들을 총괄하여 사용하기로 한다.

字意上 '자의식의 망각' '주체의 不在와 소멸'을 의미하는 '忘我' '無己'는 기본적으로 '自己否定'[10]을 전제로 한다. 그러나 여기서 주목할 점은 '無己'의 '無'가 '有'의 대립어가 아닌, 有를 그 안에 함축하고 있는 '중립적' 개념이라는 점이다. 자아의 소멸, 자의식의 퇴각, 자아방기, 주관성의 배제 등 다양하게 표현될 수 있는 '自己否定'은, 존재의 중심에 놓이면서 의미와 가치가 반복·보존·재생산되어 자기동일성을 획득한 것으로서의 '나'를 부정하는 개념이다. 즉, 어떤 의미체계 안에서 고착된 실체로서의 '나', 분별 의식과 감각작용을 바탕으로 2원적 대립을 생산해 내어 그 중 하나에 가치를 부여함으로써 다른 하나를 소외시키는 주체, 1인칭 현존으로서의 '나'를 부정한다는 뜻이다. 따라서 자기를 부정한다고 하는 것은 충일한 현존으로 인식되어 온 자기의 '실체성'을 더 이상 고집하지 않는 것, 나아가서는 고유 성과 자기정체성을 가진 '거대중심'으로서의 '주체'를 해체하는 것을 의미 한다. 그러나 장자의 언술에서 이같은 자기부정은 부정 자체에 의미가 있 는 것이 아니라 자아에 대한 대긍정으로 나아가기 위한 전제가 된다는 점 에서 데리다의 '해체'(deconstruction)[11] 및 '보충대리'(supplement) 개념과

---

10) 여기서 '자기'(self)는 텍스트 밖의 경험적 주체(experiencing subject) 다시 말해 외부 세계의 제 현상을 감지하는 주체(perceiving subject)로서의 '詩人'과, 텍스트 내에서 발화를 행하는 주체(uttering subject) 즉 서정적 자아(lyric self) 모두를 포괄한다.

11) 데리다의 해체철학은 서양 지성사에서 '중심'을 차지하면서 권위와 가치, 진리의 전범이 되어온 제 담론들을 해체하는 것으로부터 출발한다. 그 대신 '가장자리'에 놓여 소외되어 왔던 것―예컨대, 말에 의해 소외된 문자, 검은 글씨의 활자에 대한 여백, 현존에 의해 소외된 부재 등―의 숨겨진 의미를 새롭게 읽어내는 것에 관심을 가진다. 데리다에 의하면 서양의 지성사는 현존과 부재, 내면과 외면, 선과 악, 말과 문자, 삶과 죽음 등 이원적 대립을 바탕으로 전자의 계열에 가치를 부여함으로써 후자의 계열을 소외시켜 온 역사다.
  말과 문자의 예를 들어보면, 최초에 신의 말씀(logos)는 소리로 전달되었고, 또 인

상통한다.

데리다는 가치와 권위, 진리, 의미의 총체로서 하나의 ‘중심’이 형성되면 그 중심은 ‘변두리’를 파생시키고 나아가 이분법적 대립을 낳는다고 보았다. 나아가 그는 이분법적 대립을 바탕으로 양자택일의 논리를 강조해 온 서양의 지성사를 ‘로고스 중심주의’(logocentrism)로 규정하였다. 따라서 그가 말하는 ‘해체’는 궁극적으로 ‘중심주의’를 거부하는 것으로부터 출발한다. 여기서 주목할 점은 데리다의 해체전략이 이분법적 대립을 ‘무효화’하거나 ‘고착화’하기보다는 ‘중립화’하는 것이라는 사실이다.12) 그가 말하는 ‘보충

류 문명의 여명기에는 서로 얼굴을 마주한 접촉에 의해서만 즉 ‘말’에 의해서만 현존적 대화가 가능하였으나, 문명의 발전에 따라 이같은 자연성을 상실하면서 인간관계, 사회생활이 무인격적인 익명적 관계로 나아감으로써 의사소통을 위해 ‘문자’라고 하는 대안이 필요하게 된 것이다. 인간이 만들어낸 ‘문자’는 신의 소리인 ‘말’이 지닌 결함을 ‘보충’하면서 말 대신 인간의 의사소통이라는 기능을 ‘대리’하게 된다. 따라서 ‘현존’의 부재를 전제로 하는 ‘문자’는 2차적인 것, 덜 가치있는 것으로, ‘말’은 가치있는 것, 진리를 전달하는 매체로 인식된다. ‘책’(le livre)과 ‘텍스트’(le texte)의 관계도 같은 맥락에서 이해된다. 진리를 기록해 놓은 것, 전체적이고 폐쇄적인 영역을 확보하면서 소유권과 고유성을 주장하는 것, 저자의 자의식, 신적 창조, 영혼의 대화, 아버지와 스승의 가르침, 충일한 자기동일성 등의 의미를 내포하는 것이 ‘책’이라면, 타자(이질적인 것, 다른 것)와의 끊임없는 접촉, 접목에 의해 보충대리되어 온 것, 그리하여 중심도, 저자의 존재도, 주체도 상정할 수 없는 것, 純一한 자기동일성이나 궁극적인 의미를 주장하지 않는 것, 폐쇄적인 영토에서 자신의 소유권을 주장하기보다는 ‘다른 것’을 향해 끊임없이 의미의 통로를 개방해 놓은 것이 바로 데리다가 말하는 ‘텍스트’이다.

　데리다의 해체철학에 대해서는 J. Derrida, 그라마톨로지(김성도 옮김, 민음사, 1996); J. Derrida, *Positions*, trans. and annotated by Alan Bass(The University of Chicago Press, 1981); 이성원 엮음, 『데리다 읽기』(문학과 지성사, 1993); 김형효, 『데리다의 해체철학』(민음사, 1993·1999) 등을, 노장을 데리다의 관점에서 읽은 것으로는 김형효, 『데리다와 老莊의 독법』(한국정신문화연구원, 1994)을, 해체철학 및 해체비평에 대한 일반적 이해는 빈센트 B.라이치, 『해체비평이란 무엇인가』(권택영 옮김, 문예출판사, 1988); J. Culler, 『해체비평』(이만식 옮김, 현대미학사, 1998) 등을 참고하였다. 특히, 장자의 사상을 데리다식으로 읽는 시각은 김형효(1994)의 글에서 도움받은 바가 크다.

12) 김형효, 위의 책(1993), 153-155쪽.

대리'는 이분법적 대립을 중립화하는 전략 중의 하나이다.

'보충대리'라는 개념은 그 안에 두 의미를 간직하고 있다. 하나는 '첨가' '보충'의 개념이고, 다른 하나는 다른 자리에 '개입'하여 그것을 '대신' '대체' 한다는 개념이다.13) 예컨대 루소의 담론에서 '교육'은 '자연'에 대한 보충대리로 이해된다. 인간은 자연의 아들로 자연에 의한 가르침이 가장 이상적이지만, 자연은 인간에게 삶에 필요한 충분한 지혜와 힘을 주지 못하는 결함을 지니고 있다. 이 결함은 문화의 산물인, 인간의 교육에 의해 보충될 수밖에 없고, 따라서 교육은 자연을 대신하게 되는 것이다.

이런 점에서 볼 때 '해체'는 단순히 중심을 파괴하고 흩뜨리는 것14) 토대를 전복시키는 것을 의미하는 것이 아니라, 폐쇄성·單元主義의 극복으로서의 개방성과 多元主義를 지향한다. 다원주의는 해체와 전복, 파괴에 대한 재구축·재해석·재생산으로 비쳐질 수도 있지만, 이 개념들이 새로운 '중심'이나 '축', '고정화된 실체'를 의미하는 것으로 이해되어서는 곤란하다. 재구축은 또 다른 보충대리를 전제로 한 열려진 개념으로, 해체와 재구축은 사슬처럼 끊임없는 반복을 되풀이한다.

데리다의 '해체' '보충대리' 개념은, 忘我·無己 등 '自己否定'에 기초한 세 번째 계열의 문학론을 '자기해체'라는 용어로 포괄하여 살피고자 하는 이 글의 논의에 중요한 디딤돌을 마련해 준다. '忘我'란 1차적으로 하나의 '거대중심'으로 군림해 온 '나'의 허구성을 해체하는 것, 고정적 실체로서의 '나'의 고유성을 말소시키는 것, 즉 고유명사로서의 주체를 '지우는' 행위이다. 그러나 장자의 '忘'이나 '無'는 단순히 기억의 '空白'이나 존재의 '없음'으로 이해되어서는 안 된다. 忘我는 주체를 기억 속에서 지워버리는 忘却行爲로 끝나는 것이 아니라, 바깥의 他者性－道－을 수용하여 '忘' 이전의

---

13) J. Derrida, 앞의 책(1996), 287쪽.

14) 데리다는 一元主義, 一焦點主義, 하나의 중심을 해체하는 것을 '散種'(dissemination)이라 표현하였다.

‘나’의 결핍과 결함을 보충대리한 ‘나’를 재발견하는 작용으로 이어진다. 이런 점에서 장자의 忘이나 無는 존재론적 관점보다는 인식론적 관점에서 이해되어야 할 개념이라고 생각한다. 道에 의해 보충대리된 ‘나’는 우주적 질서에 참여하는 자아, 곧 ‘우주적 자아’이다. 장자가 꿈꾸는 것은 고정적 실체로서의 ‘나’를 벗어나서 대우주와 합일하는 것이다. 이 방법으로써 장자는 ‘坐忘’과 ‘心齋’의 수련법을 제시했던 것이다.

그렇다면, 부정·해체되는 자아는 어떤 것이고, 자기해체나 자기부정은 어떤 양상으로 구체화되는가? 장자의 언술에서 부정의 대상 즉 ‘忘’의 대상이 되는 자아는, 이것과 저것의 분별을 행하고, 利害得失, 선과 악, 知와 不知, 삶과 죽음과 같은 대립쌍에서 전자를 선호, 그에 가치를 부여하는 주체─이를 小自我 혹은 小我라 부르기로 한다─이다. 小我는 하나의 중심, 양자택일의 가치관, 이원론적 대립으로 특징지어지는 세계 속에 존재하기에, 그 중심에 동참하면 행복과 만족을 느끼지만, 가치의 중심에서 벗어나면 불행과 불만족을 느끼게 된다. 즉, 불완전성을 노정하는 것이다. 이같은 小我의 결함은 ‘나아닌 것’ 다시 말해 異他性─道 혹은 自然─에 의해 보충이 되는데, 여기에 ‘나’를 잊어버리거나(忘) 벗어나거나(脫), 비우거나(虛) 끊어 버리는(絶) 것과 같은 자기부정의 작용이 개재된다. 타자성을 수용하여 대우주와의 합일을 이룬 자아─이를 大自我 혹은 大我라 부르기로 한다─는 小我를 그 안에 머금고 있는 대긍정된 자아로서, 장자의 언술에서는 至人, 眞人, 神人, 聖人 등 구체적 인물유형으로 제시되는 경우가 많다. 이렇게 본다면, 노장철학은 자기의 실체화, 자기동일성의 구축을 특징으로 하는 ‘自我學’과는 정반대의 입장에 놓이는 異他學, 脫自我學의 성격을 띤다고 하지 않을 수 없다.[15]

이상, 장자의 언술에서 忘我나 喪我, 無己는 궁극적으로 데리다式 자기

---

15) 김형효, 앞의 책(1994), 258-260쪽.

해체[16]와 동일개념으로 이해할 수 있다고 보며, 이때의 자기해체는 小我의 토대를 전복시키는 것에 머물지 않고 大我를 구축하는 작용을 포괄하는 개념이라는 것을 다시 한 번 환기하고자 한다.

2.2 忘我·毋我·無我·沒個性의 개념 비교

이 글은 자의식의 소멸과 방기에 초점을 둔 일련의 문학적 담론의 형성에 장자의 '忘'論이 중요한 사상적 토양을 제공한다는 것을 대전제로 하고 있다. 양자의 친연성을 구체적으로 살피기 전에 한 가지 규명해야 할 문제가 있다. 공자가 언급한 '毋我'나 '克己復禮', 불교의 '無我', 엘리어트의 '沒個性'은 모두 경험주체로서의 개별적 자아를 부정한다는 점에서, 莊子의 忘我와 상통하는 부분이 있다. 그런데, 자기해체의 문학론을 형성시킨 사상적 배경으로서 왜 장자의 '忘' 이론만을 거론하는가 하는 점이다.

'毋我'는 공자가 '네 가지를 끊어 버렸다'(絶四)고 했을 때의 '四毋'－毋意·毋必·毋固·毋我－중의 하나로 '사사로운 자기'(私己)를 내세우는 마음이 없음을 의미한다. '意'는 사사로운 뜻을, '必'은 기필하는 것을, '固'는 집착하여 凝滯된 것을 가리킨다.[17] 이 세 가지는 사사로운 자아의 마음작용을 달리 표현한 것이라 할 수 있으므로 결국 '我'로 귀결되며, 이 네 가지를 부정하는 것은 결국 自己否定과 다른 점이 없다. 張子는 이에 대하여 '이 네 가지 중 하나라도 두게 되면 천지와 서로 같지 않게 된다'[18]고 풀이하고 있는데, 이는 바꿔 말하면 '이 네 가지를 이루면, 천지와 닮게 된다'는

---

16) 데리다는 자신의 철학을 '해체철학'이라 규정하였지만, '자기해체'라는 말은 사용하지 않았다. 이 말은 데리다의 해체 개념에 기초하여 이 글의 논지 전개에 응용한 것임을 밝혀 둔다.

17) "子絶四 毋意毋必毋固毋我."(『論語』「子罕」) 주희는 이에 대하여 "絶無之盡者. 意私意也, 必期必也 固執滯也 我私己也. 四者相爲終始 起於意 遂於必 留於固 而成於我也."라 註解하고 있다.

18) "張子曰 四者有一焉 則與天地不相似."

것이 된다. 이를 종합해 볼 때, '毋我' 나아가 四毋는 사사로운 자기를 극복하고 천지와 닮아가기 위한 수양 중의 하나임이 드러난다. 사사로운 자기 다시 말해 小我를 부정함으로써 얻어지는 것은 '천지와 닮게 되는 것'이다. 그러나 여기서 '天地'는 어디까지나 '我'와는 별도로 존재하는 대상일 뿐[19] '小我'를 포괄하면서 그에 결여된 요소를 보충대리한 '大我'의 개념이 아니다. 요컨대, '毋我'는 자기부정을 나타내는 莊子의 용어 '忘我' '無己'와는 달리, 小我의 보충대리로서의 大我의 개념을 결여하고 있음이 분명해진다.

'克己復禮'에서 '克己'는 毋我와 마찬가지로 자기억제라는 개념을 바탕으로 한다. 이 두 맥락에서의 '我'나 '己'는 私的 자아, 이기적인 자아를 가리키며, 부정되고 해체되어야 할 대상으로 인식되고 있다. 그러나 극기복례는 '毋我'와 마찬가지로 私的인 자아를 부정한 뒤의 자기수양의 결과로서 '復禮'를 언급할 뿐 부정된 혹은 해체된 자아를 재구축한다는 개념을 제시하지 않는다. 禮는 개인을 사회·규범에 조화시키는 보편윤리이고 극기복례는 자기실현의 궁극적 경지일 뿐, 장자적 개념의 우주와 합일을 이룬 '큰 자아'의 개념이 아니다.

한편, 불교에서의 '我'는 고정된 실체가 아니라 정신작용과 육체적 감각작용이 특수한 시간·공간 조건 속에서 잠정적으로 결합해 있는 우연의 존재로 인식된다. 그러므로 불교적 '無我'란 개별적 自我를 부정하는 것이 아니라, 我를 영원하고 자율적이며 고정된 실체로 보는 것을 부정하는 개념이다. 장자의 忘我論이 인식론의 범주에 속하는 것이라면, 유교의 毋我·克己復禮는 도덕론에, 불교적 無我는 실체론 혹은 존재론에 기초한 개념이라 할 수 있을 것이다.

또한, 노장적 忘我 개념에 기반을 둔 동아시아의 자기해체의 문학론은, 주체의 퇴각, 개성의 放棄, 특수한 한 개체로서의 개인의 주관성의 부정을

---

19) '서로 닮아간다' '서로 비슷해진다'는 뜻의 '相似'는 두 개의 존재를 분리된 것으로 인식하는 태도를 반영한다.

특징으로 한다는 점에서 엘리어트의 *沒個性*의 시론(impersonal theory of poetry)[20]과 유사한 면을 보이기도 한다. 그가 전통을 계승하는 데 있어 시인에게 요구되는 항목으로서 지적한 '自己讓渡', '자기희생', '개성의 소멸', '脫個性化'나, 시를 정의하는 데 사용한 '정서로부터의 도피' '개성으로부터의 도피'와 같은 용어는 기본적으로 '개성'에 대한 否定, 주관성의 해체를 의도하고 있지만, 해체 뒤의 재구축의 개념을 상정하지 않는다는 점에서 자기해체의 문학론과 크게 다르다. 그의 시론은, 시인은 다만 촉매처럼 중립적이 되어야지, 자기를 드러내려고 해서는 안 된다는 것을 강조하는 데 중점이 있을 뿐이다.

2.3 장자 '忘我論'의 네 범주

장자는 다양한 방식의 '忘(我)'의 양상을 제시하고 있는데, 필자는 이를 네 범주로 구분해 보고자 한다. 첫째는 忘我가 감각작용을 초월하여 실체로서의 자신의 존재감을 느끼지 못하는 상태를 의미하는 경우이다.

(안회가 말하기를) "자기의 신체나 손발의 존재를 잊어버리고 눈이나 귀의 움직임을 멈추고, 형체를 떠나고 마음의 지각을 버리며, 모든 차별을 넘어서

---

20) T.S. Eliot, "Tradition and the Individual Talent," *Selected Prose*, ed. J. Hayward (Penguin Books 873, 1953). 그는 시를 평함에 있어 '독창적' 혹은 '개성적'이라는 말이 지니는 허구성에 대해서 언급한다. 그는 독창적이라고 평가되는 작품도 前代 시인 혹은 전통의 되풀이인 경우가 많다고 하면서 시인은 과거의 문학적 전통을 발전·지속시켜야 한다고 하였다. 여기에는 끊임없는 自己讓渡(selfsurrender) 및 자기희생(selfsacritice), 개성의 소멸(extinction of personality)과 같은 '脫個性化' (depersonalization)과정이 요구된다고 하였다. 시인은 촉매(catalyst)처럼 사물에 작용하여 변화를 유도·촉진·활성화시키면서 자신은 변함이 없이 중립적 상태를 견지해야 한다고 하였다. 즉, 시인은 자신의 감정이나 개성을 표현하기보다는 감정을 전달하기 위한 특별한 매개수단 매체(medium)를 발견하여 시가 '개인적'(personal)인 것이 되지 않도록 하는 데 관심을 가져야 한다고 했다. 시는 정서의 방출이 아니라 정서로부터의 도피이며, 개성의 표현이 아니라 개성으로부터의 도피라고 했다.

大道에 동화하는 것이 坐忘입니다."[21]

　여기서 '신체나 손발, 눈이나 귀의 움직임을 잊고 형체를 떠나며 마음의 지각을 버리는 것'(離形去知)은 形體的 感覺과 意識的 知覺을 넘어서는 '脫自的 행위'[22] 다시 말해 小我가 해체되는 양상을 나타낸다. '大道에 동화하는 것'(通於大道)은 보충대리에 의해 자아가 재생산되는 측면과 관련된다. 대도에 동화된 나, 즉 大我는 부정된 소아적 요소와 더불어 소아에게 결여된 타자적 요소가 보충·첨가된 개념이다. 이처럼 대도와 합일을 이루기 위해서는 소아의 틀을 벗어나는 '忘'의 과정이 필요하다는 것이 장자의 기본생각이다. '忘'의 구체적 방법으로서 여기서 제시된 것은 감각작용과 知的 분별작용을 넘어서는 것이다.

　다음 예문 역시 忘我가 감각작용을 초월하는 데서 오는 자기존재감의 상실을 가리키는 경우이다.

　　어째서 그러고 계십니까? 형체는 본디 마른 나무같고 마음은 본디 식은 재와 같게 하실 수 있습니까? 오늘 안석에 기대 앉으신 모습은 전날과는 다릅니다. 南郭子綦가 말했다. "偃아, 그 질문 참 잘했다. 지금 나는 나자신을 잃었다. 너는 그것을 알고 있느냐?[23]

　이는 顏成子游와 南郭子綦 간의 대화로, 여기서 '마른 나무'와 '식은 재'는 자연에 몸을 맡겨 시비를 잊은 사람이 마치 無情物과 같이 된 상태를 비유한 것이다. 장자는 이처럼 모든 감각작용을 초월한 경지는 '나를 잃음'

---

21) "墮肢體 黜聰明 離形去知 同於大通 此謂坐忘."(「大宗師」). 이하 莊子 텍스트는 郭象 注·成玄英 疏, 『南華眞經注疏』(『無求備齋莊子集成初編』 3·4, 嚴靈峯 編輯, 臺北: 藝文印書館, 1972)에 의거함.

22) 김형효, 앞의 책(1994), 260쪽.

23) "顏成子游)曰何居乎. 形固可使如槁木, 而心固可使如死灰乎. 今之隱几者, 非昔之隱几者也. 子綦曰, 偃, 不亦善乎而問之也. 今者吾喪我, 汝知知乎."(「齊物論」)

(喪我)으로써 도달한 결과라고 말하고 있다. 그렇다면, '잃음'의 대상이 된 전날의 '나'는 어떤 것이고, '마른 나무'나 '식은 재'같이 된 오늘의 '나', 즉 '잃는 행위'의 주체는 어떤 성격의 '나'인가? 전자는 小我이고, 후자는 大我라 할 수 있다. 장자는 이 구절을 통해 소아의 해체 내지 부정을 통해 대아의 경지로 들어설 수 있음을 말하고 있다. 여기에 바로 '喪'이라고 하는 과정이 개재하고 있으며, 따라서 '喪我'는 다름아닌 감각작용을 초월함으로써 자아의 존재감 혹은 실체성을 느끼지 못하는 상태, 다시 말해 자의식이 부재하는 상태를 가리킨다는 것을 알 수 있다. 이런 점에 의거하여 離形去知나 枯木·死灰로 설명된 忘我·無我의 양상을 '초월적 망아론' 혹은 '초월적 자기해체'로 이해할 수 있는 기반이 마련된다.

둘째, '虛心'의 의미로 '忘我'가 이해되는 경우이다. 이 의미의 忘我相은 장자의 '心齋論'에 잘 나타나 있다.

> 안회가 "감히 心齋"에 관해 여쭙겠습니다."하니, 공자가 말하기를 "너는 너의 뜻을 하나로 集注하여 귀로써 듣지 말고 마음으로써 듣도록 하여야 한다. 다음에는 마음으로써도 듣지 말고 氣로써 듣도록 해라. 귀로 듣는 것은 그저 감각적으로 듣는 것에 머물 뿐이며, 마음으로 듣는 것은 느낌을 받아들일 뿐이지만 氣란 텅 빈 채로 사물에 응대하는 것이다. 道는 텅 빈 곳에 모이게 마련이다. 마음이 텅빈 것이 바로 心齋이다.24)

여기서 '텅 빈 채로 사물에 응대하는 것'(虛而待物)에 대하여 郭象은 '눈과 귀를 버리고 마음과 뜻을 떠나 氣性이 깨닫는 바에 부응하는 것'25)이라고 풀이하고 있다. 이는 感覺과 知覺을 넘어선다는 뜻으로서 앞서 살펴본

---

24) "若一志 無聽之以耳 而聽之以心 無聽之以心 而聽之以氣. 聽止於耳 心止於符 氣也者 虛而待物者也 唯道集虛 虛者心齋也." (「人間世」) 이 인용문은 장자가 공자와 안회의 대화 형식을 빌려 자신의 생각을 피력한 것이다. 그러므로 안회의 물음에 공자가 답하는 내용이라 하여 '心齋論'을 공자의 견해로 받아들여서는 안 될 것이다.
25) "遺耳目 去心意 而符氣性之自得 此虛以待物者也."

‘초월적 忘我相’과 대동소이하다. 귀나 마음으로 듣는 것은 관습적인 ‘나’의 감각작용에 해당한다. 따라서 이것을 금지하는 것은 곧 습관과 고착된 것의 중심으로서의 ‘나’, ‘思考의 진원지’[26]로서의 小我를 부정하는 것, 즉 小我의 작용을 부정하고 해체하는 작용을 가리킨다. 반면, 氣로써 듣는 ‘나’는 자기해체 뒤에 다시 일으켜 세워진 자아, 다시 말해 도와 합일을 이룬 大我라 할 수 있다.

장자는 이어 ‘도는 텅 빈 곳에 모인다’고 말하고 있다. 곽상은 이에 대해 ‘마음을 비우면 지극한 도가 그 안에 모인다.’[27]라고 풀이하고 있다. 이는 ‘虛其心’이 耳目을 버리고 心意를 떠나는 것과 마찬가지로 자기해체의 측면과 결부되며, ‘지극한 도를 받아들이기 위한’ 전제가 된다는 것을 시사하는 구절이라고 하겠다. ‘虛而待物’은 감각·지각작용을 초월하는 것에서 출발하여 ‘마음을 비우는 것’에까지 한 단계 진전하는 양상을 보여주며 이 점이 초월적 망아의 양상과 다른 점이라고 하겠다.

忘我의 한 양상으로서의 虛心은 장자의 언술에서 다양한 표현으로 변주된다. ‘私心과 慾望을 줄이고 적게 한 것’(少私寡欲)[28] ‘지식을 버리고 자기를 없애는 것’(棄知去己)[29] ‘名利를 버리는 것’(棄名利)[30]에서의 ‘少’ ‘寡’ ‘棄’ ‘去’는 ‘虛’와 동일한 의미라 할 수 있다. 여기서 한 가지 주목할 점은, 이 구절들이 私心이나 욕망, 지식, 名利 등을 완전히 제거해 버리는 것을 의미하는 게 아니라는 사실이다. 이 맥락에서 버려져야 할 것으로 제시된 것들이 도에 이르는 장애요소가 되는 것은 사실이지만 역설적이게도 삶을 유지하는 데 없어서는 안 될 요소이기도 하다. 장자가 사용하는 이같은 언

---

26) 김형효, 앞의 책(1994), 260쪽.
27) “虛其心 則至道集於懷也.”
28) 「山木」
29) 「天下」
30) 「盜跖」

어적 표현은 아무 것도 없는 상태가 아니라, 어떤 것의 '최소치'를 의미한다는 점을 놓쳐서는 안 될 것이다.

장자의 언술에서 우리는 최소치의 의미로서의 '虛'와 동궤에 놓이는 다양한 표현을 만나게 되는데, 예를 들어 '비고 안정되고(虛靜) 담박하고(恬淡) 고요하며(寂漠) 행함이 없는 것(無爲)은 만물의 근본이다'[31]라고 한 구절에서 虛靜·恬淡·寂漠·無爲가 이에 해당한다. '恬淡'은 아무런 조미료가 가해지지 않은 無味의 味로서 '맛'의 최소치이며, '寂漠'은 '소리'의, '無爲'는 '움직임'의 최소치를 나타내기 때문이다. 이때의 '최소치'는 모든 군더더기를 버리고 최후까지 남은 것, 다시 말해 사물의 진수를 가리킨다.

장자의 언술에서 喪我와 無己의 상태를 비유하는 데 흔히 사용되는 枯木과 死灰는 모든 감각·지각작용을 초월한 모습을 가리키기도 하지만, 동시에 '虛己'의 비유적 표현이기도 하다는 점을 간과할 수 없다. '마른 나무'는 잎사귀와 꽃을 다 떨구고 근간이 되는 뿌리와 가지만 남은 것이고, '식은 재'는 불꽃이 다 꺼져 버린 뒤 남은 것이다. 잎사귀와 꽃, 불꽃이 '私我的 속성'을 비유한 것이라면, 枯木과 死灰는 私我의 지적 分辨作用과 자의식을 비워내고 덜어낸 뒤에 가장 최후까지 남는 '본질적인 것'을 비유한 것이라 할 수 있다. 그렇다면, 私我를 비운다고 하는 虛心, 虛己는 有의 반대로서의 '無'나 '제로'를 의미하는 것이 아니라, 모든 잉여적 요소가 사라진 뒤 어떤 사물을 그것답게 하는 것, 다시 말해 본질, 근간만이 남겨진 것을 뜻한다고 보는 것이 타당하다. 그리하여 장자는 '날로 덜어냄으로써 도에 이른다'[32]고 하였던 것이다.

한편, 心齋를 설명하는 위 인용구절에서 '마음을 텅 비게 하여 사물에 응대한다'고 한 대목은, '虛'의 상태가 바깥의 타자성을 수용하여 언제든지 有나 充으로 전환될 수 있는 성격의 것임을 시사한다. 즉, '虛'는 有나 充의

---

31) "夫虛靜恬淡寂漠無爲者, 萬物之本也." (「天道」)
32) "爲道者 日損 損之又損之 以至於無爲." (「知北遊」)

결함-어떤 존재로 채워져 있기 때문에 異他性을 수용할 수 없는 점-을
보충하여 그것을 대리한 것이므로 이미 그 안에 有나 充을 함축한 개념이
라 할 수 있다.

　이로 볼 때 덜어내고(損), 줄이고(少), 적게 하고(寡), 버리되(棄) 더 이상
덜어낼 수 없는 최소치, 다시 말해 사물의 근간적 요소만이 남아 있는 상태
가 ‘虛’의 본질임을 알 수 있고, 이로써 장자가 제시하고 있는 忘我의 제
양상 중의 하나로서 ‘虛而待物’을 ‘最少論的 忘我論’33)으로 규정할 수 있
는 근거가 마련된다고 하겠다.

　忘我의 세 번째 양상으로서 忘我 또는 無己가 ‘주관의 배제’를 의미하는
경우를 들 수 있다.

> 　道의 관점에서 본다면 만물에는 귀천이 없다. 物의 관점에서 본다면 자신은
> 귀하고 상대는 천하다. 流俗의 관점에서 본다면 귀하고 천한 것이 자기에게
> 있지 않다. 差等의 관점에서 보아 만물의 큰 바를 들어 그것을 크게 여긴다면
> 만물 가운데 크지 않은 것이 없으며 그 작은 바를 들어 그것을 작다고 여긴다면
> 만물 가운데 작지 않은 것이 없다.34)

　이는 ‘무엇을 기준으로 사물의 분별을 하는가?’하고 묻는 黃河의 신 河伯
에게 北海의 신 若이 대답하는 내용이다. 북해의 신은 여기서 여러 가지

---

33) 여기서 최소론이란 말은 ‘minimalism’의 번역으로 오인될 소지가 있어 이에 대한
　　해명이 필요하다. ‘minimalism’은 원래 서양의 예술의 한 유파이다. 음악에서의 미니
　　멀 양식이란 최소의 장식과 악기편성으로 일정한 패턴을 반복하여 최면적인 효과를
　　내는 것을 말하고, 회화나 조형예술에서의 minimal art란 사용하는 빛깔을 몇 개의
　　기본색으로 제한하거나 단순한 기하학적 형식을 취하는 등 최소한의 조형수단으로
　　제작된 그림이나 조각을 말하며, 문학에서의 미니멀리즘은 아주 짧은 형식의 소설을
　　가리키기도 한다. *The Random House Dictionary of the English Language*(시사
　　영어사, 1993). 어떤 면에서 이 글에서 말한 ‘최소론’과 ‘minimalism’은 상통하는 점이
　　없지 않으나, 그 발상과 실제 그 개념의 적용 양상에 있어 전혀 다름을 밝혀 둔다.
34) “以道觀之 物無貴賤 以物觀之 自貴而相賤 以俗觀之 貴賤不在己 以差觀之 因其所
　　大而大之則萬物莫不大 因其所小而小之則萬物莫不小.” (「秋水」)

사물을 보는 다양한 관점을 제시하여 모든 구분의식은 결국 상대적일 뿐이라는 주장을 하고 있다. 그런데 자세히 살펴보면 위에 제시된 네 가지 관점 ―즉, 道·物·流俗·差等의 관점에서 보는 것― 중 뒤의 셋은, 첫 번째 '道의 관점에서 보는 것'(以道觀之)을 전면에 내세우기 위한 배경 역할을 하고 있음이 드러난다. 어떤 세속적 기준을 가지고 보더라도 주관에 따른 상대적 가치를 주장하는 것일 뿐이지만, 오직 '道'로써 보는 것만이 私가 개입되지 않은 객관성을 확보할 수 있다는 내용이다.

　여기서 '道'로써 본다고 했을 때 '觀'의 주체는 인간이다. 따라서 이 구절은 觀의 주체인 인간이 道를 기준으로 하여 사물을 본다는 의미이다. 그렇다면, 도를 기준으로, 도의 관점에서 만물을 본다는 것은 어떤 상태를 말하는가. 그것은 '私的 自我'의 분별적 시각을 버리고 개개 物의 관점에서 物을 보는 것, 다시 말해 公平無私한 객관적 시각으로 사물을 본다는 뜻이다. 한편, 이 문맥에서 '物의 관점에서 보는 것'(以物觀之)은 개개의 주관적 입장에서 사물을 보는 것을 가리키므로 '以道觀之'와는 정반대의 의미를 지닌다.

　앞서 본 忘我의 두 양상과 마찬가지로 '以道觀之' 또한 小我의 해체(A)와 大我의 구축(B)이라는 두 요소를 함축한다. 이는 소아의 주관적 분별작용을 버리고(A) 道와 합일된 경지(B)에서 사물을 본다는 뜻이기 때문이다. 여기서 우리는 '以道觀之'에 내포된 망아의 양상이 私意를 버리는 것, 나아가서는 사물을 觀함에 있어 주관성을 배제하는 것으로 해석될 수 있는 단서를 발견하게 된다. 따라서 '以道觀之'에 내포된 자의식 소멸상태를 '脫主觀'에 의한 無己의 양상으로 이해할 수 있다고 본다.

　넷째, 離形去知, 虛而待物, 以道觀之 외에 장자는 忘我·無己의 또 다른 양상으로서 '道와 我가 하나가 됨으로써 자기가 없어지는 상태'(合乎大同 大同無己)를 제시한다. 이 主旨는 '胡蝶夢'의 '物化' 체험에 잘 나타나 있다.

옛날에 莊周가 꿈에 나비가 되어 자유롭게 훨훨 날아 다녔다. 그러나 자기가
장주임은 알지 못 했다. 잠시 후 꿈을 깨니 엄연히 자신은 장주였다. 그러니
장주가 꿈에 나비가 되었던 것인지 나비가 꿈에 장주가 되어 있는 것인 지 알
수가 없었다. 장주와 나비 간에는 반드시 분별이 있을 것이다. 이러한 것을 일
컬어 ‘物化’라 한다.35)

이 우화는 기본적으로 장주가 나비가 되었는지, 나비가 장주가 되었는지
구분하기 어려울 정도로 物과 我가 혼연히 하나가 된 경험, 다시 말해 物我
一體의 상태를 나비의 비유를 들어 기술한 것이다.36) 여기서의 물아합일은
우주만물과 자아가 본디 하나라는 것을 주장하기 위한 것이지, 실제로 物과
我가 하나가 된 상태를 말하는 것이 아님은 물론이다. ‘장주와 나비 간에는
반드시 분별이 있을 것’이지만 어느 순간 그 분별이 無化되어 둘을 구분할
수 없을 만큼 혼연일체가 된 상태를 일러 장자는 ‘物化’라 하였던 것이다.
　물아의 분별이 제로化되는 어느 한 순간은 物과 我의 한계가 없어져 만
물이 하나로 융해되는 순간이다.37) 이는 곧 주체의 실체성과 존재감, 자의

---

35) “昔者, 莊周夢爲胡蝶, 栩栩然胡蝶也. 自喩適志與, 不知周也. 俄然覺, 則蘧蘧然周也.
　　不知周之夢爲胡蝶與, 胡蝶之爲周與. 周與胡蝶, 則必有分矣. 此之謂物化.” (「齊物論」)
36) 장주가 꿈에 나비가 된 상태를 두고, 자아의 내적 변화, 주체와 객체의 합일상태,
　　忘我의 체험에 대한 비유로 읽는 입장 등 다양한 해석이 제기되었다. 이 세 입장은
　　각각 Robert E. Allinson, *Chuang-Tzu for Spiritual Transformation: an Analysis
　　of the Inner Chapters*(Albany: State University of New York, 1989); 董小蕙, 『莊子
　　思想之美學意義』(臺灣: 學生書局, 1993, 195쪽); 顔崑陽, 『莊子藝術精神析論』(臺北,
　　華正書局, 1985, 270쪽)에 의해 제기되었다. 그러나 이 세 상태는 어느 하나에서 다
　　른 하나로의 단계적 과정이나 서로 분리된 상황을 가리키는 것이 아니라, 동시공존
　　이 가능한 세 측면을 각기 다른 시각에서 파악한 것이라 할 수 있다.
37) 이런 점에서 장주가 나비가 되었다고 하는 것은 ‘얼음이 녹아 물이 되는 것’과는
　　전혀 다르다. 두 물질이 합해져 하나가 되는 양상을, 각각의 성질을 잃고 하나로 융
　　합되어 버리는 ‘化合’과 각각의 성질을 유지하면서 하나를 이루는 ‘混合’으로 구분해
　　볼 수 있는데, 빗물과 바닷물이 합해지는 것은 전자에, 모래가 진흙과 합해져 있는
　　것은 후자에 해당한다. 장주와 나비의 경우도, 인용 끝부분에도 나와 있듯이 이 둘
　　사이에는 엄연한 구별이 있다고 하였으므로, 후자에 해당한다. 하나면서 둘이고, 둘

식이 소멸한 '忘我'의 순간인 것이다. 이와 같은 물아합일의 상태는 장자의 언술에서 "物我爲一"38) 또는 "合乎大同"39)으로 표현되기도 한다.

물아합일을 이루기 위해서는 小我의 분별지심을 버리는 과정이 필요하다. 이 우화에서 상호 관련을 맺지 않고 별도의 사물로 각각 존재하는 인간 '장주'나 '나비'가 분별작용의 주체로서의 小我의 측면을 가리키는 것이라면, '꿈에 나비가 된 장주' 혹은 '꿈에 장주가 된 나비'는 서로 연루되어 있고40) 각자-장주나 나비-에게 결여된 요소, 즉 他者性을 보충하여 대체한 大我를 가리킨다고 할 수 있다. 즉, 道와 합일을 이룬 완전한 자아, 나아가서는 道 자체를 형용하기 위한 비유인 것이다.

우리는 이 우화에서 자아를 둘러싸고 '개별성'과 '전체성'이라고 하는 상반된 두 개념이 공존 내지는 相互 融攝하고 있음을 보게 된다. 별개의 物로 존재하는 장주와 나비가 자아의 개별적 측면을 말하는 것이라면, '나비가 된 장주' '장주가 된 나비'는 자아의 전체적 측면을 가리킨다. 그리고 양자는 '꿈'이라고 하는 비유적 매체를 통해 서로 연루되며, 하나를 이루고 있는 것이다. 이로부터 物化나 物我爲一, 合乎大同이나 大同無己와 같은 忘我의 양상을 '합일화'에 의한 無己의 양상으로 범주화할 수 있게 된다.

지금까지 장자가 제시하고 있는 忘我·無己의 양상을, 초월성에 기초한 '離形去知', 최소성에 기초한 '虛而待物', 탈주관에 기초한 '以道觀之', 합일화에 기초한 '物我爲一' 네 가지로 범주화해 보았다. 장자의 언술에서 '忘

이면서 하나인 양상이다. 달리 말해 混合의 의미에서의 '一(하나)'라고 하는 개념에는 '同'의 요소와 '異'의 요소가 공존해 있다고 할 수 있다. 이 두 요소는 상호 배타적인 것이 아니라, 조화관계를 유지한다. 나비가 되었으되, 자신이 장주인 것을 모른다고 한 것은, 자의식이 소멸된 상태 다시 말해 '忘我'의 체험을 비유적으로 설명한 것이라 할 수 있다.

38) "天地與我竝生, 而萬物與我爲一."(「齊物論」)

39) "頌論形軀, 合乎大同, 大同無己. 無己惡乎得有有."(「在宥」)

40) 장자는 이를 '相累'라는 말로 표현한다. 「山木」.

我'나 '無己', '喪我'는 名利와 知的 分辨作用에 얽매인 小我에 대한 否定 및 해체작용을 나타낸 것으로서, 이것은 자아의 대긍정 및 大我의 구축을 위한 전제가 된다. 小我의 해체는 감각작용을 초월함으로써, 소아를 비우고 사물을 응대함으로써, 주관성을 배제함으로써, 그리고 만물과 하나를 이룸으로써 가능해진다는 것을 장자는 보여주고 있는 것이다.

장자의 언술에서는 '忘我'를 主旨로 하는 우화들은 도처에서 발견된다. 무아지경의 활쏘기인 '不射之射'(「田子方」), 소를 잡는 神技를 말한 '庖丁解牛'(「養生主」), 매미잡는 묘기(「達生」) 등이 그 대표적인 예이다. 그러나 이 예들은 위에 범주화한 네 가지 忘我의 양상이 복합되어 있어 서로가 확연하게 경계지어지기보다는 어느 하나 안에 나머지 셋이 함유되는 融攝의 관계에 놓여 있음을 보여준다. 요컨대, 망아 체험은 네 面으로 이루어진 상자에 비유될 수 있다. 그러나 동일한 물체라도 각도를 달리해서 보면 다른 모습으로 보이듯, 망아체험을 총체적으로 이해하기 위해서는 각도를 달리해서 접근할 필요가 있는 것이다.

3. '자기해체'의 문학론

이제 자기해체에 바탕을 둔 문학론의 구체적인 예를 살펴 보기로 한다. 1장에서 언급한 대로 이 글은 문학론과 철학을 접맥시키는 몇 양상 중 셋째 유형 즉 '가'라는 문학론의 내용이 'A'라는 철학사상과 유사할 경우 이것을 바탕으로 양자의 친연성을 규명하는 입장을 취하므로, 문학가의 사상적 성향을 가지고 그의 문학론을 재단하는 입장을 지양한다. 따라서 이 장에서 다루어질 문학론에는 노장적 성향이 강한 인물뿐만 아니라, 邵雍이나 蘇軾·王夫之 같은 유학자의 담론도 포함된다. 인도의 불교가 중국화하는 과정에서 노장철학의 핵심용어들을 수용했고, 또 성리학이 발흥하는 과정에 있어서도 그 중추가 되는 사상을 기존의 老莊이나 禪佛敎에서 흡수하여 이를 비판적으로 발전시켰다는 사실을 감안한다면, 문학론을 펼친 사람의 사상적 성향이 道家에 밀착해 있지 않다 해서 이를 굳이 배제할 이유가 없다고 본다.

장자의 忘論이 자기해체의 철학적 사유과정을 직접적으로 서술하는 것과는 달리, 이 장에서 다룰 여러 說과 論은 '문학에 관한 비평적 담론'의 성격을 띠는 만큼, 자아나 자기부정의 문제를 직접적으로 언급하기보다는 비유나 암시, 우회적 표현, 이미지 등을 사용하여 간접적으로 서술하고 있다. 자아의 해체와 재구축에 기초한 장자의 '忘'論이 문학론에서 어떻게 그 흔적을 드러내는가를 살핌에 있어 우선 이같은 차이가 전제가 되어야 할 것이다.

3.1 '離形去知'와 '超越'의 문학론

앞서 살펴보았듯 離形去知로 요약되는 장자의 초월적 망아론은 감각과 지각, 기존의 인식의 틀을 넘어서는 것을 핵심으로 하였다. 小我의 否定이나 해체를 함축하는 여러 표현들 중 초월적 자기해체의 문학론과 깊이 연관되는 것은 超·離·脫·逸 등이다.

3.1.1 司空圖와 '超脫'의 문학론

사공도(837-908)의 字는 表聖이며 唐代末의 시인이자 詩論家이다. 젊었을 때는 벼슬길에 나아갔으나 당시 조정이 미약하고 기강이 크게 무너져 더 이상 정치에 뜻이 없어 속세를 떠나 오랜 은둔생활을 하게 되었다.41) 따라서 그의 문학론에는 노장적 성향이 강하게 배어 있다. 전편이 12句로

---

41) 司空圖의 생애 및 문학사상에 대한 것은 詹幼馨, 『司空圖「詩品」衍繹』(香港: 華風書局, 1983, 141-171쪽)을 참고함.

된 詩 24편으로써 시의 품격을 논한 '詩品二十四則' 및 문학적 논쟁을 담은 書簡 등에서 이같은 성향이 두드러지게 나타난다.

匪神之靈　정신의 신령함도 아니고
匪機之微　心機의 은미함도 아니다.
如將白雲　흰 구름을 거느리고
清風與歸　맑은 바람과 함께 돌아가는 것과 같다.
遠引若至　멀리 이끌려 거기에 이른 듯하나 다가가 보면
臨之已非　이미 그것이 아니다
少有道契　일찍부터 조금 도를 깨우쳐
終與俗違　마침내 속세와 어그러졌다
亂山喬木　어지러운 산의 높이 솟은 나무들,
碧苔芳暉　푸른 이끼, 향기로운 광휘
誦之思之　읊조리고 생각하면
其聲愈希　그 소리는 더욱 희미해진다[42]

위는 24시품 중의 하나인 '超詣'의 전문으로서 創作時의 시인의 심적 상태를 형용한 것으로 생각된다. 여기서 高·深·遠의 함의를 갖는 '超'는 세속에 동화하지 않고 流俗으로부터 멀리 떠나 있으며 勝境自得, 離塵脫俗을 추구하는 것을 나타낸다.[43] 결국 '超詣'란 '세속을 초월하여 道의 경지에 이른다'는 뜻으로 해석할 수 있다. "象外之象 景外之景"[44] "韻外之致 味外之旨"[45] 등은 감각적 형상을 벗어나는 것을 강조하기 위해 사공도가 사용한 용어들이다.

제1-4구는 초예의 상태가 鬼나 超自然의 것이 아니라는 것과, '흰구름'

---

42) <超詣>「詩品二十四則」, 『中國美學思想彙編』·上(臺北: 成均出版社, 1983).

43) 詹幼馨, 앞의 책, 42쪽.

44)「與極浦書」, 『中國美學思想彙編』·上, 368쪽.

45)「與李生論詩書」, 위의 책, 367쪽.

과 ‘맑은 바람’의 이미지로써 어디에도 구속됨이 없는 자유로운 경지의 것임을 밝히고 있다. 제5·6구는 ‘沖淡’ 중의 ‘얼핏 마주치면 깊지 않아 보이나 그에 다가가면 더욱 희미해진다’(遇之匪深 卽之愈希) ‘혹 형체가 있는 듯하나 손으로 쥐려 하면 이미 어그러진다’(脫有形似 握手已違)와 내용·어법면에서 매우 흡사하다. 이는 구체적 형상이나 세속으로부터 멀리 벗어나 있는 道의 속성을 설명하기 위한 표현이라 할 수 있다. 제9·10구는 3·4구의 내용을 한 단계 진전시켜 초예의 實境, 즉 超塵脫俗의 양상을 나타낸 것이다.46) 9·10구의 읊조리고(誦) 생각하는(思) 행위는 分辨作用의 대표적인 것을 들어 지적한 것으로, 지적인 사고 행위는 道로부터 멀어지게 하는 요인이라는 것을 밝히고 있다.

초예의 요점이 超塵脫俗에 있다 할 때, 塵이나 俗은 道와 합일을 이루기 전의, 부정의 대상이 되는 ‘小我’를 상징한다. 그러므로 俗塵을 초월한다는 것은 곧 頌과 思로 대표되는 분별행위의 주체로서의 소아를 부정하는 것을 의미한다. 또한 흰 구름과 맑은 바람, 우뚝 솟은 나무들, 푸른 이끼, 향기로운 광휘의 이미지는 소아의 경계로부터 자유로와진 경지, 忘我·無我의 경지, 脫俗의 세계를 표상하고 있으며, 이는 곧 자기해체 뒤의 大我를 상징한다고 할 수 있다.

‘形容’ 중의 “離形得似”역시 小我의 해체와 大我의 구축이라는 ‘초예’의 기본논리를 그대로 함축하고 있는 어구이다. ‘形容’을 ‘狀形之容’으로 해석하여 이를 ‘狀有形之容’과 ‘狀無形之容’로 분류해 본다면, 보통 形似로 불리는 것은 전자를, 神似로 불리는 것은 후자를 가리킨다고 할 수 있다.47) 이 점을 근거로 “離形得似”에서 앞의 形은 形似, 뒤의 似는 神似로 보아, 이 구절을 ‘形似를 떠나 神似를 얻는다’는 의미, 다시 말해 ‘神似를 포착하기 위해서는 감각적인 形似의 한계를 벗어나야 한다’는 뜻으로 해석해 볼

---

46) 詹幼馨, 앞의 책, 46-47쪽.
47) 같은 책, 112쪽.

수 있다. 우리는 여기서 形似를 감지하는 '我'와 神似를 포착하는 '我'의 존재를 상정하게 되고, 離形하는 행위는 곧 形似의 세계에 머물러 있는 小我의 해체를 가리킨다는 것을 알 수 있다.

'雄渾' 중의 '형상 밖으로 뛰어넘어 도의 요체를 얻는다'(超以象外 得其環中)라고 한 구절이나 '高古' 중의 '텅빈 마음으로 정신의 본바탕을 응시하고 초연하게 경계를 벗어난다'(虛佇神素 脫然畦封)라고 한 표현 역시 감각작용의 초월에 의한 無己의 경지를 보여주는 구절이라는 점에서 공통점을 지닌다.

3.1.2 世阿弥와 '目前心後'

제아미(世阿弥, 1363-1443)는 아버지인 간아미(觀阿弥)의 뒤를 이어 일본의 노가쿠(能樂)[48]論을 집대성한 인물이다.「風姿花傳」「花鏡」등 노(能)에 관한 에세이 제목에서도 드러나듯 그는 노의 매력, 예술성을 '花'에 비유하면서 能樂論을 전개하였다. 노는 음악과 춤과 흉내동작을 대본-노의 대본을 '요'(謠)라 부른다-에 따라 펼치는 종합연행예술로 일본 중세에 성행했는데, 노멘(能面)을 쓰고 연기한다는 점에서 우리나라 탈춤과 여러모로 흡사하다.

그의 能樂論을 보면 춤이나 연기, 사물의 모습을 모방하는 동작에 많은 부분을 할애하고 있어 일견 문학론과는 거리가 멀어 보인다. 그러나 그는 요오쿄쿠(謠曲)[49]와 연기 동작사이의 밀접한 관련을 다음과 같이 피력하고 있다.

---

48) 노가쿠(能樂)는 詞章과 聲樂으로 이루어진 脚本-이를 요오교쿠(謠曲)라 한다-, 춤, 연기동작으로 이루어진 종합연행예술로서 탈-이를 노오멘(能面)이라 한다-을 쓰고 연기한다는 점에서 우리나라 탈춤과 비슷하다.

49) 요오쿄쿠(謠曲)는 能의 脚本으로서의 詞章이라는 뜻과 能의 音曲(聲樂)으로서의 우타이(ウタイ)의 뜻 두 가지를 포함한다.『日本古典文學大辭典』第六卷(東京: 岩波書店, 1985) 인용문에서 제아미가 말하는 音曲은 요오쿄쿠를 의미한다.

노의 모든 연기는 무언가 말하려는 것을 표현하는 것이기 때문에, 일체의 연기·동작에는 그것이 생겨나는 이치가 있다. 말하려는 의미를 표현하는 것은 謠의 문구이다. 따라서 謠가 주가 되고 연기는 종이 된다. 그렇다면 音曲으로부터 연기가 생겨나는 것은 순리이고, 연기를 기본으로 하여 音曲을 노래하는 것은 逆의 방향이다. …(中略)… 그러므로 잘 마음을 집중하여 謠의 문구를 실마리로 하여 연기를 공부하는 것이 좋다. 그것이, 音曲과 연기가 하나로 융합되게 하는 연습인 것이다.[50]

요컨대 문학-謠-과 연기가 하나로 융합되는 것이 그가 말하는 연습의 핵심이다. 따라서 그의 能樂論이 주로 춤이나 연기, 모방에 치중해 있다 하더라도, 문학론의 범주에서 논의하는 것에 문제가 없으리라 본다.

그는 '舞'가 노에서 중요한 몫을 담당한다고 보고, '舞'를 연기하는 데 필요한 지침으로서 '目前心後'를 제시했다.

춤에는 目前心後라고 하는 지침이 있는데, 이것은 '눈은 앞에 두고, 마음은 뒤에 둔다'는 뜻이다. 관객측에서 보는 演者의 춤은, 연자 자신의 눈을 떠나 거리를 두고 보는 방식("離見")이다. 이에 대해, 演者 자신의 눈으로 보는 자기의 모습은 주관적인 我見이요 객관적인 離見에 의한 것이 아니다. 離見의 방식으로 본다고 하는 일은 곧 관객과 동일한 마음으로 보는 것이다.[51]

제아미가 말하는 '離見'이란, 주관을 떠나 객관적 시선으로 관객의 입장

---

50) "一切の事は、謂れを道にしてこそ、よろづの風情にはなるべき理なれ。謂れを現はすは言葉なり。さるほどに、音曲は体なり、風情は用なり。しかれば、音曲よりはたらきの生ずるは順なり。はたらきにて音曲をするは逆なり。…(中略)…かへすがへす、音曲の言葉の便りを以て、風体を色どり給ふべきなり。これ、音曲・はたらき一心になる稽古なり。"「風姿花伝」,『連歌論集・能樂論集・俳論集』(表章 外 校注・譯, 東京: 小學館, 1973・1989), 272쪽. 여기서 風情, はたらき, 風体는 同意로 사용되고 있으며 모두 신체적 동작을 가리킨다. 같은 곳(註4).

51) "舞に、目前心後といふ事あり。目を前に見て、心を後に置けとなり。見所より見る所の風姿は、我が離見なり。しかれば、我が眼の見る所は、我見なり。離見の見には あらず。離見の見にては、すなはち見所同心の見なり。"「花鏡」, 같은 책, 307-308쪽.

에서 자기의 모습을 보는 것이요, '目前心後'란 이같은 離見에 의해 육안으로 볼 수 없는 곳까지 心眼으로 통찰하는 것이다. 여기서 目은 물리적인 것, 육안으로 보는 것을, 心은 정신적인 것, 마음의 눈으로 보는 것을 말한다. 我見을 지양하는 것, 육안의 감각작용을 초월하는 것은 곧 감각적인 '我'를 부정하는 것이요, 小我를 해체하는 작용이다. 장자가 말하는 坐忘의 제아미式 변형인 것이다. 마음의 눈으로 보는 주체는 자기해체 뒤의, 보충 대리에 의해 재구축된 자아, 無念·無想·無私의 상태에 놓인 大我를 가리킨다.

관객의 입장에서 볼 때, 마음의 눈으로 본다는 것은 동작과 동작 사이의 틈, 다시 말해 모든 동작이 멈춘 지점의, '無動作의 動作'까지를 보는 것을 의미한다. 멈추어 있는 상태, 아무 것도 하지 않는 상태[52]의 연기란 모든 감각작용, 모든 의식작용을 넘어선 상태에서 이루어지는 것이다. 결국 제아 미의 노 이론은 私的 自我의 감각작용의 소산인 인위적인 춤과 연기를 벗어나 無心·無我의 노를 지향하는 것[53]에 그 초점이 모아진다고 하겠다.

3.2 '虛而待物'과 '虛心'의 문학론

'虛而待物'로 요약되는 無己의 양상은, '虛靜' '恬淡'의 문학론과 깊은 관련을 가진다. 앞서 언급했듯, 이 경우 '虛'는 아무 것도 없이 텅 비어 있다는 뜻이 아니라, 個我性·機心·分辨作用·自意識 등이 소멸하여 사물의 본질과 진수만이 남아 있는 상태를 의미한다. 또한, 자기의식이 최소화되어 있기에 타자성을 더 많이 받아들일 수 있음을 함축한 개념이기도 하다. 우리는 蘇軾의 '空靜' '枯澹'과 이규보의 '虛心論', 李象靖의 '冲澹閒遠'의 문

---

52) 이를 제아미는 '하지 않는 것의 재미'("せぬ所が面白き")라는 말로 나타내고 있다. 「花鏡」, 같은 책, 326-327쪽.

53) 제아미는 이러한 노의 풍격을 '無心の位'라 하였다. 같은 곳.

학론에서 그 진수를 만나게 된다.

3.2.1 李奎報의 '虛心論'

이규보(1168-1241)는 한국의 文學史上 노장사상의 영향을 가장 많이 받은 문인 중의 하나로 꼽힌다. '恬淡'을 중시하는 이규보의 詩論[54]과 그의 글 도처에서 발견되는 '虛'의 사상은 하나의 사물을 가리키는 두 개의 손가락처럼 상호 깊은 관련을 갖고 맞물려 있다.

이런 관점에서 볼 때, 그가 많은 시인들 중 陶淵明을 극찬하고 그를 닮고자 한 것은 지극히 자연스런 귀결이다.

> 陶潛의 시는 조용하고 담담하며(恬淡) 화평하고 고요하여(和靜) 마치 淸廟의 악곡을 타는 비파가 붉은 줄과 큰 구멍을 갖추어 한 사람이 唱하면 세 사람이 탄복하여 화답하는 것과 같다. 나는 그 체를 본받으려 하나 끝내 비슷하게도 할 수 없으니 더욱 가소롭다.[55]

위 인용구는 「論詩說」의 일부인데 여기서 우리는 이규보가 도연명의 시 세계를 '恬淡和靜'한 것으로 규정하고 그것에 최고의 문학적 가치를 두고 있음을 발견하게 된다. '恬淡和靜'은 노장사상의 근간을 이루는 용어 중의 하나로서, 장자의 '虛靜, 恬淡, 寂漠, 無爲는 천지의 근본이다.'[56]라는 구절

---

54) 박희병은 이규보의 문학세계를 '忘機論'으로 포괄하여 그 구체적 양상을 살핀 바 있다. 박희병, 「이규보의 문예론」, 《민족문학사연구》 10호, 1997. 忘機와 虛心은 많은 부분에서 포개지지만, 필자는 忘機(機心을 잊음)의 상태는 '虛心'의 의미가 포괄하는 여러 양상 중의 한 면을 가리키는 것으로 보고 이규보의 문학론을 '虛心論'으로 포괄하고자 한다. 또한, 박희병의 연구는 이규보의 '작품세계'를 규명하는 것에, 3.2.1 항은 이규보의 '문학론'에 초점이 맞춰져 있다는 점에서 그 방향이 근본적으로 다르다.

55) "陶潛詩恬淡和靜 如淸廟之瑟 朱絃疏越一唱三歎. 余欲效其體 終不得其髣髴 尤可笑也." 「論詩說」(『국역 동국이상국집』 21권, 민족문화추진회, 1979 · 1985).

56) "夫虛靜恬淡寂漠無爲者 萬物之本." 「天道」篇. 道를 '虛靜'한 것으로 보는 사고는 이미 노자 『道德經』(16장)에 보인다.

에 토대를 두고 있다.

다음 <讀陶潛詩>와 <陶潛贊 幷序>에는 恬淡과 虛를 중시하는 그의 문학적 관점이 여실히 드러나 있다.

我愛陶淵明　나는 도연명을 사랑하나니
吐語淡而粹　토해낸 말은 담담하고 순수하다네
常撫無絃琴　항상 줄없는 琴을 탔다더니
其詩一如此　그의 시도 이와 같네
至音本無聲　지극한 음률은 본래 소리가 없는데
何勞絃上指　어찌 줄 위에서 손가락을 수고롭게 놀리는가
至言本無文　지극한 말은 원래 수식이 없는데
安事彫鑿費　무슨 일로 새기고 다듬는데 힘을 들이나
平和出天然　편안함과 조화로움은 천연에서 나오는 것
久嚼知醇味　오래도록 음미하니 그 참맛을 알겠네 (<讀陶潛詩>)57)

予讀淵明本傳及詩集 愛其曠達 故贊之云. (나는 도연명의 본전과 시집을 읽고 아무 것에도 구애받지 않는 트인 성품을 사랑하였다. 그래서 찬을 짓는다.)

無絃琴上　줄 없는 거문고 위에
怡怡其心　마음은 즐겁고 즐겁다네
人曰無絃　사람들은 말하지
不如無琴　줄이 없는 것은 琴이 없는 것과 같지 않느냐고.
有琴無絃　琴만 있고 줄이 없으면
安有厥音　어디서 소리가 나올 것인가 하고.
若曰寓意　만일 가탁해서 말한 것이라면
凡物皆是　모든 사물이 다 이와 같네
淵明嗜酒　연명은 술을 좋아해
惟日以醉　날마다 술에 취했는데

---

57) 『국역 동국이상국집』 14권(민족문화추진회, 1979 · 1985).

有盃無酒　술잔만 있고 술이 없다 해서
其可醉止　그 취흥이 사그라들겠는가?
達士之趣　달관한 선비의 깊은 뜻을
人豈易會　사람들이 어찌 쉽게 알리요
所攝者內　간직할 것은 안의 것
可遺者外　버릴 것은 바깥의 것
苟慕於外　진실로 바깥 것을 사모하면
惟慾之漸　그것이 바로 욕심의 시작이라네. (<陶潛贊 幷序>)58)

　이 두 시에서 琴, 絃, 술잔, 술은 '바깥의 것'을, 至音과 醉興은 '안의 것' 즉 사물의 본질을 구체적으로 형상화한 것이다. 여기서 '바깥의 것'은 욕심이 시작되는 것, 버려야 할 것을 가리키고, '안의 것'은 간직해야 할 것, 가치 있는 것, 다시 말해 사물의 본질을 가리킨다. 이규보는 도연명의 일화를 빌려 사물의 진정한 의미-예컨대 지극한 음률, 진정한 취흥-는 바깥의 것에 의해 규정되는 것이 아님을 밝히고 있다.

　우리는 이 두 시의 主旨가 老子『道德經』의 "大音希聲 大象無形"(제41장)과 맞닿아 있음을 발견하게 된다. 진정한 가치, 사물의 본질은 화려한 수식이나 꽉 차 있는 것, 많은 것에 있는 것이 아니라, 도연명의 시처럼 '淡'하고 '粹'한 것에 있다는 뜻이다. 조미료 등의 첨가가 없는 본래의 맛("淡"), 군더더기나 여러 가지 색깔에 의해 탁해지지 않은 것("粹")은 바로 道의 특성이기도 하다. 따라서 미각적 측면의 '恬淡', 시각적 측면의 '無絃琴' '大象無形', 청각적 측면의 '大音希聲'은 감각이나 어떤 사물의 '최소치' 혹은 모든 잉여를 덜어내고 최후까지 남는 것, 다시 말해 사물의 '본질'을 가리키는 것이라 할 수 있다. 이는 곧 '虛'의 기본특성이기도 하다.

　여기서 '손가락을 수고롭게 놀리는 행위' '어구를 새기고 다듬는 행위' '욕심이 시작되는 바깥의 것'은 모두 소아의 세계에 속하는 것으로서 이것을

---

58) 『국역 동국이상국집』 19권 「雜著」.

버리는 것은 곧 중심의 해체이며 다른 사람들이 가치를 두고 있는 것을 무효화하는 작용이다. 나아가서는 외부 사물이나 외부 가치에 구속되어 있는 小我의 부정이요 해체이기도 하다.

위의 예들이 시로 쓰여진 자기해체의 담론이라면, 아래는 산문으로 된 자기해체의 담론이다.

> 나는 안으로 실상을 온전히 하고 밖으로는 緣情을 끊어 空으로 하였기에 외물의 부림을 받아도 외물에 무심하고, 남에게 밀침을 당해도 남을 원망하지 않으며, 절박한 형편이 닥친 후에야 움직이고 부른 뒤에야 가며, 행할 만하면 행하고 그칠 만하면 그쳐서 가한 것도 불가한 것도 없다. 그대는 빈 배를 보지 않았는가. 내가 그 빈 배와 같은 자이다.[59]

이는 돌과 대화하는 형식으로 쓰여진 글의 일부인데, 만물의 영장으로서 외부사물에 구속되어 천진함을 잃는 사람들의 모습을 비웃는 돌에게 '虛舟'의 비유를 들어 자신의 입장을 대변하는 내용이다. 여기서 '虛舟'가 앞의 '無絃琴' '恬淡' '大音希聲'의 同曲異音임은 말할 나위도 없다. '虛舟'는 장자가 恬淡虛靜한 道의 세계를 비유하는 데 자주 이용한 사물로서 위 인용문은 '虛舟'에 관한 장자의 언술에 토대를 두고 있음이 분명하다. 장자의 언술에서 '텅 비어 자유롭게 떠다니는 배'[60]는 위 인용에서 "無心於物"과, 장자의 '虛舟처럼 자신을 비운 사람'[61]의 모티프는 위 글의 "外空緣境"과 일맥상통한다.

바깥 사물에 마음을 두지 않고 외부와의 緣情을 끊은 것은 모두 자기집착에서 벗어나는 것을 의미하며 결국은 小我의 부정, 해체작용을 말하는

---

59) "予則內全實相 而外空緣境 爲物所使也. 無心於物 爲人所推也. 無忤於人 迫而後動 招而後往 行則行 止則止 無可無不可也. 子不見虛舟乎. 予類夫是者也."「答石問」,『국역 동국이상국후집』 11권(민족문화추진회, 1978).

60) "不繫之舟虛而遨遊者也."「列御寇」.

61) "人能虛己以遊於世."「山木」.

것임이 분명해진다. 한편 '안으로 실상을 온전히 했다'(內全實相)고 하는 것은 大我의 구축행위를 가리키는 의미로 해석될 수 있을 것이다.

3.2.2 蘇軾의 '空靜論'과 '枯澹'

송대는 周敦頤·程頤·程顥·朱熹 같은 훌륭한 철학가들이 나와 종래의 孔孟思想을 성리학으로써 집대성한 시기이므로 시인들도 이러한 사상적 풍조의 영향을 받지 않을 수 없었다. 소식(1037-1101) 또한 宋代를 대표하는 문인답게 시는 물론 유가경전에 관한 저술을 적지 않게 남기고 있다. 그러나 중년 무렵 '烏臺詩案'이라는 필화사건에 연루되어 荒州에 유배되면서 道家와 佛敎에 심취하게 되었고 그의 문학이나 인생관에도 큰 변화가 야기되었다. 詩風뿐만 아니라 시에 관한 비평적 언급에도 이같은 변모가 나타난다.

> 欲令詩語妙　시어가 묘함을 얻기를 원한다면
> 無厭空且靜　마음이 空하고 靜해지는 것을 꺼려서는 안 된다
> 靜故了群動　靜하므로 뭇 움직임을 이해할 수 있고
> 空故納萬境　空하므로 만 가지 경계를 받아들일 수 있다네.62)

위 인용 시구는 총 28구로 된 5언시 <送參寥師>의 제19구-22구이다. 哲理를 중시하는 宋詩의 일반적 특징을 위의 시도 보여주고 있다. 여기서 空은 '充'의 대립어가 아니라, 空의 他者的 요소인 充을 보충, 대체한 개념이다. 즉, 비어서 아무 것도 없는 것처럼 보이나 밖의 타자성을 받아들여 언제든지 '有'나 '充'으로 전환될 수 있는 것을 의미한다. 이것을 소식은 '空하므로 만 가지 경계를 받아들일 수 있다'는 말로 설명하고 있다. 이는 장자가 말하는 虛以待物의 蘇軾的 변용이라 할 수 있다.

---

62) <送參寥師>, 『蘇東坡全集』前集10권(北京: 中國書店, 1986·1996).

　　그의 비평적 언술에서 자주 보이는 平淡·枯澹 또한 ‘空’과 매우 흡사한
개념이다. 소식은,

　　　　채색의 현란함이 점점 노숙해지고 무르익으면 곧 평담의 세계에 이르게 된다.63)

고 하여 현란함의 극은 平淡으로 귀결된다는 것을 명백히 하고 있다. 원래
‘淡’은『道德經』의 ‘음악이나 음식은 사람의 감각을 자극하여 발을 멈추게
하지만 道는 입에서 나와도 담담하여 無味하다’에 근원을 두고 있다.64) 여
기서 無味는 五味나 조미료가 첨가되지 않은 본래의 맛, 바탕이 되는 맛을
가리킨다. 그러나 逆으로 무미하기 때문에 모든 맛을 받아들일 수 있다는
역설이 성립된다. 소식은 또한,

　　　　枯澹이 귀하게 여겨지는 것은 겉은 메마른 듯하나 속은 기름지며, 겉은 무미
　　　담박한 듯하지만 속은 맛이 있기 때문이니, 陶淵明·柳子厚와 같은 부류가
　　　이에 해당한다.65)

라고 하여 ‘淡’(澹과 통용)에 ‘枯’를 결합시키고 있다. 여기서 나무가 芬華를
다 떨구어 낸 것을 나타내는 ‘枯’나 음식이 무미담박함을 나타내는 ‘淡’은,
모두 추상적인 개념인 虛나 空을 감각적 차원에서 되풀이한 별칭인 셈이다.
따라서 이들은 ‘枯’에 결여된 ‘膏’나 ‘芬華’, ‘淡’에 결여된 ‘美’ ‘五味’의 의미
소를 그 안에 融攝하여 보충대리한 개념이라 할 수 있다. 소식 외에도 空,

---

63) “彩色絢爛 漸老漸熟 乃造平淡 其實不是平淡 絢爛之極也.”「與二郎姪」,『蘇東坡散
　　文選』(조규백 역주, 백산출판사, 2005), 256-257쪽.

64) “樂與餌過客止 道之出口 淡乎其無味”(『道德經』35장). 문학론에서의 ‘淡’에 관한
　　자세한 언급은 辛恩卿,『風流: 동아시아 美學의 근원』(보고사, 1999, 536-540쪽) 및
　　이연세,「漢詩批評에 있어서의 詩品 硏究」(『고전비평 용어연구』, 정요일 外, 태학사,
　　1998, 341-353쪽) 참고.

65) “所貴乎枯澹者 謂其外枯而中膏 似澹而實美 淵明子厚之流是也.”「評韓柳詩」,『中國
　　美學思想彙篇』·下(臺北: 成均出版社, 1983), 36쪽; 조규백 역주, 앞의 책, 288-289쪽.

靜, 枯, 淡의 詩境은 모든 비본질적인 요소를 다 덜어낸 낸 뒤에 얻어지는 것이라는 점을 많은 시론가들이 지적하고 있다. 司空圖의 24詩品 중의 '沖澹'을 비롯하여, '무릇 평담의 경지에 이르고자 한다면 곱게 짜여진 것으로부터 화려한 수식을 덜어내야만 하는 것이니 그런 후에야 평담의 경지에 이를 수 있는 것이다.'[66]라고 한 葛立方, '담박한 맛은 인공적으로 얻어질 수 없으나, 그것을 가지고 만들어내지 못하는 것이 없다'[67]고 한 袁宏道가 대표적인 예이다. 우리나라의 시인 중에도 화려한 것을 다 제거해 버렸다는 의미의 '枯淡' '冷淡'이라는 말을 가지고 자신의 시를 평한 李滉,[68] '沖澹蕭散'의 품격에 대하여 '색칠하고 꾸미는 것을 일삼지 않고 자연스런 가운데 妙趣가 있으니, 이것의 고풍스런 격조와 뜻을 아는 이가 드물다.…(중략)… 이 集을 읽으면 淡泊함을 맛보고 希音을 즐길 수 있다'[69]고 한 李珥, '淡'을 최고의 시적 경지로 평하는 李象靖 등 많은 시인들이 '淡'의 미를 중시한 예라 할 수 있다. 이 중 이상정의 경우를 살펴 보도록 한다.

3.2.3 李象靖의 '沖澹閒遠'

이상정(1711-1781)은 조선 후기의 학자로 호는 大山이다. 벼슬보다는 학문에 힘을 기울여 수많은 저술을 남겼고 특히 李滉의 사상과 학설을 계승할 것을 주창하였다. 문학에 관한 그의 관점과 견해는 주로 타인의 문집이나 시집에 붙인 序에 잘 나타나 있다. 비록 단편적인 언급들이기는 하지만 '淡'을 핵심으로 하는 그의 문학적 견해를 엿보기에는 부족함이 없다.

---

66) "大抵欲造平淡 當自組麗中來 落其華芬然後 可造平淡之境." 『韻語陽秋』 卷一(『中國詩話總編』 第二卷, 臺灣: 商務印書館).

67) 『袁中郎集』, 『中國美學思想彙編』·下(臺北: 成均出版社, 1983), 171쪽.

68) 퇴계 시의 '枯淡'에 대해서는 이연세, 앞의 글 참고.

69) "不事繪飾, 自然之中, 深有妙趣…(中略)…讀此集, 則味其淡泊, 樂其希音." 栗谷은 『精言妙選』 1권 「元字集」 序에서 沖澹蕭散을 기준으로 選詩했음을 밝히고 그 구체적인 내용을 이와 같이 서술했다. 李珥, 『精言妙選』(奇泰完 譯, 보고사, 1999).

　시는 性情에 근본하고 이것이 발하여 詠歌가 되는데 반드시 沖澹閒遠함에 힘써 세상의 비린내를 끊어 낸 뒤에 시는 귀한 것이 되며, 穠艶華麗함을 숭상하게 된다면 시는 비루해지고, 矜豪跌宕함을 높인다면 방탕한 데로 흐르게 되니, 모두 시라고 할 만한 것이 되지 못한다.70)

　사물을 끌어와 흥취를 읊은 작품들이 沖澹蕭散하여 마음을 풀어낸 것이 비린내나 찌꺼기의 섞임이 전혀 없으니, 사물을 잘 관찰하는 사람들은 고기 한 점을 맛보고도 아홉 솥의 국맛을 알 수 있는 법이라 어찌 꼭 많을 필요가 있겠는가?71)

　선생이 평소에 저술을 좋아하지 않았으므로 시문과 잡저 약간이 남아 있다. …(中略)… 그러나 그 말이 平淡典雅하고 溫厚間重하여 有德한 사람의 말이 확실하다.72)

　지금 시문에 나타난 것은 더러 질박하고 화려함이 적다. 그러나 그 빛은 은은하면서도 문채가 나고 그 맛은 담박하여 물리지 않으니 온유한 유덕자의 말이다.73)

　네 개의 인용문은 이상정이 靜樂齋 金履矩(1662-1723), 晩翠堂 金蓋國(1548-1603), 柏巖 金玏(1540-1616), 涵溪 鄭碩達(1660-1720)의 문집에 붙인 서문의 일부로 그들의 시세계의 핵심적 특징을 간략히 서술한 것이다. 이들 비평적 서술에는 모두 '淡'(또는 '澹')이 포함되어 있어 훌륭한 시적 경

---

70) "詩者, 本乎情性, 而發之爲詠歌, 必其沖澹閒遠, 絶去世俗之葷血, 然後爲貴, 彼以穠艶華麗爲尙, 則失之陋, 自豪跌宕爲高, 則流於蕩, 皆未足以言詩矣."「靜樂齋金公詩集序」,『大山先生文集』43권(경인문화사, 1987);『대산집』8(김성애·김용환 옮김, 한국고전번역원, 2009).

71) "其引物寓興之作 沖澹蕭散陶寫性靈 絶無葷血査滓之雜 善觀者亦可以嚌一臠而知九鼎 又奚多乎哉."「晩翠金公遺稿序」,『大山先生文集』43권.

72) "先生素不喜著述 只有詩文雜著若干…(中略)…然其言平淡典雅溫厚簡重 確乎有德之言."「柏巖金先生文集序」,『大山先生文集』43권.

73) "今見於詩文者 往往質俚而少華 然其色闇而章 其味淡而不厭 溫乎有德者之言."「涵溪鄭公遺卷序」,『大山先生文集』43권.

지를 평하는 말로 그가 애용한 표현임을 알 수 있다. 이 중 특히 주목할
것은 첫 번째 인용문인데 여기에는 김이구의 시적 특징만이 아닌, 시 일반
에 대한 이상정의 견해가 잘 드러나 있다. 여기서 '沖澹閒遠'은 '세상의 비
린내'(世俗之葷血), '穠艶華麗' '矜豪跌宕'을 끊어 버린 뒤에 얻어지는 경지
로서 이를 이룬 것이 진정한 시라고 보았다. '穠艶華麗'는 번다한 꾸밈을
말하므로 이를 버림으로써 얻어지는 것은 표현의 '沖澹'이요, '세상의 비린
내'는 名利를 좇는 인간의 욕망과 번다한 세상잡사를, '矜豪跌宕'은 簡重한
자세를 잃고 무절제한 곳으로 흐르는 放逸을 가리키므로 이를 끊어버림으
로써 얻어지는 것이 생활의 '閒遠'함이다. 세 번째 인용문의 '平淡' 네 번째
인용문에서 말하는 '맛의 담백함' 또한 '沖澹'의 함의와 대동소이하다. 이
예들에서의 '淡'이 음식의 맛과 연계되어 사용되고 있어 『도덕경』의 그것에
기초하고 있음을 볼 수 있다. 이로 볼 때 이상정에게 있어 '淡'의 詩境은
모든 비본질적인 요소를 다 덜어낸 낸 뒤에 얻어지는 것을 의미한다는 점을
확인할 수 있다. 그리고 이 점은 바로 '淡'이 지닌 異他的 요소의 수용성을
가리키고 있는 것이다.

　여기서 한 가지 주목할 점은, '淡'은 물론 첫 번째 예에 사용된 '閒遠' 역
시 虛而待物의 기본 속성을 함축하고 있다는 사실이다. '閒'이나 '遠'은 원
래 도가와는 무관한 말이지만, 도가적 연원을 지닌 '沖澹'과 어울려 하나의
評語를 이루고 있다는 것은 곧 이 두 가지가 본질적으로 공통의 특성을 나
누어 갖고 있음을 반영한다.

　'閒'은 '淡'과 마찬가지로 '虛'를 의미의 핵으로 한다. 하지만 '淡'이 주로
표현상의 최소성을, '閒'은 생활상의 최소성을 강조한다는 차이가 있고, 양
자는 표리의 관계에 놓인다고 할 수 있다. 시적 표현은 주체의 내면세계를
드러내는 것이고, 閒遠함은 생활의 한 방식이 된다고 할 때, 그것을 '근간'
만 남겨두고 번다한 것은 모두 버리는 행위는 곧 주체가 '虛心'의 상태에
놓여 있음을 말해 준다. 두 번째 인용문에서 '고기 한 점(一臠)으로 아홉

솥의 국맛(九鼎)을 안다’고 한 것에서 ‘고기 한 점’은 전체 고기맛을 알 수 있는 최소의 양을 비유한 것으로, 이 또한 사물의 본질을 이루는 최소치를 중시하는 그의 견해를 명백히 드러내고 있다.

첫 번째 인용문 뒤에는 靜樂齋 金公이 시끄러운 세속을 떠나 자연 속에서 조용히 사는 것을 즐거워했다는 내용이 이어지는데 이는 ‘閒’에 자연에의 친화성이 함축되어 있음을 명시하는 대목이라고 하겠다. 자연에의 친화도가 높아진다는 것은 곧 소아성의 감소를 의미한다. 이로 볼 때, ‘閒’에는 장자가 말하는 ‘날마다 덜어낸다’고 하는 ‘日損’의 개념과, ‘자연에의 친화’라는 개념이 복합적으로 함축되어 있음이 드러난다. 그리고 이것이 ‘虛’의 기본정신이 된다. 이로 볼 때, 閒遠이나 閒寂은 세속적 가치 및 그에 얽매어 있는 자아를 끊어버리고 자연에 동화해 가는 데서 얻어지는 미적 특성이라 할 수 있다. 세속적 가치를 끊어 버린다는 것은 小我의 否定으로서 分辨과 計較와 같은 機心을 잊는 것을 의미하며, 자연의 도에 동화해 가는 것은 大我의 구축과 관련된다. 따라서 ‘閒遠’의 문학론 또한 小我의 해체, 大我의 구축이라는 구도로 설명될 수 있다고 본다.

이상 종합해 볼 때, ‘淡’은 五味, 有, 色彩 등과 반대되는 개념을 내포한다는 점에서 ‘無’나 ‘素’로 대치될 수 있으며, 또한 사물의 본질만 남겨진 상태를 형용한다는 점에서 ‘虛’의 개념과도 일치한다. 따라서 ‘虛’의 의미를 지닌 ‘沖’은 물론 ‘淡’ 또한 장자가 말한 虛而待物의 문학적 변용임이 분명해진다. 따라서 문학론에서의 ‘淡’이나 ‘虛靜’ ‘閒遠’ 등은, 分辨·計較·判斷 작용과 같은 機心을 다 쏟아낸 상태, 즉 莊子的 虛心·虛己의 문학적 변용이라 할 수 있다.

3.3 ‘以道觀之’와 ‘脫主觀’의 문학론

‘以道觀之’로 압축되는 탈주관의 忘我相은 객체에 대한 주체의 태도, 즉 타자성을 수용하는 태도와 관계된다.

3.3.1 邵雍의 '以物觀物'

소옹(1011-1077)은 北宋의 시인, 사상가로서 그의 학문의 기반이 되는 것
은 성리학이지만, 道家的 象數家인 李之才로부터 학문적 기초를 굳힌 관
계로 도가적·범신론적 성향이 강하다.74) 주지하는 바와 같이 성리학은 先
秦儒學에 결여된 우주의 운행원리에 관한 이론을 道家나 佛家로부터 빌려
와 유가적 입장에서 새롭게 발전시킨 新儒學이다. 후대의 사상가뿐만 아니
라, 중국·한국·일본의 문학론 형성에 지대한 영향을 끼친 소옹의 '以物觀
物'은 道家 특히 莊子의 '以道觀之'(「秋水」), '以鳥養養鳥'(「至樂」)75)의 論
을 수용하여 발전시킨 것이다. 그의 主著인 『皇極經世』를 달리 『觀物篇』
이라고도 부르는 데서 알 수 있듯, '觀物論'은 '사물에 대한 인식태도' 다시
말해, 타자성을 수용하는 '자아'의 태도에 관한 기술이다.

물이 만물의 형태를 全一하게 할 수 있는 것은 또한 성인이 만물의 정을
全一하게 하는 것만 못하다. 성인이 만물의 정을 全一하게 할 수 있다는 것은
성인이 '돌이켜 볼'(反觀) 수 있음을 말한다. 돌이켜 볼 수 있다고 하는 것은

---

74) 劉明鍾, 『宋明哲學』(형설출판사, 1976), 47쪽. 儒佛道 통합론자로서의 소옹에 관한
   면모는, Don Juan Wyatt, "Shao Yung: A Champion of Philosophical Syncretism
   in Early Sung China"(Harvard University, Ph.D Thesis, 1984)에서 자세히 다루었다.
75) 이에 관계된 일화는 다음과 같다. '옛날에 바다 새가 魯나라 교외에 와서 내려앉았
   다. 노나라 임금은 그 새를 맞이하여 종묘로 불러들여 잔치를 베풀고 九韶의 음악을
   연주하면서 쇠고기, 양고기, 돼지고기로 안주를 삼았다. 새는 눈을 멍하니 뜨고 걱정
   하고 슬퍼하면서 한 조각의 고기도 먹지 못하고 한 잔의 술도 마시지 못하고서 사흘
   만에 죽어 버렸다. 이것은 사람인 자기를 養育하던 방법으로 새를 양육하였기 때문
   이다. 그는 새를 기르는 방법으로 새를 기르려 들지 않았던 것이다. 새를 기르는 방
   법으로 새를 기르려면 마땅히 그를 깊은 숲 속에서 살게 하고 호수 가에 노닐게
   하며, 강이나 호수에서 헤엄치게 하고 미꾸라지와 송사리를 잡아먹게 하며, 같은 새
   들과 줄지어 날아가 내려앉고 멋대로 유유히 지내게 하여야만 되는 것이다.'

자아의 주관적 시선으로 사물을 보지 않는 것이다. 자아의 주관으로써 사물을 보지 않는다는 것은 사물의 관점으로 사물을 바라보는 것을 말한다. 사물의 관점에서 사물을 바라볼 수 있는데 어찌 자아의 주관성이 그 사이에 끼어들겠는가?76)

여기서 '觀'은 통찰·인식한다는 뜻이므로, '觀物'이란 대상을 깊이있게 통찰하고 인식한다는 것을 의미한다. 여기에는 주관적 시선을 개입시켜 인식하는 태도("以我觀物")와, 주관성을 개입시키지 않고 사물의 관점에서 사물을 통찰하는 태도("以物觀物") 두 가지가 있음을 언급하고 있다. 여기서 反觀이란 '我私'를 버리는 것, 나아가서는 '以物觀物'과 같은 뜻으로 사용되고 있다.77) 주관성은 '自意識' '自我'를 말한다고 할 때, 사물을 통찰함에 있어 주관성을 배제한다는 것은 곧 자아에 대한 부정과 해체의 징표가 된다.

그는 같은 책 外篇에서 '無思는 곧 無爲이니, 이는 오묘하게 하나로 꿰뚫는 바탕이 된다'78)라고 말한 바가 있는데, 여기서 無思는 '知的 思惟作用'의 배제를 말하는 것으로 이 또한 자아나 자의식의 부정과 관계된다. 이를 도가사상의 핵심개념인 '無爲' 즉 道와 동일시하고 있는 점이 눈에 띤다. 그러나 실제로 인식작용에 '我'의 개입이 없을 수는 없다. 따라서 두 인용구를 종합해서 보면, '以物觀物'이란 사물을 인식함에 있어 小我를 해체하고, 그에 결여된 타자성 즉 外物을 보충하여 대체한 개념인 大我의 관점에서 사물을 바라본다는 뜻으로 풀이할 수 있다. 여기서 大我란 物과 하나가 된 자아로서 老莊의 용어로 한다면 '道', 소옹의 말로 한다면 '理'나 '性"79)이

---

76) "水之能一萬物之形 又未若聖人能一萬物之情也 聖人之所以能一萬物之情者 謂其聖人之能反觀也 所以謂之反觀者 不以我觀物也 不以我觀物者 以物觀物之謂也 其能以物觀物 又安有我於其間哉."『皇極經世』「觀物內篇」12(『文淵閣 四庫全書』805冊, 臺灣: 商務印出版社), 502쪽.

77) 趙玲玲,『邵康節觀物內篇的研究』(臺灣: 私立輔仁大學哲學研究所, 1973), 40쪽.

78) "無思無爲者 神妙致一之地."

79) "夫所以謂之觀物者 非以目觀之也 非觀之以目而觀之以心也 非觀之以心而觀之以理

될 것이다.

사실 그는 우리들의 마음이 곧 우주의 마음이고, 우주는 우리들의 마음의 本體가 되며, 따라서 우주의 본체에 나타나는 모든 물질은 하나의 體가 된다고 하였다. 그래서 그는 物我如一, 萬物一體를 주장하였다.[80] 物과 我가 하나가 되기 위해서는, 반드시 자의식이나 私的 자아의 分辨作用을 斷棄하여 外物의 구속에서 벗어나는 단계, 즉 忘我·無我의 상태에 도달하는 것이 필요하다. 忘我의 상태에서, 주체(大我)는 사물의 眞髓와 접하게 되고 주객합일의 경지에 이르게 된다. 그러므로 物의 시선으로 物을 본다는 것은 바로 이같은 물아일체의 경지에서 사물을 통찰·인식한다는 의미로 해석할 수 있으며, 이는 장자의 '坐忘' 및 '以道觀之'의 소옹식 변형이라 할 수 있을 것이다.

'以物觀物論'이 문학론과 결부되는 양상은 그의 시집 『伊川擊壤集』[81] 序에서 발견된다. 그는 '시인'을 배(舟)에 '情'을 물(水)에 비유하면서,

> 배를 건네주기도 하고 전복시키기도 하는 것은 물이지 사람이 아니다. 건네주는 것은 이롭고, 전복시키는 것은 해로운데, 이같은 利害 관계는 사람에게 있는 것이지 물에 있는 게 아니다. 그러나 물은 사람에게 해를 줄 수도 이익을 줄 수도 있다.[82]

고 하였다. 이 대목은, 近世의 시인들이 천하의 大義를 말하지 않고 지나치게 감정에 빠져 있음을 개탄하는 내용에 뒤이어 서술되고 있는 만큼, 詩作에 있어 감정을 위주로 하는 것이 해악을 끼친다는 것을 강조하기 위해 이 비유를 사용하고 있는 것으로 보여진다. 감정을 위주로 하는 것은 주관을

也." 위의 책, 501쪽. "以物觀物性也 以我觀物情也." 같은 책, 503쪽.

80) 같은 책, 503-508쪽.

81) 邵雍, 『伊川擊壤集』(上野日出刀 譯解, 明德出版社, 1979).

82) "水能載舟 亦能覆舟. 是非飜覆揭載在水也 不在人也. 載則爲利 覆則爲害. 是利害在人也 不在水也. 不知覆載能使人有利害邪 利害能使水有覆載耶."

내세우는 태도, 즉 以我觀物의 태도를 가리킨다. 주관적 태도로써 사물을 보는 것의 해악은 장자 '以鳥養養鳥'(「至樂」) 우화에서 그 단적인 예를 발견할 수 있다. 따라서 '舟'와 '水'의 비유는 以物觀物의 문학적 재현이라 할 수 있고, 나아가서는 장자의 以道觀之가 내포하는 자의식의 放棄, 주관의 소멸, 私我(小我)를 否定하는 논리를 소옹식으로 재해석한 것이라 할 수 있다.

3.3.2 松尾芭蕉의 '捨離私意'

創作에 있어 주관적 요소 즉 私意를 되도록 배제하려는 것은 일본 시가의 전통을 이루는데, 이같은 전통을 수용하여 자신의 하이카이(俳諧)[83] 이론으로 집대성한 사람이 일본 근세의 유명한 俳人인 마츠오 바쇼(松尾芭蕉, 1644-1694)이다. 그는 句作을 할 때 가장 유념해야 할 항목으로서 私意의 개입을 배제하라는 내용을 강조했는데, 아래 인용문에는 이같은 그의 가르침이 잘 드러나 있다.

> "소나무에 관한 것은 소나무에게 배우고, 대나무에 관한 것은 대나무에게 배우라"고 스승-芭蕉-께서 말씀하신 것도 私心을 버리라는 의미이다. …'배운다'고 하는 것은 사물 안으로 들어가 그것의 은미한 부분-본질-에 접하여 감동이 일어나고 그것이 句를 이루게 된다는 의미이다. 만일 그 物을 드러내 놓고 표현한다 해도 그 物로부터 자연스럽게 흘러나온 정감이 아니라면 物과 我가 이원화되어 그 감동도 진실한 것이 되지 못한다. 그것은 私意에 의해 지어진 것에 지나지 않는다.[84]

---

83) 바쇼의 시대에는 하이쿠(俳句)란 말은 사용되지 않았고 하이카이라는 말로써 5·7·5구로 된 오늘날의 俳句까지를 모두 포괄하였다. 하이카이의 첫구를 홋쿠(發句)라 하는데 오늘날 보편적으로 일컬어지는 하이쿠란 말은 이 홋쿠에서 비롯되었다.

84) "'松の事は松に習へ、 竹の事は竹に習へ'と師の詞のありしも、 私意をはなれよといふ事なり。 この習へといふ所を己がままひとりて、 終に習はざるなり。 習へといふは、 物に入りて、 その微の顯れて情感ずるや、 句と成る所なり。 たとえ、 物あらは

이 인용은 바쇼의 제자가 句作에 관한 스승의 가르침을 기록한 책의 일부이다. 여기서 '소나무에 관한 것은 소나무에게 배우고, 대나무에 관한 것은 대나무에게 배우라'고 한 것은 사물의 관점에서 사물을 바라보라는 뜻으로서, 장자의 '以道觀之' '以鳥養養鳥', 邵雍의 '以物觀物'의 논지와 일맥상통한다. 만일 소나무에 관한 것을 인간으로부터 배우고자 한다면 그것은 장자의 용어로 '以物觀之'요, 소옹의 말로는 '以我觀物'이 될 것이다. 즉, 주관적 가치판단, 지식에 의거하여 '소나무'를 재단하는 행위로 이어질 것이다. 따라서 '私意를 버린다고 하는 것'(捨離私意)은 사물의 본질을 있는 그대로 포착하는 것을 의미함과 동시에, 자기를 비우고(虛己) 잊는 것(忘己)을 의미한다.

소나무에 관한 것은 소나무에게 배운다는 것은, 요컨대 '타자성'의 수용이다. 바쇼에 따르면 '배운다'는 것은 육안으로 사물을 보는 것이 아니라, 그 사물의 본질과 접하는 일이다. 이같은 '배움'을 이루기 위해서는 자연 自我를 떠나는 행위, 다시 말해 고정관념·편견, 선입견에 물들어 있는 小我의 주관성을 벗어나는 과정이 필요하다. 分辨作用 등으로 굴절되어 있는 自我를 끊어 버리는 일종의 해체작용이 요구되는 것이다. 우리는 보통 이런 심적 상태와 자세를 '객관적'이라는 말로 설명한다. 이 상태는 사유의 수직적·질적 상승을 동반한다. 사물의 관점에서 사물을 객관적으로 보는 것, 그리하여 사물과 하나가 되는 순간은 바로 '忘我'의 순간, 小我가 해체되고 大我가 재구축되는 순간이기도 한 것이다.

3.4 '合乎大同'과 '一'의 문학론

장주의 철학에서 '一'이라는 개념은, 個我와 그를 포괄하는 더 큰 전체의

にいひ出でても、その物より自然に出ずる情にあらざれば、物と我二になりて、その情誠に至らず。私意のなす作意なり。"「三冊子」, 『連歌論集・能樂論集・俳論集』(東京: 小學館, 1973・1989), 547-548쪽.

관계를 토대로 하여 성립된다. 양자는 대립·모순관계나 단순한 병치 관계라 아니라, 개아가 전체 속에 포괄되면서 개아의 질적 변화가 창출되는 일종의 '融攝' 관계이다. 개아가 전체 속에 융섭되는 데는 개아를 부정하는 과정이 요구된다. 개아를 융섭하는 '전체'는 달리 '道' '自然', 본고에서의 용어로 하자면 大我라 부를 수 있고, 개아는 小我라 바꿔 부를 수 있을 것이다. 또 개아가 전체 속에 포괄되는 양상을 장자의 용어로 한다면 '物我爲一' '合乎大同 大同無己'[85]라는 말로 나타낼 수 있을 것이다. 個我가 전체에 융합되어 하나를 이룸으로써 자기를 상실하는 것을 핵심으로 하는 문학론은 王夫之의 '情景交融'에서 그 전형을 발견할 수 있다.

3.4.1 王夫之의 '情景交融'

동아시아 문학론에서 가장 이상적인 시의 경지를 표현하는 데, 아마 왕부지(1619-1692)의 '정경교융론'만큼 광범하게 거론되는 것은 없을 것이다. 왕부지는

> 비록 情은 마음에 있는 것이고 景은 事物에 있는 것이라는 구분은 있지만, 景은 情을 낳고 정은 경을 낳는다. 슬픔과 기쁨의 감정, 무성함과 쇠락의 헤아림이 서로 그 집에 감추어져 있다.[86]

> 정과 경은 이름은 둘이지만 사실 분리할 수 없는 것이다. 시에 있어 신묘한 경지에 이른 사람은 이 둘을 오묘하게 합하여 흔적이 없게 한다. 시에 있어 교묘한 경지에 이른 사람은 情 가운데 景이 있는 경우도 있고, 景 가운데 情이 담긴 경우도 있다.[87]

---

85) 여기서 앞의 '大同'은 '道'를, 뒤의 '大同'은 '道와 크게 닮아 간다'는 뜻이다.

86) "情景雖有在心在物之分 而景生情 情生景 哀樂之觸 榮悴之迎 互藏其宅." 王夫之, 『薑齋詩話』卷一(北京: 人民大學出版社, 1961).

87) "情景名爲二 而實不可離 神于詩者 妙合無垠. 巧者則有情中景 景中情." 같은 책, 卷二.

첫 번째 인용문은 합일을 이루기 전의 정과 경의 관계를, 두 번째 인용문은 전체 속에서의 정과 경의 관계를 주로 설명하고 있다.

첫 번째 예문에서 왕부지는, 먼저 '情'은 마음에 있는 것, '景'은 사물에 있는 것이라고 하는 차이를 규명한 뒤 이 양자를 상호의존 관계로 파악하고 있다. 여기서 '景'은 객체를, '情'은 주체의 감정을 가리킨다고 할 때, 이를 각각 '物'과 '我'로 바꿀 수 있을 것이며, '情景交融'은 '物我一體' 혹은 '物我爲一'이라는 말로 바꿀 수 있을 것이다. 첫 번째 인용문에서의 '서로 그 집에 갖추어져 있다'(互藏其宅)는 구절은 情景相生, 상호의존 관계를 나타내는 표현이라 할 수 있다. 정과 경이 상호의존관계, 相生關係에 놓인다는 생각은 장자의 '相累'[88] '方生' 개념과 그 맥락을 같이 한다. 장자는 '하늘과 땅은 우리와 더불어 함께 존재하고 있다'(天地與我竝生)[89] 혹은,

> 물건은 저것이 아닌 것도 없고, 또 이것이 아닌 것도 없다. 저것은 저것의 입장에서는 드러나지 않지만 이것으로써 보면 저것을 알 수 있다. 그러므로 '저것은 이것에서 나오고, 이것 역시 저것에 말미암는다'고 하는 것이다(彼出於是, 是亦因彼, 彼是方生之說)…(중략)…저것과 이것이라고 하는 상대적 개념이 없는 것을 일컬어 '道樞'라 한다.[90] (밑줄은 필자)

라고 말하기도 했는데 여기서 方生과 竝生은 같은 의미로 사용되고 있다.

---

88) '相累'에 관한 설명은 「山木」篇에 보인다. '장자가 조롱의 울타리 안에서 거닐고 있을 때 이상하게 생긴 까치 한 마리가 장자의 이마를 스칠 정도로 부리나케 밤나무 숲으로 날아갔다. 장자는 그 까치를 잡으려고 활을 겨누고 있었는데 마침 그 숲에서 매미 한 마리가 짙은 그늘에 있었고 그 곁에 사마귀가 앞발을 들어 이를 치려고 하고 있었고 까치도 그 사마귀를 노리느라고 장자의 이마를 스칠 정도로 날아갔었음을 알게 되었다. 이에 장자는 문득 깨닫게 되었다. 만물은 진실로 서로서로 연루되어 있고 두 가지 상반되는 것 – 예컨대 이익과 손해 – 이 서로를 부른다는 것을'(物固相累 二類相召).

89) 「내편」, 45쪽.

90) 「제물론」, 39쪽.

'方'은 '나란히'라는 뜻의 '幷'과 통하는데, '함께' '동시에'라는 의미를 지닌다. '이것'은 '저것'과 함께 생겨날 뿐만 아니라, 서로의 존재에 있어 상호의존하여 분리될 수 없는 관계에 있다는 것을 가리키는 용어이다. 情이 景을 낳고, 景이 情을 낳는다는 생각은 곧 장자의 方生說의 문학적 변용이라 하지 않을 수 없다.

두 번째 인용문에서는 情中景이나 景中情에서의 情과 景이 전체 안에 하나로 융해되어 있는 양상을 기술하고 있는데, 이는 '만물은 우리와 더불어 하나가 되어 있다'(萬物與我爲一)고 한 장자의 언술이나 위에서 인용한 '道樞'의 개념으로도 설명될 수 있다.

情景은 이름은 둘이지만 사실은 분리할 수 없는 것, 즉 '하나(一)'라고 했을 때, 이때의 '一'은 경과 정의 차이를 상호배제하고 자아의 純一性만을 고집하는 자폐적 태도에서 오는 동일성을 바탕으로 하는 것이 아니라, 오히려 각각의 차이를 긍정하여 공존시키는 데서 오는 동등성을 바탕으로 성립되는 개념이다. 다시 말해, 차이를 동시적으로 머금고 있는 동일성, 하나이면서 둘이고 둘이면서 하나를 가리키는 개념인 것이다. '情'없이는 '景'이 존재할 수 없고, '景' 역시 '情'이 있음으로 해서 그 존재의 의미를 지니게 된다. 그러므로 詩의 최고경지인 情中景을 이루기 위해서는 '이것'과 '이것 아닌 것'의 차이를 동시적으로 함축하면서, 그것이 조화롭게 상호의존적으로 공존하지 않으면 안 된다. 이것은 장자가 말한 '道樞'의 개념과 완전히 부합한다.[91]

그렇다면, '情景交融'의 상태가 함축하고 있는 '一'은 실제로 어떤 양상을 띠고 있는가? 情中景이나 景中情은, 情은 景 속에, 景은 情 속에 서로 흔적을 남기며 융해되어 '合一'을 이루고 있는 것을 의미한다. 둘 이상의 요소가 합쳐질 때의 양상을, 각각의 성질을 유지하면서 두 요소가 공존하는 형태인 '混合'과 두 요소가 독립체로 존재할 때의 성질을 잃거나 변화를 일

---

91) 다른 문맥에서는 '兩行' '天均'이라는 말이 사용되기도 한다.

으키면서 하나로 합쳐지는 ‘化合’으로 분류한 바 있는데[92] 정경교융에서의 합일의 양상은 후자에 속한다고 할 수 있다. 즉, ‘하나면서 둘이고 둘이면서 하나’인 양상이라 하겠으며, 바로 이 점이 儒家的 ‘一’ 개념과 다른 점이라고 하겠다.

情中景이나 景中情은 합일을 이루기 전 독립적으로 존재하는 物이나 我와는 그 성격이 다르다. 어떤 사물에 촉발되어 정서적 변화를 일으킨 주체는, 더 이상 그 사물과 조우하기 전의 자아와는 동일할 수가 없다. 物 또한 마찬가지다. 주체의 정이 투영된 사물은, 더 이상 주체와 아무런 연관도 없이 독립적으로 존재했던 이전의 사물이 아니다. 이처럼, 物과 我가 서로를 그 안에 머금어 각각 본래의 성질에 변화를 일으킨 뒤 서로 분리될 수 없는 ‘전체’를 구성한 것이 바로 ‘정경교융’ ‘물아일체’의 상태인 것이다. 物(景)에 대응하는 독립적 존재로서의 我(情)가 개별적 자아-또는 小我-라 한다면, 情景融合·物我合一을 이루었을 때는 我는 小我로부터 질적 변화를 거친 전체 속의 我-혹은 大我-라 할 수 있다. 따라서 個我가 個物과 합일을 이루기 위해서는 주체의 개별적 성질을 잃는 과정, 즉 喪我의 과정이 요구된다.

이상을 종합해 볼 때, ‘정경교융설’은 장자가 말하는 ‘物我爲一’ ‘合乎大同’ ‘大同無己’ ‘方生’ ‘道樞’ 개념의 왕부지式 변형이라 할 수 있을 것이다.

3.4.2 王國維와 ‘無我之境’

왕국유(1877-1927)는 그의 저서 『人間詞話』에서 다양한 관점의 이원법을 시도하여 문학과 예술의 본질·특성을 규명하고자 하였다. 예술의 境界를 ‘有我之境’과 ‘無我之境’으로 나누어 다음과 같이 설명한 것은, 이원법의 대표적인 예라 할 수 있다.

---

92) 자세한 것은 각주 37) 참고.

有我의 경계는 자아의 관점에서 사물을 보기 때문에 사물이 모두 나의 주관
으로 착색된다. 無我의 경계는 사물의 관점에서 사물을 보기 때문에 무엇이
나이고 무엇이 사물인지 알 수 없는 경지이다.93)

라고 하면서,

   (1) 淚眼問花花不語　눈물어린 눈으로 꽃에게 물어보나 꽃은 말이 없구나
       亂紅飛過鞦韆去　어지러이 꽃잎만 그네 위로 날아가네

   (2) 可堪孤館閉春寒　외로운 客館, 꽃샘 추위에 갇힌 것쯤 견딜 수 있지만
       杜鵑聲裏斜陽暮　두견새 울음 속에 석양이 지고 있네

이 두 구를 '有我之境'의 예로,

   (3) 采菊東籬下　동쪽 울타리 아래서 국화꽃 따는데
       悠然見南山　멀리 남산이 보이네

   (4) 寒派澹澹起　차가운 물결 조용히 일어나고
       白鳥悠悠下　백조는 유유히 내려앉네

이 두 구를 '無我之境'의 예로 들었다. 이 시구들을 비교해 보면, 그가 말하
는 유아지경과 무아지경의 의미가 분명히 드러난다. (1)과 (2)는 시의 소재
가 되는 사물에 시인의 주관이 투영되어 있다. 바꿔 말하면, 시인은 외계
사물에 의해 촉발된 자신의 주관과 감정을 시로써 토로하고 있는 것이다.
(1)의 '눈물어린 눈' (2)의 '외로운 객관'은 그 단적인 예라 할 수 있다. 한편
(3)이나 (4)에는 시인의 주관이나 자아가 개입되어 있지 않다. 독자는 시에
서 시인의 존재나 목소리를 감지할 수 없다. (3)에서는 '국화꽃을 따는' 시인

---

93) "有我之境 以我觀物 故物皆著我之色彩. 無我之境, 以物觀物, 故不知何者爲我 何者爲
　　物." 왕국유, 『세상의 노래 비평: 人間詞話』(류창교 역주, 소명출판, 2004), 15-19쪽.

의 동작이 표현되어 있음에도 불구하고 인간 존재는 後句의 '남산'과 조화를 이루어 하나의 광경으로 녹아들고 있다. (4)는 외계 사물의 움직임을 주관에 의해 가감·윤색하지 않고 그대로 그려내고 있다.

　우리는 여기서 왕국유가 말하는 無我의 경계가 앞서 살펴본 '以物觀物'의 객관적 觀法에 토대를 두고, 이를 '무엇이 나이고 무엇이 사물인지 알 수 없는 경지' 곧 '物我一體'를 말하는 이론으로 발전시킨 것임이 드러난다. 주관으로 착색되어 있을 때는 사물의 실상을 볼 수 없으므로, 이 주관을 걷어내야 한다는 취지가 행간에 숨어 있고 이는 곧 의지와 욕망의 주체인 小我의 부정을 말하는 것에 다름아니다. 사물의 관점에서 사물을 본다는 것은 자의식이 말소된 후 대우주와 합일된 시각으로 사물을 보는 것을 뜻한다. 이 경지는 생각과 境界를 모두 잊고 사물과 자아가 一體를 이루는 것("意境兩忘 物我一體")으로 여기서 '意境兩忘'은 장자의 '兩忘'에 토대를 둔다고 하겠다.

4. 남은 문제

　이 글은 '忘我' '無我'의 개념을 핵으로 하는 동아시아의 일련의 문학론들을 '자기해체'라는 용어로 포괄하고, 이들 문학론을 성립시킨 사상적 배경으로서 장자의 '忘'論에 주목하여 兩者의 친연성을 규명하는 데 중점을 두었다. 장자의 '忘'의 의미범주를 넷으로 나누어 각각에 토대를 둔 개별적 문학론을 살펴 보았는데, 논의과정에서도 드러나듯 이 네 범주의 문학론들이 선명하게 경계가 지어지는 것은 아니다. 어떤 한 특징이 두드러진다 해도 나머지 세 범주의 개념이 직·간접으로 다 포함되어 있는 것이다. 이것은, 서로 크기가 비슷하고 겹쳐지는 부분이 많은 네 개의 원을 포개놓은 것에 비유할 수 있다. 그리고 그 겹쳐지는 부분이 바로 장자의 '忘' 개념인 것이다.

　어떤 문학론이 제기되기까지는 여러 사상들의 영향이 복합적으로 작용함에도 불구하고, 이 글은 그 근원으로서 노장사상, 특히 장자의 담론에만 주목하였다는 한계를 지닌다. 그리하여, 개개 문학론의 총체적 모습을 조명하지 못한 것이 아쉬움으로 남는다.

비교 문학이론 試考

1. 머리말

지금까지 문학연구에 있어 방법론 또는 이론적 토대가 되는 것은 주로 서구에서 발전된 것을 차용하는 양상을 띠었다. 예를 들어 문학연구에서 가장 기본이 되고 가장 많이 사용되는 '構造'라든가 '記號', 랑그와 파롤, 간텍스트성 등의 용어는 서구의 사유배경, 지적 풍토에서 발전해 나온 것이다. 근대 이전 문학에 관한 동아시아의 담론에서 이런 표현들이 문학현상을 설명하는 학문적 용어로 사용된 적은 없지만[1] 그렇다고 해서 이런 용어들에 대한 개념이나 인식, 사고 또는 발상이 없었다고 할 수는 없다. 다만 전체를 작은 단위로 나누어 그것을 체계적·분석적으로 사고하는 경향이 우세했던 서구에 비해, 동아시아에서는 전체를 전체로서 사유하는 경향이 우세했기 때문에 어떤 현상의 이해를 위한 치밀한 방법론적 도구의 개발이 어려웠을 뿐이다.

지금 우리는 나라간, 문화권간 경계가 무너지고 모든 것이 세계화되어가는 시대에 살고 있다. 몇몇 시도가 없었던 것은 아니나 지금까지 동아시아

---

1) 여기서 지금 언급하고 있는 것은 일회적·우연적 사용이 아닌, 어떤 특별한 의미를 가지고 체계적으로 사용된 경우를 말한다.

한자문화권2)에서의 문학연구의 방법론과 이론의 체계화는 서구 나라들에 비해 열세에 놓여 있었던 것이 사실이다. 서구에서 오리엔탈리즘의 바람이 거세게 불기 시작하면서 동양 및 동아시아의 문화와 사상이 부각되고 있으나 그 주도권은 여전히 서구 학자들의 손에 놓여져 있었다. 그러기에 서구가 주체가 되어 동아시아의 사상과 문화가 裁斷·分析되고 관심과 각광을 받은 것을 꼭 기뻐할 수만은 없는 것이다. 우리는 지난 한 세기 동안 넘칠 만큼 서양의 문학이론과 방법론의 세례를 받았고 지금 우리에게 있어 전통적 혹은 자생적3)인 문화와 사상은 오히려 더 낯설고 생소한 것으로 다가오는 것도 사실이다.

이제 동아시아에서도 이런 상황에서 벗어나 문학이론과 방법론을 적극적으로 개발하여 세계화에 동참할 필요가 있다. 전통적 동아시아 담론 속에서 문학이론화할 수 있는 근거를 찾아 보는 것은, 문학의 이해와 해석의 방법론적 도구를 마련하기 위한 한 방안이 될 수 있다. 그러나 이 글은 전통적 사상이나 사유기반으로부터 새로운 문학이론을 도출해 내고 체계화하기보다는 서구의 문학이론의 예를 들어 그것을 동아시아적 관점에서 재조명하는 데 목표를 두고 있다. 서구 문학이론과 유사한 동아시아의 담론이나 학설, 견해, 주장 등을 찾아내어 양자의 사고기반의 공통점과 차이점을 검토하려는 것이다. 이런 기초작업들이 쌓이게 되었을 때, 전통적 담론에서

---

2) 여기서 '서구'에 대응되는 말로 '동양' 대신 '동아시아'라는 말을 쓰는 것은, '동양'이라는 말의 핵심에 '인도'가 있기 때문이다. 인도는 지정학상으로는 아시아 국가면서도 언어상으로는 영어권에 속하므로 문학이론이나 방법론의 측면에서 보면 오히려 서구적 양상에 가깝다고 할 수 있다. 또 한자문화권의 나라로는 베트남도 포함이 되나 이 글에서는 한국·중국·일본으로 국한하고자 한다.

3) '전통적'인 것과 '자생적'인 것은 구분되어야 한다. 유학이나 노장사상은 한자문화권의 자생적 사상이라 할 수 있으나, 불교는 자생적인 것이 아니다. 그러나, 인도에서 불교가 들어와 한자문화권의 사유기반 위에서 새롭게 해석되어 태어난 '禪佛敎'는 오랜 세월 한자문화권의 여러 나라의 문화와 사상 전반에 걸쳐 깊숙이 뿌리를 내리면서 불교의 새로운 전통을 형성해 왔다. 그러므로, 불교는 자생적인 것은 아니라 해도 이미 토착화된 전통인 것이다.

문학이해의 방법론적 틀을 개발 또는 도출하는 최종 목표에 좀 더 용이하게 다가갈 수 있을 것으로 본다.

이 글에서는 심리적 독서이론, 지올코우스키에 의해 발전된 주제론을 예로 들어 이를 동아시아적 관점에서 재조명하고자 한다.

2. '독서이론'과 라캉, 그리고 불교의 '三性說'

지금까지 서구에서 제기되어 온 문학이론들은 일일이 거론할 수 없을 만큼 종류도 많고 다채로운 양상을 띠고 있지만, 수십 년 전에 M.H 에이브럼즈에 의해 제기된 문학의 네 요소—작자·작품·독자·세계—에 토대를 두고 發展·多岐化된 것으로 볼 수 있다. 에이브럼즈는 이 요소 중 작자에 초점을 맞춰 문학을 작가의 사상과 감정의 표현으로 볼 때 '표현론'의 성격을 띠고, 독자에게 어떤 영향을 끼치는 것으로 볼 때 '실용론'의 성격을 띠며, 문학을 현실이나 세계의 재현이라고 볼 때는 '모방론', 그리고 문학작품을 외적 요소를 개입시키지 않고 그 자체로 볼 때 '객관론'의 성격을 띤다고 하였다.4) 심리학·정신분석학적 방법은 표현론의 관점을, 독자반응비평과 수용미학과 같은 독서이론은 실용론의 관점을, 문학사회학은 모방론을, 그리고 구조주의나 기호학적 방법은 객관론을 대표하는 문학이론이라 할 수 있다.

2장에서는 이 중 '독자'에 초점을 맞춘 실용론적 관점의 문학이론으로서 '독서이론'을 검토하고자 한다. 이때 독서이론이란 독자반응비평과 수용미학을 포괄하는 범주이다. L. Tyson은 독자반응비평의 이론을 절충적 독자반응이론, 정서적 문체론, 주관적 독자반응이론, 심리학적 독자반응이론, 사회적 독자반응이론 등 다섯 가지로 분류한 바 있다.5) 이 가운데 한국의 문

---

4) M.H. Abrams, *The Mirror and the Lamp* (Oxford University Press, 1953).

학연구자에게 가장 널리 알려진 것은 아마도 볼프강 이저를 중심으로 하는 절충적 독자반응이론일 것이다. 이 다섯 영역 중 이 글에서 관심을 갖는 것은 심리학적 독서이론이다. 특히 텍스트와 정체성의 관계에 대한 노먼 홀랜드(N. Holland)의 이론을 토대로 하여 독서 과정을 '自己意識의 재형성'(reformation of the self)6) 과정으로 설명한 올콘(M. W. Alcorn)과 브라허(M. Bracher)의 독서이론7)을 중점적으로 검토하고자 한다. 그런 다음 그것을 라캉의 주체 형성에 관한 이론과 비교해 보고, 다시 '無明'—無知—에서 '明'—깨달음, 眞如의 발견—에 이르는 길을 제시한 불교의 관점에서 이를 조명하고자 한다.

홀랜드 이전, 심리학적·정신분석학적 독자반응이론은 독서가 카타르시스나 대리충족 등의 효용성을 지니며 자기자신에 대한 자각(self-awareness)을 증대시킨다는 점을 지적하기는 했지만, 독자의 자기정체성(self identity)의 형성에 독서가 어떤 영향을 끼치고 어떤 구실을 하는지에 대한 체계적 기술까지 나아가지는 못했다. 홀랜드는, '독서란 독자의 자기정체성을 재생산하고 궁극적으로 자기 자신을 새롭게 탄생8)시키는 데 이용될 수 있다'고 함으로써 독서가 자기정체성의 형성 및 재형성에 깊이 간여한다는 점을 분명히 했다.9) 홀랜드는 문학작품에 있어서 부분들을 통괄하여 전체

---

5) L. Tyson, "Reader-Response Criticism," Critical Theory Today(Garland Publishing Imc., 1999, p.154). 한승옥, 「독자반응비평적 관점에서 본 <무정>」,(《현대소설연구》 42집, 2009)에서 재인용.

6) 'self'는 'ego'의 譯語인 '자아'와 구분하여 '자기'로 번역할 수 있다. 그러나 이 글에서는 '自己意識'으로 번역하기로 한다. 'self'는 본능(id)과 자아(ego), 초자아(superego)를 포함하는 심리적 요소들의 총체를 가리킨다.

7) Marshall W. Alcorn. Jr. & Mark Bracher, "Literature, Psychoanalysis, and the Re-Formation of the Self: A New Direction for Reader-Response Theory," *PMLA* 1985, May. 이후 이들 이론의 인용에 대한 각주는 생략하고 페이지만 나타내기로 한다.

8) 이에 대해 홀랜드와 올콘, 브라허는 'replicate'라는 말을 사용했다.

9) N. Holland, "Unity Identity Text Self," *PMLA* 90, 1975. p.814.

패턴을 형성케 하는 하나의 중심을 중심테마(central theme) 또는 통합테마(unifying theme)라 하고, 이 통합테마처럼 현상적으로 드러나는 수없이 많은 자아의 여러 모습, 여러 측면들을 통합하는 구실을 하는 것을 '정체성'이라 보아, 그의 논문 제목과 같은 'text : unity :: self : identity'라는 공식을 제시했다.

홀랜드는 이 과정에서 '근원적 정체성'(primary identity)이라는 개념을 제시했는데 이것은 어머니가 유아에게 각인시킨 원초적 정체성으로, 아이가 성장하면서 계속 겪게 되는 자기 변형의 과정에서, 역행시킬 수 없는 불변의 '恒數'(invariant)로 작용하는 것이라 하였다. 퍼스낼리티 또는 성격(character)이라고도 부를 수 있는 이 불변의 본질은 한 개인에게 있어 변하지 않는 지속적 중핵으로 작용하지만 살아가는 동안 그 자체 패턴 안에서 끊임없는 변화를 보이게 된다.10) 이같은 끊임없는 변화가 다름아닌 올콘과 브라허가 말하는 '자기의식의 재형성'인 것이다. 이것은 수많은 요소들에 의해 행해질 수 있는데 그 중 하나가 문학작품을 읽고 해석하는 것이다.

이 두 사람은 정신분석과 문학작품을 읽고 해석하고 토론하는 것 사이에 방법론적 유사성이 있다고 보고, 문학작품을 읽고 해석하는 행위가 어떻게 자아의 재형성을 촉진시키는가를 세 단계로 나누어 설명한다. 여기서 중요한 개념으로 제시되는 것은, 한 개인에게 있어 과거에 중요한 의미를 지니는 사람들에 대한 경험의 심리적 침전물 또는 심리적 잔재를 가리키는 '내적 대상물'(internal objects or introjects)이라는 용어다(p.344). 제1단계는 유아적 욕구가 활성화되는 단계로, '감정의 轉移' 현상이 일어난다. 이 단계에서는 아이 때 중요한 의미를 지닌 인물, 즉 '내적 대상'과 관계된 감정이나 행동 패턴이 현재 관계를 맺고 있는 개인들—환자의 경우는 주로 정신분석가가 이에 해당—에게로 환치되는 현상이 일어난다.

---

10) 위의 글, 814-815쪽.

　문학이 주는 기본적 혜택 중 하나는 이같은 유아적 환상에 몰입하는 데서 야기되는 쾌락을 제공한다는 것인데(p.342), 홀랜드의 공식에 따라 1단계를 독서과정에 적용하면, 독자가 문학작품을 자신의 정체성 주제(identity theme)로 전환시켜 작품 속의 인물을 과거 '근원적 정체성'이 형성되는 과정의 인물로 환치하는 양상이다. 이 과정에는 同化(assimilation)와 투사(projection)의 심리기제가 작용한다(p.346).

　제2단계는 이 유아적 욕구의 충족에 대한 거부 또는 방해작용이 일어나는 단계이다. 정신분석가는, 실제 정신분석가와 과거의 이미지가 투사된 정신분석가가 일치하지 않는다는 것을 환자에게 지적해 줌으로써, 유아적 욕구충족의 패턴을 되풀이하려는 환자의 시도를 훼방하고 저지한다. 문학의 경우는 선생님이나 독서그룹 멤버들, 동료들에 의해 내적 대상물로의 대치나 동일시 작용이 방해를 받게 된다. 즉, 작품 속의 인물과 그 독자의 '내적 대상물' 간에 존재하는 틈을 보도록 유도하고 압력을 가하는 것이다(p.347).

　제3단계는 투사적 형상화의 대상을 바꾸어 자기의식을 재형성하는 단계인데 정신분석이나 독서의 경우 모두 이 과정에서 좀 더 효과적이고 갈등이 없는 충족된 자기의 모델을 준비하기에 이른다. 정신분석의 경우 이 모델이 되는 것은 대개 분석가인데 환자는 분석가의 가치관과 이상화된 모습을 내면화하여 자기의식을 재형성하게 된다. 내면화 과정은 1차적으로 분석가에 대한 환자의 나르시스적 유대감이나 신뢰감의 형성과 더불어 진행되며, 이같은 유대감 및 1차 신뢰는 분석가가 자기 자신을 '환자'와 환자가 겪게 되는 '위험' 사이에 위치시킴으로써 '감정이입'(empathy) 및 2차 신뢰로 발전하게 된다. 이 2차 신뢰를 토대로 하여 환자는 분석가의 입장에 서서 환자 자신의 유아적 환상이나 방어기제에 대항할 수 있게 된다. 처음 이런 양상은 분석가에 의해 계획적으로 진행되다가 점점 환자 자신에 의해 자동적으로 행해질 수 있게 되는데, 이렇게 되었을 때 분석가는 환자에게 있어 내부적 목소리로서 또는 현존하는 실재로서 개입하는 것을 멈추게 된다. 결국 환자 자신의 태도나 반응은 이상화된 모델과 동일해지게 되고 환자의 내면화 과정은 완성된다(p.348).

독서의 경우도 이와 비슷한 과정을 거치게 된다. 작자는 작품을 통해 인간의 '자기의식' 개념을 위협하는 여러 요소들-죽음, 좌절, 질병 등-에 맞서 싸우는 인물이나 퍼스나를 독자에게 제시함으로써, 같은 위협을 경험하는 독자에게 이상적 모델을 제공한다. 이런 토대 위에서 독자는 이들 인물이나 퍼스나에 대한 '나르시스적 유대감'을 형성하게 되고, 이 인물들은 정신분석가처럼 '독자'와 독자를 위협하는 '위험' 사이에 끼어들어 위치한다. 이런 과정에서 독자는 그 작품이 담고 있는 관점, 가치, 태도를 수용하면서 2차 유대감을 형성하게 된다. 문학작품을 읽으면서 그 작품의 주제가 독자 자신의 가치관과는 괴리가 있는 낯선 것임을 발견할 때 독자는 우선 작중 인물이나 퍼스나가 취하는 태도와 가치를 수용하게 되고 이 작중 모델은 독자의 의식 속에 살아있는 존재처럼 자리를 잡게 되는 것이다. 이 과정은 작중 인물이나 퍼스나의 태도 및 가치관을 자신의 삶에 적용하여 모델링하는 과정인 셈이다.

이 적용의 과정을 거쳐 '자기의식'을 재형성함에 있어 독자는 '自我 理想'(ego ideal)[11]을 수정하는 방향을 취할 수도 있고, 초자아를 수정하는 방향을 취할 수도 있다. 자아 이상은 유아 시절 어머니와의 관계를 통해 경험했던, 그러나 지금은 상실해 버린 '全能性'(omnipotence)을 다시 소유하려는 시도의 산물로서 절대적인 힘, 완전함에 대한 무의식적 이미지를 가리킨다. 이 자아 이상의 모델은 재형성하고자 하는 '자기'의 모습을 결정하는 데 중요한 역할을 한다. 자아 이상이 상실한 전능성을 되찾고자 하는 무의식적

---

11) '자아의 이상'(ego ideal)은 '이상적 자아'(ideal ego)와 구별되는 것으로, '자기의식'을 구성하는 세 영역인, 본능(id), 자아(ego), 초자아(superego) 중 '자아' 층위의 이상을 가리킨다. 이것은 근원적 나르시시즘(primary narcissism)과 상통하는 개념이다(p.349).

욕구의 소산이라면, 초자아는 유아기에 어머니를 두고 경쟁관계에 있었던 아버지의 존재로 인해 야기된 좌절감·유한성을 중심으로 형성된 것이므로 자아가 갈등과 욕망을 조화시키는 데 있어 좀 더 현실적이고 실용적인 안내자의 구실을 한다. 요컨대 '자아 이상'은 궁극적 목표를 구체화하는 구실을 하고, 초자아는 자아가 효율적으로 작용할 수 없는 사회적·생물학적 한계에 기반하여 이 목표를 실현하는 데 필요한 규칙을 정하는 구실을 하는데, 이 둘 중 하나를 수정함으로써 자기의식의 재형성이 이루어지게 된다.

문학작품은 독자에게 관심을 끌 수 있는 이상적 존재를 창조함으로써 '자아 이상'을 위한 샘플들을 제공하는 데 큰 효과를 지닌다. 그리고 문학은 인간의 유한성을 넘어서는 숭고한 이상적 모델을 창조하고 이에 대한 認知作用을 촉진시킴으로써 독자의 자기의식의 재형성을 진전시킨다. 그러나 무엇보다도 문학작품이 '자기의식의 재형성'을 진전시키는 데 가장 효과적으로 작용하는 예는, 자아 층위에 속하는 나르시스적 열망을 초자아의 制止力에 통합시키는 '현실적 이상'(realistic ideals)을 발전시키는 경우다(p.350). 동일시 작용이 유아적 환상의 차원에서 이 현실적 차원으로 옮겨져 행해질 때, '자기'는 행위의 주체(self-as-agent)로 서게 되는 것이다. 그런데 자아의 이상이나 초자아는 다른 루트를 통해 계속 영향을 받고 수정이 가해진다. 따라서 자기의식의 재형성은 한번 도달하면 그 자리에 고착화되는 일회적 사건이 아니라, 평생 끊임없이 지속되는 유동적 작용으로서의 성격을 띠게 되는 것이다. 그리고 자기의식의 재형성은 성숙과 성장, 발전과 진보의 방향성을 지니며 반복과 수정이 진행되는 것이다.

올콘과 브라허는 홀랜드가 이 세 단계 중 제1단계의 과정에만 주목한 한계를 지적하고, '자기'가 발전과 응집을 향한 내적 동기를 가지고 있는 것과 마찬가지로, '문학'도 건강하고 발전적인 영혼을 위해 풍부한 자양분을 공급하는 토대로 작용할 수 있음을 명시했다(pp.351-352).

이렇게 보면, '자기의식의 재형성'에 대한 두 사람의 입장은 라캉이 제시한 주체형성의 세 단계와 유사한 점이 있다. 라캉이 말하는 상상계는 주체형성의 초기 단계를 설명하는 것으로 달리 '거울의 단계'라고도 하는데 자아와 세계, 자아와 타자, 자아와 자아표현 사이에 명백한 구분이 이루어지지 않는 상태를 말한다. 유아기의 어린 아이는 거울 속에 비쳐진 이미지를 실재로 오인하며, 이미지와 그것의 의미작용을 구별하지 못하고 거울에 비쳐진 이미지와 실재를 동일시한다. 어린 아이는 언어를 습득함으로써 상징계에 들어서는데 이 단계의 아이는 언어를 통해 자아표현을 할 수 있게 되며 따라서 자아와 타자를, 타자와 타자를, 그리고 자아와 사물을 구분할 수 있게 된다. 즉, 언어로 상징되는 차이와 질서의 세계로 진입하게 되는 것이다. 라캉은 인간은 언어를 통해서 비로소 하나의 주체로 존립하고 개별성을 획득할 수 있게 된다고 하였는데, 주체가 주체로서 기능하는 것은 오인과 환상에 지배되는 상상계에 구별과 차이의 개념을 도입함으로써 가능해진다고 하였다. 그러나 주체로 선다는 것은 관습과 권위, 사회적 억압과 금지, 희생이 따르는 세계 속에서 살아간다는 것을 의미한다.

　상상계와 상징계에 더하여 라캉은 실재계라는 범주를 추가하였는데, 실재계는 간단히 말하면 상징화되지 않는 것, 즉 상징계에서 배제된 것을 가리킨다. 예를 들면 일상 속에 나타나는 환상, 주체 탄생 시 잃어버린 어떤 것, 언어적 질서로 표현하지 못하는 욕구의 잔재, 하나됨을 이루지 못하는 불가능한 성관계 등이 그것이다. 그러므로 실재계는 언제나 결여의 세계가 될 수밖에 없다. 상상계에서 상징계로의 진입은 내적 성장 내지 성숙의 과정을 수반하지만, 상징계로 진입하여 하나의 주체로 탄생했다 하더라도 상상계적 오인과 착각의 구조가 소멸하는 것은 아니다. 상상계를 특징짓는 착각과 오인, 상징계의 특징인 차이와 구별에 대한 인식, 그리고 실재계의 본질인 결여의 체험은 인간의 내면세계를 구성하는 세 영역이라 할 수 있으며 이 세 영역은 상호 공존할 수 있는 동시에, 끝없는 순환을 되풀이하는 속성을 지니고 있다.

華嚴宗에서 세계를 인식하는 세 가지 방식으로 제시된 '三性說' 또한 인간의 내적 성장을 언급한 것이라는 점에서 독서이론이나 라캉의 주체형성 이론과 상통하는 점이 있다. 다만 그 내적 성장이 '깨달음'이라고 하는 종교적 가치에 의해 조준되어 있다는 점이 다를 뿐이다. '三性'은 遍計所執性, 依他起性, 圓成實性을 말하는데, '변계소집성'의 '변계'12)란 주변의 모든 사물과 현상을 계산하고 헤아린다는 의미로, 범주에 집착하여 나타난 경계를 말한다. 즉, 實有가 아닌 외계대상을 실체가 있다고 오인하는 것이다. '의타기성'은 여러 인연에 의하여 生起하는 '假有'의 법을 말한다. 일체의 존재는 실유가 아니라 인연화합에 의하여 생겨난 假有의 연기성에 의존한다는 것을 뜻한다. '원성실성'은 곧 眞如를 가리키는데, 모든 곳에 두루 遍在하고 三世에 걸쳐서 상주하는 일체 법의 진실한 본체를 말한다.13)

삼성설을 唯識의 관점에서 설명한 견해에 의하면, 모든 존재와 현상은 독립적으로 존재하는 것이 아니라 여러 인연의 조합에 따라 생기하게 되는 비실체적인 것인데 이것을 '다른 것에 의지하여 생긴다'는 의미에서 '의타기성'이라 한다. 이러한 제 현상을 형성하는 衆緣 중 가장 근본적·직접적인 원인은 阿賴耶識14) 안에 함장되어 있는 種子이다. 그러므로 일체의 존재나 현상은 아뢰야식 내의 종자가 轉變한 결과라 할 수 있다. 唯識佛敎에서는 12연기15) 중 하나인 '識'을 8단계로 나누어 제1－제5식을 前五識, 제7식을 末那識, 제8식을 阿賴耶識이라 하는데 전5식과 언어의 속성을 띠는 제6식은 '意識'에, 말나식은 前意識에, 아뢰야식은 無意識에 해당한다고 하였다. 이 중 아뢰야식의 변현으로서 모든 현상이 생기하는 원리가 바로 의타

---

12) 한자는 '遍計'로 쓰고 '변계'로 읽는다.

13) 海住 스님, 『화엄의 세계』(민족사, 1998), 182쪽.

14) 이 말은 산스크리트어 alaya(藏識 또는 蕪沒識의 뜻)에서 온 것으로 한자로 阿賴耶識이라 쓰고 '아뢰야식' 또는 '아라야식'으로 읽는다.

15) 12연기는 無明, 行, 識, 名色, 六入, 觸, 受, 愛, 取, 有, 生, 老死이다.

기성이다.16) 이같은 의타기의 실상을 알지 못하고 모든 존재와 현상이 실체가 있는 것처럼 착각·오인하여 計度·分別하고 이에 집착하는 것을 '두루 계산하여 집착한다'는 의미에서 '변계소집성'이라 한다. 그러므로 변계소집성의 측면에서 세계를 보는 것은 근본적으로 無知, 즉 無明에 기인하는 것이다. 이같은 무명에서 벗어나 실상을 자각함으로써 분별·집착의 세계인 변계소집을 극복하는 것이 원성실성이다. 인연에 따라 변현된 의타기의 현상 세계를 욕망과 집착에 따라 허망분별하지 않은 채 그 모습 그대로 인식하는 것이 바로 '明', 즉 '깨달음'의 세계인 것이다. 이처럼 집착과 분별을 벗어난 의타기의 현실 자체를 '두루 원만함이 성취된 진실한 모습'이라는 의미에서 '원성실성'이라고 한다.17) 그러므로 무명에서 명으로 이르는 과정에는 의타기성으로부터 변계소집성을 배제하는 단계, 다시 말하면 변계소집성을 부정하는 단계가 요구된다.

우리는 여기서 세계를 인식하는 세 가지 방식 간에는 일체가 연기에 의해 형성된 것이라는 사실을 모르는 데서 오는 無知 즉 '無明'의 상태로부터 실상을 깨닫는 '明'의 상태로의 층차적 진전이 내재해 있음을 알 수 있다. 다시 말해 삼성설은 '변계소집성→의타기성→원성실성'이라고 하는 단계를 거쳐 도달하게 되는 인간의 내적 성장의 측면을 말해주는 견해인 것이다.18)

---

16) 한자경, 『唯識無境, 유식 불교에서의 인식과 존재』(예문서원, 2000·2002), 167–175쪽.

17) 한자경, 같은 곳.

18) 그러나 이 세 단계는 세계 인식 태도면에서의 질적인 층차를 말하는 것이지, 한 개인이 이 단계들을 순서대로 거쳐 내적 성장을 이룬다는 것을 의미하는 것으로 오해되어서는 안 된다. 즉, 이 단계는 인식 차원에서 일어나는 변화이지, 시간적 질서에 따라 발생하는 현상이 아니다. 그러므로 시간적으로 가장 먼저 의타기에서 출발하여 자기 마음 안에 있는 변계소집적 요소를 소멸시켜 가면서 원성실성에 이를 수도 있고, 변계소집의 세계에 함몰되어 있던 개인이 의타기의 원리를 깨달은 후 원성실성에 도달할 수도 있는 것이다.

이상 보아온 것처럼 심리적 독서이론, 라캉의 주체형성에 관한 이론, 불교의 三性說은 그것이 독서를 통한 자기의식의 재형성을 말하는 것이든, 주체의 형성을 말하는 것이든 또는 세계를 보는 태도의 변화를 말하는 것이든 간에 인간의 내면적 성장과 관계되고 그 과정을 3단계로 설명한다는 점, 그리고 가장 큰 가치와 비중과 의미가 놓이는 최종의 단계를 지향한다는 점에서 공통적이다.

특히 심리적 독서이론과 삼성설은 내적 성장을 이루는 과정에 착각과 오인에 대한 '부정' 또는 '거부'의 계기가 개재해 있다는 점에서 큰 유사성을 지닌다. 심리적 독서이론의 경우 자기의식의 재형성이 이루어지는 첫 단계에서 유아적 환상—이를 라캉의 용어로 하면 거울 단계—처럼 작품 속의 인물을, 과거 '근원적 정체성'이 형성되는 과정의 인물과 동일시하는 현상이 일어나는데 이는 바로 착각과 오인의 단면을 보여주는 것이다. 이러한 착각에 빠진 독자를 일깨워 실상을 보도록 유도하는 것 즉 작품 속의 인물과 과거의 '내적 대상'은 일치하지 않는다는 것을 깨닫도록 하는 것[19]은 바꿔 말하면 첫 단계의 상태를 부정하고 거부하도록 이끄는 작용을 의미한다.

삼성설의 경우 흔히 뱀의 형상을 한, 麻로 된 새끼줄의 비유를 들어 설명을 하는데, 새끼줄을 보고 '뱀'으로 착각하는 경우는 변계소집성의 측면을, 覺者가 가르쳐 주어 그것이 뱀의 형체를 한 '새끼줄'이라는 것을 알게 되는 것은 의타기성의 측면을 가리킨다. 그리고 實在하고 있다고 생각되는 새끼줄도 사실은 실체가 없고 그 본질은 麻이며 여러 인연으로 해서 잠시 새끼줄의 형상을 하고 있는데 불과하다는 것을 깨닫게 되는 것은 원성실성의 측면을 가리킨다.[20] 이것을 깨닫기 위해서는 그 형체를 '뱀'으로 착각·오인하는 것을 벗어나는 것, 즉 뱀으로 보는 것을 부정하는 과정이 필요하다. 이 부정의 단계는 두 측면에서 생각할 필요가 있다. 하나는 형태를 뱀이라

---

19) 이런 역할을 하는 것은 선생님이나 동료, 친구 등임을 앞서 언급하였다.

20) 『불교용어사전』·上(경인문화사, 1998), 772-773쪽.

고 생각하는 것을 부정하는 것이고, 또 하나는 뱀이 아닌 것을 뱀으로 착각했던 자기자신의 근본 무지를 부정하는 것이다.

깨달음에 이르는 길, 다시 말해 無明의 상태에 놓인 범부가 원성실성의 관점에서 본래의 실상을 인식하는 단계에 이르는 길은 좌선과 수행, 6바라밀의 실천, 先覺者에 의한 인도, 종교 지도자의 가르침 등 매우 다양하다. '독서' 또한 깨달음을 위한 중요한 방편이 될 수 있으며, 이때 책은 꼭 불교관계 서적에만 국한되지 않고 문학작품도 해당된다. 그러므로 우리는 여기서 세계 인식의 세 양상에 대해 언급하고 있는 삼성설이 훌륭한 독서이론으로 재탄생할 수 있는 가능성을 발견하게 된다. 즉, 올콘과 브라허가 행한 것처럼, 독서를 통해 변계소집성을 극복·배제하고 원성실성의 차원으로 나아가는 과정을 설명할 수 있는 것이다. 이 변화의 과정은 달리 말하면 독서가 진행되면서 나타나는 독자 반응의 변화이고, 그 변화의 궁극적 지향점은 깨달음 또는 인간의 내적 성장인 셈이다. 올콘과 브라허에게 있어 그 궁극적 도달점이 '자기의식을 재형성'하는 것이라면, 삼성설의 경우는 모든 존재에서 '원성실성'을 보는 일이다. 이같은 記述上의 차이는 있지만 양자 모두 개인의 내면적 성숙의 과정을 말한다는 점에서 공통적이라 할 수 있다.

그러나 독서이론 및 라캉의 이론에서의 세 단계의 성격과 삼성설에서의 세 단계의 성격은 큰 차이를 지닌다. 독서이론에서는 유아적 환상과 이것의 좌절, 그리고 현실적 이상을 발전시키는 단계를 거쳐 자기의식의 재형성이 이루어진다고 했는데 이 과정은 일회적으로 종결되는 것이 아니라 다시 다른 양상으로 반복·순환된다는 성격을 지닌다. 라캉이 제시한 상상계, 상징계, 실재계 또한 주체형성의 과정을 말하는 것인 동시에, 한 개인의 내면세계를 구성하는 세 측면을 말하는 것이기도 하기 때문에, 이 세 요소는 동시 공존이 가능하며 일생을 통해 다양한 형태로 끊임없이 되풀이되는 패턴으로 설명된다.

그러나 불교의 삼성설에서 세 단계 간에는 층차적인 진전이 있을 뿐 상호 공존은 성립할 수 없다. '깨달음'이라고 하는, 완성점 또는 완결상태는 일종의 종착역같은 개념이다. 미망에 빠진 동시에 자각을 이룬다거나, 최고의 경지에 이른 사람이 다시 미망의 상태로 돌아가서 실재에 대한 착각과 오인을 되풀이하는 상태는 논리적 모순을 내포하기 때문에, 삼성설의 세 단계는 동시 공존이나 순환·반복을 허용하지 않는 개념이라 할 수 있다.

이외에도 앞의 두 이론에서 세 단계는 각각 개별성·차별성을 지닌 것으로 이해될 뿐 이 요소들이 차별을 넘어선 차원 즉 '하나'로 통합된다는 개념을 함축하지는 않는다. 반면 불교의 삼성설은 각 단계가 결국 差異와 分辨을 넘어서 있는 '하나'-다른 표현으로 하면 '眞如'- 속에서 통합을 이룬다는 개념을 함축한다는 점에서도 이들 이론간에는 차이를 보인다. 그리고 이 차이는 바로 이 이론들이 종교에 뿌리를 두고 있느냐의 여부에서 비롯되는 것이기도 하다.

3. '주제론'(thematology)과 朱熹의 '理一分殊論'

독서이론이 문학적 소통에 있어 解號化 과정에 관련된다면, 주제론은 略號化 과정에 관련된다. '주제'(theme)이라는 말은 학문 영역이나 사용자, 사용되는 맥락에 따라 다양한 함의를 지니고 있는데, 문학작품 또는 문학연구에서는 보통 그 작품이 말하고 있는, 혹은 작자가 그 작품을 통해 말하고자 하는 궁극적·심층적 의미로 이해된다. 즉, 주제란 '작품의 특수한 요소들이 의미화됨으로써 생성되는 일종의 통일체'로 정의될 수 있다.21) 부연하자면 주제란 형식에 대한 내용, 구체성에 대한 추상성, 표현된 것에 대한 의미된 것, 드러난 것에 대한 숨어 있는 것을 가리킨다고 할 수 있다.

---

21) B.토마체프스키, 「테마론」, 『러시아 형식주의』(츠베탕 토도로프 편, 김치수 옮김, 이화여대출판부, 1981).

　문학연구에서도 이 말은 상당히 넓은 범위에 걸쳐 다양하게 사용되고 있는데 이 글에서는 주로 지올코우스키(A. K. Zholkovsky)의 일련의 논문들[22] 에서 시도되고 있는 주제 연구에 토대를 두고 이 말을 사용하고자 한다.

　지올코우스키는 주제를 '텍스트의 모든 구성요소들의 의미론적 恒數'로 규정하면서, 이 주제(θ)에 다양한 표현장치들(expression devices, EDs)이 더해져 하나의 텍스트(T)가 이루어진다고 하였다. 그는 보편적·추상적 층위의 주제에 구체적 표현성을 부여하여 하나의 텍스트를 파생시키는 장치들로서 具體化(concretization), 對照(contrast), 反復(repetition), 變奏(variation), 分節(division), 代置(substitution), 提示 혹은 例示(presentation), 豫示(presage), 還元(reduction), 組合(combination) 등을 제시했는데, 텍스트에서 이 구체적 표현장치들을 점점 제거해 가면 가장 추상적인 층위에 주제가 남게 되는 것으로 보았다.

　이로써도 알 수 있듯, 그의 관심은 하나의 텍스트에서 의미 또는 주제를 발견하는 데 있는 것이 아니라 주제로부터 어떻게 텍스트가 생성되는가를 밝히는 데 있다. 그러므로 주제에 대한 그의 이론은 주제를 '문학텍스트를 파생시키는 기본 요소나 토대'로 보는 생성시학(generative poetics)의 관점과 일치한다. 여기서 좀더 자세히 살펴야 하는 문제는, 주제와 텍스트의 관계를 어떻게 파악하느냐 하는 점이다. 생성시학자들처럼 '근원'과 그것으로부터의 '파생체'로 볼 수도 있고, 기호학자들처럼 초언어 체계 안의 어떤 의미가 자연언어의 형태로 轉移해 간 것으로 볼 수도 있다(1978c, p.6). 그리고 주제가 지니는 보편적·추상적 특성, 구체적 표현에 의해 자연언어로 구현

---

22) A. K. Zholkovsky, "The Window in the Poetic World of Boris Pasternak"(a) "The Literary Text-Thematic & Expressive Structure: An Analysis of Pushkin's Poem"(b), *New Literary History* winter, 1978; Yu. K. Scheglov and A.K. Zholkovsky, "Towards a 'Theme-Expression Devices-Text' Model of Literary Structure,"(c) *Russian Poetics* No.5, trans. by L.M. O'Toole (Oxford: Holdan Books Limited, 1978).

된 개개 텍스트의 특수성·구체성을 감안하여 보편과 특수, 추상과 구상의 관계로 파악할 수도 있으며, 거시구조와 미시구조, 심층과 표층의 관계로 이해할 수도 있다.

지올코우스키는 한 작가의 텍스트들은 주제상의 큰 유사성을 지닌다고 보아, 그 작가의 작품에서 나타나는 가장 추상적인 주제상의 恒數(invariants)와, 그 작가의 문학적 성향 및 특징이 반영된 표현장치를 통해 얻어진 좀더 구체적인 항수를 구분하고 前者에 後者가 더해짐으로써 그의 '시적 세계'(poetic world, PW)[23]가 형성된다고 하였다(1978a, 1978b). 그리고 그 작가가 개개 텍스들에서 구체화하는 주제가 무엇이든지간에 그 텍스트들에는 최상위 차원의 추상성을 지닌 주제적 항수가 관통하고 있다고 보았다. 그리하여 하나의 텍스트가 생산되는 과정을 다음과 같은 두 단계로 설명하였다.[24]

(1단계) 恒數的 주제(θ inv) + 局地的 주제(θ loc) → 개별 텍스트의 통합주제(θ)

(2단계) 개별텍스트의 통합주제(θ) + 표현장치들(EDs) → 개별 텍스트(T)

1단계의 공식에서 'θ inv'는 한 작가의 전체 작품을 관통하는 항수적인 주제를, 'θ loc'는 개개 작품에 구현된 좀더 구체화된 주제를 가리키는데 양자가 결합하여 그 작품의 통합적 주제를 이룬다. 이 통합주제라는 토대에 구체적 표현장치들이 더해져 개별 텍스트를 이룬다는 설명이다. 이 공식은 문학만이 아니라 여러 영역에도 적용될 수 있는데, 예를 들어 프로이트 심리학에 대응시켜 보면 어떤 환자에게 평소 지속되어 온 신경증(θ inv)에 최근의 인상과 경험(θ loc)이 더해져 그것이 어떤 사건·물·행동·물건 등의

---

23) 그의 작업은 주로 파스테르나크나 푸쉬킨의 시를 대상으로 행해진 것이므로 그는 '시적 세계'란 말을 사용했으나 이런 설명은 꼭 시만이 아닌 문학 전반으로 확대 적용할 수 있다.

24) 본서 제3부 「生成詩學과 '杜鵑'의 의미론」에서 이 공식을 적용하여 구체적 분석을 행한 바 있다.

구체적 표현형태(EDs)를 통해 꿈(T)으로 나타나는 것과 같은 패턴이다 (1978b, p.265).

이런 과정을 거쳐 생산된 개별 텍스트들이 마치 하나의 작품인 것처럼 일관된 항수적 주제를 구현하고 이것이 한 시인 또는 한 작가의 가치관·인생관·성격·태도 등을 반영할 때 한 시인이나 작가의 시적·문학적 세계가 형성되는 것이다. 그러므로 주제와 텍스트를 둘러싼 그의 논지에서 이 ‘시적 세계’는 가장 포괄적이고 광범하며 가장 추상적인 영역이라 할 수 있다. 그러나 사실상 그가 말하는 ‘시적 세계’란 한 시인의 시 전체를 관통하는 항수적 주제를 가리킨다고 보아도 무방하다.

한 시인의 시적 세계를 설명함에 있어 지올코우스키는 ‘旣成素材’(ready-made object)라는 개념을 제시했는데, 이것은 ‘어떤 사물의 성질이, 그 사물이 속해 있는 전체 범주를 포괄할 때의 그 사물’을 가리킨다. 그리고 그때의 ‘전체’는 시인의 시적 세계(PW)를 의미한다(1978a, p.283). 그는 파스테르나크 시에 있어서 ‘窓’을 기성소재의 예로 들어 설명하고 있는데, 창은 그의 시에 자주 활용되는 소재이면서 창이라는 사물의 속성상 그 안에 이미 ‘접촉과 단절’이라고 하는 파스테르나크 시의 항수적 주제를 자체적으로 포함하고 있다는 것이다. 다시 말해 기성소재란 전체를 구성하는 한 성분이 그것을 포함하는 전체를 統攝하는 양상을 가리키는 말이라 할 수 있다. 이렇게 볼 때 한 작가에게 있어 ‘기성소재’는 그 작가의 전체 ‘문학세계’를 가장 극명하게 보여주는 성분이 되는 셈이다. 독자의 입장에서 보면, 마치 프리즘을 통해 세상을 보는 것처럼 이 기성소재 및 그것의 변주된 형태를 통해 그 작가의 문학세계를 엿볼 수 있는 것이다.

일련의 이런 설명을 통해 우리는 생성시학자로서의 지올코우스키의 사고의 기반을 이루는 대응쌍을 발견하게 된다. 즉, 개개 텍스트가 생성되는 데 있어서의 주제와 텍스트, 한 작가에게 있어 텍스트 전체를 관통하는 항수적 주제와 개별 텍스트의 주제, 그 작가의 문학세계와 기성소재 간에 형성되는 대응관계이다. 앞서 말한 것처럼 한 작가의 '문학세계'는 그 작가의 전체 작품들에 일관되게 구현되어 있는 항수적 주제를 가리킨다고 볼 수 있으므로 이 이 대응쌍들을 각각 (가)(나)(다)로 범주화하여 다음과 같이 요약해 볼 수 있다.

  (가) 주제 : 텍스트
  (나) 텍스트 전체의 항수적 주제 : 개개 텍스트의 개별적 주제
  (다)   〃   : 기성소재

  지올코우스키는 이 대응쌍들이 어떤 관계에 놓이는지를 직접적으로 명시하지는 않았으나 그의 글 행간에서 읽어낸 바를 토대로 다음과 같이 추론해 볼 수 있다. (가)의 경우 '주제'와 '텍스트'는 '本源'과 그 '派生體'[25]의 관계로 볼 수 있다. 이는 설계도와 건물의 관계, 나무의 뿌리와 枝葉 · 花實의 관계로 비유될 수 있다.

  (나)의 경우 지올코우스키는 문장의 예를 들어 양자의 관계를 유추하고 있는데 '같은 구문에 상이한 의미를 담고 있는 문장'이 아닌, '구문구조는 다르지만 공통의 의미를 담고 있는 문장들'(1978b, p.265)에 대응시키고 있다. 구문은 의미를 드러내는 한 수단이 된다고 할 수 있으므로, 지올코우스키는 (나)의 두 항을, 공통되는 기호내용을 상이한 기호표현으로 나타내는 형태로 이해하고 있음을 알 수 있다. 그렇다면 한 작가의 항수적 주제와 개별적 주제의 관계는, 어떤 주제 선율을 바탕으로 선율 · 리듬 · 화성 등을 다양하게 변화시켜 나가는 變奏曲의 형태와 유사하다 할 수 있고 '原型'과 그것의 '變異型'의 관계로 규정할 수 있다. 또한 양자의 관계는 '젊은이'와 '스무 살의 남자 김철수' 사이에 성립되는 관계와도 비슷하다. '김철수'는 '젊음'이라는 보편적 성질을 공유하는 수많은 젊은이들 중의 한 사람이므로

---

25) (가)의 경우 "derivation"이라는 말을 사용하고 있어 주제에 대한 텍스트의 관계를 파생물로 보고 있음을 읽어낼 수 있다(1978b, p.264).

‘젊은이’와 ‘김철수’ 사이에는 ‘普遍’과 ‘特殊’의 관계가 성립한다. 이처럼 한 작가의 항수적 주제와 개별적 주제는 ‘원형’과 ‘변이형’ 또는 ‘보편’과 ‘특수’의 관계로 설명할 수 있다.

한편 (다)에 대하여 지올코우스키는 ‘프리즘’과 ‘그것을 통해 본 세상’의 예를 들어 설명하고 있는데, 프리즘이란 이 세상에 존재하는 사물 중의 하나이면서 그것을 통해 세상을 볼 수도 있기 때문에 세상과 프리즘, 한 작가의 문학세계—즉, 작품 전체의 항수적 주제—와 기성소재는 ‘全體’와 ‘部分’의 관계가 성립된다. 그러나 지올코우스키가 의도하는 항수적 주제와 기성소재의 관계를 단지 ‘전체’와 ‘부분’이라는 용어로 설명하기에는 불충분하다. 왜냐하면 기성소재는 항수적 주제를 형성하는 한 부분이지만 그 안에 이미 항수적 주제를 함축하고 있는 양상이기 때문이다. 그러므로 두 개의 요소가 부분과 전체의 관계를 유지하면서 한편으로는 ‘相互包攝’의 성격을 띠는 이런 양상에 대한 설명은 空欄으로 남겨지게 된다.

이상 지올코우스키의 주제론에서 제시되고 있는 대응쌍 및 공란으로 남겨진 부분에 대한 설명은 朱熹의 ‘理一分殊論’에 의해 재조명될 수 있다. 理一分殊論은 宋明哲學의 핵심을 이루는 것으로 ‘理’와 ‘分’, ‘一’과 ‘殊’를 어떤 의미로 해석하느냐 그리고 ‘理一’과 ‘分殊’를 어떤 관계로 보느냐에 따라 다양한 입장과 이론이 전개되었다. 사실 이일분수론은 주희에 의해 처음 제기된 것이 아니며 張載·程頤·程顥 등을 거치면서 체계화된 것이다. 그리고 송대 성리학의 발전에는 불교나 노장철학의 이론이 큰 작용을 하고 있어 이일분수론의 토대가 되는 사상적 근원으로 老子의 『도덕경』, 불교 화엄종의 ‘理事無碍法’ 등이 제기되기도 한다.26) ‘理一分殊’라는 말은 程頤가 張載의 『西銘』을 두고 楊時와 토론하는 과정에서 처음 사용하였는

---

26) 이외에 『周易』「계사전」, 『회남자』, 주돈이의 『태극도설』 등이 주희의 이일분수론을 형성시킨 사상적 배경으로 거론되고 있다. 남상호, 「주희의 理一分殊의 방법」, 《동서철학연구》 제44호, 2007.6.

데, 이를 하나의 철학적 이론으로 체계화한 사람이 바로 주희인 것이다. 그러므로 주희는 이일분수론을 창시했다기보다는 기존의 이론에 주석을 하거나 불교·노장의 이론을 수용하고, 장재, 정호·정이 등의 사상을 이어받아 이를 하나의 논리 체계로 집대성한 학자라 할 수 있다.

양시는 장재가 저술한 『西銘』의 내용 중 만물일체의 경지를 논한 것이 모든 사람을 차등 없이 사랑한다고 하는 墨子 '兼愛說'의 폐단과 유사한 점이 있다고 의문을 제기하였다. 이에 대하여 정이는 '『서명』은 理一分殊를 밝힌 것'이라고 하면서 묵자가 말한 것처럼 '분별없이 겸애에 미혹되어 아비도 없는 지경에 이르는 것은 義의 敵이 된다'고 하였다. 정이는 '仁'이 모든 사람의 기본적인 도덕 원칙이지만 인을 구체적으로 실현하는 데 있어서는 차등이 있다고 본 것이다. 즉, 정이는 '도덕원칙(理)은 하나로서 같은 것이지만(一) 그것의 등급과 본분(分)에는 차이(殊)가 있다'고 보아 이일분수를 윤리학적 관점에서 설명하였다.27) 학자에 따라서는 정이의 이일분수에 대하여 '理一'과 '分殊'는 体와 用, 本과 末의 관계이고 一理가 萬事를 統攝하고 萬事는 一理로 귀납되는 것으로 풀이하기도 한다.28)

주희는 정이의 사상을 이어받아 '『서명』의 요점은 理는 단지 하나이지만 分은 나뉘어 차이가 있다는 것이다'라고 밝혀29) 이일분수에 대하여 도덕원칙과 그것의 구체적 실천이라고 하는 윤리학적 의미를 계승하는 동시에 이를 다음과 같은 몇 방면에서 철학의 보편적 체계로 확충하였다.

첫째, 주희는 이일분수를 '보편'과 '특수'의 관계를 나타내는 것으로 체계화하였다. '理一'에서 '一'은 하나·동일·통일을 의미하고, '分殊'에서 '殊'는 차이·차등을 의미하므로 결국 '一'은 보편적인 것을, '殊'는 개별적이고 특수한 것을 가리킨다고 볼 수 있는 것이다.30)

---

27) 陳 來, 『주희의 철학』(이종란 외 옮김, 예문서원, 2002), 81-82쪽.
28) 蒙培元, 『理學範疇系統』(서울: 민족문화문고, 1990), 81쪽.
29) 진 래, 위의 책, 83쪽.

둘째, 주희는 이일과 분수의 관계를 禪宗에서 말하는 '月暎萬川'의 관계로 파악하였다. 周敦頤는 『通書』에서 '오행은 음양이고, 음양은 하나의 태극이다. 이는 만물이 하나의 태극이 되고 하나의 태극은 만물로 나뉘어지는 것이다. 만물은 하나하나 바르게 되고, 크고 작은 것이 정해지는 것이다'라 하였는데 이에 대해 주희는 '이일과 분수의 관계는 전체를 부분으로 조각낸 것이 아니라, 달이 온 냇물에 비치는 것과 같은 것이다'라고 하였다.[31] 여기서 하늘에 떠 있는 달은 지상의 모든 냇물, 강, 호수에 두루 비치고 있지만 물에 비친 다수의 그리고 다양한 형태의 달은 결국 하늘에 떠 있는 하나의 달로 包攝된다. 여기서 하늘의 달과 물 위에 비친 달은 각각 '理一'과 '分殊'의 관계로 이해할 수 있으며 또한 정이의 관점대로 '体'와 '用', '본체'와 그것에 토대를 두고 나타난 '현상'의 관계로 파악할 수도 있다. 이런 体用本末의 논리는, 본디 천지음양의 도를 본체로 보고 그의 현상을 작용으로 해석하는 『중용』의 논리에 기초한 것이다.[32]

셋째, 주희는 이일과 분수의 관계를 '太極'과 '萬物'의 관계로 보아 '萬物各具一太極說'을 내세웠다. 이것은 만물은 각각 우주의 보편법칙, 만물의 존재 근거 또는 우주 본체로서의 태극을 갖추고 있다는 의미로, 사물은 각각 다르지만 하나하나가 모두 태극을 표현한 것이며 태극은 만물을 통섭하는 관계에 놓인다. 그러므로 태극과 만물은 一統萬殊의 관계에 놓인 동시에 萬殊一貫의 관계에 놓인다.[33] 주희는 이것을 '一種萬實', 즉 하나의 씨앗이 만 개의 열매가 되는 것의 비유로 설명했는데 여기서 하나의 씨앗은 '太極'을, 만 개의 열매는 '萬物'을 가리킨다. 하나의 씨앗에서 만 개의 열매가 나온 것이므로 양자는 '本源'과 그것의 '派生'으로 바꾸어 말할 수 있다.

---

30) 진 래, 위의 책, 94쪽.

31) 『朱子語類』 권94, 남상호, 앞의 글(250쪽)에서 재인용.

32) 『중용』 12장, 남상호, 앞의 글(251쪽)에서 재인용.

33) 남상호, 앞의 글, 250쪽.

이 관계에서 논리적 선후를 따진다면 씨앗이 만 개 열매의 근원이 되듯, 태극과 이일은 만물과 분수의 근원이 된다. '月暎萬川'의 비유가 본체론적 관점에서 이일분수를 해석한 것이라면, '一種萬實'의 비유는 우주론적 관점에서 이일분수를 풀이한 것이라 할 수 있다.

넷째, 주희는 이처럼 서로 긴밀한 관계에 있는 理一과 分殊를 다양한 관점과 용어로 해석하면서 体用一體, 一 卽多, 多卽一, 만물이 곧 태극이고 태극이 곧 만물이라고 하는 일원론으로 나아가고 있다. 주희의 이일분수론에서 두 요소는 一體이면서 동시에 셋째 항에서 말한 것처럼 상호포섭의 관계에 놓이는 것으로 설명되고 있기 때문에, 많은 학자들은 주희의 이런 관점이 불교 華嚴宗의 '一多相容' 또는 '理事無碍'의 개념을 수용한 것이 아닌가 추측하기도 한다.

불교에서 말하는 '一多相容不同門'은 華嚴 十玄門[34] 중의 하나인데, 하나(一)와 여럿(多)이 서로를 포섭하는 관계를 나타낸다. 하나는 여럿 속에 들고(一入多), 여럿은 하나에 녹아 있어(多入一) 양자 사이에 무한소통이 이루어지고 있지만, 그러면서도 각각의 개성과 본래의 면목을 유지하는 상태를 말하고 있는 것이다.[35] 그러므로, 하나와 여럿은 서로를 받아들여 융합하되(相容) 서로 같아지지 않는다(不同)고 한 것이다. 불교에서는 이때의 '多'를 '전체'로 보기도 하므로[36] 이에 대응되는 '一'을 '부분' 또는 전체의 '구성성분'으로 대치할 수 있다. 양자의 관계를 비유적으로 설명하면, 한 방울의 바닷물은 바다전체의 물과 질적으로 차이가 없으며 한 방울의 바닷물에는 큰 바다의 물이 포함되어 있는 것과 같은 이치다. 이에 대하여 중국의 학자 陳來는 화엄종의 '一多相容'에서 '一'은 개별을, '多'는 전체를 가리킨

---

34) 十玄門은 달리 十玄緣起라고도 하는데, 화엄종에서 말하는 四法界 중 '事事無碍法界'의 특징을 10가지로 설명한 것이다. 『불교용어사전』·下(경인문화사, 1998), 1020쪽.

35) 海住 스님, 앞의 책, 200-201쪽.

36) 海住 스님, 같은 곳.

다는 점에서, '一'이 보편의 一理를 가리키고 '萬'은 수많은 개별자의 性理를 가리키는 주희의 이일분수론과는 차이가 있다고 주장하기도 했다.[37) 그러나, 화엄종에서 말하는 '一'은 전체와 분리되어 개별적으로 존재하는 하나가 아니라, 다른 하나와 그리고 전체와 緣起되어 존재하는 하나이다. 따라서 '一'은 개별로서의 하나이기도 하지만 보편으로서의 하나이기도 하므로, 주희의 이일분수 개념과 상치되지 않는다.

한편 理事無碍法은 화엄종의 四法界의 하나로 사법계란 差別無限의 우주를 本體-理-와 現象-事-의 양면에서 관찰하여 네 가지로 분류한 事法界, 理法界, 理事無碍法界, 事事無碍法界를 말한다. 이 중 '理事無碍法界'는 현상계와 실체계가 一體不二의 관계에 있으면서 상호 걸림이 없이 自在融攝하는 것을 가리킨다.[38) 즉 구체적인 사건 및 현상은 어떤 추상적·보편적 원리의 표현이며, 원리는 顯現하는 개별 사건·현상의 근거가 된다고 보는 관점이다. 이로 볼 때 주희가 말하는 '一統萬殊' '萬殊一貫'은 화엄의 理事無碍法과 대동소이하다는 것을 알 수 있다.

이상을 종합해 보면, 주희의 이일분수론은 보편과 특수, 본원과 파생, 본체와 작용—또는 현상—, 통일과 차별, 전체와 부분의 관계에 대한 문제를 포괄적으로 설명하는 이론적 모델이라는 점이 분명해진다. 그리고 그 안에는 불교와 노장의 개념, 특히 禪宗의 '月暎萬川'과 華嚴宗의 '一多相容' '理事無碍'의 개념이 수용되어 있다는 점도 간과해서는 안 될 것이다.

앞서 지올코우스키의 주제론에서 제기된 세 개의 대응쌍을 주희의 이일분수론의 관점에서 조명하여 다음과 같이 요약해 볼 수 있다.

---

37) 진 래, 앞의 책, 90쪽.

38) 海住 스님, 앞의 책, 177-179쪽; 『불교용어사전』·上(경인문화사, 1998), 695쪽. 나머지 셋 중 '事法界'는 차별의 現象界를, '理法界'는 超差別·無差別의 진리의 경계를 가리키며, '事事無碍法界'는 현상계의 개체와 개체가 自在融攝하여 그 자체가 절대적인 진리의 세계를 이루고 있는 것을 가리킨다.

대응쌍	주제론	이일분수론의 개념	비유
(가)	주제 : 텍스트	本源 : 派生	'一種萬實'
(나)	항수적 주제 : 개별적 주제	体 : 用	'月暎萬川'
(다)	항수적 주제 : 기성소재	全體 : 構成成分	'一多相容''理事無碍'

이렇게 함으로써 지올코우스키의 주제론에서 공란으로 남겨진 부분, 구체적 용어로 명시되지 않고 애매하게 설명된 부분이 좀더 분명하게 기술될 수 있다고 본다. 그러나, 주제론과 이일분수론이 형성되고 발전한 문화적 배경이 크게 다른 만큼, 어떤 설명이나 개념이 유사한 함의를 지닌다 해도 양자가 완전히 일치하는 것은 아니며 그 틈은 여전히 남게 된다.

수록 논문 출처

* 본서에 수록된 논문들의 原題 및 발표시기, 게재지는 다음과 같다.

제1부 장르론

「十二月體 詩歌의 構造와 類型」,《어문학연구》 3집, 우석대 어학연구소, 1999.2.

「『三國遺事』의 삽입시가 연구」,《古典文學研究》 제13집, 한국고전문학회, 1998.6.

「申緯 小樂府에 대한 문체론적 연구」,《韓國詩歌研究》 제4집, 1998.12.

「시조 종장 첫구 '두어라'의 淵源에 대한 小考」,《시조학논총》 제27집, 한국시조학
회, 2007.7.

「時調와 歌辭의 시적 관습 형성에 있어서의 『杜詩諺解』의 역할」,《東洋學》 제41집,
단국대 동양학연구소, 2007.2

제2부 시대론

「18·19세기 한·일 市井文學 비교: 辭說時調와 센류(川柳)를 중심으로」,《韓國言語
文學》 제52집, 한국언어문학회, 2004.6.

「辭說時調 연구의 新地坪: 조선 후기 野談과의 대화적 양상을 중심으로」,《한국문학
이론과 비평》 제26집, 한국문학이론과 비평학회, 2005.3.

「조선 후기 예술과 '豪'의 미학」,《韓國言語文學》 제54집, 한국언어문학회, 2005.6.

「18세기 한국문학에 나타난 '安南'」: 2008년 제9회 환태평양국제한국학대회(PACKS)
에서 발표한 내용을 보완하여 작성한 것임.

제3부 제재론

「生成詩學과 '杜鵑'의 의미론」,《韓國言語文學》 제43집, 한국언어문학회, 1999.12.

「杜鵑」의 詩的 內包」,《韓國詩歌研究》 제6집, 한국시가학회, 1999.12.

「『三國遺事』 소재 향가 및 배경설화에 나타난 '여성 소외'의 양상」, 《한국문학이론과 비평》 제28집, 한국문학이론과 비평학회, 2005.9.

「조선 후기 '님' 담론의 특성과 그 의미: 辭說時調와 雜歌를 중심으로」, 《시조학논총》 제20집, 한국시조학회, 2004.1.

제4부 작품론

「〈動動〉의 형성과정 및 작자층에 대한 재검토」, 《국어국문학》 제123호, 국어국문학회, 1999.3.

「〈九雲夢〉과 〈겐지모노가타리〉(源氏物語)의 비교 연구」, 《比較文學》 제35집, 한국비교문학회, 2005.

「『三綱行實圖』의 多聲性 연구」, 《한국문학이론과 비평》 제43집, 한국문학이론과 비평학회, 2009.6.

제5부 문학론과 문학이론

"Taoism and East Asian Literary Theories: Chuang Tzu's Theory of Selflessness and the Poetics of Self-effacement" (*Korean Studies* vol.26, 2002, Center for Korean Studies, University of Hawai'i)의 내용을 수정·보완한 것임.

찾아보기

ㄴ

辛恩卿

전북 전주 출생
서강대 국어국문학과, 한국학대학원(석사), 서강대 대학원(박사)
동경대학 비교문학·비교문화연구실 visiting scholar
하바드대학 옌칭연구소 visiting scholar
현재 우석대학교 교수

논저
『辭說時調의 詩學的 研究』(開文社, 1992)
『古典詩 다시 읽기』(보고사, 1997)
『風流: 東아시아 美學의 근원』(보고사, 1999)
「윤선도와 바쇼에 끼친 두보의 영향에 관한 연구」
「詩話와 우타모노가타리의 비교연구」
「동아시아 혼합담론의 始原으로서의 『春秋左氏傳』에 관한 연구」
「『韓詩外傳』과 『法句比喩經』의 비교연구」 등

한국 고전시가 경계허물기

2010년 11월 10일 초판 1쇄 펴냄

지은이 신은경
펴낸이 김흥국
펴낸곳 도서출판 보고사

책임편집 이경민
표지디자인 윤인희

등록 1990년 12월 13일 제6-0429호
주소 서울특별시 성북구 보문동7가 11번지 2층
전화 922-5120~1(편집), 922-2246(영업)
팩스 922-6990
메일 kanapub3@chol.com
http://www.bogosabooks.co.kr

ISBN 978-89-8433-852-4 93810
ⓒ 신은경, 2010

정가 30,000원
사전 동의 없는 무단 전재 및 복제를 금합니다.
잘못 만들어진 책은 바꾸어 드립니다.